John Cowper Powys

Der Strand von Weymouth

John Cowper Powys

Der Strand von Weymouth

Roman

Aus dem Englischen von
Melanie Walz

Zweitausendeins

Das Buch erschien 1934 in den USA unter dem Titel *Weymouth Sands*, 1935 in Großbritannien in einer verstümmelten Fassung unter dem Titel *Jobber Skald* und dort 1963 erstmals vollständig und unter dem ursprünglichen Titel bei Macdonald & Co. in London.

Die Übersetzung des Romans wurde gefördert durch ein Stipendium der Dialogwerkstatt Zug (Schweiz).

Lizenzausgabe mit freundlicher Genehmigung des Carl Hanser Verlags für Zweitausendeins, Postfach, D-60381 Frankfurt am Main.

Printed in Germany.

Dieses Buch gibt es nur bei Zweitausendeins im Versand,
Postfach, D-60348 Frankfurt am Main,
Telefon 069-420 8000,
Fax 069-415,
Internet www.Zweitausendeins.de,
E-Mail Info@Zweitausendeins.de. Oder in den Zweitausendeins-Läden in Berlin, Düsseldorf, Essen, Frankfurt am Main, Freiburg, 2 x in Hamburg, in Hannover, Köln, Mannheim, München, Nürnberg, Saarbrücken, Stuttgart.

In der Schweiz über buch 2000, Postfach 89, CH-8910 Affoltern a. A.

ISBN 3-86150-422-7

Für Gertrude Mary Powys
in Erinnerung an ihr Leben
mit meinem Vater
in Greenhill Terrace, Weymouth

Vorbemerkung des Autors

Alle Begebenheiten und Personen in diesem Buch sind reine Erfindungen, ausgenommen Magnus Muir und Sylvanus Cobbold, die bestimmte Eigenheiten und Charakteristika der Wesensart des Verfassers verdanken. Soweit dem Verfasser bekannt, gibt es keine Einrichtung wie den »Höllenpfuhl« an irgendeinem Ort in Dorset – ganz gewiß nicht in der Nähe von Weymouth –, und wo der Verfasser seinen erfundenen Personen in Wessex wohlbekannte Namen gegeben hat, tat er dies lediglich, um seiner Erzählung größere Wahrscheinlichkeit zu verleihen.

Hauptpersonen

Adam Skald, der Jobber

Magnus Muir, Lateinlehrer

Dogberry (»Dog«) Cattistock, wohlhabender Brauereibesitzer

Sippy Ballard, sein Neffe, Beamter

Sylvanus Cobbold, Mystiker

Jerry Cobbold, sein Bruder, berühmter Possenreißer

Richard Gaul, Philosoph

Captain Poxwell, Vater der Ehefrau von Jerry Cobbold und von Mrs. Hortensia Lily

James Loder, Rechtsanwalt

Rodney Loder, sein Sohn

Dr. Daniel Brush, Cattistocks Schwager

Larry Zed, ein verrückter Knabe

Marret Jones, ein Mädchen vom Kasperletheater

Dr. Girodel, Abtreibungsspezialist

Lucinda Cobbold, Ehefrau Jerry Cobbolds und Tochter Captain Poxwells

Perdita Wane, Gesellschafterin bei Lucinda Cobbold

Hortensia Lily, die verwitwete Schwester Lucinda Cobbolds

Daisy Lily, Enkeltochter Captain Poxwells

Peg Frampton, Daisys Freundin

Zigeuner-May

Tissty und Tossty, Tänzerinnen am Regent's Theatre

Curly Wix

1.
Magnus Muir

Im eindringlichen, individuellen Wesen jeder einzelnen Welle büßte das Meer nichts von der verschlingenden Identität seiner großen ferneren Wassermassen ein. Jede Welle, wie sie den kieselbestreuten Strand emporrollte, verkörperte den ganzen Organismus des Meeres und enthielt die ganze weite und geheimnisvolle Besonderheit des uralten Widersachers der Erde.

Dies zumindest war der Eindruck, den die Wellen am Strand von Weymouth im frühen Zwielicht eines düsteren Januarnachmittags auf Magnus Muir machten – Nachhilfelehrer in Latein für begriffsstutzige Knaben –, der, nachdem er seinen letzten Schüler an diesem Tag verabschiedet und hastig Straße und Esplanade überquert hatte, nun auf den nassen Kieseln stand und die wogende Wasserwüste betrachtete.

Ein hagerer, knochiger, ungefüger Mann mit hohlen Wangen und betonten Wangenknochen, und das Bewußtsein, das aus seinen grauen Augen blickte, hatte einen Ausdruck, der noch für den klügsten Beobachter äußerst schwer zu analysieren oder definieren gewesen wäre. Ganz gewiß gab Muir sich jetzt, seinem Tagewerk entronnen, keinem unbeschwerten, fröhlichen Genuß der dunkler rollenden Wellen hin. Seine Züge waren eher verkrampft denn entspannt, eher gesammelt denn gelassen, eher grimmig denn friedvoll, und wäre er ein Priester gewesen, der gerade ein schwieriges Fragment einer alten Liturgie vortrug, hätte er kaum ernster und konzentrierter wirken können.

Mit einem völlig anderen Ausdruck seines knochigen Gesichts, dessen breite Nase, unruhig verzerrter Mund und tiefgefurchte Stirn unablässig eine Ausstrahlung körperlichen Unwohlseins suggerierten, wandte der Mann mittleren Alters im alten, aber sorgsam gepflegten Mantel sich von seinem Brüten am Meeresstrand ab, setzte die Mütze, die er in der Hand gehalten hatte, mit entschiedener Geste auf, zog sie sich tief in die Augen und eilte, nachdem er über steinerne Treppenstufen auf die Esplanade gelangt war, mit gedankenverlorener Schnelligkeit, die jene, denen er in seinem geschwinden Marsch begegnete, nicht wenig erstaunte, in westliche Richtung.

Nun waren seine Züge entspannt; und dennoch arbeitete in ihnen eine geistige Bewegung, die wie ein Vorausläufer seinen schnellen Schritten an die hundert Meter vorwegzueilen schien. Nachdem er die Jubiläumsuhr passiert hatte, die vertraute Wegmarke, die ihn stets an seinen Vater denken ließ, weil sie die Stelle, an der die Esplanade gegenüber der Straße zum Bahnhof eine leise Kurve beschrieb, so ehrbar und gesittet bezeichnete, zeigte sich auf seinen entspannten Zügen ein Ausdruck unruhiger Überraschung, denn nun erblickte er unter sich am Strand eine späte Kasperletheateraufführung, die ungeachtet der Kälte und dräuenden Dämmerung am Fuß der Steinmauer dargeboten wurde.

Mit einem an einer Stange befestigten roten Plüschbeutel sammelte ein großes, dünnes Kind von den spärlichen Zuschauern, meistenteils Kindern, die sich am Geländer drängten, Geld ein. Als Magnus die hohe, schrille Stimme des Kasperles »Toby... Toby... Toby... Toby... Toby!« rufen hörte, blieb er stehen.

Er begab sich zum Rand der Esplanade und sah hinab. Unter ihm befanden sich zwei Reihen von Kinderköpfen; die obere Gruppe hielt sich am Geländer neben ihm fest, die untere stand auf dem Strand. Ein besonders exaltiertes Kasperle schlug seinen Kopf immer wieder auf den Rand der kleinen Bühne, und bei jedem Aufprall des angemalten Schädels rief es: »Toby! Toby!« Der Ton, in dem diese Worte fielen, war unbeschreiblich. Es war ein unanständiger, wahnsinniger, brutaler Ton, der dennoch weiß Gott einer eigenartigen Traurigkeit nicht ermangelte.

»Curly sagte mir, daß sie auch im Winter spielen«, dachte er. »Ich sagte ihr, daß sie gewiß im Winter pausierten. Aber jetzt weiß ich, daß ich es oft genug gehört habe – den ganzen Winter hindurch! Sie sagte, sie hätte sich mit dem kleinen Mädchen, das den Beutel herumreicht, unterhalten; und da haben wir das Kind! Es ist mir noch nie zuvor aufgefallen.«

Als könne sie seine Gedanken lesen, bewegte die jüngere Tochter des Kasperletheaterbetreibers ihren langen Stab bewußt auf ihn zu, und im nächsten Augenblick, als Magnus seine Taschen nach Kleingeld durchsuchte, stellte sie sich auf dem Strand unterhalb von ihm auf und sah ihm ins Gesicht empor.

»Einen Shilling, Mister, bitte«, bettelte sie und neigte den unbedeckten Kopf mit dem dichten Haarschopf etwas zur Seite. »Oder ein Sechspencestück, Mister, wenn Sie keinen Shilling übrig haben.«

Eine ältere Schwester des Kindes, das ihn angesprochen hatte, erschien nun auf der Bildfläche, ebenfalls mit Stange und Beutel bewehrt – denn offenkundig handelte es sich um eine jener trübseligen Zeiten im Leben der Schausteller, wenn ihre Sammelmethoden augenfälliger zur Geltung kommen als Geldbeutel, aus denen gesammelt werden könnte –, und Magnus fiel die sehnsuchtsvolle Hingabe auf, mit der dieses ältere Mädchen seine Blicke die Esplanade entlang zuerst in östliche, dann in westliche Richtung wandern ließ, als erwarte es jemanden, der nicht erschien, während es das Tun der Jüngeren mechanisch nachahmte.

Die Esplanade glänzte vom Regen, der gerade gefallen war, und ein stürmischer Wind fegte über sie hinweg; die wenigen Passanten beäugten den kleinen Trupp von Kindern, die dem unzeitgemäßen Schauspiel zusahen, eher überrascht als neugierig.

Magnus selbst betrachtete die ganze Episode in jenem Licht, in dem wir Dinge sehen, die ein Glanz färbt, der der Sache selbst keineswegs immanent ist, denn zwischen den Puppen mit ihren schrillen Stimmen und seinem Suchen nach Kleingeld, während beide Mädchen ihm ihre jämmerlichen Stangen hinhielten, schwebte die rätselvolle Aura von Curly Wix, weniger in Form ihrer tatsächlichen Gestalt als vielmehr vermittels einer Offenbarung ergreifender Süße in der Luft.

Er hatte gerade drei Pence in den Beutel des kleineren Mädchens und zwei Pence und einen halben Penny in den des älteren geworfen, als er eines Grüppchens von Personen gewahr wurde, das sich vom Hafen her entlang der Esplanade näherte. Es war die heterogene Mischung aus Neugierigen und nicht klassifizierbaren Anhängern, die man für gewöhnlich um die Trommel der Heilsarmee versammelt findet, doch der Anführer des Grüppchens unterschied sich auffallend von jedem denkbaren Heilsarmeepredigertypus. Er war groß und hager; die Blässe seines leichenfahlen Gesichts und die Düsternis seiner wild blitzenden Augen fanden sich betont durch seine Barhäuptigkeit, durch die Unordentlichkeit des dünnen schwarzen Überrocks, dessen Schöße im Wind flatterten, und durch einen langen Schnurrbart, der beinahe tatarisch anmutete und dessen Spitzen dem Mann bis unters Kinn hingen.

»Sylvanus Cobbold!« sagte sich Magnus; und er trat näher ans Geländer in jener instinktiven Haltung, mit der wir uns ängstlich zurückziehen, wenn jemand, den wir kennen, auf unziemliche Weise Aufmerksamkeit erregt.

Das ältere der beiden Mädchen jedoch ließ seine Stange voller Hast fallen und lief, so schnell es konnte, auf die nächsten Stufen zu. Schon hörte Magnus hinter sich die Stimme des Mannes.

»Er ist der geborene Prophet«, dachte er und warf dabei einen verstohlenen Blick hinter sich. Inzwischen stand das Mädchen vom Kasperletheater neben Sylvanus und starrte ihn voll unverhüllter Verehrung an.

Als Magnus merkte, wie wenig dieser sonderbare Prophet die Anwesenheit irgendeines lebenden Menschen in seiner unmittelbaren Umgebung beachtete, wandte er sich nicht wieder ab. Es wollte ihm scheinen, als starre das Mädchen den Mann in der selbstvergessenen Trance eines Menschen an, der der eigenen Person nicht minder entrückt war als der Seher. Dieser, welcher den Trupp Kinder am Geländer dazu nutzte, seine Reden an sie zu adressieren, richtete nun sein erregtes, blickloses, unmenschliches Auge auf Magnus und die Kinder und schleuderte seine wilden Schreie ins Meer.

Doch wie es in Augenblicken außergewöhnlicher Erregung oft vorkommt, begann Magnus sich aus irgendeinem Grund über eine völlig unwichtige, ja triviale Sache den Kopf zu zerbrechen. Warum hatte Curly ihm nicht erzählt, daß es *zwei* Mädchen beim Kasperletheater gab? Welches von beiden war ihre Freundin – das religiöse oder das kleine kokette Mädchen? Trotz seiner Begierde, rückhaltlos und beglückt vor dem süßen Nervenkitzel der Identität Curlys zu kapitulieren, begann er darüber nachzugrübeln, worin genau ihre Beziehung zu diesen Schaustellern bestehen mochte.

Doch während die Darstellung auf der Bühne sich ihrem gruseligen Höhepunkt näherte, wurde ihm plötzlich bewußt, daß die Art, wie Sylvanus spirituelle Offenbarungen hervorsprudelte, von denen niemand ein Wort verstehen konnte, etwas kläglich Gespenstisches hatte. Magnus beobachtete ihn nun aufmerksamer. Der Mann hielt beim Sprechen den Hut in der Hand; sein graues Haar war so kurz geschnitten, daß sein Schädel so glatt und kompakt aussah wie eine sauber geschälte Nuß. Magnus mußte bei diesem Anblick an den Kopf denken, der unter Don Quichottes bizarrem Helm sichtbar wurde, als dieser aus dem Sattel geworfen wurde. Aus den eingefallenen Augenhöhlen leuchteten die Augen des Mannes unheilverkündend im Dämmerlicht. Er sah aus wie jemand, der von Rechts wegen eine Rüstung hätte tragen und eine Schlachtaxt hätte halten sollen.

Nach dem Ende der Kasperlevorstellung, während ein bläßliches, zittriges Individuum mit dem Gesicht einer ausgehungerten Ratte verärgert nach der älteren Tochter rief, die herunterkommen und den anderen helfen sollte, ließ ein Polizist die Neigung erkennen, sich mit dem Seher anzulegen.

Magnus war hin und her gerissen zwischen dem Wunsch zu verschwinden und der lebhaften Neugier mitzuerleben, wie die Sache ausgehen würde. Was ihn im Augenblick interessierte, war der sonderbare Name, mit dem das weißgesichtige Mädchen so empört von seinem Vater gerufen wurde.

»Marret! Marret! Marret!« rief er vom Strand hoch, und beim Rufen ging er immer weiter rückwärts im Versuch, einen Blick auf das Mädchen zu erhaschen, das sich vom Prediger nicht fortrührte, doch die Esplanade lag zu hoch. Die Stimmen der beiden Männer waren für den jeweils anderen leicht zu hören, aber Sylvanus war im Zustand dessen, der mit Engeln spricht, und dabei konnte ihn nichts stören.

»Marret! Marret! Marret!« rief der Kasperletheaterbesitzer immer wieder, und nach jedem Ausruf stolperte er noch ein Stück weiter auf dem Strand, drehte sich um, reckte den Hals und streckte den mageren Körper in der Hoffnung, sie zu erblicken, denn er argwöhnte, daß sie genau das tat, was sie tatsächlich tat, indem sie alles andere auf der Welt vergaß, solange ihre ganze Seele an den rätselhaften Lippen des Propheten hing. Während er sich so abmühte, um einen Blick auf sie zu erhaschen, erreichte er unversehens das Meeresufer und mußte innehalten.

Unterdessen sprach der Polizist in sehr verärgertem Cockney zu dem Prediger.

»Hab' ich's Ihnen nicht hundert- und tausendmal gesagt! Volksreden können Sie unten am Strand halten! Hier nicht! Haben Sie verstanden? Schon gut, meine Dame; ich tu' ihm ja nichts, aber er muß an den Strand gehen. Dort unten kann er machen, was er will ... Weg hier, hab' ich gesagt!«

»Wissen Sie, wer ich bin?« fragte der Prophet.

Aber der Polizist ließ sich nicht beirren.

»Ich kenn' Sie gut genug, Mister. Wer kennt Sie denn nicht! Und ich kann Ihnen flüstern, daß es welche gibt, *die kennen Sie und haben langsam genug*, von Ihnen und davon, daß Sie sich auf der Esplanade Seiner Majestät breitmachen!«

Der Prediger, dessen wirre Augen den Polizisten wütend anblitzten, bewegte einen kleinen Stock, den er in der Hand hielt, einen altmodischen Soldatenstock, und stand im Begriff – so erschien es zumindest Magnus –, ihn gegen den verblüfften Polizisten zu erheben, als das Mädchen Marret, dessen Gesichtsfarbe sich im Verlauf der Auseinandersetzung von Weiß zu Rot und wieder zu Weiß gewandelt hatte, plötzlich ein paar unverständliche Worte rief und wie ein unförmiger Haufen zu Boden sank.

Dieser Zwischenfall veränderte die ganze Situation. Der Cockney-Polizist zeigte sich als völlig anderer Mensch, als er neben dem Mädchen niederkniete, und der Zorn des Predigers verwandelte sich in heftige Reue, während er sich anklagte, ihr Mißgeschick verursacht zu haben.

Magnus war nun entschlossen zu entfliehen; doch zuvor besaß er die Freundlichkeit, sich über das Geländer zu beugen und dem Schausteller zuzurufen, was geschehen war. Nach dieser Tat entfernte er sich, da es ihm überaus unrecht gewesen wäre, von dem Mann, über den er sehr wohl Bescheid wußte, erkannt zu werden. Sie waren einander öfter als einmal in den trostlosen Räumen im Obergeschoß von High House begegnet, die Jerry Cobbold bewohnte, Sylvanus' berühmter Bruder, und ihre Bekanntschaft in diesem besonderen, kritischen Moment zu erneuern wäre das letzte gewesen, was Magnus wünschen konnte.

Ein wenig schämte er sich seines Kleinmuts, als er auf dem dunklen, nassen, kalten Asphalt der verlassenen Promenade den Schritt beschleunigte, doch der Anblick eines großen Dampfers vor der Hafeneinfahrt, dessen Lichter großenteils bereits entzündet waren – denn das Zwielicht dunkelte schnell –, rief ihm ins Gedächtnis, warum er zur Anlegestelle eilte.

Gestern hatte er mit Lucinda Cobbold, Sylvanus' Schwägerin, Tee getrunken, und sie hatte ihm erzählt, daß ein junges Mädchen aus Guernsey allen Unkereien zum Trotz auf die Annonce, mit der sie nach einer Gesellschafterin suchte, geantwortet hatte und heute mit dem Dampfer eintreffen sollte, der von Cherbourg und den Kanalinseln kam.

»Wird Jerry sie abholen?« hatte Magnus gefragt und sich dabei die Verlegenheit der jungen Frau ausgemalt, wenn sie sich dem weltberühmten Clown gegenüberfand.

Doch die exzentrische Mrs. Cobbold, die ihre hochgelegenen Räume in High House nur selten verließ, hatte sich in diesem Augenblick auf ihre lange Bekanntschaft berufen und den Lateinlehrer gebeten, das Mädchen persönlich am Hafen abzuholen, und in einer unerwarteten altruistischen Anwandlung hatte er sich dazu bereit erklärt.

Nun blieb er stehen und betrachtete den einlaufenden Dampfer. Er versuchte sich vorzustellen, mit welchen Gefühlen – recht jämmerlichen, vermutete er! – die unglückselige Gesellschafterin, die Miss Wane hieß, wie Mrs. Cobbold ihm erzählt hatte, ihrem unbekannten Ziel näher kam.

»Sie wird es nie und nimmer aushalten können!« sagte er sich. »Lucinda laugt die Leute einfach aus. Sie bringt sie an den Rand der Verzweiflung. Jerry hätte es nie dazu kommen lassen dürfen! Gewiß, es gibt außergewöhnliche Frauen, die möglicherweise – aber nein, nein! Jerry hätte es nicht soweit kommen lassen dürfen.«

Er schlug seinen Mantelkragen hoch und setzte sich auf eine leere Bank mit Blick aufs Meer. Er wußte, daß ihm, solange der Dampfer den kleinen Hafendamm von Weymouth noch nicht passiert hatte, genug Zeit blieb, die Anlegestelle zu erreichen, bevor die Gangway hinuntergelassen wurde und die Leute ausstiegen.

Er verbannte die unbekannte Miss Wane aus seinen Gedanken und gab sich langem, köstlichem Nachsinnen über Curly hin. Manche Passanten hielten ihre Regenschirme aufgespannt, obwohl es nicht wirklich regnete, und es fiel ihm als eigenartiger Umstand auf, daß der Anblick einiger geöffneter Regenschirme ihn so nachdrücklich das Gefühl unbändigen Entzückens wiedererleben ließ, mit dem er sie an jenem Abend im Häuschen auf den Knien gehalten hatte. Fünfmal hatte er sich mit ihr draußen am Wishing Well von Upwey getroffen, seit sie miteinander befreundet waren.

»Wohlan denn!« dachte er. »Ich bin sechsundvierzig, und meinen Teil an Liebeshändeln habe ich bisher noch nicht gehabt.«

Ein wenig fröstelnd blickte er zum Dampfschiff. Nein! Es lag noch immer am selben Fleck vor dem Damm.

»Wenn sie einverstanden wäre, würde ich sie morgen heiraten«, dachte er. »Ich kann nicht gerade behaupten, daß sie in mich verliebt ist. Aber selbst wenn sie das nie wirklich sein sollte, könnte ich sie glücklich machen, da bin ich mir gewiß.«

Die Bank, auf der er mit hochgeschlagenem Mantelkragen und ausgestreckten Beinen saß, die Hände tief in den Taschen vergraben, lag vor einem besonderen Stück Land, wo die Straße die Esplanade kreuzte und mit einer durch das Gelände bedingten Biegung zu einer flachen Stelle Sandes hinab verlief, einer Stelle, die nur in den stärksten Stürmen von der Flut überschwemmt wurde und wo in der Sommersaison Esel und Ziegenwägelchen auf ihre Benutzer zu warten pflegten. Wie gut er diesen Ort kannte! Er gehörte zu jenen geographischen Punkten auf der Oberfläche des Planeten, die ihm in der Sterbestunde zwangsläufig als konzentrierte Essenz all dessen, was das Leben bedeutete, ins Gedächtnis zurückgelangen mußten! Auf dieser Bank hatte er vor fünf Jahren nach dem Tod seines Vaters gesessen.

Nein! Der Dampfer aus Cherbourg hatte sich noch immer nicht von der Stelle gerührt. Er konnte seine Gedanken wieder zu Curly schweifen lassen! Jetzt gelangte er – keineswegs zum erstenmal – zu dem Schluß, daß die ungewöhnliche Nähe, in der er sich zu seinem einzigen Elternteil befunden hatte – denn die Mutter hatte er in seiner frühen Kindheit verloren, und Brüder oder Schwestern hatte er nie gehabt –, dafür verantwortlich war, daß seine gelegentlichen Liebesaffären bisher niemals ernsthafte Ausmaße angenommen hatten.

»Aber schließlich«, dachte er, »habe ich solche Gefühle noch nie für eine der anderen empfunden. Und außerdem kann ich mir nicht vorstellen, daß ich mit meinen Nerven und meinen Eigenarten und all diesen Dingen jemals mit einem Mädchen aus meiner eigenen Gesellschaftsschicht zurechtkäme.«

Und mit erregter, wollüstiger Inbrunst begann er im Geist das an sich selbst herauszustreichen, was ihn ein Mädchen aus dem Volk vorziehen ließ.

»Es paßt zu meiner ganzen Natur«, sagte er sich. »Was ich vom Leben erwarte, ist Poesie; darin bin ich nämlich wie mein Vater. O ja! Wie vernichtend er die Künstlichkeit in jedem Gegenstand verurteilt hat! Nichts kümmerte ihn als die Mathematik und das Wetter und seine Spaziergänge nach Redcliff Bay und die Rückkehr durch den Regen in einen Raum mit Kerzenlicht und einer guten Tasse Tee und einem anständigen Feuer. Wie hat er über die Konventionen gelacht, um die unsere Klasse soviel Aufhebens macht! Gewiß kann ich mir nicht vorstellen, was er dazu gesagt hätte, daß ich Curly heiraten will, aber ich weiß, wie sehr er davon überzeugt war, daß das gesellschaftliche Getue der Frauen unserer Mittelschicht dem Leben alle Würde und alle Freude nimmt.«

Während dieses Selbstgesprächs erstand die Vorstellung seines Vaters auf eigentümliche und besondere Weise vor seinem inneren Auge. Er schämte sich seines Zitterns und Frierens, als er dasaß und darauf wartete, daß der Dampfer weiterfuhr. Und ihm war, als enthalte das Brausen des Windes und das Brechen der Wellen, ja die Dunkelheit selbst, die sich nun über Land und Meer senkte, den Geist seines Vaters – massiv, urtümlich und bar jeglicher Nachsicht für menschliche Schwäche und Eitelkeit.

»Miss Wane! Miss Wane!« murmelte er halblaut. »Ihretwegen friere ich mich halb tot, Miss Wane!« Seine Vorstellung von der unglückseligen Gesellschafterin, die nicht ahnte, was sie erwartete, war die einer erschöpft aussehenden alten Jungfer mittleren Alters und französischer Herkunft.

Einer der Windstöße, die ihn die Hände tiefer in den Taschen vergraben und seinen Mantel noch enger um die Knie schließen ließen, als er sich zusammenkauerte, peitschte eine Welle zu einer hohen Gischtsäule empor.

Jeder Fremde wäre angesichts der Miene, mit der Magnus dieses Phänomen betrachtete, deren Ingrimm, deren schroffer und beinahe wilder Freude, überrascht gewesen. Der knochige Körperbau und der unregelmäßig geformte Schädel des Mannes leisteten diesem finsteren Ausdruck Vorschub, doch unterschied sich dieser sehr wohl vom gewohnten Aussehen des Lehrers. Für gewöhnlich eignete seinem Mienenspiel etwas Formloses, Chaotisches, nicht unbedingt Liebenswertes, doch gewiß weder Schroffes noch Strenges. Es wollte fast scheinen, als müsse er in sich eine Kraft schaffen, die dem Charakter seines Vaters entstammte und über das ihm gemäße Fühlen hinausging, damit er der Spannung der Elemente gewachsen war.

Nachdem diese eine Welle verebbt war, beruhigte das Meer sich jedoch ein wenig, und Magnus, der sah, daß das Schiff, welches er nicht aus dem Auge verlor, noch immer draußen vor dem Hafen lag, ließ seine Gedanken zu der Begegnung vorhin zurückwandern.

»Wahrscheinlich hätte ich Sylvanus ansprechen sollen«, dachte er. »Aber wie peinlich wäre es gewesen, wenn er mich nicht erkannt hätte; und es war kaum der geeignete Augenblick, einen wahnsinnigen Propheten damit zu verwirren, daß er sich an anderer Leute Namen erinnern soll. Ich hoffe, das Mädchen ist jetzt wieder bei Sinnen und wohlauf. Der Polizist hat mich aus der Fassung gebracht. Vater wäre schnurstracks auf ihn zugegangen und hätte die ganze Sache in die Hand genommen. Verwünscht und zugenäht! Das war wieder meine alte Hasenherzigkeit, meine Furcht vor jeglicher Rauferei. Ich weiß wirklich nicht, woher ich den Mut genommen habe, mit Curly so weit zu gehen. Ich wüßte gern, ob das Mädchen jenes Mädchen war, von dem sie mir erzählt hat. Das muß ich sie morgen fragen, wenn ich sie sehe. Aber ach! Ich wünschte, ich hätte den Mut aufgebracht, es mit dem Polizisten aufzunehmen. Ob sie Sylvanus wohl daran hindern werden, auf der Esplanade Reden zu halten? Und was ist, wenn er sich nicht hindern läßt und dort weiterpredigt? Wird man ihn dann verhaften? Daß ausgerechnet er sich solchen Ärger mit der Obrigkeit einhandeln muß! Verwünscht und zugenäht! Daß ich es nicht über mich gebracht habe, hinzugehen und wenigstens den Mund aufzumachen! Sich einfach davonzuschleichen, das war nicht gerade nobel gehandelt.«

Das Schiff, das er nicht aus dem Auge verlor, ließ in diesem Augenblick ein langgezogenes Signal ertönen. Diesen eigentümlichen Laut konnte Magnus nie hören, ohne sich gewissermaßen innerlich zu sammeln, als gelte es einer Krise zu begegnen, als blase ein Engel des Jüngsten Gerichts seine Trompete.

Diesmal bewirkte das unvermittelte Tuten des Dampfers aus Cherbourg einen überaus sonderbaren Sinneseindruck bei ihm, einen Eindruck, als wäre ganz Weymouth mit einemmal zu einem körperlosen Dunst geworden, der in der Luft hing. Alle ihm so wohlvertrauten Kennzeichen des Ortes – der Kirchturm von St. John's, die abgerundete Stuckfassade des Hauses Nr. 1 an Brunswick Terrace und des Hauses Nr. 1 in St. Mary's Street, die Jubiläumsuhr, Fort Nothe, die Statue Georges III. – schienen riesenhaft aus einer wolkigen, dunstigen Unwirklichkeit herauszuragen. Diese Halluzination oder was auch immer währte nur kurze Zeit. Ein zweites Tuten vom Schiff her löschte sie gänzlich aus, doch nicht bevor ihm klargeworden war, daß er, falls er wirklich ein so ausgemachter Feigling war, unbedingt eines philosophischen Systems bedurfte, auf das er sich zur Rechtfertigung, ja Belobigung solch aberwitziger Schäbigkeiten berufen konnte.

»Ein Feigling«, dachte er, »hat genausogut ein Recht auf eine eigene Philosophie wie jeder andere, und ich muß lernen, mich damit abzufinden, daß ich ein unbedeutendes und unwürdiges Subjekt bin. Man kann sehr wohl die eigene Feigheit hinnehmen und sich ihr sogar willentlich überlassen, solange man nicht sein – sein Entzücken – sein Vergnügen an –«

An diesem Punkt hielten seine Gedanken inne; und er begann – wie schon oft zuvor – im Geist nach dem treffenden Wort zu suchen, um eine bestimmte Geisteshaltung auszudrücken, die ihm zur Gewissenssache geworden war und der er sich wie einer mechanisch, rituell geübten Geste hingab. Was er nun jedoch tatsächlich empfand, war das Gefühl, als hätten der Kirchturm von St. John's, die Statue Georges III., die gerundeten Ecken von Brunswick Terrace und St. Mary's Street und das große steinerne Haus an der Preston Road, wo die unglückselige »Gesellschafterin« sich heute abend einfinden sollte, sich in eine wolkige Hügelkette verwandelt, über deren Gipfeln die kühle Bank, auf der er saß, in der Luft schwebte, so daß er sie nicht verlassen konnte, bevor ihm der richtige Begriff für diesen bestimmten geistigen Trick einfiel, den er praktizierte, aber nicht benennen konnte! Verdammt! Er mußte es aufgeben. Das Wort wollte ihm nicht einfallen!

Mit einer gereizten, hoffnungslosen Bewegung zog er die Knie hoch; dann nahm er die Hände aus den Taschen und ergriff den Stock, der neben ihm an der Bank gelehnt hatte. Dieser Stock hatte seinem Vater gehört. Er war aus hartem, fremdartigem Holz düsterer Färbung gefertigt und besaß einen glatten, gebogenen Griff, auf den Magnus sich mit seinem ganzen Gewicht zu lehnen pflegte, bis ihm war, als lehne er sich auf die unerschöpfliche Kraft des gefürchteten alten Mannes.

Seine Hände waren bloß, und seine Finger fühlten sich kalt und steif an, als er diese Stütze, die jetzt zwischen seinen Beinen fest in den Boden gerammt stand, umklammerte.

Und immer noch verharrte der Dampfer bewegungslos zwischen Anlegestelle und Hafendamm! Was war los mit ihm? Die Zeit, die Mrs. Cobbold als Landungszeit genannt hatte, war zweifellos längst verstrichen. Mußte der Dampfer etwa in den Hafen geschleppt werden? Die Dampfschiffe von den Kanalinseln kamen immer mit eigener Dampfkraft. Er hatte sie sein ganzes Leben lang so einlaufen sehen. Auf jeden Fall mußte er sich bewegen. Er mußte Schutz vor Wind und Kälte finden, um weiter zu warten, wenn das Schiff noch länger draußen blieb.

Wieder kam ihm das verzerrte Gesicht Sylvanus' mitsamt der weißwangigen Marret, die es wie ein Gespenst anstarrte, in den Sinn. Dieser Mann hatte etwas Heroisches, daran konnte es keinen Zweifel geben. Aber er war durch und durch wahnsinnig. Nur ein Wahnsinniger setzte sich der Gefahr aus, in Arrest zu kommen, indem er Ende Januar auf der Esplanade von Weymouth Predigten hielt.

»Ich hätte mich nicht davonschleichen dürfen. Ich hätte mich nicht davonschleichen dürfen. Ich hätte mich nicht davonschleichen dürfen.«

Für eine Sekunde ließ er den Stock seines Vaters los, doch nur, um sich die Mütze tiefer ins Gesicht zu ziehen.

»Aber wenn ich mir nur die geringste Selbstachtung bewahren will«, dachte er, als er sich mit vor Kälte klappernden Zähnen steif von der Bank erhob, »muß ich mich meiner Feigheit stellen, sie nehmen, wie sie ist, und mich selbst als nervösen, unbedeutenden Bücherwurm betrachten, der nichts anderes kann als Latein unterrichten und sich von Miss Le Fleau verwöhnen lassen!«

Als er zu diesem Schluß gelangte, seufzte er tief auf; doch blitzartig wurde ihm bewußt, daß seine große innere moralische Geste, das Zusammennehmen seines Geistes, das er nicht zu benennen vermochte, auf einen Organismus bar allen Mutes anwendbar gemacht werden *mußte*. Im Geiste sah er wieder den Kirchturm, das Königsstandbild, die Jubiläumsuhr, das große Haus aus Stein; und obwohl das Gefühl, von diesen Dingen dem Erdboden enthoben zu werden, ihn ganz und gar verlassen hatte, schien es ihm immer noch, als riefen diese unbelebten Identitäten – Identitäten, die all seine Erinnerungen an all seine Tage in sich konzentriert hatten – nach ihm und forderten ihn auf, sich selbst so niedrig wie irgend möglich einzustufen und dennoch nicht aufzugeben.

Nun wurde er gewahr, daß er vor Kälte heftig zitterte, und er ging mit schnellen Schritten zum Pier, wobei er unterwegs nicht nur die kalten Hände in den Taschen vergrub, sondern in die rechte Tasche auch den Griff seines Stocks steckte, so daß dieser beim Gehen von seiner Seite exakt im rechten Winkel zu seinem Körper abstand.

Als er die Anlegestelle am Ende des Piers erreichte, fand er eine beträchtliche Anzahl von Leuten vor, die auf die Ankunft des Schiffes von den Kanalinseln warteten und allesamt mittlerweile jenen spezifischen Ausdruck zur Schau trugen, der in Neuankömmlingen das undeutliche Gefühl weckt, daß ihrer nichts Gutes harrt, den allen Menschenwesen, denen das unaufhörliche Warten uniforme Böswilligkeit eingeflößt hat, eigenen Ausdruck. Jede sich dem Zufall verdankende Menschengruppe, die sich gemeinsam dem blinden Walten des Schicksals unterworfen sieht, nimmt sogleich bestimmte Eigentümlichkeiten an, wie sie die Menschheit zu keinem anderen Zeitpunkt zur Schau stellt. Anfangs sind die einzelnen sich der Anwesenheit der anderen überhaupt nicht bewußt, gleichgültiger noch, als wenn sie einander auf der Straße begegneten. Sehr schnell jedoch stellt dieses Bewußtsein sich her, und zwar anfänglich in Form einer undeutlichen und beinahe unziemlichen Bewußtheit. Und danach, wenn sie sich damit abgefunden haben, kritisch übereinander nachzusinnen, ist es überaus unangenehm, der letzte Ankömmling zu sein, der sich ihrer feindselig gestimmten Wache anschließt.

Das war die Rolle, welche auszufüllen Magnus diesmal ausersehen war; und die Situation erwies sich für ihn so schnell als unerträglich, daß er, nachdem er von einem Lastenträger erfahren hatte, das Verweilen des Schiffes am Hafeneingang hänge mit dem Stand der Flut zusammen und werde sich zweifellos noch geraume Zeit hinziehen, seine sechs Pence bezahlte und den abgeriegelten Teil des Piers betrat, von dessen Ende aus er sich, wie er wußte, mit lautem Rufen fast jedermann an Deck des Dampfers verständlich machen können mußte.

»Aber ich darf Miss Wane nicht schon von Anfang an anschreien«, dachte er. »Andererseits – großer Gott! – ahnt sie wohl kaum, worauf sie sich eingelassen hat als Gesellschafterin für Lucinda Cobbold im obersten Stock von High House!«

Er schritt die dem Hafen zugewandte Seite des Piers entlang, am trostlosen, zugesperrten Sommertheater vorbei, bis er dessen Ende erreichte, wo die Mole unter einer vereinzelten Lichtquelle wie ein nasses Schiffsdeck über die wogenden melancholischen Wasser hinausragte.

Der Dampfer lag weiter draußen, als er erwartet hatte, im Schutz des kleinen Hafendamms, mit regloser Schraube, aber einem langen, windgezausten Fähnchen schwarzen Rauchs, das man in der wachsenden Dunkelheit gerade noch einem der Schiffsschornsteine entsteigen sehen konnte.

Magnus merkte, daß er noch immer zitterte.

»Ich brauche meine Handschuhe und meinen Schal«, sagte er sich. »Verwünscht und zugenäht! Wahrscheinlich fange ich mir eine tödliche Erkältung ein und bekomme eine Lungenentzündung! Wie konnte ich nur so töricht sein, mir über Miss Wane Gedanken zu machen! Zweifellos wird sie Übung darin haben, sich um sich selbst zu kümmern. Aber guter Gott! Wer Mrs. Cobbold kennt, der kann nur Mitleid haben mit jemandem, der –«

Der überraschende Anblick eines Männerkopfes, der sich ganz nah über ihm über das Geländer beugte, unterbrach ihn in seinem Gedankengang. Dem Kopf folgten breite Schultern in einem dicken Pullover, und dann sprang ein großgewachsenes, seetüchtiges Individuum behende über das Geländer und auf den Pier.

»Aber Jobber –«, rief Magnus in erstauntem Wiedererkennen,

doch der andere murmelte etwas Unverständliches, lehnte sich über die Brüstung und begann, jemandem weiter unten eilig Anweisungen zuzurufen.

Magnus blickte selbst hinunter auf die schaumgesprenkelte Düsternis, in der die Wellen sich mit schwerem, bedeutungsvollen Geräusch an den hölzernen Pfosten brachen. Nah am Fuß des Piers befand sich an einem der Pfosten ein kleines laut tuckerndes Motorboot, ganz offenkundig für die Arbeit und nicht fürs Vergnügen gebaut, das aussah, als hätte es zu seiner Zeit schwerere Seen als diese erduldet. Im Boot stand ein rundgesichtiger Mann, derber gekleidet als sein Gefährte auf dem Pier, und handhabte nicht ohne Mühen einen langen Bootshaken, den er an einem der Pfosten verkeilt hatte.

»Kannst du sie nicht halten, Bum? Ganz ruhig, Bum!« rief der große Mann neben Magnus. »Vorsichtig jetzt, vorsichtig, um Himmels willen!«

»Gleich haben wir's, Jobber, keine Sorge.«

»Dann halte sie! Ich bin keine Minute weg. Will nur Mr. Wool sagen, daß er nichts zu sagen braucht, weil wir jetzt wieder da sind. Habe die Ehre, Mr. Muir!«

Dabei entfernte er sich ohne weitere Worte mit langen, leichtfüßigen, schnellen Schritten und verschwand hinter der düsteren Masse des geschlossenen Theaters.

»Wie geht's, Mr. Muir? Ich kann Sie sehen, auch wenn Sie so tun, als könnten Sie mich nicht sehen«, murmelte der Mann im Boot, der laut und heftig atmete, während er mit dem Bootshaken hantierte.

»Wackelige Angelegenheit, was? Gar nicht so leicht, was? Hoffe, Mr. Skald läßt nicht zu lange auf sich warten. Keine sonderlich schöne Nacht für –«

Als er dies sagte und sich dabei über den Rand des Piers vorbeugte, spürte Magnus wieder, wie seine Zähne klapperten.

»Zum Teufel mit Miss Wane«, dachte er insgeheim. »Wenn ich mich nicht bald aus dem Staub mache, hole ich mir allen Ernstes eine Lungenentzündung. Wie töricht von mir, überhaupt herzukommen!«

Und da präsentierte sich vor seinem inneren Auge die Ausrede, daß Miss Wane es als Aufdringlichkeit bewerten könnte, wenn er – ein völlig Fremder – am Landesteg erschien, um sie abzuholen! O nein, das war nun allzu lächerlich! Wie sollte sie wissen, ob er nicht weit enger mit den Cobbolds befreundet war, als dies tatsächlich der Fall war? Vielleicht hatte sie sogar noch nie von dem großen Jerry gehört. Gewiß kam sie aus ganz einfachen Verhältnissen; und Guernsey befand sich bekanntermaßen hinter dem Mond.

»Wie heißen Sie gleich?« rief er zu dem Mann hinunter.

»Trot, Sir!« rief der Mann zurück, indes der Wind durch die Planken des Piers pfiff und die Wellen klatschten und schäumten. »Spitzname Bum. Mutter und ich besorgen Jobber Skald den Haushalt.«

»Wollen Sie mir nicht ... ein Seil oder so ... hochwerfen?«

»Nein, nein, Mr. Muir, besten Dank, aber sie ist jetzt fest vertäut. Die Atemnot habe ich von meinem Asthma, weiter nichts.«

»Was meinen Sie, wann das Schiff einlaufen wird?« fragte Magnus ihn.

Mr. Trot warf einen Blick über die Schulter auf die Lichter des Dampfers, dessen Umrisse – Rumpf, Mast, Schornstein, Brücke – sich deutlich von dem grauen Hafendamm abhoben.

»Daran ist der neue Lotse schuld!« rief Mr. Trot als Antwort. »Hat wohl Angst vor der Flut. Jobber und ich hätten sie schon vor einer Stunde reinbugsiert. Da! Das ist wohl das Signal. Jetzt geht es sicher los.«

Als der große Mann zurückkam, fror es Magnus so erbärmlich, daß er beschloß, ihn ins Vertrauen zu ziehen. Ob er vielleicht bereit sei, die junge Dame aus Guernsey in Empfang zu nehmen? Magnus hatte schon immer eine undeutliche Zuneigung zu dieser exzentrischen Existenz aus Weymouth mit dem Spitznamen »Jobber« empfunden, die ihren Lebensunterhalt damit bestritt, mit ihrem Motorboot zwischen den benachbarten Küstenorten zu verkehren, und die man als jemand Besonderen häufig bei den Cobbolds antreffen konnte.

Adam Skald hörte ihm mit höflicher Aufmerksamkeit zu. Da er seine Geschäfte schneller als erwartet abgewickelt hatte, war er guter Laune, wohlwollend schweigsam, scherzhaften Sinns.

Magnus beeindruckten die ehrfurchtgebietenden Maße des Mannes und dessen Miene, als dieser im Licht der Pierbeleuchtung dastand und ihm zuhörte. Seine große unebene Nase, sein vorspringendes Kinn und seine gefurchte Stirn hatten etwas an sich, was an die zufälligen Formen erinnerte, die man in gebirgigen Gegenden den Umrissen dieser oder jener zerfurchten Erhebung abzulesen pflegt. Magnus wiederum kämpfte mit einem neuerlichen Anfall von Selbstanklage angesichts dieses seines zweiten Ausweichens vor gesellschaftlicher Verantwortung, und sein Gefühl der Selbsterniedrigung mehrte seine Achtung vor dieser ungebundenen Persönlichkeit mit ihren eindrucksvollen Zügen.

Ohne zu zögern erklärte der Jobber sich bereit, die Verantwortung dafür zu übernehmen, die neue Gesellschafterin sicher nach High House zu geleiten.

»Was soll ich ihr sagen?« fragte der große Mann. »Soll ich einfach nur sagen, daß man mich *gebeten hat, sie abzuholen*?«

»Oh, sobald sie Sie sieht, wird sie Ihnen ihr Vertrauen schenken!« sagte Magnus voller Überzeugung. »Ich frage mich nur, wie sie – armes, unbekanntes Frauchen! – jemals mit unserer Freundin Lucinda zurechtkommen will.«

Der Jobber starrte ihn an.

»Nun ja, da haben Sie recht, Mr. Muir. Ich wäre nicht gern eine junge Frau mit der Aufgabe, Mrs. Jerry zu unterhalten.« Es fiel dem Lehrer auf, daß dieser Mann von Miss Wane als von einem jungen Mädchen sprach. Hatte er irgendeinen Grund dafür, fragte er sich.

Jetzt erreichte sie die Stimme Bum Trots, die ihnen mitteilte, daß der Dampfer in Bewegung gekommen war.

»Warte noch einen Augenblick, Bum!« rief sein Meister. »Sie soll ruhig einen guten Vorsprung vor uns haben, bevor wir einlaufen.«

Er beugte sich über den Pier und drehte sich schnell um.

»Ich muß mich von Ihnen verabschieden, Mr. Muir«, sagte er. »Bums Asthma und das verflixte Boot –«

Er unterbrach sich mitten im Satz, weil er den eigenen Atem für die Anstrengung benötigte, ins Boot zu klettern.

Magnus sah zu ihm hinunter, als er Mr. Trot den Bootshaken abnahm und ihn nötigte, sich zu setzen und sich auszuruhen.

»Keine Sorge! Ich kümmere mich um Perdita«, rief der Jobber, während das Boot unter ihm schaukelte, und dann sagte er etwas, was Magnus durch das Geräusch der Wellen hindurch nicht verstehen konnte.

Perdita? Ja, so hatte Lucinda sie genannt; Perdita Wane.

»Was haben Sie gesagt? Ich habe Sie nicht verstanden.«

Der Jobber wiederholte seine Worte; doch abermals konnte Magnus sie nicht verstehen. Offenbar waren sie satirischen oder sardonischen Inhalts, und sie schienen jemanden zu betreffen, den sie beide kannten. Handelte es sich um eine humoristisch ausgedrückte Verärgerung über Mrs. Cobbold? Der große Mann mit dem Bootshaken in der Hand bedachte Magnus mit einem ausgesprochen verärgerten Blick, als dieser zum drittenmal seine Worte nicht verstand.

Mr. Trot mischte sich ein.

»Jobber hat gesagt«, brüllte er, »daß er sich wünscht, Mr. Cattistock bei so lebhaftem Seegang im Boot zu haben; vielleicht würde er ihm sogar mit diesem Gerät hier eins übers Ohr ziehen!«

Diese Darlegung hörte Magnus ganz deutlich, und es fiel ihm nicht schwer, ihre grimmige Bedeutung zu erfassen. Die ganze Stadt wußte um die erbitterte Fehde zwischen Adam Skald und Mr. Dogberry Cattistock, genannt »Dog Cattistock«, einer Fehde, die so erschreckende Ausmaße angenommen hatte, daß man in den Wirtshäusern von Weymouth munkelte, Mr. Cattistock fürchte um sein Leben, da »der Jobber geschworen hat, es ihm einzutränken«.

Und deshalb öffnete der zitternde Lehrer in den Fängen des Windes den Mund und wiegte den Kopf und machte eine Handbewegung in der Art, in der auf der Bühne betagte Männer mittels deutlicher Zeichen zu verstehen geben, daß sie bestens über das, was sich zwischen den jüngeren Leuten abspielt, auf dem laufenden sind.

Später jedoch, als er den Heimweg nach Kimmeridge House an Brunswick Terrace einschlug und dies so schnell, wie er konnte, um seinen erfrorenen Blutkreislauf wieder in Gang zu bringen, konnte er nicht umhin, den groben Scherz über Cattistock mit seinem eigenen unwürdigen Davonlaufen vor zwei riskanten Situationen an diesem Abend zu verbinden. Er hatte es dem Mädchen vom Kasperletheater überlassen, mit dem Polizisten zurechtzukommen, und jetzt überließ er das Mädchen aus Guernsey dem Gutdünken des Jobbers.

Nein! Er war kein ehrbares und verläßliches Mitglied der Gesellschaft. Er war ein menschenscheuer Nachhilfelehrer für begriffsstutzige Knaben. Als er gegen die Windstöße ankämpfte und sich nach der Wärme seines Zimmers und der Sicherheit seiner Bücherregale sehnte, überkam ihn die Erkenntnis, daß er eine weit edlere Figur des Mannestums abgegeben hätte – und eine, in die Curly sich weit eher hätte verlieben können –, wenn er einen Streit mit Dog Cattistock hätte haben können, wie der Jobber ihn hatte.

»Die Liebeshändel eines schüchternen Zeitgenossen«, dachte

er mit übertriebener Düsternis, als er an der Jubiläumsuhr vorbeikam, deren Zeiger fünf Minuten vor sechs Uhr anzeigten, »haben etwas Verachtenswertes. Im Mark unserer Knochen steckt das Wissen, daß wir körperlichen Mut beweisen müssen, wenn wir Glück in der Liebe haben und uns in der Liebe treu sein wollen.«

Im Weitergehen begann er über seinen Vater nachzudenken und blickte hin und wieder zum Schaum im dunklen Meer und hin und wieder zum Kirchturm von St. John's. Die gleiche Furcht vor seinem Vater, dachte er, die seine Liebesgeschichten zu dessen Lebzeiten vereitelt hatte, war in seinem Inneren noch immer lebendig. *Jener* war kein Feigling gewesen, obgleich er nervös und keineswegs abenteuerlustig war. Doch er war von so handfester Natur, von so unerschütterlichem Temperament, daß Gefahren wie Hunde knurrten und zurückwichen, wenn er nahte.

In dieser beschämten Stimmung ließ Magnus sich von den Gedanken an seinen Vater nachgerade wie ein Kriegsgefangener an den Schultern ergreifen und am Hotel Burdon vorbei auf Brunswick Terrace zumanövrieren. In Penn House am Ende von Brunswick Terrace, dem vorletzten Haus der Häuserzeile, hatte er all die Jahre hindurch mit seinem Vater gewohnt.

Muir der Ältere war Mathematiklehrer am College von Weymouth gewesen, und er hatte immer gehofft, daß sein Sohn eines Tages in dieser Institution eine Stelle bekommen würde. Doch Magnus war es nicht gegeben, sich gegen ungestüme Knaben durchzusetzen, und er wählte den Weg des geringsten Widerstands, indem er schwachen Schülern im Haus seines Vaters Nachhilfeunterricht gab, allerdings nicht in Mathematik. Er entschied sich für Latein, obwohl seine persönliche Vorliebe allein dem Griechischen galt. Und bezeichnend für ihn war der verstohlene Stolz darauf, daß er sich seine private Freude an der raffinierteren und primitiveren der beiden Sprachen, der Sprache, die ihm allmählich zur unsichtbaren Barriere zwischen seiner Innenwelt und der Außenwelt geworden war, nicht durch die Plackerei des Unterrichtens verderben ließ.

Um der Wahrheit die Ehre zu geben, muß eingeräumt werden, daß der ältere Muir der Unbill des Alltagslebens sowenig gewachsen war wie sein Sohn, der Stubenhocker, doch er zählte zu jenen, die ungeachtet all ihrer stolzen und schüchternen Scheu vom ersten Augenblick an über die Macht der Autorität verfügen, und sowohl seine Kollegen als auch seine Schüler hatten ihn stets respektiert, auch wenn er nie beliebt gewesen war, und so hatte er in seinem Beruf alt werden können, ohne zu verzagen.

Doch beim Tod des Schulmeisters war Penn House in fremde Hände übergegangen, und Magnus, der nichts behielt als seine Bücher, war in Kimmeridge House eingezogen, wo er seit Jahren das Privileg genoß, einziger Logiergast einer älteren unverheirateten Dame und ihrer noch älteren Bediensteten zu sein.

Miss Le Fleau war eine alte Freundin des älteren Muir, und sie behandelte Magnus eher wie einen Verwandten denn wie einen Untermieter, obwohl er sich nicht davon abbringen ließ, seine Mahlzeiten in seinem Zimmer im zweiten Stock einzunehmen, und sich mit kurzen, periodisch erfolgenden Besuchen im Salon Miss Le Fleaus begnügte. Zu diesem Raum begab er sich jetzt, sobald er das Haus betreten hatte, und er traf die alte Dame aufrecht und friedlich unter der grünen Lampe vor ihrem Buch sitzend an, in ihrem ordentlichen schwarzen Kleid mit purpurnem Besatz, und auf den Moment wartend, da Martha sie zum Abendessen rufen würde.

»Miss Le Fleau, wäre es wohl zuviel der Mühe für Martha«, begann er, »wenn ich sie um ein Glas heißen Whiskey bäte, wenn sie mir das Abendessen bringt? Mir ist heute abend recht kühl.«

»Oh, hoffentlich haben Sie sich nicht eine Ihrer schlimmen Erkältungen eingefangen. Ich bin ja so froh, daß Sie zu mir gekommen sind! Ich will gleich hinuntergehen und es herrichten lassen. Ist Ihnen die gleiche Menge Alkohol – ich meine Whiskey – wie Wasser recht?«

»Vielen Dank, Miss Le Fleau, aber lassen Sie mich gehen und es holen. Sie sollen sich nicht bemühen.«

»Ach, das ist doch nichts! Ich hoffe, Sie fragen mich immer, wenn es Ihnen an etwas fehlt. Dafür sind Frauen da, die nichts zu tun haben. Warten Sie bitte hier, ja? Ich bringe es Ihnen selber her. Wenn Sie es nicht auf leeren Magen trinken, tut es seine Wirkung nicht. Und wenn ich es selber hole, kann ich sicher sein, daß es wirklich heiß ist, und kann aufpassen, daß Sie es nicht zu trinken vergessen, bevor es auskühlt, so wie an dem Abend, als Sie so durchnäßt aus Upwey zurückgekommen sind.«

Das längliche, faltige Gesicht der alten Dame verzog sich zu einem so huldvollen und zärtlichen Lächeln, als sie den Raum verließ, daß es Magnus weit mehr Mitgefühl für ihn auszudrücken schien, als seine zufällige Verkühlung rechtfertigen konnte. Als er sich vorbeugte, um seine Hände am lodernden Feuer zu wärmen, spürte er leise Bestürzung in sich keimen. Hatte jemand, mit dem sie befreundet war, ihn mit Curly am Wishing Well gesehen?

»Sie kann nichts gehört haben. Nein, nein! Ganz unmöglich. Und selbst wenn mich jemand aus ihrer Bekanntschaft an der Tür von Curlys Mutter gesehen hätte, dann hätte er denken müssen, daß ich eine Tasse Tee oder ein Glas Ingwerbier bestellen wollte.«

Er richtete sich auf und stellte sich mit dem Rücken zum Feuer, so daß Miss Le Fleaus Salon vor ihm lag.

»Das Zimmer ist tatsächlich ein braunes Zimmer«, dachte er. Und er erinnerte sich, wie er der Besitzerin einmal erklärt hatte, es sehe aus wie ein »braunes Herrenzimmer«, und mit welch schiefer Miene sie diese Bemerkung aufgenommen hatte. Aber das Zimmer wirkte auf unerklärliche Weise braun, obwohl es bis auf den runden Mahagonitisch, der wiederum so stark poliert war, daß er wie tiefes Wasser glänzte, nichts wirklich Braunes enthielt. Die Tapeten waren von blassem »Holländischrosa«, das ins Gelbliche überging. Kissen und Teppich waren von trübem, beinahe schmutzigem Pflaumenviolett. Die Bilder waren durchweg alt, kolorierte Stiche, die zumeist den glatten, weichen, ja speckigen Eindruck vermittelten, der etwas so besonders Tröstliches hat – so als hätte sich ein verschwommener, öliger Film, vielen natürlichen Dämmerungen entrungen, auf Kreidezeichnungen gelegt; die Bücher in den drei stabilen Bücherschränken aus Rosenholz dagegen waren fast sämtlich grün und golden, mit Einbänden voll der wunderlichen Schnörkel und Verzierungen, wie sie um die Mitte des neunzehnten Jahrhunderts so beliebt gewesen waren.

Wie lebhaft erinnerte Magnus sich daran, als Knabe, wenn sein Vater ihn mitnahm, Miss Le Fleu zu besuchen, diese Einbände in langen, stillen Träumereien begafft zu haben, versunken in jene wunderlichen inneren Phantasiegespinste, mittels welcher Kinder beinahe jedes Muster in »unerkannte Welten« zu verwandeln verstehen, wenn ihnen körperliche Betätigung verwehrt ist, von denen sie sich jedoch sofort abkehren, sobald es sich anders verhält. Der Herrschaft seines Vaters wieder unterworfen – wie es ihm stets in diesem Raum erging, dessen auffälligere Möbelstücke großenteils von Miss Le Fleau bei der Versteigerung von Penn House erworben worden waren –, hatte Magnus den Eindruck, daß die ganze Geschichte mit Curly, nun, da er sich in stiller Beschaulichkeit in seiner behüteten Vergangenheit erging, etwas darstellte, was wie der Anblick der Instrumententasche eines Arztes oder der eines Unfalls auf der Straße oder eine unvermittelte Begegnung mit einem Gefangenen in Handschellen zu einem Bereich des Lebens gehörte, wo alle nur denkbaren Erschütterungen stattfanden, die seiner Freude an Miss Le Fleaus Salon nicht nur völlig fern, sondern auch höchst abträglich waren.

Beging er, ein Mann von sechsundvierzig Jahren, dem alle Traditionen des Bildungsbürgertums in Fleisch und Blut übergegangen waren, einen verhängnisvollen Fehler, wenn er erwog, ein Mädchen wie Curly zu heiraten, das noch nicht einmal ein Bauernmädchen war, wie er nur allzu gut wußte, sondern – auch wenn sie am Wishing Well in Upwey arbeitete – nichts anderes als eine Verkäuferin aus Weymouth? Miss Le Fleaus Feuer in seinem Rücken, Miss Le Fleaus Bücherschränke aus Rosenholz vor ihm und dieses heimtückische, das Vergessen fördernde Braun, wie sie die Atmosphäre des Raums ausstrahlte, waren alle miteinander dazu angetan, ihn Curly vergessen zu machen; und während das Blut wieder in seinen Adern zu zirkulieren begann und er voll Behaglichkeit und wärmender Vorfreude auf sein Getränk wartete, konnte er gar nicht anders als die ganze Sache mit Curly für etwas Erschreckendes, Verstörendes und Unkontrollierbares halten.

Miss Le Fleau brachte ihm sein Getränk, siedendheiß, wie versprochen, und mit einer Zitronenscheibe, die obenauf schwamm; und während er es schlürfte und mit einem klirrenden Löffel umrührte, setzte sie sich auf einen kleinen purpurfarbenen Sessel und nahm ihr Strickzeug auf, das neben dem Buch unter der grünen Lampe gelegen hatte.

»Miss Le Fleau«, sagte er, »wissen Sie, daß es meiner Meinung nach in Weymouth zwei Männer gibt, denen ein tragisches, ein katastrophales Schicksal bevorsteht, wenn nicht auf irgendeine Weise von außen eingegriffen wird?«

Die schmale, hohe Stirn, weich und weiß trotz ihrer Falten, und die stolze Adlernase über den zusammengepreßten Lippen – ihre blaue Augen benötigten keine Brille – blieben über das Strickzeug gebeugt.

Magnus wußte sehr wohl, was dieses Schweigen bedeutete. Es bedeutete, daß Miss Le Fleau dieses Thema zutiefst mißbilligte. Hätte er ihr von Seemöwen oder Kormoranen oder von einem Makrelenschwarm erzählt, wäre ihre Antwort auf seine Bemerkungen ein erhobener Kopf und lebhafte Anteilnahme gewesen. Aber über Sylvanus und seinen unmoralischen Lebenswandel waren Gerüchte im Umlauf, die Miss Le Fleau unweigerlich beunruhigen mußten. Sie wußte, daß Magnus Sylvanus im Sinn hatte, und von den glitzernden Stricknadeln bis zum glattgescheitelten weißen Haar war sie sichtlich entschlossen, sich auf ein solches Gespräch nicht einzulassen.

Magnus jedoch wurde von der Wärme, die Feuer und Whiskey in seinen Adern erzeugten, und von der geistigen Entspannung, die das braune Zimmer in ihm bewirkte, zum Weitersprechen ermutigt.

»Vorhin erst sah ich, wie Sylvanus auf der Esplanade wieder mit der Polizei in Händel geriet. Er wird noch ernsthaft Schwierigkeiten bekommen. Der Polizist, dieser Cockney, der im Sommer bei den Motorbussen steht und eigentlich immer recht umgänglich ist, war am Ende seiner Geduld, das konnte ich sehen. Er sagte, am Strand könne Sylvanus tun und lassen, was er wolle. Aber im Winter ist der Strand natürlich leer; obwohl heute dort ein Kasperletheater spielte – aber normalerweise ist er leer. Meinen Sie nicht auch, Miss Le Fleau?«

Miss Le Fleau beugte den Kopf noch tiefer über ihr Strickzeug. Die Stimme ihres Gasts hatte einen Ton unnatürlicher Nachdrücklichkeit, der sie argwöhnen ließ, das sorgfältig zubereitete Getränk habe nicht nur sein Inneres erwärmt, sondern auch seine Diskretion verwässert.

Magnus jedoch redete lauter und lauter und nachdrücklicher und nachdrücklicher.

»Und die andere Katastrophe, die ich kommen sehe, betrifft die Geschichte mit Cattistock. Ich bin ganz und gar auf Skalds Seite. Geht es Ihnen nicht auch so, Miss Le Fleau? Mein Vater sagte immer, daß Cattistock eines schönen Tages ein böses Ende nehmen werde, weil er durch und durch skrupellos ist. Vater konnte ihn nicht ausstehen. Aber dennoch wollte ich nicht an Skalds Stelle sein. Jedesmal, wenn ich ihm begegne, schimpft er auf Cattistock, und ich kann mir nicht vorstellen, daß Cattistock sich das ewig gefallen läßt. Wußten Sie, daß Skald bei einer dieser öffentlichen Veranstaltungen im Rathaus so vehement gegen Cattistock vom Leder gezogen hat, daß man ihn auffordern mußte, das Rednerpult zu verlassen? Etwas, was er getan hat – und er tut dauernd Dinge, die alles andere als sauber sind –, hat den Jobber, wie sie ihn nennen, zum Äußersten getrieben. Und ich sehe keine Möglichkeit, wie das Ganze enden soll, ohne schwerwiegende Folgen zu haben. Sehen Sie es anders, Miss Le Fleau?«

Er trank den Rest seines Whiskeys beim Sprechen aus, trat zum

Tisch, auf dem die Lampe stand, stellte sein Glas ab und begann mit einem Finger unablässig über den Rand zu streichen. Als er dies tat, kam ihm plötzlich wie das Heben eines großen Theatervorhangs die Erkenntnis, daß ein Mensch wie sein Vater, der achtzig Jahre alt geworden war, ohne jemals dem Chaos, der Gewalttätigkeit und der Schande ausgesetzt gewesen zu sein, die dem Leben immanent sind, unvorstellbar glücklich genannt werden mußte.

Als er an Sylvanus und den Jobber dachte, war ihm, als müsse jemand, der ohne Unterlaß Jahr um Jahr in diesem »braunen« Zimmer verbrachte, durch einen dämpfenden und verdeckenden Schirm vom wirklichen Chaos des Lebens abgeschieden sein. Als er am Tisch im Lampenlicht innehielt, steckte Miss Le Fleau ihre Nadeln in das Wollknäuel und hob die Augen vom Schoß, bis sie auf sein Gesicht trafen.

Eine gewisse Nervosität konnte er nicht unterdrücken. Hatte sie erraten, daß ihn etwas anderes beschäftigte als das, was er ihr über Sylvanus und den Jobber erzählt hatte? Was würde sie denken, wenn sie erfuhr, wie weit ihn seine Passion für Curly gebracht hatte? Nun begegneten ihre Augen einander: Und sie tauschten einen langen, besorgten, unerklärbaren Blick. Als er fortsah, prasselten Regentropfen ans Fenster, und sie bewirkten, daß er sich schnell umdrehte und sich abermals der aufwühlenden Gefahren – seelische wie körperliche Verwüstung bewirkend – bewußt wurde, die außerhalb der gemütlichen Erkerfenster von Brunswick Terrace lauerten.

»Diese Frau, die heute abend von den Kanalinseln herkommt, tut mir leid«, sagte er und machte eine Geste, als wolle er sich in den Sessel neben dem setzen, in dem Miss Le Fleau sich befand. Statt dessen erhob die Dame selbst sich mit vorwurfsvoller Unvermitteltheit.

»Mir scheint, wir haben für einen Abend genug über unsere Nachbarn gesprochen«, sagte sie. Und als sie merkte, daß er überrascht und verletzt dreinsah, fügte sie hinzu: »Sie können morgen in High House einen Besuch machen, Magnus, und« – bei diesen Worten sah sie ihn mit einem schalkhaften Jungmädchenlächeln an – »Ihre Neugier befriedigen. Keiner von uns war zu Lucinda so freundlich, wie es unsere Pflicht gewesen wäre.« Dies sagte sie wieder ernst. »Vielleicht wird diese Person sehr glücklich mit ihr sein. Auf jeden Fall müssen wir nicht mit dem Schlimmsten rechnen, solange wir nichts wissen.«

Spätnachts, lange nachdem die alte Martha das Tablett mit den Resten seines Nachtessens abgeräumt hatte, stand Magnus am offenen Fenster und sah in die Dunkelheit hinaus. Seine *Ilias* mit den breiten Seitenrändern – »Edidit Guilielmus Dindorf, editio quinta correctior quam curavit, Lipsiae« – war nun unter einem Haufen jugendlicher Lateinübungen vergraben, und die drei Kerzen des Lehrers – denn Lampen verabscheute er, weshalb er nie das Gaslicht entzündete – waren tief heruntergebrannt.

Er fragte sich, ob Sylvanus den Polizisten vergessen hatte, ob das Mädchen vom Kasperletheater Sylvanus vergessen hatte, ob der Jobber Dog Cattistock vergessen hatte; er fragte sich, ob Mrs. Cobbolds Gesellschafterin in den düsteren Räumlichkeiten im obersten Stockwerk von High House den Schock, Mrs. Cobbold kennenzulernen, vergessen hatte – all diese Menschen, die in der unermeßlichen Erlösung des Schlafs befangen waren!

Doch sosehr er sich bemühte, war er aus irgendeinem Grund nicht imstande, sich Curlys Köpfchen in seiner Wolke dunstigen Haars, wie es reglos auf seinem Kissen lag, vorzustellen. In seinem Geist blieb sie für ihn, wie sie gewesen war, als er sie an jenem tollkühnen Abend vor ein paar Wochen im Wohnzimmer ihrer Mutter in den Armen gehalten hatte – nachgiebig und schelmisch, zärtlich und spöttisch und so unergründlich für ihn wie die Katze, die sich bei jenem Anlaß an seine Beine geschmiegt hatte. Sein Vater hatte ihm einmal im gemessenen Tonfall eines Pontifex Maximus verkündet: »Wir können sie lächeln sehen, mein Junge« – er meinte die Frauen – »und wir können sie weinen sehen, aber wir können ihnen nicht ins Herz sehen«, und mit diesem beunruhigenden Zweifel im Kopf schloß er die unteren Fensterflügel, öffnete den oberen und zog die roten Vorhänge ein wenig über das vertraute Rechteck aus Dunkelheit und Nässe.

Dann zog er sich vor den spärlichen hellrot glühenden Kohlen, die von seinem Feuer übrig waren, bedächtig aus, indes seine Kerzen zischend erloschen. Und während er sich auszog, durchdrang der vertraute Geruch alten Seetangs sein Zimmer, und ein eigenartiges phantasmagorisches Weymouth, eine mystische Stadt von feierlicher Traurigkeit, sammelte sich um ihn herum, eine Stadt, die aus dem Geruch alten Seetangs errichtet war, eine Stadt, deren Mauern und Dächer aus dahintreibenden Gischtwolken und klatschendem Regen bestanden. Als er im schwachen Glimmen vom Kamin her im Bett lag, konnte er die Wellen am Strand hören, und große Traurigkeit überschwemmte ihn. Die Menschenherzen schienen ihm allesamt so jämmerlich enttäuscht! Das eifernde Prophetentum des Sylvanus, die leidenschaftliche Hingabe der weißwangigen Marret, die Gefühle des Jobbers, die so automatisch durcheinandergewirbelt wurden, während sein Boot unter den dunklen Pfeilern des Piers schaukelte, und jene Frau, die er nicht zu Gesicht bekommen hatte, die sich hoch oben in dem trostlosen steinernen Haus in den Schlaf weinte – sie alle gehörten zu etwas Schicksalhaftem in dieser Welt, die so unausweichlich Kummer und Schmerz anpeilt wie die Kompaßnadel den Norden!

Eine Zeitlang ließ er sich in der Strömung dieses Gefühls willenlos treiben und betrachtete seine großen roten Vorhänge, die sich langsam blähten und ausbeulten, bis sie bei nachlassendem Wind in entsprechende hohle konkave Wölbungen zurückgesaugt wurden. Dann sammelte sich wie stets etwas in ihm, um dieser Hoffnungslosigkeit Widerstand zu leisten. Und da er an diesem Abend auf so übernatürliche Weise mit sich selbst beschäftigt war, machte er sich an einen neuen Versuch, die genaue Natur der Macht in seinem Inneren zu analysieren, die er jederzeit ohne weiteres herbeizubeschwören imstande schien.

Dennoch konnte er sich weder über die wahre Natur des Phänomens klarwerden noch darüber, ob es es sich um eine gute oder eine böse Manifestation seines Geistes handelte, genausowenig, wie ihm dies auf der Bank im Wind möglich gewesen war. Was auch immer es sein mochte, es handelte sich unzweifelhaft um etwas von seinem Vater Ererbtes, etwas, was das Erfassen eines vorrangigen oder poetischen Aspekts der physischen Gegenwart betraf – sei es der Seewind, der eben in sein Zimmer blies, seien es die verglimmenden Kohlen, sei es die Wölbung der roten Vorhänge –, aus dem es einen unverdorbenen, schlichten und kindlichen Zauber bezog – das Geheimis allen Lebens, zurückgeführt auf die primitivsten Begriffe –, und das alle seelischen und geistigen Probleme des Lebens wie in mehreren rätselhaften Stufen aus dem Weg zu räumen vermochte.

»Bei Vater«, dachte er, als er sein Gesicht zur Wand drehte, »war es nichts als reine, ausgeprägte, heidnische Kindischkeit; und mit mir verhält es sich nicht anders, nur daß ich immer damit beschäftigt bin, andere Dinge abzuwehren.«

Und während er es sich unter der Bettdecke gemütlich machte, traten vor sein inneres Auge abermals der Kirchturm, die Uhr, die Königsstatue, der Umriß des Nothe-Forts, so wie sie ihm erschienen waren, als er gegenüber dem verlassenen Eselstand in der Kälte gesessen hatte. Und ihm drängte sich der Eindruck auf, daß diesen schlichten Gegenständen eine Bedeutung innewohnte, die sich jeder Erklärung entzog, daß sie in Wahrheit die äußerlichen »Zufälligkeiten« einer innerlichen »Substanz« waren, die infolge eines eigenartigen Gesetzes der Transsubstantiation Teil eines Lebens seiner waren, das von den Demütigungen seines Alltagslebens unabhängig bestand – unabhängig davon beispielsweise, ob Curly, wenn er sie morgen besuchte, bewirken würde, daß er sich töricht oder alt vorkam.

Sein letzter wacher Gedanke verwandelte diese Dinge in eine Art magischen Abrakadabras, jeglicher verständlichen Bedeutung entleert, doch wie eine Beschwörung in unverständlicher Zunge imstande, ihm einen Ausweg aus all seinen Ängsten und Nöten zu bieten! Wahrhaftig waren diese Dinge in einem sehr genauen Sinne ein anhaltendes Band zu seinem toten Vater, ein Band nicht zu dessen Ansichten oder Vorurteilen, sondern ein Band zu der Kontinuität, die seinem Leben zugrunde gelegen hatte – einem Leben, das letztlich auf ergreifende Weise wortkarg gewesen war.

Er hatte den Eindruck, daß es, solange er die Gegenwart dieser Dinge in gewisser Hinsicht spüren konnte – so wie ein Kind beim Einschlafen ein Stück Holz oder Pappe oder verformtes Blech an sich klammert –, nicht weiter von Belang war, ob er den Mut gehabt hatte oder nicht, das Mädchen vom Kasperletheater aufzuheben oder die Gefährtin von Mrs. Cobbold am Kai in Empfang zu nehmen!

2.
Perdita Wane

Als der Dampfer von den Kanalinseln zu guter Letzt langsam in den Hafen einfuhr, war das Ende des Wartens für Perdita Wane so erleichternd, wie es das für Magnus selbst gewesen wäre, wenn er die Geduld besessen hätte, seine kühltemperierte Wache fortzusetzen.

Das Mädchen stand an der Schiffsreling und betrachtete das allmähliche Näherrücken der unscharfen Umrisse von Häusern, Kais und verdunkelten Kontoren, als das Schiff seinen Ankerplatz am Anfang des Piers ansteuerte. Während es traurigen Blicks auf das Wasser starrte, das im flackernden Licht stieg und fiel, stellte es mit unbeteiligter, unglücklicher Genauigkeit fest, wie sehr sich jede einzelne Welle, die die Schiffswand berührte, von allen anderen unterschied.

Ein schwach hypnotischer Eindruck, den die dunkel wogenden Wasser bewirkten, tröstete es ein wenig; denn für den menschlichen Geist in seinen Nöten hat die Gegenwart des Unbelebten fast immer etwas Beruhigendes, selbst wenn sie jenes Gefühl erschauernder Verlorenheit auslöst, das der Anblick der dunklen Flut bei Nachteinbruch zwangsläufig mit sich bringt. Der reine Zufall bestimmte, welche Form die weißen Fetzen des Schaums auf den Wellen annahmen, doch im untröstlichen Herzen der jungen Frau erwachten leise Regungen der Zerstreuung, als sie vom Schiffsdeck herab die planlose Handschrift der Elemente betrachtete.

Was die Mitreisenden der jungen Frau am meisten zu interessieren schien, obwohl sie im Monat Januar eher aus Notwendigkeit reisten denn zum Vergnügen, war die lange ununterbrochene Kurve der Lichter auf der Esplanade; das Mädchen hingegen hob den Blick nur von der strömenden Flut mit ihrem roten und grünen Widerschein, um ihn auf eine dunkle Masse schwankender Masten und dunkler Schotten und Bugspriete zu richten, hinter denen es tiefer im Hafen undeutlich die wuchtigen Umrisse einer Steinbrücke ausmachte, die sich von Kaimauer zu Kaimauer über das Wasser spannte.

Mit all diesem Schiffahrtszubehör vermischten sich aufs merkwürdigste die engsten und ältesten Straßen von Melcombe Regis wie zum Beweis, daß ihr Geist Altes und Dunkles dem Neuen und Hellerleuchteten vorzog; und ganz so, wie die Rümpfe und Masten und Takelagen all dieser kleinen Schiffe in der Dunkelheit ununterscheidbar waren, so verflossen die Mauern und Dächer und Giebel und Speicher der Lagerhäuser am Dock untrennbar ineinander, bis sie eine zusammengeballte Masse alten Mauerwerks und Fachwerks bildeten, die hie und da leere Höhlen von samtener Schwärze und flackernde Lichtflecken unterbrachen, deren Aufeinanderfolge nicht weniger willkürlich wirkte als der Widerschein des Lichts auf der bewegten Wasseroberfläche.

Der enge kleine Hafen, der die Kälte der Luft und den Salzgeruch des offenen Meeres mitten in so manche menschliche Privatsphäre hineintrug, verstärkte in dem Mädchen, das all dies betrachtete, den Eindruck des Unterschieds zwischen der warmen Geborgenheit seines Zuhauses auf Guernsey, das es verlassen hatte, und den unbekannten Erlebnissen, die es erwarteten. Mit den behandschuhten Händen auf der Reling blickte es voll schwermütiger Eindringlichkeit auf diese Dinge, und wie es ein jeder von uns in solch prekärer Lage täte, versuchte es, die Düsternis der Zukunft zu mildern, indem es sich auf das unmittelbare Geschehen konzentrierte.

Perdita war weder häßlich noch hübsch. Sie gehörte zu jenen jungen Leuten, deren physische Erscheinung verblüffend divergierende Urteile erlaubt, je nachdem, welchen Anteil der Betrachter an ihrer Persönlichkeit nimmt. Im Augenblick wäre ihr Gesicht jedem, der es im Licht des Schiffes gesehen hätte, mitleiderregend traurig erschienen. Ihre Stirn war zwischen den geschwungenen Brauen zu einer Falte verzogen, die schon bald nicht mehr verschwinden würde, sollte die junge Frau noch mehr Erfahrungen erleben müssen, wie ihr Eintritt in die große, weite Welt eine war. Die Mundwinkel, die zu einem Mund gehörten, dem es schwerfiel, geduldig geschlossen zu bleiben, und die stets durch ihr Zittern von einer heftigen Gefühlswallung kündeten, waren nun jammervoll nach unten gezogen. Ihr Gesicht war fraglos der ausdrucksschwächste Teil ihrer Gestalt; und im Licht der Schiffslaterne ließ es einen Ausdruck der Hilflosigkeit und Hoffnungslosigkeit erkennen, der im Handumdrehen verschwunden wäre, wenn jemand sie angesprochen hätte. Dann wäre, indem sie den Kopf erhob, ein gewisser stolzer Schwung ihrer Nase deutlicher erkennbar geworden, ganz zu schweigen von der nachdenklichen Würde ihrer klaren Stirn, darüber unter der Krempe ihres Huts die braunen Locken, und »daß dies ein winterliches, nicht ein sommerliches Meer ist«.

Als sie mit dem Blick achtlos den melancholischen Weg eines bestimmten Schaumfetzens verfolgte, der auf den schaukelnden Wellen tanzte und dabei in den Widerschein grünen oder roten Lichts geriet und sich an einem treibenden Holzstück oder im Seetang verfing, von dem er sich mühsam löste, ertappte sie sich wiederholt dabei, daß sie diesen weißen Flecken im Dunklen mit ihrem eigenen Geschick gleichsetzte. Es freute sie, wenn er eine besonders intensiv leuchtende rote oder grüne Stelle erreichte, und wenn er Gefahr lief, unter einem herzlosen Schiffskiel zu verschwinden, mußte sie sich abwenden, weil sie den Anblick nicht ertragen konnte.

Der Kiel, der schließlich die letzten dieser Schattenbilder von Perditas Leben unter sich begrub, war der eines Motorbootes namens *Kormoran*, das mit zwei Männern bemannt war, wenngleich sie nicht ahnen konnte, daß die durchdringenden Blicke, mit denen der größere der beiden den Dampfer absuchte, ihr galten. Das kleine Motorboot, das eine lokale Flagge trug, die den Zollbeamten bekannt war, fuhr backbord am einlaufenden Dampfer entlang, kreuzte ihn am Bug und bugsierte sich unter die glitschige Kaimauer, wo es zwischen zwei halb im Wasser liegenden Steintreppen anlegte.

Als ihr Dampfer umständlich anlegte, trat die junge Frau, der es offenbar nicht damit eilte, an Land zu gehen, auf die andere Seite des Schiffs.

»Wer könnte erkennen«, grübelte sie müßig beim Beobachten immer neuer Kreise und Ovale und Fünfecke aus Meerschaum, die mit den Wellen auf- und abtanzten, »daß dies ein winterliches, nicht ein sommerliches Meer ist?«

Dem gleichen Überdruß, der gleichen Gereiztheit gehorchend, wanderte ihr Blick zu einer pittoresken Reihe altmodischer Häuser im Westen des kleinen Hafens. In einigen dieser vom Zahn der Zeit benagten Behausungen waren Räume erleuchtet, und die Strahlen aus diesen Fenstern fielen auf Steinstufen, die in die brausende Flut hinunterführten, und auf eine richtiggehende Flotte kleiner Ruderboote, die im Dunklen auf- und abschaukelten. Über den Dächern der Häuser ragte die grasbewachsene Erhebung empor, die in der Gegend als Fort Nothe bezeichnet wurde;

niemand jedoch erklärte dem Neuankömmling, daß alles, was sich auf dieser Nothe-Seite des Hafens befand, zur altehrwürdigen Stadt Weymouth gehörte, während ebenso alles, was zum belebten Badeort im Rücken des Besuchers zählte, historisch korrekt gesehen zur alten Schwesterstadt Melcombe Regis gehörte.

Mit einem Seufzer wandte die junge Frau ihren Blick von den warmen, lichterfüllten Vierecken menschlicher Behaglichkeit, welche die kleinen Häuser boten, die ihr jedes einzelne als Universum menschlicher Erlebnisse erschienen, von denen sie in ihrer Einsamkeit ausgeschlossen war, ab und starrte abermals auf die Schlieren und Spritzer verwehten Schaums, die sich mit ihren eigenwilligen Formen nun wie gestreifter Marmor ausnahmen, während die Wellen unter ihnen dunkler und dunkler wurden. Wie sollte man erkennen können, daß diese Wellen winterliche Wellen waren? Verriet irgend etwas an ihrer Farbe, ihrem Geruch, an ihrer Form die Jahreszeit? Empfand die Mannschaft der *Great Western* – jene Männer, die sie weit weniger gemieden hatte als ihre Mitreisenden – bei ihrer Heimkehr an diesen kalten Januarabenden ausgeprägtere Freude als an einem beliebigen Abend im August?

Einer der besagten Seemänner unterbrach ihre Gedankengänge nun mit der Auskunft, daß die Gangway unten war und sie jederzeit an Land gehen könne. Der Dampfer war so geschmeidig an seinen gewohnten Landeplatz geglitten, daß es der jungen Passagierin schwergefallen wäre, dem Mann Glauben zu schenken, wenn nicht die Vibration des Schiffs aufgehört hätte und die Häuser an Land sich nicht länger langsam bewegten; so folgte sie ihm mit zögernden Schritten über Deck zu jener Stelle an Steuerbord, wo sie ihre Tasche, ein großes Paket in Packpapier und ihren Regenschirm abgelegt hatte.

Hier stellte sie fest, daß sie einen neuen Vorwand zum Trödeln hatte, da eine nicht geringe Menschenmenge darauf wartete, an Land zu gehen; und angesichts des kreischenden Quietschens und Ratterns der Flaschenzüge, mit denen das Gepäck ans Ufer befördert wurde, versuchte sie zu vergessen, wo sie war, indem sie so tat, als gehörten die meergeglätteten Steine des Piers, an dem das Schiff schaukelte, nicht zu einem englischen, sondern zu einem französischen Hafen.

»Wäre das schlechter oder besser gewesen?« dachte sie.

Bedächtig nahm sie ihre Tasche und ihr Paket vom Deck und ging zur Gangway.

»In ihrem Brief hat sie geschrieben, daß sie mich nicht abholen kann und daß ich eine Droschke nach High House, Greenhill, an der Preston Road nehmen soll. Aber viel lieber bitte ich einen Dienstmann, meine Tasche zu tragen, und gehe zu Fuß, wenn der Weg nicht zu weit ist.«

Als sie so auf Deck des Dampfers mit dem roten Schornstein stand und sich an ihre armselige Habe klammerte, während sie darauf wartete, ihre Fahrkarte abzugeben, machte Perdita in ihrer ordentlichen schwarzen Kleidung einen sehr zerbrechlichen und verlorenen Eindruck. Sie betrat die Planke als letzte; und als sie ihre Fahrkarte überreichte, fragte sie den Mann, der sie entgegennahm, wie lange es zu Fuß nach High House, Greenhill, dauere.

Bei der Erwähnung des Namens High House warf der Beamte einen schnellen Blick auf seinen Gefährten, und beider Mienen nahmen für einen Augenblick jenen eigentümlichen Ausdruck an, den Leute zeigen, wenn Fremde einen ihnen vertrauten Ort voll lebhafter lokaler Assoziationen ansprechen.

»Verzeihen Sie die Frage, Miss«, sagte er, »aber um welches Stockwerk von High House handelt es sich? Das große Haus hat fünf oder sechs Geschosse, und jedes ist von einer anderen Partei belegt.«

Die Fremde murmelte die Silben: »Cobbold.«

»Cobbold vom Regent's, stimmt's?« sagte der Beamte. »Sie ... geht zu Cobbolds«, wiederholte er mit lebhafter Anteilnahme und sah dabei seinen Kompagnon an. »Es ist hinten am Ende der Esplanade, wenn Sie verstehen, was ich meine«, sagte er zu der jungen Frau. »Mr. und Mrs. Cobbold bewohnen das Dachgeschoß. Von da oben hat man einen schönen Ausblick ... über die ganze Bucht hinweg.«

Der andere Beamte mischte sich jetzt vertraulich ins Gespräch.

»Er hat selber dort gewohnt, Miss; wenn irgend jemand über das Haus Bescheid weiß, dann er. Ich hab' Jerry nur auf der Bühne gesehen, aber *er* hat ihn im eigenen Haus zu sehen bekommen. Wenn die Frage erlaubt ist, Miss: Sind Sie vielleicht mit Jerry verwandt?«

Zur Bestürzung der jungen Frau begann der erste der beiden, der noch immer müßig ihren Fahrschein zwischen Daumen und Zeigefinger wedelte, bevor er ihn bei den übrigen verstaute, den zwei Männern Zeichen zu machen, die gerade die *Kormoran* verlassen hatten und nun am Ende der Gangway standen und herblickten, als warteten sie auf sie. Verärgert über soviel öffentliche

Aufmerksamkeit, ergriff das Mädchen mit der einen Hand seine Tasche, mit der anderen Schirm und Paket und eilte über die Planke, ohne einen Blick zurückzuwerfen.

»Guten Abend, Miss Wane!« sagte der größere der beiden Männer. »Man hat mich geschickt, damit ich Sie sicher zu Mrs. Cobbold geleite. Das hier ist mein Freund Mr. Trot. Geben Sie mir Ihre Sachen. Möchten Sie zu Fuß gehen?«

Perdita war es nicht gewohnt, irgend jemanden mit ihrem nervösen, hasenartigen Blick so stetig anzusehen, wie sie in diesem Augenblick im elektrischen Licht dem Besitzer der *Kormoran* ins Gesicht sah.

Kann ich mich wirklich auf Sie verlassen? fragte ihr Blick. Kann ich Ihnen wirklich vertrauen?

Sie muß sofort Gewißheit erlangt haben, denn ihre heikle Seele schlüpfte beinahe sofort in ihre stolze Hülle zurück. Sie ließ sich vom Jobber Tasche, Paket und Schirm abnehmen und ging mit entschlossenen Schritten zwischen den zwei Fremden einher.

»Jerry Cobbold kenne ich gut«, sagte nun der große Mann, als sie an der Jubiläumsuhr vorbeikamen. Dieses nützliche Denkmal, das Magnus Muir so vertraut war und das so viele Erinnerungen für ihn barg, wurde von Mrs. Cobbolds Gesellschafterin lediglich mit einem oberflächlichen Blick gestreift. Diese Uhr, Angelpunkt für Besucher, Treffpunkt für Liebende, Ruhepunkt für Bettler und allen Bewohnern Weymouths, die sich an Victoria erinnerten, ein so unverwüstliches Accessoire wie das Betpult aus den Kirchen ihrer Kindheit, war für das Mädchen aus Guernsey nichts als eine gewöhnliche Uhr. Sogar die Schmuckelemente des pompösen Bauwerks, Verzierungen, die so vollkommen die Epoche seiner Errichtung ausdrückten, daß sie, vergleichbar dem Wohlwollen eines wohlhabenden älteren Verwandten, dem gehetzten modernen Geist behäbig-wohlmeinenden Trost spendeten, konnten das Mädchen nicht zu einem zweiten Blick reizen, obwohl sie deutlich zu sehen waren.

»Ja, ich darf wohl sagen, daß ich Jerry Cobbold gewiß so gut wie irgendwer in dieser Stadt kenne. Im täglichen Leben ist er nicht unterhaltsam. Aber er ist ein echtes Original. So etwas spürt man, nicht wahr, auch wenn es schwer zu sagen ist, wie man so etwas spürt.«

»Wie ist Mrs. Cobbold?« fragte Perdita. Und dann hätte sie sich am liebsten für diese Frage die Zunge abgebissen.

»Sagten Sie: Mrs. Cobbold? Oho, das ist aber eine harte Nuß!

Kamerad, wie würdest *du* der jungen Dame Mrs. Cobbold beschreiben?«

Der untersetzte Mann, der Perdita der Größe seines Gefährten wegen weit kleiner erschien, als er tatsächlich war, zeigte sich um eine Antwort nicht verlegen.

»Die Madame ist eine schmucke Galionsfigur, rundum schmuck, auch wenn niemand sagen könnte, ob sie frisch aus der Werkstatt stammt oder so alt ist wie Methusalem persönlich. Das weiß keiner, und keiner wird es je wissen! Mrs. Cobbold, mein Fräulein, ist die Art von Frau, die man als Mann für einen Trunkenbold halten würde: Kommt und spricht kein Wort, verzieht keine Miene und geht im gleichen Zustand. Selbst wenn der andere weiß, daß er sie geherzt hat und sie ihn geherzt hat, kann niemand, aber auch niemand wissen, was sie *weiß*.«

Der Jobber lachte ganz ungeniert. »Da sehen Sie, auf was Sie sich eingelassen haben!« sagte er zu der jungen Frau; und Perdita, die sich insgeheim darüber wunderte, daß die Vertraulichkeit, mit der die beiden Männer sie behandelten, ihr keinen Verdruß bereitete, lachte laut mit.

»Ich soll ihre Gesellschafterin sein«, bemerkte sie unter dem Einfluß einer unerklärlichen Befreiung von ihrer gewohnten Zurückhaltung, die der aufmerksame Blick des Jobbers bewirkte, »und werde bald Gelegenheit haben, mich dessen zu vergewissern.«

Beim Weitergehen gaben ihr die Lichter der Esplanade immer neue Möglichkeiten, die Gesichter ihrer Begleiter unter deren seemännischen Mützen zu betrachten. Bum Trots Gesicht war beinahe närrisch rund, gerötet und faltendurchzogen, und unter scharfen Augenbrauen glitzerte ein Paar graue Augen. Die eindrucksvolle Beschaffenheit der Züge des Jobbers prägte sich ihr am nachhaltigsten ein. Im abendlichen rembrandtschen Clair-Obscur wirkte sein Gesicht größer, als es einem Menschen zukam. Die Farbe seiner Augen konnte sie nicht erkennen, da die Pupillen sich jedesmal, wenn sein Blick dem ihren begegnete, so weit dehnten, daß ihr war, als richteten sich zwei belebte schwarze Punkte auf sie.

Nachdem ihre letzten Worte für einige Sekunden in der Luft gehangen hatten, berührte der große Mann ihren Ellbogen mit dem in Papier eingeschlagenen Paket, das er trug.

»Einsam, mein Fräulein, was?« sagte er. »Aber es ist ja nur für eine Zeitlang. Eine Zeit und zwei Zeiten und eine halbe Zeit.«

Bei diesen Worten erhob er die Stimme zu einem spöttischen Singsang, und sein Gefährte ließ als Begleitmusik ein kehliges Pfeifen vernehmen. »Wir drei werden uns wiedersehen, mein Fräulein«, fuhr er fort. »Jawohl, so ist es, stimmt's, alter Freund, und es bleibt unter uns!«

Die vieldeutige Scherzhaftigkeit seiner Worte verwirrte Perdita nicht unbeträchtlich, und noch überraschter war sie, als er sich im nächsten Augenblick unvermittelt niederbeugte, Paket und Schirm unter den Arm schob, mit dem er ihre Tasche hielt, und etwas vom steinernen Rand der Esplanade aufhob. Sie wollte sehen, was er gefunden hatte, und unaufgefordert hielt er ihr ein Stückchen glitschigen Seetangs hin, dessen Wurzeln sich mit ihren weißlichen Ranken hartnäckig an einen kleinen runden Kieselstein klammerten. Sie nahm den Seetang in die Hand, während der Mann den Stein in der Hand behielt.

»Was –«, begann sie. Doch er entriß es wortlos ihren Fingern und warf mit einer kreisenden Gebärde seines langen Arms das Paar untrennbarer Meeresbewohner über den düsteren steinigen Strand in die Finsternis dahinter. Alle drei blieben stehen und lauschten dem Meeresrauschen. Im Dunklen war es unmöglich zu erkennen, ob das zusammengesetzte Strandgut, das zur Hälfte belebt und zur Hälfte unbelebt war, bis ins Wasser gelangte. Alles, was sie vernahmen, war das Brechen einer langen Welle draußen in der Dunkelheit, dessen Geräusch laut und deutlich dort zu hören war, wo sie standen, und das in beide Richtungen allmählich erstarb.

»Oh, warum –«, stammelte das Mädchen.

Aber er sagte nur: »Kommen Sie, kommen Sie!«

Und bald darauf, als sie die breite Stelle der Fahrstraße nahe dem Burdon Hotel überquerten, wo die abgerundete Fassade des Eckgebäudes von Brunswick Terrace den nach Osten fahrenden Vehikeln erstmals erlaubt zu entscheiden, ob sie nach rechts oder nach links abbiegen wollen, schockierte sie das exzentrische Benehmen des Mannes noch nachhaltiger, denn er blieb stehen und sagte unvermittelt:

»Es eilt mir heute damit, früh nach Hause zu kommen. Und wenn es Ihnen recht ist, Miss Wane, sage ich Ihnen hier Adieu und lasse Mr. Trot Ihre Habe zu Jerry hochtragen. Sollten Sie ihm dafür Geld anbieten, würde das Mr. Trots Ehrgefühl empfindlich verletzen. Ich wünsche Ihnen einen guten Abend! Wir werden einander gewiß bald einmal wiedersehen. Das ist hier jedermanns

Los. Eine Art Vorhölle, wenn man so will. Bring sie sicher nach oben, alter Kamerad!«

Überwältigt von der Autorität seiner Persönlichkeit, als er ihre Habe dem gehorsamen Mr. Trot aushändigte, war Perdita zu verwirrt, um seinen Abschied mit mehr als einem steifen Neigen ihres Kopfes zu beantworten.

Es gibt im Leben beinahe eines jeden von uns Augenblicke, wo Dinge sich auf eine eigene und besondere Weise ereignen, die diesen knappen Zeitraum von allen anderen Zeiträumen zu sondern scheint.

Eine Besonderheit eines solchen Augenblicks ist die Lebhaftigkeit, mit welcher irgendeine bestimmte menschliche Geste sich neben anderen unbelebten Objekten der empfindlichen Platte unseres innersten Bewußtseins einzeichnet. Sie umgibt sich nicht mit *jeglichem* Objekt in ihrer Umgebung, sondern mit einer Auswahl von Objekten, welche keineswegs in Einklang mit der Geste stehen, die sie begleiten, sondern oftmals überaus wenig miteinander harmonieren. Eine weitere Eigentümlichkeit solcher Augenblicke ist der Sinneseindruck, als gebe es einen geistigen Schirm aus einem Material, welches weit eher undurchdringlich denn hart ist, zwischen der bestehenden Welt von Formen und Eindrücken und einer jenseitigen Welt und als sei dieser Schirm mit einemmal ganz dünn geworden, so dünn wie dunkles, halb durchsichtiges Glas, durch welches gewisse flüchtige Bewegungen äußerst symbolträchtigen Charakters schwach erkennbar sind.

Dem innersten Bewußtsein des stolzen Mädchens war eine solche Geste der erhobene Arm des Mannes namens Jobber, als dieser Seetang und Kieselstein über das abschüssige Ufer ins verdunkelte Wasser geworfen hatte; und ihre unumschränkte Versunkenheit in dieses Geschehen hielt sie an Ort und Stelle gebannt, nachdem er gegangen war, obwohl sie nicht den Kopf wandte, wie Bum Trot es tat, um ihm nachzusehen, sondern ihn gesenkt hielt wie in unvermittelter demütiger Erkenntnis eines Schicksalsmoments.

Sie waren nur wenige Schritte gegangen, als Mr. Trot sich mit einem Verdrehen der Augen, das seine gesamte Physiognomie verzerrte, erkundigte, ob sie es vorziehe, der Preston Road zu folgen, »hinter Brunswick ’rum«, oder lieber am Meeressaum entlangzugehen und »Greenhill ’raufzuklettern«. Diese Anfrage löste den Zauber, den der Abschied des Jobbers über sie geworfen hatte. Perdita blickte verwirrt und unsicher um sich.

»Der Anblick von Brunswick Terrace gefällt mir«, sagte sie leise, »lassen Sie uns den Weg daran vorbei nehmen.«

In Befolgung ihrer Laune geleitete der ehrenwerte Mr. Trot, dessen Vorname zur einzelnen Silbe »Bum« reduziert worden war, sie über die Straße, und sie gingen schnellen Schritts das schmale Straßenpflaster vor den Erkerfenstern einer Reihe gemütlich aussehender kleiner Mietshäuser entlang. Manche dieser Fenster waren erleuchtet, andere nicht; doch alle Häuser besaßen ordentliche Vorgärtchen, deren kleine Flecken Bodens sorgsam umgegraben und hie und da mit Dung angehäuft waren.

Sie waren bis zur Mitte der Straße gelangt, als sie an einem Haus vorbeikamen, dessen Erkerfenster so hell erleuchtet war, daß man den Kopf eines jungen Mannes sehen konnte, der an einem runden Tisch emsig schrieb. Perdita hatte gerade Zeit genug, die Inschrift Trigonia House neben der Türklingel des schmucken Häuschens zu lesen, bevor Bum Trot ihr liebenswürdig mit dem Griff des Schirms, den er trug, auf den Arm klopfte.

»Das ist unser junger Sippy Ballard«, erklärte er stolz, als sie weitergingen, im Ton eines Londoners, der den Wohnsitz des Bürgermeisters vorzeigt.

»Der blonde junge Mann am Tisch?« murmelte das Mädchen und warf einen Blick über die Schulter zurück. »Er wirkte recht geschäftig.«

»Er ist der neue städtische Beamte«, erklärte Mr. Trot bereitwillig. »Dog Cattistock hat ihm das verschafft. Ist wohl sein Neffe oder ähnliches. Manche munkeln, er sei sein eigen Fleisch und Blut, aber auf solches Geschwätz gebe ich keinen roten Heller.«

Perdita interessierte sich nicht genug für den jungen Mann am Fenster, um auch nur zu fragen, wer dieser »Dog Cattistock« sei.

An Kimmeridge House, wo soeben Magnus in Miss Le Fleaus Salon Whiskey trank, war nichts, was ihre Aufmerksamkeit hätte fesseln können, und ähnlich gleichgültig gingen sie kurz danach an Penn House vorbei. Inzwischen verlief ihr Weg am Fuß einer Mauer aus unbehauenen Steinen, hinter der sich große Gärten einen steilen Hang hinauf erstreckten, auf dessen Scheitel sich mehrere stattliche, massiv gebaute Häuser erhoben. Perdita stellte sich auf die Zehenspitzen, um einen Blick über die Mauer zu erhaschen, aber diese war zu hoch. Kurz darauf erreichten sie jedoch ein Eisentor in der abweisenden Befestigungsanlage, und das Mädchen bückte sich, um hindurchzuspähen, wobei es sich an den Eisenstreben festhielt.

»Das sind die Lichter von High House, Miss«, sagte Bum Trot neben ihr. »Die gelben Lichter oben, wo Jerry wohnt.«

Das Mädchen zitterte unwillkürlich. Alle ihre beunruhigenden Vorahnungen, die die Begegnung mit dem Jobber kurzfristig zerstreut hatte, kamen nun ungemindert zurück, als sie den Kopf an die kalten Verstrebungen preßte.

Ihrem Begleiter entging der Stimmungswechsel nicht.

»Wenn man in die Fremde kommt, fühlt man sich einsam und verloren, Miss«, murmelte er freundlich im Weitergehen, »aber wie der Jobber immer sagt: Eine Zeit und zwei Zeiten und eine halbe Zeit, und alles wird wieder gut!«

Das Mädchen gab sich einen Ruck und wischte sich beherzt mit einem behandschuhten Handrücken über beide Wangen.

Das langhingezogene Verebben einer besonders großen Welle zog sich heiser in die Düsternis des Meeres zurück und kratzte am steilen kieselbestreuten Sand wie ein verstimmtes Musikinstrument.

Im gleichen Moment schlenderte ein junges Matrosenpärchen von einem Schlachtschiff im Hafen von Portland vorbei, langsamen, zögernden Schrittes, die Arme einander zärtlich um die Schultern geschlungen.

Etwas an diesen jungen Männern, die dahinschlenderten und Perdita dabei kaum eines Blickes würdigten, machte ihren Kummer beinahe unerträglich. Es zerriß ihr schier das Herz, das um ihrer selbst willen schon so traurig und untröstlich war, an diese zwei jungen Novizen des Lebens zu denken, die ihre Gefühle füreinander und das dunkle Dräuen ihrer ungekannten Zukunft in der fühllosen Luft zur Schau stellten.

»Jungen sind mutiger als Mädchen«, dachte sie. Und dann dachte sie: »Was für ein Unsinn! Sie sind nur unempfindlicher.« Doch während die zwei Seeleute Brunswick Terrace entlanggingen, überwältigte sie das unbeschreiblich Ergreifende allen menschlichen Lebens als etwas schier Unerträgliches.

»Hier ist der Weg, Miss! Gleich sind wir an der Eingangstür.«

Als sie den kurzen Teerweg emporstiegen, atmete er so schwer, daß Perdita ihn bat, sie die Tasche tragen zu lassen.

»Nichts da, mein Fräulein«, keuchte er. »Kommt nur von meinem Asthma, weiter nichts. Angeboren, soweit ich weiß, und wirklich erstaunlich, wie es durch ein bißchen Steigen rauskommt. Bei stürmischster See kann ich rudern, bis ich umfalle, aber zwei Treppenstufen, und ich muß schnaufen wie ein alter Karrengaul.«

Am oberen Ende von Greenhill Lane wandten sie sich nach links und gingen etwa hundert Meter in westlicher Richtung, um dann vor einem großen Steinhaus stehenzubleiben, das sie an dieser Stelle überragte, erschreckend, ohne ehrfurchtgebietend zu sein, und behäbig statt düster wirkend. Das Ganze sah wahrhaftig wie ein unerschütterliches Denkmal für jene imposante Epoche der englischen Geschichte aus, als Gladstone und Disraeli noch jung waren und Tennyson gerade *In Memoriam* schrieb.

»Läuten Sie bitte, Miss?« sagte Bum Trot atemlos.

Perdita, die ein neuer Schauer durchlief, zog am großen eisernen Klingelgriff, der laut klirrend zurückfiel. Ein fernes Klimpern innerhalb des riesigen Gebäudes verriet, daß ihre Bemühungen erfolgreich gewesen waren. Schon bald wurde die Haustür von einem blaßgesichtigen älteren Mann geöffnet, der allem Anschein nach als Concierge fungierte.

»Oberstes Stockwerk. Cobbold«, flüsterte Perditas Beschützer in heiserem und bestimmtem Ton. Zu ihrer Bestürzung – denn sie hatte begonnen, die Gesellschaft ihres asthmatischen Bekannten in gewisser Weise als Schutz zu empfinden – übergab Bum Trot sie mitsamt all ihrer Habe diesem Hausangestellten. Der Worte des Jobbers eingedenk und außerstande zu wissen, was sie anderes hätte tun können, reichte Perdita ihrem Begleiter die Hand.

»Gute Nacht, Mr. Trot«, sagte sie, »und ich danke Ihnen von ganzem, ganzem Herzen!«

Die Treppe war so stattlich und geräumig und weich gepolstert, daß der Aufstieg zu Mr. Cobbolds Gemächern weit weniger beschwerlich war, als man hätte erwarten können. Die Tür im obersten Stockwerk öffnete, als sie schließlich dort ankamen, abermals ein bejahrter Hausangestellter, und abermals wechselten Perditas Tasche und Paket den Träger. Der Concierge verschwand, und die junge Frau hatte kaum Zeit, sich umzusehen, bevor Mrs. Cobbold persönlich erschien, um sie willkommen zu heißen.

»Ich muß Sie bitten zu entschuldigen«, sagte die Dame, »daß mein Mann Sie nicht am Schiff abholen konnte. Es verhält sich nämlich so, daß er heute abend im Theater auftreten muß. Mein Mann – ich weiß nicht, Miss Wane, ob Ihnen dies bekannt ist – ist nämlich ein bekannter Theaterschauspieler. Er ist hier sehr berühmt . . . aber ich kann mir nicht denken, daß sein Ruf bis zu den Kanalinseln gedrungen sein sollte. Hier ist Ihr Zimmer, Miss Wane. Nein, hier entlang – und jetzt nach rechts und die drei Stufen hoch! Oh, Fogg, das ist gut; ich sehe, Sie haben Miss Wane ein richtiges Feuer gemacht. Nein! Lassen Sie Miss Wane lieber selbst auspacken. Wir wollen unser kleines Abendessen am Kamin im Salon einnehmen, Fogg. Und ich denke, wir werden in einer halben Stunde soweit sein. Ja, Kind, wärmen Sie sich auf! Wärmen Sie sich auf, wärmen Sie sich auf!«

Mr. Fogg sah sich vorsichtig um, als er sich der Tür näherte, erkannte, daß seine Herrin beabsichtigte, noch länger zu verweilen, und schloß die Tür beim Hinausgehen hinter sich.

»Das bedeutet mindestens eine Stunde«, sagte er im Selbstgespräch. »Wäre sie nicht oben geblieben, hätte es eine dreiviertel Stunde bedeutet. Mit den gebratenen Seezungen werde ich es nicht überstürzen, und die Apfelcharlotte schiebe ich vorerst noch nicht in den Ofen.«

Während Perdita auf dem Kaminvorleger kniete und in der behaglichen Wärme des Feuers ihre Handschuhe auszog, setzte Mrs. Cobbold sich in einen großen Sessel mit lavendelfarbenem Bezug.

Als die junge Frau den Kopf wandte, um etwas auf das zu erwidern, was die Dame des Hauses zu ihr sagte, fiel ihr auf, daß das Zimmer, das man ihr zugewiesen hatte, weit eher einer Schauspielergarderobe entsprach als einem Schlafzimmer. Bilder von Persönlichkeiten des Theaterlebens jeglicher Couleur zierten die Wände, die meisten – wenn auch nicht alle – in schmalen schwarzen Rahmen und manche einfach auf die Tapete geklebt. So kam es, daß das Zimmer sogar in diesem warmen, weichen Licht etwas Unheimeliges, Unbeständiges, Ungewisses und ein wenig Verstörendes hatte.

Perdita antwortete nervös und in abrupten Worten auf die Fragen ihrer Prinzipalin, doch ihre Erregung schien sich auf ihre Gesprächspartnerin in keinerlei Weise beunruhigend auszuwirken. Statt dessen äußerte Mrs. Cobbold hie und da leise Seufzer des Wohlbefindens, als wäre es ihr eine große Erleichterung festzustellen, daß ihre neue Gesellschafterin über gar so wenig Selbstbewußtsein und Selbstsicherheit verfügte.

Was Perdita, als sie sich zuletzt – einem Vogel vergleichbar, der sich im Käfig mit der ungewohnten Stange vertraut zu machen sucht – von den Knien erhob und auf einen vergoldeten Hocker mit besticktem Kissen setzte – einen Hocker, an dem alles vom betagten Theaterrequisit kündete, ganz so, als hätte er einst zur Thronausstattung einer konventionellen Hofszenerie gehört –, nicht aus ihren Gedanken verbannen konnte, war das Gefühl der immensen Düsternis und Trostlosigkeit des riesigen steinernen

Gebäudes um sie herum, in dem die sonderbare Wohnung der Cobbolds nur die krönende Merkwürdigkeit bildete.

»Wärmen Sie sich auf, wärmen Sie sich auf«, wiederholte Mrs. Cobbold wie bei einer Beschwörung. »Sie dürfen kein Wort sprechen, bevor Sie sich nicht aufgetaut haben!«

Perdita hatte sich ihre Prinzipalin wieder und wieder ausgemalt, aber die Wirklichkeit war bestürzender als ihre lebhaftesten Vorstellungen. Mrs. Cobbold war in grünen Samt gekleidet, der mit schwarzem Satin eingefaßt war. Um den Kopf trug sie einen schmalen Goldreif, unter welchem ihr schwarzblau schimmerndes glattes und kurzgeschnittenes Haar glänzte wie der Flügel eines Raben. Ihr Kopf war groß für ihren untersetzten und wohlgeformten, wenngleich etwas kurzgeratenen Körper, doch was ihrem Gesicht seinen unvergleichlichen Ausdruck verlieh, war die auffällige Blässe ihrer Wangen, auf die sich, wenn sie die Augen niederschlug, die langen dunklen Wimpern senkten wie die einer Puppe auf Züge aus farblosem Wachs.

Was Perdita sogleich an ihr auffiel, war ihre unnahbare Würde, die weit mehr beinhaltete als die selbstverständliche Würde der exzentrischen Gattin eines reichen Schauspielers. Es war eine Würde, die sie von den gewöhnlichen Männern und Frauen abzusondern schien. Je mehr die junge Frau dies miterlebte, um so erschreckender wirkte es auf sie.

Bevor der Abend endete – Perditas erster Abend im obersten Stockwerk von High House –, gewann die junge Frau den Eindruck, daß Mrs. Cobbold war, was man gemeinhin eine »leidenschaftliche« Parteigängerin hieß, wenngleich sich nicht hätte sagen lassen, welcher Sache ihre Leidenschaft galt. Während dieses ersten Abends rätselte Perdita über nichts als diese merkwürdige Frage. Ein-, zweimal schien sie kurz vor einer Lösung zu stehen, doch gerade als sie sie erfassen wollte – und sie hatte den Eindruck, daß es eine ganz einfache Lösung war, wurde man ihrer nur habhaft –, entglitt sie ihr und narrte sie. Mrs. Cobbold sonderte vom üblichen Geschick der Sterblichen fraglos ein Geschick, welches – ob im Guten oder im Bösen – ihre rätselhafte Identität mit einer die Neugier reizenden Besonderheit versah.

Perdita fragte sich, ob Mr. Fogg der einzige Bedienstete war; doch als er etwa eine halbe Stunde, nachdem die Hausherrin sie verlassen hatte, an ihre Tür klopfte und draußen wartete, bis sie erschien, um sie unaufdringlich und höflich in den Salon zu führen, gelangte sie zu dem Schluß, daß diese gesetzte Persönlichkeit sehr wohl imstande war, die vereinte Arbeit der üblichen Schar von Bediensteten zu verrichten.

Mrs. Cobbolds Salon erweckte einen insgesamt nicht weniger theatralischen Eindruck als der Raum, den man Perdita als Schlafzimmer zugewiesen hatte, wenngleich der überwiegende Eindruck dieses geräumigen Zimmers, dessen drei große Fenster auf das Meer in der Bucht hinausblickten, von noch mehr Vergoldung und noch mehr Flitter geprägt war. Die Mehrzahl der Stühle war vergoldet, und alle Kissen, Vorhänge und überhaupt jegliches Stück Stoff sahen aus, als entstammten sie einer nicht allzu neuen Bühnendekoration.

Da war sie also mitten in ihrer ersten »Stelle«! Und jetzt, da sie so nahe diesem lodernden Feuer auf einem niedrigen vergoldeten Sofa saß, während Mrs. Cobbold in einem ebenso niedrigen Sessel auf der anderen Seite des Kamins saß, war es gar nicht weiter erschreckend. Es war nicht einmal erschreckend, als die Dame des Hauses darüber zu sprechen begann, welche französischen Schriftsteller sie gemeinsam lesen würden. Es war für Perdita in der Tat nicht wenig tröstlich zu erfahren, daß sie keine Konversation in dieser Sprache halten und sich nicht mit den gelehrteren Aspekten dieser klassischen Sprache plagen mußte. Augenscheinlich beschränkte ihre Aufgabe sich darauf, laut aus einem Roman vorzulesen, während ihre Prinzipalin eine zweite Ausgabe desselben Werks in der Hand hielt. Mrs. Cobbolds »Würde« half der jungen Frau in dieser Sache nicht eben wenig, denn sie unterband von selbst alle Vorstellungen, eine Sprache zu erlernen, die an Schulen und Schulbücher erinnerte, als unschicklich und unpassend.

Als Perdita schläfrig und wohlig vor Wärme auf dem wunderlichen Sofa bei ihrer Gastgeberin saß, vernahm sie das Geräusch der Eingangstür, die geöffnet wurde, und die Stimme Mr. Cobbolds, die mit Fogg sprach, und ihr Herz begann ein wenig zu klopfen. Aber als der berühmte Mann sich seines Umhangs und seiner Galoschen entledigt hatte und Fogg gravitätisch – wie er es jeden Abend ihres Lebens tat – die Tür zum Salon mit den Worten: »Der Herr des Hauses, gnädige Frau!« aufgerissen hatte und eine schmächtige, unauffällige Gestalt sich der Ehefrau – die sitzen blieb – genähert und sie auf die Stirn geküßt hatte und der neuen Gesellschafterin – die sich erhob und sehr gerade, sehr abweisend und sehr schüchtern dastand – herzlich die Hand geschüttelt hatte, merkte sie, daß der berühmte Jerry alles andere als furchterregend sein würde. Tatsächlich hätte der Ton, in dem er nun mit ihr plauderte, niemanden vermuten lassen, daß er der größte Clown des Music-Hall-Gewerbes war und daß er Cobbold's Colosseum in London nur deshalb aufgegeben hatte, weil er sich in den Kopf gesetzt hatte, in Weymouth zu leben.

Er hatte das guterhaltene altmodische Schauspielhaus namens The Regent gekauft, und dort tanzte er den ganzen Winter hindurch dreimal wöchentlich des Abends und bei einer Matinee seinen Tanz und schnitt seine Grimassen – zur großen Freude der Logierhäuser und Hotels der Stadt, die einen so berühmten Besucher seit den Tagen Georges III. weder zu Gast gehabt hatten noch bei ihm zu Gast gewesen waren.

Mr. Cobbold hatte sich keine fünf Minuten mit ihnen unterhalten, als die Tür sich öffnete und Fogg erschien. Diesmal brachte er denselben kleinen Kartentisch und dasselbe weiße Tischtuch, die schon bei der Mahlzeit der Damen benutzt worden waren, und sehr bald genoß der Komödiant ein herzhaftes Abendessen. Mit größter Natürlichkeit und vollendeter Leichtigkeit plauderte Mr. Cobbold mit ihnen, während er seine Mahlzeit aß und zwei, drei Glas Wein trank. Er verbreitete sich über die Beschaffenheit des Publikums, vor dem er an diesem Abend aufgetreten war, und äußerte boshafte Kommentare zu verschiedenen Ortsansässigen, deren Gesichter er hie und da im Theater erblickt hatte, denn seine Frau stammte aus der Stadt.

Perdita war sich dessen bewußt, daß seine Munterkeit mehr der Dame des Hauses galt als ihr, wenngleich sie hin und wieder den Eindruck hatte, als lese sie in seinen Augen einen Blick, der besagte: »Das ist es, wobei Sie mir helfen sollen. Sorgen Sie dafür, daß ihr Geist abgelenkt ist. Amüsieren Sie sie, amüsieren Sie sie um Himmels willen! Solange uns das gelingt, Ihnen und mir, da wir nun zu zweit sind, kann nichts passieren.«

Die Besorgnis des Mannes um Mrs. Cobbold und die Nervosität, mit der er sie beobachtete, während er seine überaus harmlosen Scherze machte, wirkten auf Perdita verwirrend und verstörend. Das schläfrige Gefühl wohliger Erleichterung, das sich über sie gesenkt hatte, als sie mit der Dame über französische Romane gesprochen hatte, verflüchtigte sich auf der Stelle. Nun war sie beinahe erschreckend wach; und mit der Wachheit ging ein neuer und weniger erfreulicher Eindruck einher, den diese merkwürdigen Räumlichkeiten im obersten Stockwerk des steinernen Hauses bewirkten. Sie begann sich vorzukommen, als hätte man sie in eine unzugängliche Festung entführt, wo es ihre Aufgabe war, eine vornehme Gefangene zu unterhalten und ihren Geist mit unablässigem Kartenspielen zu beschäftigen.

Der berühmte Komödiant, dessen Humor im Privatleben dem Mädchen eher dem eines wunderlichen Abbés als dem eines beliebten Clowns zu ähneln schien, verteilte seine lebhaften Kommentare, als wären seine Worte Karten, die eine geübte Spielerhand austeilt. Jetzt fiel ihr auf, daß all diesen verschossenen vergoldeten Stühlen und Theatervorhängen etwas eigentümlich und auffallend Verlorenes anhaftete, ohne daß sich hätte sagen lassen, worin genau es bestand. Während sie mit verwunderter Aufmerksamkeit Ausdruck und Gebaren ihres Gastgebers beobachtete, empfand sie jeden Augenblick stärker den Eindruck, Zuschauer bei einem Spiel auf Leben und Tod zu sein, einem Spiel, das dieser Mann gegen einen unsichtbaren Widersacher spielte, dessen Natur und Art wie eine gespenstische Gegenwart die trostlosen Wandbehänge und die absonderliche Möblierung prägte.

»Wir dürfen Miss Wane nicht zwingen aufzubleiben, Jerry«, sagte Mrs. Cobbold, sobald ihr Mann in seinem lebhaften Redestrom eine erste echte Pause machte. »Sie muß müde von ihrer Reise sein, und –«, mit einer anmutigen und vertraulichen Geste wandte die Dame sich an ihre neue Gefährtin, »selbst wenn sie noch nicht müde wäre, ist es immer angenehm, etwas Zeit zu haben, um sich in einem fremden Raum einzurichten.«

Sie schwieg einen Augenblick und führte eine ihrer wohlgeformten Hände zum Goldreif, wie um sich zu vergewissern, daß ihr Kopf den Schmuck auf geziemende Weise trug.

»Jerry frühstückt um neun«, sagte sie, wobei sie Perdita mit einem offenen und gelassen gebieterischen Blick bedachte, »und ich bin mir sicher, daß er sich über Ihre Gesellschaft freuen würde. Ich selbst komme erst später herunter. Fogg wird um acht an Ihre Tür klopfen und heißes Wasser für Sie in den Flur stellen, wenn es Ihnen recht ist.«

Alle drei standen mittlerweile, wenngleich es Perdita schwergefallen wäre zu sagen, wann sie und Jerry sich erhoben hatten. Ihre ganze Aufmerksamkeit war von Mrs. Cobbold in Anspruch genommen. Und während sie so dastanden und Perdita nicht recht wußte, ob sie den beiden die Hand reichen oder nur den Kopf neigen und zur Tür gehen sollte, spürte sie, daß sowohl sie als auch der Komödiant gemeinsam darum kämpften, Mrs. Cobbolds Maske festzuhalten, zu verhindern, daß sie die vereinbarte Rolle fallenließ, und ihr zum rechten Zeitpunkt das richtige Stichwort für die

Wiederholung ihres gewohnten Parts zu geben. Es war einer jener sonderbaren Momente, wo das Auftauchen einer neuen Person in einer Situation, die durch Gewohnheit etwas Automatisches bekommen hat, eine Spannung, eine Angestrengtheit, eine nervöse Erwartungshaltung erzeugt, als stünde möglicherweise eine Katastrophe bevor.

»Ganz gewiß ... werde ich ... überaus –«, stammelte Perdita, als erwarte man, daß sie etwas sagte, doch ihre Stimme klang in ihren eigenen Ohren unnatürlich, und die leisen Silben hingen in der Luft des theatralischen Zimmers, welches das rauhe Flüstern des Meeres von unten erreichte; Mrs. Cobbold, die Hände noch immer am Goldreif über ihrer Stirn, verriet unter den gesenkten dunklen, dichten Wimpern ein spöttisches Wissen um die unbehagliche Situation der beiden anderen und eine boshafte Freude daran, sie auszudehnen.

Plötzlich ließ sie die Arme sinken, hob die Lider und warf ihrem Mann einen schnellen Blick von der Seite zu.

»Sie wird schlafen«, rief sie in einer Stimme, die ganz anders war als alles, was Perdita bisher zu hören bekommen hatte. »Sie wird schlafen und alles vergessen! Sie hat Glück, habe ich recht? Gehen Sie ... zu Bett ... und ... schlafen Sie.«

»Gute Nacht, Miss Wane«, sagte Jerry Cobbold schnell, trat behende zur Tür und hielt sie ihr auf. »Dort ist Ihr Zimmer – wissen Sie noch? –, zur Linken am Ende des Flurs. Wir sehen uns beim Frühstück wieder.«

Als Perdita ging, wandte sie sich um, weil sie ihrer Gastgeberin zulächeln oder zunicken wollte, doch Mrs. Cobbold war ans Feuer getreten und kehrte ihnen beiden den Rücken zu.

Sobald sie sicher in ihrem Schlafzimmer war, zog Perdita sich eilends aus, und nachdem sie ihren alten abgetragenen Morgenmantel angezogen hatte, den ihr vor Jahren ihr Vater geschenkt hatte, zog sie den Schemel, auf dem Mrs. Cobbold bei ihrer ersten Unterhaltung gesessen hatte, nahe zum Feuer, dessen Flammen jetzt hell aufloderten, schlang die Arme um die Knie und machte sich daran, über all ihre Eindrücke dieses Abends nachzudenken. Bevor sie sich ans Feuer kauerte, hatte sie die Vorhänge aufgezogen, und von dort, wo sie saß, konnte sie das Geräusch des Meeres weit deutlicher vernehmen als im theaterhaften Zimmer ein Stockwerk tiefer.

Die Gefühle, welche das Geräusch in ihr weckte, waren eine eigenartige Mischung. Es schüchterte sie ein wenig ein. Es erschreckte ihr Bewußtsein mit dem Ebben und Fluten großer, nichtmenschlicher Gewalten, die sich nicht um menschliche Pläne und Gegenpläne scherten. Es brachte etwas in dieses wunderliche Schlafzimmer, was frei und ungebunden war, dessen Trostlosigkeit Trost spendete, indem das Entfesseln fühlloser Naturgewalten die glücklosen Selbstquälereien des Menschengeschlechts auslöschte.

Unter allen Eindrücken, die in den letzten Stunden, seit sie im Hafen an Deck gestanden und die dahintreibende Gischt betrachtet hatte, auf sie eingestürmt waren, war der nachhaltigste einer, den sie am wenigsten zu analysieren oder zu definieren vermochte. Er hing mit der Persönlichkeit des Mannes zusammen, der Jobber genannt wurde. Nie zuvor hatte sie angesichts eines Mannes – oder überhaupt eines menschlichen Wesens – diese befremdliche Verstörung ihrer innersten Reserviertheit erlebt. Es war, als hätte ein verborgenes Ich, von dem ihr Bewußtsein kaum Kenntnis besaß, zu guter Letzt Anerkennung, Schutz, Verteidigung, Zuflucht gefunden.

Und dieses Gefühl schien nicht davon abhängig zu sein, ob sie den Jobber jemals wiedersehen würde, sondern sich in ihrer Vorstellung, sobald sie versuchte, ein klares Bild dieses Mannes herbeizubeschwören, mit den Lichtern, Gerüchen, Geräuschen und Düsternissen ihres Eindrucks von der Landung zu verschmelzen. Bei jedem ihrer Versuche, sich diesen Mann zu vergegenwärtigen, schien er dem Zugriff ihrer Vorstellungskraft zu entgleiten und sich im Geräusch brechender Wellen, im Geruch hochgespülten Seetangs und im schaukelnden Widerschein der Schiffslaternen zu verflüchtigen.

So gedankenverloren, daß sie kaum bemerkte, was sie tat, erhob sie sich aus ihrer kauernden Haltung, trat zum Spiegel und begann ihr Haar zu kämmen. Wenn komplizierte und ihre Gedanken fesselnde Empfindungen sie erfüllten, pflegte sie instinktiv ihr Haar zu kämmen. Als sie im Bett lag und das Gaslicht erloschen war, sah sie vor dem inneren Auge noch immer die eindrucksvolle Gebärde, mit welcher der hünenhafte Mann das Stück Seetang ins Dunkle geworfen hatte, als sie auf der Esplanade stehengeblieben waren. Sie stellte sich vor, wie der Seetang nun hin und her und auf und ab geworfen wurde, so wie der Stein, an den er sich klammerte, auf dem gerippten Sand unter den dunklen Fluten hin und her rollte.

»Ich bin wie dieser Seetang«, dachte sie, »nur daß ich keinen Stein habe, an den ich mich klammern könnte.«

Sie hob die Hand zum Kissen hinter ihrem Kopf und warf den dunklen Zopf ihres Haares nach hinten, so daß ihr bloßer Nacken sich glatt und frei anfühlte, wie sie es schätzte.

Doch nun verdrängten die Züge Jerry Cobbolds die massige Gestalt des Jobbers und malten sich auf dem schwarzen Viereck des offenen Fensters zwischen den Vorhängen im Feuerschein ab. Sie sah sein bewegliches Gesicht in seiner absichtsvollen Lebendigkeit, seine hohe Stirn, seine gerade Nase, sein schlaffes Kinn und seine weißen Zähne, alles miteinander belebt durch den Willen innerhalb seines Schädels, wie die Gliedmaßen einer Marionette, die durch Schnüre bewegt werden.

»Ich wüßte gern, wie er wohl auf der Bühne ist!« dachte sie. »Als er mit seinem Geplapper zu Ende kam, fiel sein Gesicht förmlich in sich zusammen. Es war wie bei einer Kerze in einem Götzenbild, die ausgeblasen wird. Was für veränderliche Züge er haben muß! Ich weiß gar nicht, ob seine Nase wirklich so klein ist, seine Stirn so hoch, sein Kinn so schlaff! Ich weiß gar nicht, wie sein Gesicht wirklich beschaffen ist. Ich weiß nur, daß es auf mich einen unheimlichen Eindruck gemacht hat, als würde er es jeden Moment neu *erfinden* und als bestünde das Gesicht als solches aus einem gespentisch neutralen Material.«

Und jetzt zerstörte sie das ganze sorgsame Arrangement ihres ordentlichen Zopfes, indem sie sich heftig auf die andere Seite warf. Sie wollte noch einmal der köstlichen Empfindung eines undeutlich romantischen Gefühls habhaft werden, die der Zwischenfall mit dem Seetang in ihr ausgelöst hatte. Sie wollte auf keinen Fall in Gedanken an Jerry Cobbold einschlafen.

Hätte ein Fremder sie im flackernden Feuerschein in ihrem Bett liegen sehen, inmitten all der Theaterbilder, so hätte er angesichts dessen, daß ihr gelocktes braunes Haar sie als Mädchen auswies, mit Erstaunen konstatiert, wie wenig die Bettdecke durch ihren Körper angehoben wurde, obwohl sie auf der Seite lag. Die Hüften eines Knaben in der gleichen Position hätten sich unter dem Bettzeug kaum weniger bemerkbar machen können. Sie versuchte nun, reglos zu verharren, bis der Schlaf sich einstellte, und drehte sich nur noch ein einziges Mal auf die andere Seite; doch jenes falsche, bewegliche Gesicht, von Schnüren bewegt, schien wie eine spöttische Schildwache über ihr umherzugeistern und der mächtigen Gestalt und den sonnengebräunten Zügen des Jobbers den Zugang zu ihrem Bett zu verwehren.

Mit dem Nahen des Schlummers verweilten ihre Gedanken jedoch nicht bei Weymouth oder einem seiner Bewohner, sondern sammelten sich wie Vögel, die des Abends einen vertrauten Zweig aufsuchen, in ihrem Zuhause in Guernsey. Sie war seit ihrer Kindheit verwaist und von ihrem Onkel und ihrer Tante aufgezogen worden, und zu Lebzeiten des Onkels, der als Zahlmeister auf einem großen Linienschiff arbeitete, das die östlichen Meere befuhr, und der nur selten zu Hause weilte, war ihr Leben in äußerer Hinsicht friedlich und ereignislos verlaufen.

Mit dem Tod des Onkels hatte sich das alles verändert: Ihre Tante war – wie ihre Mutter – französischer Herkunft und hatte das Mädchen immer wie ihr eigenes Kind behandelt; aber sie war gebrechlich, wurde von einer älteren Stiefschwester versorgt, und der Großteil der Pension ihres Mannes mußte für die Arztrechnungen verwendet werden. So kam es, daß Perdita, die nach dem Tod ihres Onkels ruhelos und unglücklich geworden war, darum bettelte, daß man sie nach England gehen und dort ihr Brot selbst verdienen ließ, und daß die beiden alten Damen einwilligten. Insgeheim waren sie der Überzeugung, daß sie innerhalb weniger Wochen zurückkehren würde, denn Perdita hatte schon auf Guernsey die eine oder andere kleine Tätigkeit erfolglos auszuüben versucht; und diese Gewißheit dämpfte zwar den Enthusiasmus der alten Damen für Perditas Vorhaben, nahm ihnen aber auch die Besorgnis, wie es Perdita ergehen werde.

»Laß sie selbst sehen, wie es ist, wenn man arbeiten muß«, sagte die alte Verwandte, und Perditas Tante seufzte und stimmte ihr zu.

Perdita, der das Schicksal keinerlei oberflächliche Schönheit verliehen hatte, wenngleich sie in Augenblicken innerer Bewegung einen ganz eigenen Liebreiz besaß, hatte ihr fünfundzwanzigstes Lebensjahr erreicht, ohne jemals etwas erlebt zu haben, was auch nur entfernt einer Liebesgeschichte glich. Sie war stolz, nervös und schüchtern, und obwohl sie mit älteren Männern immer gut auskam und von ihnen geschätzt wurde, spürten Burschen ihres eigenen Alters unfehlbar ihre Voreingenommenheit ihnen und dem gegenüber, was Perdita für ihren unerträglichen Dünkel hielt, und straften sie dafür – zumindest in ihrer eigenen Vorstellung –, indem sie abdrehten und einen weiten Bogen um sie machten.

Mit ihren Freundinnen hatte sie kaum mehr Glück gehabt. Die Lebensbedingungen in der Kleinstadt auf Guernsey waren nicht dazu angetan, das Entstehen von Mädchenfreundschaften zu fördern. Das Familienlieben, das an erster Stelle stand, beanspruchte sie fast ausschließlich. Junge Mädchen besuchten Klosterschulen, halfen ihren Müttern bei der Hausarbeit und heirateten in jungen Jahren. Nur die koketten Mädchen, die im Ruf der Leichtfertigkeit standen, gingen paarweise ihren Vergnügungen nach.

Perditas wenige Freunde waren ältere Leute, Freunde ihres Onkels, einfache Leute, die sie verwöhnten und als geistiges Wunderkind bestaunten, aber keinen Versuch machten, sie zu verstehen, und von ihrer wahren Natur nichts begriffen. So kam es, daß sie als Kind sehr glücklich und als junge Frau sehr einsam und unglücklich gewesen war, und ihr rascher und unbedachter Schritt in die Unabhängigkeit war das Ergebnis ihrer Verzweiflung.

Das Verweilen bei ihren Erinnerungen an Guernsey war daher in diesem Moment keineswegs mit einem Gefühl des Friedens oder der inneren Einkehr verbunden, auch wenn die Erinnerungen sich mit aller Wehmut des Vertrauten und Geliebten einstellten.

»Ach, wie traurig ist doch das Leben!« dachte sie, indes sie sich abermals auf ihrem Kissen umdrehte, und dabei überkam sie die alte vergebliche Sehnsucht, alledem sicher enthoben und wahrem Frieden anheimgegeben zu sein. Diese trostlosen Gedanken machten, daß sie sich im Bett zusammenrollte, während sie dem Meer lauschte, als könnte sie allein dadurch, daß sie die Arme um die Knie schlang, in jenen Zustand des Unbewußten zurückkehren, in dem sie sich sechsundzwanzig Jahre zuvor als Embryo befunden hatte, bevor sie das Licht dieser Welt erblickte, einer Welt, in der das Schicksal einer Frau, die nicht schön ist, nicht verführerisch oder anziehend, in nichts anderem bestehen kann als in einer Reihe müßiger Enttäuschungen und Notbehelfe, darin, sich jammer- und kummervoll zur Wand zu drehen.

3.
Der Jobber

Sowenig Perdita in ihrer festen Überzeugung, das Schicksal habe ihr jegliche Attraktivität vorenthalten, dies ahnen konnte, so hartnäckig verweilten die Gedanken des Jobbers, obwohl er sich so unvermittelt von ihr entfernt hatte, bei ihrer schüchternen, abweisenden Persönlichkeit, und diese Hartnäckigkeit überraschte und beunruhigte ihn.

»Was war nur mit diesem Mädchen?« dachte er.

Doch er hatte kaum begonnen, diese Frage zu verfolgen, als seine Gedanken sich wieder dem Thema zuwandten, das sie in letzter Zeit hauptsächlich beschäftigte. Sein Haß auf denjenigen, den er im Geist den Hund Cattistock nannte, hatte in den letzten Monaten so gewaltige Ausmaße angenommen, daß man ihn nur mehr als mörderisch bezeichnen konnte.

Als er nun die Esplanade entlangschritt, schob er den dicken blauen Wollpullover an der Hüfte ein Stück hoch und steckte die Hand in die rechte Tasche, wo seine Finger die glatte, harte Oberfläche eines großen Kieselsteins umschlossen. In der Vorwoche hatte er seine Eltern in Portland besucht und von seinem Vater, der selbständiger Betreiber eines Steinbruchs gewesen war, bis Cattistock ihn mittels seiner Manöver in den Ruin getrieben hatte, erfahren, daß dieser gewissenlose Geschäftsmann nunmehr im Begriff stand, den größten Steinbruch auf der ganzen Insel zu schließen und ein Dutzend alte Arbeiter aus der Ortschaft, die seit ihrer Jugend im Steinbruch gearbeitet hatten, auf die Straße zu setzen. An ebenjenem Abend hatte der Jobber diese spezielle Waffe auf Chesil Beach gefunden und seitdem in der Tasche mit sich getragen. Und nun schlossen seine Finger sich beim Gehen wie schon in den letzten Tagen unwillkürlich immer wieder um den schweren Stein, dessen hartes, kaltes Gewicht an seiner Seite ihm solch tödliche Befriedigung bereitete.

»Täte ich es«, dachte er, »wäre es mein Ende so gewiß wie das seine. Man würde mich hängen – sofern ich nicht früh genug entkäme, um ins Wasser zu gehen. Es wäre Mutters Tod – aber er wäre aus der Welt geschafft! Kein arbeitender Mann weit und breit, der darum nicht freier atmen könnte. Und für ihn wäre alles vorbei – für diesen Teufel!«

Etwas Kaltes – kälter als der Stein, den er in der Tasche umklammerte – durchfuhr sein Inneres.

»Zu sterben, sich an einen Ort zu begeben, den keiner kennt, am wahrscheinlichsten ins Nichts, ins völlige Dunkel. Aber ihn mit mir zu nehmen – ah, das ist es! –, den Teufel mit mir zu nehmen. Kein Dog Cattistock mehr! Schaut nur nach ihm! Fort ist er! Fort und verschwunden. Weymouth für immer und ewig von ihm und seinen Gemeinheiten befreit! Und Miss Guppy, die im Weeping Woman weiterhin ausschenkt, als wäre nichts geschehen ... ›Haben sie den Jobber schon aufgehängt?‹ – ›Nein, sie warten noch auf den Sheriff. Es heißt, sie wollen die Sache am Montag zu Ende bringen.‹«

Als seine Gedanken so weit gediehen waren, konnte er – und es war nicht das erstemal, daß es ihm so erging – die Sache beim besten Willen nicht *zu Ende denken*, wie er es bei sich nannte. Es war, als würde man ohne einen Fetzen Kleidung am Leib in das eiskalte Meer dort drüben gehen.

»Ich darf nicht daran denken«, sagte er sich. »Ich muß aufhören, daran zu denken. Tue ich es, dann tue ich es, punktum. Er wird für immer im schwarzen Nichts weilen und ich auch. Für beide von uns wird es sein, als hätte es uns nie gegeben.«

Er blieb stehen und drehte sich abrupt um. »Das Grübeln schadet nur«, sagte er sich. »Denken hat noch nie etwas bewirkt. Je mehr gedacht, um so weniger getan.«

Sein Blick wanderte an der Esplanade zurück, bis er den Anfang von Brunswick Terrace erreichte, von wo er zum Kirchturm von St. John's weiterglitt und zu einem verwischten Flecken unter einer Straßenlaterne, von dem er wußte, daß es sich dabei um die vor kurzem errichtete Statue der Königin Victoria handelte.

»Dieses Mädchen – ich muß sie wiedersehen!« Seine Gedanken folgten Bum Trot und Perdita Wane auf ihrem Weg nach High House. »Sie weiß nicht, was sie dort erwartet«, dachte er, »was sie bei dieser Frau erwartet.«

Unwillkürlich stellte er sich vor, wie dankbar das »Mädchen« sein mußte, wenn man es schließlich zu Bett gehen ließ. Oft genug hatte er in den Räumen der Cobbolds geweilt, und es fiel ihm nicht schwer, sich vorzustellen, wie sie im sogenannten Gästezimmer zu Bett ging.

»Ganz gewiß geben sie ihr dieses Zimmer«, dachte er. »Die Kammer neben Foggs Zimmer wäre gar zu kahl und unbequem.«

Noch immer stand er reglos da und betrachtete den schemenhaften Umriß des Kirchturms und die noch undeutlicher erkennbare Gestalt Victorias. Diese zwei Objekte – steinern das eine, bronzen das andere – verschwammen im Licht der Straßenlaternen zu einem beinahe geisterhaften Aussehen. Ihm kam der verrückte Gedanke, daß die beiden Bauwerke sehr wohl ihre Gedanken austauschen konnten, wie sie Nacht um Nacht dort standen. Diese Phantasterei des Jobbers, der als einsame Gestalt zwischen den erleuchteten Häusern und dem dunklen Meer Gebäude und Statue betrachtete, entbehrte nicht einer gewissen Folgerichtigkeit, doch beide waren neueren Datums, und obgleich der Kirchturm ein halbes Jahrhundert älter war als die Statue, bestand eine historische Verbindung zwischen ihnen. Beide verkörperten das innerste platonische Wesen der viktorianischen Ära, und was den Kirchturm die lange Beobachtung der Untertanen Ihrer Majestät gelehrt hatte, die Sonntag für Sonntag erschienen, um den Gott Ihrer Majestät zu verehren, konnte die Statue durch den Umstand wettmachen, daß sie das lebensechte Abbild der Königin war. Und während der ältere Kirchturm der nagelneuen Statue mit Respekt begegnete, sah die Statue mit verschwörerischer Feierlichkeit zum Kirchturm auf.

»Es wird noch lange dauern«, schienen beide zu sagen, »bis Ehrbarkeit und Frömmigkeit in Melcombe Regis nichts mehr gelten.«

Der Jobber beschäftigte sich unter besonderen Bedingungen mit diesen ernsten Objekten, denn er schämte sich, mit seinen Gedanken Perdita zu folgen, und gleichzeitig war er unwillig umzukehren. Folglich dienten Statue und Turm ihm als Gegenstand seiner offiziellen Aufmerksamkeit, indes er seine Gedanken schweifen ließ. In der Tat nahm er sie wahr, ohne sie wahrzunehmen. Dies heißt nicht etwa, daß sie sich seinem Geist nicht eingeprägt hätten, denn es ist eine verbreitete Beobachtung, daß auf diese Weise entstandene Eindrücke besonders tief reichen, sondern es heißt, daß ihre Wirkung auf ihn in diesem bestimmten Augenblick eher unbewußt denn bewußt war.

Die beiden mächtigen Objekte entschwanden unter seinem Blick in eine ferne psychische Dimension, während an ihrer Statt wie eine Wolke in einer Luftspiegelung nicht Perditas konkretes Bild erschien, sondern eine symbolische Projektion, die teils aus der unerklärlichen Anziehung bestand, die sie auf ihn ausübte und die sich als etwas Samtiges, Verlockendes in der Dunkelheit äußerte, teils aus dem Umriß einer ihrer Wangen, wie er ihn unter der Laterne erblickt hatte, als sie den Seetang in der Hand hielt und ihr eine von der Gischt feuchte Haarsträhne schräg über die Stirn fiel.

Beschämt ob seiner Schwäche kehrte er nun Brunswick Terrace den Rücken zu, nahm die Hand aus der Tasche, wanderte mit schnellen, wiegenden Schritten nach Westen und dachte: »Ich will einen Blick ins Weeping Woman werfen, bevor ich die Fähre nehme.«

Doch die Gedanken eines Mannes – besonders wenn sie einem Mädchen gelten – lassen sich nicht durch ein paar Minuten schnellen Gehens abschütteln, und als der Jobber sich der Statue Georges III. näherte, überkam ihn der Drang, eine neuerliche gedankenverlorene Pause einzulegen. Dieses ältere Standbild, welches sich seit so vielen Jahren an der Abzweigung zwischen St. Mary's Street und St. Thomas's Street befand, war nun seinerseits dazu ausersehen, von seinem Piedestal telekinetisch entfernt zu werden, damit sein Standort ganz so wie der jener vorherigen Wahrzeichen dem Jobber als materielle Grundlage für seine psychischen Hervorbringungen dienen konnte. Indem er das graue Objekt von keinerlei herausragendem künstlerischen Wert anstarrte, brachte er es trotz des Umstands, daß es hier heller war als vor der Kirche, schnell zuwege, daß der wohlmeinende Monarch, der große Wohltäter der Stadt, ebenso wie jene anderen Phänomene in eine Art sonderbaren Limbus entschwand, wie er möglicherweise existiert, um solche Dinge aufzunehmen, wenn die Zauberkraft menschlichen Abstraktionsvermögens ihre Tyrannei über sie ausübt.

Die physische Gestalt des Jobbers löste sich unter der Tyrannei seines Denkens ebenso vollständig auf wie die Gestalt des alten Königs, und statt ihrer erfüllte eine Prozession mentaler Bilder und Bedeutungen den leeren Abgrund in Zeit und Raum. Wäre der emotionale Gehalt seines Sinnierens in diesem Augenblick in Worte gefaßt worden, hätten diese in etwa wie folgt gelautet: »Bierschaum schäumt im Zinngefäß; vergiß ihre feuchte Wange; Miss Guppy zapft Bier; lese mich mit *Middlemarch* schläfrig; mache Schluß mit Dog Cattistock, ohne länger drüber nachzudenken.« Und dann, als seine Gedanken wieder bei Perdita verweilten, begann er sein ungehorsames Herz »unter der zottigen Brust«, wie Homer es ausdrücken würde, zu verfluchen.

»Sollte es möglich sein«, sagte er sich, »daß ich all diese Jahre gewartet und jede Sache, die sich anbot, im Keim erstickt habe, um mich zu guter Letzt von Mrs. Cobbolds Gesellschafterin einfangen zu lassen?«

Die hohle Statue des alten Königs wurde nun zum Resonanzboden für die Erinnerungen des Jobbers an sein grobschlächtiges Liebesleben, ein Leben, das auf sehr erdnahe und sehr sinnliche Aspekte zu beschränken er es sich hatte angelegen sein lassen. Diese heidnische Verfahrensweise des Jobbers im Umgang mit der gefährlichen Rippe fand ihren Ausdruck darin, daß er es sich geradezu zwanghaft zu eigen gemacht hatte, niemals die schicksalsträchtigen Worte »Ich liebe dich« in ein weibliches Ohr zu sprechen. Und deshalb hatte er unter dem Einfluß dessen, was ihm zur unwillkürlichen schützenden Gewohnheit geworden war, sich vor einigen Minuten so unbeholfen verabschiedet und das verwirrende Mädchen der prosaischen Fürsorge Bum Trots überlassen.

»Ich schau' nur schnell auf einen Gin und ein Bier im Weeping Woman vorbei«, lautete sein Fazit. »Dann kann Bum als erster zu Hause sein, und Cassy gibt ihm ein warmes Nachtessen.«

Seit einer ganzen Reihe von Jahren lebte der Jobber in einem kleinen Haus im »richtigen Weymouth« auf der anderen Seite des Hafens. Das Haus war sein Eigentum, und er hatte es nach seinem eigenen Geschmack eingerichtet, dessen hervorstechendstes Merkmal eine Vorliebe für alles Alte und zugleich Voluminöse war. Kleinem Nippes brachte Adam Skald eine auffallende Abneigung entgegen. Er pflegte zu sagen, solche zierlichen Dinge bewirkten, daß seine »Fingerspitzen juckten«. Polster, Vorhänge und Sofakissen verabscheute er ebenfalls, und statt ihrer hatte er sein kleines Haus mit großen hölzernen Lehnstühlen, Holztischen, Standuhren und riesigen Messingkesseln und Tonkrügen vollgestopft, bis es einer bescheidenen Bleibe Gargantuas glich.

Skalds Elternhaus befand sich auf der benachbarten Halbinsel Portland, doch seit Jahren führte er ein unabhängiges Junggesellenleben, wobei ihm Bum und Cassy Trot mit unermüdlicher Hingabe zur Seite standen. Die eigenartige Beschäftigung, mit der er seinen Lebensunterhalt verdiente, hatte ihm den Spitznamen Jobber beschert, doch tatsächlich war er eher eine Art amphibischer Fuhrmann, der in seinem Motorboot, der *Kormoran*, und einem Ford-Laster, den er *Schnecke* nannte, jede nur denkbare Last transportierte, von Viehdung und frischem Gemüse bis zu Mehl, Öl und Stockfisch.

Der Jobber war Mitte Dreißig, von zugeknöpftem Wesen und hauptsächlich mit seinen eigenen exzentrischen Gedanken beschäftigt, doch von einem hypnotischen Magnetismus, der bewirkte, daß er zu beiden Seiten des Hafens mehr Bekannte besaß als sonst jemand in der Gemeinde.

In seiner Verstörung wandte er sich nun von der Statue des alten Königs ab, überquerte die Straße und begab sich eilig in die Stadt. Er schritt so schnell den Rand des Gehsteigs der St. Mary's Street entlang, an Pfarrkirche und Rathaus vorbei und mit wiederholten Ausfällen auf die Fahrbahn, um noch schneller voranzukommen, daß er kaum Zeit gehabt hatte, Perditas Bild aus seinen Gedanken zu verbannen, bevor er die dunklen Speicherhäuser und engen Gassen erreichte und darunter den Eingang zur Schankstube des Weeping Woman.

Miss Guppy, die Schankkellnerin, hieß ihn herzlich willkommen und unterbrach sich im Bedienen der anderen Gäste, um sein Getränk zu mischen, und bald saß er bequem auf seinem Lieblingssitz am Ende der Theke, den Miss Guppy für den Fall seines Erscheinens freigehalten hatte, indem sie einfach alle benutzten Gläser auf einem großen Tablett dort abgestellt hatte. Jetzt blickte die rundliche Person von ihrem angestammten Platz mütterlich und besitzergreifend auf ihn und zog ihm vermittels einer geschickten Frage nach der anderen jede Einzelheit der letzten Fahrt der *Kormoran* nach Lulworth aus der Nase. Es fiel dem Jobber leichter, Miss Guppys Neugier abzulenken, indem er seine Geschäfte in Lulworth kräftig ausmalte, als seine Gedanken unter der Oberfläche dieser Antworten daran zu hindern, zu Mrs. Cobbolds Gesellschafterin zurückzukehren.

»Wird sie sie zwingen aufzubleiben, bis Jerry nach Hause kommt?« fragte er sich. »Vermutlich essen sie ihr Dinner oder wie sie es heutzutage nennen, während Fogg vor ihnen herumscharwenzelt.«

»Guten Abend, Mr. Skald!«

Witchit, ein Fischhändler, der sein Geschäft in einer Straße der Nachbarschaft betrieb, sprach ihn mit diesen Worten an, und Skald warf dem leutseligen kleinen Mann, dessen Gesicht vor Überschwenglichkeit glänzte, einen grimmigen Blick zu.

»Oh, danke, Witchit, mir geht es gut. Wie meistens. Und wie steht es um *Ihre* Geschäfte?«

Die leutselige Miene des Fischhändlers veränderte sich um keinen Deut angesichts der Übellaunigkeit seines Gegenübers. Von der dünnen Nasenspitze bis zu den großen, abstehenden Ohrläppchen strahlten seine Züge geselliges Entzücken aus.

»Vater hat ein glückliches Naturell, das hat er«, pflegte Mr. Witchits Gattin zu bekräftigen, und Jimmy, ihr kleiner Sohn, hatte sich einmal vor den anderen Knaben bei einem Besuch des Kasperletheaters auf dem heißen Sandstrand im August mit den Worten gebrüstet: »Mein Vater kann mehr lustiger lachen als das dumme Kasperle!«

Wahrhaftig war etwas Groteskes an der unbezwingbaren Munterkeit Simon Witchits, und in Wirklichkeit war Simon ein zutiefst zynischer Mensch. Die blutenden Fische, die er auf seiner blitzsauberen Theke zerlegte und ausweidete, ahnten nichts davon. Der fröhliche Kanarienvogel, den er so gern streichelte und der zärtlich an seinen fischigen Fingern pickte, argwöhnte nichts dergleichen. In direktem Widerspruch zu der verbreiteten Meinung, die Empfindungen eines Organismus korrespondierten mit dem Ausdruck dieser Empfindungen, war es Simon Witchit gegeben, vor übersteigerter Zuneigung wie ein warmblütiger Kobold zu grinsen, indes im selben Moment tiefster Abscheu vor allem Lebendigen auf Erden seine innerste Seele vereiste.

»Ihr werter Herr Vater«, fuhr Simon fort, indem er sich buchstäblich heranwienerte und -katzbuckelte und sich an die Seite des Tischs quetschte, während er aus tiefstem Herzen allein den Anblick des Jobbers haßte, seine mächtige Physiognomie, seine dicke, schwere Unterlippe und seine trotzigen Augen mit den finsteren Lidern, »Ihr werter Herr Vater, Mr. Skald, hat gestern meinen Laden aufgesucht und mir erzählt, wie sehr Mr. Cattistock ihm das Leben schwermacht. Er sagt, Mr. Cattistock hätte den letzten großen Steinbruch auf der Insel aufgekauft. Es bedeutet nichts Gutes für unsereinen, wenn diese großen Männer –«

Witchit hielt abrupt inne. Dies tat er nicht, weil der Jobber erzürnt gewesen wäre, sondern wegen des Gegenteils. Er hielt inne, weil der Jobber lächelte! Das rätselhafte und unergründliche Phänomen des Lächelns findet sich merkwürdig verstärkt, wenn der Mensch als einziges Tier, welches zu lächeln versteht, dies aus Bosheit und nicht aus Freude tut. Und Simon, keineswegs unkundig – wenige waren kundiger als er! – dessen, was sich hinter einem Lächeln verbergen kann, verspürte ein ungutes Gefühl, als er dieser Grimasse eines Menschenfressers ansichtig wurde. Ein elektrischer Strom nervlicher Wahrnehmung unter der leutseligen Maske des Mr. Witchit zuckte bei diesem Signal.

»Ich weiß, was Sie empfinden«, sagte diese Wahrnehmung. »Ich weiß, wie sehr Sie Dog Cattistock hassen. Aber ist Ihnen noch nie der Gedanke gekommen, daß es Leute gibt, die *Sie beide hassen*?«

Doch der Jobber stand auf und holte seine Seemannsmütze unter seinem Pullover hervor.

»Gute Nacht, Miss«, sagte er. »Gute Nacht, Mr. Witchit. Nein, ich fahre mit der Fähre hinüber. Ich gehe nie über die Brücke, wenn ich es vermeiden kann!«

Der Jobber verließ die Schenke und bog in ein schmales Gäßchen ein, das zwischen hohen Speicherhäusern verlief. Aus den offenen Speicherfenstern einiger dieser Gebäude hingen Eisenketten und Seile, mit denen Heubündel und Mehlsäcke herabgelassen wurden, bis knapp über das enge Straßenpflaster. Andere, die an kleine Krämer vermietet waren, besaßen dick verglaste Fenster, durch die, sofern sie noch nicht für die Nacht mit Schlagläden versperrt waren, unterschiedlichste Seile und Zwirne zu sehen waren, zwischen Bündeln von Segeltuch aufgehäuft, und dazwischen alte und veraltete nautische Instrumente aus zweiter Hand.

Sobald er den Hafen erreichte, ging er nach links und folgte der Werft seewärts. Er ging langsam und vorsichtig zwischen den einzelnen Bahngleisen entlang, die die Reisenden vom Bahnhof dorthin brachten, wo die Dampfer anlegten. Zwischen diesen Bahngleisen war es feucht und schmutzig, und viele der hölzernen Schwellen, auf denen die Metallgleise ruhten, ragten als ausgemachte Stolpersteine für unachtsame Fußgänger aus dem Schlamm hervor.

Die Seemannsmütze in den Nacken geschoben und die Hände in den Taschen, tastete der Jobber sich behutsamen Schritts voran. Der Wind blies ihm hier stark und brausend entgegen; zu seinen Füßen zog sich das verebbende Hafenwasser gurgelnd in der Finsternis zurück. Als er die Steinmauer der Anlegestelle der Fähre erreichte und Metallgleise und Schmutz hinter sich ließ, zog er die massigen Handgelenke aus den Taschen und rieb sich in plötzlicher emotionaler Erregung die Hände. Bei diesem Tun nahm sein Gesicht einen eigentümlichen Ausdruck an. Die Oberlippe schob sich vor und begann heftig zu zittern. Die Nasenflügel blähten sich. Die knorrige Stirn schwoll an und verzog sich zu gewellten Höckern. Die struppigen Brauen zuckten. Die schweren Augenlider verengten sich. Der ganze Kopf senkte sich und beugte sich über der mächtigen Brust nach vorne. Die massigen Schultern hoben und senkten sich beim Gehen in eigenartiger Übereinstimmung mit dem Rhythmus, in dem er die großen Handflächen aneinander rieb.

Was dieses Frohlocken im Jobber geweckt hatte, war der Anblick des hohen, schmalen Vorderschiffs von Perditas Dampfer und seines hohen roten Schornsteins. Mit unwiderstehlicher Gewalt, die all seine Bemühungen, es zu unterdrücken, davonwirbelte, drang das Bild der jungen Frau, wie er sie zuerst an Deck erblickt hatte, in sein Herz. Doch seine Empfindungen galten nicht nur Perdita. Sie galten auch dem Umstand, daß er Perdita an ebendieser Stelle zum erstenmal erblickt hatte.

Allen aus dieser Gegend Gebürtigen – Magnus beispielsweise hätte sich zu den gleichen Empfindungen bekannt – war der Anblick der wasserumspülten Stufen, die zur Fähre führten, und das Erlebnis, über die enge, unruhige Stelle Wassers gerudert zu werden, mit einem ganz eigenen Gefühl verbunden, einem Gefühl, das aus der frühesten Kindheit herrührte. Wie viele der alten Leute, die friedlich in den Salons von Weymouth auf das Ende ihrer Tage warteten und aufs Meer hinausblickten, mochten sich wohl dieser schlüpfrigen Stufen und schaukelnden Boote als ihres ersten und vielleicht dauerhaftesten Eindrucks von der unauslotbaren Romanze des Lebens erinnern!

Als der Jobber die ersten Steinstufen erreichte, kauerte ein betagter Fährmann, der als einziger die Stellung hielt, in tiefem Schlaf vor einem eisernen Kohlenbecken mit rotglühendem Koks. Aber er kannte den Eigner der *Kormoran* sehr wohl und verübelte es ihm nicht im geringsten, daß er ihn von Gott weiß welch wundergleichen Makrelenfängen auf halkyonischen Meeren in die sturmgepeitschte Nacht zurückholte. Während der alte Mann den Jobber nicht ohne Mühsal durch den Hafen ruderte – doch dieser war in der seemännischen Etikette bewandert genug, um nicht selbst Hand anzulegen –, wanderten seine Gedanken, denn Wasser und Wind machten jeden Wortwechsel unmöglich, zurück zu dem, was Simon Witchit ihm über die Worte seines Vaters im Fischgeschäft erzählt hatte.

Ja, es war nichts als die nackte Wahrheit! Sein Vater hatte von dessen Vater drei oder vier kleine Steinbrüche mit dem kostbaren Portlandstein geerbt; doch nach und nach war es dem gerissenen Finanzier gelungen, sie in seinen Besitz zu bringen, bis durch Verkauf, Hypotheken, ein Netz von Vollmachten, durch Einschüchterung und Bestechung, durch die Pacht dessen, was vom alten

Gefängnissteinbruch übrig war, und die Vereinnahmung der Sägemühlen, in denen die Steine geschnitten wurden, beinahe alle Steinbruchbesitzer der Insel, deren Gewerbe seit Generationen in der Familie weitergereicht worden war, ihr Erbe eingebüßt hatten und zu bloßen Angestellten und Beauftragten der Cattistock-Gesellschaft herabgesunken waren.

Während das Wasser über den Bootsrand hereinschwappte und die Schenkel des Jobbers benäßte, nagte ihm der Schimpf am Herzen, der dem Stein selbst angetan wurde, dem Stein seiner heimatlichen Halbinsel. Dog Cattistock, dieser Hund, war allem feind, was dem Leben heilig war! Seit den fernen Tagen des Einfalls der Wikinger, der die Skalds unter die eingeborenen keltischen Steinwerfer verschlagen hatte, war der Portlandstein etwas gewesen, was es ehrfürchtig, ehrerbietig und *gottesfürchtig* zu behandeln galt. Und jetzt kam dieses Scheusal daher –

Die dunklen rauschenden Wogen, das schaukelnde Boot, in das ein gehöriger Wasserschwall hineinschlug, als er sich erhob, um in seiner Tasche nach einer Silbermünze zu suchen, der Anblick des Bootsinneren in den Lichtern des Nothe-Ufers, die zusammengerollten Taue, der Wasserschöpfer, das Rinnsal von Schmutzwasser im Bootskiel, das beim Aufstehen des Jobbers seinen Verlauf geschwind der Neigung des Bootes anpaßte, und über alledem der Geruch des glitschigen Seetangs, indes die Wellen schwollen und auf die Steinstufen fielen – all diese Dinge wurden zu einem Chor seines ganzen Lebens, der ihn aufforderte, seinen Schlag zu führen.

»Gute Nacht, Kamerad!« sagte er und reichte dem alten Mann das Doppelte des Fahrgelds.

»Gute Nacht, Mr. Skald, und vielen Dank, Sir!«

Er blieb vor einem der ältesten und kleinsten der altehrwürdigen Häuser stehen und sah auf den Hafen hinaus. Der Name Cove House stand in schnörkeligen Buchstaben über dem engen Eingang. Im Fenster – einem großen Erkerfenster, von dem aus man den Hafeneingang sehen konnte – war ein Licht zu sehen, und der Jobber hatte kaum die Backsteinstufen betreten, die zur Tür führten, als eine knochige Hand drinnen den Musselinvorhang sinken ließ, den sie hochgehalten hatte.

Der Mann lächelte, während er seinen Schlüssel aus der Tasche holte und ins Schlüsselloch steckte.

»Ich wüßte gern, wie spät ich kommen müßte«, dachte er, »damit Cassy nicht auf mich wartet!«

Eine hagere, totenbleiche Frau um die fünfzig begrüßte ihn im engen Flur.

»Hallo, Cass«, rief er herzlich, »wie immer im Ausguck? Ist Bum schon gekommen?«

»Vor einer halben Stunde, Mr. Skald«, erwiderte sie in vorwurfsvollem Ton. »Und sein Nachtmahl hat er in der Küche gegessen. Er ist mit dem Fleisch fertig, und mit dem Nachtisch wird er gleich fertig sein.«

»Es tut mir wirklich leid, liebe Cassy«, sagte der Jobber besänftigend. »Bringst du mir mein Fleisch gleich herüber, ja? Ich bin sofort wieder da.«

Er eilte die Treppe hoch, und Cassy kehrte in die Küche zurück. Cassy Trot lebte ausschließlich für ihren Herrn und für ihren Ehemann, wie ein Fisch in einem Teich ohne Abfluß, und obwohl übelwollende Neugier ihre Züge zeichnen mochte, kannte ihr Herz nur eine beinahe tragisch zu nennende Treue.

Als der Jobber aus einem Zinnkanister mit breitem Ausguß warmes Wasser in ein altes blau-weiß gemustertes Becken goß, dessen zugehörige Porzellankanne er auf den Boden gestellt hatte, wanderte sein Geist wieder von Dog Cattistock zum obersten Stockwerk von High House. Hatte das Mädchen seinen ersten Schrecken inzwischen überstanden? Er selbst fürchtete sich nicht vor Mrs. Cobbold, aber er wußte wohl, daß viele es taten, denn in der Stadt waren die abenteuerlichsten Gerüchte über sie umgegangen, als sie noch Lucinda Poxwell aus der Old Castle Road war, die den berühmten Clown geheiratet hatte. Man munkelte, sie habe den alten Poxwell in die verrückte Gewohnheit getrieben, in den Tümpeln am Fuß von Sandsfoot nach Kaurischnecken zu suchen. Man munkelte, Lucindas Teufeleien seien der Grund, daß Hortensia, die jüngere Tochter des Captains, mit ihrer Tochter Daisy zu ihm gezogen war.

»Lucinda ist noch verrückter als ihr Vater«, sagte sich der Jobber, während er in Befolgung einer harmlosen, aber exzentrischen Angewohnheit die Seife so lange zwischen den Händen drehte, bis eine Schaumwolke sie einhüllte, »aber ob *das* diesem Mädchen angst machen wird, weiß ich nicht.«

Er bürstete sich die Haare vor einem Spiegel in altem Mahagonirahmen, der so schiefwinkelig an der Wand hing, daß Cassy den Winkel unablässig mit Stückchen gefalteten Papiers korrigierte, die unweigerlich herunterfielen, wenn der Jobber den Spiegel berührte, und ließ dabei den Blick über die Wände seines Schlafzimmers schweifen. Wie der Raum unten hatte es ein Erkerfenster, von dem aus man den Hafeneingang und ein Stück offenes Meer sehen konnte. Und wie der Raum unten enthielt es ein Paar riesenhafte lederbezogene Lehnstühle. Und an seinen Wänden hingen unzählige alte Drucke von Schiffen. Einige stellten Kriegsschiffe dar, einige Passagierschiffe, einige Handelsschiffe, und die Meere, die sie befuhren, waren bisweilen stürmisch und bisweilen ruhig; doch es verriet einen gewissen hartnäckigen Optimismus in Adam Skalds Natur, daß keines der Bilder ein Wrack darstellte.

»Mr. Skald, Mr. Skald! Nachtmahl!« ertönte Cassy Trots Stimme vom Fuß der Treppe.

Er ging unverzüglich hinunter und setzte sich an einen großen Eichentisch, der vor Alter und Politur schwärzlich schimmerte. Auf einem zweiten Tisch lag unter grünen Vorhängen, die das große Erkerfenster halb verbargen, ein aufgeschlagenes Büchereibuch, dessen Einband die Adresse eines Ladens in St. Mary's Street trug. Es war *Middlemarch* von George Eliot, und bevor sie ihn mit seinem Teller vorgeschnittenen Fleischs und zwei zugedeckten Schüsseln mit Gemüse im gleichen blau-weißen Muster wie Kanne und Waschschüssel oben allein ließ, hatte Cassy *Middlemarch* vom Tisch unter den grünen Vorhängen, wo es neben einem Schwanenei lag, das der Jobber aus einem Teich bei Chickerel entwendet hatte, genommen und es sorgsam für ihn gegen einen Kerzenhalter gelehnt. Hätte ein Fremder ihr Gesicht beobachtet, als sie den Einband flach drückte und die Seiten glättete, bevor sie das Buch aufstellte, hätte er in ihren Zügen jenen Ausdruck nachsichtigen Ernstes sehen können, mit welchem eine Mutter das Lieblingsspielzeug eines verwöhnten Kindes behandelt.

Totenstille herrschte nun im vorderen Raum von Cove House, denn die Küche im hinteren Teil des Hauses trennte ein so langer Flur vom Wohnzimmer, daß der Jobber die Stimmen der Trots bei geschlossenen Türen nicht vernehmen konnte.

Er aß langsam und wendete die Seiten von *Middlemarch* mit bedächtiger Entschlossenheit – eine Seite auf etwa zehn Mundvoll –, und die Befriedigung, die ihm das Lesen beim Essen bereitete, lag weniger in der Lektüre – einen Bücherwurm konnte man den Jobber kaum nennen – als im Bewußtsein, *daß* er las, denn der Gedanke, ein schönes, vernünftiges Büchereibuch zu lesen, während er in seinem Junggesellenwohnzimmer sein Abendessen aß, bereitete ihm größtes Vergnügen. Die alte Miss Burt, die Bibliothekarin des Ladens in St. Mary's Street, genoß es außerordentlich, »Mr.

Adam«, den sie schließlich seit seinen Kindertagen kannte, in der Ausbildung seines literarischen Geschmacks zu beraten; und da ihr eigener Geschmack zu Werken tendierte – zumindest glaubte sie dies –, die nichts mit »diesem modernen Realismus« zu tun hatten, war der Jobber Zeuge geworden, daß die großen Linienschiffe mit Kraftstoff betrieben wurden, ohne die Entwicklung der Literatur seines Landes über die erste Hälfte des neunzehnten Jahrhunderts hinaus kennengelernt zu haben.

Wie viele einsame und egoistische Männer war er in seiner Privatphilosophie weit origineller als in seinem ästhetischen Geschmack, der, um die Wahrheit zu sagen, alles andere als sein eigener Geschmack war, sondern sich voll und ganz an anderen orientierte. In der Literatur richtete er sich nach Miss Burt und in Nippes nach Mr. Martin vom Milchladen in der Abbotsbury Road. Beim Trinken wiederum ließ der Jobber sich von keinem Mann und auch von keiner Frau etwas vorschreiben, und vergebens wies Miss Guppy ihn Abend für Abend auf die aristokratische Überlegenheit des Whiskeys dem Gin gegenüber hin, doch in anderen Belangen feiner Lebensart war er von rührender Demut.

»George Eliot muß Miss Burt ganz schön ähnlich gewesen sein«, dachte er finster, als er seinen Nachtisch beendete und seine Pfeife anzündete; doch in diesem Augenblick hörte er überrascht, daß jemand heftig die Türglocke läutete. Er drehte sich auf dem Stuhl um und warf einen Blick auf die kleine Schiffsuhr, die er über dem Kamin aufgehängt hatte. Es war halb neun. Wer um Gottes willen mochte das sein, zu so später Stunde? Er richtete sich auf, setzte sich jedoch wieder, als er Cassy im Flur hörte.

»Vielleicht wird ihr etwas gebracht«, dachte er.

Eine kurze Pause im Gang der Ereignisse trat ein, während Mrs. Trot die Riegel zurückschob. Das Verriegeln der Tür bei Einbruch der Dunkelheit war ein Gesetz des Jobbers, an dem er unnachgiebig festhielt. Keiner der Trots konnte sich damit anfreunden, und kaum jemand in Weymouth hätte es gekonnt, wo jedermann jederzeit überall leichtfertig ein und aus ging. Vielleicht war es ein strenger Portlandbrauch, der in die Zeiten zurückreichte, da die Inselbewohner Überfällen ausgesetzt waren, die sich weniger verstohlen abspielten als die Dog Cattistocks.

Unter dem Öffnen der Riegel schloß der Jobber geistesabwesend das Buch und stellte den Senftopf darauf. Plötzlich merkte er, daß sein Herz unnatürlich schnell schlug. Grund dafür war die verrückte Idee, der unerwartete nächtliche Besuch habe auf irgendeine Weise mit Mrs. Cobbolds Gesellschafterin zu tun. Durch das im oberen Teil geöffnete Erkerfenster und zwischen den nur halb zugezogenen Vorhängen hindurch konnte man die Wellen gegen die Fischerboote klatschen hören, die im Hafen vor Anker lagen. Dieses Geräusch brachte ihn auf die Frage, wieviel man durch die Fenster von High House vom Meer hören konnte und ob Mrs. Cobbolds Gesellschafterin das Fenster ihres Schlafzimmers nachts offen behielt.

Aber jetzt hatte Cassy die Haustür entriegelt, und er fühlte, ohne es tatsächlich zu spüren, wie ein Hauch salziger Luft in den kleinen Flur drang. Ja! Doch was war das? Mit einemmal wurde er einer hellen Mädchenstimme gewahr, die durch das Pfeifen des Windes erklang. Die Tür wurde geschlossen. Cassy sprach jetzt im Flur mit der Besucherin. Er stand auf und legte Löffel und Gabel behutsam nebeneinander auf seinen leeren Teller. Von der polierten Eichenfläche des Tischs wischte er ein paar Brotkrumen – Tischtücher waren ihm verhaßt –, und dann zupfte er ein paarmal kräftig an seinem Wollpullover, um ihm ein gefälligeres Aussehen zu geben.

Die Zimmertür wurde geöffnet, und Cassy brachte ein junges Mädchen von etwa siebzehn Jahren herein.

»Ach, Daisy Lily!« rief er, trat geschwind zu ihr und schüttelte die Hand der Besucherin mit lebhafter und verwunderter Herzlichkeit. »Wer hätte gedacht, daß *Sie* uns besuchen kommen? Wie geht es dem Captain?«

»Oh, Mr. Skald, *bitte* –«, rief das Mädchen drängend. »Mutter bittet darum, daß Sie sofort mitkommen! Großvater ist draußen bei Sandsfoot Castle und will nicht nach Hause gehen! Mutter und ich waren schon zweimal dort. Beim zweiten Mal ist Dr. Higginbottom mitgekommen. Aber der Doktor hat es nur noch schlimmer gemacht. Mutter hat gleich an Sie gedacht. Sie hat gesagt: ›Der einzige, der ihn friedlich nach Hause schaffen kann, ist Mr. Skald!‹ Und dann hat sie gesagt: ›Es würde nichts nützen, D. –‹, ich meine Mr. Cattistock; sie nennt ihn D., müssen Sie wissen, ›es würde nichts nützen, D. zu holen.‹ Das hat sie gesagt. ›Stimmt's, Daisy? Weil Papa ihn nicht ausstehen kann.‹«

»Was würde euer Freund Cattistock sagen, wenn er das hören müßte?« brummte der Jobber und begann dabei unter schamloser Nichtbeachtung der Anwesenheit des jungen Mädchens seine Pantoffeln gegen seine Stiefel einzutauschen.

»Großvater sagt, er wird weglaufen«, fuhr Daisy unbeeindruckt fort. »Er sagt, an dem Tag, an dem Mutter einwilligt, Mr. Cattistock zu heiraten, wird er weglaufen und niemals zurückkommen! Er sagt, Mr. Cattistock sei ein Menschenfresser und solle lieber zu seinesgleichen, den Kannibalen, gehen.«

»Bravo, Captain!« Der Jobber lachte mit heiserer Stimme leise in sich hinein, während er sich mit gesenktem Kopf mit den öligen Lederschnürsenkeln abplagte.

»Mutter hat ihren Wagen bei der Trinity Church stehen«, sagte das Mädchen. »Sie hat gesagt, sie sei sicher, daß Sie gleich kommen würden.«

»Ist deine Mutter entschlossen, Cattistock zu heiraten?« fragte der Jobber leise, schimpfte auf seine Schnürsenkel und empfand gleichzeitig ein undeutliches Vergnügen an ihrem Ledergeruch.

»Arme Mutter!« flüsterte das Mädchen. »Ich sollte nicht über sie reden; aber Sie wissen ohnedies Bescheid; wozu Ihnen etwas vormachen?«

Doch erst als beide am Kai entlang zur Brücke eilten, sprach Daisy Lily ohne Vorbehalte mit dem Freund ihres Großvaters.

»Mutter ist in Mr. Cattistock verliebt«, sagte sie. »Aber er hat sehr lange gebraucht, um sich zu entscheiden. Ich glaube, am liebsten würde er Mutters Liebhaber sein, ohne sie heiraten zu müssen. Aber die Arme ist es leid, sich um Großvater zu kümmern. Sie wird froh sein, wenn sie ihn Mrs. Matzell und mir überlassen kann.«

Mrs. Lily saß in einen weiten tuchenen Ulstermantel gehüllt über das Lenkrad gebeugt, in tiefes Nachdenken wie in Trance versunken, aus dem sie zusammenzuckend auffuhr, doch nicht ohne impulsiv dem Jobber mit einem zärtlichen, dankbaren Lächeln die Hand zu reichen.

»Ich wußte, daß Sie kommen würden«, sagte sie.

Neben Mrs. Lily in ihren kleinen Wagen gezwängt und mit Daisy Lily auf einem seiner Knie, gab sich der Jobber einer Abfolge kuriosester Gedanken hin. Es war ein köstlich trostspendendes und sinnliches Vergnügen, Daisy so zu spüren, doch mitten aus dem Schoß dieses Sinneseindrucks schoß sein Geist in ernsthaftere und aufwühlendere Richtungen davon. Nach High House flog er schnell und unbeirrbar, wie der Wind, der ihnen nun ins Gesicht blies; und das Mädchen, das sich auf seinem Knie im Gleichgewicht zu halten suchte, hatte keine Ahnung davon, daß die Berührung seines jungen Körpers sich mit den romantischen Gefühlen des Jobbers für Mrs. Cobbolds Gesellschafterin vermischte und vermengte. Doch das Schicksal hatte es dem Jobber nicht bestimmt, lange in Frieden zu verweilen und sich an der Berührung Daisys und den Gedanken an Perdita zu erfreuen. Eine flüchtige Bemerkung Mrs. Lilys über die Anzahl der neuen Villen, die um Rodwell herum, durch das sie eben fuhren, aus dem Boden geschossen waren, brachte ihn wieder auf seine mörderischen Gedankengänge, obwohl er in freundschaftlichem Ton antwortete – und obwohl die Vorstellung, mit der Verlobten des Dogs zu flirten, nie ohne einen gewissen Reiz für ihn war. Daisys Gewicht ließ ihn den schweren kalten Stein von Chesil Beach noch deutlicher an seinem Schenkel spüren, und er dachte: »Die alberne Mrs. Lily wird der einzige Mensch der Welt sein, dem es leid tun wird, wenn ich das Scheusal fertigmache.«

Vielleicht war es die ungewohnte Rolle, von der Geliebten Dog Cattistocks durch die Vororte Weymouths gefahren zu werden, die dem Jobber die Kraft gab, sich den Mord an seinem Feind wie eine dunkelrote Quetschung im Hintergrund seines Bewußtseins vorzustellen, die hinzunehmen er nicht umhinkonnte, die er jedoch zeitweilig aus dem Gedächtnis streichen konnte, während er es genoß, Daisy zu spüren und an Perdita zu denken.

Während sie weiterfuhren und sein Geist der Begegnung mit seinem verwirrten alten Freund entgegeneilte, wurde ihm bewußt, daß Mrs. Cobbold – »Tante Lucinda«, wie Daisy sie in ebendiesem Augenblick laut nannte – in seinen Gedanken in Verbindung mit Perdita einen Stellenwert erhalten hatte, der an seine Gefühle für Dog Cattistock erinnerte, wenn auch weniger erbittert. Ja, er mißtraute Mrs. Cobbold aus tiefstem Herzen. Sie war ein Menschentyp, den er verabscheute. In seiner Leidenschaftlichkeit und Naivität war er der Ansicht, daß sie zu jener Art Frauen zählte, die unter dem Deckmantel der Hysterie hemmungsloser und herzloser Selbstsucht frönen.

»Sie ist noch verrückter als der Captain«, sagte er sich, »aber es ist der Wahnsinn eines schlechten Menschen. Sie ist wie eine der bösen Frauen aus der Geschichte. Ich wünschte, der Elende hätte sich mit *ihr* eingelassen statt mit der albernen Mrs. Lily. Was für ein Paar die beiden abgegeben hätten!«

Dachte der Jobber mit Daisy auf seinen Knien an Perdita, so dachte Daisys Mutter – die erst fünfunddreißig war – an Dog Cattistock.

Dieser Sachverhalt führte dazu, daß neben den drei sichtbaren Passagieren eines kleinen dunklen Wagens zwei unsichtbare durch den hügeligen Vorort Rodwell nach Sandsfoot Castle fuhren, nämlich Perdita Wane in der Kleidung, in der sie an Deck des Dampfers gewartet hatte, und Dog Cattistock in der Kleidung, in welcher er vor drei Monaten Mrs. Lily seinen Antrag gemacht hatte. Vielleicht wäre es eine allzu phantastische Mutmaßung – wenngleich nicht ohne jede Analogie in der physischen Welt – zu unterstellen, daß sich im Verlauf der gemeinsamen Fahrt durch die stillen Vorortstraßen zwischen diesen unsichtbaren und lediglich mental vorhandenen Passagieren, die einander völlig unbekannt waren, eine Art Verbindung einstellte, ein magnetisches Band, welches durch spätere Ereignisse materialisiert werden konnte. Teil dieser psychischen Annäherung – von welcher Dog Cattistock und Perdita selbst nicht das geringste ahnten – mochte sein, daß Hortensia Lily nach langem Schweigen, während sie die Franchise Road hochfuhren, zum Jobber sagte: »Mr. Skald, ist Ihnen zu Ohren gekommen, daß die neue Gesellschafterin meiner Schwester allen Ernstes heute nachmittag mit dem Dampfer aus Guernsey eingetroffen sein soll? Jedermann in Weymouth scheint gewußt zu haben, daß sie für heute erwartet wurde; und ich dachte, Sie könnten mir vielleicht –«

Doch der Jobber murmelte, er sei soeben erst von Geschäften in Lulworth zurückgekehrt und habe mit keiner Menschenseele ein Wort gewechselt. Ein ununterdrückbarer Instinkt ließ ihn davor zurückschrecken, der Geliebten Dog Cattistocks gegenüber Perdita auch nur mit einer Silbe zu erwähnen. Seine Antwort fiel so unbeteiligt aus, daß Mrs. Lily, die ihn an diesem Abend um nichts in der Welt verärgern wollte, ihren schweren Mantel zurückschlug, ohne das Steuer loszulassen, und sich schnell mit einem Lächeln zu ihm umwandte, in das sie so viel Vertraulichkeit und Süße legte, daß es ihn verblüffte. Mit naiver männlicher Schlichtheit zeigte sich der Jobber nicht unbedingt dem Gedanken, aber der Andeutung des Gedankens nicht abgeneigt, ob man dieses begehrenswerte Wesen am Ende von Cattistock fortlocken könnte. Hätte statt des Jobbers der Maler Correggio neben Mrs. Lily gesessen, so hätte er von da an unablässig versucht, die eines Ariels würdige Zweideutigkeit des flatterhaften Blicks festzuhalten, mittels dessen die lockere Nymphe im Wesen einer leichtfertigen Frau dem Erzfeind ihres Liebhabers provozierend die Arme um den Hals wirft. Dieses Lächeln warf sie ihm zu, als sie ihr Fahrzeug um die Ecke der Franchise Road in die Rodwell Road lenkte. Kaum ein Ort bot sich weniger dazu an, in ein Correggio-Bild verwandelt zu werden, als diese Wohngegend gesetzter Händler, deren Straßenpflaster so peinlich sauber gehalten war, daß sogar die kleinen Wirbel harter, welker, metallfarbener Ligusterblättchen unverzüglich zusammengekehrt, -geschaufelt und fortgebracht wurden, doch Mrs. Lily gehörte zu jenen blonden Frauen, deren Haut von so prachtvollem Weiß ist, daß jede Bewegung, die ein Stück Kehle, Nacken oder Busen enthüllt, unabhängig von Ort und Zeit etwas von einer unwillkürlichen Verführung gewinnt.

Hortensia Lilys Kopf war so klein, wie der ihrer Schwester groß war, aber ihre Stirn war so ungewöhnlich hoch wie die Mrs. Cobbolds, wenngleich ein dicker hellbonder Pony sie verdeckte, der wie der Pony eines Kindes geschnitten war und wenige Zentimeter über dem Blau ihrer Augen eine gerade gelbe Linie bildete.

In diesem Moment rief Daisy Lily, deren Aufmerksamkeit weniger abgelenkt war als die ihrer Gefährten, unvermittelt aus: »Fahr nicht so langsam, Mutter! Die Straße ist frei!«

Sie hatte recht. Den ganzen Abhang zum Meeresufer hinab begegnete ihnen weder ein Fußgänger noch ein Gefährt.

»Könnt ihr das Meer rauschen hören?« fragte das junge Mädchen.

Die Lichter des Wagens zeigten nun eine Straße, deren Beschaffenheit immer weniger vorstädtisch war. Tamariskenbüsche durchsetzten die niedrigen, schütteren, windzerzausten Hecken, und hie und da streckte ein verkümmerter Dornbusch wie ein Lebewesen, das verzweifelt dem tosenden Wasser entflieht, seine Zweige in rasendem Schmerz den unverwüsteten Gefilden entgegen. Nun konnten sie das Meer unstreitig hören, und das Rauschen seiner Wellen, die sich an den Felsen weit unter den zerklüfteten Kanten und Vorsprüngen des Küstenriffs brachen, brachte sie zum Schweigen. Mrs. Lilys kaltblütiges Betragen in dieser Situation hatte den Jobber überrascht und ein wenig schockiert. Daisy rutschte auf seinem Knie hin und her und reckte den Hals, um den ersten Blick auf die Schloßruine zu erhaschen, während die Mutter unbeirrt weiterfuhr, langsamer sogar, wie ihm scheinen wollte, als nötig gewesen wäre, wenn der Captain sich wirklich in Gefahr befunden hätte, wobei sie ihn sacht mit ihrer Schulter berührte. Von den warmen Körpern dieser zwei Frauen verführt und von der älteren tatsächlich bewußt verführt – denn so deutete er den Schulterdruck in seiner männlichen Eitelkeit –, überließ der Jobber sich im fahrenden Wagen einem leichtfertigen Wohlbehagen.

Am Fußweg zur Ruine angekommen, kletterten alle drei aus dem Wagen, den sie am Straßenrand stehenließen, und liefen den Abhang hinab, Daisy den anderen voraus. Am Eingang zu Sandsfoot Castle holten der Jobber und Mrs. Lily sie ein, so daß sie das Gebäude zusammen betraten. Drinnen begegneten ihnen die Strahlen einer Laterne, in deren Licht der alte Mann, den sie suchten, zu erkennen war. Captain Poxwell, der, einen dicken Wollschal um die Schultern, unter einer altmodischen Schiffslaterne auf einer Reisedecke saß, die er am frühen Nachmittag mitgebracht hatte, war ganz in die Herstellung diverser improvisierter Kistchen zur Aufbewahrung seiner Muscheln vertieft. Den Nachmittag über hatte er mehr als eines dieser kleinen Behältnisse aus Pappkarton hergebracht und hatte Knetgummi, wie man ihn den Kindern zum Spielen gibt, auf ihnen angebracht. Jetzt war er damit beschäftigt, in den Knetgummi zahlreiche kleine Muscheln zu stecken, die er mit bloßen Händen während der stürmischen Dämmerung aus den Felstümpeln am Fuß der Schloßruine herausgefischt hatte.

Der alte Mann erhob sich, als Daisy zu ihm lief und mit zitternder, liebevoller Stimme rief: »Oh, Großpapa, du Lieber! Du Lieber, Guter!«

Auf dem silbergrauen, kurzgeschnittenen Haar des Captains saß eine enganliegende Seglerkappe, die er nun abzog, während er sich förmlich und höflich zuerst vor seiner Enkelin, dann vor seiner Tochter verbeugte.

»Ja, Skald, mein Junge! Freut mich, dich zu sehen! Freut mich, freut mich! Du wirst diesen verrückten Hühnern Vernunft einbleuen. Sie glauben, ich könnte meine Arbeit im Haus so gut verrichten wie hier draußen. Sie begreifen einfach nicht, daß ich beim Wasser sein *muß*, damit ich die zurücktun kann, in denen was drin ist!« Er schwieg einen Augenblick und flüsterte dem Jobber, auf den er zutrat, ins Ohr: »Was *sie* betrifft – du weißt schon! –, bin ich einverstanden. Du hast bei allem, was dir heilig ist, geschworen, daß sie nie ein Kind hatte. *Dir* kann ich vertrauen, Skald, aber niemandem sonst auf der Welt!« Offenbar erleichtert sprach er nun schnell und laut an die Adresse aller Anwesenden weiter. »Wie soll ich wissen, aus welchem Tümpel sie stammen, wenn ich sie oben in meiner Kammer habe? Und du, du aufgeregtes Kind«, dies war an Mrs. Lily gerichtet, »wie sollte ich sie dir anvertrauen können? Du würdest sie über die Klippe werfen – ich kenne dich! Aber paß auf, Skald! Weißt du, was Hortensia heute angestellt hat?

Ja, Mädchen, ich erzähle es ihm. Da brauchst du gar keine Faxen zu machen. Sie hat mir den alten Irren Higginbottom auf den Hals gehetzt. Hast du so was schon mal gehört? Ich weiß gut, was der alte Spion von mir wollte! Er hat von meiner Kaurisammlung gehört. Dachte, ich hätte sie hier irgendwo in der Wand versteckt, und wollte danach suchen. Aber dem habe ich's gezeigt; stimmt's, Daisy? Dachte wohl, er sei der einzige, der eine Wand hochklettern kann; stimmt's, Daisy? Dem habe ich's gezeigt, Skald! Du hättest dich totgelacht. Zum Schluß habe ich ihm eins auf die Nase gegeben, und er ist weggerannt und hat damit gedroht, die Polizei zu rufen. Stimmt's, Daisy? Als könnte er die Polizei auf mich hetzen! Was für ein Witz! Stimmt's, Daisy? Habe ich nicht recht, Skald?«

Während er sprach, vermied der Captain es, seine Tochter anzusehen; und der Jobber, der hinsah, bemerkte, daß sie in ihre eigenen Gedanken versunken war, ganz so, als sei ihr das Geplapper ihres Vaters so gleichgültig wie das Heulen des Windes um das dicke Gemäuer der Schloßruine. Die Strahlen der Schiffslaterne fielen auf ihr kaltes weißes Gesicht. Sie war barhäuptig, und ihre Kapuze, die ihr vom Kopf gerutscht war, umrahmte die klare Linie ihres hellen Haars, das glatt auf ihrer Stirn lag und unter dem die großen blauen Augen ins Leere starrten.

Adam Skald, sowenig er sich auf die Psychologie verstand, fand etwas Unheimliches in der Diskrepanz zwischen der fiebrigen Erregung des Captains und solch verächtlicher Gleichgültigkeit. Zugleich war er dessen gewahr, daß Daisy dem verstörten alten Mann mit tiefer, beunruhigter Aufmerksamkeit zuhörte. Ihre Gestalt befand sich fast ganz außerhalb der Laternenstrahlen – nur als der unscharfe, bebende Umriß eines Mädchens erkennbar –, doch der Jobber spürte, daß ihr ganzes Wesen eine leidenschaftliche und erbitterte Anteilnahme an den verwirrten Reden des Captains ausstrahlte.

Die Muskeln des langen, mageren Halses Captain Poxwells ähnelten den geschmeidigen Strängen einer zähen Efeupflanze, die sich an einen ausgemergelten Baum klammert. Seine Nase war lang und spitz, sein Kinn gehörte zur Sorte der knorrigen, schmalen und fliehenden, seine Stirn war wie die seiner Töchter ausnehmend hoch, indes sein kurzgeschnittenes ergrautes und widerspenstiges Haar einen Schädel bedeckte, der hinten auf merkwürdig starrsinnige Weise verflachte, fast wie der eines verschrobenen, ketzerischen Fanatikers. An seinem Kinn klebte ein dünnes Büschel drahtigen Haars, das nicht ergraut war wie sein Haupthaar, sondern strohblond geblieben war und somit verriet, von wem Hortensia ihre blonden Locken geerbt hatte. Ein ähnliches Büschel, kaum groß genug, um sich des Namens Schnurrbart rühmen zu dürfen, sträubte sich auf der Oberlippe des Captains, und wenn das Licht auf sein erregtes Gesicht fiel, enthüllte es Augen von leuchtendstem Blau, Augen, die vor jener rastlosen Energie glänzten, welche Frauen unter allen Dingen am meisten abstößt, egal, ob bei geistig gesunden oder geisteskranken Männern, denn sie enthält ein doppeltes Quantum des menschlichen Magnetismus, der unablässig die gewöhnlichen Vorgänge der Natur beeinflußt und beeinträchtigt.

Der Captain schleuderte noch immer aufgeregt dem Jobber seine Erklärungen, Ermahnungen und Bitten entgegen, als dieser sah, wie Mrs. Lily unvermittelt mit ihren schönen Schultern in einer Geste unendlichen Überdrusses zuckte. Ihr Blick ließ ihn an die Galionsfigur denken, mit der Bum Trot Mrs. Cobbold verglichen hatte. Ein ganz bestimmtes Bildnis kam ihm in den Sinn, das zu einem verwitterten Schiff gehört hatte, welches seit langem auf dem Meeresboden ruhte; die Galionsfigur des Schiffes aber hatte er nie vergessen, ebenso wie seinen seltsamen Namen: Es hieß *Medusa*.

»Ich begleite Sie nach Hause, Captain«, sagte der Jobber, der die erste Pause nutzte, die der aufgeregte alte Mann machte, »und die Frauen lassen wir fahren. Ihre alte Mrs. Matzell hat Ihnen sicher etwas zum Abendessen aufgehoben.«

Captain Poxwell war mittlerweile völlig fügsam. Behutsam zog er sich den Schal vom Hals und wand ihn sorgfältig um die kleinen Schachteln, in deren mit Knetgummi bedeckte Deckel er die Muscheln gesteckt hatte.

Sobald Daisy sah, daß man sich um ihren Großvater kümmerte, hatte sie ihre Aufmerksamkeit den Mauern des alten Schlosses und den hohen und tiefen Fensteröffnungen zugewandt, durch welche nun die Sterne sichtbar wurden.

»Der Wind läßt nach«, bemerkte sie. »Es verspricht eine schöne Nacht zu werden.«

Unter der Anleitung des Großvaters hatte das junge Mädchen jedes Gesims, jede Balustrade, jede Fensterbrüstung, jeden Schutzwall und jeden verborgenen Winkel des alten Gebäudes erforscht und hatte für die Lokalität jene eigentümliche heftige Zuneigung entwickelt, wie die Jugend sie jedem Ort entgegenbringt, ob pittoresk oder anderweitig bemerkenswert, der als Hintergrund ihres langen, langen Nachsinnens gedient hat. Daisy wohnte mit ihrem Großvater und ihrer Mutter seit fünf Jahren in Half Mile Cottage. Als Zwölfjährige war sie hergekommen, und keine ihrer versponnensten, verrücktesten und romantischsten Träumereien war nicht mit Sandsfoot Castle verbunden.

Das Mädchen war großgewachsen und geschmeidig wie seine Mutter, doch sein helles Haar war weit weniger auffallend, seine Nase war ungeschlachter, sein Mund war breiter und seine grauen Augen waren kleiner als die Mrs. Lilys. Tatsächlich verdankte Daisy Lily es ihrem freundlichen und offenherzigen Auftreten und dem frühlingshaften Zauber ihres jugendlichen Körpers, daß ältere Leute – vor allem alte Damen, die sie ins Herz geschlossen hatten – sie als »ausnehmend reizendes, wohlerzogenes und argloses Kind« bezeichneten. Ihre Beziehung zu ihrer Mutter hätte dieses Idealbild nicht wenig verstört, wäre deren wahre Natur bekannt gewesen, denn es war zu Szenen gekommen – insbesondere während der letzten sechs Monate, seit die ältere der beiden mit Dogberry Cattistock verlobt war –, in deren Verlauf Daisys Ausbrüche rebellischer Erbitterung Hortensia in Erstaunen versetzt hatten.

Etwas Ähnliches, wenngleich eher wehmütig-trauriger denn wilderregter Natur, bewegte jetzt Daisys Gemüt, als sie durch eines der markanten seewärts gerichteten Fenster einen Schwarm schwach schimmernder Sterne betrachtete. Ungeachtet der massiven Mauern waren die Fenster der Ruine nicht eben klein, denn Sandsfoot war keineswegs ein mittelalterliches Gebäude, sondern war von Heinrich VIII. in einem jener Anfälle mißtrauischen Nationalismus, wie sie für die Tudors bezeichnend waren, zum Schutz gegen Frankreich erbaut worden.

»Warum kommt Onkel John nicht nach Hause?« dachte sie. »Wenn er nur für ein Jahr auf die Seefahrt verzichten könnte, wäre Großvater sofort wieder der alte. Mutter quält ihn fast so sehr wie früher Tante Lucinda. Oh, wie sie ihn haßt! Was würde sie wohl denken, wenn ich sie so hassen würde, wie sie Großvater haßt?«

Klar umrissene Gedanken wie dieser konnten Daisys Empfindungen nicht länger ausdrücken. Sie überließ sich dem Lauschen auf das leise Seufzen des Windes – denn sie hatte recht damit gehabt, daß das Wetter umschlug –, der wie eine gespenstische Schule aufgestörter fliegender Fische unter kaum hörbarem hohen Rauschen, das um so leiser und höher wurde, je mehr es erstarb, um das alte Schloß strich.

Als alle wohlbehalten in Half Mile Cottage eintrafen, stellte der Jobber fest, daß er sich mit seiner Vermutung, Mrs. Matzell werde ein warmes Abendessen für den alten Herrn zur Hand haben, nicht getäuscht hatte. Daß es in Half Mile Cottage keinen anderen Dienstboten als diese treue Seele gab, war in den Augen Hortensias mehr als eine bloße gesellschaftliche Kränkung. Es war Quelle unaufhörlicher täglicher Ärgernisse. Mrs. Matzell war dem Captain treu ergeben, und ihre Meinung über die Töchter des Captains, mit der sie im vertraulichen Schwatz nicht hinter dem Berg hielt, war knapp und bündig.

»Die beiden sind Jacke wie Hose. *Damen* wollen das sein? So was nennt man Harpyien, wenn Sie mich fragen!«

Geradlinig denkende Männer lassen sich durch die verbalen Ausbrüche von Frauen gern in die Irre führen; Frauen können sich in den überschäumendsten Enthüllungen bitterer Wahrheiten ergehen und im nächsten Augenblick wieder die Alltagsillusionen normaler Realität pflegen, als wäre nichts gewesen. So kam es, daß Adam Skald nach allem, was er über die Vorgänge in Half Mile Cottage zu hören bekommen und sich ausgemalt hatte, während der Captain sein Nachtessen in dem Raum aß, den er seine »Kajüte« nannte, dem alten Mann gegenübersaß und mit Erstaunen Mrs. Lily und Mrs. Matzell wie alte und vertraute Freundinnen miteinander scherzen hörte.

Die beiden Männer hatten sich geraume Zeit nach neun Uhr zu ihrer beschaulichen Mahlzeit niedergelassen – obgleich der Jobber bereits herzhaft gegessen hatte, stand er nicht an, dem Captain die Freude zu machen, ihm bei seinem kleinen Mahl Gesellschaft zu leisten –, und sowohl Mrs. Lily als auch Mrs. Matzell, die damit beschäftigt waren, etwas zuzubereiten, was man nicht über Nacht stehenlassen konnte, waren der Überzeugung, Daisy, die sich mit einem Buch auf das Sofa im Wohnzimmer gelegt hatte, sei dort bis auf weiteres gut aufgehoben.

Aber Daisy befand sich keineswegs dort. Statt dessen hatte sie den Raum seit fünf Minuten bereits verlassen. Mit ihrer Wollmütze und ihrem Regenmantel bekleidet und die unbehandschuhten Hände tief in den Taschen vergraben, eilte sie die Rodwell Road entlang und bog in die Wyke Road ein, lief diese entlang, am Bahnhof von Rodwell vorbei und zur Gipsy Lane. Dort angekommen – und sie war so schnell gelaufen, daß sie für den ganzen Weg nur etwa sieben Minuten gebraucht hatte –, blieb sie neben den beschädigten Resten einer schlecht vermörtelten Mauer stehen. Der enge Weg war dunkel und still, als befände er sich mitten in den leeren Downs und nicht in einem Vorort von Weymouth; doch ungeachtet der Menschenleere und der Stille blickte das Mädchen sich ängstlich um und wartete, wobei es schnell und abrupt atmete und sich an seinem Gürtel zu schaffen machte. Dann stellte es sich auf die Zehenspitzen und lehnte sich so eng an die rauhe Zementmauer, daß seine Knie sie berührten, hob die Arme und begann auf der Maueroberseite nach etwas zu tasten. Bald schon lüpfte Daisy einen großen flachen Stein aus der Mauerkrönung und legte ihn zur Seite. Dadurch wurden zwei kleinere Steine nebeneinander sichtbar. Einen der beiden lüpfte sie wiederum, und mit einem leisen Seufzer der Erleichterung zog sie darunter einen unfrankierten und an niemanden adressierten Brief hervor. Den Brief fest in der Hand haltend und leichter atmend legte sie im schwachen Licht der Sterne alle Steine wieder an die alte Position, und während sie sich von der Mauer entfernte, beäugte sie mit tiefer Genugtuung ihren ungeöffneten Briefumschlag. In der Stille der dunklen Straße preßte sie das milchig verschwommene Stück weißen Papiers mehrmals leidenschaftlich an die Lippen; dann steckte sie es unter ihrem Mantel in ihr Kleid und machte sich mit noch schnelleren Schritten als zuvor auf den Rückweg zur Old Castle Road. Niemand hatte sie ausgesperrt. Niemand hatte ihre Abwesenheit bemerkt! Als Mrs. Matzell eine halbe Stunde später ins Zimmer kam, um sie ins Bett zu schicken, sah sie sie ihr Buch mit so gut gespieltem Widerwillen schließen, daß die alte Dame zu einem langen Vortrag über die Gefährlichkeit allzu vielen Lesens ansetzte.

»Gute Nacht, Mutter!« rief sie, über das Treppengeländer gebeugt.

Mrs. Lily öffnete die Tür am Ende des Flurs.

»Gute Nacht, Day! Vergiß nicht, dir die Zähne zu putzen!«

Die Tür wurde geschlossen, allerdings nicht ohne daß die unschuldig blickende Maid dem schmalen Spalt dampfig schimmernden Küchenlichts die Zunge herausgestreckt hatte.

»Warum muß sie das immer so laut sagen?« dachte sie. »Mr. Skald hat es bestimmt gehört. Oh, warum muß sie einen immer blamieren!«

Auf dem ersten Treppenabsatz blieb sie stehen und warf einen Blick auf die Kabinentür, hinter der sie Männerstimmen murmeln hörte.

»Warum kommt Onkel John nicht endlich nach Hause?« sagte

sie sich. »Großvater ist fast nicht wiederzuerkennen, wenn er sich mit einem Mann unterhalten kann.«

Sie sprang behende die letzten Stufen hoch und trat in ihr eigenes Zimmer. Daisys Zimmer befand sich im vorderen Teil des Hauses, das landeinwärts an der Straße lag; doch wenn sie sich an den äußersten linken Winkel ihres Fensters stellte und die Wange an die Scheibe preßte, konnte sie auch bei geschlossenem Fenster ein schmales Stück Meer zwischen den gegenüberliegenden Häusern ausmachen. Diesen Streifen Wasser und einen Ausschnitt der Straßen von Portland rahmten ein Segment von Sandsfoot Castle und ein Segment von Portland selbst ein, und Daisy, die jede Kurve und jeden Umriß dieser beschränkten Ansicht auswendig kannte – so gut kannte, wie sie ihr eigenes kindliches Faksimile in dem hohen Spiegel kannte, der vor dem Fenster stand –, wurde es nie müde, die unendliche Vielfalt im Ausdruck dieser Ansicht zu betrachten.

Zwei Gaslichter leuchteten einladend in cremefarbenen Kugeln in Daisys Zimmer, und ihr Bett, das eine weiße Decke mit hellblauen Tupfen bedeckte, war für die Nacht sorgfältig aufgeschlagen.

In der Reihenfolge der Menschen in ihrem Leben, denen Mrs. Matzell ergeben war, nahm Captain Poxwell zwar den ersten Platz ein, aber Daisy war fraglos die zweite. Ihr einziger Rivale um diesen Platz war nicht etwa ihre Mutter, sondern der abwesende John Poxwell.

Über dem Bett hing ein Bücherregal von beträchtlichen Ausmaßen an der Wand, dessen überfüllte Borde das gleichermaßen schäbige und fröhliche Aussehen aller Bücher aus der Kinderzeit prägte, mögen sie einem Mädchen oder einem Knaben gehören. Auf dem Kaminsims befand sich eine große Photographie Captain Lilys, und im Kamin brannte ein loderndes Feuer, das Mrs. Matzell vor einer Stunde angezündet hatte und dessen Widerschein das Kamingitter aus Messing und einen karmesinroten Läufer warm beleuchtete.

Das Mädchen verriegelte die Zimmertür und drehte die Gaslichter auf, so daß der Raum so hell wurde, wie er warm war. Dann griff sie in ihr Kleid und holte den weißen, viereckigen Umschlag heraus, drückte ihn abermals an die Lippen und stellte ihn dann neben dem Bild des bärtigen Captains auf den Kaminsims. Mit dem Gedanken: »Ich will ihn erst öffnen, wenn ich mich ausgezogen habe«, begann sie sich eilig zu entkleiden. Sie tat es eher wie ein Kind als wie eine Frau und warf ihre Kleidung kunterbunt durcheinander auf den Boden. Die Kälte ihres Nachthemds, das Mrs. Matzell heute abend auf ihr Kissen gelegt hatte, statt es, wie sie dies bisweilen tat, am Feuer auf einen Stuhl zu hängen, verursachte Daisy einen wohligen Schauer, und sie rieb sich mit den Händen, während sie barfüßig auf dem roten Läufer stand.

Dann griff sie nach ihrem Brief; doch im selben Moment fiel ihr ein, daß sie ihr Haar noch nicht gebürstet hatte, und sie legte ihn zurück, wobei sie sorgsam darauf bedacht war, daß er ganz genauso dastand wie zuvor. Mit ebenso nervösen Fingern wie beim Ausziehen zog sie die Haarnadeln aus ihrer Frisur und warf sie auf den Toilettentisch; dann schüttelte sie ihr lockiges Haar, das weder so seidig zu berühren noch so schön anzusehen war wie das ihrer Mutter, fuhr mehrmals mit dem Kamm hindurch, wobei sie das Gesicht verzog und leise aufschrie, wenn er sich in verfilzten Stellen verfing, und hielt es zuletzt mit einer Hand, während sie es mit festen, entschiedenen Armbewegungen ausbürstete, woraufhin sie die Bürste klappernd auf den Tisch fallen ließ und ein hellblaues Band aus der Schublade unter dem Spiegel nahm, das sie zu einer ordentlichen Schleife um ihr Haar band.

»Ich wollte, ich wäre einundzwanzig und nicht siebzehn«, dachte sie, als sie zum Feuer zurückging. Wieder ergriff sie ihren Brief, und diesmal öffnete sie ihn und las ihn atemlos gebannt, während sie auf dem Läufer nahe dem Kamingitter saß.

Er lautete folgendermaßen:

»Liebling Day – oh, es war so schwierig für mich, Deinen letzten Brief aus unserem Versteck zu holen! Und der Himmel mag wissen, wann ich diesen hier verstecken kann! *Vater hat uns im Verdacht* – daran gibt es keinen Zweifel. Es wäre nicht der Fall, wenn er damals, als ich mein Pagenkostüm anhatte, nicht hereingekommen wäre. Und wenn ich letztes Jahr, als wir uns kennenlernten, nicht so aufgeregt von Dir erzählt hätte. Vater steckt enger denn je mit Mr. Cattistock zusammen, und deshalb wird es immer schwieriger für uns, einander zu sehen. Ach! Manchmal denke ich, es wäre am besten, daß wir uns dem Schicksal beugen und auf unsere Freundschaft verzichten. Vielleicht wäre das wirklich das beste. Was meinst Du, meine kleine doppelte Blume? Mr. Cattistock ist schuld an unseren Schwierigkeiten. Warum das so ist, kann ich Dir nicht im Brief erklären, aber so ist es, und meine doppelte Blume muß mir das glauben. Wenn Du noch einmal wie in Deinem letzten Brief behauptest, ich sei Dich leid, werde ich wütend.

Es liegt an Papas Freundschaft mit Mr. Cattistock. Ich werde es Dir erklären, wenn wir uns wiedersehen. Bis dahin wollen wir Pläne schmieden und einander alles erzählen, was wir herausfinden. Vielleicht könnten wir uns in Gipsy Lane treffen, wie Du vorschlägst. Ich denke darüber nach. Schreib mir *bitte nicht* mit der Post. Gipsy Lane ist der einzig richtige Ort. Es ist so aufregend, die Briefe dort zu verstecken, und Deine Briefe sind *soo* reizend! Hier ein Kuß für D, ein Kuß für A und ein Kuß für Y! Denk an mich, wenn Du Dich schlafen legst.

Peg

PS: Natürlich hast Du recht. Was für ein komisches Mädchen Du nur bist! Was man auf allen Karren der Brauerei lesen kann – ›Cattistock & Frampton‹ –, *das sind* Papa und er. Stört es Dich, daß Deine alte Peg zu ›Cattistock & Frampton‹ gehört, während Deine Verwandten alle in der Kriegsmarine sind?«

Daisy ließ Brief und Umschlag aus den Händen gleiten und sah etwa eine Minute lang starr ins Feuer. Ganz langsam sammelten sich große Tränen in ihren Augen, und ihre Unterlippe zitterte und sank nach unten. Doch sie warf den Kopf zurück, kniete sich vor das Kamingitter, zerriß Brief und Umschlag in kleine Schnipsel und warf sie mit entschlossener Geste in die Flammen. Dabei biß sie sich auf die Lippe und schluckte ihre Tränen hinunter. Sie versuchte sogar zu lächeln. Dann faltete sie die Hände auf dem Rücken, beugte den Kopf vor und verharrte mit geschlossenen Augen lange Zeit in der Haltung einer Betenden. Und Daisy Lily *betete*, so befremdlich es klingen mag. Es war ihre Eigenheit – möglicherweise weil sie nie ein Internat besucht hatte –, all ihre Kümmernisse vor ihrem toten Vater auszubreiten. Bis zum Alter von sechzehn Jahren hatte sie immer die Worte »um Jesu willen« hinzugefügt. Doch von da an beendete sie ihre Bittgebete an Captain Lily mit keinerlei religiösen Schlußfloskeln mehr. Und wie so oft bei selbstgebastelten Anrufungen hatte sich nach und nach eine Veränderung zum Heidnischen hin eingestellt. Sie gewöhnte sich an, zu dem toten Offizier zu beten, als wäre er das einzige höhere Wesen, das für ihre Gebete zugänglich war. Was auch immer Daisy Lily diesmal mit ihrem Erzeuger verhandelt haben mochte, sie erhob sich tiefgetröstet.

»Ich will ihr nie wieder schreiben«, dachte sie. »Sie ist albern und komisch. Sie ist *gräßlich*. Sie hat nur mit mir gespielt, um sich die Zeit zu vertreiben, und jetzt hat sie ein anderes Spielzeug gefunden und will mich loswerden. Kriegsmarine, daß ich nicht lache! Wann hätte ich je in so einem Ton mit ihr gesprochen? Außerdem weiß sie ganz genau, daß Großvater und Onkel John beide in der Handelsmarine sind. Es war ein gemeiner, verlogener, gräßlicher Brief. Es ist so klar wie sonstwas, daß sie jemand anderen hat, und ich bin froh, daß es so ist! Du hast mich das letztemal zum besten gehalten, Peg Frampton, und es war das letztemal, daß ich mit dir etwas zu tun hatte.«

Daisy warf einen Blick auf die roten Kohlen des Feuers, dessen Flammen inzwischen erstorben waren. Innen an der obersten Stange des Kamingitters haftete ein Fetzen verkohlten Papiers. Das Mädchen griff zum Schürhaken und beförderte das Papier in den Kamin. Ein Ausdruck entschiedenen Trotzes lag auf ihrem Gesicht. Sie preßte die Zähne auf die Unterlippe. Zwischen den Augenbrauen malten sich zwei Falten auf der glatten Stirn.

Ein gewisses Etwas hatte Daisy immer an Peg Frampton gestört, die ein wenig älter war als sie selbst, ein gewisser Zynismus, eine gewisse ungebändigte, unbezähmbare Erbitterung, aber in der Erregung über ihre vertrauliche Freundschaft, die durch die Geheimniskrämerei erregend geblieben war, hatte sie sich dazu verleiten lassen, diese Mißtöne nicht zu beachten. In ihrer Einfalt war sie sogar soweit gegangen, auf die weltgewandte Art ihrer Freundin Stolz zu empfinden. Bisweilen hatte sie Pegs gewagten Blasphemien in ehrfürchtigem Staunen gelauscht wie ein zweites Gretchen seinem Faust. Dieser Brief jedoch verletzte sie zutiefst. Die allzu erwachsenen Schmeicheleien, die Zweideutigkeit, der Überdruß, der Mangel echter Gefühle und ein Ton, den die Schreiberin offenbar für den Ton einer desillusionierten Frau hielt, erfüllten Daisys Seele mit Abscheu und Verwunderung. Die Vorliebe ihrer Freundin für Wortspiele mit ihrem Namen hatte sie nie teilen können, und die Bezeichnung »doppelte Blume« in diesem Brief hinterließ einen üblen Geschmack in ihrem Mund. Ihr Schwärmen für Peg hatte etwas von einer knabenhaften Hingabe gehabt, und dieser Brief gab ihr das Gefühl – wenngleich sie nicht zu sagen gewußt hätte, wie sie dergleichen Feinheiten in ihn hineinzulesen verstand –, daß ihr Idol sie all die Zeit hindurch insgeheim verachtet und wie ein Kind behandelt hatte. Etwas an dem Brief erinnerte Daisy sogar an ihre Mutter! Und ebendiese Arglosigkeit und Schlichtheit des Gemüts machten ihren Zorn, wenn sie jemanden verurteilte, wie es nun mit ihrer Freundin geschah, streng und unbeirrbar.

»Ich will mich nie wieder mit ihr und ihren krummen Touren abgeben«, gelobte sie.

Sie löschte die zwei Gaslichter, kletterte ins Bett und zog sich die Bettdecke bis unters Kinn.

Nun jedoch begann die angenehme Kühle der Laken, die Entspannung des ganzen Körpers in seiner ausgestreckten Lage, die Verbindung, welche sie zwischen jenem Moment, in dem sie das Licht ausschaltete, und einer idealisierenden Konzentration auf ihre Freundschaft mit Peg schuf, sie in ihrem Entschluß wanken zu lassen. Mrs. Matzell hatte das Fenster im oberen Teil ein wenig geöffnet, und Daisy hörte, wie der schwächer werdende Wind unter leisem Protestgeflüster in unterschiedlichsten Tonarten im Zickzack die Old Castle Road entlangblies. Einige der Töne des Windes mißdeutete sie als Meeresgeräusche, und der Gedanke an die fernen Wellen verstärkte ihre Gefühle für Peg. Unablässig sah sie an der Wand im Feuerschein die Worte in Pegs Brief, die davon sprachen, sich »dem Schicksal zu beugen« und ihre Freundschaft zu beenden – und noch schlimmer war es, wenn sie die Augen fest schloß und ihre Knöchel dagegen preßte, so daß die »glitzernde Finsternis« zu phosphoreszierenden Blasen aufschäumte.

Doch was war das? Ein-, zwei-, dreimal wurde sie beim Einschlafen von ihren Empfindungen über Peg zu irritierender Neugier abgelenkt. Daisy verabscheute und verachtete jederlei Neugier aus tiefstem Herzen. Aus den zufälligen Worten eines Menschen oder einer zufällig gelesenen Seite eines Buches entlehnen junge Mädchen oftmals ein kurioses, irrationales, abergläubisches und dennoch äußerst wirkmächtiges *Prinzip des Meidens.* Daisys grundsätzliche Verachtung der Neugier war ein Erbteil ihres Vaters. Captain Lily hatte seinen Abscheu vor dieser vulgären Untugend bis in die absurdesten Extreme getrieben und hatte behauptet, alle Größen der Wissenschaft – Charles Darwin beispielsweise – seien völlig frei von diesem verachtenswerten Laster gewesen. Ihre Suche nach der Wahrheit gründete nicht in irgendwelcher niedrigen Neugier auf die Natur der Dinge, sondern in dem aristokratischen Begehr, ihre eigenen Theorien dem formbaren Lehm des Universums aufzuprägen.

Dreimal jedoch, bevor sie einschlief, irritierte Daisy der ausgeprägte Wunsch zu erfahren, inwiefern der Umstand, daß Mr. Framptons Geschäftspartner in Mrs. Lily verliebt war, irgendwelchen Einfluß auf Peg Framptons Beziehung zu *Miss* Lily haben sollte. Die Gereiztheit über dieses Rätsel verstärkte ein Druck auf ihre Nerven, der ihr erschien wie die unsichtbare Anwesenheit Dogberry Cattistocks selbst in ihrem warmen Zimmer im Feuerschein. Daisy empfand keine Furcht angesichts dieses Sinneseindrucks, der in der Tat nichts weiter war als eine Intensivierung dessen, was das menschliche Bewußtsein häufig zu empfinden pflegt, wenn man nachts allein ist, doch er bewirkte eine Steigerung ihrer Neugier, die sie über alle Maßen verärgerte. Sie wußte, daß nichts Übernatürliches an der Art und Weise ist, in der eine machtvolle Persönlichkeit wie die Cattistocks sich bemerkbar macht, wenn man sie aus der Ferne herbeibeschwört. Wahrhaftig wäre Daisys Neugier recht schnell erstorben, hätte es der Zufall nicht gewollt, daß Mr. Cattistock, der mit Mr. Frampton in dessen Haus in der Newstead Road am Radipole-See eine vertrauliche Unterredung führte, zu ebendiesem Zeitpunkt an diesem Abend tatsächlich von Daisy sprach und an sie dachte. Indem Mr. Framptons Geschäftspartner an Daisy dachte, projizierte er seine eigene Persönlichkeit so machtvoll in Daisys Zimmer, daß ihre beiden Empfindungen – ihre Hinwendung zu Peg und ihre Empörung über Peg – verebbten, ohne daß sie die geringste Ahnung hatte, warum sie sich mit hartnäckiger Benommenheit automatisch dagegen wehrte, an Mr. Cattistock zu denken.

Lange bevor Captain Lilys Tochter in dem kleinen Zimmer, von dem aus man einen Blick aufs Meer erhaschen konnte, tief und fest schlief, eilte eine andere Mädchengestalt verstohlen zur bröckeligen Zementmauer in der Gipsy Lane und hinterlegte einen weiteren Brief in unbeschriebenem Kuvert unter den zwei obersten Steinen. Diese Transaktion war für Peg Frampton leichter auszuführen, als es das Hervorholen der ersten Botschaft für ihre Korrespondentin gewesen war, denn Peg war um einiges größer als ihre Freundin.

Miss Frampton trug jedoch keinen Regenmantel, und das dünne Tuchjäckchen, das sie trug, war wenig geeignet, sie vor der Nachtkälte zu schützen. Vielleicht war das der Grund, warum sie sich nach dem Überqueren der Brücke am Hafen in das hellerleuchtete Palladium-Kino locken ließ, bevor sie sich die Newstead Road entlang auf den Heimweg machte.

Zur Überraschung der schläfrigen jungen Frau, die die Eintrittskarten verkaufte – mittlerweile war es beträchtlich nach zehn Uhr, und die Vorstellung näherte sich ihrem Ende –, bezahlte Peg Frampton den vollen Eintrittspreis und betrat das Kinogebäude. Im Foyer kam sie an einem hohen Spiegel in vergoldetem Rahmen vorbei und hielt für einen Augenblick inne, um ihr dunkles Haar unter der dunkelblauen Mütze zu glätten. Das Gesicht, das ihr dabei aus dem Spiegel entgegensah, war gewiß nicht schön. Jeder einzelne Zug darin widersprach den elementarsten Gesetzen weiblicher Wunschvorstellungen. Pegs Stirn war auffallend niedrig, ihre kleinen braunen Augen waren auffallend tiefliegend, ihr Mund mit seinen sinnlichen, leidenschaftlichen Lippen war achtlos und unglücklich geöffnet und häßlich verzogen, während ihre blassen hohlen Wangen sie ob der beinahe mongolisch wirkenden hohen Wangenknochen für ein achtzehnjähriges Mädchen erstaunlich hager aussehen ließen.

Mutterlos und ohne Freunde, sah man ab von einer Reihe leidenschaftlicher und etwas morbider Beziehungen zu jüngeren Knaben und Mädchen – denn für Peg waren beide Geschlechter von gleich großem Reiz –, war das Mädchen mit sechzehn Herrin eines unschönen, tristen Hauses geworden, eines überarbeiteten und schlampigen Dienstboten und eines Vaters, dessen Interesse allein dem Geldverdienen galt.

Mr. Frampton interessierte sich nicht für die Annehmlichkeiten des Lebens. Im tiefsten Inneren machte er sein Kind für den Tod seiner Frau verantwortlich, die die Geburt ihrer Tochter nur um wenige Monate überlebt hatte, und obwohl er von Natur aus nicht herzlos war, empfand er einen vagen Groll auf diese, als hätte sie sich des Platzes ihrer Mutter gewaltsam bemächtigt. Er war ein kalter, mißtrauischer und gerissener Geschäftsmann, der sich sogar in seinen Geschäften durch einen so großen Phantasiemangel auszeichnete, daß sein Fleiß und seine Umsicht erst dann erfuhren, was ihrer verdienten Anerkennung nahekam, als sein Arbeitgeber ihn vom vertrauenswürdigen Untergebenen zum offiziellen Teilhaber beförderte. Mr. Frampton aß, was man ihm hinstellte, und trank, was sich in seiner Karaffe befand. Er benutzte das Bett, die Teppiche und Vorhänge, Stühle und Kissen, die er für seine abgöttisch geliebte Frau gekauft hatte, als er ein schlechtbezahlter Buchhalter in Cattistocks Büro gewesen war. Peg hatte ihren Vater nur ein einziges Mal in ihrem Leben zornig werden sehen, und das war geschehen, als sie auf einem Wohltätigkeitsbazar eine bunte, orientalisch aussehende Decke für das abgenutzte Sofa im Wohnzimmer gekauft hatte. Selbst da hatte sein Zorn sich nur darin geäußert, daß er sehr rot geworden war. Da er jedoch von äußerst blasser Gesichtsfarbe war, hatte dies Peg nicht weniger erschreckt, als es das Hissen einer russischen Flagge auf einem Kriegsschiff im

Hafen von Portland vermocht hätte. Mr. Frampton nahm die Decke vom Sofa, legte sie sorgsam zusammen und hängte sie über das Treppengeländer.

Nach diesem Vorfall – wenngleich Peg den Stein des Anstoßes als Bettdecke in ihrem eigenen großen, kahlen und wenig einladenden Zimmer verwendete – bemühte die junge Herrin der Swan Villa sich um keine weiteren häuslichen Veränderungen.

Sie war alt genug, um sich an die Zeit zu erinnern, als Swan Villa vor der Errichtung der neuen Westham-Brücke auf die Gezeiten des Haffwassers geblickt hatte. Einige ihrer glücklichsten Kindheitserinnerungen hingen mit diesen schlammigen, brackigen Ausläufern zusammen, an deren Rand sie stundenlang gespielt, wo sie die säuerlichen Gerüche des steigenden und fallenden Wassers eingeatmet und Schwäne und Wildenten beobachtet hatte. Aber das Wasser war zu einem Schmuckbassin umfunktioniert worden, das von den Gezeiten unabhängig war; und obwohl seine glatte, harmlose Oberfläche, die der eines Teichs in einem Park ähnelte, sich noch immer bis zum Dorf Radipole ausdehnte, das mehrere Meilen von der Brücke am Hafen entfernt lag, lebte der Zauber der salzigen Schlammpfützen und dessen, was die Flut an Relikten hinterließ, in ihrem Geist fort und fehlte ihr. Das ästhetische Empfinden von Kindern ist ein tiefes, halb animalisches Fühlen, und wenn es verletzt wird, läßt dies eine Wunde zurück, die niemals ganz verheilt. So ungesund das alte Haffwasser gewesen sein und so hübsch das neue schmucke Wasserbecken zweifellos sein mochte, so unstreitig hatten diese Verbesserungen dem einsamen Mädchen in der Swan Villa etwas genommen, dessen Fehlen ein unbefriedigtes Sehnen in seinem Inneren verursachte.

Wenn sie als junges Ding unglücklich war, hatte sie immer am Haffwasser Trost gesucht. Sogar die alte Backwater-Brücke, die für den modernen Verkehr wohl nicht mehr zu gebrauchen war, hatte in ihrem Geist all die verlockenden Attribute romantischer Brücken angenommen, wie es sie in Europa gibt; und ungeachtet aller Sauberkeit und Bequemlichkeit, die seit neuestem Einzug gehalten hatten, suchte sie nicht länger Zuflucht an ihrem Fenster, wenn die Sehnsucht nach fernen Horizonten und abgelegenen Orten sie überkam.

Der Swan Villa an der Newstead Road konnte man schwerlich nachsagen, daß sie mit der Zeit gegangen sei, wie es die Aussicht vor den Fenstern der Villa getan hatte; und obwohl sie an Jahren selbst nicht alt war – vermutlich war sie um die gleiche Zeit erbaut worden wie der Kirchturm von St. John's –, erinnerten ihr vergilbender Stuck, ihre zerzausten Ligusterhecken, ihre von Rissen durchzogenen Türen, deren Anstrich abgeblättert war, und ihr trister, vernachlässigter Steingarten an eine jener alten viktorianischen Ausgaben bekannter Autoren, die mit reichen Ornamenten verziert, aber durch die Unbilden der Witterung ausgebleicht und verfleckt sind. Und da es eine Frau schwerer ankommt als einen Mann, sich dem abstumpfenden und auslaugenden Einfluß monotoner Langeweile zu entziehen, konnte Peg den altmodischen Vorzügen ihres verlassenen Zuhauses nicht den gleichen Trost abgewinnen, wie ihn das schlammige Haffwasser und die pittoreske Brücke gespendet hatten.

Da das Mädchen das Palladium-Kino so spät betrat, mußte es einen Sitz neben einem Knaben von etwa sechzehn Jahren nehmen, der Süßigkeiten von mehr als einer Sorte aus einer gestreiften Papiertüte aß. Peg war an diesem Abend besonders leichtsinnig aufgelegt, und binnen kurzem hatte sie in der Finsternis des abgedunkelten Kinos eine vertrauliche Bekanntschaft mit dem fremden Knaben angefangen, der ihr als ungewöhnlich aufgeweckter Bursche erschien. Um den Preis, sich ein paar klebrige Süßigkeiten aus seiner Tüte in den Mund zu stecken, konnte sie ihn dazu ermutigen, ihre Hand zu nehmen und mit zunehmender Wärme zu halten, hin und wieder gegen ihren und hin und wieder gegen seinen Schoß zu pressen. Sie achtete sorgsam darauf, das Lichtspieltheater vor Ende der Vorstellung zu verlassen, und es bereitete ihr keine Verlegenheit, daß der Junge ihr folgte. Dort, neben dem vergoldeten Spiegel im anderweitig nicht durch Prunk einschüchternden Foyer, begannen sie eifrig miteinander zu flüstern.

»Wenn du übermorgen kommen kannst, am Samstag«, sagte der Knabe, »da könnte ich um neun da sein, wenn es anfängt. Kannst *du* um neun hier sein?«

Peg wog das Für und Wider ab. Es war höchst unwahrscheinlich, daß irgendjemand in diesem Kino sein würde, der sie kannte; und am Samstag würden die Besucher größtenteils einfache Leute sein und nicht übermäßig neugierig.

»Kurz *vor* neun?« fragte sie.

Er nickte mit glühendem Gesicht. Seine Wangen brannten.

»Ich bin Jimmy Witchit aus St. Alban's Lane. Und wie heißt du?«

»Oh, das tut nichts zur Sache!« erwiderte sie. »Wenn du willst, kannst du mich Peggie nennen.«

»Wohnst du in Rodwell oder drüben bei St. John's?«

»Wo ich wohne, tut nichts zur Sache. Das geht niemanden was an.«

»Bist du – bist du eine von *denen*? He, da! Warum lachst du jetzt? Ich hab's nicht als Scherz gemeint. Ich habe ein paar mächtig anständige Mädchen erlebt, die auf den Strich gegangen sind.«

»Aber du gibst dich nicht mit ihnen ab, Jimmy, oder? Das ist zu gefährlich für einen Jungen.«

Er sah sie mit stummer Entrüstung an. Sie hatte seine Eigenliebe empfindlich verletzt.

»Ältere Mädchen als du – du bist höchstens siebzehn, stimmt's? – haben mir gesagt, daß ich wie zwanzig wirke. Ich weiß Bescheid, o ja! Kein Mädchen in ganz Weymouth, Strich hin, Strich her, kann Jimmy Witchit was vormachen!«

Eine Schar von Jungen rannte als Vorbote des allgemeinen Aufbruchs johlend und einander anrempelnd an ihnen vorbei.

Peg hob die Hände vor dem großen Spiegel erneut zu ihrem Haar. »Adieu, Junge, bis Samstag um kurz vor neun!« flüsterte sie. Und dann, mit einem Seitenblick zu ihm: »Verschwinde jetzt, um Himmels willen!«

Jimmy nickte zum Zeichen einstweiligen Verzeihens, daß sie seine Gefühle Prostituierten gegenüber verletzt hatte, und machte sich gehorsam davon.

Im Laufen dachte er: »Sie ist keinen Tag älter als ich, und sie glaubt alles, was ich ihr erzähle. Vielleicht kann man sie zu Onkel Cob's mitnehmen. Fabrikmädchen ist sie keines. *Ich* glaube, daß sie bei einem der feinen Photographen arbeitet.«

Pegs einsames Leben und ihre geistige Unabhängigkeit angesichts von Klassenunterschieden hätten einen klügeren jungen Mann als Jimmy Witchit verwirrt. Folglich begab er sich in einem Zustand inniger Selbstzufriedenheit zur Wohnung seiner Eltern über dem Laden in der St. Alban's Lane.

»Peggie«, wiederholte er immer wieder, als er sich entkleidete. »Peggie soll mein Mädchen sein! Sue war gut und schön, aber ein Schulmädchen, und Tisha war in Ordnung, aber ohne Beißen und Kratzen war bei ihr nichts zu machen. Peggie ist ein Mädchen, mit dem man sich überall sehen lassen kann, und sie sagt den Leuten, wo es langgeht, wenn sie sie nicht in Ruhe lassen.«

Das Mädchen, an das er dachte, wanderte unterdessen zum Hafenrand und verweilte einen Augenblick am Kai neben der Hafenbrücke. Hier herrschte Stille, und die Schiffslaternen, die vereinzelt im Dunklen aufschienen, zeigten, daß sich keine Wellen mehr bauschten und die Ebbe eingesetzt hatte. Der Anblick der stillen, dunklen Wassermasse, die ins Meer zurückfloß, erfüllte sie mit einem Gefühl der Trostlosigkeit.

»Was für ein Leben!« stöhnte ihr Herz. »Was für ein Leben!«

Hinter ihr zogen sich die hohen, düsteren Lagerhäuser voller Heu und Kohlen und Weinkisten und Bierkästen in sich selbst zusammen und wirkten sowohl größer als auch weniger utilitaristisch, indem sie sich der Passivität einer weiteren Nacht unterwarfen. In ein paar Fenstern jenseits des Hafens waren Lichter zu erkennen. Ein kleines Fenster in einem hohen Gebäude nahe dem Ende der Brücke erregte insbesondere ihre Aufmerksamkeit.

»Vielleicht geht dort ein Mädchen zu Bett«, dachte sie, »das des Lebens noch überdrüssiger ist, als ich es bin. Zu denken, daß dieser Junge mich für eine Straßendirne gehalten hat! Aber – warum eigentlich nicht? Vielleicht ende ich noch einmal so. Vater würde es nichts ausmachen, mich nie wieder zu Gesicht zu bekommen. Wen habe ich schon außer meiner kleinen Daisy? Und sie liebt nicht mich. Sie liebt jemand anderen in meiner Gestalt. Das liebe ernste kleine Ding versteht mich keinen Deut mehr als Jimmy Witchit! Weniger als er. Er hat mich wenigstens für eine von *denen* gehalten. Und das bin ich tatsächlich – nur nicht aus Not!«

Sie stieg die Stufen zur Hafenbrücke hoch und blieb oben stehen, um sich über die breite Steinbrüstung zu lehnen und hinunter ins Wasser zu blicken, das jetzt unter den mächtigen Bögen geschwind kreiste.

»Unglückliche Mädchen«, dachte sie bitter, »die sich nächtens über Brücken lehnen! Warum wiederholen sich bestimmte Situationen immer wieder, wenn man ein Mädchen ist?«

Sie dachte an einige melodramatische Szenen des bizarren Lichtspiels, das sie vorhin gesehen hatte.

»Kluge Leute lachen über dergleichen Dinge«, dachte sie, »und schlichte Gemüter weinen darüber. Aber sie wiederholen sich ohne Unterlaß. Alles wiederholt sich! Vielleicht wiederholt sich alles, was in diesem Augenblick in all diesen Häusern geschieht, für alle Ewigkeit in immergleicher Form. Ausziehen; ins Bett gehen; schlafen; erwachen; küssen und aufstehen; küssen und sich verstellen; das gleiche mit den gleichen wiederholen; und wieder zu Bett gehen!«

Sie verließ die Brücke, ging an der Trinity Church vorbei, folgte dem North Quay bis zum Rathaus und ging dann schnellen Schritts die Newstead Road entlang. Sie ging an den Abzweigungen der Granville Road, der Ilchester Road und der Abbotsbury Road vorbei und erreichte bald nach letzterer die Swan Villa. Vor der Tür stand noch immer Mr. Cattistocks vornehmes Automobil. Sie öffnete ihre Handtasche, nahm ihren Hausschlüssel heraus, drehte ihn so leise wie möglich im Schloß und trat ins Haus.

Genau, wie sie erwartet hatte! Die Stimmen ihres Vaters und Mr. Cattistocks dröhnten im Eßzimmer vor sich hin, ganz so, wie es vor ein paar Stunden gewesen war, als sie sich fortgeschlichen hatte.

Dachte ihr Vater, sie sei im Bett? Erführe er, daß man sie tot aus dem Hafenbecken gefischt hatte, was würde er dann sagen?

»Ja«, würde er sagen, »das ist sie ganz zweifellos. Wenn es sie nicht gegeben hätte, wäre meine Frau heute noch am Leben.«

»Ist die Art, wie ich lebe«, sagte sie sich, während sie leise die Treppe hochstieg, »erbärmlich, oder ist es nur komisch? Keiner, den es einen Deut kümmert, bis auf meine doppelte Blume ... und was weiß sie schon von mir?«

Ihr großes, kärglich möbliertes Schlafzimmer sah aus wie ein Schlafzimmer in einer Pension. Sie drehte das Gaslicht an, warf ihren Hut auf das Bett und starrte ihr Gesicht im Spiegel an.

»Wieder ein Tag vorbei!« dachte sie. »Wenigstens das ist geschehen. Hat mich für eine Straßendirne gehalten.« Sie wandte sich von ihrem starren, bedrückten Blick im Spiegel ab. »Ich frage mich, wie es wohl ist, wenn man es einen Mann mit einem tun läßt, in einem Bett wie diesem hier«, und dann fiel ihr ein, wie Mr. Cattistock sie geküßt hatte, als er sie neulich eines Abends allein angetroffen hatte. »Würde ich es zulassen, wenn er es tun wollte?« dachte sie. »Oh, es ist mir egal, es ist mir egal, es ist mir egal! Es ist mir egal, was geschieht, solange sich nicht alles wiederholt!«

4.
Der Höllenpfuhl

Ganz oben im Haus an Brunswick Terrace, in dem Mr. Ballard logierte, wohnte zur gleichen Zeit ein anderer und sehr andersartiger junger Mann, der, wie ihre gemeinsame Vermieterin Mrs. Monkton es ausgedrückt hätte, »auf den Namen Richard Gaul hörte«. War Mr. Ballard ein draufgängerischer und dynamischer junger Mann, darauf aus, reich zu werden, so war Mr. Gaul ein drückebergerischer und diffuser junger Mann, darauf aus, arm zu bleiben. Der junge Gaul, der so mutterseelenallein war, als hätte eine Pinie ihn mit einer Palme gezeugt, konnte von Glück sagen, daß er über ein Erbe von einhundertdreiundzwanzig Pfund Jahreseinkommen verfügte. Ohne diese glückliche Fügung wäre es sehr fraglich gewesen, ob Mr. Gaul noch zu den Lebenden gehört hätte, denn welchen Platz er bei den bestehenden gesellschaftlichen Verhältnissen hätte ausfüllen sollen, ist schlechterdings nicht vorstellbar.

Doch wenn es eine glückliche Fügung war, daß er ein Einkommen von einhundertdreiundzwanzig Pfund besaß, so war es einem nicht weniger glücklichen Zufall zu verdanken, daß er fünf Jahre vor dem hier beschriebenen Zeitraum, als er erst fünfundzwanzig Jahre alt war, in Mrs. Monktons Fenster die einladende Ankündigung »Zimmer zu vermieten. Herren bevorzugt« erblickt hatte. Auch hatte Mrs. Monkton in all den fünf Jahren kein einziges Mal den Tag bereuen müssen, an dem sie dem jungen Richard Gaul gestattet hatte, das kleine Schlafzimmer im obersten Stockwerk zu beziehen, das über dem Erkerfenster des geräumigen Zimmers lag, in dem »Sippy« Ballard schlief.

Zwei Tage nach Perditas Ankunft bei den Cobbolds frühstückte Mr. Gaul zur gewohnten Stunde. Seine gewohnte Stunde war elf Uhr. Vermittels eines Tricks von solcher Schlichtheit, daß niemand außer einem wahren Philosophen auf ihn verfallen konnte, hatte er seine täglichen Mahlzeiten auf zwei reduziert, indem er das Frühstück so spät wie möglich einnahm und den Tee, den er um sechs Uhr genoß, als Tee und Abendessen in einem betrachtete.

Es war eine große Überraschung für den jungen Beamten, wenn er Mrs. Monktons Nichte, ein schmächtiges fünfzehnjähriges Ding, Mr. Gauls Frühstückstablett zu dieser unverantwortlichen Tageszeit nach oben tragen sah. In Wahrheit jedoch half Mr. Gaul zum Dank für dieses Entgegenkommen der kleinen Miss Monkton nicht nur bei ihren Englischaufsätzen, sondern auch beim Auswendiglernen, denn diese Hilfe gehörte zu den wenigen Dingen, die in seiner äußerst beschränkten Macht standen. Tatsächlich hatte er dem Kind in den fünf Jahren, seit er in diesem Haus wohnte, zu einer soliden literarischen Bildung verholfen, wie die Tante, der man in Bildungsfragen »kein X für ein U vormachen« konnte, insgeheim anerkannte.

Mr. S.P. Ballard oder Sippy, wie seine Freunde ihn nannten, hatte sich zweimal bemüht, mit dem jungen Mann im oberen Stockwerk ein Gespräch anzuknüpfen – einmal, als er getrunken hatte, und ein zweites Mal, als er in die Stadtverwaltung befördert worden war –, doch beide Male war sein Bemühen nicht von Erfolg gekrönt gewesen. Über ein nervöses Nicken hinaus, wenn sie einander begegneten – und Mr. Gaul achtete sorgsam darauf, daß es nicht zu oft der Fall war –, hielt der Nachhilfelehrer Miss Monktons den unternehmungslustigen Beamten unerbittlich auf Distanz.

Richard beendete sein Frühstück, das Betty Monkton auf einem großen schwarzen Tablett, das mit einem weißen Tuch gedeckt war, angerichtet und auf einen kleinen dreibeinigen Tisch vor dem Fenster gestellt hatte. Mit leiser, träumerischer Genugtuung aß er die letzten Mundvoll seiner täglichen Ration Orangenmarmelade, und als sie gegessen waren, goß er sich die letzte Tasse Tee ein, worauf er sich, indem er den Tisch ein wenig zurückschob, seine erste Zigarette anzündete.

Zwischen den Musselinvorhängen, deren Gelb nichts mit Schmutz zu tun hatte, denn sie waren vor kurzem erst gewaschen worden, konnte er die graue Fläche des Meereshorizonts ausmachen, unterbrochen von zwei kleinen Fischerschmacken. Das Meer war ruhig an diesem Samstagmorgen, doch es lag unter einem tiefhängenden, trübseligen, bewölkten Himmel, der so neutral und grau war wie es selbst. Richard, der abwechselnd seinen Tee nippte und den Rauch seiner Zigarette inhalierte, bereitete der kaum merkliche Kontrast zwischen dem Grau unterhalb des Horizonts und dem darüber ein friedvolles und beruhigendes Vergnügen. Beide weiten Flächen waren zur denkbar geringsten

Emphase gedämpft, so weit, wie eine materielle Erscheinung sich überhaupt dämpfen läßt, ohne unsichtbar zu werden; und so trübselig diese beiden Flächen auch sein mochten mitsamt ihrer undefinierbaren Demarkationslinie, welche die horizontale Perspektive der einen von der vertikalen Perspektive der anderen trennte, war ihre Trübseligkeit, ähnlich zwei leisen Noten in einem wehmütigen Musiktakt, von jener Art, die eher vom Frieden kündet und nicht vom Kummer.

Jedesmal wenn Richard den Blick von Himmel und Meer und den zwei Segeln, die bisweilen im ersten und bisweilen im zweiten Element zu schweben schienen, abwandte, blieb dieser auf seinem Schreibtisch haften, welcher ebenfalls zum Fenster hin ausgerichtet war und auf welchem in verschiedenen Stapeln unter allen möglichen Seemuscheln, die er als Briefbeschwerer benutzte, eine nicht geringe Anzahl Manuskriptseiten lag, die in einer kleinen, engen, aber auffallend klaren Handschrift beschrieben waren. Diese Blätter, die bereits für ein Buch beträchtlichen Umfangs ausgereicht hätten, stellten das Werk von mehr als fünf Jahren Arbeit dar. Es war nicht allein ein ehrgeiziges Werk. Es war nicht allein ein langes Werk. Es war eines jener Werke, die dank Fleiß und Hingabe eines unbeirrt konzentrierten Geistes durch den bloßen Umstand, daß sie überhaupt das Licht der Welt erblicken, gewissermaßen eine Schlacht gegen Not und Tod gewinnen. Anders ausgedrückt: womit Mr. Gaul sich die letzten sieben Jahre abgemüht hatte, war, ein philosophisches System zu errichten. Ja! Dieser junge Mann, dessen hoffnungsloses Steckenpferd es war, jedes metaphysische Buch zu lesen, das er in die Hände bekam, ob alt oder neu, war tatsächlich damit beschäftigt, ein eigenes kosmologisches System zu schaffen, das jenen wenigen in solchen Dingen Bewanderten, die es zu lesen vermochten – denn Philosophen schreiben für Philosophen – eine Vereinfachung des Chaos, welches das Leben ist, anbieten sollte. Egoistisches Streben nach Ruhm lag dem jungen Gaul gänzlich fern. Sein Buch schrieb er einzig und allein zum eigenen Vergnügen. Der Genuß, den er beim Schreiben empfand, war ihm Lohn genug.

Sofern sich von Richards System überhaupt sagen lassen konnte, daß es eine brauchbare Lösung der Rätselhaftigkeit der Dinge anbot, bestand diese in seinem eigenen Begriff »repräsentativ«. Seine These besagte, daß all die faszinierenden religiösen, mythologischen und metaphysischen Vorstellungen wahr seien, jedoch nicht wahr in einem *wörtlichen* Sinn. Er vertrat die

Auffassung, daß sie in einem »repräsentativen« Sinn wahr seien, was heißt, daß er der Auffassung war, jedem menschlichen Glauben und jeder mythologischen Figur liege ein ganz bestimmtes menschliches Bedürfnis zugrunde, ein rein emotionales und häufig genug äußerst irrationales Bedürfnis, ein Bedürfnis, so alt wie die unbelebte Natur, das allem Anschein nach in etwas gründete, was aus der menschlichen Natur nicht zu tilgen war. Und so, wie sich hinter jeder Religion und jedem Kult eine ganz bestimmte menschliche Not ausfindig machen ließ, wenn man nur weit genug analysierte, ließ sich auch hinter jedem einzelnen der großen metaphysischen Systeme ganz genau das gleiche Gefüge greifbarer Sehnsüchte ausfindig machen, das den Kulten zugrunde lag, nur daß in diesem Fall hier der eine und dort der andere ihrer Aspekte Betonung fand.

Der erste Teil der Bemühungen Gauls um das, was er seine »Philosophie der Repräsentation« nannte, behandelte die alten heidnischen Religionen, der zweite Teil Christentum, Buddhismus, Taoismus und Islam, der dritte die berühmten individuellen metaphysischen Konzepte. Mittlerweile war Richard mit dem vierten Teil seines Buchs beschäftigt, in dem er seinen verbindlichen Kanon konkreter, grundlegender und unabänderlicher menschlicher Bedürfnisse auf die objektiven Gegebenheiten des Lebens anwendete. Seine These besagte, daß diese Bedürfnisse nicht etwa bar jeder Bedeutung seien, wie die Naturwissenschaftler behaupteten, sondern daß sie, auf ihren essentiellen Gehalt reduziert, tatsächlich bestimmte unabänderliche Naturgegebenheiten »repräsentierten«, Gegebenheiten, welche nicht selten den in unseren Tagen verbreitetsten mathematischen und chemischen Hypothesen widersprachen. Gauls Kunstgriff bestand darin, seine Theorie mit Hilfe des Begriffs einer »Phantasie der Vernunft« zu formulieren, worunter er offenkundig eine besondere Fähigkeit verstand, in der Intuition, Instinkt, Emotion und Phantasie geschickt mit der Vernunft verknüpft waren.

Im Unterschied zu den meisten Philosophen, die sich mit ihrer einen großen und grundlegenden Eingebung zur Natur des Lebens zufriedengeben und diese dann mit unzähligen logischen und rationalistischen Argumenten unterfüttern, hielt Mr. Gaul seine Theorie vermittels einer kühnen, originellen Methode gelenkig, flexibel und durchlässig – sogar für die unterschiedlichen Inspirationen, die ihm von Tag zu Tag in Brunswick Terrace zuteil wurden. Zu begründen pflegte er dies damit, daß die unerbittlich *monumentale*

Darstellungsweise der meisten Philosophen als Methode unnatürlich sei und überdies einen Großteil der naturgegebenen Flexibilität der toten Hand logischer Abstraktion opfere.

»Ich muß mir noch mehr Briefbeschwerer besorgen«, dachte er, während er sich eine zweite Zigarette anzündete und mit der Zungenspitze eine Zahnbürstenborste zu entfernen versuchte, die zwischen seinen Zähnen steckte, denn es war eine seiner Marotten, die Verwendung eines Zahnstochers als unanständig, abstoßend und nachgerade verabscheuungswürdig zu verurteilen. Jetzt fiel ihm auf, daß sich im Grau der zwei Flächen nichtfester Materie vor seinem Fenster – einem so neutralen und unscheinbaren Grau, daß es am Rande des Nichtvorhandenseins schwebte – das grundlegende Geheimnis der Schönheit verbarg. Denn was war Schönheit, wenn nicht eine Manifestation von etwas, was inmitten der objektiv wahrnehmbaren Realität durch die Bedürfnisse des menschlichen Organismus halb geschaffen, halb entdeckt wurde?

»Wenn ich in diesem Augenblick angesichts des Horizonts zwischen Meer und Himmel nicht vor Ekstase vergehe«, sagte er sich, »dann nur, weil mich diese vermaledeite Borste in den Zähnen so ärgert, daß ich nicht in Trance geraten kann. Tage wie dieser sind mir ganz besonders lieb. Wie kommt es, daß eine Linie zwischen Himmel und Meer – eine einfache, *naturgegebene* Linie, weder ganz gerade noch gebogen, noch gewellt, sondern mit der nur ihr eigenen Identität als Meereshorizont, Himmelshorizont, als Horizont beider – einer menschlichen Kreatur, einem belebten Skelett, einen solch merkwürdigen Schauder verursachen kann?«

Er runzelte mißmutig die Stirn, erhob sich unvermittelt vom Stuhl und trat ans Fenster, als könne er durch genauere Beobachtung dieser Phänomene der Lösung des Rätsels auf die Spur kommen.

»Ja, ganz gewiß«, dachte er, »ist ein Tag wie dieser fast mein Lieblingstag!«

Unter dem überwältigenden Eindruck von soviel Meer auf einen Blick, voll Interesse an der Beobachtung, daß sich nunmehr drei Segel am grauen Horizont befanden, und ob der Erkenntnis, daß die Annäherung der zwei weiten Wesenheiten Himmel und Meer durch den bräunlichen Grat von Kieselsteinen betont wurde, der am anderen Ende der Stadt, wo die Statue König Georges St. Mary's Street den Rücken zukehrte, dem Blick entschwand, vergaß Mr. Gaul den störenden Fremdkörper zwischen seinen

Zähnen und ließ sich angesichts dieses unübertrefflichen Graus fast bis zu einem Gefühl des Entzückens hinreißen, als die Natur – wie um schelmisch unter Beweis zu stellen, daß sie die Freuden eines Philosophen in einen Sieg der Materie über den Geist umzumünzen vermochte – den Verfasser der *Philosophie der Repräsentation* nötigte, mit unziemlicher Hast zur Toilette auf dem unteren Treppenabsatz zu eilen. Dieser Ausflug zum Stockwerk unter dem seinen zählte zu Gauls täglichen Ärgernissen – nicht weil er die natürlichen Entleerungen seines Körpers ähnlich beurteilt hätte wie die Verwendung eines Zahnstochers, sondern weil stets die Gefahr bestand, Mr. S. P. Ballard im Flur zu begegnen oder ihn gar aus der unauffälligen Glastür treten zu sehen. Heute morgen jedoch gelangte er ohne Zwischenfälle sicher in das oberste Stockwerk zurück und wollte sich eben an seinen Schreibtisch setzen, als er die Türglocke durchdringend läuten hörte.

»Besuch für Alkibiades!« murmelte er halblaut; er trat nah ans Fenster und versuchte den Kopf des Läutenden zu erblicken. Daß dies unmöglich war, hätte er aus Erfahrung wissen müssen, denn die Erkerfenster der beiden von Mr. Ballard bewohnten Stockwerke ragten über den Gehsteig. Den scherzhaften Beinamen Alkibiades hatte er seinem Mitbewohner verliehen, als er von ihrer Vermieterin erfahren hatte, daß der junge Mann in den Beamtenstand erhoben worden war. Außerstande, sich an die Arbeit zu begeben, bevor er sicher sein konnte, daß der morgendliche Besuch nicht etwa ihm galt, stand er nervös und unschlüssig da, mit den Händen auf der Lehne seines Schreibtischstuhls und den Blick auf die drei Fischerschmacken geheftet. So stand er noch, als er Schritte die letzten Stufen hochkommen hörte. Ihn also suchte der Fremde!

»Herein!« rief er rasch als Entgegnung auf das Klopfen an seiner Tür.

Die Tür wurde geöffnet, und Magnus Muir trat ein.

»Oh, du bist's«, murmelte der junge Philosoph in leicht enttäuschtem Ton. Als es klopfte, hatte er gehofft – denn er war jung genug, das Unerwartete zu erhoffen –, daß ein faszinierender Fremder, jemand vielleicht, der von seinem Lebenswerk gehört hatte, auf seiner Schwelle erscheinen würde.

»Ja, ich bin's«, sagte der Lateinlehrer; und als er sich auf dem Stuhl niederließ, den ihm der junge Mann mit automatischer Geste anbot, wiederholte er unfroh seine nicht gerade überschwengliche Begrüßung: »Ja, ich bin's. Und wie geht es unserem Richard an diesem tristen Tag?«

Mr. Gaul bot ihm schweigend eine Zigarette an. Magnus warf einen Blick auf die Marke und legte die Schachtel auf den Tisch.

»Ich habe keine Zeit«, sagte er und sah den jungen Mann an, als erwäge er im Geist, ob es letzten Endes der Mühe wert sei, ihm sein Problem auseinanderzusetzen.

»Ich habe heute morgen einen Brief erhalten«, sagte er unvermittelt in heftigem und beinahe vorwurfsvollem Ton, als wäre Mr. Gaul an dieser Belästigung schuld.

»*Ich* bekomme nicht oft Briefe«, bemerkte dieser Gelehrte.

»Es war ein Brief von Cattistock«, fuhr Magnus fort, noch immer im gleichen leicht vorwurfsvollen Tonfall. »Und nachher will er mich zum Lunch abholen. Ich soll seinem Sohn Nachhilfeunterricht geben.«

»Cattistock hat einen Sohn?« rief sein Gegenüber. »Ich wußte gar nicht, daß der Bursche verheiratet ist.«

»Ach, die Frau ist tot. Schon seit Jahren. Man munkelt, daß er Hortensia Lily heiraten will. Ihm zufolge ist sein Sohn so dumm wie Bohnenstroh. So hat er es in seinem Brief ausgedrückt: dumm wie Bohnenstroh.«

Mr. Gaul nahm seine Brille ab; mit dieser Geste begleitete er stets die Aufnahme überraschender Nachrichten. Er begnügte sich jedoch damit, sie zwischen den Fingern zu drehen und wieder aufzusetzen. Wäre das Mitgeteilte ihm persönlich nähergegangen, hätte er sie am Jackettärmel poliert. Und mit einem Schiffsunglück konfrontiert, hätte er sie möglicherweise sogar am Hosenbein gerieben.

»Wirst du es tun, Magnus?« fragte er.

»Ich – weiß – es – nicht«, erwiderte der Lehrer aufgeregt. »Vermutlich . . . muß ich ihn mir ansehen.«

»Wenn du ihn dir ansiehst, dann nimmst du ihn auch«, bemerkte der junge Mann entschieden, »wie damals den jungen Zed, als die Zigeuner-May dich darum bat.«

Magnus lächelte schwach.

»Ihm habe ich nicht viel genützt«, sagte er. »Er konnte nicht stillsitzen und hat Miss Le Fleau zu Tode erschreckt.«

»Hopfen und Malz sind bei dem verloren«, sagte sein Gesprächspartner ernst.

Beide schwiegen und erinnerten sich an das rote Haar und die grünen Augen des jungen Protegés der Zigeuner-May.

»Kennst du Cattistock?« fragte Richard plötzlich. »Ich hatte nur einmal mit ihm zu tun. Er macht mir angst.«

»Mein Vater konnte ihn nie leiden«, bemerkte Magnus mit einer Entschiedenheit, als besiegle die Meinung des älteren Muir das betreffende Thema ein für allemal.

»Dann wirst du nein sagen?« murmelte Richard, der sich eine Zigarette anzündete und den Blick zu seinen Manuskripten wandern ließ.

Magnus setzte sich auf seinem Stuhl zurecht, griff nach seinem Stock und begann seinen Mantel zuzuknöpfen.

»Er will sich an seine Arbeit machen«, dachte er. »Was ich dich eigentlich fragen wollte, Richard«, sagte er unvermittelt, »ist die unfeine und ungehörige Frage – wieviel ich verlangen soll, falls ich den Knaben nehmen sollte. Meine anderen Schüler zahlen sehr wenig, und mehr können sie nicht zahlen. Aber Cattistock ist der reichste Mann von Weymouth. Soll ich etwa dankbar sein, seinen Sohn unterrichten zu dürfen, nur wegen des Namens? Oder sollte ich nicht doppelt soviel verlangen wie bei den anderen? Ich habe nur sechs Schüler, und drei von ihnen hören im Frühjahr auf. Wenn ich genug verlange, würde mir das für die nächsten Jahre eine Menge Sorgen ersparen!«

Magnus verschränkte die Hände auf dem Knauf seines Stocks und saß aufrecht da, den Blick fragend auf seinen Gesprächspartner gerichtet. Mr. Gaul hob eine Hand zur Brille und ließ sie wieder fallen. Das Problem der Einkünfte seines Freundes schien keine ungetrübte Sicht zu erfordern. Schuldbewußt empfand er einen unwillkürlichen Anflug von Dankbarkeit gegenüber der Vorsehung ob des eigenen bescheidenen, aber sicheren Einkommens.

»Wenn ich du wäre, Magnus, würde ich ganz offen zu ihm sein«, sagte er entschlossen. »Sag ihm, daß du auf deinen Unterricht angewiesen bist, um – nun, um deinen Lebensunterhalt zu verdienen. Vielleicht –«, seine Hand bewegte sich abermals ein wenig und sank abermals auf den Tisch zurück, »bietet er dir genug an, daß du auf die übrigen Schüler verzichten kannst.«

Magnus' Züge glätteten sich. Was ihn letztlich wirklich zu diesem Besuch bei seinem jungen Freund bewogen hatte, war der verwegene Gedanke, mit ein wenig Ermutigung könnte er kühn genug sein, diesen vom Himmel gesandten reichen Mann um genug Geld anzugehen, daß er in die Lage versetzt wäre, Curly zu heiraten!

»Natürlich«, begann er aufgeregt, »muß ich mir zuerst den Jungen ansehen! Meinst du, mit den Worten ›dumm wie Bohnenstroh‹ wollte er vielleicht andeuten, daß das Kind nicht ganz bei Verstand ist? Meinst du, er ist vielleicht schwachsinnig?«

Das Wort »schwachsinnig« betonte Magnus so erregt, daß sein Zuhörer, dessen Gedanken, um der Wahrheit die Ehre zu geben, zu einem heiklen Punkt der »Philosophie der Repräsentation« abgeschweift waren, zusammenzuckte und den Kopf einzog, als hätte sein Gegenüber ihn bedroht.

»Schwachsinnig?« stammelte er. »Nein, nein; gewiß hätten wir davon gehört, wenn Mr. Cattistock einen zurückgebliebenen Sohn hätte. Das ist nur seine Art, sich auszudrücken. Wahrscheinlich hält er es für witzig. Die Reichen – du kennst sie doch! Vermutlich fürchtet der Junge sich vor seinem Vater. Jedermann behauptet, Alkibiades – ich meine den jungen Ballard ein Stockwerk tiefer –«, bei diesen Worten deutete Mr. Gaul mit einer Geste ganz allgemein auf tiefere Regionen, »sei sein außerehelicher Sohn. Es ist gut denkbar, daß er seinen kleinen Sohn vernachlässigt.«

Magnus lehnte sich über seinen Stock vor und heftete den Blick auf eine Stelle des Teppichs, wo das Muster ein kleines braunes Dreieck bildete, das eine stilisierte Tulpe einrahmte, auf der ein Bröckchen Brot lag. Die Stelle lag im Sonnenlicht, und neben der Brotkrume putzte eine Fliege ihre Vorderbeine.

Der Lehrer dachte an das Rendezvous, das er am Nachmittag beim Wishing Well hatte. Würde die Fahrt mit Cattistock rechtzeitig beendet sein, daß er nicht zu spät kam? Und sollte er sich verspäten, würde Curly dann auf ihn warten? Nur im Sommer mußten sie oder ihre Mutter die ganze Zeit dort sein. Im Winter gingen sie nur hin, um die Blätter zusammenzukehren und den Brunnen sauberzuhalten. Aber es gab einen Unterstand und eine Sitzgelegenheit in der Nähe; und gewiß würde Curly ein wenig Nachsicht üben, falls er sich verspäten sollte! Es wäre kaum ratsam, Mr. Cattistock bei ihren Verhandlungen zu drängen. Nun bemerkte er, daß sein Gefährte den Arm ausgestreckt und eine Manuskriptseite ergriffen hatte. Dies hatte Mr. Gaul so zufällig, beiläufig und nonchalant getan, wie ein Hund, der durch die Küche streicht, ganz nebenbei die Schnauze in den Futternapf der Katze steckt.

Magnus ergriff Stock und Hut und stand auf.

»Ich muß zurück«, sagte er. »Wenn er zu früh kommt, nimmt er es mir vielleicht übel, daß ich nicht da bin. Tut mir leid, daß ich dich damit belästigt habe, Richard!«

Die Entfernung zwischen Trigonia House und Kimmeridge

House betrug nur ein paar Schritte, aber sie war weit genug, daß eine grimmige Prozession finsterer Gedanken durch seinen Geist ziehen konnte.

»Außer Gaul habe ich niemanden, dem ich mich anvertrauen kann«, sagte er sich, »und über Curly kann ich mich überhaupt niemandem anvertrauen. Miss Le Fleau würde mich pflegen, wenn ich erkrankte, aber alles andere –«

Und als er mit dem Stock gegen die Geländer der kleinen Vorgärten vor den vertrauten Häusern von Brunswick Terrace klopfte, flog über den Himmel seines Bewußtseins wie ein schwarzer Pfeil der unwürdige, feige Wunsch, er wäre Curly nie begegnet. Wäre da nicht seine Hoffnung gewesen, die kleine Verkäuferin zu heiraten – »denn nichts anderes ist sie, Wishing Well hin oder her«, dachte er –, dann hätte er es allein aufgrund der Abneigung seines Vaters gegen Cattistock abgelehnt, dessen Sohn zu unterrichten.

»Ich verlasse meinen Hafen«, dachte er sich, »und sehe gefahrvolle Riffe meiner harren.«

Bei jedem Schritt, den er auf dem wohlvertrauten Pflaster tat, schien das Leben vor ihm in bedrückenderer Formation zu dräuen. Es erschien ihm mit einemmal wie ein bedrohliches Maschinenhaus, in das er sich verirrte – ein Ort voller Radzähne und Kolben und Zahnräder und Schrauben und hervorstehender Spitzen und ebenso voller Menschen mit blutenden Gliedern. Ein Gefühl unbestimmbaren Grauens wie bei großen körperlichen Schmerzen lastete auf ihm. Ihm war, als hätten alle verborgenen Orte, wo das Fühlen gefoltert wurde, ihm ihre Hintertüren geöffnet, so daß die Klagelaute, die von dort ertönten, sich um seine Eingeweide krallten. Ja, etwas, um das er immer gewußt hatte, war immer vorhanden, sei es unter Miss Le Fleaus braunem Zimmer, sei es unter der warmen Abgeschiedenheit seines Arbeitszimmers, etwas Rohes, Widerspenstiges, Störrisches, Verzweiflungsvolles, Schmerzverzerrtes, das ihn bedrohte wie die Zuckungen eines Skeletts am Galgen, wenn der Wind aus einer bestimmten Richtung weht. Beim Weitergehen wurde ihm tatsächlich mulmig in der Magengrube, und er stürzte in Miss Le Fleaus engen Eingangsflur, der wie immer sogar im Winter nach alten, längst vergessenen Sommern am Strand duftete, als suchte er Zuflucht im Schoß seiner Mutter – der Mutter, deren wahrer Persönlichkeit er sich kaum entsann! Der eigentümliche Geruch in Kimmeridge House, den er auch auf der Treppe noch wahrnahm, enthielt etwas

Tröstliches; in ihm schien eine Vielzahl von lange und friedvoll in Weymouth gelebten Leben sich zu verdichten wie alte Blütenblätter in einem Potpourri, Leben, deren wiederbelebte Auf- und Abtritte durch salzige Winde gereinigt und zugleich durch flackernde Feuer und glimmende Kerzen gemildert wurden.

Als er sein büchergesäumtes Zimmer erreicht und die Tür hinter sich geschlossen hatte, überkam ihn ein so heftiger Widerwille dagegen, dem beunruhigenden Eindringling zu gestatten, seine kostbare Festung zu betreten, daß er beschloß, in Hut und Mantel unten zu warten, um der Notwendigkeit zu entgehen – wenn sich ihr entgehen ließ –, Cattistock überhaupt nach oben zu bitten.

Er sah auf die Uhr. Ja, er konnte jeden Augenblick eintreffen; und er wollte ihm an der Tür oder sogar draußen auf dem Gehsteig begegnen!

Weder Miss Le Fleau noch die alte Martha hielten es für ratsam, sich in das Tun ihres Logiergastes einzumischen, wenngleich die eine in ihrem Salon und die andere in ihrer Küche sich außerstande sahen, etwas anderes zu tun, als zu warten und in größter Anteilnahme zu lauschen. Beiden Frauen hatte er Cattistocks Brief gezeigt – schließlich waren sie fast enge Verwandte –, und ganz Kimmeridge House hatte sich auf das Angebot des großen Mannes nicht wenig zugute gehalten.

Aber es war eine jämmerliche Sache, draußen vor dem Haus zu stehen, und Magnus war zweimal im Begriff gewesen, sich zurückzuziehen, als der dunkelblaue Wagen des Finanziers neben ihm anhielt. Hastig zog er den Hut und stand im Begriff, den Fahrer des Wagens anzusprechen, als ihm der Gedanke kam, daß Cattistock möglicherweise nur seinen Chauffeur geschickt hatte, der ihn abholen sollte. Magnus, der in jeder ästhetischen Hinsicht überaus heikel war, verabscheute solche Wagen – und ihre Chauffeure nicht minder – aus tiefstem Herzen. Die Haltung seines Vaters gegenüber diesen Luxusgütern der Reichen teilte er nicht, doch auf seine eigene Weise war er kaum weniger voreingenommen. Mit allem Gewicht seiner Persönlichkeit hatte der ältere Muir es verstanden, jedermann, mit dem er zu tun hatte, den Eindruck zu vermitteln, daß allein schon der Besitz eines Automobils in gewisser Weise sowohl einen Abfall vom guten Geschmack als auch ein Abweichen von jeglicher Würde verriet; und als sein Sohn sich nun zurücklehnte und all die wohlbekannten Wegmarken vorbeifliegen sah, bis er beim Überfahren der großen neuen Brücke über das einstige Haffwasser den Fahrer fragte, wie lange er schon in Cattistocks Diensten stand, ließ er sich eher im Gefühl, sich zu einer vulgären Erfordernis herabzulassen, als dem, ein vornehmes Privileg zu genießen, nach Chickerel chauffieren.

Als er in nordwestliche Richtung entlang der Kämme des kahlen Hochlands gefahren wurde, sah er unter dem grauen Himmel den breiten silbrigen Horizont der West Bay, und er stellte sich vor, wie dieser Horizont, könnte er ihm wie ein Zugvogel folgen, immer weiter vor ihm zurückwich, bis er ihn jenseits von Cornwall und den Scilly-Inseln in die trostlosen Wasserwüsten des Nordatlantiks führte.

Der Fahrer des Wagens setzte ihn vor einem Tor in einer niedrigen Mauer ab, die die Straßenbiegung am Rand des Dorfes Chickerel säumte. Über ihr sah man eine säuberlich geschnittene Buchshecke, deren Höhe verriet, daß Mr. Cattistocks Behausung mindestens hundert Jahre alt war. Es war ein massiges, aber recht kleines georgianisches Gebäude, dessen Front ein trübselig anmutender cremefarbener Zementverputz bedeckte. Dieser Zement war in der Tat so fleckig vom Regenwasser und stellenweise so stark abgebröckelt, daß es für Magnus eine angenehme Überraschung bedeutete zu sehen, an was für einem Ort der Inhaber der Brauerei Cattistock & Frampton und der Cattistock-Steinbrüche lebte.

Ein weißgesichtiges altes Weiblein in schwarzem Kleid und Schürze, aber ohne Haube, öffnete ihm nun die Tür, und sobald er eingetreten war und im Flur den Mantel auszog und Hut und Stock ablegte, wußte er, daß das Innere von Cattistocks Zuhause die gleiche eigenartige Wirkung auf seine Sinne übte wie sein Äußeres. Worin bestand diese Wirkung? Als er ein paar Minuten in dem Raum, den der Besitzer des Hauses als sein Studierzimmer bezeichnete, gesessen und eine Weile mit dem großen Mann gesprochen hatte, gelangte er zu einem überaus befremdlichen Schluß. Es war typisch für Magnus, daß er sich, sobald er sich einer neuen menschlichen Präsenz gegenübersah, insbesondere im Rahmen ihres eigenen Hintergrunds und ihrer eigenen psychischen Atmosphäre, ohne weiterreichendes Motiv einer gänzlich uneigennützigen Analyse des gesamten Phänomens hingab. In der nunmehr erfolgenden Formulierung seines Urteils über den Finanzier und sein Heim gelangte er zu der Ansicht, daß das, was so sehr auf ihn wirkte, in einer höchst eigenartigen Ursache gründete – oder besser im Zusammenwirken zweier Ursachen –, darin nämlich, daß diesen erstaunlichen Zeitgenossen die konzentrierte, schlaflose Geldbesessenheit eines leidenschaftlichen Geizhalses auszeichnete und daß die einzige Frau in der ganzen Wirtschaft die alte Dienerin war, die ihn eingelassen hatte.

»Die Abwesenheit«, dachte Magnus, »einer vorherrschenden geistigen Leidenschaft macht die Aura eines Hauses so unerträglich, und Mätressen sind wie Blitzableiter: Sie absorbieren die geistigen Leidenschaften der Männer.«

In einer Hinsicht war mit Cattistock leichter zurechtzukommen, als er erwartet hatte, in anderer Hinsicht jedoch war es schwieriger. Magnus hatte erwartet, brüsk und von oben herab behandelt zu werden, so, daß man ihn seine soziale Bedeutungslosigkeit gegenüber dem reichsten Mann Weymouths spüren ließ; statt dessen fand er sich seit den ersten Minuten mit einem höflichen und entgegenkommenden Takt hofiert, als wären seine Ansichten über Bennys Erziehung von so weitreichender Bedeutung, daß man sich ihnen behutsam, indirekt und zögernd nähern mußte, so, wie ein respektvoller Fremder sich der spezifischen Erfahrung eines anerkannten Fachmanns nähern würde. Diese Haltung war so anders als alles, was Magnus jemals seitens der Eltern seiner Schüler erfahren hatte, daß sie ihn in kurzer Zeit völlig entwaffnete und er merkte, daß er nicht nur offener mit dem Mann über seine Beschäftigung sprach, als er es gewohnt war, sondern auch mit mehr Unsicherheit, Bedenken, Zögerlichkeit und Ungewißheit, als ihm in dieser Hinsicht bisher zu Bewußtsein gekommen war.

Doch im Verlauf dieses Gesprächs kämpfte Magnus innerlich darum, sich selbst den überraschenden Schluß klarer zu machen, daß das, was ihn an diesem Haus so stark anzog, mit dem Umstand zusammenhing, daß es keine Hausherrin gab und daß der Hausherr trotz all seiner wagemutigen Finanzmanöver etwas von der romantischen Besessenheit der Psyche eines Geizhalses hatte, die sich wie alle übermächtigen Leidenschaften durch eine eigene Würde auszeichnet.

Während er auf Cattistocks Fragen antwortete und ihm am Feuer des abgenutzten Raumes gegenübersaß, dessen Bücherregale, soweit er sehen konnte, nichts enthielten als ledergebundene Zeitschriften, Verzeichnisse, Wörterbücher und Nachschlagewerke, hatte er genügend Muße, das Aussehen seines Gegenübers bis ins kleinste Details zu betrachten. Der Eindruck, den er so gewann, verstärkte sich noch, als Cattistock sich von seinem Stuhl erhob und im Raum auf und ab zu wandern begann, als das Gespräch auf Bennys schwierige Art kam. Er sah kaum älter aus als vierzig, doch sein Haar war vor der Zeit ergraut und dünn geworden, wenngleich man aus seiner Färbung – das, was übriggeblieben war, trug er über der breiten, niedrigen Stirn sorgfältig in der Mitte gescheitelt – ersehen konnte, daß es in seiner Jugend von hellem Strohblond gewesen war. Das ganze Gewicht seines Charakters lag in seinem Kinn, das an die Bilder mancher unserer militärischen Führer denken ließ und weit eher unermeßliche Reserven schierer, hartnäckiger Kraft andeutete als einen Überschuß an nervösem Draufgängertum. In der Tat hatte dieses Kinn beinahe etwas von einer Mißbildung, und zur rechten Seite seines Unterkiefers, dort, wo dieser um ein geringes mehr hervorragte als der obere, befand sich ein auffälliges Muttermal oder eine Warze, mit Härchen bewachsen, die noch heller und stacheliger wirkten als die übrige Behaarung. Seine Ohren waren ungewöhnlich zierlich und lagen dicht an, indes seine Augen, die klein und ruhig waren, den Menschen oder Gegenstand, den er ansah, mit einem Blick, der gleichermaßen herausfordernd wie freundlich war, unverwandt zu betrachten pflegten. Hinter diesem starren Blick schien sich eine merkwürdige, zerstreute Zurückhaltung zu verbergen, als gelte das Interesse des Mannes nicht dem Wesen seines Gegenübers oder der Natur des Gegenstandes, sondern einer Art innerer »Substanz« in beiden, deren Verwendung in Verfolgung seiner Ziele er zu erwägen schien.

Als Magnus ihn dabei beobachtete, wie er in dem Studierzimmer auf und ab ging, das mit seinem verblichenen Teppich, dem abgetretenen Kaminvorleger und den Ahnenbildnissen, die so verrußt und verschmutzt waren, daß man fast nichts auf ihnen erkennen konnte, so gar nichts von einem Studierzimmer besaß, fiel ihm auf, daß Cattistock die Angewohnheit hatte, beim Gehen die Hände hinter dem Rücken zu verschränken und das Kinn vorzurecken; und ebenso fiel ihm auf, daß er sich ruckweise bewegte, als bahne er sich seinen Weg mit Bedacht durch dichtgeschlossene Reihen von Antagonisten.

Und als er nach einiger Zeit läutete und die alte Bedienstete anwies, Gläser und Kekse zu bringen, wurde Magnus in seinem Eindruck bestätigt, eine Knickernatur vor sich zu haben, denn erst nachdem er die Tür hinter der alten Frau geschlossen und mit vorgerecktem Kinn und auf die Tür geheftetem Blick abgewartet hatte, bis ihre Schritte verklungen waren, förderte er aus seiner Tasche einen Schlüsselbund zutage, suchte bedächtig einen Schlüssel heraus und trat an einen Schreibschrank, den er vorsichtig öffnete, wobei er sich auf den Teppich kniete, um den Inhalt des Schrankes besser beäugen zu können. Aus der dunklen Öffnung wehte Magnus über die Schulter des Knienden hinweg der milde Duft alten Cognacs entgegen, doch es stand außer Zweifel, daß der Hausherr von Peninsular Lodge dort auf dem Fußboden mit sich im Widerstreit lag, welche der halbleeren Flaschen er anbieten sollte.

»Sein Hinterkopf«, dachte Magnus, »ist entschieden erwerbssüchtig, aber dies ohne Schäbigkeit. Ganz fraglos hat er seine Marotte bis ins Pathologische gesteigert. Aber er gefällt mir weit besser, als ich jemals erwartet hätte. Wie gespannt Curly sein wird, wenn ich ihr alles berichte!«

Den Whiskey, der schließlich hervorgeholt und zwischen ihnen aufgeteilt wurde, gab es reichlich bemessen, und wahrhaftig war die Flasche fast ganz geleert, als sie in den Schrank zurückwanderte. Dorthin aber war sie zurückbefördert worden, bevor von der Straße draußen das Geräusch eines bremsenden Wagens zu hören war, gefolgt von lautem Gewirr und Getrampel auf dem Gartenweg.

»Na sowas, der Doktor ist mit ihm hergekommen!« rief Cattistock und ging zur Tür.

Doch diese wurde aufgerissen, bevor er sie erreichte, und ein blasser, magerer, aufgeregter Knabe, der einen kleinen gelben Hund an sich drückte, lief ins Zimmer. Hinter dem Knaben erschien ein glattrasierter, unauffälliger, zurückhaltender Mann um die fünfzig, der auf Magnus einen Eindruck machte, den zu artikulieren ihm unmöglich gewesen wäre. Etwas sprach aus den Augen des Neuankömmlings, was Magnus das Gefühl gab, dieser lebe in einer anderen Welt, doch zugleich bewirkte die Eigenart des Arztes, seine Würde durch eine sonderbare flüchtige Art von Selbsterniedrigung zu wahren, eine gereizte Reaktion bei dem Lehrer. Der Knabe unterbrach sich mitten im Redeschwall an die Adresse seines Vaters, als er Magnus erblickte. Seine Hände umklammerten noch immer den kleinen Hund in seinen Armen, und er starrte den künftigen Nachhilfelehrer mit offenem Mund und runden staunenden Augen an.

»Das ist Mr. Muir, Schwager«, sagte Cattistock hastig, und an Magnus gewandt fügte er hinzu: »und das ist mein Schwager Dr. Brush, der sich heute um Benny gekümmert hat.«

Magnus und der Arzt tauschten von dort, wo sie standen, höfliche Verbeugungen, während der Hausherr, der mit vorgerecktem Kinn in den Flur spähte, als wolle er sich vergewissern, daß die arme alte Lizzie Chant, die einst seine Amme gewesen war und die ihr Leben für ihn hingegeben hätte, nicht untätig herumlungerte, die Zimmertür mit nachdrücklicher Entschiedenheit schloß.

»So schließen Leichenbestatter die Tür«, dachte Magnus. »Zumindest hat derjenige es so getan, der in Penn House an meinem Vater Maß für den Sarg nehmen kam.«

Benny nahm nun den Faden seiner nervösen Erklärungen wieder auf, und Dr. Brush setzte sich ans Feuer, wobei ein melancholisches Lächeln um seine Lippen spielte. Dieses müde Lächeln des schweigsamen Mannes war wie das eines priesterlichen Autokraten, dessen Bürde der Macht durch eine verborgene geistige Last verstärkt wird.

Als Cattistock sich seinem Sohn näherte, um – soweit Magnus erkennen konnte – nichts weiter zu tun, als den Hund in den Armen des Kindes zu streicheln, verzerrte ein Ausbruch blinden Hasses die Züge des Kindergesichts, und der Knabe trat dem Vater heftig und heimtückisch gegen das Schienbein. Magnus wunderte sich über die Reaktion seines Gastgebers, der die volle Wucht des Trittes zu spüren bekommen hatte, was weh tun mußte: Cattistock jedoch begnügte sich damit, das Kind an den Handgelenken zu ergreifen und zur Tür zu befördern, die er mit dem Ruf: »Lizzie! Lizzie!« aufriß. Die alte Frau, die sich in der Nähe aufgehalten haben mußte, erschien sogleich, und unter beträchtlichem Geschrei und Schimpfen und Bellen und sonstigem Getöse entfernten sich die drei – der Knabe, der gelbe Hund und Lizzie – lärmend und trampelnd durch das hallende Treppenhaus ins nächste Stockwerk.

»Wie es dazu gekommen ist, kannst du dir leicht denken, Dogberry«, sagte der Arzt, sobald sie allein waren. »Mein Angestellter Murphy – in seinem weißen Kittel war er Benny sofort suspekt – brachte gerade den Hund zum Zwinger, als der ihm entwischte, und wie es der Zufall wollte, lief er genau unserem kleinen Ben vor die Füße; und damit war der weitere Verlauf der Sache nicht mehr zu ändern, wie du dir denken kannst.«

Der Doktor kehrte dem Feuer den Rücken zu, und Magnus setzte sich, während Cattistock weiter im Zimmer auf und ab ging. Schweigen trat im Studierzimmer von Peninsular Lodge ein, das nur vom Geräusch der Schritte des Hausherrn unterbrochen wurde, auf und ab, die Hände hinter dem Rücken verschränkt.

Die beiläufige Erwähnung des Angestellten »Murphy« in seinem »weißen Kittel« hatte die Phantasie des Lehrers in eine überaus finstere Richtung gelenkt.

»Dieser Mann geht der Vivisektion nach«, sagte er sich, während ein bedrückendes Gefühl von Wut und Abscheu in ihm aufstieg. »Es ist durch und durch verabscheuenswert«, dachte er. »Man sollte ihnen verbieten, Hunde anzurühren.«

Es wollte beinahe scheinen, als hätte Cattistock die Gedanken des Lehrers erraten, denn unvermittelt hielt er in seinem Durchmessen des Zimmers inne und schlug vor, wenn Magnus später zurückgefahren werde, solle er Dr. Brush mitnehmen und unterwegs absetzen.

»Es ist nämlich tatsächlich wahr«, fuhr er fort, als er den Gesichtsausdruck des Lehrers sah, »daß wir hier in Weymouth gar nicht wissen, was wir an unserer Brush-Anstalt haben.«

Magnus konnte nicht umhin, sich darüber zu wundern, wie jemand so Knauseriges, wie der Besitzer von Peninsular Lodge es zweifelsohne war, jemals zum Förderer moderner pathologischer Institutionen hatte werden können. Dennoch war nicht zu übersehen, daß die Schmeicheleien seines Verwandten dem Mann am Feuer nicht paßten, denn Magnus sah jetzt auf Dr. Brushs Antlitz den einzigen Ausdruck, der ihm an dieser Miene gefiel. Der große Pathologe blickte mit einemmal so verschämt und betreten drein wie ein Schüler, der von seinem Lehrer in Anwesenheit anderer gelobt wird. Doch unabhängig davon, was er von der Abneigung dieses Mannes gegen Lobesworte hielt, fiel es Magnus schwer, ihn anzusehen, ohne ein namenloses Entsetzen zu verspüren.

»Das alles darf nicht sein«, dachte er immer wieder. »Man sollte ihnen verbieten, Hunde anzurühren.«

»Mein Schwager«, bemerkte Cattistock, »hat Ihren Namen als erster ins Gespräch gebracht. Er sagte mir, Sie hätten einen Jungen, der in der Anstalt war, gewaltig vorangebracht, einen Jungen namens Larry Zed; aber das haben Ihnen gewiß schon andere gesagt! Tja, Mr. Muir, wären Sie denn bereit, mit nach oben zu kommen, um zu sehen, ob Sie mit meinem kleinen Idioten irgend etwas anfangen können? Lauf nicht weg, Dan! Ich finde, du solltest Mr. Muir unbedingt die Anstalt zeigen. Es wird ihn beeindrucken, da bin ich mir sicher.«

Magnus folgte seinem Gastgeber verwirrt und konfus nach oben. Er machte sich Vorwürfe, weil er nicht den Mut hatte, laut zu sagen, was er von der Vivisektion hielt. Dieses Gefühl versuchte er abzuschütteln, als er sich jetzt umsah. Die faszinierende Vorahnung, die er beim Betreten des Hauses gehabt hatte, wurde immer nachhaltiger bekräftigt. Ja, dieser Mann, gegen den er den Jobber auf seinem Boot in den unruhigen Wellen Drohungen hatte murmeln hören, war unstreitig dem Sparen von Geld leidenschaftlich ergeben. Und wie merkwürdig, daß das heftige Vorurteil, das er von seinem Vater übernommen hatte und das sich auf den Burschen bezog, der die Brauerei Cattistock & Frampton und die Cattistock-Steinbruchgesellschaft verkörperte, beim Anblick dieses abgenutzten, verwohnten, vernachlässigten Hauses eines Geizhalses beinahe gänzlich schwand!

Die Läufer auf den Treppen und auf dem Treppenabsatz waren, was Miss Le Fleau einen »Anblick« genannt hätte, und was Türen, Täfelungen und Fensterbänke betraf, hatten diese alle Spuren von Farbe und Lack verloren, die sie vermutlich einst einmal aufgewiesen hatten. Und dennoch war das Haus trotz seiner jämmerlichen Abgenutztheit makellos sauber.

»Lizzie Chant muß unablässig bürsten und schrubben«, dachte er, während er dem besitzergreifenden Schädel seines Gastgebers durch einen langen Flur folgte. »Ich habe Mr. Muir mitgebracht, der deine Aufgaben mit dir machen wird, Ben, damit er dich kennenlernt«, erklärte der Mann nun, während er die Tür zum Zimmer seines Sohnes öffnete.

Benny stand bei ihrem Eintreten nahe am blinkenden Kamin – offenbar war der Raum früher sein Kinderzimmer gewesen –, wo er von einem Teller auf dem Kaminsims kleine Kekse nahm und in die Luft warf, zur Unterhaltung und Erziehung seines neuen Schoßtiers, das sich aufgeregt bellend vergebens bemühte, sie aufzufangen. Der Kaminvorleger war mit zerbröckelten Keksen übersät, auf die der Knabe hie und da mit seinen Schuhen getreten war. Der Anblick des Zimmers verblüffte Magnus nicht wenig, und dies nicht ohne Grund. Tatsächlich enthielt der Raum allen Besitz des älteren Cattistock aus Schul- und Hochschulzeiten, Gegenstände, die der leidenschaftliche Geldvermehrer all diese Jahre über mit einem ergreifenden und mitleiderregenden Besitzinstinkt gehortet hatte und die erst vor kurzem von ihrem Aufbewahrungsort im Speicher – wahrscheinlich auf Anraten Dr. Brushs – geholt worden waren, um dem kleinen Jungen männliches Fühlen und sportlichen Ehrgeiz einzuflößen. Da Cattistock selbst sich in der Schule und am College in nichts hervorgetan hatte außer in Algebra und Schießen, hatte es etwas Wunderliches, wenn nicht gar Rührendes, zu sehen, mit welch stolzer Befriedigung er alle Wände des Zimmers seines Kindes mit diesen Andenken an seine Jugend versehen hatte. Da gab es alte Angelruten und Luftgewehre, alte Kricketschläger und Hockeyschläger. Ein großes Schaukelpferd, das kostspielig gewesen sein mußte – denn es war nicht zu übersehen, daß Mr. Cattistocks Eltern für solches Spielzeug viel Geld ausgegeben hatten –, stand mit dem Schwanz zu einem beschädigten, an die Wand gelehnten Tivolibrett, und daneben sah Magnus eine große Zielscheibe, in die der Knabe aus einer Laune heraus einen Pfeil mit scharlachroten Federn gesteckt hatte. Ein Bogen war nirgends zu sehen, doch neben der Zielscheibe lehnten zwei rostige Florette, die sich von allen anderen Dingen abhoben und wirkten, als hegten sie für jene aristokratische Verachtung. Zur Rechten des Kamins, wo man einen bequemen Lehnstuhl erwartet hätte, befand sich eine messingbeschlagene Truhe mit offenem Deckel, in der Magnus einen Blick auf etwas erhaschte, was einem uralten Tennisnetz ähnelte.

»So, Benny«, sagte der Vater, indem er auf seinen Sohn den strengen Blick richtete, der so bezeichnend für ihn war und der den Gegenstand seiner Betrachtung von allen anderen Dingen seiner Umgebung zu isolieren schien, »ich sehe, daß du deinem Hund das Fangen beibringst. Du mußt ihm einen Namen geben. Jeder Hund hat einen Namen.«

»Er kann nicht fangen«, erwiderte das Kind verdrießlich, ohne seinen Vater anzublicken. »Er macht es jedesmal falsch.«

Der Finanzier näherte sich dem Kamin, legte die Hände auf das vergoldete hohe Feuergitter und sah von der Seite auf den lohfarbenen Hund. Außer dem hellodernden Feuer war das einzige Licht im Raum das einer kleinen Lampe auf einem entfernten Tisch; und Magnus, der sich auf die Lehne eines der wenigen Stühle an diesem Ort gesetzt hatte, wurde nun Zeuge eines merkwürdigen Schauspiels in dieser unsteten Beleuchtung, in dessen Verlauf der Vater versuchte, sich die Aufmerksamkeit des Knaben zu erschmeicheln, indem er sich an dem Spiel beteiligte, Kekse auf Armlänge über dem springenden und schnappenden Tier zu zerbröckeln, das sich zweifellos nicht als fähiger Fänger erwies und die Brösel, die ihm entgingen, nur beschnüffelte, wenn sie zu Boden gefallen waren.

Als Magnus sie so im warmen Feuerschein betrachtete, überkam ihn ein Gefühl, das ihm mittlerweile sehr vertraut war: das Gefühl der undurchdringlichen Rätselhaftigkeit dessen, was Menschenwesen »die Zukunft« nennen, ein Gefühl, das so düster und heftig wurde, daß es ihm wie eine greifbare Substanz von finsterster Schwärze vorkam. Irgendwo in dieser Finsternis, in die eine unerbittlich wirkende Kraft sie alle drängte, warteten die Anordnungen, die Begegnungen, die Folgen und Auswirkungen dessen, was sich soeben ereignete. Dort, in der undurchdringlichen Dunkelheit, undurchdringlich, auch wenn der kleine Hund noch so laut bellte, wartete die Zukunft – gedeihlich oder tragisch – des Mannes mit dem auffälligen Kinn und des Kindes mit dem blassen, nervösen Gesicht. Dort, in der Dunkelheit, wartete seine eigene Zukunft mit Curly darauf, enthüllt zu werden, ihre Zusammenkunft an ebendiesem Nachmittag, so sie denn wahrhaftig zustande kommen sollte, und ihr ganzes künftiges Leben. Wieviel würde er von Cattistock zu verlangen wagen? Der Einblick, den er in die Knausergepflogenheiten des Mannes getan hatte, war alles andere als ermutigend. Aber dann – und hier ließ er seinen optimistischen Träumen die Zügel schießen –, wenn der kleine Junge ihn liebgewinnen sollte, ein Kind, das weitaus interessanter war als die Knaben, die er kannte, wer wollte voraussagen, wozu dies führen konnte? Es wäre durchaus vorstellbar, daß er seine Stelle behielt, bis Benny die Universität besuchte. Er wirkte wahrhaftig nicht wie die Art von Knaben, die man guten Gewissens auf eine Public School schicken konnte. Was ging in ihnen vor, während sie im flackernden Feuerschein mit dem Hund herumtollten? Aber wer hätte vermocht, die dichte, finstere Schwärze zu durchdringen, die über ihrem und seinem Weg lag?

»Wie eintönig«, dachte er, »mein Leben bisher verlaufen ist! Tag für Tag mit Vater, Jahr für Jahr – und jetzt Tag für Tag bei Miss Le Fleau. Wahrscheinlich könnte ich für den Rest meines Lebens so weitermachen – vorausgesetzt, ich könnte mich weiterhin mit Curly treffen. Er ist immer bei mir, immer – Vater! Wenn ich meine Hände wie jetzt eben an den Knien reibe – dann sind es seine Hände; die gleichen Knöchel, die gleichen Falten! Was würde er wohl denken, wenn er wüßte, daß ich Curly heiraten will? *Liebst du die junge Frau wirklich, mein Sohn?* Genau das würde er sagen! Und ich würde ihm die Wahrheit sagen. Ich würde ihm sagen, daß ich mir nicht vorstellen kann, auf sie zu verzichten. Ich würde ihm sagen, daß sie immer in meinen Gedanken ist, wo ich mich auch befinde, was ich auch tue – immer, immer –, mit allem verwoben. O Vater, Vater, ich wünschte, du wärest da, damit ich dir erklären könnte, wie es um mich steht!«

Eine entschiedene Bewegung seines Gastgebers unterbrach ihn in seinen Gedankengängen. Cattistock richtete sich unvermittelt auf, tätschelte seinem Sohn den Kopf und ging zur Tür.

»Kommen Sie in ein paar Minuten herunter, Muir? Ich möchte Sie darum bitten, Dan ein Stück mitzunehmen. Er wird Sie nicht in seiner Anstalt aufhalten, aber Sie sollten sich selbst einen Eindruck von dem Ort verschaffen.« Er blieb stehen, die Hand auf dem Türknauf. »Was die Stunden betrifft, Muir – könnten Sie jeden Tag zum Lunch herkommen und bis um fünf Uhr bleiben? Ich nehme an, Sie können Ihre übrigen Schüler über den Vormittag verteilen – mit ein wenig Hin- und Herschieben?«

Magnus murmelte eine bejahende Antwort, doch es verwirrte ihn, so gedrängt zu werden. Andererseits *konnte* er es einrichten, wenn er etwas früher aufstand. Und der Mann sagte »bis um fünf Uhr«, so daß er zur gewohnten Stunde sein eigener Herr sein würde.

»Was die Entlohnung betrifft«, fuhr Cattistock fort, und bei diesen Worten begann Magnus' Herz zu pochen – würde er ihm genug anbieten? Und wenn nicht, würde er es dann wagen –, »sicher wäre es für beide Parteien am fairsten, damit bis zum Ende der ersten Woche zu warten, denn erst dann können wir wissen, wie Sie und Ben miteinander zurechtkommen. Bis gleich, Mr. Muir!«

Mit diesen Worten ging er; und Magnus blieb mit Knabe und Hund allein zurück. Die Miene des Kindes nahm einen völlig anderen Ausdruck an, als die Schritte des Vaters im Gang verhallten. Er kam eilig näher und schob den kleinen Hund ungeduldig weg, der weiter an ihm emporspringen wollte. Er faßte nach Magnus' Rockaufschlag und zog daran, damit sein Träger den Kopf neige.

»Er soll ›Yellow‹ heißen«, flüsterte er. »So will ich ihn nennen – Yellow –, aber Vater will ich es nicht sagen, weil er den Namen dumm finden würde. Wenn Sie jetzt da sind, muß ich nicht mehr mit Onkel Dan ausfahren, nicht wahr? Warten Sie – sitz, Yellow, sitz, hab' ich gesagt! –, ich möchte Sie etwas fragen, Mr. Muir.«

Das Kind schüttelte den Hund heftig und ungeduldig ab, lief zur Tür, die es ein wenig öffnete, und spähte hinaus. Unterdessen empfand Magnus einen ausgesprochen heftigen Widerwillen gegen seine ganze Lage. Wie es ihm schon früher an diesem Tag ergangen war, überflog ein kalter Schauder vor all diesem Tun wie ein zusammengeballtes dunkles Eis den Grund seines Herzens.

»Was ich mir wirklich wünschte«, dachte er, »wäre, mich bis ans Ende meiner Tage an Homer und meinen Spaziergängen am Meer zu erfreuen und Curly in Upwey zu treffen. Natürlich hätte ich sie gern Tag und Nacht um mich, aber – aber –«

Beim Zusammenzucken tief in seinem Inneren, das er beim Anblick des nach Lauschern Ausschau haltenden Benny verspürte, war ihm, als würde mitten in seinem Magen hartes Papier zerrissen. Und dieses spröde Papier, dessen Zerreißen ihm ein solches Stechen verursachte, *war sein Vater*. Ja, der Schutz seines Vaters, die täglichen Spaziergänge mit ihm, die Art, wie er nahe am Feuer in Penn House zu sitzen pflegte, wenn er seine alten Schienbeine wärmte und seine Beine mit den faltigen Händen rieb, die unbeschreibliche Sicherheit, ähnlich dem, was man empfindet, wenn man sich in einer klirrend kalten Nacht im Bett zusammenrollt, die der Anblick seines Vaters, der ihm gegenübersaß und seinen Tee trank, ihm stets vermittelt hatte – all das wurde nun in seinen innersten Eingeweiden zerrissen und ließ einen kalten Luftzug von draußen herein! Das Kind war mittlerweile zu ihm zurückgekommen und flüsterte ihm nun etwas ins Ohr.

»Nicht, Yellow! Sitz, wenn ich es dir sage! Leg dich hin! Tu das nicht! Leg dich hin!«

»Er kann es nicht verstehen«, sagte Magnus leise, als Yellow einen Schlag versetzt bekam. »Er hält es für ein Spiel.«

»Er wird schon merken, daß es kein Spiel ist! Hast du mich gehört, Yellow? Leg dich hin, wenn ich es dir befehle, und bleib liegen!«

Aber das Flüstern des Knaben war für Magnus noch unerträglicher als alles, was Yellow anstellen mochte.

»Ich kann dich nicht verstehen«, sagte er. »Ich höre nicht gut. Du mußt lauter sprechen.«

Von diesem Tadel unbeeindruckt – ein unfehlbarer Instinkt schien ihm zu sagen, was er sich diesem Fremden gegenüber herausnehmen konnte –, begann der Knabe eine lange, hastig, stolz, schüchtern und nervös vorgebrachte Geschichte von einem Bild von zwei Mädchen, das er irgendwo versteckt hatte. Magnus hatte sich mittlerweile in den einzigen Sessel im Zimmer sinken lassen. Dies war die einzige Zuflucht des Vaters von Dog Cattistock, eines schweigsamen Mannes von den Ufern des Stour, an seinem Kamin gewesen, wenn seine Familie ihn zur Verzweiflung trieb, und ein gewisses modriges Odium grillenhafter Gelehrtenflucht vor dem Gelärme der Welt entströmte dem alten Leder voller Gerüche noch immer.

»Versteckt, so? Nun, Benny, jeder von uns hat seine geheimen

Verstecke und Schatztruhen! Ich habe auch ein Bild von einem Mädchen in meinem Schlafzimmer versteckt. Vielleicht zeige ich es dir einmal, wenn dein Vater erlaubt, daß du mich in meiner Wohnung besuchst.«

Benny trat nahe an ihn heran, lehnte sich an seine Knie und preßte eine kalte kleine Hand auf die Augen des Lehrers.

»Machen Sie sie nicht auf«, rief er, »solange ich es hole ... ganz fest zu, geben Sie mir Ihr Ehrenwort!«

Dann wurde der Druck der nervösen Hand von ihm genommen, und Magnus behielt vom Kontakt mit der Kleidung des Kindes nur einen schwachen Kiefernnadelduft zurück. Er konnte kein Geräusch vernehmen und hielt gehorsam die Augen geschlossen, doch während er so wartete, war er sich mit aller Intensität seiner Sehnsucht nach Curly bewußt, die sich nunmehr in einer eigentümlichen Süße bemerkbar machte, mit der sich nichts vergleichen ließ. Er hatte gelernt, dieses undeutliche, köstliche Gefühl gut zu kennen, und immer wenn es ihn umgab, machte ihn dies tapferer und wagemutiger.

»Die Brush-Anstalt«, dachte er, »ist irgendwo in den Downs. Ich habe sie oft genug gesehen, ohne zu wissen, wo genau. Ich will mich dort heute nicht aufhalten. Ich werde ihm sagen, daß ich sie ein andermal besichtigen komme. Ich hoffe, daß sie am Wishing Well auf mich wartet.«

Ein erneuter Druck des Kinderkörpers und der Duft nach Kiefernnadeln weckten ihn aus seiner Trance. Die Berührung des Knaben vermischte sich mit seiner Sehnsucht nach dem Mädchen, und er hatte allmählich den Eindruck, daß er die Gefahren des Sprungs ins Ungewisse, den er zu tun im Begriff stand, übertrieben hatte.

»Ich schneide sie aus dem *Melcombe-Anzeiger* aus«, sagte Benny gerade zu ihm, während er einen Papierbogen entfaltete. »Sind sie nicht hübsch, Mr. Muir? Sehen Sie, was da steht? Sie treten im Regent's mit Jerry Cobbold auf. Es sind Tänzerinnen, deshalb kann man ihre Beine sehen. Sie sind mein größtes Geheimnis. Sie dürfen niemandem sagen, daß ich sie habe. Sind sie nicht hübsch? Es sind Schwestern – Tissty und Tossty! Das da ist Tissty und das da Tossty. Meinen Sie, sie hätten etwas dagegen, wenn sie wüßten, daß ich sie habe? Niemand außer Ihnen hat sie je zu sehen bekommen. Sie –«

Sein feines Ohr hörte den Schritt seines Vaters vor dem Zimmer, und er verschwand schnell wie der Blitz. Magnus stand auf, und als Cattistock eintrat, erstaunte es ihn sicherlich, Lehrer und Schüler an entgegengesetzten Enden des Zimmers stehen zu sehen. Aber er sagte nichts.

»Mein Schwager wäre bereit, Mr. Muir«, bemerkte er, ohne weiter in den Raum zu treten. »Ben, zieh deine Jacke wieder an«, wandte er sich an seinen Sohn. »Wir machen einen Spaziergang mit deinem neuen Haustier. Wenn du dafür sorgst, daß er nicht zuviel im Haus ist, wird Lizzie sich nicht an ihm stören.«

Auf der Mahagonistanduhr im Flur von Peninsular Lodge war es Viertel vor eins, als Magnus zusammen mit dem Gründer der Brush-Anstalt das Haus verließ. Er hatte mit Curly ein Treffen um halb eins am Brunnen ausgemacht und danach einen Imbiß im Gasthaus, wo man beide als ehrbares Paar kannte und akzeptierte, woraufhin sie den Nachmittag im Fall guten Wetters bei den prähistorischen, grasüberwachsenen Erdhügeln namens Maiden Castle verbringen wollten, deren rasenbedeckte Wälle sich im Norden von Upwey erhoben und von der Dorchester Road gesäumt wurden. Da es Samstag war, hatten er und Curly, die im Winter in einem der kleinen Läden im Dorf aushalf, den ganzen Tag zur freien Verfügung; und die Vorstellung, sie nach Maiden Castle mitzunehmen, wohin seit seiner Kindheit *er* von seinem Vater mitgenommen worden war, hatte etwas besonders Befriedigendes für ihn.

Weder er noch Daniel Brush war sonderlich gesprächig, als sie durch das Hügelland zu dem abgelegenen Winkel im Herzen der Downs fuhren, an dem die Vorgänger des Doktors ihr Sanatorium errichtet hatten. Zwischen den runden Hügelkuppen ließ sich immer wieder die West Bay in ihrem ganzen Ausmaß erspähen, und Magnus stellte fest, daß das Wetter sich geändert hatte, seit er Brunswick Terrace verlassen hatte, denn inzwischen war die Sonne durch den Nebel hindurch erkennbar, doch so verschwommen und undeutlich, daß er ihre zitronengelbe Scheibe betrachten konnte, ohne daß seine Augen schmerzten. Sein Begleiter wirkte so bescheiden und still und entgegenkommend, und sein eigener Kopf war so voller sanguinischer Hoffnungen bezüglich der Verhandlungen mit Cattistock, daß er, während sie so dahinfuhren, ein wohlvertrautes Gefühl zu verspüren begann – das eigenartige Gefühl, er wäre plötzlich zu enormer Größe angewachsen, wie ein Riese, der diese wunderbare Küste entlanggefahren wurde, während die gelbe Wintersonne über dem Atlantik ihn begleitete. Ihm war, als müßte er nur die Hand ausstrecken, um die große zitronenfarbene Sphäre zu ergreifen. Er erhob sich mit einemmal zur Gänze über all jene Ängstlichkeiten, die seinem Geist solche Fesseln angelegt hatten. Er fühlte sich der Aufgabe gewachsen, es mit seinem Schicksal aufzunehmen, zu heiraten oder nicht, ganz *wie ihm beliebte*, und mit dem majestätischen Geist seines Vaters von gleich zu gleich zu verkehren und nicht als sich krümmender Wurm. Als sie jedoch die Gebäudegruppe erreichten, über die sein Begleiter das Zepter schwang, entwich dem Schwellen seines Wesens die Luft so geschwind wie jenen bunten Ballons, die auf dem Strand von Weymouth verkauft werden.

Was mittlerweile die Brush-Anstalt bildete, verbarg sich an einem so weltabgelegenen Flecken, daß nur wenige Bewohner Weymouths aus der Schar derer, von denen Homer gesagt hätte: »welcher Verstand besitzt, anständige Worte zu reden«, sich je dorthin verirrt hatten, wenngleich die meisten davon gehört hatten. Als seine soliden Mauern sich nun seinen Augen zeigten, konnte Magnus Abscheu und Ekel fast nicht unterdrücken. Allein die Vorstellung, daß diese roten Ziegelgebäude Tiere enthielten, die man lebendigen Leibes sezierte, und unheilbar wahnsinnige Menschen, deren Tod für jeden Beteiligten ein Trost und eine Erleichterung sein mußte, verlieh dem Ort eine so abstoßende Atmosphäre, daß er auf seinem Sitz umherrutschte und Übelkeit verspürte, als harre seiner der Anblick einer Hinrichtung.

»Was für ein Unding«, dachte er, »daß diese Hügel einen so widerwärtigen Ort beherbergen, daß es einen normalen Erwachsenen schaudert, wenn er sich ihm nähern muß!«

»Betrachten Sie meine Blumenbeete?« fragte Daniel Brush ruhig. »Ja, im Herbst habe ich für zehn Pfund Zwiebeln setzen lassen. Im Lauf der Zeit werde ich es zu einem der besten Narzissengärten östlich der Scilly-Inseln bringen. Ich habe mich nämlich auf Narzissen spezialisiert, Mr. Muir, seit ich meinen ersten eigenen Garten besaß.«

Aber Magnus verließ nun alle Weltläufigkeit. Er konnte nur mehr ratlos, verwirrt und stumm dasitzen. Er kam sich wie ein Tier vor und hatte den Eindruck, daß er zum erstenmal das schaudernde Entsetzen verstand, mit dem das Auge des Tiers vor dem Auge des Menschen zurückschreckt. Es schreckt nicht vor dessen beherrschender Größe zurück. Es schreckt vor dessen kaltblütiger, verstandesgebotener Grausamkeit zurück.

Hätte die Naturwissenschaft sich ein abgelegenes Tal in den Chalk Downs aussuchen müssen, um dort ihre Anstalt zu errichten, so hätte sie hier eines der gestalt- und ausdruckslosesten Täler der Gegend gefunden. Die Anlage war so umfassend renoviert worden – denn der Arzt war weit jünger als Magnus, obwohl er um vieles älter als jener wirkte –, daß überall der Geruch von Zement und Mörtel und frischgeschnittenem Bauholz in der Luft hing. Die solideren Teile der Anbauten waren aus hellroten Ziegeln gefertigt, doch was jedermanns Aufmerksamkeit fesselte, war die auffallende Verwendung von Schmiedeeisen und Glas. Zweifellos verliehen das Glas und Schmiedeeisen mitsamt der weißen Farbe der Anstalt eine Ausstrahlung von solch gesundheitsfördernder Makellosigkeit, daß die kleinsten Stäubchen im nachmittäglichen Sonnenlicht wie ungefüge Eindringlinge wirkten und die Häufchen der Stare auf den galvanisierten Dächern sich ausnahmen wie ein Aufstand der Natur.

Als der Wagen vor Dr. Brushs Privatwohnsitz anhielt, einer schmucken, ordentlichen Villa im gotischen Stil inmitten aller Anzeichen eines sorgfältig angelegten Gartens, war es, als hätte dieser Magnus' Gedanken bereits gelesen, denn er machte keinerlei Anstalten, diesen in sein Haus zu bitten. Er beschränkte sich darauf, ihm voller Wärme die Hand zu schütteln und mit freundlicher Stimme zu sagen: »Ich hoffe, wir werden einander in Peninsular Lodge wiederbegegnen, Mr. Muir, und ich hoffe, ich kann Ihnen die Siegespalme zuerkennen, dem kleinen Benny gegenüber ein besserer Psychiater zu sein, als ich es war.«

Magnus, der nicht wollte, daß Cattistocks Dienstbote – mochte er noch so anständig und verständnisvoll wirken – sein Treffen mit Curly beobachtete, wartete, bis der Doktor nicht mehr zu sehen war, und erklärte dem Chauffeur dann, daß er nicht nach Brunswick Terrace gefahren werden wolle.

»Wohin wollen Sie denn, Sir? Mein Herr sagte, ich soll Sie nach Hause fahren. Aber wenn wir schon so weit draußen sind, vielleicht wollen Sie nach Dorchester? Da ist es Samstag abends recht munter.«

»Nein, nein«, sagte Magnus. »Ich sage Ihnen, wohin ich will. Lassen Sie mich bei der alten Kirche in Upwey aussteigen. Ich muß ... dort ... jemanden sehen ... und wenn Sie ... mich nur bis zum Tor ...«

Koste es, was es wolle, er war einfach nicht imstande, diese Worte auf natürliche Weise zu sagen; und diese Unfähigkeit ließ ihm ein unangenehmes Gefühl in die Wangen steigen.

»Die Kirche von Upwey? Sicher doch, Mister! Dahin bringe ich

Sie in weniger als einer Stunde, wenn mein alter Wagen mir nicht noch einen Strich durch die Rechnung macht.«

Sie befanden sich kaum außer Sichtweite der modernisierten Gebäude, als Magnus, der sich neben den Chauffeur gesetzt hatte, sobald der Doktor ihnen den Rücken kehrte, ersteren fragte, was er persönlich von der Brush-Anstalt halte.

»Wären Sie selber lieber dort«, fragte er, »als in einer gewöhnlichen Bezirksanstalt?«

Die braunen Augen des Mannes blitzten ihn mit einem Blick voll schlauen Verstehens an.

»Hier in der Gegend«, sagte er, »heißt die Anstalt des Doktors bei den einfachen Leuten – Sie dürfen nur nicht verraten, daß ich es Ihnen gesagt habe – der ›Höllenpfuhl‹. Das liegt daran, daß sie's nicht besser wissen. Aber es kommt auch daher, daß man dies und das zu hören bekommt und die Irren zu sehen kriegt.«

Magnus schwieg. Einer jener eisigen, finsteren, einem Keil vergleichbaren Panikanfälle, die Menschen mit sitzender Lebensweise auffallend häufiger heimsuchen als aktivere Leute, schnitt ihm plötzlich tief ins Innerste. Er hatte sich soeben selbst als Patienten Dr. Brushs gesehen!

»Angenommen, es wäre mein Schicksal«, dachte er, »die letzten zwanzig Jahre meines Lebens an diesem Ort zu verbringen. *Höllenpfuhl!* Da haben unsere Dörfler den Nagel auf den Kopf getroffen, das muß man ihnen lassen! Das ist das Schlimmste an dieser Art Naturwissenschaft. Sie leistet einer teuflischen Neugier Vorschub. Diese Hingabe an die Pathologie ist keine Hingabe an die Heilkunst, sondern an das Herumexperimentieren.«

Und während der Wagen den Windungen einer weißen kreidigen Straße mitten durch die Downs folgte, begann er im Geist zu spüren, wie leicht er, ähnlich dem armen Sylvanus Cobbold, eine antisoziale Marotte entwickeln konnte, die ihm Auseinandersetzungen mit den Behörden bescheren mußte. Er streckte und straffte seinen Körper, so gut es auf dem beengten Sitz ging, als wolle er durch die körperliche Bewegung den Gedanken an den Höllenpfuhl verscheuchen, doch die irrationale Furcht davor, den Murphys der Brush-Anstalt ausgeliefert zu werden, vermischte sich nun mit seinen Bedenken, Curly zu heiraten, und präsentierte sich ihm als ebendie unerwartete Katastrophe, auf deren Eintreten er hätte schwören können, da er durch seinen Besuch bei Cattistock die friedliche Routine seines Lebens bei Miss Le Fleau durchbrochen hatte.

Es stellte sich heraus, daß der junge Chant eine recht verzwickte Route quer über Land nehmen mußte, um zur Kirche von Upwey zu gelangen. In diesem Teil der Downs waren die Täler eng und kurvenreich, und die grasbewachsenen Abhänge dazwischen waren für Kraftwagen nicht bezwingbar. Folglich geschah es geraume Zeit nach dem mit Curly vereinbarten Zeitpunkt, daß Magnus sich zu guter Letzt allein und zu Fuß dem legendenumwobenen Ort näherte. Als er dem kleinen Pfad zur berühmten Quelle – einem der volkstümlichsten Wunschbrunnen in ganz Westengland – folgte, begann sein Herz schneller zu schlagen. Vor seinem inneren Auge konnte er jetzt ganz deutlich Curlys Kopf sehen, das lockige flachsblonde Haar, das ihr über die Stirn fiel und sich an ihrem weichen Hals kräuselte, so daß die Haut in ihrer Zartheit schier durchsichtig wirkte. Er konnte ihre tiefen veilchenblauen Augen sehen, deren dunkle Wimpern so eigentümlich mit der eierschalenartigen Zerbrechlichkeit ihrer Wangen kontrastierten. Eine berauschende Süße, als hätte die Rauchwolke eines Feuers aus duftenden Blättern Mädchengestalt angenommen, begann ihn zu überfluten, wie es ihm stets widerfuhr, wenn ihr Bild seine Sinne auf eine ganz bestimmte Weise erregte. In seinem Inneren verbarg Magnus eine heftige und satyrhafte Besessenheit, die Curlys Körper galt, eine Besessenheit, wie er sie nie zuvor ob weiblicher Formen verspürt hatte; und mit dieser Besessenheit, die dem ohnmächtigen Begehren der ausgehungerten Sinne eines Mönchs glich, spielte das Mädchen schamlos und übermütig. Nicht daß Curly Wix ein berechnendes oder grausames junges Frauenzimmer gewesen wäre, war sie doch sowohl arglos als auch weichherzig, aber ihre eigenen Sinne blieben bei Magnus' Zärtlichkeiten unbewegt und gelassen, und sie schien offenkundig der Meinung zu sein, die richtige, angemessene und herkömmliche Art, mit ihrem Verehrer umzugehen, bestehe darin, ihn stets zu ermutigen und ihm niemals wirkliche Befriedigung zu gewähren. Es ist durchaus wahrscheinlich, daß der starke Impuls des Satyrs in ihm, den kein anderes Mädchen je zuvor geweckt hatte, ihm die Vorstellung eingab, er *müsse* Curly heiraten. Seit der Stunde, da er erstmals das Wort an sie gerichtet hatte, war er voller Befürchtungen, Ängste und Sorgen gewesen, doch das Begehren nach der Form ihrer Glieder, danach, wie ihr Kopf sich neigte, und danach, wie sie ihm bisweilen erlaubte und bisweilen untersagte, sie auf seine Knie zu nehmen, war immer stark genug gewesen, um diese Ängste zu verscheuchen. Würde sie noch da sein? fragte er sich. Würde er sie in dem kleinen Unterstand sitzend vorfinden, wie er sie so oft gesehen hatte, lange bevor er den Mut aufgebracht hatte, sie anzusprechen?

Er blickte nicht einmal zum Brunnen hin, als er heraufkam. Einmal zumindest in seiner sagenumwobenen Geschichte wurde sein Wasser vom Bewußtsein eines Menschen, der sich ihm näherte, völlig und gänzlich ignoriert! Es gab den Brunnen nicht länger. Durch einen Raum, in dem es keinen Brunnen mehr gab, sondern nur den ungeschlachten Pfosten einer klassizistischen Laube und eine lachende Curly, die aufsprang, um ihm entgegenzulaufen, eilte er zum Eingang der Konstruktion – um das Ganze menschenleer vorzufinden! Er hielt inne, um Luft zu holen und sich niedergeschlagen und hoffnungslos umzusehen. Da fiel sein Blick auf ein Stück weißes Papier, das an den grobbehauenen Tisch geheftet war, an dem er sie letzten Sommer – bevor er es wagte, mehr zu tun, als sie vom Rand des Brunnens aus, wo er saß, zu beobachten – so oft in ihr Buch vertieft oder scheinbar vertieft gesehen hatte. Eilig löste er die kleine Botschaft ab. Sie bestand aus den Worten:

»Bin es müde zu warten! Will nicht allein zum Gasthaus gehen, hole bei Tante Phem Korinthenbrötchen und erwarte Dich am Buchenstumpf oben neben Maiden.«

Für eine halbe Sekunde erhielt der Wunschbrunnen seinen Platz im Raum zurück, während Magnus das Papier zerknüllte, doch nur, um in seinen geheiligten Wassern das Bild Curlys zu spiegeln, die unter den blattlosen Buchen Tante Phems Korinthenbrötchen aß. Keiner all der wilden, verzweifelten, humoristischen, zynischen, flüchtigen, phantastischen, skandalösen Wünsche, die je dem Wasser ins Ohr geflüstert worden waren, konnte ihnen in jener Sekunde in den Augen des einzigen menschlichen Bewußtseins, das ihnen in diesem Augenblick ihre menschliche Realität verlieh, eine andere Existenz zubilligen als die des Spiegels von Curly, die »oben neben Maiden« Korinthenbrötchen aß.

Er eilte davon, drückte seinen Stock in den von der Sonne aufgeweichten Lehm am Straßenrand und ging mit vor Ungeduld beinahe herrischen Schritten zu dem langen, aufwärts führenden Viehweg, der mit einem gewundenen Umweg von zwei Meilen zum Fuß der prähistorischen Befestigungsanlage führte. Sobald er sich seinem Ziel auf etwa eine halbe Meile genähert hatte, war er eifrig bemüht, die Gestalt seines Mädchens vor dem Hintergrund des Baumdickichts auszumachen. Er wußte, daß sie eine bestimmte lange graue Jacke trug, die, wie sie ihm oft erklärt hatte, nicht in Weymouth, sondern bei einem Ausverkauf in Dorchester erstanden worden war, und er wunderte sich, daß sie es offenbar vorzog, sich zwischen den Bäumen zu verstecken, statt ihm von der offenen Hügelkuppe aus zuzuwinken. Er wußte sehr wohl, daß seine eigene näher kommende Gestalt seit mindestens zehn Minuten für sie erkennbar gewesen sein mußte. Warum also stand sie nicht dort, wo er sie sehen konnte, und winkte? Wie wohlvertraut war ihm der Feldweg, der dort oben zum Fuß von Maiden Castle führte! Wie oft hatte er mit seinem Vater diesen Hügel erstiegen! Ja, diesen Grat kannte er, diese grasüberwachsene Befestigung, die nun hinter den Buchen dräute, und zwar zu allen Jahreszeiten. Meistens sah er ihn mit Kohlweißlingen und Dickkopffaltern bevölkert, die an der Küste heimisch waren und an warmen Sommernachmittagen ohne Unterlaß ihre Flügel zu bewegen schienen, wenn er sie durch den Duft des Thymians, den er zertrat, und die schier endlose Weite des blauen Himmels und des fernen Meeres flattern sah. Doch als er jetzt ungeduldig zu dem Grat hochblickte, keuchend vom Klettern und inständig hoffend, daß Curly sich nicht länger verstecken würde, konnte er trotz seiner Begierde auf das Mädchen einen Sinneseindruck, den er immer hatte, wenn er zu Maiden Castle hochstieg, nicht unterdrücken, einen Eindruck, als durchgleite er den endlosen Äther auf einem Stückchen Materie, das nicht wie gewöhnliche Himmelskörper geformt war, sondern nichts anderes war als eine gerippte, befestigte Masse grasbewachsenen Kalksteins, die unter der Führung eines überirdischen Lotsen das Weltall durchquerte, einem geheimnisvollen Ziel entgegen.

Unterdessen jedoch ließ ihm wie ein böses Blutgerinnsel, das gegen sein Gehirn drückte, der Gedanke an die Vivisektion keine Ruhe, der man seiner Überzeugung nach in einem der Gebäude aus Eisen, Glas und hellem Backstein nachging, wo Dr. Brush inmitten der Insassen des Höllenpfuhls das Studium der Pathologie betrieb, und er begann plötzlich eine Geschichte über die Geister der alten Stämme zu spinnen, die diese gewaltige Erdwallfestung errichtet hatten, in der die gefangenen Seelen der Brush-Anstalt sich nächtens, durch den Schlaf befreit, in Scharen nach Maiden Castle stehlen konnten, wo sie zusammen mit einer großen und gespenstischen Meute kauernder, winselnder, schwänzelnder, kriechender, der Folter entronnener Hunde hinter den Phantomkriegern Schutz und Sicherheit genossen, indes ihre Feinde sich

Schwall um Schwall den Hügel hinauf ergossen und sich vergebens bemühten, sie wieder in ihre Gewalt zu bringen.

Es war ihm nicht beschieden, nach seinem langen Aufstieg einen einzigen Blick auf Curly zu erhaschen, bis er sich einen Weg vorbei an den hohen Buchenstämmen, zwischen deren glatten Pfeilern das gelbe diesige Sonnenlicht von der Western Bay wogte, gebahnt hatte; und als er schließlich zu ihr gelangte und sie endlich in die Arme schloß, entdeckte er zu seiner Überraschung, daß ihre kalten Wangen tränenfeucht waren.

»Was ist, Curly? Was ist, mein Herzchen?« Und er begann eine unzusammenhängende und unverständliche Schilderung der Abenteuer, die er an diesem Tag erlebt hatte. »Nimm's dir nicht zu Herzen, Schatz!« wiederholte er immer wieder, während er mitten im Erzählen Luft holte, »nimm's dir doch nicht so zu Herzen! Du weißt, warum ich mir diese Chance nicht entgehen lassen konnte, nicht wahr, das weißt du? Es bedeutet schließlich, daß wir genug Geld haben werden – nicht viel, aber genug –, um zu heiraten.«

Sie unterwarf sich gefügig seiner feurigen Umarmung und ließ ihn die Tränen von ihren Wangen küssen, während sie an einem der hohen Baumstämme lehnten, doch es war eine resignierte Gestalt, die an seinem klopfenden Herzen lag, ihre jungen Brüste waren kalt und leblos, ihre Mädchenglieder schlaff und reglos, und ihre großen Augen mit den dunklen Wimpern begegneten im winterlichen Licht kein einziges Mal seinem Blick. Ihr Blick wanderte über die weite Landschaft, über die Dächer von Upwey, das Tal von Abbotsbury, über den jähen Einschnitt in den Hügeln, wo man im Südosten mit etwas Mühe ein Fleckchen Meer ausmachen konnte, das sich bis St. Alban's Head erstreckte. All ihr gewohnter Mutwille und Übermut, all ihre Keckheit und Neckereien schienen ihr durch die unerbittlichen und entschiedenen Worte: »Nicht viel, aber genug, um zu heiraten« wie ausgetrieben.

Als sie den langen Weg vom Dorf zu diesem Ort gekommen war, hatte sie begonnen nachzudenken, wie sie es noch nie zuvor getan hatte. Und während sie auf ihn wartete, dachte sie weiter nach. Als sie in ihrer grauen Jacke mit ihrem grauen Schal unter den Bäumen saß, mit einer Hand ihre Knie umschlungen hielt und mit der anderen das Korinthenbrötchen zum Mund führte, trug ihr weiches Gesicht, so zart wie eine Eierschale, über das der enganliegende Samthut einen zitternden Schatten warf, den Ausdruck konzentrierten, ratlosen, verstörten und unglücklichen Nachdenkens. Hin und wieder, wenn sie seine dunkle Gestalt beobachtete, die sich in einer Meile Entfernung auf dem kreidigen Viehweg, dem er folgte, wie eine Fliege auf einer schmalen Messerklinge ausnahm, wechselte sie den Platz, um besser im verborgenen zu bleiben. In solchen Augenblicken stand sie auf und richtete, während sie den Strahlen der dunstiggelben Sonne, die über die West Bay zu ihr herüberfielen, den Rücken kehrte, einen äußerst wachsamen Blick auf eine bestimmte Stelle der Straße nach Dorchester, die von dort aus gut einsehbar war. Neben der Hecke am Straßenrand lag ein kleiner runder Teich, und das wäßrige Sonnenlicht, das auf diesen Tümpel fiel, verlieh ihm einen schwachen, traurigen Glanz, ähnlich der Erinnerung an ein glückliches Ereignis, das so lange Zeit zurückliegt, daß es fast schon vergessen ist.

»Ich habe ihm gesagt, wie lächerlich es ist!« dachte sie in ihrem Herzen, als sie verstohlen zur Straße blickte. »Ich habe ihm gesagt, daß Mr. Muir und ich so gut wie verheiratet sind, selbst wenn wir einander noch nicht versprochen sind! O Sip, mein Lieber, mein Liebster, wie konntest du mir so etwas antun? Wie konntest du es fertigbringen, mich damit zu quälen, daß du ihm und mir ausgerechnet heute hinterherspionierst?«

Dann kehrte Curly abermals in ihr Versteck unter einer der Buchen zurück, umschlang abermals ihre Knie mit den Armen, zerknitterte ihre graue Jacke, preßte ihren grauen Rock an die Schienbeine und biß in ihr Brötchen. Und stetig und unbeirrbar kam dieser Fremde mittleren Alters, der sich bereits mit ihr verheiratet wähnte, dieser Bücherwurm, mit dem sie überhaupt nichts gemein hatte, wie eine schwarze Fliege auf einer Messerklinge, die auf ihr Herz gerichtet war, näher und immer näher!

Curly wußte sehr wohl, daß Simon Pym Ballard, genannt Sippy Ballard, der sie gefunden und ihr die Unschuld geraubt hatte, lange bevor Magnus es gewagt hatte, ein Wort an sie zu richten, nie und nimmer und unter keinerlei Voraussetzungen bereit wäre, sie zu heiraten. Der Gerechtigkeit halber muß gesagt werden, daß er aus seiner diesbezüglichen Zurückhaltung nie ein Hehl gemacht hatte. Von Anfang an, seit er ihr zum erstenmal den Kopf verdreht hatte, hatte er ihr klargemacht, daß von ihm nichts zu erwarten war. Sippy Ballard hatte seine eigene launische Art, diese Notwendigkeit zu betonen; und ein tiefwurzelnder weiblicher Drang ließ Curly insgeheim – wenngleich sie sich dies niemals eingestanden hätte – einen selbstquälerischen Genuß daran empfinden, sich als seine Sklavin, sein Spielzeug, seine Leibeigene zu fühlen, die seiner Lust zu dienen hatte, ohne etwas von ihm erwarten zu können.

Sie hatte ihr Brötchen jetzt halb gegessen; doch wie sollte sie ohne etwas, um es hinunterzuspülen, und mit so kummervollem Herzen – denn es war bezeichnend für Sippy, daß er aus purer Bosheit in seinem kleinen Sportwagen herfuhr, nur um ihr bei diesem Rendezvous nachzuspionieren, um sich das nächstemal, wenn er mit ihr allein war, über seinen Nebenbuhler lustig zu machen – noch mehr von diesem trockenen, klebrigen Zeug herunterbringen? Und mit einer ungeduldigen Armbewegung warf sie den Rest fort. »Das ist für die Vögel«, sagte sie laut. Doch die Worte bezeichneten weder ein geistiges noch ein physisches Bild, ob von Vögeln oder sonst etwas. Sie sprachen lediglich vom leidenschaftlichen Wunsch, Magnus ohne Umschweife zu sagen, daß sie ihn auf keinen Fall heiraten konnte. Und auf seine Frage, warum, einfach zu sagen: »Weil *mein Liebster*, mein kluger, frecher, tollkühner, schöner Liebster findet, daß du allzu sonderlich aussiehst und allzu verschroben und wunderlich bist, als daß man dies einem Mädchen zumuten könnte!«

»Nimm es dir nur nicht so zu Herzen, mein Schatz«, flüsterte Magnus von neuem. »Dein Gesicht sah noch nie so schön aus wie jetzt eben. Kleine Curly! Oh, bitte, wende dich nicht ab! Sei nicht länger traurig! Ich versichere dir, daß es nicht meine Schuld war!«

Die weichen, geschmeidigen Glieder unter der grauen Jacke, die vom Ausverkauf in Dorchester stammte, und unter dem kurzen grauen Rock, der eigens für diesen Spaziergang angezogen worden war, blieben passiv und willenlos. Doch durch ein paar verstohlene Schritte unter seinen glühenden Umarmungen war es ihr gelungen, eine Position zu erlangen, aus der sie mit einem Blick über seine Schulter den Streifen Landstraße am Fuß des Hügels im Blick hatte. Inzwischen war das winterliche Sonnenlicht aus dem kleinen Tümpel gewichen, doch die weiße Straßenoberfläche war unverändert; leer, doch schaudernd vor Erwartung bei jedem tiefen Atemzug, den Curly nahm, indes das spöttische Gesicht ihres jungen Verführers ihr vor Augen schwamm.

Infolge des Umstands, daß Magnus' Worte über ihre Heirat und sein Bericht über Cattistock ihre ganze Natur in Verwirrung gestürzt hatten, und auch infolge des Umstands, daß sie jede Sekunde gewärtigte, Sippy Ballards Wagen über das Stück Straße fahren zu sehen und seine Hupe zu vernehmen, die so ganz anders klang als andere Hupen, überließ Curly sich unversehens den Zärtlichkeiten des Lehrers widerstandsloser, als sie es je zuvor getan hatte.

Erregt durch ihre Nachgiebigkeit, die bisher noch stets eine brüske Unterbrechung gefunden hatte, und ihre schweigsame Fügsamkeit als mädchenhafte Einwilligung mißverstehend, wurde Magnus in seinen Liebkosungen mählich kühner und kühner. Wahrhaftig wollte ihm scheinen, während seine Hände süßen Druck auf süßen Druck folgen ließen und seine Lippen über ihre kalten Wangen und ihren warmen Hals glitten – denn sie hielt den Kopf noch immer abgewandt –, als hätte er noch nie zuvor in seinem Leben gespürt, was es heißt, ein gefügiges Mädchen im Arm zu halten. Seine Gefühle waren die eines entflohenen Mönchs, der auf der Flucht von seinem Kloster auf ein wohlwollendes Bauernmädchen stößt, über das er die im Lauf eines ganzen Lebens aufgestauten Liebkosungen ergießen kann. Daß es ihm, Magnus Muir, oder eher seinem namenlosen verborgenen Ich, dem Ich all seiner geheimsten Gefühle, beschieden sein sollte, tatsächlich dieses unvorstellbar entzückende Wesen in seinen Armen zu halten, schien ihm zu aufregend, um wahr zu sein. Was für ein Wunder! Was für ein Rätsel! Daß diese weichen Formen, die er unter der grauen Jacke ertastete, wahrlich und wahrhaftig die Brüste einer jungen Frau waren, Brüste, wie er sie aus der Lektüre seiner antiken Dichter kannte – oh, es schien mehr zu sein, als er zu glauben vermochte! Daß diese Gliedmaßen – welcher Gott hatte sie geformt? –, die Gliedmaßen eines wirklichen Mädchens, warm, lebendig und so sinnenbetörend süß, seinem Entzücken dargeboten wurden, selbst unter Inkaufnahme des doppelten Entfernens des Rocks, der in St. Mary's Street, und der Jacke, die in Dorchester gekauft worden waren, war paradiesisch über alle Vorstellungen hinaus. Und wenn Curlys Körper schon jetzt, geschützt und an ihn gepreßt am Buchenstamm, so hinreißend für ihn war, wie würde es dann erst sein, wenn sie mit ihm im Bett lag, zwischen ihm und der Wand?

Üü-trä-trä! Üü-trä-trä! Was für ein befremdlicher Ton drang da von der Straße hoch? Die Leute ließen sich immer neuen Unfug mit diesen neumodischen Automobilen einfallen! Wahrscheinlich Samstagsausflügler, die zum Markt in Dorchester fuhren.

»Vater, Vater«, dachte er fiebrig, während er sie noch enger an sich drückte und sein Blick zum abschüssigen Grat von Maiden Castle schweifte, »dieses neue Gefühl soll *dich* niemals verdrängen, es soll sich niemals zwischen dich und mich drängen, niemals das beeinträchtigen, was uns verband und immer verbinden wird.«

Üü-trä-trä! Üü-trä-trä!

»Nimm's dir nicht länger zu Herzen, meine Curly, daß ich dich so lange warten ließ. Ich konnte es nicht ändern! Ich tat es nur um unserer Heirat willen.«

Doch das ganze Wesen des Mädchens konzentrierte sich nun darauf, vor ihm seine atemlose Aufregung über die Anwesenheit des Liebhabers unten auf der Straße zu verbergen. Sie wußte sehr wohl, daß Sippy ihre zwei Gestalten hier oben unmöglich sehen konnte, so wenig wie Muir sie beim Ersteigen des Hügels hatte sehen können. Der kleine Teich dort unten, dachte sie, lag mindestens eine Viertelmeile entfernt, und die Buchenstämme bildeten ein sicheres Versteck. Sie konnte Sippy nur allzu deutlich erkennen; Sippy jedoch konnte sie auf keinen Fall sehen, und zweifellos wartete er nun und stellte sich in lebhaften und boshaften Farben die Szene vor, die sich zwischen ihr und Magnus abspielte! Unterdessen war ihr obendrein nur zu bewußt, daß der Lehrer, wenn sie seine Zärtlichkeiten abwehrte, bemerken würde, daß das Automobil unten auf der Straße neben dem Teich einen neugierigen Zuschauer enthielt.

Üü-trä-trä! Üü-trä-trä!

Wie konnte er es nur fertigbringen, so zu hupen, wenn er doch wußte, daß er früher oder später die Aufmerksamkeit ihres Begleiters erregen mußte?

»Es wäre mir nicht möglich«, dachte Magnus, »ein größeres Glücksgefühl als in diesem Augenblick zu empfinden. Warum machen die Leute ein solches Aufheben um die körperliche Vereinigung, wenn es mir bereits die größte denkbare Verzückung bereitet, sie nur im Arm zu halten, sogar in dieser dicken Jacke?«

Sein Blick kehrte immer wieder zu ihrem eierschalenzarten Gesicht zurück mit dem lockigen Haar, das unter der Krempe ihres Samthuts hervorquoll, und die Aufregung in ihrem Gesichtsausdruck deutete er voll Zerknirschung als im langen Warten hier oben auf dem Hügel begründet, das er ihr auferlegt hatte. Als er sie so hielt und ihr Zittern allein dem Ärger über seine Verspätung zuschrieb, fiel Magnus plötzlich auf, daß durch ein neues Zusammenspiel der Elemente mit dem Versinken der dunstigen Sonne in die West Bay das Fragment jener anderen Bucht, die man bei St. Alban's Head in der Ferne ausmachen konnte, einen besonders zaubrigen Schimmer erlangt hatte.

»Ich hätte nicht gedacht«, sagte er sich, »daß man von Maiden Castle so weit sehen kann, und ich glaube nicht, daß es früher möglich war. Ich kann mich nicht entsinnen, daß Vater es erwähnt hat, und das hätte er unweigerlich getan, wenn es der Fall gewesen wäre. Wahrscheinlich wurde eine Lichtung geschaffen oder eine Höhe begradigt, so daß dieses Stück Meereshorizont sichtbar wurde.«

Üü-trä-trä! Üü-trä-trä!

»Alles in meinem Leben steht Spitz auf Knopf«, dachte er, »und alles in meinem Leben war mit Vater und mit dem Meer vermischt – wie still Curly ist. Sie läßt sich von mir halten, als wäre sie in Trance! Wahrscheinlich empfinden Mädchen so, wenn –«

Üü-trä-trä! Üü-trä-trä!

»Was ist mit dem Wagen dort unten los? Warum fährt er nicht weiter? Alles, was ich fühle, hat mit dem Meer und mit Vater zu tun. Und jetzt hat diese Ekstase mit diesem Mädchen mit dem Meer und Vater zu tun. Die Kaurischnecken, von denen er sagte, sie würden bei den Wilden als Geld benutzt, diese Muscheln – wie nannte er sie noch, die so durchsichtig und zerbrechlich waren und aus Perlmutt bestanden? – und die Fetzen weißen Seetangs, die er in den Felstümpeln bei Redcliff Bay fand, und die weißen Seepferdchen, die er mir immer zeigte, wenn er in seinem ganz besonderen Ton sagte: ›Da braut sich ein stürmisches Wetter für heute nacht zusammen, Magnus, mein Junge‹, all diese Dinge empfinde ich nun, wenn ich Curly so halte, und ihr Haar ist genau wie der Lichtschein dort auf dem Meer – falls das dort drüben wirklich das Meer ist!«

Üü-trä-trä! Üü-trä-trä!

»Zum Teufel mit dieser verwünschten Hupe. Aber ich weiß, wer so eine Hupe besitzt, nämlich Sippy Ballard. Aber er würde nicht ein solches Theater machen, wenn sein Wagen streikte. Ich frage mich, ob der Wagen unten eine Panne hat und die Leute diesen Lärm machen, damit ihnen jemand zu Hilfe kommt.«

Er ließ Curly los, als ihm dieser Gedanke kam; doch dann ergriff er ihre Hand, umklammerte sie mit der seinen, blieb für einen Moment reglos stehen und starrte zum Streifen Straße, zum kalten, metallglänzenden kleinen Teich und dem Wagen mit offenem Verdeck und einer einsamen Gestalt darin. Die Sonne war noch nicht im Atlantik versunken, sondern stand gerade so tief, daß sie hinter einer Wolkenbank verschwand, die sich den ganzen westlichen Horizont entlang erstreckte. Der plötzliche Verlust des gelben Lichts, das diesem farblosen Wintertag fast allen Reiz verliehen hatte, führte dazu, daß Magnus – und sogar Curly – nur mehr mit Mühe über die Entfernung hinweg ausmachen konnte, was sich dort unten in Zusammenhang mit dem verschwommen, undeutlich erkennbaren Objekt neben dem fahlen, stahlbleichen Teich abspielte. Und etwas am Vergehen des Sonnenlichts und an der Kühle, die sofort von den welken Buchenblättern zu ihren Füßen auszugehen schien, brachte Magnus, während er ihre Hand hielt, nachdrücklich und erschreckend deutlich Benny Cattistocks gelben Hund ins Gedächtnis und jene anderen Hunde in der Brush-Anstalt, die niemanden hatten, der sie vor der teuflischen Grausamkeit wissenschaftlicher Versuche rettete. Was geschah jetzt mit diesen anderen Hunden? War es für heute vorbei mit dem, was sie täglich zu erdulden hatten ohne die geringste Aussicht auf ein Entkommen, wie Hasen und Füchse sie haben, wenn sie beim Jagdsport gequält werden?

»Die Naturwissenschaften sind weit grausamer als jeder Sport«, dachte Magnus. »Lieber wäre ich eine Stockente, die vom jungen Ballard bei der Entenjagd auf Lodmoor geschossen wird, als ein Hund in der Gewalt von Dr. Brush.«

Üü-trä-trä! Üü-trä-trä!

»Soll ich – sollen wir –«, setzte er an, »den Hügel hinuntergehen, Curly, um nachzusehen, was los ist? Mir scheint, als hätte ich diesen Lärm seit geraumer Zeit gehört. Schau! Da fährt jemand vorbei. Da! Sie haben nicht angehalten! Es kann also nichts Schlimmes sein.«

Er schwieg wieder und drückte die Finger des Mädchens, während Curly in ihrem Herzen inständig flehte, Sippy möge weiterfahren.

»Wenn mir Mutter nicht so fürchterlich auf die Nerven fallen würde«, dachte sie, »und wenn alles so weitergehen könnte, wie es ist, dann würde ich Mr. Muir sagen« – sie nannte ihn insgeheim nach wie vor Mr. Muir –, »daß ich ihn nicht genug mag, um ihn zu heiraten. Aber, du lieber Himmel – die Erleichterung, endlich Mutter los zu sein, und das so schnell! Nicht daß Mr. Muir nicht nett zu mir wäre. Er ist sogar sehr nett. Ich kann ihn gut leiden ... und wenn ich vorsichtig bin und keine Dummheiten mache, kann ich mich weiter mit Sip treffen. Es wird sogar leichter sein, wenn ich erst verheiratet bin ... denn Mutter kann ihn nicht ausstehen. Ich wünschte wahrhaftig, sie hätte die Sache nie herausbekommen. Es ist der einzige Grund, warum sie dahinter her ist, daß ich

Mr. Muir heirate. Sie denkt, Sip könnte mich in Schwierigkeiten bringen. Sie hat keine Ahnung –« Und Curlys Gedanken, verschämt ob dieses Sachverhalts, obwohl sie sonst keine Scham darüber empfand, wie sie mit »Mr. Muir« umsprang, kehrten mit dem Erschrecken des Abscheus zu den Verhütungsvorkehrungen zurück, die ihr skrupelloser junger Liebhaber ihr so unverblümt aufgezwungen hatte.

»Weil du mir weh getan hast«, antwortete sie ungnädig, als Magnus sie fragte, warum sie ihm plötzlich ihre Finger entzog.

»Das wollte ich nicht – Curly, mein Herz – ich wußte nicht – ich dachte an die lange vergangenen Zeiten, wenn ich mit meinem Vater hierherkam.«

Üü-trä-trä! Üü-trä-trä!

In diesem Moment, als er wieder ihre Hand ergreifen und sie sie ihm nicht geben wollte, sah er einen Ausdruck auf ihrem Gesicht, den er bei all seiner Einfalt im Umgang mit Frauen nicht mißdeuten konnte – einen Ausdruck äußerster gereizter Verärgerung.

»Es tut mir leid, Curly«, murmelte er. »Ich vergaß, daß man uns von der Straße aus sehen kann. Komm! Laß uns zurückgehen.«

Doch als sie ihm den Hügel hinunter folgte, sann sie darüber nach, ob sie Sip wirklich nach Belieben würde sehen können, wenn sie mit diesem ernsten, wunderlichen Mann verheiratet war. Und Magnus dachte sich, während sie ihren langen Heimweg begannen, daß Männer, die mehr als ein paar Stunden hintereinander mit ihrem Mädchen rauschhaft glücklich sein können, zu einem Menschenschlag gehören müssen, der sich keine Gedanken darüber macht, was die reizenden Wesen im Inneren bewegt oder was in Institutionen wie der Brush-Anstalt vor sich geht.

Üü-trä-trä! ertönte es triumphierend von der Straße nach Dorchester.

»Der Wagen kann wieder fahren, Curly«, bemerkte er.

»Das können sie meistens«, murmelte Curly Wix seufzend.

5.
Lodmoor

Die bedeutende Fernstraße, die Weymouth östlich von Brunswick Terrace und östlich des großen Steingebäudes namens High House verließ, eine Fernstraße, welche die bescheidene Bezeichnung Preston Road trug – Preston war der erste Weiler, den sie erreichte –, begann ihre lange und gemessene Annäherung an Winfrith und Wareham und Corfe Castle und Poole, indem sie am Rand ausgedehnter Marschen entlangführte, die den Namen Lodmoor erhalten hatten. Alle Besucher Weymouths erinnerten sich an Lodmoor als an ein merkwürdiges und fesselndes Naturschauspiel inmitten ihrer anderen Eindrücke. Vielleicht hatten sie ihm beim Erblicken nicht allzuviel Aufmerksamkeit geschenkt, denn zur Südseite hin grenzen an die Preston Road ein pittoresker grauer Damm und der Kieselstrand, doch später kehrte es mit, wie Thomas Hardy sagen würde, schweigsamer Folgerichtigkeit in ihre Gedanken zurück, und dann erinnerten sie sich daran, wie eindrucksvoll über diese flache Ebene hinweg, wenn man mitten unter ihren torfgeschwängerten Viehwegen auf sie gelangte, der Blick seewärts über das niedrige Dach der Küstenwachstation zur sich auftürmenden Fassade der großen Klippe mit Namen White Nose war und landeinwärts in die Ferne über das wogende Gras der Downs zum White Horse.

In der Mitte zwischen den letzten Häusern der Stadt – zu denen High House zählte – und der scharfen Kurve, die die Straße nach Norden dort machte, wo die Station der Küstenwache sich zwischen Klippenpfad und Felsufer duckte, erhob sich am Straßenrand und am Rand von Lodmoor eine überaus eigentümliche Hütte. Es war nur eine Hütte, die vor den Stürmen des Meeres kaum Schutz bot, doch dem kundigen Auge des Kenners Westenglands enthüllte sie jene besondere Atmosphäre der Vergangenheit, die das Häuschen eines Schlagbaumwärters heraufbeschwört, mag es noch so baufällig und verkommen sein. Dieses melancholische kleine Bauwerk mit seinen weißgetünchten Wänden und seinem schwarzgeteerten Dach, überragt von hohen Reklametafeln, deren Plakate vom Wetter gezeichnet waren, umgab zum Moor hin ein eigenes kleines Grundstück. Zum geschilderten Zeitpunkt bestand es aus einem kleinen Gemüsegarten und einem ansehnlichen Grasflecken, ausreichend, um beträchtlich zur Ernährung einer einsamen braun-weiß gescheckten Kuh beizutragen, die auch im Winter, wenn es nicht zu stürmisch war, hier friedlich graste und sich weder um das Geschrei der Möwen von der Küste her noch um das der Wasservögel vom Moor her scherte.

Die Bewohner der Hütte von Lodmoor waren zu jener Zeit zwei Personen, eine Frau um die dreißig, die man Zigeuner-May nannte, und ein Waisenknabe namens Larry Zed, der nicht recht bei Verstand war und den die Frau unter ihre Obhut genommen hatte.

Eines Morgens, kurze Zeit nach Magnus' Besuch von Maiden Castle, stand Larry Zed lange vor Sonnenaufgang, während die Marschen noch in nassen, gespenstischen Nebel gehüllt waren, in einem klapprigen Holzschuppen, der zur Aufbewahrung des Heus diente, und spähte durch einen Spalt zwischen den altersschwachen Brettern in einen größeren und besser instandgehaltenen Stall hinüber, von wo Blotchy, die Kuh, mit wachem Blick aus ihrem sauberen Strohbett zu ihm zurückstarrte.

»Bist immer wach, wenn ich komm', Blotchy«, murmelte Larry Zed. »Legst wohl nie den Kopf aufs Stroh und schläfst wie ein Toter und läßt dich von der Mondnixe auf den Schoß nehmen und darfst an ihren Tittchen saugen? Läßt dich wohl nie vom Nachtmädchen herzen, so wie ich es nachts herzen tu'? O nein, Blotchy! Die Zigeuner-May meine ich nicht. Herzensgut ist sie, meine liebe, gute May, aber es gibt andere Sachen auf der Welt, Blotchy. Zwischen den Tittchen vom Nachtmädchen ist eine Stelle, weich wie Wolken, wo ich liegen darf, und dich würde es vielleicht auch dort liegen lassen, und du würdest nicht nach ihm stoßen oder treten.«

Die Kuh wußte sehr wohl, daß Larry ihr über kurz oder lang die gewohnte Ration Heu bringen würde, und deshalb warf sie ein paarmal gelassen den Kopf hin und her, kehrte dem Spalt in der Wand die Flanke zu und richtete den Blick auf die Tür.

»Stimmen«, dachte sie, »mögen durch Spalten kommen. Heu kommt durch Türen.«

Ihr Voraussage erwies sich als zutreffend, denn schon schob der junge Zed den großen Holzriegel des Kuhstalls beiseite und brachte das erwartete Heubündel herbei. Bei seinem Eintreten drang ein

Schwall feuchter Morgendämmerung herein, vermischt mit einem eigenartigen, beinahe mystischen Geruch aus dem Schlamm der ausgedehnten Salzmarschen, als hätten die schweigenden Töchter des Alten vom Meere in der Nacht darauf geschlafen. Die Natur hatte es nicht so eingerichtet, daß Blotchy dem Anblick der barhäuptigen menschlichen Gestalt in der Stalltür mehr als ein äußerst vages und diffuses ästhetisches Vergnügen abgewinnen konnte. Dennoch hatte Larrys Gestalt im kalten, weißen Licht, das sie umgab, in dem merkwürdigen Morgendämmerungsgeruch, der mit ihm hereingedrungen war, in der unvergleichlichen Kälte zwischen den Dampfwolken, die an die schlüpfrigen Bewegungen großer kaltblütiger Aale im nassen Schlamm denken ließen, und dem Eindruck, daß in jeder Richtung Tausende regloser winterlicher Moorpflanzen unsichtbar im Nebel standen, eine beinahe mythische Entrücktheit. Larry selbst empfand zweifellos ein lebhaftes sinnliches Vergnügen beim Betreten des Stalls. Seine Nüstern atmeten den köstlichen Duft zertretenen Strohs, gemischt mit dem süßen Atem der Kuh und dem gesunden Geruch von Kuhdung, gemischt auch mit Ausdünstungen bittererer Prägung, die von einem kleinen Haufen Rüben ausgingen, der hinter ein paar Hölzern aufgeschichtet und mit Reisig abgedeckt war.

Wenige Augenblicke darauf hätte man von der Landstraße aus sehen können – nur war die Stunde so früh, daß die Straße menschenleer war –, wie die schmächtige Gestalt des Knaben sich über den tiefen Graben beugte, der das kleine Grundstück der Zigeuner-May vom Rest der Marschen trennte. Er murmelte jetzt leise Verwünschungen vor sich hin – sprach sie wahrhaftig feierlich wie ein umgekehrtes Gebet –, so daß die ersten menschlichen Töne auf Lodmoor in der Morgendämmerung dieses Tages die Verwünschungen eines Knaben waren.

»Mögen Sippy Ballard die Gedärme rausgerissen werden! Möge Sippy Ballard am Hanfstrick aufgehängt werden! Möge Sippy Ballard Jobys Gürtelrosenfurunkel kriegen!, weil er so gemein ist, daß er meine May aus ihrem eigenen Haus jagen will!«

Während er den neuen Beamten verfluchte, der die Rechte der Behörde dort durchsetzen wollte, wo sie durchzusetzen noch keinem Beamten zuvor eingefallen war, begann Larry seine Angelschnüre, die er am Vorabend in das torfschwarze Wasser gehängt hatte, eine nach der anderen einzuholen. Nur an einer einzigen hatte sich Beute verfangen, und bei dieser handelte es sich um einen so kleinen Aal, daß er versucht war, ihn zurückzuwerfen, als er ihn aus dem Wasser zog. Doch Zigeuner-May hatte eine Kundin in Belvedere Crescent, der feinsten Adresse der Stadt, in Form einer Hausbesitzerin namens Mrs. Pengelly, die sich zu diesem Zeitpunkt in einem vorangeschrittenen Stadium der Schwangerschaft befand und die es nach Aal gelüstete, für den sie gut zu zahlen bereit war, und so nahm der junge Zed sein Messer aus der Tasche, öffnete es mit dem Daumennagel und schnitt dem Aal den Kopf ab. Während die Augen im blutigen Aalkopf die zuckende Sarabande anstarrten, die der Aalkörper tanzte, kniete der junge Zed auf dem schwarzen Schlick neben dem Graben und machte sich daran, den halberträṅkten Regenwurm vom Haken zu nehmen, der die glanzlosen Fischaugen genarrt hatte; und nachdem er einen Moment gezögert hatte, um sich zu vergewissern, ob er noch lebte, warf er ihn nicht in den Graben, sondern auf den Schlick neben sich, wo er nach ein paar schwachen Zuckungen reglos dalag, in seinem dunklen Wurmbewußtsein der unbeschreiblichen Erleichterung gewahr, die es bedeutete, vom eisernen Stachel befreit zu sein, und, soweit der junge Zed es beurteilen konnte, vom weißen Nebel, der stoßweise über den Grabenrand strich, nur Trost empfangend. Der junge Zed wischte seine blutbeschmierten Finger an den Stengeln einer kleinen salzigen Pflanze ab, die in großen Mengen ringsum wuchs, und blieb auf den Knien, das Gesicht zur Station der Küstenwache und der weit ferneren White-Nose-Klippe gewandt. Das Zucken des Aalleichnams bereitete ihm Kummer, und auch die Entdeckung, daß der Wurm, der den Aal gefangen hatte, nach einer Nacht am Haken noch immer lebendig war, bereitete ihm Kummer, doch dies waren vergleichsweise schwache Empfindungen angesichts eines gewissen tiefwurzelnden Hasses und erbitterten Widerwillens, dem er jetzt freien Lauf ließ.

Das bestimmte fleischbedeckte Skelett, das in Trigonia House, wie Larry es ausgedrückt hätte, bei »Mutter Monkton kampierte«, war in diesem Augenblick, als es mit dem Kopf auf einem Paar schneeweißer Kissen lag, Gegenstand zweier entgegengesetzter Ströme menschlicher Gefühle. Denn während der junge Zed am Graben kniete, gab sich Curly Wix in Upwey, die nackten Arme hinter dem flachsblonden Kopf verschränkt und mit den von dunklen Wimpern gesäumten Augen durch das Fenster ihres Häuschens in die Morgendämmerung hinausstarrend, einer langanhaltenden Orgie erotischer Sehnsüchte hin, in deren Verlauf der schlaftrunkene Beamte im Haus Mrs. Monktons die Schönheit des Verführers der schönen Helena erhielt.

Larry Zed hingegen, der neben den zuckenden Aalwindungen kniete, den feuchten Nebel vom Meer in seinem roten Haar, sandte gegen den schlafenden Beamten einen so inbrünstigen und geballten Fluch aus, daß dieser, könnten Wünsche töten, ausgereicht hätte, dessen Laufbahn für immer zu beenden.

Es muß eingeräumt werden, daß S. P. Ballards Profil, als er so friedlich im besten Schlafzimmer von Trigonia House lag, die weiße Bettdecke bis unters Kinn gezogen, durchaus eine gewisse jugendliche Schönheit besaß, während der Atem so leicht und zart zwischen den Lippen ging, die so zierlich geschwungen waren »wie Kupidos Bogen«, wie das Sprichwort sagt; denn wenn die Lider des jungen Ballard sich schlossen, verschwand etwas Verräterisches, etwas Gerissenes und Verschlagenes aus seiner Miene und wich einem Ausdruck rührender Unschuld, ähnlich der Unschuld jener florentinischen Engel, die man auf dem Hintergrund so vieler alter italienischer Gemälde sieht. Als die Wellen an diesem Morgen von der Flut zu Brunswick Terrace hergetrieben wurden und am Kieselstrand stiegen und fielen, ohne Schaum zu hinterlassen, drang nur ein leises Meeresrauschen in Sippy Ballards Schlafzimmer. Doch durch das offene Fenster drangen auf den schlafenden jungen Mann jene zwei inbrünstigen Vibrationen des Gefühls ein, die Beschwörung leidenschaftlichen Hasses durch den Knaben, der am Graben kniete, und die Beschwörung selbstvergessener Hingabe des flachsblonden Mädchens in seinem Bett in Upwey.

Larry Zed sprang auf und ergriff den noch immer zuckenden Aalkörper, den er nicht ohne Schwierigkeiten in die Tasche steckte. Er warf den Kopf des Aals in den Graben, ließ die Angelschnur daneben liegen und lief jetzt mit schnellen Schritten über Zigeuner-Mays einsames Fleckchen welker Kohlköpfe hinter dem Haus vorbei, überquerte die Landstraße und kletterte über den Damm. Wie gut kannte er dieses besondere Knirschen und Klirren unter seinen Füßen, wenn er den kieselbestreuten Damm erstieg und auf der anderen Seite herunterstieg! Es schien sein Schicksal zu sein, diesen Sinneseindruck immer dann zu erleben, wenn sein Geist besonders verstört war. Doch heute blieb er oben stehen und stieß ein tiefes, staunendes Stöhnen aus, denn die Nebel der Morgendämmerung über dem Marschland hatten sich zu Truppen und Schwadronen geisterhafter Gestalten aufgelöst, die, während sie aufs offene Meer hinauswehten, zu dünnerem und dünnerem Dunst zerflossen, bis sie sich in nichts aufgelöst hatten;

und es kam Larry vor, als wohne er einem spirituellen Selbstmord bei, als habe ein gespenstischer Jesus, gefolgt von all seinen Jüngern, beschlossen, in den Wellen den Tod zu finden.

Doch kaum waren diese Dunstgespenster vor seinem Auge verschwunden, als ein tiefer, schmaler, karmesinroter Streifen wie eine blutige Narbe auf einer aschgrauen Stirn knapp über dem Horizont sichtbar wurde; und zeitgleich mit dieser Blutspur, die ihn an den enthaupteten Aal denken ließ, manifestierte sich der lange, sauriergleiche Hals von St. Alban's Head wie eine vorsintflutliche Seeschlange am Horizont. Und noch während er hinsah, veränderte der rote Striemen am Meeressaum, der wie eine lange, dünne Spur verkrustenden Blutes aussah, das sich langsam rötete, während die Sonne es von jenseits der Welt schmelzen ließ, seine Beschaffenheit und wurde karmesinrot, und mit ihm wurde eine Schar kleiner Federwolken, die unbemerkt am östlichen Himmel dahingesegelt war, von dieser Pracht erfaßt und erblühte über dem Wasser wie eine sich türmende Kaskade riesenhafter Rosenblätter.

Unmöglich, die ungreifbare Sekunde zu bestimmen, in der sich die nächste Verwandlung ereignete! Doch als wäre der Knabe dazu hypnotisiert worden, einen Sprung vorwärts über einen zeitlichen Abgrund zu tun, bemerkte er plötzlich, ohne die Natur bei ihrem Zauberkunststück zu ertappen, daß der ganze östliche Himmel und mit ihm der ganze Meereshorizont sein Karmesin verloren hatte und golden glänzte. Und was war diese blendende runde Fläche, gerundet wie ein Menschenkopf, die nun von unterhalb der Meeresoberfläche emporschwebte und es dem Knaben unmöglich machte, länger nach Osten zu starren, die machte, daß er blinzeln und die Augen abwenden mußte? Sie schwebte empor, als verfolge sie etwas, als sei sie entschlossen, dieses Etwas von Angesicht zu Angesicht anzustarren und mit Pracht zu überschütten; und Larry hatte den Eindruck, daß das, was sie mit Pracht schmückte, ebenjene Weltenschlange war, die sie von jenseits der Welt ermordet und in deren Blut sie die Welt getaucht hatte. Als er jetzt die Sonne anblinzelte, war ihm, als sei sie keine prachtvolle Kugel, sondern im Gegenteil ein kleines rundes Loch, ähnlich einer Schiffsluke, durch das er, wäre er nicht gezwungen gewesen, den Kopf abzuwenden, geradewegs in den Feuerofen der Ewigkeit hätte hineinsehen können. Aber Larry *war* gezwungen, den Kopf abzuwenden! Er hatte die brennende Öffnung – die ihm das flirrende Blau eines Blitzstrahls zu haben schien – schon ein wenig zu lange angeschaut, und als er den kieselbestreuten Abhang zu Zigeuner-Mays schwarzgeteertem Fischerboot, das er gestern erst auf den Strand gezogen und sorgfältig ausgeschöpft hatte, hinunterstolperte, schienen vor seinen Augen unzählige Widerspiegelungen des blauweißen Himmelslochs zu tanzen, und diese Flammen sprangen wie riesenhafte Sandflöhe über die Kieselsteine und verharrten zuletzt auf dem Schandeck des kleinen Bootes. Er preßte seine Handflächen gegen zwei der derben Holzpflöcke, die als Dollen dienten, lehnte sich vor und starrte die Kiesel hinter dem Boot an. In dieser Haltung verblaßten die fahlen Sonnenkreise allmählich; und Larry stellte erfreut fest, daß es nachts nicht geregnet hatte und das Innere des kleinen Bootes so trocken war, wie er es hinterlassen hatte.

»Heute braucht's keine Plane«, sagte er im Selbstgespräch. »Heute wird's ein Tag mit Königswetter. Ich geh' gleich nach Hause und sag' ihr, daß ich recht hatte und sie nicht; denn sie hat steif und fest behauptet, es würde regnen! Aber nein, die Kleine hat durchgehalten und ist so trocken wie ein Rettungsboot, und ich mach' mir heute wegen ihr nicht das Leben schwer.«

Indem er so mit einer generellen Widerlegung weiblichen Irrens sowohl die Frau als auch ihr Boot ihrer Irrtümer überführt hatte, sandte Larry einen letzten eiligen Blick zu jenem großen Himmelskörper, in dessen Strahlen er und der ganze Strand nun getaucht waren, kehrte dann Sonne und See den Rücken, eilte über die Straße und betrat die Hütte im Moor durch die Vordertür, die nun weit geöffnet war, um den Morgen zu begrüßen. Die Hütte hatte nur zwei Zimmer unten und zwei Zimmer oben, und die Treppe, die aus dem Wohnzimmer, falls man einen Raum so nennen konnte, der alles bis auf die Spülküche war, nach oben führte, ließ in diesem Puppenwohnzimmer weniger Platz als in Blotchys Kuhstall.

»Oh, Fischer, da bist du!« rief Zigeuner-May. Und Larry wußte ob dieser Bezeichnung, die für sie beide eine vage, undeutliche, mystische Bedeutung hatte, daß die Zigeunerin in seelisch aufgewühlter Verfassung war. »Kannst du dir die Hände im Hof waschen? Ich hab' den Spülstein ganz voll, aber gleich wird's fertig sein, also treib dich nicht draußen rum und rede nicht mit Blotchy.«

»Ich hab' nicht mit Blotchy geredet«, erwiderte der junge Zed in vorwurfsvollem Ton, als er hinausging. »Und was soll ich machen, wenn Rowena sich so aufführt? Sie riecht Aalblut! Ja, das riecht sie!«

»Rowena, Rowena!« rief Zigeuner-May, und sie machte ein spezielles klapperndes Geräusch mit der metallenen Milchkanne, das die Katze unfehlbar zu ihr lockte. Die große geschmeidige Katze war ein geheiligtes Tier, denn sie war May als winzig kleines Tigerkätzchen von der berühmten Zigeunerprinzessin Scarletta geschenkt worden.

Kaum hatten die beiden Bewohner der Hütte von Lodmoor sich an ihren Frühstückstisch gesetzt, der auch ihr Küchentisch war und neben der blankpolierten Anrichte stand, bemerkten die umherschweifenden Augen des rothaarigen Larry, daß die Karten, die May zum Wahrsagen benutzte – sowohl die gewöhnlichen Karten als auch die Tarotkarten – ordentlich gestapelt auf einer großen Holztruhe lagen, die stets als Schauplatz dieser gewagten Manipulationen am Schleier der Isis diente. Seit Zigeuner-May sich in der Hütte von Lodmoor niedergelassen hatte – jahrelang ohne Fenster und ohne Dach und allen Elementen ausgesetzt –, hatte sie dem Wanderleben abgeschworen.

Aber sie hatte diese baufällige Unterkunft nicht allein zusammengeflickt und mit den Schätzen aus ihrem Wohnwagen möbliert, um den Waisenknaben Larry in ihre Obhut zu nehmen. Wenngleich ihre Sorge um den jungen Zed einem tiefen, liebevollen Impuls entsprang, war der wahre Grund, daß sie mit ihrer Sippe gebrochen hatte, ihre blinde Liebe zu Sylvanus Cobbold, dessen Reden am Strand von Weymouth sie mit wahrer Leidenschaft verfolgte. Man munkelte sogar, ihre Besessenheit von Sylvanus habe sie dazu gebracht, sich eine Zeitlang mit ihm in seinem Haus in Portland häuslich niederzulassen und ihm dort weit mehr zu opfern als nur ihren Hang zum Umherzigeunern. Das war, bevor sie den jungen Zed vor dem Armenhaus rettete, welche Tat sie erst – so die Gerüchte – vollbrachte, als Sylvanus ihrer Liebe überdrüssig zu werden begann. Seither war es ihr Hauptbestreben gewesen, Larry vor Dr. Brush in Sicherheit zu bringen, denn dieser hielt ihn für einen faszinierenden Fall, und es war ihm tatsächlich gelungen, ihn für eine Woche in den Höllenpfuhl zu entführen; doch nur die nackte Gewalt konnte den Knaben daran hindern, nach Lodmoor zurückzulaufen, und schließlich war die ehemalige Zigeunerin nach Unterzeichnen verschiedener behördlicher Schriftstücke sein anerkannter Vormund geworden.

Das Zigeunerblut der Frau zeigte sich in diesem Augenblick deutlich in den bunten Farben und dem glänzenden Zubehör ihrer Wohnküche; und als die beiden einander gegenübersaßen, ihr Brot mit Rübensirup aßen und ihren Tee tranken, hätten sie sich beinahe in einem Zigeunerwagen befinden können. Zwei hochmütige Porzellanhunde, die aussahen, als hätte man sie von den Torpfosten der Auffahrt des Grafen von Ilchester gestohlen und als könne nur ein Graf oder ein Baron sie dazu bewegen, ihre Verachtung für die Menschheit als solche eine Spur zu mindern, standen zu beiden Enden des untersten Fachs der Anrichte, gleich über dem Ofen, und wenn zwei schwarze Nasen irgend arroganter hochgereckt werden konnten, so schien das Gespräch zwischen den zwei Vogelfreien, deren Anrichte sie die Ehre gaben, ihnen den erforderlichen Antrieb zu geben.

»Kommt sie, um dich zu bitten, daß du zu ihm zurückgehst?« fragte Larry, den Mund voll Brot und Sirup.

Zigeuner-May warf den Kopf beinahe so verächtlich zurück wie die aristokratischen Hunde über ihr.

»Was weiß schon eine wie *die* über das, was zwischen ihm und mir ist? Wie kannst du so dummes Zeug fragen! Ich und Mr. Cobbold, wir verstehen uns, als wären wir Pikkönig und Pikkönigin. Diese Marret, von der ich dir erzählt hab', ist das Mädchen vom Kasperletheater, und sie hat irgendwas zu uns gesagt, als wir letzten August auf der Esplanade waren. Du wolltest natürlich dableiben und dich mit ihr abgeben, aber ich hab' dich von der Bagage weggeholt. Erinnerst du dich nicht an den Sommerabend, Fischer?«

»Ja, ich erinner' mich«, erwiderte der junge Zed. »Sie hat schwarzes Haar, ganz schlängelig und durcheinander, und ihr Gesicht ist kreideweiß wie das von einem Geist. Mar't – so heißt sie! Oh, ich hab' sie schon oft gesehen, wenn dieser Cobbold rumgebrüllt hat; und sie hat ihn mit ihrem kreideweißen Gesicht angeschaut. Warum schickt er sie dann her?«

Die Frau sog die Luft ein, und dann brach eine überaus merkwürdige Erklärung aus ihr hervor – fremdländische Silben, die vielleicht auf Kamelhaarzelte in Afrika zurückgingen.

»-izadek, Larry! *Er* hat sie nicht geschickt! Wenn ich und er uns was zu sagen haben, dann gehen wir hin und tun es! Wir schicken keine kleinen Strandmädchen in der Weltgeschichte herum. Warum glotzt du mich so an, Larry Zed?«

»Ich hab' dich nicht angeglotzt, May; ich hab' nur geguckt; aber deine Augen sprühen so. Und Mar't bringt gar keine Nachrichten von ihm? Nicht ... nichts ... gar nichts! Kommt sie vielleicht, um einen Aal zu kaufen, so einen, wie ich für Mrs. Pengelly einen hab'? Oder kommt sie vielleicht, um mit dem armen Lal Wasserjungfern zu werfen? Oder kommt sie am Ende vielleicht, um sich von dir mit den ägyptischen Karten die Zukunft voraussagen zu lassen?!«

Zigeuner-May riß bei seinen letzten Worten ihre dunklen Augen weit auf. Sie hatte in letzter Zeit wiederholt insgeheim den Verdacht gehegt, der junge Zed sei in Wahrheit »so klug wie Sylvanus« und würde nur für einen Idioten gehalten, wenn Dummköpfe wie Dr. Brush oder Sippy Ballard seine Klugheit als Irresein mißverstanden. Der eigenartige Ausruf mit der fernreichenden Abstammung kam ihr wieder über die Lippen.

»-izadek!« rief sie, stützte das Kinn auf die Handflächen und die Ellbogen auf den Tisch, »-izadek! Du bist nicht etwa ein Zigeuner, Larry, der seine eigenen Eltern nicht kennt? Wie konntest du wissen, daß sie herkommt, um sich von mir die Karten legen zu lassen?«

»Aber sie kommt heute morgen und hat dir nichts von ihm auszurichten? Aber wenn sie nur wegen den Karten kommt, May, warum glänzen dann deine Augen so und warum geht dein Busen so rauf und runter?«

Zigeuner-May starrte ihn in wachsendem Erstaunen an. Viele Frauen, die sich auf diese Weise von einem halbverrückten Knaben ertappt gefühlt hätten, wären in einen Zornesausbruch geraten, aber tief in ihrem Herzen hegte May große Achtung – ja beinahe Ehrfurcht – vor ihrem jugendlichen Schützling; und daß Larry mit einem kühnen Sprung den bodenlosen Ozean ihrer weiblichen Gefühle ergründet und erraten hatte – denn sie vermutete, daß er es erraten *hatte* –, daß sie selbst unter dem Vorwand des Kartenlegens Marret dazu überredet hatte zu kommen, erfüllte sie mit dem Schauder genußvollen Entsetzens, mit dem sie früher den Wahrsagungen der Prinzessin Scarletta gelauscht hatte.

»Kümmer dich um deine eigenen Angelegenheiten, Fischer!« antwortete sie kurz angebunden.

Dennoch schienen die wenigen Schranken, die zwischen diesen sonderbaren Gefährten bestanden haben mochten, gefallen zu sein; denn während sie sich vor dem Eintreffen des mit Spannung erwarteten Besuchs in ihrem Haushalt zu schaffen machten, stellte May Larry aufgeregt eine Frage nach der anderen – wie oft er in letzter Zeit Marret gesehen habe, ob er sie für hübsch halte, ob Sylvanus sich ihr gegenüber normal benehme, ob sie eine schöne Stimme habe. Niemand, der diesen Gesprächspartikeln zugehört hätte, während die beiden ihren Verrichtungen nachgingen, hätte den Jungen für einen Halbidioten gehalten oder hätte geglaubt, daß die Frau um soviel älter war als er. Als sie Kartoffeln schälte, sah Larry sie in eine kurzfristige Trance geraten, aus der heraus sie ihn beschwor, ihm beim geliebten Herzen Jesu zu schwören, daß er nie allein mit Marret gesprochen habe.

Es war beinahe elf Uhr, als die Gestalt der Tochter des Kasperletheaterbesitzers sich in der Tür zeigte; und als sie sich zeigte, weckte dies ein Erstaunen, als hätten die beiden sie nicht den ganzen Morgen erwartet.

»Herein, herein!« rief Zigeuner-May nervös und aufgeregt. »Wo steckt Larry? Oh, hier ist er! Du kennst meinen Larry, nicht wahr? Aber selbst wenn du ihn nicht kennst, er kennt *dich*. Er hat mir erzählt, wie hübsch du bist, und das bist du wahrhaftig! Sieht sie nicht hübsch aus in dem schönen schwarzen Kleid, Larry? Wie alt bist du, mein Schätzchen, wenn eine Zigeunerin dich das fragen darf? Bist du bereit zu hören, was die Zauberkarten einem lieben, hübschen Mädchen verraten können?«

Der Gesichtsausdruck des jungen Zed, als er – fast zum erstenmal – diesen schmeichlerischen, berufsmäßigen Ton in der Stimme seiner Freundin vernahm, war das Resultat widerstrebender Empfindungen. Mit fasziniertem Blick betrachtete er Marret von Kopf bis Fuß, doch aus dem Augenwinkel sahen seine grünen Augen immer wieder nervös und besorgt zu Zigeuner-May hinüber, als sei er sich nicht sicher, was die schmeichlerischen Worte bezweckten. Doch wenngleich das wiederholte »Schätzchen« den Knaben beunruhigte, schien es von der Besucherin ohne jeden Argwohn aufgenommen zu werden. Sie ließ zu, daß man sie in das wohnwagengleiche Wohnzimmer führte, und zeigte keine Verlegenheit, als man sie in den einzigen ansehnlichen Sessel plazierte, direkt unter den in die Luft gereckten schwarzen Nasen auf der Anrichte, während die Truhe mit den zwei Packen Karten darauf neben sie geschoben wurde.

»Die Polizei hat Mr. Cobbold wieder Ärger gemacht«, war der erste Satz, den Zigeuner-Mays überschwengliche Begrüßung ihr zu beenden erlaubte. »Sie wollen ihn bestrafen, weil er auf der Esplanade Versammlungen abhält.«

»Komm rein, Larry! Geh nicht weg. Die Kartengeister können nichts in der Zukunft sehen, wenn nur Weibervolk da ist. Jetzt mach es dir schön gemütlich, Schätzchen, auf Scarlettas Stuhl, und ich misch' die Karten und leg' sie. Scarletta selbst hat es immer gesagt: ›Wenn die Karten wahrsagen sollen, muß was von einem

Mann in der Nähe sein!‹ Setz dich hin, Larry! Setz dich auf den Tisch, wenn's nicht anders geht. So, Schätzchen, jetzt hör gut zu! Während ich die Karten mische, mach' ich die Augen zu, und wenn ich sie ausgebe, kommt der, an den wir denken, näher. Glotz das hübsche Mädchen nicht so an, Larry, während ich die Karten mische. Sie ist von weit her zum Zelt der Zigeuner gekommen, und das Herz in ihrem Körper bringt ihr die Botschaft von denen, die wissen.«

Larry tat, wie ihm geheißen, setzte sich auf die Kante des blankgescheuerten Tischs und schlenkerte mit den Beinen. Marret, die erschreckend weiß war, hielt ihren Blick unverwandt auf das Gesicht der Rivalin geheftet. Zigeuner-May schloß die Augen; sie stand neben der Truhe und begann die Karten zu mischen. Währenddessen herrschte tiefe Stille in der Hütte. Marret, die ihre teilnahmslose Miene wahrte, als weilten ihre Gedanken ganz woanders als bei diesem Vorgang, sagte sich immer wieder: »Er ist sie leid geworden, weil sie so verschlagen ist.«

Der junge Zed, der noch immer mit den Beinen schlenkerte, während er auf dem blankgescheuerten Tisch saß und sich mit beiden Händen an der Tischkante festhielt, betrachtete die Rivalinnen mit andächtigem Interesse und sann über den Unterschied zwischen ihnen nach, denn von den zwei weiblichen Körpern, die einander entgegenlehnten, ging eine wortlose Feindseligkeit aus, die sich unter und hinter ihrem friedlichen Ausdruck und ihrer ruhigen Erwartungshaltung verbarg. Und der unberechenbare Geist des rothaarigen Knaben versetzte sich in das unbekannte Bewußtsein des abwesenden Sylvanus und fragte sich, welche der beiden er anblicken würde, wenn er anwesend wäre. Das Mischen der Tarotkarten – denn nun machte die Zigeunerin sich mit dem bedeutsameren Kartenpäckchen zu schaffen – kam ihm vor wie eine der Begleithandlungen lebloser Dinge, die so oft den Hintergrund seiner eigenen seelischen Konflikte gebildet hatten. Ja, es war wie das Schwanken des Weidenasts über seinem Aaltümpel. Es war wie das Heben und Senken der Plane über ihrem Boot am Strand, wenn der Wind darunter fuhr. Lüstern fragte er sich, ob Sylvanus' ergrauter Kopf wirklich auf beider Busen geruht hatte; der der Älteren war kaum weniger mädchenhaft als der der Jüngeren, und beide zitterten vor unterdrückter Erregung. Er war sich nicht ganz sicher, ob er sich gern an einen dieser Busen schmiegen würde, wenn die Dunkelheit über die Hütte hereinsank, und dennoch schaute er Marret weiter an und wunderte sich.

»Mein Nachtmädchen ist für mich das beste«, seufzte er.

Bald darauf begannen die Tarotkarten mit ihren aufgedeckten Bildern wunderlicher Schicksale die alte Truhe zu bedecken, und das Sonnenlicht fiel durch das Fenster mit seinen kleinen Scheiben auf die Kupferpfannen und die farbenfrohen Matten und die hochnäsigen Hunde, die über die ganze Sache die Nase zu rümpfen schienen, als wollten sie einander zu verstehen geben, daß es sich dabei nur um die Wappenschilder von Schurken handeln könne, und auf das glänzende Schwarz von Mays zerzaustem Haar, während die Karten in ihrer Hand zitterten. Marret saß mit milchigweißen Wangen mit dem Rücken zum Fenster, den Blick ihrer blaßgrauen Augen nicht auf die Karten, sondern auf das Gesicht der anderen gerichtet.

»Sie glaubt daran!« dachte Larry voll mitleidigem Erstaunen; denn wie bei vielen Halbwissern um berühmte Mysterien war seine eigene Haltung zum Wahrsagen seit langem die skeptischer Gleichgültigkeit.

In Mays Händen waren jetzt nur mehr zwei Karten übrig; und mit einer unbewußt feierlichen Geste, die ihr wahrscheinlich aus Zeiten überkommen war, als Agamemnons Leichnam noch ungerächt in seinem goldenen Grab zu Mykene lag, riß sie nun die Augen weit auf und blickte auf die alte Seetruhe, die mit rätselhaften Hieroglyphen bedeckt war, und die abgenutzten, nichtssagenden Rückseiten der zwei Karten, die sie auf Armeslänge von sich entfernt hielt. Die Stille in dem kleinen Zimmer wurde so auffällig, daß der junge Zed aufhörte, mit den Beinen zu schlenkern. Er hatte plötzlich den Eindruck, daß sogar die Stäubchen, die im dichten goldenen Licht tanzten, das an Marrets dunklen Schultern herabströmte und auf die okkultistischen Symbole fiel, diesen Moment angehaltenen Atems entweihten! Rowena, die in einem Wohnwagen aufgewachsen war, verfolgte von ihrem Platz vor dem Ofen die ausgestreckten Arme und das pythische Gebaren ihrer jungen Herrin mit dem undurchdringlichen und gnomischen Blick dessen, der seit Jahrhunderten Komplize bei solchen Dingen ist; und hätte nicht Blotchy, die bei einem Büschel jämmerlichen Straußgrases hinter dem Holzschuppen angepflockt war, das Schweigen im Haus als günstig für ihre eigenen Zwecke erachtet, wäre eine perfekte psychische Auflösung der Situation eingetreten. Doch Blotchys kläglicher Appell, sie an einen anderen Grasflecken zu bringen, brach den Zauber völlig. Und er bewirkte Ärgeres als nur das. Denn die drei – oder vier, will man

Rowena mitzählen – Personen, die so aus ihrer Trance gerissen wurden, benahmen sich, als wäre die Kuh von einem Dämon besessen. Zigeuner-May warf eine ihrer Karten mit achtloser Gebärde hin, als hätte Blotchys Protest der ganzen Sache das Leben genommen.

»Großer Gott!« rief sie: »*Der Mann mit den drei Stäben!*«

Larry sprang vom Tisch, stellte sich neben sie und schlang seine Arme um ihre Taille. Während er dies tat, sah er, daß Marret, die sehr aufrecht in Scarlettas Sessel gesessen hatte, sich über den Tisch vorlehnte, so daß ein paar der rätselhaften Tarotkarten auf den Boden fielen. Dieser Zwischenfall und die Berührung durch den Jungen schien die Verärgerung der Zigeunerin noch zu steigern. Sie warf die letzte Karte so heftig auf die Truhe, daß sie von dort zu Boden fiel. Sie kam neben Marrets Füße zu liegen; diese bückte sich sogleich und suchte nach der Karte. Doch entweder war das Mädchen zu kurzsichtig, um sie zu finden, oder der goldene Sonnenstrahl verwirrte sie durch sein Glitzern – jedenfalls dauerte es einen merklichen Moment, bis sie ihren gebeugten Kopf hob und eine Karte auf den Tisch legte.

Hätte man Larry Zed gezwungen, unter Eid auszusagen, was genau danach geschah, wäre ihm dies äußerst schwer gefallen. Sein erster Eindruck war der, daß beide Frauen, sobald sie sahen, welche Karte es war, alle Karten durcheinanderwarfen, so daß die, um die es ihnen ging, mit ein paar anderen unter den Tisch fiel. Sein zweiter Eindruck jedoch war der, daß Marret, sobald sie sah, welche Karte es war, Zigeuner-May mit aller Macht daran zu hindern suchte, die Karten zu vermischen und auf den Boden zu werfen. Die unmittelbare Folge dessen bestand auf jeden Fall darin, daß Zigeuner-May, deren dunkle Augen im Zimmer umherstarrten, als wären die Wände windgepeitschte Sträucher im Tinkleton-Moor, Marret erbittert beschuldigte, die ganze Sache verdorben und versucht zu haben, die Schicksalsgötter zu betrügen.

»Du hast gesehen, welche es war! Du hast gesehen, welche es war!« rief sie; und Larry, der sie so gut kannte, konnte an einer Muskelbewegung in ihren Schultern, ähnlich dem Zittern im Körper einer Katze, bevor sie springt, erkennen, daß sie vor Zorn außer sich war. Aber es war typisch für diese außergewöhnliche Frau, die ihren Gefühlen nie auf erwartete Weise Luft machte, daß sie unvermittelt begann, Sylvanus zu beschimpfen. »Was bezweckt S. C.«, rief sie, denn sie bezeichnete ihn für gewöhnlich mit seinen Initialen, »damit, die Polizei zu ärgern? Warum kann er nicht seiner Wege gehen und sie ihrer Wege gehen lassen? Sag mir nichts von ihm; sag mir nichts von ihm! Er ist ein Narr, dieser S. C., ein Narr. Er ist nichts als ein Narr!«

Larry konnte einen Anflug der Bewunderung für Marret nicht unterdrücken, als er sah, wie gelassen sie diesen Ausbruch hinnahm. Sie zog sich zwar auf die eine Seite des schiefgeformten Sessels zurück, und ihre blassen Augen wirkten neben ihren weißen Wangen beinahe so dunkel wie die der Zigeunerin; doch sie hatte sich sogleich wieder in der Gewalt, kreuzte die dünnen Arme in ihren engen schwarzen Ärmeln, preßte sie an ihren flachen Busen und begann sich hocherhobenen Kopfes zu verteidigen.

»Ich hab' *nicht* gesehen, welche es war! Wie können Sie nur so dummes Zeug sagen? Ich kann keine einzige von diesen verrückten Karten von den anderen unterscheiden. Das sind keine normalen Karten. Das sind Karten des Teufels. Und wenn ich einen Galgen auf der Karte gesehen hab', dann hab' ich noch lange nicht spioniert, weil sie nämlich auf den Boden gefallen war. Außerdem gibt es mehr Galgen auf der Welt als die von Ihren dummen Karten.«

Larry sah, wie Zigeuner-Mays rechter Ellbogen vielsagend vibrierte.

»Bitte nicht, May, liebe, gute May, bitte nicht«, keuchte er.

Doch in diesem Augenblick boten die Bewegungen der großen Tigerkatze eine neue Ablenkung.

»Schau nur!« rief Larry, »Schau nur! Schau dir die Katze an!«

Tatsächlich war Rowena aus einem unbegreiflichen Widerspruchsgeist heraus dem Mädchen vom Kasperletheater auf den Schoß gesprungen; und dort rollte sie sich laut schnurrend aufs gelassenste und unergründlichste zusammen. Larry Zed stand hinter seiner Freundin und betrachtete diese Szene voll stummer Verwunderung. Das weißwangige Mädchen beugte sich über die Katze und streichelte sie; und dem Knaben kam zu Bewußtsein, wie unberechenbar sowohl Katzen als auch Frauen sein können, wenn sie sich undurchsichtiger Mittel bedienen, um die von ihnen angestrebten Ziele zu erreichen. Unvermittelt trat die Zigeunerin einen Schritt auf den Sessel zu.

»Es war *der Gehängte* ... das war die letzte Karte«, flüsterte sie stockend, mit lauter und feierlicher Stimme, als wäre die Benennung dieses furchterregenden Symbols ein Frevel. »Und das hast du gewußt! Hast du nicht gehört, Larry, wie sie gesagt hat, daß es mehr Galgen gibt als die von meinen Karten? Sie hat den Hanswurst gemeint und daß er wegen seiner Frau gehängt wird. Wegen seiner Frau gehängt! – und dabei war es der *Gehängte* von meinen großen ägyptischen Tarotkarten, der hingefallen ist ... keine Puppe von einem Puppentheater, sondern ... der ... Gehängte!«

Larry schämte sich seiner Freundin. So verwirrt sein eigener armer Geist auch war, spürte er doch, daß all diese Aufregung über eine Karte kindisch und unwürdig war. Mit Erleichterung sah er, daß die Zigeunerin plötzlich beiseite trat und die Kurbel einer Spieldose drehte, wobei sie immer noch irgend etwas über S. C. brummte. Rowena lag unterdessen auf Marrets Schoß im Sessel der toten Scarletta, ohne die geringste Reaktion auf die dünnen, schwachen, elfenhaften Töne zu zeigen, die ihre Herrin erzeugte. Es fiel Larry auf, wie still auch Marret saß, die nur mit einer Hand geistesabwesend die Katze streichelte, während die andere Hand schlaff und wie leblos dalag. Die Spieldose klimperte ihre sehnsüchtige Melodie.

»Wie schwarz ihre Wimpern sind!« dachte er. »Tut sie so, als wäre sie eingeschlafen?«

Marrets Wimpern, die auf ihre gespenstisch bleichen Wangen gesenkt lagen, ähnelten in der Tat jenen »erdvergessenen Augenlidern«, die kein Erwachen mehr kennen; doch dieses scheinbare Phänomen war eine Täuschung. Ihre Augen waren sehr wohl geöffnet. Sie sah zu Rowena hinunter und dachte angestrengt nach.

»Willst du mir keine Antwort geben?« rief Zigeuner-May und beendete die Musik. Da Marret jedoch stumm blieb, begann sie nun ungeduldig die Haarnadeln aus ihrem Haar zu entfernen. Zed war diese abrupten Ausbrüche einer Laune, die man kaum als Eitelkeit hätte bezeichnen können, so sehr gewohnt, daß er nur leise seufzte, als er sah, daß sie vor ihren einzigen kleinen Spiegel trat, bedächtig ihre schwarzen Flechten löste und sie ebenso bedächtig wieder aufsteckte und mit den Haarnadeln befestigte.

»Jerry Cobbold hat sich mit allen anderen gegen ihn verschworen«, lauteten die Worte, die mit einemmal von Marrets Lippen kamen.

»Da steckt dieses Weib dahinter«, murmelte die Zigeunerin. Und zu Larrys Überraschung schlug sie plötzlich wieder ihren Geschäftston an. »Ich hab' die ägyptischen Karten über sie befragt, Schätzchen. Weder du noch ich, noch irgendein anderes Mädchen, was ihn liebt, muß sich wegen ihr Gedanken machen. Wenn je ein Mensch von den Geistersehern gezeichnet und besiegelt wurde, dann Lucinda Poxwell. Wie sie Jerry dazu bringen konnte, sie zu heiraten, das wird man nie begreifen. Aber Jerry wird es überleben, und merk dir meine Worte, Schätzchen, er wird die kleine Tossty heiraten, nach der er so verrückt ist.«

»Ja, es ist Tossty«, erwiderte Marret, während Larry sich mit einem erleichterten Gähnen an den Tisch lehnte. »Mein Vater sagt, alle Theaterleute sagen, daß Tossty seine Freundin ist, obwohl ich immer gedacht hab', daß er hinter Tissty her wäre.«

Von einem ihrer unerklärlichen Impulse getrieben, öffnete Zigeuner-May eine Schublade der Anrichte, ohne sich um die hochmütigen Hunde über ihrem Kopf zu kümmern, und holte ein karmesinrotes Samtband heraus, das sie sich um den Kopf wand. Ihre dunklen Augen funkelten triumphierend, als sie sich nun Marret zuwandte.

»Ich und S. C.«, erklärte sie, »sagen niemandem, was wir tun würden, wenn alle Welt sich gegen uns stellen und die Polizei uns einsperren täte. Nein, von so was reden wir nicht; aber wenn er festgenommen würde, dann wüßte ich das, und nicht durch die Karten; und wenn ich festgenommen würde, dann wüßte er das! Er soll sich ruhig mit soviel kleinen Strandmädchen amüsieren, wie er will, aber wenn er festgenommen würde, wäre es seine Zigeuner-May, nach der er rufen würde, genau wie ich, wenn ich festgenommen würde, nach ihm rufen würde – nach ihm, ja!, nach ihm, nicht nach meinem armen Larry hier.«

»Mr. Cobbold sagt, es würde etwas Neues auf die Welt herniederkommen«, bemerkte Marret gemessen und bedächtig, als wiederholte sie etwas Auswendiggelerntes, »und er sagt, das wäre der Heilige Geist!«

Zigeuner-Mays Miene sah stolzer und verächtlicher aus denn je.

»Solche Sachen«, rief sie, »kriegt jedermann von ihm zu hören, wenn er auf dem Strand predigt; und mit solchen Sachen speist er seine kleinen Strandmädchen ab, die ihm nachlaufen. Aber ich wäre mir zu gut dafür, irgendeinem lebenden Wesen – ja, nicht einmal meinem Larry hier! – zu erzählen, welche Geheimnisse er wirklich hat. Da gibt es keinen Heiligen Geist, Marret, mein Schätzchen. Aber er und ich halten es für das klügste, kleinen Mädchen zu erzählen, was kleine Mädchen hören wollen und begreifen können!«

»Es ist unrecht und es ist ungehörig«, gab Marret mit vibrierender Stimme zurück, »mit den Teufelskarten über ihn zu spielen.

Mag sein, daß Ihre Karten Erhängen und Begraben für solche voraussagen können, die nicht in der Furcht Gottes wandeln, aber wenn –«

»Ich weiß, was du denkst, du Milchgesicht!« unterbrach sie die Zigeunerin in erbittertem leisen Ton, wobei sie sich über das Mädchen im Sessel beugte. »Du denkst, der Gehängte wäre die letzte Karte gewesen. Du denkst« – hier senkte sie ihre Stimme zu einem durchdringenden Flüstern –, »diese Karte hätte mit ihm zu tun gehabt. Das hat sie aber nicht; damit waren ganz andere Leute gemeint.«

Marret schwieg; sie senkte wieder die Lider und streichelte verstockt die Katze, während ihre Linke – welche die ganze Zeit über möglicherweise deutlicher von ihren Gefühlen kündete als alles andere – reglos, passiv, hiflos und wie tot am Rand ihres Schoßes lag.

»Warum sagst du denn nichts, Schätzchen?« fragte die Zigeunerin sie jetzt in dem eigenartig einschmeichelnden Ton, der in Larrys Ohren so unnatürlich klang.

Marrets reglose Hand bewegte sich plötzlich, und unter dem jämmerlichen Muhen von Blotchy, das sich allmählich zu einem dauerhaften Hintergrundgeräusch entwickelte, sah das Mädchen vom Kasperletheater seiner Rivalin in die Augen und sagte mit leiser, tonloser, unbeteiligter Stimme Worte, die fielen, als sei sie es, die diesmal schicksalsträchtige Karten austeilte:

»Er sagt, er würde Sie gerne noch einmal sehen. Er hat mir gesagt, daß ich Ihnen das sagen soll. Er sagte: ›Sag ihr, daß ich sie sprechen will, bevor ich ins Gefängnis komme.‹ Er wollte damit sagen –«, sie räusperte sich und hob die Katze von ihrem Schoß und setzte sie bedächtig und behutsam auf den Boden, »daß die Polizei ihn holt, wenn er weiter auf der Esplanade predigt.«

Zigeuner-May wurde augenblicklich totenstill.

»Er ... hat ... dich hergeschickt«, flüsterte sie heiser, »um mich rufen zu lassen? Ich würde nicht hingehen, weil *du* mich drum bittest – nein, selbst wenn er –«, ihre Stimme modulierte eine Art tonlosen Gesangs, »dem Tod durch Erhängen ins Auge blicken müßte ... wie der Mann auf meiner ägyptischen Karte!«

Etwas am Ton ihrer Herrin veranlaßte Rowena, sich der erregten Frau zu nähern und ihren schlanken Körper an ihren Beinen zu reiben; doch noch während die Zigeunerin sich in halbbewußter Erwiderung dieses Appells bückte, hob die Katze den Kopf und wandte ihn zur Tür der Hütte. Ja! Draußen hatte jemand angehalten. Der Motor eines Automobils war in der Stille zu vernehmen. Dann verstummte er; und als May und der Knabe einander ansahen, wurde laut an die Tür geklopft.

Während Larry und May dem Erscheinen des Mädchens aus dem Kasperletheater entgegengefiebert hatten, hatte der selbstgenügsame Verfasser der *Philosophie der Repräsentation* die hohe, breite Treppe erstiegen, die zum obersten Geschoß von High House führte. Er erklomm diese Stufen mit fester, unerschütterlicher und dennoch zerstreuter Entschlossenheit.

Mr. Gaul machte solche vormittäglichen Besuche auch bei seinen ältesten Freunden in Weymouth nur selten; am Vorabend hatte er jedoch ein Gespräch mit Magnus Muir geführt, das ihn beträchtlich beunruhigt hatte, so außergewöhnlich beunruhigt, daß ihm die gewohnte Gelassenheit seines Geistes völlig abhanden gekommen war; und da er sich außerstande sah, seiner Arbeit nachzugehen, hatte er beschlossen, einen Wink seiner Vermieterin – deren Neugier auf die Gesellschafterin Mrs. Cobbolds nicht eben gering war – zu befolgen und seine vertane Arbeitszeit im Dienste dessen zu verwenden, was man den verzehrenden Appetit von Trigonia House nennen könnte. Es ist allerdings bedauerlich, daß die scharfsichtige Mrs. Monkton und auch Mr. Ballard nicht Augenzeugen der Begegnung zwischen dem Abgesandten von Brunswick Terrace und der Prinzipalin der neuen Gesellschafterin sein konnten, denn ihnen wären an Lucindas Gebaren und Worten weit mehr interessante und verräterische Einzelheiten aufgefallen, als zu entdecken ein philosophisch veranlagter Einsiedler den Scharfsinn besaß.

»Es mag ja gut und schön sein, an Heimweh und dergleichen mehr zu laborieren«, hatte er nun die Ehre, von seiner Gastgeberin zu erfahren, »aber mir einfach die kalte Schulter zu zeigen und ohne einen Mucks am Schreibtisch zu sitzen, als hätte ich weiß Gott was verbrochen – das ist mehr, als man sich bieten lassen kann.«

»Wo ist Jerry?« fragte der Besucher.

»Nicht da«, sagte sie lakonisch. »Er ist nie da, wenn sich Ärger zusammenbraut. Aber die Wahrheit ist, daß Jerry zur Zeit selber Ärger hat. Die Polizei hat ihn seines Bruders wegen vorgeladen. Jerry hat jetzt endlich die Geduld mit ihm verloren ... jedenfalls hoffe ich das! Wenn er nicht die Geduld eines Engels gehabt hätte und ich die Geduld eines – nun ja, was auch immer –, dann hätten wir schon längst zugelassen, daß sie ihn hinter Schloß und Riegel stecken. Jerry behauptet, er wäre verrückt, aber ich glaube das nicht. Ich glaube, daß er sich nur so aufführt, um Jerry und mich lächerlich zu machen und um uns bei jedermann hier unmöglich zu machen. Ich habe Jerry gesagt, daß ich es ihm nie vergebe, wenn er noch einmal für ihn ›bürgt‹, wie man das nennt, oder was auch immer. Und ich würde es schon dreimal nicht tun! Ich habe genug von ihm und von dem Aufheben, das sie um ihn machen. Je früher sie ihn einsperren, desto besser. Ich frage mich wirklich, wieso *wir* für ihn verantwortlich sein sollen, während es ihm eine Freude ist, jawohl, eine Freude, uns vor der ganzen Stadt lächerlich zu machen! Ich habe Jerry gesagt, daß er ihnen unmißverständlich klarmachen soll, daß wir nichts mehr mit ihm zu tun haben wollen, und ich glaube, er wird es tun. Je früher sie ihn in Gewahrsam nehmen und in eine Anstalt stecken, desto besser. Wenn Jerry sich mit der Bezirksanstalt nicht anfreunden kann, gibt es ja noch Dr. Brushs Heim. Natürlich müssen wir für die Kosten aufkommen. Aber das bin ich ja gewohnt. Wenn nicht hierfür, dann –«

Sie unterbrach sich abrupt und lauschte auf ein Geräusch, das für Mr. Gaul nicht vernehmbar war. Sie stand mit leicht gehobenen Brauen da und blickte zur Tür; und Mr. Gaul, der seinen Hut und seinen Stock umklammerte – denn es hätte seinen Prinzipien widersprochen, so wichtige Komplemente seiner Persönlichkeit der Garderobe anderer Leute zu überantworten –, fühlte sich undeutlich – denn seine Bildung war rudimentärer Art – an Klytämnestra erinnert, die auf einer Anhöhe auf das Zeichen eines Feuers wartet. Sie war in dunkles Grün gekleidet und wirkte jünger, zugleich jedoch auch geheimnisvoller als in Abendkleidung und mit dem Reif um die Stirn. Vielleicht bewirkten ihre hohe Stirn und das schimmernde Blauschwarz ihres Haars, daß ihr Besucher an Klytämnestra denken mußte, doch für einen psychologisch geschulteren Beobachter als Richard wäre das wahre Rätsel die Frage gewesen, wie jemand, den allem Anschein nach solch unwürdige Besorgnisse plagten, gleichzeitig mit einem dunklen und schrecklichen Geschick ringen konnte.

Mr. Gaul, der es besser hätte wissen müssen, aber – wie es weniger klugen Menschen als ihm häufig genug widerfahren ist –, durch die nahe Gefahr in Versuchung geraten, auf eine Weise ins Fettnäpfchen trat, wie es niemand anders in Weymouth fertiggebracht hätte, fragte ohne Umschweife, wie es Captain Poxwell gehe. Zwei kleine Flecken Farbe zeigten sich auf den Wangen der

Frau, als sie mit einem Lächeln wie dem einer Wachsfigur auf einem Piedestal antwortete, ihrem Vater gehe es gesundheitlich besser als je zuvor.

»Wie schade«, fügte sie hinzu, »daß er solche Vorbehalte gegen die zweite Ehe meiner Schwester hat. Jerry und ich finden beide, daß es so gut für alle wäre, und für Daisy wäre es eine feine Sache, wenn sie den kleinen Cattistock zum Spielgefährten hätte.«

Mr. Gaul schenkte diesen Worten einen viel zu wörtlichen Glauben; denn Lucinda, die von ihren eigenen Geheimnissen völlig absorbiert war, konnte nur deshalb von Daisy sprechen, als sei sie im gleichen Alter wie Benny, weil beide Kinder für sie keinerlei Realität besaßen, sondern Namen für Phantomgestalten waren, die nicht mehr zu bedeuten hatten als irgendwelche Bilder auf einem Proszenium im Theater, wenn der Vorhang sich hebt.

»Ich glaube«, verhaspelte sich nun der taktlose Gelehrte, »Mr. Cattistock trägt sich mit dem Gedanken, einen Privatlehrer für Benny zu engagieren.«

Nun war es Mr. Gaul sehr wohl bewußt, daß es ihm nicht zustand, seinen Freund Magnus zu verraten; und doch wußte er ebensogut, daß er dieser Tochter unbedingt helfen mußte, seine unkluge Erwähnung ihres Vaters zu vergessen, denn so waren die verworrenen Verantwortlichkeiten menschlicher Konversation beschaffen. Den Schaden aber hatte er angerichtet; und während sie ihn mit Hut, Stock und allem übrigen zum nächsten Sessel winkte, blieb sie selbst stehen und fuhr langsam mit der Fingerspitze über einen großen Opal, den sie auf der Brust trug, und starrte leeren Blicks vor sich hin. Und ihr Geist pochte auf eine bestimmte Szene in ihrer schrecklichen Vergangenheit, als wäre er ein Geier, der ein Stück stinkendes Aas davonträgt, um es in Ruhe zu verzehren, und grub seine scharfen spirituellen Krallen mit selbstzerfleischender Grausamkeit hinein. Sie sah die verhaßte hervortretende Ader am langen Hals ihres Vaters, diese verwelkte, energische, übermännliche peitschengleiche Ader, die sie so besonders verabscheute! Sie sah seinen unsteten Blick, in dem die besondere fanatische Konzentration glühte, die wie ein Zahn an ihr nagte; doch sie sah diese Dinge unter dem Aspekt, daß sie – nicht er – den anderen beherrschte. Sie sah die Halsader und den elektrischen Blick als gelähmt, dem zersetzenden Bann dessen ausgesetzt, was sie bewirkte. Während ihre Finger den Opal streichelten und ihr großer Kopf sich ein wenig nach vorne neigte, sah sie die roten Kohlen in dem vertrauten Zimmer, das Captain Poxwell seine Kajüte nannte, und sie sah, oh, wie deutlich! das große Lacktablett voller Muschelschalen aus den Felstümpeln unterhalb von Sandsfoot Castle, das er dort aufbewahrte. Sie sah die eigenartigen kleinen Schneckenhäuser, die man Kaurimuscheln nennt, für die er eine so große Vorliebe hatte, und sie sah eine schwache Schmeißfliege über diesen Muscheln kreisen, die sich gerne auf ihnen niedergelassen hätte, aber von ihrem bitteren Meeresgeruch davon abgehalten wurde. Der rote Widerschein der Kohlen war die einzige Beleuchtung im Zimmer. Wie merkwürdig, daß ihre Sinne sich nach all diesen Jahren so klar und deutlich – oh, sie war die Tochter dieses geisteskranken männlichen Lebewesens!, dieses Halses, der aussah wie eine Peitschenschnur! – des Anblicks dieser Fliege entsannen. Ja, sie summte und summte und kreiste schwerfällig – es war eine geschwächte, halbtote Fliege – all die langen Stunden hindurch, die dahinrannen, wie der Regen in jener Nacht draußen vor dem Fenster rann ... plop-plop, plop-plop, plop-plop, plop-plop ..., und flog in die Dunkelheit hinein und aus der Dunkelheit hinaus, und das war es, was auch ihre Gedanken unablässig taten. Es lag nicht nur an der Peitschenschnur, die sein Hals war, nicht nur daran, daß in seinen Augen dieses spezifisch Männliche, geisteskrank Männliche war, daß sie ihn zur Ader gelassen hatte, ihn gedemütigt hatte, sein bißchen Verstand in die Hände genommen und bis zum Zerreißen gedehnt hatte; es lag daran, daß das Haus, die Straße, das alte Schloß, die Felstümpel, der Regen, die Wellen, das Leuchtschiff, der Hafendamm sich in eine große, anschwellende, klagende, dräuende Finsternis verwandelt hatten, die undurchdringlich, majestätisch, unwiderstehlich war! In diese Dunkelheit und aus ihr hinaus flog die entkräftete Schmeißfliege im Meeresgeruch der Kaurischnecken, und in diese Dunkelheit und aus ihr hinaus flog ihr eigener Geist. Muscheln waren etwas Eigenartiges. Ihre Schwester – die künftige Mrs. Cattistock – konnte nicht verstehen, wie ein Mann Muscheln sammeln und auf kleine Kistchen stecken konnte. Aber sie konnte das sehr wohl verstehen! Wenn man Kaurischnecken in der Hand hielt, konnte man diese majestätische Finsternis, diese Finsternis, die war, als stehe das Meer aufrecht, nach eigenem Gutdünken betreten und verlassen, ohne schwach zu werden wie die Fliege. Er war an allem schuld – an allem! Er hätte diese peitschenschnurgleiche Ader schröpfen sollen und sie nicht mit einem Auge quälen, das wie ein Leuchtschiff war. Was er ihr antun wollte und nicht zu tun wagte, das tat sie ihm an. Doch immer war sie sein

Opfer. Er hätte dem Blinken des Leuchtschiffs ein Ende machen können, wenn er gewollt hätte. Er wußte genau, was er tat, wenn er sich von ihr aushorchen ließ. Er konnte morgen gesund sein, wenn er wollte. Er glaubte, es quäle sie zu wissen, daß er Kaurischnecken auf kleine Kartons steckte. Aber zwischen ihnen herrschten völlig klare Verhältnisse. Jeder, mit dem sie sprach, wußte, wie klar! Diese Närrin, dieses Fräulein Wane, war zu selbstsüchtig, um ihr zuzuhören. Jeder, der sich die Mühe gab zuzuhören, konnte ihren Standpunkt verstehen, konnte verstehen, daß es ihm weit mehr Freude machte, sie mit seinen kleinen Kartons zu quälen, als es ihr machen konnte, mit einem Mann zusammenzuleben, der nicht einmal bereit war, mit ihr zu schlafen, und sich, wie jedermann wußte, zum Sklaven dieser Dirne gemacht hatte, die sich Tossty nannte.

»Sagen Sie Jerry bitte, daß es mir leid tut, daß er mir durch die Finger geschlüpft ist«, bemerkte in diesem Moment der Besucher.

»Durch die Finger geschlüpft?« wiederholte sie. »Durch die Finger geschlüpft? Verzeihen Sie – Jerry durch die Finger geschlüpft? Oh, ja, natürlich!«

Sie trat einen Schritt auf den Tisch zu und begann mit den wächsernen Blüten eines Gardenienstraußes zu spielen, der dort in einer grünen Vase stand. Sie drehte sich zu ihm um und konfrontierte ihn mit einer verblüffend irrelevanten Frage.

»Haben Sie das neue Varieté im Regent's schon gesehen, Dick? Es heißt, es komme beim Publikum recht gut an; und ich wüßte gern, was ein Mann – ein Mann, der weniger voreingenommen ist als Jerry – von den Tanzkünsten dieser Tossty hält. Ich habe die beiden nur ein einziges Mal zusammen auftreten sehen, und ich muß gestehen, daß ich Tissty bei weitem besser fand. Natürlich ist keine der beiden –«

Mr. Gaul konnte seine Brille gar nicht schnell genug abnehmen. Die verwischten Konturen eines getrübten Blicks schienen ihm die beste Ausflucht, um einem so gefährlichen Thema zu entkommen. Doch als er nun Lucinda betrachtete, die vor den Gardenien stand, da wollte ihre glatte weiße Stirn, die so überaus intellektuell und spirituell wirkte, diese Stirn, die der berühmte Bischof von Südwessex bei ihrer Konfirmation mit so ungewöhnlich liebevoller Hand gesegnet hatte, als eines der schamlosesten Dinge erscheinen, die ihm je zu Augen gekommen waren!

»Tissty«, fuhr Lucinda fort, noch immer vor der Blumenvase, »ist auf jeden Fall die weitaus hübschere der beiden; und wenn eine von ihnen überhaupt einen Funken Talent hat, dann sie. Die andere ist eher ... finden Sie nicht auch, Dick ... das, was die Zeitungen von Weymouth früher ein ›schmuckes Weibsbild‹ genannt hätten. Sie macht dem Rang schöne Augen. Sie flirtet mit dem Parterre. Aber was das Tanzen oder Spielen betrifft – aber natürlich hat sie Jerry den Kopf verdreht, genau wie dem Publikum. Unser Jerry hat mit seinen Frauen noch nie guten Geschmack bewiesen.«

»Nicht einmal, als –«, entgegnete Mr. Gaul ritterlich genug mit der Andeutung einer altmodischen, steifen Verbeugung über dem Hut, den er auf den Knien hielt.

»Da am allerwenigsten«, sagte die Dame lachend und zuckte wegwerfend die Schultern in fremdartig anmutender Weise. »Aber das Bedauerliche an Jerry ist –«

Sie wurde unterbrochen, als Perdita eintrat, zum Ausgehen gekleidet, und, während sie noch die Zimmertür öffnete, in jenem besonderen Ton angespannter, aber ruhiger Verzweiflung, den nervöse Menschen als Ergebnis langwährender innerer Kämpfe annehmen, bereits zu sprechen begann.

»Es macht Ihnen hoffentlich nichts aus, Mrs. Cobbold, wenn ich –«, doch als sie Richards ansichtig wurde, verstummte sie.

Lucinda verwandelte sich im Handumdrehen von jemandem, den man mit Klytämnestra verwechseln konnte, in die bezaubernde und huldvolle Gastgeberin, die eine junge Frau mit einem jungen Mann bekannt macht.

Mr. Gaul dachte insgeheim, als er Perdita die Hand gab:

»Ich muß, wenn ich zu dem gelange, was wir heutzutage unter Mönchstum verstehen, ein eigenes Kapitel darauf verwenden darzulegen, wie es dazu kam, daß die Mönche früherer Zeiten Frauen mit dem Teufel in Zusammenhang brachten. Ich glaube, daß ich es da mit einem tiefgehenden metaphysischen Rätsel zu tun habe – aber das erfordert gründliches Nachdenken. Lucinda ist schier nicht wiederzuerkennen als die, die sie vorhin war! Und so verändern sie sich die ganze Zeit. Die kleine Miss Monkton tut es ebenso wie ihre Mutter. Daisy Lily tut es auch, ebenso wie ihre Mutter. Und ich kann sehen, daß es den armen alten Magnus bei seiner Miss Wix noch um den Verstand bringt. Sie repräsentieren den *Wechsel*. Jene Philosophen, die meinen, sie stünden für die bewahrenden Kräfte des Lebens, sind im Irrtum. Jede Frau erschafft beständig Dinge aus dem Nichts. Die Parthenogenese ist ihnen naturgemäß! Wir versuchen die Naturgesetze zu entdecken und dann zu befolgen, Frauen jedoch widersetzen sich instinktiv aller Gesetzmäßigkeit. Sie sind, was Goethe den Teufel von sich sagen läßt. Sie sind des Chaos wunderliche Töchter.«

Während diese Gedanken durch den Schädel des Philosophen schwirrten, hatte Lucinda ihn Perdita so herzlich vorgestellt, als wäre diese ihre eigene Tochter, und ging in ihrer Schmeichelei sogar so weit, Perditas schmales Handgelenk in seinem engen schwarzen Ärmel mit der Spitzenmanschette zu streicheln.

»Und Sie wollen ausgehen, meine Liebe?« sagte sie obenhin, als sei es ihr einziges Trachten, den Launen hübscher Gesellschafterinnen zu willfahren.

Perdita, die zugelassen hatte, daß der junge Mann ihre Hand ergriff, und die ihn mit einem schnellen, aufmerksamen Blick gemustert hatte, war nun wieder genug Herrin ihrer selbst, um leise und in weniger angespanntem Ton zu sagen, daß sie eine Drogerie aufsuchen müsse.

»Ja, was für eine glückliche Fügung!« rief Lucinda fröhlich. »Mr. Gaul ist genau der Richtige, um uns zu helfen. Den Gefallen tun Sie mir doch, Dick? Der Laden in der Dorchester Road ist der, den ich zu besuchen pflege. Aber vielleicht möchten Sie Miss Wane ein paar unserer anderen Läden zeigen. Sie hat ja noch gar nichts von der Stadt zu sehen bekommen. Begleiten Sie sie doch bis St. Mary's Street, wenn Sie keine anderweitigen Verpflichtungen haben, nicht wahr?«

Und so kam es – obwohl Perdita dem jungen Mann nur die allernotwendigste Höflichkeit entgegenbrachte –, daß man schon bald beide Gestalten die Straße zwischen der Statue Königin Victorias und der Kirche von St. John's überqueren und ihre Schritte zum Schaufenster einer Drogerie lenken sehen konnte, in dem – der Laden gehörte einem alteingesessenen Apotheker – zwei der größten Glasgefäße standen, die das Mädchen jemals zu sehen bekommen hatte, das eine mit grüner, das andere mit purpurroter Flüssigkeit gefüllt. All die unterschiedlichen Gegenstände, die sie wahrnahm, dienten nur als Hintergrund ihrer jammervollen Geistesverfassung, als die heraldischen »Wappenhalter«, wie man sagen könnte, ihres verzehrenden Kummers. Ihre Traurigkeit bemächtigte sich des hohen Kirchturms, dessen graue Anmaßung auf Meilen ringsumher ein so bekanntes Wahrzeichen auf Land und See geworden war, bemächtigte sich der bronzierten kaiserlichen Dame, bemächtigte sich der zwei juwelengleichen Symbole der Wunder der Chemie und ließ sie diese einen langen und nach hinten enger werdenden perspektivischen Ausblick verzweifelter Entscheidungen entlangbefördern.

»Ich ertrage es«, sagte sie sich, »keinen Tag länger; und nach Guernsey gehe ich ebenfalls nicht zurück. Ich werde kündigen und mir eine andere Stelle suchen. Ich frage mich, ob dieser Mann –«

Sie standen vor dem Laden, und sie wandte sich zu ihm um.

»Gehen Sie bitte nicht fort, Mr. Gaul! Ich muß Sie etwas fragen.«

Mr. Gaul nahm die Brille ab und beschrieb mit ihr eine Bewegung, als zeichne er ein Wort des Mitgefühls in die Luft.

»Ich werde hier auf Sie warten«, sagte er und stellte sich mitten vor dem Schaufenster auf. Während er wartete, versuchte er, etwas Ordnung in seine recht verstreuten Gedanken zu bringen. »Sie ist nicht glücklich«, war seine Schlußfolgerung. »Sie ist nicht glücklich bei Lucinda. Ich muß ihr einen vernünftigen Rat geben.«

Daß es ihm schwerfiel zu entscheiden, welche konkrete Form diese weise Unterstützung finden sollte, bewies eine vage Bewegung der Hand, die noch immer seine Brille hielt, jenen bunten Gegenständen entgegen, die hinter der Glasscheibe so grün und purpurn leuchteten. Dessen gewahr, daß er nun undeutlich die schlanke, dunkle Gestalt erkennen konte, die allein an der Theke stand, drehte er sich eilends um und sah zur Rückseite von Brunswick Terrace.

»In der Stadt kann ich nicht mit ihr sprechen«, dachte er. »Ich muß einen Spaziergang mit ihr machen.«

In den geheimen Tiefen seines arglosen Geistes verbarg Mr. Gaul eine nicht geringe Eitelkeit auf seine Eigenschaft als praktischer Ratgeber für unglückliche junge Damen. Er hatte sich schon oft eingeredet, wie verständig er handeln würde, wenn er eines Nachts mutterseelenallein einer lebensmüden Straßendirne an einem menschenleeren Strandabschnitt begegnen würde. Miss Wane war keine Straßendirne, aber sie war offenkundig sehr unglücklich ... Nachdem sie einen kleinen Flakon Eau de Cologne erstanden hatte – denn je größer ihre Sorgen waren, um so freigebiger verwendete sie diesen Duft –, blieb Perdita einen Augenblick stehen, bevor sie den Laden verließ, um *ihre* Gedanken zu ordnen, die zweifellos beträchtlich verwirrter waren als die Mr. Gauls.

»Das schlimmste ist nicht, daß sie wahnsinnig ist«, überlegte sie nun, während sie die chemischen Bezeichnungen auf den Glasgefäßen in den Regalen las und zugleich nicht las, »und auch nicht, daß sie in diesem gräßlichen Morgenrock in mein Zimmer eindringt und mich keine Nacht schlafen läßt. Ich glaube, sie ist ein bißchen verrückt, aber nicht so ... nicht so ...«, und Perdita versuchte für sich selbst zu definieren, in welcher Weise Mrs. Cobbolds Geistesgestörtheit sie bewegt haben mochte, während sie die gesundheitsfördernden Gerüche einer fröhlichen Reihe verschiedenster Seifen einatmete. »In Wahrheit«, dachte sie weiter, denn sie verlängerte absichtlich ihren Aufenthalt in diesem Zufluchtsort unter all den Zaubertränklein und Beruhigungsmitteln und Palliativen für jegliche menschliche Not, »in Wahrheit verhält es sich so, daß von dieser Frau etwas zutiefst und erschreckend *Böses* ausgeht; nicht irgend etwas, was sie getan hat, denn ich weiß gar nicht, ob sie irgend etwas getan hat, sondern ihre ganze Haltung sich selbst gegenüber kündet davon. Sie hat etwas durch und durch *Falsches* – was mehr ist als bloßes theatralisches Gehabe; letzteres könnte mich nicht so erschrecken, aber ihre Falschheit ist die der furchterregendsten Art von Verbrechern, etwas, was nichts Menschliches mehr ist und zugleich nicht im entferntesten animalisch.«

Nun, da sie ihre Reaktion definiert und ihr Unwohlsein analysiert hatte, fühlte sie sich weniger gedemütigt ob ihres Versagens in High House und ging zur Ladentür.

»Es tut mir sehr leid, daß Sie so lange warten mußten, Mr. Gaul!« murmelte sie beim Herauskommen. »Aber ich wollte Sie etwas fragen ... wenn ich darf ... können wir uns irgendwo für einen Moment setzen ... vielleicht dort in der Kirche?«

Die Vorstellung, daß diese Fremde St. John's ernstlich als geeigneten Ort für eine säkulare Unterhaltung vorschlug, sagte Mr. Gauls Grillenhaftigkeit zu, obwohl er nicht hätte sagen können, ob die Kirche überhaupt geöffnet war; doch sie ließ es ihm noch geratener erscheinen, das Mädchen auf einen richtigen Spaziergang mitzunehmen, und so kam es, daß er beschloß, ihr Lodmoor vorzuschlagen, das tatsächlich, wenn er sie nicht über den Hafen nach Fort Nothe bringen wollte, der naheste Ort war, an dem sie ungestört sein konnten. Er blickte zu Perdita, während sein rundes Gesicht strahlte, weil ihm diese glückliche Lösung ihres Dilemmas eingefallen war.

»Ich zeige Ihnen Lodmoor«, verkündete er so feierlich, als hätte er gesagt: »Ich zeige Ihnen das Grabmal des Caratacus.«

»Ich würde es gerne sehen«, sagte sie dankbar, und die mitfühlende Ernsthaftigkeit seines Gebarens flößte ihr so viel Vertrauen ein, daß sie sich nicht mit der Frage aufhielt, um was für ein Naturschauspiel es sich bei diesem »Lodmoor« handeln mochte.

»Er ist nett«, dachte sie. »Er ist wirklich nett. Vielleicht kann er mir helfen.«

So richteten jene unsichtbaren Kräfte, die sich in dem verkörpern, was wir Zufall nennen, es ein, daß Perdita Wane und Richard Gaul wenige Minuten, nachdem sie High House verlassen hatten, abermals im Schatten des imposanten Steingebäudes zu sehen waren. Diesmal jedoch gingen sie daran vorbei, und schon bald befanden sie sich auf der langen, ebenen Straße, die zwischen Lodmoor und dem Damm verläuft.

»Sie konnten nicht wissen – das könnte niemand aufgrund von ein, zwei Briefen –, was Sie bei den Cobbolds erwarten würde.«

Als sie an der niedrigen grauen Mauer nebeneinander gingen, wagte er diese kühne Bemerkung.

»Ich glaube«, sagte Perdita nach kurzem Zögern, »daß sie etwas Schreckliches auf dem Gewissen hat.«

Mr. Gaul war sprachlos. Hatte das Mädchen bereits all den morbiden Schauermärchen sein Ohr geliehen, die in der Stadt über diese Dame in Umlauf waren? Er suchte nach einer Überleitung zu einem weniger persönlichen Meinungsaustausch, doch ihm fiel nichts ein als das Kapitel der *Philosophie der Repräsentation*, mit dem er beschäftigt gewesen war, als Magnus Muir ihn mit seinem Gerede darüber, daß er ein Ladenmädchen heiraten wolle, in Verwirrung gestürzt hatte. Es war erstaunlich, wie unmöglich es war, sich aus unerfreulichen Dingen herauszuhalten, selbst wenn man sich keinen Deut vom eigenen ruhigen Kurs fortbewegte.

»Ich schreibe ein Buch«, bemerkte er mit Nachdruck.

Perdita sah ihn ein wenig verlegen an.

»Ein Buch?« murmelte sie. »Ist es« – und mit einer abrupten geistigen Umwälzung versuchte sie sich Mr. Gaul als Verfasser von Romanen vorzustellen, doch es wollte ihr einfach nicht gelingen –, »ein Buch mit Essays?«

»Nicht wirklich«, erwiderte er. »Nun gut! Eigentlich geht es um ein philosophisches System.«

Vor dem Hintergrund der düsteren Ödnis neben ihr, die seinen Worten zufolge Lodmoor hieß, und angesichts des Vordergrunds gewisser Mienenspiele Mrs. Cobbolds nahm sich ein »philosophisches System« als einer der beruhigendsten Bestandteile des Geschehens von Weymouth aus, die ihr bisher untergekommen waren.

»Ich würde vermutlich nicht verstehen«, sagte sie, »worin Ihr Grundgedanke besteht, auch wenn Sie es mir zu erklären versuchten.« Und sie dachte in ihrem Herzen: »Er *ist* nett. Ich glaube, ich werde ihn einfach fragen, wo ich eine andere Stelle finden kann.«

»Jedes System«, erwiderte Mr. Gaul, »ist erklärbar. Jedes System besitzt einen *Schlüsselbegriff.* Der meine lautet Repräsentation. Wenn der moderne Mensch die Existenz Gottes oder eines Lebens nach dem Tode oder des freien Willens leugnet, dann sage ich, daß es in den wahren Tiefen des Lebens – wenngleich höchstwahrscheinlich außerhalb der materiellen Welt – etwas gibt, was dergleichen Dinge ›repräsentiert‹. Ich sage nicht: was ihnen genau entspricht, o nein; aber es repräsentiert sie doch soweit, daß es all jenen Sehnsüchten in unserer Natur entspricht, die diese verwegenen Konzepte teils entdeckt, teils erfunden haben.«

Er hielt inne, um Luft zu holen, verlangsamte jedoch nicht seinen Schritt, dem das Mädchen an seiner Seite kaum zu folgen wußte.

»Ja«, sagte sie atemlos.

Doch sie fühlte sich nun ein gutes Stück weniger unglücklich – nicht dank irgendeines praktischen Rats, den Mr. Gaul ihr gegeben hätte, der bei der leisesten Erwähnung dessen, worum es ging, sofort zu Ausflüchten gegriffen hatte, sondern wegen des arglosen Charmes seiner entwaffnenden Persönlichkeit.

»Und es erfüllt sie nicht weniger«, fuhr er fort, während das Mädchen im Bemühen, mit ihm Schritt zu halten, sich hilflos fragte, was »es« und »sie« bezeichnen mochten, »sondern besser. Nehmen wir nur den Begriff ›Gott‹. Die wahre Grundlage dieser Vorstellung hat nichts von der düsteren Furcht, der unwürdigen Unterwürfigkeit, der knechtischen Kriecherei, der moralischen Feigheit, wie sie die menschliche Verkommenheit sich in Zusammenhang damit hat zuschulden kommen lassen.«

»Ich ... bin ... mir ... sicher, daß Sie ... recht haben, Mr. Gaul.«

»Sie verstehen, was ich sagen will, nicht wahr?« sprach seine Stimme weiter. »Die große Leistung besteht darin, unsere grundlegenden menschlichen Bedürfnisse einer Feuerprobe zu unterziehen, bis wir ihr wahres Wesen herausgefiltert haben. Und dieses Wesen, wenn wir es erst einmal herausgefiltert haben, wird den alten Gefühlen, die Begriffe wie ›Gott‹, ›Unsterblichkeit‹ oder ›freier Wille‹ zu wecken pflegten, weit mehr ähneln als irgendwelchen saft- und kraftlosen Formeln des modernen Wissenschaftsjargons. Sie verstehen, was ich sagen will, nicht wahr?«

»Ja, Mr. Gaul.« Und in ihrem Herzen dachte sie: »Wenn wir erst umkehren, wird er meine dummen Antworten leid sein, und *dann* kann ich ihn um seinen Rat für eine neue Stelle bitten.«

Doch sogar Mr. Gauls Fähigkeit, sich dem Druck unmittelbarer Phänomene zu entziehen, wurde nun durch das plötzliche, mit viel Geräusch verbundene Anhalten eines kleinen Automobils mit offenem Verdeck neben ihnen gestört. Der Fahrer des Wagens betätigte beim Bremsen seine Hupe so kraftvoll, als sei er der Ansicht, die *vox humana* allein reiche nicht aus, um die Aufmerksamkeit eines peripatetischen Philosophen, der einer Schülerin einen Vortrag hielt, zu erlangen. Und dann wandte Sippy Ballard sich von seinem Sitz aus an die beiden. Es war die Laune eines Augenblicks, denn er beabsichtigte einen Einfall in der Hütte von Lodmoor in seiner offiziellen Funktion. Doch Richards Unwille, sich mit ihm abzugeben, hatte seine Hartnäckigkeit angestachelt, und hier bot sich ihm die Gelegenheit, seine Neugier ob der neuen Gesellschafterin zu befriedigen.

»Ein schöner Morgen, Mr. Gaul!«

Der junge Mann wandte sich um und beäugte den unerwünschten Eindringling.

»Verzeihung?«

»Ich sagte, ein schöner Morgen für einen Spaziergang.«

Mr. Gaul nahm die Brille ab und sah unbestimmt in die Ferne.

»Gehen Sie bis zur Küstenwache?«

Mr. Gaul trat einen Schritt vor, um sich schützend zwischen Perdita und den aufdringlichen jungen Mann zu stellen.

»Die alte West Bay hat sich heute mächtig rausgeputzt, was?«

Diese Bemerkung war nicht weniger an Mr. Gauls Begleiterin als an diesen gewandt, doch Perdita, die annahm, daß eine zufällige Begegnung zwischen zwei Einwohnern von Weymouth nichts mit ihr zu tun habe, trat leichten Fußes auf den niedrigen Damm neben ihr und gab vor, das Meer zu betrachten. Durch dieses unerwartete Manöver nicht wenig verblüfft, richtete auch Sippy Ballard den Blick aufs Meer.

»Herrlich klare Sicht – zum White Nore rüber«, sagte er.

»Es heißt White *Nose*«, verbesserte ihn Richard Gaul, ohne die Miene zu verziehen.

»Na ja! Ob Nose oder Nore, ich muß weiter«, sagte der Automobilist munter, »oder kann ich Sie mitnehmen?«

Mr. Gaul setzte die Brille wieder auf seine eigeneNase und erwiderte, Automobile seien zweifellos ein hervorragendes Beförderungsmittel, er jedoch ziehe die Füße vor.

»Ich werde der Zigeunerin einen Besuch abstatten«, bemerkte der Störenfried, der seinen Motor anließ. »Halten mich ganz schön auf Trab, unsere Stadtväter!« Und mit diesen Worten fuhr er los.

Gaul blickte zu seiner Begleiterin, und als er sah, daß sie es vorzuziehen schien, auf dem Damm weiterzugehen, tat er ihr galanterweise den Gefallen, in langsamerem Schritt als zuvor neben ihr auf dem engen Weg zu wandeln.

»Sie täten besser daran, die Frau in Ruhe zu lassen«, rief er zu ihr hoch. »Aber neue Besen kehren gut. Er wohnt im gleichen Haus wie ich«, fügte er entschuldigend hinzu. »Er ist ein aufdringlicher Zeitgenosse.«

»Den Eindruck hatte ich auch«, sagte lachend Perdita, die ein kindliches Vergnügen am Gehen auf der Mauer empfand. Ihre Laune hob sich so sehr, daß sie sich sogar gestattete, an den Jobber zu denken, wie er das Stück Seetang ins Meer warf. »Vielleicht«, dachte sie, »sollte ich dieser Frau doch noch eine letzte Chance geben.«

Mr. Ballard hatte recht gehabt mit seinen Worten über die herrlich klare Sicht an diesem Vormittag. Vor ihnen, als sie nun schweigend gingen – denn Richard konnte seine philosophischen Ideen nicht zu einem Mädchen auf einer Mauer hochbrüllen, und er begann sogar ein leises sinnliches Vergnügen am Anblick der schlanken Beine zu empfinden, die sich über ihm auf der Mauer bewegten –, erstreckte sich die ganze schimmernde Bucht, die nach Osten in den bemerkenswertesten Klippen endete, den geologisch abwechslungsreichsten und in der Großartigkeit ihrer Ausbuchtungen monumentalsten Klippen, die sich an der ganzen Küste Englands finden lassen. Diese edlen Klippen, die sich hinter dem schwarz-weißgemusterten Gebäude, das gemeinhin »Küstenwache« hieß und nun von Perditas Blick erfaßt wurde, aufzutürmen begannen, erstreckten sich weit nach Südosten, am eindrucksvollen Vorsprung von White Nose vorbei, bis sie bei St. Alban's Head endeten.

Als die junge Frau den Damm entlangschritt, vergnügte sie sich damit, verschiedene lose Kieselsteine, die Stürme vor kurzem auf die graue Oberfläche dieses Walls befördert hatten, mit dem Fuß zum Strand hinunterzustoßen. An manchen Stellen mußte sie allerdings nicht nur Geröllansammlungen, sondern Flecken losen Sandes und zerbrochene Muschelschalen überqueren. Hin und wieder schweifte ihr Blick von den Klippen vor ihr nach Norden, wo er über die weiten Salzmarschen glitt, die an die Straße grenzten. Ein einziges Objekt unterbrach auf der landeinwärts gelegenen Straßenseite die düstere Eintönigkeit des schilfbewachsenen Flachlandes, und das war die Hütte, die zur Zeit von Zigeuner-May bewohnt wurde und in diesem Augenblick, wie Perdita aus der Ferne sehen konnte, denn sie hatte den Wagen bemerkt, der neben der verfallenen Verschalung und den verfallenen Schuppen stand, von dem jugendlichen Beamten heimgesucht wurde. Abgesehen von dieser kleinen Baulichkeit dehnten die Moore sich in ebenjener ununterbrochenen Trostlosigkeit aus, die Perdita ganz besonders ansprach. Binsenbewachsene Sümpfe, deren brackiger Schlamm sich unter hohen wogenden Gräsern verbarg, wechselten ab mit Beeten von Moorpflanzen mit graugrünen Blättern und tiefroten Stengeln, so klein wie Moose, wiederum unterbrochen von dunklen Flächen düster glimmenden Torfbodens, auf dem wenig oder keine Vegetation gedieh. Hie und da wuchsen einzelne pflanzliche Amphibien – halb Pflanze, halb Seetang – mit feuchten, fetten, salzigen Stengeln am Rand des breiten schwarzen Grabens, der Lodmoor von der Landstraße trennte, und bildeten einen auffälligen Kontrast zu den höheren und strengeren Strandgewächsen, die trotz ihres winterlichen Winterschlafs – insbesondere im Fall von Leinkraut und Strand-Lichtnelke – noch immer mit vereinzelten welken Blütenblättern und vielen ungebeugten Stengeln »der Unbill der Wetter« die Stirn boten.

»Ich habe ihr nicht deutlich genug erklärt«, dachte Mr. Gaul, »daß in jeder menschlichen Seele etwas ist, was sich dem Zugriff der astronomischen Welt entzieht. Das ist der Punkt, um den es geht.«

Das angenehm warme Gefühl, das ihm der Anblick von Perditas Beinen verursachte – was für ein glücklicher Einfall von ihr es war, oben auf der Mauer zu gehen! –, schien sein Nachsinnen nicht zu beeinträchtigen. Die leise Wärme undeutlichen Wohlbefindens, die es in ihm ausbreitete, schien mit unübertroffener Deutlichkeit darauf hinzuweisen, daß alle materiellen Gegenstände unwirklich waren neben der geistigen Aktivität, in der sie wie schaukelndes Treibholz in einer ungreifbaren Strömung drifteten. Mr. Gaul, der Philosoph war und nicht Novize der Heiligmäßigkeit, fühlte sich keineswegs bemüßigt, davon Abstand zu nehmen, Perditas Beine zu betrachten, und die Harmonie, in der seine Gedanken sich dabei von selbst ordneten, schien es nachgerade zu rechtfertigen.

»Der Geist ist alles«, sagte sich Mr. Gaul, und er begann das fließende Sichausweiten des geistigen Spiegels zu spüren, in dem all diese Dinge – der schmale Pfad am Straßenrand, der graue kieselbestreute Damm, die schwarzen Strümpfe des Mädchens, das mehrere Meilen entfernte Bild des berühmten White Horse, das in die Kreidefelsen der Downs eingeschnitten war – mit klaren Gedankenräumen über und unter sich schwebten, alle vom selben unergründlichen Geheimnis umwoben.

Wurden die Gedanken ihres Begleiters bis auf das Vergnügen, ihre Beine zu betrachten, solchermaßen idealisiert, hatten Perditas Gedanken, während sie auf dem Mauerrücken dahinschritt, begonnen, sich ganz in den einzelnen Dingen zu verlieren, die sie ansah. Seit ihrer Kindheit hatte sie oftmals dieses natürliche Zaubermittel gegen menschliches Unglück angewandt und ersetzte nun mit Erfolg Mrs. Cobbolds Gesicht, das ihr auf der Seele lastete, durch unbelebte Dinge. Ihre Gedanken wurden zu Kieseln; sie wurden zu Sand; sie wurden zu Wellen; sie wurden zu Möwenschreien. Ihre Gedanken wurden zum scharfen, bitteren, überwältigenden Geruch der Haufen alten Seetangs. Sie wurden zu dem eigentümlichen Rascheln – einem Rascheln, das wie ein Geräusch war, das einem durch Mark und Bein geht – der abschüssigen kieseligen Böschung unter ihr. Sie wurden zu den eigenartigen, unbeschreiblichen Lüften, die über das Moor wehten – Gerüche wie von tausend Jahren sich zersetzender Vegetation und abermals tausend Jahren des Festwerdens dieser zersetzten Masse.

Indem die Gedankengänge dieses Paares solchermaßen beschaffen waren, ließe sich beinahe sagen, daß die zwei ursprünglichen Symbole des männlichen und des weiblichen Geistes sich Sippy Ballards leerem Wagen näherten, zur einen Hand das Meer, zur anderen Lodmoor. Es waren zwei ureigene Formen des Schweigens, die sich da näherten, ein männliches und ein weibliches Schweigen. Und unterdessen setzte der graue Schutzdamm aus Portlandstein mit der kieselbestreuten gebogenen Böschung darunter, auf deren Steinen die Wellen sich immer wieder brachen, seine nichtmenschliche Ausdauer fort. Diese grauen Steine, dieser graue Schutzwall aus altem Oolith, trugen das Gewicht von mehr als nur der schmächtigen Gestalt eines Mädchens. Sie trugen, ebenso wie die Kiesel und die Steine auf der Straße das Gewicht, trugen schweigsam, nach innen gekehrt, ungeschmeidig das Gewicht allen Einatmens und Ausatmens der Bewegung auf der Welt, der Systole und Diastole von Raum und Zeit. Sie trugen das

Gewicht heute wie gestern, wie sie es getan hatten, als die Jubiläumsuhr für Königin Victoria errichtet wurde, als das große weiße Pferd für Victorias Großvater in den Stein gehauen wurde, als John Keats, der nach Italien fuhr, auf dem Schiffsdeck lag und zum Land schaute, von der Krankheit geschüttelt, vom Begehren gemartert. Der weißgraue Damm trug das Gewicht, und die Kiesel auf der Böschung trugen es, das Gewicht, dem niemals Genüge getan wird, das Gewicht aller Materie im Universum und allen Ausatmens und Einatmens des Universums. Und der planetarische Anspruch, der auf diesem Damm lastete, zitterte und wogte in einer lediglich relativen Wirklichkeit, waberte wie eine Kette bewegter und unbeweglicher Bilder, die sich in einer ewigen Fata Morgana gespiegelt finden. Und die Gedanken des einen dieses speziellen Paars menschlicher Eindringlinge, der ein Mann war, reduzierten diese Steine und Kiesel und Meereswellen unablässig auf die Nichtstofflichkeit körperloser Ideen, während die Gedanken des anderen, der eine Frau war, jede »kleinste Einzelheit« als etwas Absolutes akzeptierten, *wie Dinge eben waren* in dieser Welt, in der ein Mädchen glücklich sein konnte, wenn es über einen Damm am Meer wanderte, und hoffnungslos verzweifelt, wenn es in High House eingesperrt war.

Mr. Gaul und Perdita gingen mittlerweile beide recht langsam – einer von ihnen ein paar Fuß höher als der andere und diesem ein wenig voraus –, als wären sie ungeachtet eines vereinzelten Wagens oder Lastwagens, der nach Weymouth fuhr, so allein, daß die Landschaft auf sie aufmerksam geworden war. Dies ist ein Erlebnis, das Wanderern häufig widerfährt. Wenn sie eine Stadt, einen Weiler verlassen, plaudern sie eine Zeitlang und begegnen anderen; doch wenn sie erst lange genug denselben Weg gegangen, lange genug denselben Strand entlanggewandert sind, kommt unweigerlich der Zeitpunkt, da dieser unbelebte Weg sie sich unterwirft, sie in eine Hypnose des Schweigens und in eine merkwürdige Passivität versetzt. Dann wird es ihnen möglich, im Bann der einfachsten Formen von Materie – eines lehmigen Ufers, eines steinigen Pfades, einer Steinmauer – einer Sprache zu lauschen, die zu leise ist, sich in Töne zu kleiden, und sie lauschen der alten Litanei ursprünglicher Materie und werden zu Verbündeten der althergebrachten Frömmigkeit des Kosmos, dessen Religion das Warten ist. Der weißgraue Damm unter den Füßen des Mädchens und an der Seite des Mannes sah im Sonnenlicht, das auf ihn fiel, wie etwas aus, was sich nur um den Bruchteil eines Zolls zu ihrem

Bewußtsein hin bewegt hatte. Er sah aus, als stelle er diesen in sich versunkenen Geistern eine Frage. Die Kiesel auf der Böschung – deren Oberfläche wie ein Geräusch war, das einem Dinosaurier durch Mark und Bein gegangen wäre – schienen sich dem Damm im Stellen dieser Frage anzuschließen.

Doch das Paar ging schweigend weiter, in Unkenntnis des Appells, der an fühlende Organismen gerichtet war, die seit so vielen Millionen Jahren planetarischen Lebens mit der Fähigkeit der Bewegung ausgestattet sind. Sie waren nun gegenüber der Hütte von Lodmoor angekommen, wo Ballards leerer Wagen noch immer geparkt stand. Mr. Gaul warf einen nervösen Blick über die Straße und rief Perdita rasch zu:

»Kommen Sie schnell runter, wenn es Ihnen recht ist, damit wir schneller vorbeikommen!«

Das Mädchen gehorchte fügsam genug, nahm seine Hand und sprang herunter. Doch es war zu spät. Die Tür der Hütte wurde aufgerissen, und S. P. Ballard eilte auf die Landstraße, gefolgt von Zigeuner-May und dem jungen Zed. Sippy Ballards scharfes Auge erspähte die beiden sofort, als Richard versuchte, mit seiner Begleiterin zu entfliehen.

»Mr. Gaul!« rief Sippy, »Mr. Gaul!«

Seine Stimme wurde von Larry Zeds schrillen Verwünschungen übertönt. Er schien einen furchterregenden Zigeunerfluch auf sein Haupt herabzurufen, und Richard, der unentschlossen zögerte, mußte sich eingestehen, daß diese Vorgänge sogar für *sein* Vermögen, sich den Aufregungen der Menschheit zu entziehen, zu dramatisch waren. Die zwei Fußgänger, die sich genötigt sahen, sich gegen ihren Wunsch zu dieser Gruppe zu gesellen, überquerten die Straße, als es gerade so aussah, als wolle der junge Zed Hand an Mr. Ballard legen, um ihn am Besteigen seines Wagens zu hindern. Der wütende Junge schleuderte ihnen sogleich eine Flut von Zornesworten entgegen, und sie fanden sich – zu Richards nicht geringer Verärgerung und Perditas nicht geringem Entsetzen – als Mittelpunkt einer Situation wieder, die sich, wenn der Vorfall in der Stadt und nicht an einem so entlegenen Ort stattgefunden hätte, in kürzester Zeit zu einem wahren Volksauflauf ausgewachsen hätte.

Kaum jemand bemerkte, daß Marret sich in ebendiesem Moment davonstahl, als die ärmlich gekleidete, dunkle Gestalt der Tochter des Kasperletheaterbetreibers leise wegschlich; doch Perdita, die als Fremde dem Geschehen gleichgültiger gegenüberstand als die anderen, sah ihr mit einem Interesse, das zu erklären ihr schwergefallen wäre, nach, als sie über die Mauer kletterte, die sie selbst eben erst verlassen hatte, und dann über die kieselbestreute Böschung zum Meer hinunter verschwand.

Zigeuner-May hatte sich zu ihrem Geflügelverschlag begeben; und dort sah man sie sich über einen schwarzen Minorkahahn beugen, als ginge sie alles andere nichts an.

Sippy Ballard jedoch, der sich aus dem erbosten Griff des Jungen befreite, sprang ungehalten in seinen Wagen und setzte den Motor in Gang, während er seine Mütze mit einer launigen Verbeugung vor Perdita lüpfte.

»Sie wollen nicht mitfahren?« lauteten seine Abschiedsworte an Gauls Adresse, die er hervorstieß, als sein Wagen davondröhnte. »Ich habe noch eine Kleinigkeit auf dem Weg nach Preston zu erledigen!«, und sie hörten, wie er seine dreiste Hupe so fröhlich und boshaft betätigte wie einen maschinenbetriebenen Puck, als er einen Lastwagen überholte, der, mit Bierfässern von Cattistock & Frampton beladen, gemächlich vor ihm hertuckerte. Unterdessen näherte Zigeuner-May sich mit dem Vogel, der wie paralysiert in ihren Armen lag, der Hütte. »Irgendwas hat ihn gebissen«, sagte sie immer wieder eindringlich wie im Selbstgespräch.

»Sollen wir ... würde es Ihnen etwas ausmachen ... für einen Augenblick ... mit hineinzugehen?« murmelte Mr. Gaul.

Und Perdita, die für gewöhnlich sorgsam darauf bedacht war, sich so unauffällig wie möglich im Hintergrund zu halten, hörte ihren Begleiter ihren Namen nennen und ertappte sich dabei, daß sie der Zigeunerin folgte, die weiterhin wiederholte: »Irgendwas hat ihn gebissen!«, als wäre das mysteriöse Unglück im Hühnerstall das einzige Geschehen ernster Natur, das sich innerhalb der Schwelle der Hütte zugetragen hatte. Auf dem Tisch in der Küche lag inmitten einer Anzahl verstreuter Karten – manche davon mit Bildern, wie das Mädchen aus Guernsey sie noch nie gesehen hatte – ein imponierendes amtliches Schriftstück mit dem roten Siegel des örtlichen Stadtrates, und auf dieses Objekt lenkte der empörte junge Zed Mr. Gauls Aufmerksamkeit, sobald die Tür hinter ihnen geschlossen war.

»Bring die junge Dame nach hinten und zeig ihr Blotchy, Larry, während ich mich um den Vogel kümmer'. Mr. Gaul kann sich nicht mit dem Juristenkauderwelsch abgeben, wenn du ihn die ganze Zeit störst!« Und noch einmal murmelte sie wie im Selbstgespräch: »Irgendwas hat ihn gebissen!«

So war es Perditas Schicksal, daß sie, noch immer bemüht, so brav und unauffällig wie möglich zu sein, diesem rothaarigen, grünäugigen Knaben, der bei der Aussicht, sich um sie zu kümmern, nicht gerade begeistert wirkte, zur Umfriedung hinter dem Haus folgte. Sie war jedoch von der braun-weiß gescheckten Kuh ganz fraglos beeindruckt, und nachdem sie Larry ernst angesehen hatte, während sie dort stand, und dem Blick seiner unsteten grünen Augen mit dem ihrer eigenen ruhigen braunen begegnet war, begann seine gereizte Abwehr sich aufzulösen. Sie hatte sich nie sonderlich für Knaben interessiert oder auch nur für junge Männer ihres eigenen Alters, doch gerade das an Larry – sein unruhiger halbirrer Geist und seine erratischen Bewegungen –, was andere vor ihm zurückscheuen ließ, berührte in ihrem einsamen Herzen ein tiefes Gefühl des Verständnisses.

Was den jungen Zed betraf, war er keine fünf Minuten mit ihr zusammen, als er seinen Haß auf Sippy Ballard und seine Aufregung über die Tarotkarten schon vergessen hatte.

»Sie ist wie mein Nachtmädchen«, sagte er sich, »das ich in den Schlaf küsse! Wenn sie das den armen Larry tun lassen würde, o wie täte ich sie herzen und drücken!«

Der junge Zed hatte sich noch nie in seinem Leben in jemanden verliebt; und nur mit seiner nächtlichen Erscheinung hatte er jemals, wenn seine Glieder entspannt waren und die Mühsal des Tages von ihm gewichen war, erfahren – wenn auch nur in seiner Phantasie –, was der Körper eines Mädchens bewirken kann, um Schmerzen und Leiden und Zorn und Elend aus dem Geist eines sterblichen Mannes zu bannen.

»Komm!« sagte er unvermittelt zu ihr, als sie Blotchy seit ein paar Minuten gestreichelt hatte. »Ich zeig' dir meinen großen Reiher!«

Zu Perditas Überraschung reichte er ihr tatsächlich die Hand, wie ein Kind es getan hätte, und führte sie, indem er sich leise aus der kleinen Umfriedung – die zu armselig war, um auf die Bezeichnung Wirtschaftshof Anspruch erheben zu können – stahl, vorsichtig zum Rand eines Grabens, wo die Ausdehnung der Marschen ihrem Blick durch einen kleinen Schuppen aus Schilfrohr verborgen war, wie Sportschützen ihn errichten, um auf Enten zu schießen. Zur einen Seite dieses Schuppens befand sich ein dicker Klumpen abgestorbener Binsen, zur anderen ein halb am Boden liegender, aber lebender Weidenbaum. Er bedeutete ihr, für einige Sekunden ganz still stehenzubleiben, als sie diese Stelle erreicht hatten, ließ ihre Hand los und stahl sich wie ein leichtfüßiger junger Wilder auf den Baum zu.

Als Perdita dort stand und ihre Füße in den schwarzen Torfschlamm einsanken, indes ihre Nasenflügel den schwachen, süßlichen Duft von Äonen pflanzlicher Fäulnis einatmeten, hatte sie genug Zeit zu begreifen, wie sehr dieser merkwürdige Junge sie anzog. Verglichen mit der romantischen Erregung, die die eindrucksvolle Gestalt des Jobbers in ihrem leeren Herzen geweckt hatte, war es ein Nichts. Es war nur ein sanfter und beschützender Impuls des Interesses. Doch dieser Impuls ließ sie, als sie Larrys verstohlene wildkatzengleiche Bewegungen beobachtete, spüren, daß sie ihn wie Blotchy hätte streicheln können. Alles an ihm gefiel ihr. Seine grünen Augen gefielen ihr. Sein blutrotes Haar gefiel ihr und die mattierte Elfenlocke, die ihm in die Stirn hing. Seine blitzenden weißen Zähne gefielen ihr. Seine langen nackten Unterarme, haarlos wie die ihren, gefielen ihr. Seine braunen Knie unter den löchrigen Kniebundhosen gefielen ihr. Seine biegsame Taille und sein dünner, gebeugter Körper gefielen ihr.

Schnell und ernst zog sie ihre Handschuhe aus und steckte sie in ihren Gürtel.

Zu guter Letzt sah sie, daß er sich umwandte und ihr bedeutete, zu ihm zu treten. In stiller Eile gehorchte sie, bewegte sich fast ebenso lautlos, wie er es getan hatte, und kauerte sich neben ihm hinter den schiefen Weidenstamm. Hier ergriff er wieder ihre Hand, und als er sie fest umklammerte und an seine Seite drückte, wurde ihr, als sie dort kauerten, bewußt, wie heftig sein Herz schlug. Plötzlich wurde er so steif, reglos und starr wie ein wildes Tier, das seine Beute erblickt. Dann zog er sie ein Stück vor, und gemeinsam lehnten sie sich über den Baumstamm, so daß sie sehen konnten, was sich hinter dem Schuppen aus Schilfrohr befand.

Und angesichts dessen, was sie erblickte, überkam Perdita ein so ehrfürchtig-wundergläubiges und erschrockenes Staunen, daß diesmal *sie* die Hand des Knaben an ihre Seite drückte. Denn auf einem Grasbüschel, mit dem Rücken zu ihnen, ein langes Bein unter den Flügel gesteckt und den unvorstellbar langen Schnabel über einer glitzernden Wasserlache haltend, stand ein großer, regloser grauer Fischreiher. Zug um Zug atmete Perdita unbeschreibliche Freude. Ein solches Wesen hatte sie noch nie in ihrem Leben gesehen! Es war nicht allein der Reiher, der den Zauber bewirkte, welcher sie in seinem Bann hielt. Es war die melancholische Ödnis der dunklen brackigen Marschen hinter ihm. Es waren die bleichen Wangen und roten Haare des Knaben, an dessen Profil vorbei sie zu dem großen Vogel sah und dessen Finger sie an ihre Seite drückte. Es hätte sie verwirrt, das, was sie in diesem Augenblick fühlte, in Worte kleiden zu müssen; doch als der Reiher, so wäre man fast versucht zu sagen, das Klopfen dieser beiden jungen Herzen vernahm, seine gewaltigen Flügel ausbreitete und über die Tümpel davonflatterte, stieg in ihr mit einer unbenennbar köstlichen Regung ein ganz bestimmtes Gefühl auf, das sie überkam, wenn sie an den Tod dachte – an die Rettung, die er bedeutete, die Endgültigkeit, die große Befreiung.

»Wo wohnst du?« fragte Larry sie flüsternd, als sie zur Hütte zurückgingen.

Perdita hielt noch immer die Hand des Jungen, doch die eindringliche Neugier, mit der er diese Frage eher im Ton eines Liebenden als dem eines Kindes stellte, ließ sie unruhig werden. Wie wollte sie wissen, was es bewirken mochte, Emotionen in diesem rätselhaften Elementarwesen zu erregen? Gewiß, wenn der junge Zed für sie empfand, was sie für den Jobber empfand – so sagte sie sich, als sie den eingezäunten Hof überquerten –, nämlich nichts weiter als die undeutliche und köstliche Quintessenz romantischen Schwärmens, ohne sich eine Zukunft auszumalen, dann war nichts zu befürchten. Aber wer wollte mit Gewißheit sagen, was im Geist eines so sonderbaren Jungen wie diesem vor sich ging? So sann Perdita nach, wenn auch eher fühlend und in Eindrücken denn in Worten; und sie täuschte sich nicht mit der Vorstellung, daß ihr Erscheinen in der Hütte von Lodmoor im Geist Larry Zeds einen emotionalen Sturm hervorgerufen hatte.

»Laß uns noch nicht reingehen!« flüsterte er jetzt, als sie die Rückseite der Hütte erreichten. »Ich zeig' dir mein Buch mit dem Seetang, ja? Es ist im Heuschuppen, wo ich schlafe.«

Perdita war etwas unwohl beim Gedanken, sich von diesem leicht erregbaren Jungen zu seinem Schlafplatz locken zu lassen, doch die bei einer Natur wie der ihren unvermeidliche Reaktion hatte bereits eingesetzt, und als sie die hölzernen Sprossen betrachtete, die zum Heuspeicher über Blotchys Verschlag führten, verspürte sie mit einemmal eine so herzzerreißende Verzweiflung, ein solches Gefühl der Leere, Einsamkeit und Überflüssigkeit, daß jegliche Verantwortung für ihr Tun von ihr zu weichen schien.

»Was macht es schon aus?« dachte sie. »Tu etwas, tu es nicht; halte ein, geh voran; sei mutig, sei feige; es kommt letzten Endes alles auf das eine heraus. Es ist reine Einbildung zu denken, der

Mann hätte einen Blick auf mich verschwendet! Warum denke ich überhaupt an ihn? Treppe hoch, Treppe runter; hinein, hinaus; zurück und voran! ›Wir wissen, was wir sind, aber was wir sein werden, das wissen wir nicht.‹«

Während diese Gedanken wie Treibgut in ihrem Herzen dahindrifteten und die grünen Augen des jungen Zed wie die einer Katze hinter ihr leuchteten, erklomm sie die wackelige Leiter – »Soll er sie fortstoßen«, dachte sie, »wenn er will, und mich für alle Zeiten dort oben im Stroh gefangenhalten!«

Der kleine Speicher war zwar recht kahl, als sie die Tür öffnete und eintrat; doch an einer Seite des Raumes stand ein Feldbett, und obwohl ein Strohhaufen vorhanden war, befand dieser sich neben einer Öffnung im Boden, unter der die Futterkrippe der Kuh lag. In unmittelbarer Nähe des Bettes war kein Stroh.

In ihrer trübsinnigen Laune setzte die junge Frau sich verdrossen aufs Bett und sah durch die offene Tür aufs Moor hinaus.

»Dieser Junge will mich nur hier haben, weil ich ein Mädchen bin«, sagte sie sich, »und jener Mann hat nicht einen Gedanken an mich verschwendet. Aber wenn ich noch länger bei dieser Frau bleibe, ist das mein sicherer Tod. Ich *muß* dort weg, selbst wenn ich als Dienstmädchen arbeiten muß. Ich frage mich nur, wie man Arbeit als Dienstmädchen bekommt. Aber Dienstboten müssen immer ihre Zeugnisse vorweisen, und diese Frau wird wütend auf mich sein. Eines weiß ich jedoch: Lieber sterbe ich, als nach Guernsey zurückzukehren!«

Unterdessen kniete der junge Zed unter dem Vorwand, nach seinem Buch zu suchen, im Stroh und wühlte darin mit Händen, die sichtlich bebten.

»Ich hab' ein Mädchen auf meinem Bett«, sagte er sich immer wieder, »ein Mädchen, das aussieht wie alle Mädchen. Aber sie ist nicht hochnäsig zum armen Lal wie die anderen. Sie hat dem armen Lal ihre Hand gelassen, daß er sie herzen und küssen darf. Ich hab' ein Mädchen auf meinem Bett.«

Und dann ertasteten seine bebenden Hände das alte Album, das er suchte, doch sobald er es berührte, schob er es tiefer ins Stroh, damit die Gestalt auf dem Bett es nicht bemerkte und nicht danach fragte. Und er dachte an all die Zeiten, wenn er den einsamen Strand auf und ab gegangen war und sich Geschichten über verirrte Mädchen, Landstreichermädchen, ja sogar junge Straßenmädchen erzählt hatte, die er dazu bereden konnte, die Sprossen zu seinem Speicher hochzuklettern – »Ich hab' ein Mädchen auf meinem Bett« –, und er dachte daran, wie er Stunde um Stunde auf der Esplanade gewartet hatte – ohne daß Zigeuner-May es wußte – in der Hoffnung, ein Wort mit Marret zu tauschen, wenn die Vorstellung zu Ende war. Aber Marret scherte sich nicht darum, ob er da war oder nicht, ob er sie ansprach oder nicht, ob er die ganze Bühne tragen half oder nicht! Marret scherte sich nicht darum, ob es ihn auf der Welt gab oder nicht – genauso wenig, als wäre er ein Hundshai – »Ich hab' ein Mädchen auf meinem Bett« –, und seine eigene geliebte May hatte so gar nichts von einem wirklichen, einem echten Mädchen, nur hin und wieder, wenn sie ihn anschrie, so wie sie es getan hatte, als Marret den »Gehängten« vom Tisch geworfen hatte. Aber jetzt hatte er ein echtes, wirkliches Mädchen bei sich – eines, das aussah wie die anderen –, und dieses Mädchen saß auf seinem Bett, auf seinem Bett – »Ich hab' ein Mädchen auf meinem Bett« –, und er mußte nichts weiter tun als hinübergehen und sagen:

»Jetzt ist nicht die richtige Zeit für das Seetangalbum, mein Schatz!« und ihm die Hand aufs Knie legen.

Auf den eigenen Knien im losen Stroh warf er kleine Strohbüschel durch das längliche Loch hinunter, dorthin, wo des Nachts für gewöhnlich Blotchys Kopf war; jetzt jedoch befand die Kuh sich draußen, am Rand des Grabens angepflockt, wo Perdita sie gestreichelt hatte, bevor sie den Reiher beobachtet hatten, und er sah, wie jeder einzelne Strohhalm, den er fallen ließ, den glatten, abgenutzten Rand der Krippe berührte, auf dem das Sonnenlicht, das durch die halboffene Tür in einem dicken Strahl hereinfiel, gelb und still ruhte.

»Warum gehst du denn nicht zu ihr, Lal, mein Junge?«

So flüsterte der Kobold des Begehrens zitternd in seinem Herzen. Sein Herz jedoch konnte nur mit sinnentleerter, monotoner Beharrlichkeit den einen Refrain wiederholen; und etwas – was, wußte er nicht – hielt ihn dort fest, wo er Strohhalm um Strohhalm, wenn auch immer spärlicher, auf den sonnenwarmen Rand der Krippe warf. Nun steckte er einen Strohhalm in den Mund und begann drei, dann zwei Halme und zuletzt nur noch einen Halm aufs Mal hinunterzuwerfen. Unterdessen jedoch absolvierten seine Gedanken einen wunderlichen Tanz halbverrückter poetischer Sinnlichkeit. Unablässig dachte er an die betörende Biegsamkeit und Weichheit von Perditas Körper – Dinge, in denen er binnen Sekunden schwelgen würde! Kleine Eigenheiten, die er voll Leidenschaft registriert hatte – und die man bei jedem schlanken Mädchen, das nicht gerade ein Skelett war, hätte bemerken können –, überwältigten nun seine Sinne, bis er erbebte. Die Linien ihrer Hüften, die Adern ihres Halses, die Art, wie ihr Haar aufgesteckt war, die auffallende Zartheit ihrer Handgelenke – oh, waren das nicht die Gründe, warum er einen Strohhalm durch die Zähne zog und Strohhalme hinunterwarf! Sie war zu liebreizend, als daß er es gewagt hätte, sie zu berühren. Und doch war sie hier! – »Ich hab' ein Mädchen auf meinem Bett!« – als die, die sie war, die sie immer war, wie er wußte, obwohl er nicht wagte, sie anzusehen, weil er fürchtete, ihrem Blick zu begegnen, mit dem sie zur Tür hinausstarrte, dem Blick aus diesen traurigen, ruhigen, rätselhaften braunen Augen, die wie Augen der Jungfrau Maria aussahen!

Und unterdessen sagte sich Perdita:

»Er hat nie einen Gedanken an mich verschwendet. Die Sache mit dem Seetang war nur eine Augenblickslaune und hatte nichts mit mir zu tun. Wenn ich ihm das nächstemal auf der Esplanade begegne – falls überhaupt jemals –, wird er mich nicht einmal wiedererkennen. Ich bin nicht hübsch, ich bin keine auffallende Erscheinung. Ich sehe für jedermann unbedeutend, erbärmlich, unattraktiv aus! Die einzige Art Mann, die sich je für mich interessieren könnte, wäre irgendein verrückter, unnormaler, nichtmenschlicher Charakter wie – ich hatte den Jobber für so jemanden gehalten ... aber das war töricht von mir. Zweifellos hat er so viele Mädchen, wie er will, in Weymouth und Portland – und sicher auch in Lulworth! Warum sollte ausgerechnet der erste Mann, der mir hier über den Weg läuft, derjenige sein – verrückt, unnormal, anders als alle anderen –, über den ich mir Geschichten einbilden kann?

Aber nach Hause zurück gehe ich nicht. Nein; alles lieber als das! Ich würde ja in High House bleiben, wenn diese Frau sich nicht Zutritt zu meinem Zimmer verschafft hätte. Aber, du lieber Himmel!, was aus mir wird, ist ohnehin gleichgültig. Ich bedeute niemandem etwas. Ich bin eine von den Tausenden und Millionen Menschen, die genausogut tot wie lebendig sein könnten. Ich kann mein Leben vor mir sehen – wie eine Landkarte! Ich werde diese Person verlassen; ich werde eine Arbeit von unerträglichem Stumpfsinn finden; ich werde meiner Tante schreiben, wie glücklich ich bin; ich werde immer so weiterleben – mir Romane in der Leihbücherei als Rauschmittel besorgen, um mich am Denken zu hindern – und vor der Zeit eine alte Jungfer mit einer Vorliebe für

Katzen und die Werke von Henry James werden, und eines Tages wird man mich kalt und steif auffinden – die alte Miss Wane aus dem hinteren Dachstübchen! – und mir ein Armenbegräbnis verpassen und meine Katzen einschläfern und meine Henry-James-Bücher verkaufen – und das wird das Ende meiner Geschichte gewesen sein! Da ist dieser Junge, der wahrscheinlich – nur dank der Ungunst des Schicksals – noch nie in seinem ganzen Leben jemanden geküßt hat außer seiner Zigeunerin; und hier bin ich, die ich noch nicht einmal eine Zigeunerin zum Küssen gehabt habe. Und der Junge fühlt sich auf seltsame Weise von mir angezogen und hält mich für schön, und ich weiß, daß *er* tatsächlich schön ist; und dennoch –«

Und Perdita empfand so bittere Verachtung für ihre Skrupel, daß sie sich vorstellte, wie sie vom Bett aufsprang, indes das Blut ihr heiß in die Wangen schoß, zu dem Knaben lief, ihm die Hände vor die Augen hielt und rief:

»Laß uns verrückt sein!«

Statt dies zu tun, was den jungen Zed zweifellos mit solchem Schrecken erfüllt hätte, daß jeglicher Impuls der Verliebtheit in ihm auf der Stelle erstickt worden wäre, tat sie – möglicherweise auf Geheiß der großen Schöpferin Natur – etwas weit Zweckdienlicheres. Sie legte sich auf das Bett des Jungen, den Kopf auf seinem Kissen, und schloß die Augen. Der junge Zed richtete sich im Stroh auf und starrte sie in bewundernder Trance an.

»Ich komme sofort zu dir!« sagte er sich. Und dann dachte er: »Sie flüstert in ihrem Herzen: ›Hier bin ich, Lal! Hier bin ich! Wann kommst du zu mir, Fischer?‹«

Doch Perditas Gedanken hatten sich vom armen Larry weit entfernt. Wie sie auf dem Bett lag, flach ausgestreckt, erfüllten ihre Nerven undeutliche emotionale Empfindungen, die sie seit frühester Kindheit kannte. All ihre romantischen Gefühle hatte sie von jeher mit dem Meer in Verbindung gebracht. In ihren Jungmädchenwunschträumen hatte sie sich sogar einen vagen, schemenhaften Liebhaber aus dem Meer zusammenphantasiert, der sich nachts über sie beugte, wenn die Flut an den Kanalinseln emporbrandete. Und wahrhaftig hatte sich für sie in der Aufgeregtheit ihrer Ankunft die Gestalt des Jobbers in diese halbmythische Figur männlicher Überlegenheit verwandelt, die wie eine verliebte Meeresgottheit ihr jungfräuliches Bett besuchte, so daß in all den jüngsten Nächten, wenn sie sich unter der Last ihres Unglücks in High House so rührend an ihrer Kindheit Liebhaber aus dem

Meer gewandt hatte, sobald ihr Kopf das Kissen berührte, ihr Schutzgott und Halbgott sie – wie es in alten Dichtungen der Fall ist – in der Phantomgestalt des Jobbers trösten kam. In ihrer Schwäche und Melancholie und Gleichgültigkeit ob ihres Geschicks ließ sie die Nerven ihres Mädchenleibes laut nach den Nerven des Leibes jenes Knaben verlangen, der im Stroh kniete, doch das Fühlen ihres Herzens weilte beim Jobber, denn er und nur er würde bis ans Ende ihrer Tage jene vage Meeresgestalt verkörpern, die ihre Kindheit mit Zauber erfüllt hatte.

Der junge Zed ahnte wenig, wie ähnlich ihre Unschuld der seinen war, als er sich vorstellte, daß ihr Schweigen nach ihm rief. Hier waren sie zusammen, zwei Waisen und Verlassene; doch selbst wenn der Knabe murmeln mochte: »Ich hab' ein Mädchen auf meinem Bett!« und das Mädchen ausrufen mochte: »Laß uns verrückt sein!«, so hielt etwas sie einander fern, und das waren das natürliche Zurückscheuen der Unerfahrenheit und der unsichtbare Graben der sozialen Gepflogenheiten. Der Zufall wollte es jedoch, daß sich ihnen eine zweite Gelegenheit bot, denn als Folge des Staubes, der aus dem aufgewirbelten Stroh zu ihr hinüberwehte, mußte sie unvermittelt niesen – *»Amor dextra sternuit approbationem!«* –, und das brach den Bann.

Mit der schnellen Anmut und Gewandtheit eines wilden Tiers sprang der junge Zed auf und trat zu ihr. Sehr sanft, als wäre sie aus einem Material gefertigt, das kostbarer war als Fleisch und Blut, streichelte er eine ihrer unbedeckten Hände, die auf ihrem Schoß lagen, mit den Fingerspitzen. Perdita hielt die Augen geschlossen; einen Augenblick später öffnete sie sie wieder, denn an seinem schnellen Atem spürte sie, daß er neben ihr auf die Knie gefallen war und mit den Fingern ihre Hand umschloß. Ein paar Minuten lang verharrten sie in dieser Haltung; und dann regte sich etwas tief im Inneren Perditas mit solcher Macht, daß es sie selbst überraschte, und sie wußte, daß hinter dem knienden Knaben trotz ihrer scheinbaren Unbekümmertheit, trotz ihres Gefühls, wie sinnlos es sei, an ihn zu denken, unverrückbar und beharrlich die große, gebeugte Gestalt des großgewachsenen Mannes stand, der das Stück Tang ins Meer geworfen hatte! Doch sie blickte mild und sanft den knienden Knaben an; und sie regte sich nicht und versuchte nicht, ihre Finger zu befreien, obwohl sie spürte, wie sein brennender Puls in seinem Handgelenk pochte, so groß war seine Erregung. Larrys ganze Seele funkelte in seinen Augen, als er sich über sie beugte. Sein Gehirn war wie benebelt, doch es schien ihm, als werde sein Verlangen tatsächlich bereits dadurch gestillt, daß er sie so berührte und sie ausgestreckt und reglos unter ihm lag. Seiner hitzigen Phantasie genügte es, daß ihre Augen aneinander hingen und daß sie wußte, daß er sie in Gedanken besaß. Ihre nackte Hand, die seine glühenden Finger umfaßten, war in diesem Augenblick für ihn ihr ganzer Körper. Denn es war das erstemal in seinem Leben, daß er ein Mädchen berührte, das wußte, was er fühlte, und ihm nicht Einhalt gebot. Seine grünen Augen, die an ihren sanften braunen Augen hingen, sagten ohne Unterlaß: »Ich nehme dich! Ich nehme dich!«, und es schien ihm, als gebe sie mehr und mehr nach, während er sich über sie beugte und sein Körper sich an die Liege schmiegte; es schien ihm, als liege sie gerne so ruhig und still, damit er sie um so besser besitzen könne; es schien ihm, als sei diese befremdliche Passivität, da sie wußte, daß er sie besaß, ihr ureigenstes Wesen, das sie ihm so darbot, als sei der Umstand, daß sie so still dalag, ihre nackte Hand in seiner Hand, während er sie besaß, definitiver Beweis dessen, was es hieß, ein echtes, lebendiges, geheimnisvolles Mädchen zu sein, und als sei dies das Geheimnis aller Mädchen, daß sie nicht wissen konnten, wie erregend sie waren, und als entspreche es ihrer innersten Natur, so still dazuliegen, während sie geliebt wurden.

Wie hätte er wissen sollen, daß es Perdita nur deshalb möglich war, so ruhig zu bleiben und seinen erregten Blick so gelassen zu erwidern, weil ihre eigenen Gedanken abermals so ergreifend traurig geworden waren? Müde und hoffnungslos war alles in ihr, als sie auf Larrys Bett lag, und alles, alles kam ihr so sinnlos vor. Der flüchtige Schauder der Empfänglichkeit, den die Schönheit und die Erregung des Knaben in ihr geweckt hatten, war vom Bild des Jobbers, das über ihm emporragte, im Keim erstickt worden. Vielleicht waren es die ganze Zeit über ihre Gefühle für den Jobber gewesen – denn keine Nacht war vergangen, seit sie ihn gesehen hatte, ohne daß sie beim Einschlafen an ihn dachte –, die sie so empfänglich für die Verliebtheit des Knaben gemacht hatten.

In der Tat war es überaus bezeichnend für Perdita, daß es dem Schicksal am leichtesten war, ihr das Nahe und Unmittelbare zu Herzen zu bringen, indem es dieses in eine Form kleidete, die an Fernes und Flüchtiges erinnerte. So kam es, daß, während die ekstatischen Sinne des jungen Zed zwei der weißesten und weichsten Jungmädchenbrüste, die die Welt zu bieten hatte, ihm zu

Willen und ihm dargeboten vor sich zu haben vermeinten, das Herz des Mädchens hinter diesen Brüsten das rote Haar des Knaben und seine glühendheißen Finger durch einen erwachsenen Mann, dunkel und furchterregend und voll des Zaubers des Meeres, ersetzt hatte. Doch da solche Ekstasen, ob spiritueller oder körperlicher Natur, nachdem sie den von ihnen Besessenen einen Geschmack der Ewigkeit erlaubten, diese nur allzubald wieder in die Zeitlichkeit zurückbefördern, kam der Moment, da der junge Zed die Lider senkte, seine Finger von ihren löste, aufstand und in abruptem, unsicherem Ton sagte:

»Bleibst du, wo du bist? Dann hol' ich mein Seetangalbum, um es dir zu zeigen.«

Das Mädchen lächelte ihn an; es erhob sich aus seiner liegenden Position, schüttelte sein Kleid aus, fühlte nach seinem Haar, nahm seinen Hut vom Ende der Liege, schaute sich unbewußt nach einem Spiegel um und setzte sich wieder auf das Bett, wobei es ein Gähnen halb unterdrückte.

Hätten diese zwei jungen Menschen sich tatsächlich gleichermaßen der Liebesraserei hingegeben, so hätten sie nun kaum entspannter und in die trübselige Wirklichkeit zurückversetzt wirken können. Larry durchquerte das Zimmer und zog müde unter dem Stroh ein altes, großes Album hervor, das gebunden war und in roter Tinte die Auschrift *Algae* trug.

Der Junge legte dieses schwere Buch Perdita auf den Schoß und setzte sich neben sie. Das Feldbett knarrte unheilverheißend, doch da beide so schmal waren, geschah weiter nichts, und er begann ihr die Algen zu zeigen. Die einzelnen Exemplare waren so angeordnet, daß auf jeder Seite nur eines zu sehen war und die gegenüberliegende Seite leer blieb; als Ergebnis trug jede der leeren Seiten den tiefeingeprägten Abdruck oder die Umrisse des gegenüberliegenden Meeresgewächses.

Niemals sollte Perdita vergessen, was sie fühlte, als sie ihm dabei zusah, wie er diese dicken Blätter mit ihrem Salzgeruch eines nach dem anderen umwendete, und als sie die herrlichen Formen und Farben der Meerespflanzen vor sich ausgebreitet sah. Ein eigenartiges, halb mystisches Entrücktsein von allem Schmerzlichen und Verwirrenden ihres Lebens breitete sich über sie; und sie dachte:

»Oh, könnte man das Leben doch darauf beschränken – nichts tun als Seetang anschauen und die Welt ihren Gang gehen lassen!«

Und als der Junge eine bestimmte Seite umwendete und sie vor sich sah, was ein Exemplar jener Spezies sein mußte, die in jener Nacht auf der Esplanade an dem Stein gehangen hatte, da beugte sie ihren Kopf darüber, als wolle sie den durchdringenden Meeresgeruch einatmen, in Wahrheit aber, um vor dem jungen Zed zu verbergen, daß ihre Augen sich plötzlich mit Tränen gefüllt hatten.

6.
Rodney Loder

Als Lucinda Mr. Gaul erklärte, Mr. Poxwell sei gegen die zweite Heirat seiner Tochter, war dies eine ausgemachte Untertreibung. Der Captain haßte Dog Cattistock so inbrünstig, daß Mrs. Lily dafür Sorge tragen mußte, daß sie einander nicht begegneten, was keine sonderlich leichte oder angenehme Aufgabe war, solange nicht sie die Besucherin ihres Verehrers abgeben wollte. Mrs. Lily hatte jedoch eine natürliche Abneigung dagegen gefaßt, als bloße Besucherin in Peninsular Lodge zu fungieren, einem Ort, der nicht nur an sich trostlos war, bedingt durch den Geiz des Besitzers, sondern zur Gänze unter Lizzie Chants Herrschaft stand, die Mrs. Lilys Anwesenheit mit schlecht verhehlter Feindseligkeit zur Kenntnis nahm.

So war es gekommen, daß ihre Begegnungen, die immer häufiger erfolgten, je näher die Hochzeit rückte, meist am Nachmittag stattfanden, wenn – sofern der Tag nicht hoffnungslos verregnet war – Captain Poxwell sich zu seinen Muscheln in Sandsfoot Castle begab. Da das Winterwetter Ausflügler fernhielt, hatte der Captain sich hier ein zweites Zuhause geschaffen und war sogar so weit gegangen, in den alten Mauern Verstecke für das Material seiner Muschelkistchen anzulegen; die Muscheln selbst standen ihm in den Felstümpeln nahe dem Meer jederzeit unbegrenzt zur Verfügung.

Mrs. Lily hatte sich schließlich, wenn auch – wie man sehen wird – nicht ohne gewisse innerliche Vorbehalte, dazu bewegen lassen, den zwölften Februar als Hochzeitstag zu benennen, und so kam es, daß, als die zweite Woche dieses wankelmütigen Monats anbrach, Dog Cattistocks aufdringliches Kinn und seine heisere, schnarrende Stimme beinahe jeden Nachmittag in Half-Way House zu erleben waren. Am neunten Februar, nur drei Tage vor dem Hochzeitstermin, beschloß die junge Daisy Lily, statt sich ihrem Großvater in den Ruinen anzuschließen, was sie für gewöhnlich tat, während Cattistock ihre Mutter besuchte, zu einem Haus namens Spy Croft in der Belle Vue Road zu gehen, in dem der alte

Mr. James Loder, der berühmte Rechtsanwalt von Weymouth, mit seinen ledigen Kindern Rodney und Ruth wohnte.

James Loder hatte Daisys Eltern in Rechtsdingen beraten, wie er ihren Großvater beraten hatte. Zudem war er ihr Pate; und da sie den dringenden Wunsch verspürte, einem mitfühlenden weiblichen Ohr von der Heirat ihrer Mutter zu erzählen, fiel ihre Wahl auf die ruhigste und unaufgeregteste Person unter allen, die sie kannte, von der am ehesten zu erwarten war, daß sie etwas für sich behalten konnte. Diese Wahl traf Daisy als Ergebnis einer Reihe langgehegter, ruhiger und kluger Überlegungen.

»Mutter ist ein hoffnungsloser Fall«, sagte sie sich. »Sie läßt sich nur treiben. Wenn ich nicht auf der Hut bin, ende ich genauso. Sie ist eine Warnung für jeden, und ich will so verschieden von ihr sein, wie ich nur kann!«

Indem sie Ruth Loder als Vertraute in dieser verstörenden Lebenskrise auserkor, wählte Daisy zweifellos den einen unter allen Menschen ihres Umkreises, der sich am deutlichsten von der künftigen Mrs. Cattistock unterschied.

Während das junge Mädchen auf dem Weg zur Belle Vue Road war, standen Rodney und Ruth Loder am Fenster des Wohnzimmers von Spy Croft House und warteten darauf, daß ihr Vater herunterkam. Vor der Eingangstür stand der Rollstuhl des alten Herrn, in dem Ruth ihn gleich zu seiner gewohnten nachmittäglichen Spazierfahrt mitnehmen würde. In letzter Zeit hatte sie – wenngleich Daisy Lily von diesem Wechsel der Usancen in Spy Croft nicht die geringste Ahnung hatte – den Platz ihres Bruders als Eskorte des alten Mannes eingenommen; und heute war sie wegen des milden, windstillen Wetters auf den Gedanken verfallen, den Rollstuhl bis zu einer kleinen Bucht namens Bincleaves am Westufer des Nothe-Flusses zu schieben, wo es einen schmalen Strand gab. Als sie nun neben ihrem Bruder am Fenster stand – und kein Beobachter hätte bezweifelt, daß es sich um Bruder und Schwester handelte –, wandte Rodney ihr sein ernstes, blasses Gesicht mit den haselnußbraunen Augen liebevoll zu.

»Warum mußt du den Hügel hinunter bis nach Bincleaves gehen?« sagte er. »Es ist so anstrengend für dich, ihn wieder hochzuschieben. Als ich einverstanden war, daß du ihn fährst, wäre ich nicht auf die Idee gekommen, daß du solche Dinge unternimmst. Will er denn *unbedingt* dorthin?«

Sie lächelte und nickte.

»Aber warum läßt du mich dann nicht heute mit ihm gehen?

Wir müssen uns doch nicht so stur an unser neues Regime halten. Nichts ist es wert, daß man Regeln dafür aufstellt, die man nicht brechen darf. Laß mich mit ihm gehen, wenn er es sich in den Kopf setzt, das Meer zu hören.«

Sie sah Rodney mit einem unmerklichen Runzeln ihrer klargezeichneten Brauen offen in die Augen.

»Du weißt, was wir beschlossen haben«, sagte sie, »und warum wir es getan haben. Du wirst ihn immer dann fahren, wenn ich einkaufen gehe oder mich nicht wohl fühle.«

Ein beunruhigter Gesichtsausdruck äußerst komplizierter und undefinierbarer Natur zog für eine Sekunde über ihres Bruders Miene.

»Ich kann nicht begreifen, was ihn so daran stört, wenn ich ihn schiebe«, sagte er; und er begann, auf den kleinen Rasenflecken zu starren, auf dem ihre schwarze Katze Mortmain, ein besonderer Liebling des alten Mannes, herumschlich in der Hoffnung, die Sperlinge, die so laut in der hohen Lorbeerhecke tschilpten, könnten ein wenig näher kommen. »Natürlich«, fügte er in leicht quengeligem Ton hinzu, »kann ich verstehen, daß du ihm lieber bist. Jeder würde sich selbstverständlich lieber von dir schieben lassen als von mir. Aber warum er sich so sinnlos aufregt, nur weil –«

»O bitte!« unterbrach sie ihn, »bitte laß das! Ich bitte dich von Herzen, laß es! Wir haben es so oft durchgesprochen. Wir haben entschieden, was das beste ist. Und es macht mich so nervös, wenn wir damit wieder von vorne anfangen. Lieber Rodney, tu mir den Gefallen und laß es gut sein!«

»Haben Vater und ich einander schon immer verabscheut?« fragte er sich. »Hat er mich schon immer dafür verachtet, daß ich mich ihm unterordne? Hat er sich die letzten zehn Jahre insgeheim gedacht: ›Wenn Rod nur einen Funken Courage hätte, dann würde er das Weite suchen; aber da es nicht der Fall ist, was soll man schon von einem solchen Narren erwarten?‹«

Er wandte sich mit einem eigentümlichen Lächeln zu Ruth, das ihr stets ins Herz schnitt, mehr, als übellaunige oder unglückliche Worte es vermocht hätten.

»Mortmain hat seit mehreren Tagen nichts gefangen«, sagte er.

Das Mädchen erwiderte nichts auf diese Bemerkung, doch es sah lange, sehr lange seine Miene an.

»Das war ein furchtbares Lächeln«, dachte sie in ihrem Herzen, »auf dem Gesicht eines Mannes.«

Und Ruth täuschte sich nicht mit diesem Gefühl; denn die geistige Maschinerie, die bewirkte, daß dieses Lächeln sich auf seinem Gesicht abzeichnete, war eine milde Form äußerster Verzweiflung.

Rodney und Ruth waren einander in der Tat so ähnlich, daß dieser Sachverhalt etwas Ergreifendes bekam, wenn ihr Leben unerträglich eintönig wurde. Beide hatten den gleichen blassen Teint, die gleiche gerade Nase, die gleichen schmalen, melancholischen Lippen, das gleiche hellkastanienbraune Haar, die gleichen blassen haselnußbraunen Augen. Ruths Haar war von ihrer marmornen Stirn, wo sich bei starker Beleuchtung die dünnen blauen Adern abzeichneten und die Haut so glatt am Schädel anlag, daß Falten undenkbar schienen, straff zurückgesteckt. Es war eine Familieneigentümlichkeit, die sie vom Vater geerbt hatten, daß sie die Stirn nicht runzeln konnten, und dies war zweifelsohne *fons et origo* von Rodneys gespenstischem Lächeln. Rodney hatte sich angewöhnt, sein Haar feucht zu bürsten und auf diese Weise den geraden weißen Seitenscheitel intakt zu erhalten, der beinahe schon organischer Bestandteil seiner Erscheinung geworden war. Er bürstete sich das Haar so glatt und eng um den Kopf, daß es einem vorkam wie ein dünnes Stück Klebestreifen, das sich nicht entfernen ließ, ohne daß Blut floß.

»Es bricht mir das Herz, ihn so lächeln zu sehen«, sagte sich das Mädchen; und ihr kam der Gedanke, daß es einen verborgenen Zusammenhang zwischen diesem Lächeln und der vertrauten Möblierung des Zimmers gab, die nicht verändert worden war seit dem Tod ihrer Mutter, als Rodney fünf und Ruth drei Jahre alt gewesen waren.

Doch Rodney besaß dieses unendlich trostlose Lächeln seit frühester Kindheit. Die alte Ammabel, die ihre Köchin gewesen war und nun die Rolle der Haushälterin in Spy Croft innehatte, behauptete immer, der Arzt, welcher geholfen hatte, das Kind zur Welt zu bringen, habe gesagt, es sei »triste« geboren. In Wirklichkeit gab es keinen zwingenden Zusammenhang zwischen Rodneys gespenstischem, unfrohen Lächeln und den Möbelstücken um sie herum. Daß der Kronleuchter auf Ruth so wirkte und die klimpernden Prismen, die in ihren ovalen Glasbehältnissen an einem Paar vergoldeter Kerzenständer auf dem Kaminsims hingen, daß der blankgeputzte verzierte Kohlenkasten es tat und die grünen Vorhänge mit ihren goldenen Litzen es taten, daß die großen rosa Rosen auf dem Teppich und das verschlungene Muster der Tapeten es taten, bedeutete nicht notgedrungen, daß zwischen der ernsten Unveränderbarkeit dieses Zimmers und dem Lebensüberdruß des Sohnes jener Frau, die es eingerichtet hatte, eine Verbindung bestand. Wäre es beispielsweise Magnus Muir beschieden gewesen, seine Tage oder zumindest Abende im Wohnzimmer von Spy Croft zu verbringen, so wäre der altmodische, verblichene Prunk dieser Gegenstände Quell einer tiefen, beinahe sinnlichen Zufriedenheit gewesen. Doch wenn ein Mann und eine Frau seit zwanzig Jahren das gleiche von ihrem Vater erleiden müssen, wird sogar das ehrbarste Möbelstück zum Komplizen bei diesem Tun!

Jetzt wurde die Schlafzimmertür geöffnet, und der alte Mann begann die Treppe herunterzusteigen. Beide jungen Leute – wenn man sie so nennen will, denn Rodney war dreißig und Ruth war achtundzwanzig – gingen in den Flur, um bereit zu sein, ihn zu empfangen, wenn er unten ankam, denn so waren sie es seit unvordenklichen Zeiten gewohnt.

Sippy Ballard, der, um es im Schülerjargon auszudrücken, viel Energie darauf verwendete, dem berühmten Rechtsanwalt »hinten reinzukriechen«, nannte ihn stets »General«, wenn er mit einem Anliegen erschien.

»Mister, *Mister*, ich bitte Sie!« protestierte der alte Herr jedesmal. »Sie sollten sich nicht über einen alten Mann lustig machen.«

Aber in seiner Handhabung der zahllosen Fälle, die der junge Beamte ihm zur Überprüfung vorlegte, zeigte Mr. Loder kein Mißfallen an diesem Titel. Als er die breite Treppe mit dem weichen Läufer herunterkam, der zu den Vorhängen im Wohnzimmer paßte, ähnelte er unstreitig dem, was möglicherweise der Vorstellung des dreisten Sippy von einem General – denn gesehen hatte er nicht viele – entsprechen mochte.

Er war auffallend dünn und auffallend groß, und ein festgefügter Schädel mit viel schneeweißem Haar sowie ein gestutzter militärischer Schnurrbart und ein Rückgrat, das gerader und nicht krummer zu werden schien, als würde das Vergehen der Zeit es wie einen guten Spazierstock härten, waren alles Aspekte seiner äußeren Erscheinung, die S.P. Ballards wohlfeile Schmeichelei rechtfertigten.

Als er nun Stufe um Stufe herabstieg, wußte James Loder sehr wohl, daß sie ihn erwarteten, aber er ging darum nicht schneller und sah nicht zu ihnen hin. Bisweilen sah er zum Treppengeländer, auf dem seine Hand ruhte, und bisweilen auf die Stufen, auf die er den Fuß setzte. Dieser Auftakt zu seinem Rollstuhlausflug an schönen Nachmittagen war ein wichtiges Ereignis, vielleicht das wichtigste seines ganzen Tages, und er zog es vor, jede Sekunde dieser nur zu flüchtigen Freuden zu genießen, statt sich den Kopf über förmliche Dankesbezeigungen für formvollendete Kindesliebe zu zerbrechen. Dennoch hätte es ihm einen gehörigen Schrecken versetzt, wenn er an Stelle von Ruth in ihrem dunklen Ausgehmantel und ihrem ordentlichen schwarzen Hut mit der blauen Feder Rodney in seinem grauen Filzhut und hellen Mantel vorgefunden hätte. Denn es lag in der Natur des Menschen, an welcher herumzukritteln alberner Idealismus wäre, die Tochter mehr zu lieben als den Sohn. Ruth sagte nie etwas und ließ nie etwas durchblicken und dachte nie etwas, was er nicht von ganzem Herzen verstehen und gutheißen konnte oder was ihn je beunruhigt hätte; Rodney hingegen dachte ständig Dinge, selbst wenn er sie nicht aussprach – oh, das wußte er ganz genau! –, die kritisch, unfreundlich und ein wenig verächtlich waren. Die Wahrheit sah so aus, daß Rod, der arme Bursche, nie den Schneid aufgebracht hatte, einmal richtig über die Stränge zu schlagen, und so war es gekommen, daß er nun durch und durch degeneriert war. Was für eine Vorstellung, einen degenerierten Sohn zu haben! Aber so war es nun einmal. Rodney war der reinste Franzose.

»Meinst du, es wird regnen, Rod?« fragte er seinen Sohn, sobald er unten ankam.

Es war seine unabänderliche Gewohnheit, an das seiner Kinder, das den Rollstuhl *nicht* schieben würde, eine Bemerkung zu richten und auf diese Weise – so interpretierte es Rodney – beide für Erfolg oder Mißerfolg des Ausflugs verantwortlich zu machen.

»So gut wie ausgeschlossen, Vater. Hier ist dein Hut, Vater.«

James Loder wußte sehr wohl, daß sein Hut da war. Denn es war eine Gepflogenheit des jungen Mannes, die bis in seine Knabentage zurückreichte, in diesem Moment mit einem kleinen Samtkissen, das auf dem Tischchen im Flur lag, an Wochentagen den Filzhut und an Sonntagen den Seidenhut seines generalsgleichen Erzeugers abzubürsten.

Langsam zog der alte Mann seine Handschuhe an, während der Sohn wartete. Es wäre nicht leicht gewesen, den Impuls zu ergründen, der ihn so handeln ließ, doch in Wahrheit verspürte er in diesem Augenblick mehr Zuneigung zu der schmalen Gestalt mit dem akkurat gescheitelten Haar, als er beim gleichen Anlaß genau vierundzwanzig Stunden früher verspürt hatte.

»Fertig, lieber Vater?« fragte Ruth.

Sie entfernte mit behandschuhten Fingern ein paar von Mortmains schwarzen Haaren vom blauen Besatz ihrer Jacke; und als ihr Bruder ihr dabei zusah, hatte er plötzlich die mystische Eingebung, daß er sie ebendiese Geste in einer zeitlichen Dimension hatte ausführen sehen, in der weder Spy Croft noch Weymouth selbst die geringste Realität besaßen. Der alte Mann betrachtete zufrieden das Gesicht seiner Tochter. Über dem blau eingefaßten Mantel und unter der blauen Hutfeder besaß Ruths Teint eine bezaubernde Weichheit und Zartheit, und ihre hellbraunen Augen begegneten seinem Blick mit zärtlicher Besorgnis.

Er dachte: »Wahrscheinlich wird man etwas empfindlich, wenn man Magengeschwüre hat. Aber die Wahrheit sieht so aus, daß nicht einmal du, meine Liebe, dich annähernd so sehr um mich sorgst, wie meine alte Belle es tut!«

Rodney, der den Hut des alten Herrn noch immer in der Hand hielt, trat vor und öffnete die Tür, so daß der Rollstuhl auf dem Kiesweg sichtbar wurde.

»Danke, Rod«, sagte James Loder, ergriff den Hut und setzte ihn mit zittriger Hand auf.

»Oh, dein Stock, Vater!« rief Ruth.

James Loder blickte seinen Sohn vorwurfsvoll an. Hatte der Junge vergessen, wieviel Wert er darauf legte, seinen Stock im Rollstuhl dabeizuhaben? Nun, man mußte der Wahrheit ins Auge sehen; die Liebe einer Frau währte auch noch, wenn man ein hilfloser Hanswurst geworden war, aber die eines Mannes erschöpfte sich. Und er entsann sich seines eigenen egoistischen Unwillens, den physischen Bedürfnissen *seines* Vaters während dessen langen Siechtums nachzukommen.

»Zu guter Letzt kehren wir doch zu den Frauenzimmern zurück«, sagte er sich, und während er den Stock von seinem Sohn entgegennahm und den Arm seiner Tochter ergriff, dankte er dem Herrn für die blinde Ergebenheit seiner alten Dienerin.

Rodney half seiner Schwester, ihn in den Stuhl zu setzen und den Stuhl auf die Straße zu bringen. Dann ging er ins Haus und schloß die Tür, ohne ihren Aufbruch abzuwarten. Wie kam es, daß die glücklichsten Augenblicke in seinem Leben inzwischen die Momente waren, wenn er ganz allein in Spy Croft weilte?

»Ich hoffe, Ammabel und Lettice sind wirklich ausgegangen«, dachte er, während er langsam die Treppe hochstieg.

Vor der Tür seines Zimmers, das sowohl ein komfortables Wohnzimmer als auch ein Schlafzimmer war, blieb er für eine Sekunde lauschend stehen. Ja! im Haus herrschte absolute Stille.

»Das hier könnte meine eigene Wohnung in Paris sein«, dachte er und erinnerte sich dabei an eine kleine bunt angestrichene Behausung, gerade groß genug für einen einsamen Einsiedler, die er einmal in St. Cloud nahe der Seine gesehen hatte. Er ließ sich in seinen Sessel am Feuer sinken und versuchte den verhaßten großen Tisch, der ein Drittel des Platzes beanspruchte und mit juristischen Unterlagen bedeckt war, aus seinen Gedanken zu verbannen. Vergebens! Und der Anblick dieser Dokumente weckte in ihm die Frage, ob es klug gewesen war, Mr. Crouch, den Partner in der Kanzlei, und den alten Mr. Titch, ihren Bürovorsteher, daran zu gewöhnen, daß er nur vormittags in der Kanzlei arbeitete.

Crouch, der »Alte«, wie der schwerfällige, fleißige Mann seit seiner Schulzeit hieß, hatte seit kurzem die Gepflogenheit entwickelt, zu Mr. Titch zu sagen: »Lassen wir diese Vorgänge, Mr. Titch, die kann Mr. Loder mit nach Hause nehmen.«

Zum Teufel mit der Kanzlei, zum Teufel mit seinem Vater, zum Teufel mit seiner Furcht, daß seine gutaussehende Schwester als alte Jungfer sterben würde – ja! zum Teufel mit dem ganzen Berg von Bürden, die auf dem Leben lasteten, und her mit dem Gedanken an seine »wesentlichen Dinge«! Rodney hatte keinem lebenden Menschen je von seinen »wesentlichen Dingen« erzählt, die nach der Anteilnahme an seiner Schwester das bei weitem wichtigste in seinem eintönigen Leben waren. Sie wären niemandem leicht zu erklären gewesen, denn es handelte sich um nichts anderes als seine Marotte, bewußt und konzentriert jene schwebenden, driftenden, mutwilligen und ungreifbaren Erinnerungen festzuhalten, aus dem dumpfen Durcheinander des Lebens ausgewählt, wie sie jedem bisweilen zuteil werden und die selbst ängstlichsten Gemütern ein unerklärliches Glücksgefühl vermitteln. Diese undefinierbaren und unbenennbaren Empfindungen waren für den trägen und antriebslosen jungen Mann allmählich zu einer Welt innerhalb der Welt geworden, zu einem Leben innerhalb des Lebens, und er stützte das Kinn in die Hand, wenn er im Büro an seinem Schreibtisch saß oder an diesem Tisch hier in seinem hübschen Zimmer, und versank in einen tiefen Tagtraum oder eine vegetative Trance, worin die unterschiedlichsten unbedeutenden kleinen Geschehnisse, die er von seinen Spaziergängen in die Stadt oder Wyke Hill hinauf oder am seichten Haffwasser, genannt Fleet, oder den Kamm von Chesil Beach entlang erinnerte, so lange an Bedeutung zu gewinnen schienen, bis sie für ihn eine gewissermaßen mystische Färbung erlangten, ganz so, als wären sie zufällige Nebenwege oder verborgene Nebentore, die in luftige Landschaften anderer und weit glücklicherer Inkarnationen führten. Rodney schob nun seinen Sessel näher zum Feuer und streckte seine Hände über die Glut, nicht um sich körperlich zu wärmen, denn es war kein sonderlich kühler Tag, sondern um seelischen Trost zu erlangen.

»Wie schön«, dachte er, »wenn niemand im Haus ist! Ich wünschte, ich lebte allein in Weymouth und käme hierher, um Ruth zu besuchen. Dieses Haus mit der immer gleichen Ammabel und dem immer gleichen Vater und Ruth und mir, die einander leid tun, zerfrißt mir noch das Herz. Selbst meine ›wesentlichen Dinge‹ lassen sich nicht mehr ohne weiteres herbeibeschwören. Mir ist, als werde meine Kraft weiterzumachen, bald versiegen, wenn nicht schnell etwas passiert. Und ... was .. soll ... dann ... sein?«

Er zündete sich eine Zigarette an und blies, noch immer vorgebeugt, ein paar bläuliche Rauchwolken in den Kamin. Die Beschaffenheit seiner Stirn erschwerte es ihm – genau wie Ruth –, diese zu runzeln; aber ihm standen Schweißtropfen auf der Stirn, denn er erinnerte sich daran, wie er in früheren Jahren mitgenommen worden war, um seinen Onkel, den Bruder seines Vaters, zu besuchen, der ein Patient Dr. Brushs war, und wie sie diesen Mann – der damals um die sechzig gewesen sein mußte – am helllichten Nachmittag in seinem Bett angetroffen hatten und einer der Wärter seinem Vater, der ihn mitgenommen hatte, erklärt hatte, daß es eines der typischen Symptome von Onkel Edwards Zustand sei, daß man ihn nur mit Zwang zum Aufstehen bewegen könne.

»Meinst ... du ... etwa«, sagte Rodney Loder zur eigenen Überraschung ganz laut zu einer bestimmten kleinen blauen Flamme, die an einem verkohlten Holzscheit auf und ab lief, »meinst ... du ... etwa ... daß ich *im Bett lande* ... wie Onkel Edward?«

Die einzige Antwort auf seine Frage bestand im leisen, weichen Geräusch rieselnder Asche, als das eine Ende des Scheits vor ihm auf den Boden des Kamins sank.

»Sollte es dafür irgendeine Entschädigung geben«, dachte er, »dann habe ich zweifellos verdient, daß endlich etwas passiert.«

Und da kam ihm mit einem merkwürdigen klatschenden

Geräusch, gerade so, als hätte Ammabel ihren Federwisch vor ihm ausgeklopft, in den Sinn, daß er mit »etwas passiert« nichts anderes meinte als den Tod des alten Mannes. Verärgert warf er seine Zigarette auf die Überreste des verkohlten Scheits, und ihm war, als würde das kleine glühende Endstück durch all die Asche und all die Glut sinken, durch den Boden sinken, durch den des nächsten Stockwerks, durch die Grundmauern und das Felsgestein darunter und durch das flüssige Feuer unter diesem; ja, sinken bis zur Erdkruste auf der anderen Seite der Welt – denn dieses weggeworfene Zigarettenende war sein Wunsch, *daß dem alten Mann etwas zustoßen möge!* Er lehnte sich in seinem Sessel zurück und schloß die Augen. Was mochte Onkel Edward gefühlt haben, als er sich in seinem ordentlichen Bett in Dr. Brushs Anstalt mit dem Gesicht zur Wand gedreht hatte, in jenem Bett, das ihn an die Schlafsaalbetten im Internat erinnert hatte? Empfand er blindwütigen Haß auf seinen großen, gesunden älteren Bruder, der dort stand und immer wieder sagte: »Wie geht's, alter Knabe, wie geht's? Ich habe Rod zu Besuch mitgebracht!«

»Aber fraglos habe ich verdient«, sagte er sich, wobei er die Augen wieder öffnete, »daß *irgend etwas* in meinem Leben sich verändert – verändert, verändert! Ruth hat keine Vorstellung davon, wie unglücklich ich bin, sowenig, wie sie eine Vorstellung davon hat, daß ihr eigenes Leben all ihre Chancen zu heiraten zerstört.«

Es war sehr ungewöhnlich für Rodney Loder, eine gefühlsbetonte Geste zu machen, doch etwas an der warmen frühlingshaften Luft, die nun durch den schmalen, geöffneten Spalt seines Fensters zu ihm drang, versetzte ihm einen Stich, wie es Leuten geschieht, wenn das Glück sie quält, statt sie zu durchströmen; und mit einem Ruck zog er die Goldkette hervor, an der er seine Schlüssel trug, und begann sie vor und zurück zu schlenkern. Dann steckte er sie mit einem lauten Seufzer zurück, stand auf, ging zum Tisch und schrieb mit einem Bleistift, den er vom Tisch nahm, mit großer, unordentlicher Schrift auf ein leeres Blatt Papier: »Rodney Loder – am Ende seiner Kraft.«

Nachdem er dies beinahe mechanisch getan hatte, begann er im Raum auf und ab zu gehen.

»Was ich zu gern wüßte«, dachte er, »ist, ob das, was ich fühle, ein ungewöhnliches Gefühl ist. Ist die Wirklichkeit für jedermann so bohrend, so drückend, so schmerzlich? Und verhält es sich wirklich so, daß ich einfach zu feige bin, es durchzustehen? Guter Gott! Ich weiß noch, wie ich damals Magnus in Brunswick Terrace wegen des jungen Zed aufgesucht habe. Unten bei Miss Le Fleau war irgendeine erboste Verwandte, die ihn sprechen wollte, und ich sagte es ihm und riet ihm, zu verschwinden – aber er wollte nicht! Ich sehe sein häßliches, bekümmertes Gesicht vor mir, als wäre es gestern gewesen, und wie er es in Form schüttelte, als wäre es ein Gesicht aus Ton, an dem er seit Jahren arbeitete, und wie er dann in den Salon –«

Seine Gedanken wurden durch das helle, laute Läuten der Türklingel unterbrochen. Instinktiv sprang er auf und sah sich im Spiegel an. Dann dachte er:

»Warum soll ich zur Tür gehen? Man wird annehmen, daß niemand daheim ist.«

Doch noch während er diese Vermutung formulierte, nahm er die Haarbürste in die Hand, tauchte sie in die Kanne mit Wasser und begann wie gewohnt sein glattes Haar vom geraden, akkuraten Seitenscheitel aus straff zurückzubürsten. Ein langes Schweigen trat ein, in dem er, obwohl er in Gedanken wiederholte: »Ich gehe nicht hin«, seine Krawatte zurechtzog und seine Manschetten geradezupfte. Schließlich läutete es wieder, doch diesmal schwächer, als hätte der Besucher sich gedacht: »Ich kann noch einmal läuten, bevor ich gehe.«

Doch gerade die Mutlosigkeit dieses zweiten Läutens bewog ihn, die Treppe hinunterzustürmen und die Haustür zu öffnen. Vor ihm stand Daisy Lily! Das junge Mädchen trug eine violette Strickjacke und einen dunklen Rock und auf dem Kopf eine kleine runde lavendelfarbene Strickmütze.

»Oh, Daisy – komm herein, meine Liebe, komm herein! Ich freue mich sehr, dich zu sehen! Seit du das letztemal hier warst, hat Ruth es übernommen, Vater auszufahren. Mit ihr gefällt es ihm einfach besser als mit mir – was man ihm nicht verargen kann. Komm hoch ans Feuer, meine Liebe! Ruth wird zum Tee zurück sein; so lange wirst du doch warten?«

Er geleitete sie so schnell nach oben, daß Daisy, die nur sehr langsam auf andere reagierte und ihre Worte sehr bedächtig wählte, gar nicht dazu kam, ihm zu erklären, daß sie Captain Poxwell aus der Schloßruine abholen und nach Hause bringen mußte. Statt dessen ließ sie sich von ihm in seinen Sessel vor dem Feuer setzen; und als Rodney bewußt wurde, daß es im Zimmer für einen jungen Menschen nach einem schnellen Fußmarsch zu warm sein mußte, und er das Fenster etwas weiter öffnen wollte, schüttelte sie entschieden den Kopf. Daisy war so sehr daran gewöhnt, mit Leuten zusammenzuleben, die selbstsüchtiger waren als sie, daß es ihr nie in den Sinn gekommen wäre, ihre eigenen privaten Präferenzen in Belangen wie Hitze und Kälte für erwähnenswert zu halten.

»Ich mag Kaminfeuer«, sagte sie ernst und stellte ihre solide beschuhten Füße nebeneinander auf das Kamingitter aus Messing. »Mrs. Matzell macht mir immer ein Feuer. Mutter hält es für Verschwendung; sie braucht eins, weil das Klima für sie zu feucht ist, und Großvater braucht eins in seiner Kajüte; so kommt es, daß wir oben drei Feuer haben; und natürlich ist das –«

Während sie sprach, betrachtete Rodney sie mit neugieriger Aufmerksamkeit. Wie schnell sie erwachsen geworden war! Er hatte ihr einmal zum Geburtstag ein Puppenhaus gekauft, und er konnte jetzt noch die Betonung ihrer Stimme hören, als sie zu überlegen begonnen hatte, ob Quinquetta, eine kleine Porzellanpuppe mit dem Gesicht Marie-Antoinettes, ihr Schlafzimmer lieber im Parterre oder im ersten Stock hätte.

»Ist Cattistock heute bei euch?« fragte er obenhin.

Daisy nickte, und dann runzelte sie die Brauen, neigte den Kopf und zupfte mit den Fingern am Saum ihrer Strickjacke. Sie hatte sich so sehr nach einem Gespräch mit Ruth gesehnt, daß es einem dringenden Bedürfnis gleichkam, und nun würde sie unverrichteter Dinge zu ihrem Großvater zurückkehren müssen. Sie wurde außerdem gewahr, daß ihr von der Hitze im Raum schwindelig wurde, und sie erinnerte sich, daß zu Hause alles so drunter und drüber gegangen war, daß sie keinen Lunch gehabt hatte. Doch sie fürchtete sich so wenig vor Rodney, obgleich es Ruth war, mit der sie sprechen wollte, daß sie ihn fragte, ob sie ein Glas Wasser haben könne.

»Wäre dir ein Glas Milch nicht lieber und vielleicht ein Stück Kuchen?«

Sie stimmte ihm zu und bedachte ihn mit einem sich langsam vertiefenden und überaus dankbaren Lächeln.

»Einer von Ammabels selbstgebackenen Kuchen?« murmelte sie.

»Wenn einer da ist«, sagte er und eilte davon.

Sobald er gegangen war, stand sie schnell auf, um sich so weit wie möglich von dem heißen Feuer zu entfernen, das ihrer Ansicht nach die Hauptursache für ihr Schwindelgefühl bildete. Als sie ans Fenster trat, das weit aufzureißen sie mit allen Fibern ihres Körpers ersehnte, sah sie unwillkürlich auf dem großen Tisch voller Unterlagen das Blatt Papier mit den Worten »Rodney Loder – am Ende seiner Kraft«. Mit aufgerissenen Augen starrte sie darauf, und ihr Herz begann schneller zu schlagen. Ihr erster Gedanke war die aberwitzige Idee, die sich Peg Framptons Anfällen von Pessimismus verdankte, sie sei gerade rechtzeitig gekommen, um Rodney davon abzuhalten, sich zu erschießen. Da sie jedoch keinen Revolver und keine Flasche mit der Aufschrift »Gift« erblicken konnte, trat sie ans Fenster und preßte ihre heiße Stirn an die kühle Scheibe, statt es zu öffnen. Hier verharrte sie in Gedanken über das, was sie gesehen hatte und was es bedeuten mochte, bis sie Rodneys Schritte hörte und hastig zu ihrem Platz zurückging. Sie begriff, daß er sich unten an den Zettel auf dem Tisch erinnert hatte, denn sie merkte, daß er hinter ihr durchs Zimmer ging, sobald er es betreten hatte, und gleich darauf wortlos eine Handvoll Papier ins Feuer warf, als wäre es die selbstverständlichste Sache der Welt. Daisy jedoch war zutiefst dankbar, daß ihre Beschäftigung mit dem Glas Milch und Ammabels Kuchen sie in die Rolle der Zuhörerin statt der der Sprechenden versetzte, und ihr langsam arbeitender Verstand erwog immer wieder, was diese finsteren Worte bedeuten mochten. So gesund war die Seele der Tochter Captain Lilys, daß es ihr seit ihrer Kindheit noch nie in den Sinn gekommen war, sich selbst zu bemitleiden oder ihr Leben für unglücklich zu halten. Das morbide Vergnügen, das Peg daran empfand, sich ihrem »Meer von Sorgen« zu überlassen, war in der Tat die geheime Ursache gewesen, warum Daisy sich etwas von ihr zurückgezogen hatte, doch mit dieser Enthüllung über Rodney war es etwas anderes. Als sie ihre Milch in kleinen Schlucken trank und spürte, wie der Schwindel nachließ und ihre Wangen sich wieder röteten, sah sie die Worte »am Ende seiner Kraft« vor sich. Sie sah die drei Pünktchen, die er nach dem letzten Buchstaben aufs Papier gesetzt hatte, als wolle er dreimal einen Punkt machen.

Und als sie vorsichtig, sogar unwillig, seine Fragen über Mrs. Lily und Cattistock beantwortete – denn Daisy wünschte keineswegs, mit Rodney über ihre Mutter zu sprechen –, blickte sie ernst über den Rand ihrer Tasse auf sein glattgescheiteltes Haar, seine hellen Augen, seine glatte Stirn; und als sie ihn so anstarrte, verwandelte er sich vor ihren Augen nach und nach in einen Rodney, der ganz anders war als jener, den sie ihr Leben lang zu kennen vermeint hatte. Der akkurate Scheitel dessen, der ihr gegenübersaß, wiederholte die Worte »am Ende seiner Kraft«, und sie spürte, daß das Wort »Kraft« wie ein rührendes zerbeultes Namensschild um seinen Hals hing, wie die Trophäe von etwas Hohem, Fernem, Unnahbarem, Tragischem. Auch für ihn mußte der Blick voll ernster Zärtlichkeit, mit dem sie ihn fragte, ob er noch hin und wieder mit dem Jobber aufs Meer fahre, etwas Neues sein.

»Es ist schön, in der *Kormoran* auszufahren – findest du nicht?« sagte sie. »Aber ich wünschte, er würde nicht so schauen, wie er es tut, wenn man Mr. Cattistock erwähnt! Neulich haben Großvater und er miteinander geflüstert und sind verstummt, als ich kam. Er sollte Großvater in diesen Dingen nicht noch unterstützen, nicht wahr?«

»Ganz gewiß nicht«, sagte Rodney; und dann fiel ihm auf, daß die grauen Augen, die ihn so unverwandt ansahen, während sie den Kuchen an ihre rosigen, ernsten Lippen hielt und geistesabwesend an ihm knabberte, aussahen wie die Augen einer Frau, die wußte, wie es um ihn stand; und von diesem Gedanken geriet er, noch während sie sich über andere Anlässe unterhielten, bei denen sie die *Kormoran* bestiegen hatten, in eine Art wachen Trancezustand, in dem Daisy Lilys Gestalt, so weiblich, wie sie sich nun unter der enganliegenden Strickjacke zeigte, unmerklich mit einem früheren Bild von ihr verschmolz, das sie zwischen ihm und dem Jobber beim Verlassen des Schiffs am sonnenbeschienenen Strand von Lulworth zeigte und das ein wichtiger Bestandteil eines seiner am intensivsten empfundenen »wesentlichen Dinge« war.

Vielleicht lag es daran, daß während ihrer Unterhaltung in dem überheizten Zimmer durch den offenen Spalt des Fensters plötzlich lautes Möwengeschrei hereindrang, daß diese besondere »Wesentlichkeit«, die seit jenem Sommertag so viele Male erhascht und verloren, verloren und wieder erhascht gewesen war, ihm nun wieder vor Augen stand, eng verbunden mit der Figur des Mädchens unter der violetten Wolle. Die Möwen des aktuellen Augenblicks hörte er nicht, so sehr beschäftigte ihn die neue Empfindung – die Empfindung, die ganz plötzlich der Zufall zum offenen Fensterspalt hereingeweht hatte –, daß das Herz einer Frau sich seiner erbarmt hatte wie noch kein Herz zuvor. Als er die Milch für sie holte, hatte er für einen Augenblick befürchtet, sie könne das Blatt Papier auf seinem Tisch entdecken; doch als er sie in der gleichen Haltung vorgefunden hatte, in der er sie verlassen hatte, und auch das Papier unverändert liegen sah, verschwendete er auf diese Möglichkeit keinen zweiten Gedanken.

»Ei-ar! Ar-ei! Ei-Ar! Ar-ei!« ertönte das schrille Kreischen der

Möwen durchs Fenster; Rodney jedoch hörte es nicht. Es war bezeichnend für seine spezifische Art unglücklicher Trägheit und Unbeweglichkeit, daß Eindrücke ihn erst zu berühren vermochten, wenn sie Teil der fernen Vergangenheit geworden waren. Die Realität der Gegenwart schien für ihn stets mit etwas Schmerzlichem belastet.

Und auch Daisy – die in Sandsfoot Castle voll Entzücken diesen Schreien gelauscht hätte – achtete nicht mehr darauf als er. Etwas in ihr, was noch nie zuvor geweckt worden war – am allerwenigsten durch Peg Frampton –, fand sich in seinen tiefsten Fundamenten erschüttert, als sie den glattgekämmten Kopf vor sich betrachtete und vor dem inneren Auge die drei Punkte nach dem letzten Buchstaben des Wortes »Kraft« sah. Ihr war mit einemmal zumute, als gelangten aus bodenlosen Tiefen in ihr – Tiefen, die bei ihren Brüsten begannen, aber in einer solchen Unerschütterlichkeit starken, gelassenen, zuverlässigen und mitleidvollen Fleischs und Bluts gründeten, als bedürfe es zu ihrer Erzeugung einer vollbusigen Erdtitanin – Arme empor, Hände, ein Aufwallen unwiderstehlichen Schutzes, in welchen diese einsame Stirn und diese blassen, unglücklichen Lider sich senken und wo sie sich in Sicherheit wiegen lassen konnten!

So kam es, daß indes die Möwen draußen vor dem überheizten Zimmer immer wieder ihr »Ei-Ar! Ar-Ei! Ei-ar!« kreischten, diese zwei Paar Menschenohren nichts davon vernahmen.

Und die Unaufmerksamkeit Rodneys und Daisys gegenüber dem Möwengeschrei außerhalb von Spy Croft fügte der uralten Gleichgültigkeit der vielen Menschenseelen der zwei Stadtteile den Gegenständen und Geräuschen gegenüber, die gewissermaßen zum festen Hintergrund der Gegend geworden waren, eine neue Bürde, ein neues Gewicht, eine neue Quote hinzu. Einem Geist, der nicht völlig abgestumpft war für das, was Mr. Gaul das »repräsentative Potential unbelebter Identitäten« genannt hätte, wäre es ein leichtes gewesen, sich vorzustellen, wie zwischen St. Alban's Head, der White-Nose-Klippe, dem Nothe-Fort, dem Fluß Nothe, Chesil Beach, dem Haffwasser, der Stadtbrücke, dem White Horse, Hardys Denkmal, der Statue König Georges, dem Kirchtum von St. John's, der Jubiläumsuhr und dem unablässigen Geschrei der Seemöwen und dem Kommen und Gehen von Ebbe und Flut im Lauf ihrer langen Komplizenschaft eine unterschwellige Geduld entstanden sein mochte, nicht unähnlich der eines organischen Lebewesens, eine Geduld, die sich der schwachen, undeutlichen, embryonischen Halbbewußtheit annäherte, selbst wenn sie ihr nicht wirklich gleich sein konnte, die dem Seetang, den Muscheln, den Seeanemonen, den Seesternen und den Quallen innewohnte, welche verborgen an diesen Stränden und in diesen Felstümpeln hausten.

Doch in ebenjenem Augenblick, da diese beiden Menschen infolge ihres neuerwachten Interesses füreinander gar so taub für die Seemöwen waren, flüsterte einer jener Teufel, die bei allen Begegnungen zwischen *Yin* und *Yang* zugegen sind, Rodney die Idee ein, in jenem herablassenden Ton, den Erwachsene anschlagen, wenn sie mit Kindern sprechen, die scheinbar harmlosen Worte zu äußern: »Wie geht es Quinquetta?«

In der Tat war es die von weit her schimmernde Erinnerung an eines seiner teuersten »wesentlichen Dinge«, die ihm diese Bemerkung eingab; doch wie hätte Daisy dies wissen sollen? Ihr wollte es vorkommen, als wäre er in dem Augenblick, da sie ihm die bebenden Antennen eines Gefühls entgegenstreckte, das sie für niemanden bisher empfunden hatte, aufgestanden und zu seinem Waschtisch gegangen, um den Krug zu ergreifen und das kalte Wasser über ihr klopfendes Herz zu schütten! Die ganze Zeit hatte sie Krug und Waschschüssel mit einem gewissen Unbehagen zur Kenntnis genommen, denn sie hatte oft gesehen, wie Captain Poxwell die Ärmel aufrollte, um sich die Hände in *seiner* Waschschüssel zu waschen, und der Anblick der stoppeligen Haare auf den Unterarmen des alten Mannes hatte sie immer abgestoßen. Es war folglich eine unglückliche Koinzidenz, daß Daisy ausgerechnet in dem Moment, in dem er sagte: »Wie geht es Quinquetta?«, Krug und Schüssel ansah, denn diese Gegenstände waren in ihrem Geist unauflösbar mit dem Gedanken an eine gewisse behaarte Grobschlächtigkeit und eine gewisse reife Männlichkeit verbunden, so daß es ihr nun scheinen wollte, als gieße Rodney ungeachtet seines weißen, bartlosen Gesichts mit ungeschlachtem, behaartem Männerarm kaltes Wasser über ihre tiefsten Gefühle.

»Oh, gut, danke!«, und sie stand auf. »Es tut mir leid, daß ich nicht bleiben kann, bis Ruth kommt«, sagte sie. »Ich wollte ... ihr sagen ... verschiedenes ... und sie ... verschiedene Dinge ... fragen; aber ich muß zu Großvater zurück, bevor es dunkel wird. Mrs. Matzell wollte uns den Tee in seiner Kajüte servieren, falls Mr. Cattistock noch da sein sollte. Vielen Dank für den Kuchen, Rodney. Sag Ammabel bitte, wie gut er mir geschmeckt hat.«

»Nun ja – wenn du gehen mußt«, murmelte Rodney düster.

Dann wurde er munterer. »Ich begleite dich bis nach Sandsfoot, meine Liebe! Wir haben noch Zeit genug. Und wenn Vater und Ruth ohne mich Tee trinken, macht das nichts.«

Daisy fühlte sich durch seine Frage nach Quinquetta noch immer sonderbar verletzt und vernichtet. Es waren weniger die Worte als vielmehr der Ton, was sie verletzte. Niemals hätte er in diesem gewöhnlichen, faden Ton gesprochen, wenn er nicht unterstellt hätte, daß er es mit einem unbedeutenden kleinen Ding zu tun hatte, das er von Kindesbeinen an kannte. Aber sie war viel zu wohlerzogen und zurückhaltend, um Rodney die leiseste Ahnung zu vermitteln, daß sie dies empfand; und so machten sie sich in offenbarer Harmonie nach Sandsfoot Castle auf.

Es war fraglos ein ausgemacht schöner, frühlingshafter Tag für diese frühe Jahreszeit, doch sowohl der Mann in seinem hellen Mantel als auch das junge Mädchen in seiner violetten Strickjacke waren weiterhin in ihre persönlichen Grübeleien vertieft. Überdies hatte Daisy seit ihrer Kindheit stets überaus normal und gesund auf die Elemente reagiert. Sie war von Geburt an dazu ausersehen, mit Menschen wie Dingen auf die eindrucksvoll beschützende Weise jener langen Reihe pragmatischer Frauen umzugehen, die von jeher dafür Sorge trugen, daß die ruhelosen Dämonen der menschlichen Seele das Leben der Menschen nicht ruinierten. Mr. Gauls Gedanken über die »wunderlichen Töchter des Chaos« mochten zwar für beide Töchter Captain Poxwells gelten, doch auf seine Enkelin trafen sie ganz gewiß nicht zu. Und Rodney, wenngleich es mehr als wahrscheinlich sein mochte, daß die windgezausten Pfützen ersterbenden Sonnenlichts, über die sogleich darauf von Chesil Beach her feuerfarbene Wolkenfetzen zogen, eine unbeschreibliche »Wesentlichkeit« für ihn schufen, die ihm Monate oder gar Jahre später erst zu Bewußtsein kommen würde, war viel zu aufgewühlt von seiner Entdeckung, daß die »kleine Daisy« sich in eine Frau verwandelt hatte, die die Macht besaß, bis zum Grund seines Kummers zu blicken, um den Blick auch nur für eine Minute von ihren runden Wangen, ihren ernsten Augen, ihren vollen, reizend schmollenden Lippen abzuwenden. Als sie die Ruinen des Tudorschlosses erreichten, hatte jedoch eine schwere Wolke warmen, dunklen Dämmerdunstes, die von der West Bay aufgestiegen war, fast jeden Rest Sonnenlicht absorbiert, und bläulichgrüne Düsternis, die dennoch eine eigenartige Lebendigkeit zu enthalten schien, vergleichbar dem grünlichen Laich ätherischer Fischschwärme, senkte sich zart und durchsichtig auf Land und Wasser. Unvermittelt griff Daisy nach der Klappe seiner Manteltasche und blieb stehen.

»Ojemine!« flüsterte sie. »Der Jobber ist bei ihm. Da steht die *Schnecke.*«

Und ganz unzweifelhaft stand am Tor zur Straße der schwerfällige, alte kleine Laster, den Adam Skald benutzte, wenn er sich vom Meereswesen in ein Landwesen verwandelte.

»Großvater wird ihn in eine Wut auf Mr. Cattistock hineingeredet haben, und das, wo er gerade bei Mutter im Haus ist! Großvater ist wirklich gemein, wenn er so etwas tut. Und dabei weiß er ganz genau, wie großzügig es von Mr. Cattistock war, mir zu erlauben, bei ihm zu bleiben. Oh!«, und hier ließ Daisy ein komisches kleines Kichern vernehmen, »jetzt habe ich die Katze aus dem Sack gelassen! Das war es nämlich, worüber ich mit Ruth sprechen wollte. Sei so gut, ihr das zu sagen, wenn du daran denkst. Es ist nur, weil Mutter und ich bis zum Sankt-Nimmerleins-Tag darüber gestritten hätten – Ruth weiß es! –, wenn Mr. Cattistock nicht ein Machtwort gesprochen und gesagt hätte, daß ich selbstverständlich bei Großvater bleiben soll. Sie machen keine Flitterwochen, Rodney.« Diese Bemerkung machte sie in ehrfürchtigem Flüsterton, während Rodney einen nervösen Blick in den nach Fisch riechenden Laster des Jobbers warf. »Aber nach der Hochzeit zieht sie sofort mit ihm nach Peninsular Lodge; und die Hochzeit selbst findet in der Trinity Church statt.«

Als sie verstummte und er ihr ins Gesicht sah, vergaß Rodney sekundenlang völlig sein Selbstmitleid, denn er war gewitzt genug, sogar im grünlichgrauen Dämmerlicht zu erkennen, daß sie Blut aus ihren Adern dafür vergossen hätte, das nicht gesagt zu haben, was sie eben gesagt hatte. Indem sie jemand anderem als Ruth gegenüber ihre Mutter auch nur erwähnte, schien sie einen besonders empfindlichen Ehrbegriff in ihrer eigenen Brust zu verletzen. Und Rodney begriff als der, der er war, auf der Stelle, was in ihr vorging, denn es war das, was er so oft empfunden hatte, wenn er unfreundliche Worte über seinen Vater geäußert hatte; und es rührte ihn zutiefst zu sehen, wie sie sich auf die Lippen biß und wie ihr Tränen des Zorns in die Augen stiegen.

»Verzeih mir, meine Liebe«, sagte er schnell, »wenn ich dich dazu verleitet haben sollte, über deine Familienangelegenheiten zu sprechen! Sag nichts weiter; und ich werde so tun, als hätte ich kein Wort vernommen! Dieser Lastwagen mit seinem Fischgestank macht einem nicht nur speiübel, sondern er macht einen auch stocktaub.«

Aus ihren tränenfeuchten Augen sah Daisy ihn mit einem Blick an, der – wenngleich Rodney dies nicht wußte – der sanfteste Blick war, den er erhielt, seit er sich nach Quinquetta erkundigt hatte; und nebeneinander näherten sie sich der Ruine. Wie Daisy vorausgesagt hatte, fanden sie Captain Poxwell, der wie ein dürrer Dämon der Heimtücke auf einem Steinhaufen saß, auf dem er seinen Schal mit Schottenmuster ausgebreitet hatte, in grimmig-frohlockender Betrachtung der massigen Gestalt Skalds vor, die vor ihm auf und ab ging. Der Captain schien in auffallender Weise Herr über seinen verwirrten Geist zu sein, und obwohl es innerhalb der Mauern zu dunkel war, als daß man die verzerrte Ader an seinem Hals oder das brennende Glosen seiner rastlosen Augen, die die morbide Haßliebe Mrs. Cobbolds so stark weckten, hätte sehen können, schien es Rodney doch außer Zweifel, daß von den zwei Seefahrerkumpanen der Eigner der *Kormoran* der bei weitem verstörtere war. Tatsächlich war der Jobber so aufgeregt, daß er fast außerstande war, Daisy mit seiner gewohnten Forschheit zu begrüßen, wenngleich er ihr die Hand entgegenstreckte, während er Rodney mit einem mürrischen flüchtigen Nicken bedachte, wie es ein Duellant am Vorabend einer schicksalhaften Konfrontation einem unerwünschten Eindringling zukommen lassen mochte.

»Mrs. Matzell wartet sicher schon auf uns, Großvater«, sagte das junge Mädchen, das sofort auf die Gestalt zuging, die auf dem Steinhaufen saß. »Bist du mit der Kiste fertig, die du mitgebracht hast?« Und sie warf einen Blick in die Ecke, in welcher der alte Muschelsammler üblicherweise arbeitete.

Die liebevolle Ansprache des Mädchens hatte einen so starken Einfluß auf den Captain und seine etablierten Gewohnheiten, daß er nicht versuchte, sich ihr zu widersetzen. Er kletterte von seinem Podest, streckte sich wie ein alter Hund, der mit einem verbotenen Knochen erwischt wurde, schüttelte seinen langen, mageren Körper und seine steifen Gliedmaßen und machte sich ohne ein Wort des Widerspruchs daran, seine Habseligkeiten einzusammeln.

Der Jobber sah ihm verdrießlich zu, die Hände in den Taschen, das Kinn auf die Brust gesenkt, die Schultern hochgezogen.

»Wie geht es meinem Freund Trot?« frage Rodney, und Daisy, die ihren Arm in den des Großvaters gelegt hatte, fiel auf, daß er es im gleichen Tonfall sagte – dem eines Erwachsenen, der mit einem Kind spricht –, der seine Frage nach Quinquetta gekennzeichnet hatte.

Der Jobber nahm die Frage überhaupt nicht zur Kenntnis. Er schien in heillos brütende eigene Gedankengänge versunken zu sein. Die großen Fäuste drückte er tiefer und tiefer in die losen Taschen seiner Seemannshose, und sein schweres Kinn sank ihm grimmiger und grimmiger auf die Brust.

»Ist er weg?« fragte Captain Poxwell seine Enkelin.

Während dieses ganzen Zwischenfalls hatte er Rodney nicht mehr beachtet, als wäre dieser ein Hund, der dem Mädchen zufällig in die Schloßruine gefolgt war.

»Ich weiß es nicht, Großvater«, sagte Daisy ruhig. »Mutter hatte die Kerzen noch nicht angezündet, als wir am Haus vorbeikamen. Aber vielleicht –«

Der Jobber hob seinen Kopf mit einer abrupten Bewegung, nahm die Hände aus den Taschen und trat zum jungen Loder, der vergeblich versuchte, ein Streichholz zu entzünden, das der Wind, der durch eines der großen leeren Fenster hereinblies, jedesmal sofort löschte.

»Soll ich Sie mitnehmen?« fragte er. »Die beiden kommen allein zurecht. Am besten lassen wir sie in Ruhe!« Dann fügte er mit trotzigem Flüstern hinzu: »Cattistock, dieser Hund, denkt, er würde am Zwölften heiraten ... das ist Donnerstag, mein Junge ... und heute ist Montag.«

Rodneys helle Augen blickten angesichts der Anspannung, die von der massigen Persönlichkeit des Mannes ausging, unbehaglich drein. Er sah zu Daisys untersetzter und doch weicher Gestalt, die den verrückten Captain stützte, dessen schwankende Umrisse in der Dunkelheit einem verrückt gewordenen Mephisto unter dem Schutz eines unbeirrbaren Engels glichen.

»Er hat meinen Vater ruiniert«, fuhr das heisere Flüstern des Jobbers fort, »genau wie die Kameraden meines Vaters. Und jetzt will er die Steinbrüche dichtmachen, die seit tausend Jahren existiert haben! Sehen Sie nicht, Mr. Rodney, daß er mehr ist als nur ein Feind von Fleisch und Blut? Er ist sogar dem Stein ein Feind geworden!«

Rodney Loder war ratlos wie selten zuvor. Sein Gefühl für das, was sich gehörte, und sein träger bürgerlicher Hausverstand schraken vor diesem riesenhaften besessenen Flüsterer unwillig zurück. Hatte nicht jedermann auf der Welt seine eigenen Schwierigkeiten? Warum sollte ausgerechnet Adam Skald, der Jobber, das Recht haben, sein Mütchen zu kühlen? Sollte er doch an der eigenen Galle ersticken! Rodney fühlte sich versucht, etwas ähnlich Kaltes und Vernichtendes zu ihm zu sagen, wie es sein Vater, der General, getan hätte.

»Was interessiert uns das? Kümmere sich jeder um seine eigenen Angelegenheiten!«

Und wahrhaftig erschien ihm die ganze Szene im grünlichen Dämmerlicht innerhalb der morschen Mauern zunehmend phantastisch, irreal, ja absurd. Mochte die eigene Tätigkeit ihm auch sterbenslangweilig geworden sein, so hegte er dennoch keinen Wunsch, sie gegen nächtliche Gespräche in Sandsfoot Castle einzutauschen.

»Ruiniert«, fuhr der Jobber fort, während Daisy, die gewartet hatte, daß der sonderbare Dialog ein Ende finde, nun den alten Mann fortführte, »ruiniert, jawohl, das sind mein Vater und seine Kameraden! Und heute ist Montag; und er will sich am Donnerstag mit dieser Frau vergnügen. Was fällt Ihnen dazu ein, Loder, ha? Er wird in Chickerel das Tanzbein schwingen, während sie auf der Insel weder Brot noch Fleisch, noch Stein haben!«

Das Wort »Stein« explodierte auf den Lippen des Jobbers wie die schwere Ladung eines Katapults. Es wäre denkbar, daß die Avancen, die ihm Mrs. Lily gemacht hatte, als er sich zuletzt an diesem Ort befand, obgleich sie durch die Erinnerung an Perdita abgewehrt worden waren, dennoch ihren Eindruck bei ihm hinterlassen hatten. Jedenfalls war die Vorstellung, daß Cattistock sich mit dieser Huri mit ihrer betörenden, seidenweißen Haut vergnügen würde, mehr, als er ertragen konnte.

»Heute ist Montag, Loder, und sie wird am Donnerstag mit dem Hund im Bett liegen!«

Rodney hatte plötzlich den Eindruck, Whiskey im Atem des Jobbers zu riechen. Das blinde Wüten mörderischen Hasses, dessen Ohrenzeuge er geworden war, stellte eine völlig neue Erfahrung für ihn dar, und mit der vorsichtigen Ängstlichkeit seiner Klasse nahm er sogleich an, daß der Mann betrunken sein müsse. Er blickte auf den Rücken des sich entfernenden Captains und sah, daß der Schal, auf dem dieser gesessen hatte, sich wieder an seinem gewohnten Platz um den mageren Hals befand. Dann hing sein Blick an Daisys Gestalt, während die beiden über die Schwelle traten, und er beneidete mit einemmal den Captain mit dem spürbaren Herzklopfen gereizter Eifersucht um die Stütze, die ihm diese weichen Glieder in der Strickjacke boten.

»Gute Nacht, Captain!« rief der Jobber. »Gute Nacht, Missy! Ich nehme Mr. Loder ein Stück Wegs mit, aber Sie wollen sicher nicht auf uns warten. Die *Schnecke* riecht heute abend ein bißchen fischig.«

Dann trat Totenstille ein, indes die zwei Gestalten sich entfernten; doch in Rodneys Magengrube schien sich etwas zu dehnen und zusammenzuziehen wie ein windgeschütteltes Segel.

»Gute Nacht, Daisy«, rief er; und sekundenlang war ihm, als befinde sie sich auf dem Deck eines Schiffes, das den Hafen verließ, und er werde ihre Stimme nie wieder hören, wenn er sie jetzt nicht hörte. Nur ein- oder zweimal in seinem Leben hatte er sich etwas so sehr gewünscht, wie er sich jetzt wünschte, Daisys Stimme zu hören. Ja – dem Herrn sei Dank! –, beim Hinausgehen drehte sie sich noch einmal um.

»Gute Nacht allerseits!« rief sie mit klarer Schulmädchenstimme.

»Sie hat ›allerseits‹ gesagt«, dachte er, »weil sie die Gefühle des Jobbers nicht verletzen wollte.«

Diese völlig neue Daisy Lily hatte Rodneys Nerven in solche Erregung versetzt, daß es dem Besitzer der *Schnecke* nicht schwerfiel – und der Fischgeruch war weniger aufdringlich, sobald sie fuhren –, ihn zu überreden, den Tee in Spy Croft zu schwänzen und mit ihm zum Hafen zu kommen.

Nicht weit vom westlichen Ende der Stadtbrücke entfernt, dort, wo die alte High Street des Verwaltungsbezirks Weymouth begann, in einer Gegend, die heute Lagerhäuser und Schenken beherbergt, gab es zu jener Zeit eine kleine Gasse mit Kopfsteinpflaster. Sie befand sich etwa in der Mitte des Wegs zwischen der Trinity Church und dem neuerbauten Andachtsgebäude namens Sidney Hall, und so unauffällig sie sich präsentieren mochte, wies sie doch nicht weniger als drei Wirtshäuser auf. Am Ende dieser Gasse mit Namen Corder's Wharf besaß ein Freund des Jobbers eine große Bootsbauerwerkstatt, und dort war der Lieferwagen des Jobbers – trotz ausgiebigen Ratterns und Getöses beim Hinein- und Herausfahren – untergestellt.

Jetzt hatte er ihn sicher hineinbugsiert und kam mit Rodney zusammen die Gasse entlang, als jemand aus einem der obenerwähnten Wirtshäuser auf sie zustürzte. Es war niemand anders als Larry Zed, der vom Erkerfenster seines Wachtpostens aus Ausschau gehalten und sowohl ihr Eintreffen als auch ihr Verlassen der Werkstatt beobachtet hatte. Der Anblick des Sohns und Erben des berühmten Rechtsanwalts von Weymouth – denn der junge Zed hatte mit Rodney in Zusammenhang mit den Formalitäten seiner

Adoption schon zweimal zu tun gehabt – ließ den Jungen nun verwirrt und verärgert schweigen.

Der Jobber jedoch nahm ihn entschlossen bei der Hand, und indem er seine Hand festhielt – in bewußter Verachtung der Etikette von Corder's Wharf, die das öffentliche Zurschaustellen der Liebe von Mann zu Mann nicht guthieß – und ihn zwischen sich und Rodney gehen hieß, leitete er beide an der Trinity Church und am Hafenbecken vorbei, bis sie die Steinstufen von Cove House erreichten. Wie gewohnt fiel der Vorhang schnell herab, und Mrs. Trot öffnete die Tür im gleichen Augenblick, in dem sie die oberste Stufe betraten. Sowohl Rodney als auch der junge Zed waren bereits im Haus des Jobbers gewesen – denn dessen Begabung, sich außerhalb aller Klassen zu bewegen, machte ihn zur *persona nota*, wenn nicht gar zur *persona grata* in allen Gesellschaftsschichten des Ortes –, doch es war gewiß das erstemal, daß sie es zusammen betraten. Sie setzten sich alle im Wohnzimmer, wo die Marotte des Gastgebers, gute lederne Lehnstühle zu sammeln, sich aufs vorteilhafteste bemerkbar machte, und wenn Rodney Adam Skald in Sandsfoot Castle der Trunkenheit verdächtigt hatte, so wurde er bald durch die ungewohnte Menge Whiskey, die ihm der Jobber kredenzte, milder gestimmt.

Dank des köstlichen Getränks, an dem Larry sich nicht weniger gütlich tat als die anderen, und der Besuche, die alle drei in jeweils gebührendem Abstand im Schlafzimmer des Jobbers machten, verging die Stunde von fünf bis sechs Uhr verblüffend schnell. Sie verging, wie wir gestehen müssen, für Rodney im Wohnzimmer des Jobbers weit schneller als für Daisy in ihres Großvaters Kajüte.

Es ist möglicherweise gar nicht weiter verwunderlich, daß der Mensch in seiner unergründlichen Begierde nach einer Art Überbewußtsein, welches als Gedächtnis Geschehnisse und Ereignisse und Worte und Taten und Gruppierungen zu verzeichnen wüßte, wie sie sich gleichzeitig an verschiedenen Orten der Erde ereignen, versucht gewesen sein soll, an diesen Orten ein solches Bewußtsein jenen symbolischen unbeseelten Wesenheiten zuzusprechen, denen wir in unserer Voreingenommenheit unterstellen, sie mühten sich ab mit der Suche nach einer undefinierbaren nichtmenschlichen Ebene des Bewußtseins. Aber es fällt dem menschlichen Geist nicht leicht, etwas wie einen Kirchturm oder eine Gipsstatue oder eine Hafenbrücke oder eine Uhr auf einer Esplanade oder einen steinernen Hafendamm oder sogar ein weit ins Wasser ragendes Vorgebirge mit dieser Art von Bewußtsein auszustaffieren. Und so sehen wir uns genötigt – wenn auch unter Inkaufnahme des Verlustes Tausender teurer und unauflösbarer Bande –, zur Befriedigung dieser naturgegebenen Begierde auf die wenig einladenden Abgründe spiritueller Unsichtbarkeit zurückzugreifen. Hätte ein so beschaffenes Überbewußtsein – oder Unterbewußtsein, denn dergleichen Omnipräsenz benötigt nicht das Attribut der Überlegenheit – am Nachmittag des neunten Februar zwischen fünf und sechs Uhr in die Herzen von Daisy Lily und Rodney Loder sehen können, wäre nur schwer vorstellbar, daß dieses Bewußtsein der White-Nose-Klippe, dem Hardy-Denkmal, dem White Horse, dem Nothe-Fluß, dem Hafendamm, der Uhr auf der Esplanade oder den steinernen Bögen der alten Hafenbrücke entstammte, doch es wäre ohne weiteres vorstellbar, daß irgendeine unsichtbare Wesenheit – solcherart sind die Möglichkeiten, die das Leben bietet – die beiden, den Mann von dreißig und das Mädchen von siebzehn Jahren, in ihrem gegenwärtigen Zustand gegenseitigen Angezogenseins betrachtete.

Rodneys Aufmerksamkeit schweifte immer wieder von seinen Gefährten ab; und obwohl er der Konventionellste der drei war, war er es auch, dessen Wesen sich im Verlauf dieser Stunde am weitesten von seinen gewohnten Bahnen entfernte. Mochte seine Aufmerksamkeit jedoch noch so sehr umherschweifen, so konnte er dennoch nicht erkennen – denn solcherart ist die störrische Verstocktheit materieller Ferne –, was Daisy in Half-Way House tat.

In der Tat stand das Mädchen, das der Teemahlzeit so schnell wie möglich entflohen war, in seinem Zimmer auf einem Stuhl und langte nach oben auf ein hohes, breites, vollgepacktes Regal, von dem es nicht ohne Mühe eine kleine hölzerne Spielzeugkiste holte. Staubwolken gerieten mitsamt der Kiste in Bewegung und in Daisys Augen und Mund, doch sie ließ sich davon nicht beirren und sprang zuletzt triumphierend vom Stuhl und legte die Kiste, nachdem sie ihre Unterseite mit ihrem Taschentuch abgewischt hatte, auf ihr Bett. Schnell öffnete sie den Deckel, und siehe da, in der Kiste lag die Porzellanpuppe Quinquetta! Quinquetta war im Stehen etwa sechs Zoll groß, doch da Daisy nicht mehr mit ihr spielte, stand sie selten, sondern lag im Gegenteil den lieben langen Tag und die liebe lange Nacht, die blauen Augen weit geöffnet, und starrte den Deckel der Kiste nicht weniger ernsthaft an, als sie die Zimmerdecke oder, wäre es möglich gewesen, den Himmel angestarrt hätte.

Hätten wir die Erlaubnis des Heiligen Offiziums der exakten

Wissenschaften, mit einem so unbeweisbaren Hirngespinst die Zeit zu vertun, so wäre es eine nicht unheikle Frage zu spekulieren, wann genau im Leben eines von einem Fetischanbeter verehrten Objekts dieses sakrosankte Unbelebte belebt wird. Zu welchem Zeitpunkt bemächtigt sich das Idol – der Stein, der Holzklotz, die Puppe – seiner Identität als Lebewesen und wird es – wie sein Verehrer fraglos annimmt – mehr als die leblose Substanz, die alles ist, was die Vernunft an ihm auszumachen vermag?

Quinquetta war, als Daisy sie behutsam aus der Kiste genommen und an ihr Kissen gelehnt hatte, ganz gewiß mehr als eine unbelebte Porzellanfigur. Das Mehr hätte jeder Wilde beim Betreten von Daisys Zimmer auf der Stelle begriffen; allein das wissenschaftliche Instrumentarium, mit dem es sich messen ließe, muß noch erfunden werden. Um Quinquettas greifbare Form herum muß sich eine ungreifbare Emanation befunden haben – ähnlich dem, was die Theosophen den Astralleib nennen –, eine gewissermaßen zweite oder ätherischere Quinquetta. Diese zweite Quinquetta nährte sich vom warmen Leben und der pulsenden jugendlichen Vitalität ihrer jungen Besitzerin, und obwohl sie dem Auge der Vernunft verborgen war, dürfte sie der Scharfsichtigkeit des Menschenherzens mehr als offenbar gewesen sein.

Daisy war eine viel zu praktisch denkende junge Frau, um ihren natürlichen Aberglauben die Oberhand gewinnen zu lassen; und in diesem Moment rief sie, keineswegs mit Tränen in den Augen: »Vergib mir, Quinquetta, daß ich ihm böse war, weil er dich erwähnte!«, aber in ihrem Herzen leistete sie zweifellos, indes sie die Kleidung der Puppe sorgfältig zurechtzog, dem hübschen kleinen Götzenbildnis oder zumindest seinem unsichtbaren Phantom, das sich einer lebenden Identität bemächtigt hatte, Abbitte.

»Du sollst draußen bleiben, Quinquetta«, sagte sie zur Puppe, die ihr von dem Platz auf dem Kissen aus dabei zusah, wie sie wieder auf den Stuhl stieg, um die Kiste wegzuräumen.

Es gibt Dinge, wie wir annehmen dürfen, die die Puppe eines großen Mädchens nicht in Worte zu kleiden braucht; und deshalb dürfen wir uns die Vermutung erlauben, daß eine unumschränkte Versöhnung zwischen ihnen stattfand, bevor Daisy, die zu praktisch veranlagt – und sich auch dem baldigen Erscheinen Mrs. Matzells nur zu bewußt – war, um sie auf dem Bett liegenzulassen, sie überaus behutsam auf einem unauffälligen, aber komfortablen Platz in einem ihrer Bücherregale unterbrachte.

Sowohl Mr. als auch Mrs. Bum Trot oblag es, den drei Männern – sofern man den jungen Zed einen solchen nennen will – aufzuwarten, während diese ihre Abendmahlzeit unter den riesenhaften Kerzenleuchtern des Jobbers einnahmen. Rodney war, wie bereits angedeutet, nervös und äußerst geistesabwesend, indes der Jobber, der nie zuvor soviel Whiskey an seinem eigenen Tisch getrunken hatte wie heute abend, so unvermittelt von einer extremen Stimmung in die andere geriet, daß es seine Gäste aus der Fassung brachte. Im einen Augenblick konnte nichts seine übertriebene Jovialität dämpfen, im nächsten verfiel er sekundenweise in so eisiges Schweigen, daß diese Momente der ergebenen Mrs. Trot, die um den Tisch herumging und die Teller wechselte, wie Löcher in der Luft, wie eisigkalte Luftlöcher vorkamen.

»Ich wußte, daß Larry mich heute abend besuchen würde, Loder«, bemerkte ihr Gastgeber, nachdem alles abgeräumt und eine Schüssel mit Früchten und Nüssen zusammen mit dem Whiskey vor ihnen auf den Tisch gestellt worden war. »Deshalb wollte ich, daß Sie mitkommen. Sind Sie und Mr. Crouch mit dem Hund Cattistock so eng verbandelt, daß Sie es nicht wagen dürfen, die Leute aus Lodmoor zu vertreten, falls die Stadtbehörden wirklich versuchen sollten, sie aus dem Haus zu jagen?«

»Schuld ist dieser Sippy Ballard – Gentlemen –, der ist schuld«, krähte der junge Zed. »Der und kein anderer! Der ist's. Im Stadtrat haben sie Angst vor ihm, weil er Cattistocks Neffe oder sowas ist. Meine arme May hat sich den Kopf zerbrochen, was sie auf den großen Schrieb vom König mit dem Wappen antworten soll, aber ihr ist nichts Besseres eingefallen, als zu den Zigeunern zurückzugehen und mich mitzunehmen, wo wir im Wohnwagen wohnen können.«

Als Larry seine Rede beendet hatte, ließ der Jobber Rodney einen triumphierenden, beinahe schadenfrohen Blick zukommen, fast als wollte er sagen: Sehen Sie, wie recht ich hatte! Aber seine Antwort an den jungen Zed lautete lediglich:

»Du und deine May, ihr habt nicht begriffen, worum es bei der Sache wirklich geht. Sippy ist ein Niemand. Sippy ist nur ein Werkzeug. Dahinter steckt Cattistock, der Hund! Glaube mir, er steckt dahinter und kein anderer. Sag deiner May, sie soll sich nur ein bißchen gedulden. Sag ihr, sie soll abwarten und nichts Überstürztes tun. Heute ist erst Montag; und es sind zwei Tage zwischen Montag und Donnerstag, wenn er seine Zähne in das weiße Fleisch graben will. Sag ihr, sie soll ruhig abwarten. Sie wird nicht aus ihrer Hütte in Lodmoor vertrieben, und die Kameraden meines

Vaters werden nicht aus dem Saxon-Steinbruch vertrieben. Merken Sie sich meine Worte, Loder, und du, Larry, mein Junge, merk dir meine Worte!«

»Captain Poxwells Tochter hat vielleicht weiße Haut«, warf der junge Zed mit leuchtenden Augen ein, »aber ist ihre Haut so weiß wie die Milch von unserer Blotchy? Ist sie so weiß wie der Schaum am Strand, wenn der Wind von Westen bläst?« Er blickte pötzlich verstohlen zur Tür, als fürchte er, belauscht zu werden, und dann sagte er mit leisem, ernstem und unendlich feierlichem Flüsterton: »Ein Mädchen ist in Lals Bett gewesen. Sie ist mit Mr. Gaul gekommen, an dem Tag, wo Sippy Ballard den Schrieb vom König gebracht hat ... und sie war das wunderschönste Mädchen, was Lal gesehen hat! Sie war eine Dame, eine richtige Dame, aber sie hatte nichts dagegen, mit dem armen Lal im Stroh zu liegen. Das war, als sie auf den Heuspeicher kam, wo es so herrlich und so warm war. Und später hab' ich gehört, wer sie ist, und wissen Sie, wer sie ist, Mr. Loder? Wissen Sie, wer sie ist, Jobber? Sie ist das Mädchen von den Inseln drüben, was Mrs. Cobbold hat kommen lassen, damit sie nachts nicht frieren muß. Und ich weiß auch, wie sie heißt.«

Der junge Zed äußerte diese letzten Worte mit ehrfürchtigem und zugleich beinahe furchterregendem Ernst. Offenbar war er der Ansicht, daß wie bei Zauberern und den ihnen zugeordneten bösen Geistern das Wissen um den Namen eines Mädchens dem Wissenden eine bestimmte Macht über es verlieh.

Der Jobber hob den Kopf, den er über eine Orange gebeugt hatte, die er schälte, und bedachte seinen rothaarigen Besucher mit einem Blick, der Casanova in die Flucht gejagt hätte; allein, Zed merkte davon nicht das geringste, weil eine der Kerzenflammen im Weg war.

»Von Mr. Gaul hab' ich ihren Namen nicht gehört«, setzte der Junge seine Taktlosigkeit fort, während die Elfenlocke auf seiner Stirn im Kerzenlicht blutrot schimmerte. »May hat ihn mir gesagt. May hat gesagt, aus den Karten wüßte sie, daß der Name mit einem P anfängt; und als wir meine Aale nach Belvedere gebracht haben und nach Mrs. Pengelly gefragt haben, fing der ihr Name auch mit P an! Und ihr Name fängt genauso mit P an, wie May gesagt hat. Und wissen Sie, wie sie heißt? Sie heißt nämlich Perd'ta Wane.«

Der junge Zed sprach den Namen seiner Angebeteten so ehrfürchtig aus, daß die Silben sich in Rodneys Ohr mit dem Namen einer unglücklichen jungen Dame vermischten, die erst vor kurzem in der Stadt Poole ihrem Leben ein Ende gemacht hatte; und er wandte den Blick seiner hellbraunen Augen, vom Whiskey ein wenig beduselt, mit nicht eben wenig Verwirrung auf den sonderbaren Gast.

»Perd'ta Wane heißt sie, jawohl«, fuhr Larry fort, der die Worte betonte wie ein junger Priester am Altar. »Und das ist der Grund, warum mein Nachtmädchen nicht mehr kommt, wenn ich ins Bett gehe. Die Mädchen wollen einen nicht teilen, das wollen sie einfach nicht; und deshalb denke ich jetzt an Perd'ta Wane, weil mein Nachtmädchen mich nicht mehr herzen kommt. May sagt, wenn der Mann mit den drei Stäben die letzte Karte ist, dann heißt das, daß der Herr vom Haus mit einer Fremden ins Bett gehen wird; aber ich mach' mir nichts aus dem, was die Zauberkarten sagen, wenn ich mich in mein Bett kuschel' und dabei an meine Perd –«

Aber nun ertrug der Jobber es nicht länger.

»Hier, Junge, trink! Trink, hab' ich gesagt! Nein, nein, Loder; mein Whiskey schadet ihm nicht, nicht mehr als Ihnen. Trink, du Glotzauge! Trink, du Rotschopf! So schaut's also aus! So schaut der Verführer unserer Mädchen aus! Runter damit. Und hier gleich noch ein Glas.«

Wahrhaftig staunte Rodney darüber, wie wenig der Alkohol dem Knaben auszumachen schien. Er selbst fühlte sich allmählich so schwindelig im Kopf, daß er beschloß, nicht länger zu bleiben, weil er befürchtete, den Heimweg nicht mehr zu bewältigen. Und wenige Minuten darauf, als sie, wie ihm scheinen wollte, seit gut und gerne zwei Stunden dasaßen, erhob er sich auf unsicheren Beinen und begann mit der überdeutlichen Artikulation eines Menschen, der zu beweisen versucht, wie nüchtern er ist, zu erklären, daß er in Spy Croft erwartet werde, bevor sein Vater zu Bett ging.

»Ich mache immer seinen Grog für ihn zurecht, Skald; und statt dessen schlage ich mir hier mit Ihnen und unserem jungen Freund die Nacht um die Ohren, während – und den Heimweg darf man auch nicht vergessen!«

»Hören Sie, Rodney Loder«, sagte der Jobber ernst, während er ihm in den Mantel half, »ich weiß nicht, wieviel Einfluß Sie auf Mr. Crouch haben, aber das eine kann ich Ihnen versichern – wenn Loder & Crouch sich nicht Mays und des Knaben annehmen, dann wird es ein solches – zumindest können Sie mehr Zeit für die beiden herausschlagen! Ich weiß genug in rechtlichen Dingen Bescheid, um das zu wissen. Und heute ist Montag, und am Donnerstag will der Hund Cattistock sich mit dieser Frau vergnügen! Die Bierfässer von Cattistock & Frampton sollten von Rechts wegen eigentlich mit Orangenblüten geschmückt sein – stimmt's, Larry Zed?«

Er ging um den Tisch, um zur Tür zu gelangen, die er weit aufriß, wobei er Mrs. Trot mit lauter Stimme aufforderte, zu kommen und sich zu verabschieden; denn es gehörte zu seinen Gepflogenheiten – obwohl sie ihm wie eine Bedienstete aufwartete –, sie bei offiziellen Anlässen zu behandeln, als wäre sie die Herrin des Hauses; nun jedoch wandte er sich an Larry, indes Rodney seinen Hut und seine Handschuhe zusammensuchte.

»Haben die Zauberkarten deiner May«, sagte er mit kalter, schroffer und erregter Stimme, »ihr irgend etwas über mich und den Hund Cattistock verraten?«

Der verwirrte Geist des jungen Zed schien im gleichen Maße an Vernunft zu gewinnen, in dem das Betragen des Jobbers wilder und unbeherrschter wurde. Als ihm diese direkte Frage gestellt wurde, erinnerte der Knabe sich an die Szene in der Hütte, als Marret und May wegen der Tarotkarten gestritten hatten; und indem er sich auf seinem Stuhl vorlehnte, während er zwischen den Handgelenken Walnüsse knackte, bemerkte er leise und mit undeutlicher Stimme, weil er gerade ein Stück Schale ausspie, daß er »keiner von denen« sei, »die sich mit Kartentricks abgeben«, wenn er statt dessen ein Mädchen in seinem Bett haben konnte.

Als Larry diese Worte sagte, hatte der Jobber seine Hand auf der Türklinke, und er blickte ihn in sprachlosem Zorn an.

»Dieser Junge und ich verlassen uns auf Sie, Mr. Loder«, sagte er schließlich, während Mrs. Trot, die Rodney steif die Hand geschüttelt hatte, sich daranmachte, die absurden Türriegel zurückzuschieben, mit denen der Jobber sich in seiner aus Portland gewohnten Art einzusperren liebte.

Rodney hüstelte und räusperte sich. Nichts war ihm unangenehmer als der Einbruch seines verfluchten Berufslebens in sein normales Privatleben.

»Ich werde Mr. Crouch darauf hinweisen«, sagte er, »daß ich persönlich Erkundigungen über die Besitzverhältnisse der Lodmoor-Hütte eingezogen hätte und daß ich den Eindruck gewonnen hätte, der junge Ballard sei etwas – allzu forsch vorangeprescht. Ich werde Mr. Crouch gegenüber andeuten, daß ich es für zweckdienlich hielte, weitere Instruktionen vom Stadtrat selbst zu erbitten, bevor –«

Er war bereits die Hälfte der Treppe hinuntergestiegen – denn er konnte gar nicht schnell genug wegkommen, nun, da die Jurisprudenz angesprochen worden war –, als er sich unterbrach und seinen Dank für den »prächtigen Abend« aussprach; doch das Klatschen der Wellen übertönte seine Stimme, und Mrs. Trot schloß die Tür ohne viel Federlesens in seine Worte hinein. Wenn es eine Sache gab, über die sich Bum und seine Frau noch einiger waren als über alles andere, dann war dies ihre Abneigung und ihr Mißtrauen allen Rechtsanwälten gegenüber.

»So, mein Junge«, sagte der Jobber, als er zu seinem Eßtisch zurückkam, wo der nußliebende Larry noch immer zwischen seinen Handgelenken Walnüsse knackte, »ich fürchte, deine Freundin May wird dich holen kommen, wenn ich dich jetzt nicht schnellstens nach Hause verfrachte. Ich glaube – wohlgemerkt, beschwören kann ich's nicht, aber ich glaube –, daß Loder und Crouch verhindern können, daß man euch aus dem Haus wirft; auf jeden Fall werden sie den Hund Cattistock daran hindern, mit euch umzuspringen, wie es ihm paßt.«

»Hier, Junge, steck dir ein paar Nüsse in die Taschen«, rief Mrs. Trot, die mit ihrem Herrn zusammen eingetreten war; und während Larry, der gehorsam in den Flur geschlurft war, sich in seinen abgetragenen Mantel mühte, der nach Aalen und nach Kuhdung roch, begann die Frau, ihm die Taschen mit Nüssen und Orangen vollzustopfen.

»Es liegt an seinem roten Haar und seinen süßen Reden«, dachte der Jobber, der die Haustür öffnete und dem Jungen die drei Pence für die Fähre gab. »Ich habe noch keine Frau erlebt, die ihn nicht gehätschelt hätte. Man kann es ihnen an den Augen ablesen.«

Er wartete, bis der junge Zed am Fuß der Stufen ankam.

»Nimm den Weg über die Esplanade, Junge«, rief er ihm nach. »Treib dich nicht in der Stadt herum.«

Es überraschte Mrs. Trot nicht, eine Viertelstunde später aus der Küche zu hören, daß der Jobber selbst das Haus verließ.

»Wer kann schon still sitzen bleiben«, sagte sie zu Bum, »wenn er mit einem Rechtsverdreher gegessen und getrunken hat?«

»Pst, Frau! Daß es ihn umtreibt, daran ist weder der Rechtsverdreher schuld noch der Halbirre; wir wissen doch, was ihm auf der Seele liegt! Haben wir nicht gehört, wie er im Schlaf stöhnt, seit der Hund den Steinbruch zugemacht hat?«

So unberechenbar jedoch waren die Grillen des Jobbers, daß seine ergebenen Getreuen nicht schlecht gestaunt hätten, wenn sie gewußt hätten, daß sein Geist, als er zur Hafenbrücke schritt, sich keineswegs mit seinem Widersacher beschäftigte, sondern mit Mrs. Cobbolds Gesellschafterin! Man kann sich vorstellen, welche Anstrengung es ihn gekostet hatte, die Beherrschung nicht zu verlieren, als Larry in seiner verwirrten Art über Perditas Besuch auf seinem Bett gefaselt hatte.

»Nein ... nein ... nein«, dachte er, »das *kann* sie nicht getan haben!« Und dann fiel er sich wütend selbst ins Wort: »*Warum denn nicht?* Jede Frau, die ihn zu sehen bekommt, verliebt sich in diesen Knaben! Außerdem – was weiß ich schon von ihr? Daß sie aus Guernsey kommt! Wer gibt mir das Recht, ihr Vorwürfe zu machen, wenn sie Geschmack an diesem Jungen gefunden haben sollte? Dieser Zed ist kein gewöhnlicher Bursche. Ich habe ihn nie für einen Halbidioten gehalten; und wenn er genug Verstand hatte, um dieses Mädchen zu beeindrucken –«

So waren die Gedankengänge des Jobbers beschaffen, als er unvermittelt am Rand der Hafenmauer stehenblieb und ins dunkle Wasser starrte. Die Flut hatte zu dieser Stunde ihren Höchststand erreicht, und das ganze Meer schien den laternenbeleuchteten Bögen der alten Stadtbrücke, die die zwei Stadtteile verband, in einer großen, vereinten, düsteren und weit ausholenden Invasion entgegenzubranden. Als der Jobber ins rauschende Wasser starrte, ließ er dem leidenschaftlichen Begehren nach der jungen Frau, das sich die ganzen Tage über in ihm angestaut hatte, freien Lauf. Statt daß seine Mordabsichten das Begehren erstickt hätten, schienen sie es eher noch zu steigern. Liebe und Haß, wie sie gemeinsam in seinen Nerven pochten, schienen die obsessive Macht des jeweils anderen Gefühls zu verdoppeln. Die prahlerischen Reden Larrys und all die verrückten, erregenden Bilder, die sein wirres Gefasel heraufbeschworen hatte, ließen den Jobber, indes er ins gurgelnde Wasser schaute, begreifen, daß man mit einem fremden Mädchen nicht mehr als eine Viertelstunde lang am Meer entlanggehen muß, um festzustellen, daß bis ans eigene Lebensende nichts anderes – keine Person, kein Ding, kein Anliegen – für die geheimsten und verborgensten eigenen Gefühle jemals die Bedeutung dieser kurzen Erfahrung haben wird. Nicht daß er ernsthaft geglaubt hätte, Perdita hätte sich wirklich dem jungen Zed hingegeben. Er war scharfsinnig genug, um eine relativ zutreffende Vorstellung davon zu haben, was tatsächlich vor sich gegangen war. Es war, als wären seine Gefühle für das Mädchen wie ein hungriger Kormoran über die vergangenen Tage zurückgeflogen und hätten alles, was Larry für es empfand, aufgezehrt; und als er jetzt in die strudelnden Fluten starrte, war sein Begehren nach ihr weit tiefer und tyrannischer, als es das noch am Morgen des Tages gewesen war. Die Liebesabenteuer des Jobbers hatten sich bislang auf rein sinnliche und kurzfristige Erlebnisse beschränkt, die sein tieferes Fühlen nicht wirklich berührten, und in dem Augenblick, als er Perdita erblickt hatte, fand das, was er für sie empfand, zusätzlich Nahrung durch eine ganze unterdrückte leidenschaftliche und romantische Gefühlswelt.

Mrs. Trot hatte schon oft zu ihrem Mann gesagt: »Wenn unser Meister sich je in eine Frau verliebt, dann wird er rasen und toben wie ein wild gewordener Ellifant!«

Dem hatte der treue Bum entgegnet: »Wegen so was wird er nie solche Zustände kriegen. Nie. Die einzige Frau, die der Jobber liebt, ist die salzige See.«

Aber der Jobber hatte an diesem Abend weitaus mehr Whiskey getrunken, als er gewohnt war, und all seine Sinne waren entflammt. Als er jetzt dastand, sein Geist in Aufruhr, die Hände in den Taschen vergraben, wo seine Finger sich um den Stein von Chesil Beach schlossen, dachte er sehr wohl an eine Frau.

»Ich hatte mir vorgenommen«, dachte er, »sie erst wiederzusehen, wenn ich es hinter mir habe, aber ich kann genausowenig weitere zwölf Stunden leben, ohne sie zu sehen, wie ich zu Jesus beten kann.«

Das Strömen der nächtlichen Flut zu seinen Füßen, das ihm so vertraut war wie der eigene Pulsschlag, kam ihm nun vor wie das ihm vernehmbar gewordene Vergehen der Zeit.

»Ich muß sie erst sehen«, dachte er, »und danach will ich es tun.«

Und die wirbelnde Flut vor ihm schien zu ihm hochzubranden, denn er hatte stetig Glas um Glas geleert, während er Larrys Gerede angehört hatte, und seine schwerfällige Natur war bis in ihre tiefsten Wurzeln erschüttert. Und als die dunklen Fluten vor ihm aufstiegen, konnte er durch ihre wirbelnden Wassermassen hindurch Perdita ganz deutlich erkennen, und sie sah ihn unverwandt mit den sanften braunen Augen an, die im Lichtschein der Esplanade an den seinen gehangen hatten. Und während sie ihn ansah, lächelte sie neckisch und herausfordernd; und während sie lächelte, glitten ihre Finger zur Schließe ihres Gürtels, um sie zu öffnen, und dann zu den Schlaufen in ihrem Rock, um den Gürtel zu entfernen. Ja, er sah ihren seltsamen, verzogenen Mund, der an den Mundwinkeln ein wenig herabgezogen war. Er sah ihre schmale Stupsnase und eine braune Haarsträhne, die ihr schräg auf die meeresfeuchte Wange gefallen war. Und er mußte nur geradewegs durch das schwarze Wasser schreiten, um sie zu nehmen – so, wie sie war –, denn sie wartete auf ihn; doch aus einem unerklärlichen Grund wurde der Stein in seiner Tasche schwerer und schwerer und größer und größer! Er konnte ihn kaum noch mit den Fingern halten, so groß war er geworden; und sein Gewicht zog ihn nieder ... Mit einer heftigen Bewegung seiner Schultern und einem heiseren Auflachen trat er vom Hafenbecken zurück.

»Was für eine sonderbare Sache die nächtliche Flut ist!« dachte er, und er begann sich auszumalen, wie sie alle möglichen großen Fische in den Hafen mitbrachte, Fische, die nur aus der Tiefe auftauchten, wenn die nächtliche Flut ihren Höchststand erreichte, und alle möglichen Algen, rote Algen, so rot wie die Lichter dieser Schiffe, die auf den schwarzen Wellen tanzten, blutrot wie Larrys Elfenlocke, die als Kerze gedient hatte, um ihr zum Bett zu leuchten, blutrot wie der Schädel des Hundes Cattistock, wenn er ihn mit seinem großen Stein gespalten hatte! Was für große Fische dort unten wohl so unbeschwert und ruhig dahinschwammen mit ihren großen trägen nächtlichen Flossen und ihren zuckenden Schwänzen im schwarzen blutbefleckten Wasser! Wie sie jetzt auf dem Wasser tanzten und tanzten, diese blutroten gekräuselten Wellen! Die nächtliche Flut – oh, an wie vielen nassen Abenden hatte er sie schon betrachtet! Ihr Wirbeln, Strudeln, Kommen und Steigen gegen die glitschige, grüne Schleimschicht an der Hafenmauer hatte ihn immer zutiefst aufgewühlt. Die Schaumgebilde, die auf ihr dahintrieben – so fahl und hell in der lichtgesprenkelten Schwärze –, stellte er sich immer weit draußen auf dem Meer vor, wo sie über die Schiffsback verlassener Wracks drifteten, Walen, »die ins Meer eintauchten«, an die Flanke trieben, aus dem Keuchen Ertrinkender aufstiegen, beim Versinken unschätzbarer Schätze davonstoben! Ja, die nächtliche Flut, sie war das Wahre! Fluten am hellichten Tag waren gierig, eintönig und geizig. Sie kamen und gingen, gingen und kamen und ließen nicht einmal das kleinste Stück Seetang, das kleinste Stück tanzenden Korks nach draußen aufs offene Meer entkommen! Sie trieben sie unerbittlich zurück. Oh, das Steigen und Fallen der Fluten am hellichten Tag hatte etwas Abstoßendes ... Und dann erinnerte er sich, wie der Stadtrat den alten Hafendamm von Weymouth, über dessen weite, schlammige Fläche die Fluten sich ausbreiten konnten, demolieren und einen hohen Damm an seiner Stelle errichten ließ.

»Und nun gibt es für das strudelnde Meereswasser«, dachte er, »keinen Platz mehr, und es kann nichts anderes tun, als vor und zurück zu fließen, vor und zurück, bis zum Ende aller Tage.«

Er stieß einen schweren Seufzer aus, der seinen ganzen Körper erbeben ließ; und dann bewegte er sich sehr langsam auf Füßen, die sein Gewicht kaum tragen zu können schienen, zur Stadtbrücke.

»Ich gehe morgen früh nach High House«, dachte er sich. »Ich *muß* sie noch einmal sehen – nur einmal noch –, bevor ich es tue. Zum Teufel! Wozu soll ich ins Bett gehen, wozu, wozu? Hol's der Henker, ich geh' ins Weeping Woman.«

7.
Sark House

Um neun Uhr am nächsten Morgen, zwei Tage vor der Hochzeit seiner Schwägerin mit Cattistock, beendete Jerry Cobbold gemächlich sein Frühstück im grellen und abgeschabten Theatertand seines Eßzimmers im obersten Stockwerk von High House.

Perd'ta Wane, wie der junge Zed sie nannte, saß dem berühmten Clown gegenüber und wirkte einigermaßen unaufgeregt, denn es waren die Mahlzeiten unter vier Augen mit Lucindas Ehemann, die sie dazu bewogen hätten zu bleiben, wenn irgend etwas sie dazu hätte bewegen können. Mr. Cobbold zündete sich eine Zigarette an und bot seiner jungen Tischgenossin ebenfalls eine sowie das Feuer seines Streichholzes an.

»Sie spielen mit dem Gedanken, uns zu verlassen, Miss Wane«, sagte er gelassen in dem nichtssagenden, neutralen, farblosen Ton, den er ihr gegenüber und – soweit sie es beurteilen konnte – auch Mrs. Cobbold gegenüber stets anschlug.

Sie dankte für die Zigarette, die sie ungeschickt zu rauchen begann, wobei sie sie an ihrer Untertasse abklopfte, während sie mit der linken Hand ihre Serviette faltete und dabei seinem Blick auswich.

»Mr. Cobbold, bitte denken Sie nicht«, begann sie ernst, noch immer abgewandten Blicks, »daß ich undankbar wäre bei all der Freundlichkeit, die Sie immer bezeigt haben. Und auch Ihre Frau war mehr als freundlich zu mir. Es ist nicht so, daß ich mich hier nicht wohl fühlen würde, o nein, ganz im Gegenteil, aber ich *kann es nicht länger ertragen*! Ich will damit sagen, daß es über meine Kräfte geht, das Vertrauen Ihrer Frau zu besitzen. Es ist zu verstörend. Ich bin nicht stark genug; ich bin nicht tapfer genug; ich habe meine ... meine eigenen Probleme, und ich muß Ihnen sagen –«, und beim Sprechen zog sie tief an ihrer Zigarette und stieß den Rauch langsam aus, so daß er wie eine Wolke zwischen ihnen schwebte. »Die Wahrheit sieht so aus«, schloß sie, »daß Ihre Frau jemanden braucht, der sehr heiter ist, jemanden, dessen eigene Nerven nicht angegriffen sind. Ich bin charakterlich viel zu schwach, um ihr eine Hilfe sein zu können. Es bringt mich nur durcheinander, wie sie ... Ich höre ihr bloß zu und weiß nicht, was ich tun soll.«

Der Komödiant sah sie mit leicht schiefgelegtem Kopf und einem leisen Lächeln auf den Lippen an.

»Ich glaube«, sagte er, »wenn Sie erlauben, daß ich das sage, daß Sie unnötig streng mit sich ins Gericht gehen! Mrs. Cobbold geht es ... natürlich können *Sie* das nicht wissen ... aber Sie dürfen mir glauben ... besser als seit Monaten ... seit Sie hier sind ... und ich bin mir sicher ... daß wir beide ... wir könnten ...«

Er sprach leise und zögernd, in einem Ton, den sie noch nie an ihm gehört hatte, obwohl sie ihn schon in den verschiedensten Tonarten hatte sprechen hören, und er versuchte den Eindruck zu erwecken, als gebe er vor, sich vor ihr zu fürchten, während er ihr tatsächlich am liebsten die Ohren langgezogen hätte, weil sie so ein dummer kleiner Feigling war. Sie kannte Jerry inzwischen gut genug, um zu vermuten, daß, wie auch immer sein wahres Leben beschaffen sein mochte, sich nichts davon an der Oberfläche von High House abspielte. Sie spürte, daß er die ganze Zeit eine Rolle verkörperte, ohne Unterlaß, selbstverständlich eine andere Rolle als die, die er auf der Bühne innehatte, und auch hier im Haus nicht immer dieselbe, daß er aber immer, immer eine Maske trug.

»Mr. Cobbold, es tut mir aufrichtig leid«, sagte sie so entschieden und so fühllos, wie sie konnte, »aber ich kann nicht länger bleiben. Ich will Sie nicht im Stich lassen, und ich will nicht undankbar sein. Wenn Sie irgend jemanden wüßten, der für ein paar Wochen aushelfen könnte, solange Sie eine neue Gesellschafterin suchen, dann wäre das –«

Zu ihrer Bestürzung streckte der Clown seinen Arm über den Tisch und berührte ihre Knöchel mit den Fingerspitzen.

»Laufen Sie nur nicht heute oder morgen weg«, flüsterte er mit verschwörerischem Gehabe. »Helfen Sie mir, diese Cattistock-Sache durchzustehen. Bleiben Sie bis Ende der Woche, und gehen Sie dann – wenn es unbedingt sein muß.«

Er zog seinen Arm leichthin zurück, doch sie wußte, daß ihr unwillkürliches Zusammenzucken ihm zu denken gegeben hatte, denn seine nächsten Worte waren unmittelbarer und geringschätziger.

»Bleiben Sie noch bis Ende der Woche, Miss Wane – wenn Sie es über sich bringen können –, und dann lasse ich Sie gehen, das schwöre ich. Und ich komme heute abend auch früher aus dem

Theater nach Hause und morgen ebenfalls und ... ja! passen Sie auf, Miss Wane. Ich werde Mrs. Cobbold klarmachen, daß Sie einen freien Tag haben müssen, einen ganzen Tag – ein bißchen freie Zeit –, und ich übernehme solange Ihren Posten an Deck. Was sagen Sie dazu? Seien Sie ein gutes Mädchen und tun Sie mir den Gefallen – wenn nicht ihr.«

Perdita richtete sich auf dem Stuhl auf und biß sich auf die Lippen. Die Anstrengung, sich gegen ihn zu wehren, nahm ihren Wangen alle Farbe. Mit einem mitleidheischenden Appell hatte sie gerechnet, aber nicht mit dem, was geschah. Er behandelte sie wie eine Pflegerin, die ihren Patienten in einer Krisensituation im Stich lassen wollte. Oh, wie empört, wie erbost sie war! Denn ein unerklärbarer Instinkt raunte ihr zu, daß Mrs. Cobbold sehr gut ohne Gesellschafterin auskommen konnte.

»Sie ist böse«, dachte sie. »Sie ist eine falsche, verlogene, selbstsüchtige, neurotische Person; und er will sich nur die Last vom Hals schaffen. Er weiß so gut wie ich, daß sie mich nicht braucht. Ein Schräubchen im Getriebe, das bin ich für sie.«

»Es tut mir wirklich leid ... aber ich kann nicht«, sagte Perdita entschlossen, wenn auch mit schwacher Stimme, ohne auf seinen Hinweis auf Mrs. Lily einzugehen.

Jerry Cobbold schob seinen Stuhl abrupt zurück. »Nun gut, dann eben nicht! Dann eben nicht!« rief er im Ton eines phlegmatischen Schülers, der sich damit abfindet, die halben Ferien, die man ihm versprochen hatte, nicht zu bekommen. »Soll ich Ihnen etwas vorspielen?«

Perdita mußte unwillkürlich lächeln. Die durchsichtigen Schmeicheleien, auf die er sich ihr gegenüber verlegte, waren wirklich zu kindisch! Aber sie unterdrückte einen Seufzer der Hoffnungslosigkeit, klopfte die Asche von der Zigarette und sagte, wobei sie ihm in die Augen sah, sie sei sehr neugierig auf sein Spiel.

»Wissen Sie noch, daß Sie gestern sagten, Sie hörten mich immer nach dem Frühstück von Ihrem Zimmer aus durch den ganzen Flur? Sie fanden das befremdlich. Aber so befremdlich ist es gar nicht, wenn man bedenkt, daß ich immer die Tür öffne! Ich wollte, daß Sie mich hören, Perdita.«

Daß er sie beim Vornamen nannte, machte sie weit fassungsloser, als sein Berühren ihrer Hand es vermocht hatte. Keine der Gesten hatte etwas zu bedeuten. Das wußte sie. Aber sie hatte begonnen, sich in Mr. Cobbolds Gegenwart ratlos, verwirrt, überwältigt zu fühlen. Sie hatte nichts gegen ihn, sondern konnte ihn sogar recht gut leiden. Doch keine Sekunde lang hatte sie das Gefühl zu wissen, was er als nächstes sagen oder tun würde, noch hatte sie je die geringste Vorstellung, was in seinen Gedanken vorgehen mochte.

Sie erhob sich vom Tisch; und als er sich an das kleine Klavier setzte, an dem er, wie sie wußte, jeden Morgen auf diese einschmeichelnde, stille Weise zu spielen pflegte, ließ sie sich in einen Sessel am Feuer sinken und begann ruhig zu rauchen und ihm zu lauschen, etwas, was sie noch nie zuvor getan hatte. Sie ertappte sich schon bald dabei, daß sie ihre Zigarette ins Feuer warf und die Musik mit unerwartetem Interesse aufnahm. Wie einschmeichelnd der Mann spielte! Wie verzückt und gebannt er bei der Sache war! Perdita liebte das Klavierspiel, und dies nicht ohne Sachverstand, auch wenn ihre Kenntnisse gering waren und ihre Ausbildung nicht der Rede wert war. Doch als sie nun zuhörte, vergaß sie alles bis auf diese leisen, stillen, zärtlich hervorgelockten Töne. Sie hatte nicht die entfernteste Idee, wer der Komponist sein mochte. Die Technik klang – so wollte es ihr scheinen – nach einem der alten Meister; und doch war etwas daran, was ihren Puls schneller pochen machte und sie sich selbst vergessen ließ, wie es wenige der klassischen Komponisten vermochten.

»Ist es«, dachte sie, »ein moderner Musiker, der die alte Art nachahmt? Nein, nein! Das ist keine Imitation. Das ist das Leben selbst, das Leben, das den Mustern und Regeln folgt, die es selbst geschaffen hat, *als wären es Segel*, die es über sich selbst hinaus trügen, über unbekannte Meere!«

Niemals zuvor hatte sie solchem Spiel gelauscht.

»Warum nur«, dachte sie, »er macht doch so viele Fehler! Er spielt aus dem Gedächtnis und verspielt sich dauernd und macht Pausen. Improvisiert er etwa? Nein! Es ist eine alte Komposition, im alten Stil! Und er hat die Partitur vergessen und läßt Stellen aus und flickt Erfundenes ein! Da – das war ganz sicher falsch!«

Sie bewegte sich auf ihrem Stuhl, um einen Blick auf sein Gesicht zu erhaschen, doch auf dem Klavier stand eine große Vase mit Mrs. Cobbolds wachsartigen Lieblingsblumen, und sie konnte ihn nicht sehen. Wie konnte er es ertragen, daß diese Dinge mitten vor seiner Nase standen? Noch immer beschäftigte sie das, was er spielte; doch es war sehr sanft und leise und wurde immer schöner, je länger er spielte. Ihr kritisches, pessimistisches Denken suchte ihr nun auf seine gewohnte Weise das Vergnügen zu verderben.

»Er amüsiert sich damit, der ›Gesellschafterin‹ Honig ums Maul zu schmieren. Er spricht durch die Musik zu mir und will mich dazu bewegen zu bleiben. Aber er ist nicht dumm. Er weiß, was mir gefällt. Er ist berühmt, mehr als berühmt, und ich bin eine arme, häßliche, unbedeutende Gesellschafterin; und dennoch sitzen wir hier oben in diesem hohen Haus, und er verwendet seinen ganzen Willen darauf, das zu brechen, was er für meine dumme Halsstarrigkeit hält. Vermutlich gäbe es in London Tausende von Frauen, die ihre Seele dafür verkaufen würden, von Jerry Cobbold so angefleht und angeschmachtet zu werden. Eine unbedeutende, komisch aussehende und mürrische Gouvernante, allein mit dem berühmten Jerry!«

Fast konnte sie die Berührung seiner Finger spüren, indes die sanfte, einschmeichelnde Musik sang, bebte, zitterte, lauter und leiser um sie herum erklang, als sie dasaß. Langsam wichen ihre bitteren Gedanken diesem Zauber. Nein! sie konnte den entzückenden Klängen nicht länger widerstehen. Sie fügte sich darein, ihnen zu lauschen, während eine Gestalt ihres gegenwärtigen Lebens nach der anderen vor ihrem inneren Auge kam und ging. Die Gestalt des Jobbers kam als letzte, aber sie verging wie die anderen.

»Er spielt nicht wie ein Pianist«, dachte sie. »Ich weiß, daß er sich verspielt.«

Aber kaum hatte sie das gedacht, fühlte sie sich gezwungen, die Augen zu schließen. Eine unermeßlich große Woge des Glücks hob sie empor und trug sie davon. Die Verärgerung über den Mann mit den vielen Masken fiel von ihr ab und versank wie in tiefem Wasser. Auch ihr Ekel vor Lucinda fiel ab und versank wie ein Stein. Ihre Einsamkeit, ihre Ängstlichkeit, ihr Pessimismus, alles wurde überschwemmt. Sie war sie selbst und doch nicht sie selbst! Sie wurde zu einem körperlosen Geist, der in und über dieser bebenden Flut schwebte. Leicht wie eine Seemöwe flog sie über diese Wellen dahin; und beim Weiterspielen des Mannes war ihr, als breche jeder Augenblick des Glücks ihres bisherigen Lebens wie ein Pfeil, wie ein Strahl gleißenden Glanzes aus seinem Versteck hervor und ergieße sich in die Atmosphäre, die sie trug, bis es ihr vorkam, als gleite sie durch die flüssige Essenz eines dem Perlmutt vergleichbaren Stoffes. Doch als alles, was sie je ergriffen hatte – ob durch Schmecken, Tasten, Sehen oder Riechen – in die Essenz einer Essenz verwandelt war, verschmolz diese Essenz mit dem Meer von Tönen, das brauste und murmelte, anschwoll und niederprasselte und sie mit sich forttrug. Alles wurde zu Tönen. Das Denken hatte keinerlei Wirklichkeit mehr. Dinge waren nicht länger stofflich. Die Erinnerung hatte keine Bedeutung, die Hoffnung keine Form mehr. Töne waren das Leben. Töne waren der Tod. Töne waren das Schicksal. Töne waren das, was aus der Tiefe hervorbrach, allen Verstand, alles Wissen transzendierend! Sie selbst, die Perdita, als die sie sich kannte, wurde zu einem Ton unter Tönen, zu einem Ton, der nichts anderes war als das An- und Abschwellen von Dunkelheit und Helligkeit. Vergangenheit und Zukunft waren ineinander aufgehoben. Und keine Gegenwart, die diesen Namen verdient hätte, war an ihre Stelle getreten. Dieser mit einem Bewußtsein versehene Ton, der Perditas Seele *gewesen war*, kannte weder Inneres noch Äußeres, weder Subjekt noch Objekt. Er war vorhanden als etwas Absolutes, aus sich heraus bestehend, als Selbsterzeugtes, sich selbst genügend. Doch löste er sich unablässig auf in unzählige Wellen von Licht und Dunkel, die fielen und stiegen, stiegen und fielen, bis sie in ihrer Vielfalt eine unendliche Einheit und in ihrer Einheit eine unendliche Vielfalt waren . . .

Dann ließ der Mann die Hände von den Tasten gleiten, ohne das, was er spielte, zum Abschluß zu bringen. Perditas Anwesenheit schien er völlig vergessen zu haben. Er erhob sich vom Klavierschemel, trat an das große Erkerfenster, das wie ganz High House aus solidem Stein bestand, und sah hinaus, mit dem Rücken zu Perdita.

Ein paar Minuten lang war Perdita wie benommen. Als ihr Geist zu sich selbst zurückzufinden begann, dachte sie zu ihrer Überraschung den gleichen Gedanken, den sie gehabt hatte, als er zu spielen begann: »Er verspielt sich dauernd. Man merkt, daß er kein Pianist ist.«

Und dann kehrte abermals die befremdliche Benommenheit wieder, so als hätte ihr Geist den Körper verlassen und weigere sich zurückzukommen. Als er es schließlich tat, hatte dies offenbar eine verstörende körperliche Auswirkung, ähnlich wie die Rückkehr der Blutzirkulation, denn ohne die geringste emotionale oder spirituelle Anteilnahme, aus einem – wie es scheinen wollte – rein physischen Bedürfnis weinte sie mit einemmal stille, mechanische, stupide Tränen, Tränen, hinter denen kein weiteres Gefühl war als das einer unbeschreiblichen körperlichen Erleichterung. Ob Cobbold merkte, welche Wirkung sein Spiel hatte, sollte sie nicht erfahren. Ihre stillen Tränen versiegten. Ihre normale Intelligenz nahm ihre Tätigkeit wieder auf. Ihre pessimistische Grundhaltung kehrte zurück. Sie kam sich vor, als wäre sie von einer Reise zur Insel der Seligen zurückgekommen und hätte auf der alten, verbitterten, unerlösten Welt alles, alles unverändert vorgefunden.

Schwerfällig stand sie auf. Der Mann hatte jetzt die Hände in den Taschen und pfiff tatsächlich eine Melodie aus dem Stück, das er gespielt hatte, in sorgloser, unbeteiligter Manier. Sie dachte sich: »Wenn ich verschwinde, ohne etwas zu sagen, wird er wissen, was ich empfunden habe.« Es kostete sie eine fürchterliche Überwindung, zu ihm zu sprechen, doch ihr Stolz hatte wieder die Oberhand gewonnen. »Was war das für ein Stück, das Sie da gespielt haben, Mr. Cobbold?« brachte sie heraus.

Ihre Stimme klang ganz genau wie die harte, kalte, fühllose Stimme, mit der Lucinda aus ihrem Schlafzimmer zu vertreiben sie sich in der vergangenen Nacht erst genötigt gesehen hatte.

Er drehte sich in seiner höflichsten und unbekümmertsten Art rasch um.

»Ich dachte, Sie würden –«, setzte er an, als schwere Schritte und Männerstimmen im Flur die Worte in seinem Mund ersterben ließen.

Er sah sie an, und sie sah ihn an; und eine der schnellen, undefinierbaren Komplizenschaften, wie sie zwischen Menschen eintreten, die die Laune des Zufalls in unvorhergesehene Intimität versetzt hat, ergab sich zwischen einer anonymen männlichen und einer anonymen weiblichen Seele, die sich einer erzwungenen und zufälligen Korrespondenz unterworfen sahen.

Dann wurde die Tür zum Speisezimmer geöffnet, und der Bedienstete, der die hochgewachsene Gestalt des Jobbers in den Raum geleitete, verkündete mit leiser, aber feierlicher Stimme:

»Mr. Skald wünscht Sie zu sprechen, Sir!«

Niemals hätte sie sich träumen lassen, mit welch verdoppelter Überwältigung ihre Schwäche, ihre Hilflosigkeit, ihre Versklavung in dem Augenblick Besitz von ihr ergreifen würde, da sie ihn wiedersah.

»Ich liebe dich, ich liebe dich!« Das war es, was jede Faser ihres Körpers herausschrie, als sie ihm ihre Hand überließ.

Jerry betrachtete nicht ohne Verblüffung und nicht wenig amüsiert die Begegnung der beiden. Entfernt kam ihm der Gedanke, sie seien möglicherweise alte Freunde, Freunde aus Kindertagen. Vielleicht war ihre Familie von Portland nach Guernsey gezogen!

Perdita brachte es nicht über sich, dem Jobber ins Gesicht zu sehen. Sie ließ den Kopf hängen und blickte seitwärts zu einem vergoldeten Hocker. Dieser Hocker mochte sehr wohl ebenjener sein, auf dem Hamlet in der Szene saß, in der er rief: »Denn wenn der König von dem Stück nichts hält, Ei nun! vielleicht – daß es ihm nicht gefällt«, doch Perdita fiel in diesem Moment daran auf, daß die Vergoldung an einer Kante abgeschlagen war, so daß man eine bläßliche, schuppige Substanz sehen konnte, die eher an Zement als an Holz erinnerte.

Doch die Stimme des Mannes, der ihre Hand hielt, dröhnte und summte wie leiser Donner im Sommer über ihrem Haupt. Gewiß gab es keinen stichhaltigen Grund, warum der Jobber in Mr. Cobbolds Gegenwart ihre Hand nicht so lange halten und nicht so ausschließlich mit ihr sprechen sollte. Sie brachen damit schließlich kein Gesetz der Gesellschaft! Er war unverheiratet, genau wie sie. Seine soziale Stellung war keineswegs eindeutig, und ganz fraglos war das auch die ihre.

»Verzeihen Sie, Jerry Cobbold, aber es hat mich so gefreut, Miss Wane hier anzutreffen, daß mir die Manieren abhanden gekommen sind. Miss Wane und ich haben einander geraume Zeit nicht gesehen. Seit dem ersten Tag nicht mehr, nicht wahr, Miss?«

»Setzen Sie sich, setzen Sie sich, Jobber«, unterbrach Jerry ihn, und er drückte den Besitzer der *Kormoran* in den Sessel, den eben erst Perdita verlassen hatte. »Nehmen Sie eine der meinen?« fragte er ihn, als dieser saß, »oder ziehen Sie wie die meisten von uns Ihre eigenen vor?«

Doch die große braune Hand des Jobbers hatte sich bereits automatisch um den kleinen Gegenstand geschlossen, und allem Anschein nach – wollte man aus der Rauchwolke schließen, die nun seinen Kopf umringte, und aus der Länge des glühenden Aschenendes, das zwischen seinen Fingern herausragte – war er bereit, Jerrys Zigaretten in einer Geschwindigkeit von einem Stück pro Minute wegzurauchen.

»Ich wußte gar nicht, daß Sie beide so alte Freunde sind, Miss Wane«, murmelte der Clown. »Hier – setzten Sie sich her. Ich muß meiner Frau Bescheid sagen, die sich uns vielleicht anschließen möchte. Sie ist beinahe ebenso verliebt in unseren Freund wie –« Er hatte im Begriff gestanden zu sagen: »ihre Schwester«, verstummte aber rechtzeitig.

Die Drohungen des Jobbers, Cattistock etwas anzutun, waren in allen Kreisen der Stadt wohlbekannt.

»Mr. Cobbold, würden Sie uns, bevor ich Ihre Frau aufsuche – denn zu dieser Tageszeit wäre ihr lieber, daß ich komme, das weiß ich –, etwas von dem Stück vorspielen, das Sie spielten, bevor Mr. Skald hereinkam?«

Jerry lächelte ihr rasch zu; und abermals wechselte zwischen ihnen die sonderbare Welle von Intimität oder Vertrautheit, die sie einander nahegebracht hatte, als die Schritte des Jobbers im Flur erklungen waren.

»Gern spiele ich für Sie«, sagte er. »Aber unter einer Bedingung!«

Perdita staunte über die Leichtigkeit, die Freiheit, die Natürlichkeit, das Fehlen aller Schüchternheit oder Gehemmtheit, die sie plötzlich dem berühmten Mann gegenüber empfand. Und sie sah ihm mit einer Lebhaftigkeit und einem Strahlen geradewegs in die Augen, die ihn entzückten.

Jerrys Wahrnehmung, was die Beziehungen zwischen Männern und Frauen betraf, war feiner noch als die einer Frau, und selbst die einfältigste aller Frauen hätte das Aufwallen beiderseitiger Erregung bemerkt, das diese zwei eigenartigen Menschen bei ihrer merkwürdigen Begegnung erschütterte.

»Sie ... beide ... sind ... mir ... aber ... ein gerissenes Pärchen«, sagte Cobbold sehr gedehnt; offenbar ging ihm beim Sprechen dank Perditas strahlender Miene ein Licht auf. »Wer hätte sich träumen lassen, daß Sie ... so ... gute ... Freunde sind?«

Der Arm des Jobbers schoß plötzlich vor, und seine Finger ergriffen den Aufschlag der schlichten Schneiderjacke der jungen Frau. Er hielt ihn fest – offenbar ähnlich geistesabwesend, wie er einen Moment zuvor die Zigaretten, die Cobbold ihm anbot, gepafft und ins Feuer geworfen hatte –, während Perditas Hand, die sie erhoben hatte, als wolle sie den Griff seiner Finger lösen, zum Entzücken des gewitzten Clowns in offenkundigem Kontakt zu der Hand verharrte, die sie hatte entfernen wollen.

»Also, wenn Sie sich auf die Armlehne des Sessels unseres Freundes setzen«, sagte Cobbold, ohne daß sein Blick für eine Sekunde von den braunen Augen des Mädchens wich, die ihm so unvermittelt ein erschrockenes und unendlich rührendes Glück offenbart hatten, »dann spiele ich gerne noch etwas aus dem Musikstück; allerdings kann ich nicht versprechen, das ... wie nennt man es noch ... ein zweitesmal zu erwischen.«

Er wandte sich langsam von ihnen ab, mit einem typischen Achselzucken, für das er berühmt war. Doch diese besondere Geste – einem Publikum in halb Europa vertraut – war an den Jobber und an Perdita völlig verschwendet, und als die Musik den Raum erfüllte, erlangte sie nicht ein Zwanzigstel ihres vorherigen Zaubers. Die spärliche Aufmerksamkeit, die Perdita überhaupt darauf verwendete, galt diesmal fast ausschließlich der fehlerhaften Technik des Interpreten.

»Er ist kein ausgebildeter Pianist«, sagte sie sich. »Was ich vorhin empfand, muß eine Art –«

Sie stand reglos und mit leuchtenden Augen dort, wo Jerry sie verlassen hatte, und ihre Wangen waren beinahe so weiß und ihr Körper war beinahe so starr wie Lucindas Gardenien.

Der Jobber jedoch schien für die Musik äußerst dankbar zu sein. Er wirkte wie ein Mann in Trance, der auf bestimmte Worte oder Berührungen reagiert, aber in einen Zustand verzückter Geistesabwesenheit verfallen ist. Noch immer hielt er den Jackenaufschlag des Mädchens fest, und nun spürte sie, wie er sie sanft zu sich zog. Außerstande, sich aus seinem Zugriff zu befreien, ohne den feierlichen Zauber der Stimmung des Augenblicks zu zerstören, tat sie in einer nicht minder schlafwandlerischen Geistesverfassung, als es die des Jobbers war, genau das, was der Komödiant vorgeschlagen hatte. Sie ließ sich auf die Armlehne des Sessels gleiten. Mit einer Zartheit und Zurückhaltung, die sie weit mehr berührte, als es jede Kühnheit vermocht hätte, löste der Jobber, sobald sie so nahe bei ihm saß, seine Finger von ihrer Jacke, hielt seine markanten Züge mit der schweren Kinnpartie von ihr abgewandt und betrachtete aufmerksam die Gestalt am Klavier.

Wie sie so auf der Sessellehne saß, ohne jedoch von ihm berührt zu werden, ließ sie ihre Augen alles an dem Mann aufnehmen, in den sie sich – so wortwörtlich auf den ersten Blick! – verliebt hatte. Er trug seine gewohnte Seemannskleidung, einen grobgestrickten dunkelblauen Pullover und marineblaue ausgebeulte Hosen.

»Was mag er nur in der Hosentasche haben?« dachte sie, als ihr die Ausbuchtung durch den verborgenen Kiesel von Chesil Beach auffiel.

Die übliche melancholische Diskrepanz zwischen den idealisierten Zügen der Erinnerung und der Realität blieb ihr erspart, denn das Profil des Jobbers, das sie nur verstohlen hie und da zu sehen bekam, wenn er zum Klavier hinüberstarrte, war für sie die Verkörperung all der unmöglichen Bilder, die das Brüten und die Trancen und die Sehnsüchte ihrer Mädchenjahre begleitet hatten.

Doch sowohl Perditas schwärmerische Gedanken als auch Jerrys dahinfliegende Finger wurden durch das erneute Erscheinen des Butlers unterbrochen.

»Madame läßt nach Miss Wane rufen, Sir«, verkündete er.

Cobbold vollführte einen bizarren Schlußakkord auf den Tasten, als hinterlasse er seine Signatur, und schloß den Klavierdeckel.

»Danke, Fogg«, sagte er, »ich komme selbst. Miss Wane ist gerade beschäftigt.«

Aber Perdita war bereits aufgesprungen.

»Nein, nein«, rief sie, »ich komme schon. Sagen Sie Madame, daß ich sofort zur Stelle sein werde.«

»Jawohl, Miss. Ich werde es ausrichten, Miss.« Und er schloß die Tür.

»Auf Wiedersehen, Mr. Skald«, sagte sie und hielt dem verwirrten Jobber, der sich aus dem Sessel herausgemüht hatte, ihre Hand hin.

»Aber warum ... können wir nicht ... aber wollen Sie nicht ...«, stammelte er, wobei sein Gesicht unter der wettergegerbten Haut sehr rot wurde.

»Was ist das für ein Unsinn?« mischte der Hausherr sich ein, der zwischen sie trat. »Es gibt überhaupt keinen Grund für Sie zu gehen, Perdita.«

Sie riß die Augen auf, als er sie zum zweitenmal Perdita nannte, und ihr kam plötzlich der Gedanke: »Macht man sich dadurch, daß man verliebt ist, für jedermann zur Zielscheibe des Gespötts?«

Aber sie ließ ihre Hand widerstandslos in der des Jobbers liegen, obwohl dieser sie in seiner Aufregung so fest drückte, daß es schmerzte.

»Selbstverständlich gehe ich«, wiederholte sie und lächelte Jerry an, indes sie dem leidenschaftlichen Blick ihres Liebhabers auswich.

»Hören Sie ... Hören Sie, *Perdita* ...«, stammelte der Jobber in heiserem Flüstern.

Unvermittelt wurde ihr eine gelassene, unbeirrbare, erhellende Erkenntnis aller Aspekte – so wollte es ihr scheinen – der ganzen Situation zuteil, wie sie drei dort zwischen Tisch und Tür standen.

»Nein, so etwas!« dachte sie beim Betrachten des wunderlichen Stücks Stoff, das die rechteckige Fläche bedeckte, die das Klavier dem Blick präsentierte. »Es ist persisch! Daß ich darauf noch nie gekommen bin!«

Und kraft ihres neuen Wissens um Menschen und Dinge, kraft dieses Zuwachses an unendlicher Befähigung und unendlichen Fähigkeiten, den sie in sich spürte, sagte sie kühn zu ihrem Liebhaber und lächelte dabei seine Augen an:

»Sind Sie morgen den ganzen Tag beschäftigt, Mr. Skald? Morgen ist Mittwoch, wissen Sie.«

Der arme Jobber indes, und es war das erstemal an diesem Vormittag, daß die Sache ihn wieder beschäftigte, sah sich mit der tragischen Knappheit der Stunden konfrontiert, die ihm noch verblieben, um glücklich zu sein – Mittwoch, Mittwoch, Mittwoch! –, es sei denn, der Hund Cattistock sollte seine Zähne ungestört in die Weiße der Frau schlagen dürfen; und während er diesen schrecklichen nordischen Tagen entgegensah – Wotanstag, Thorstag – und sie ihm ein fahleres Verhängnis verhießen, als es je ein Mann mit drei Stäben oder ein Gehängter im Repertoire der Zigeuner-May vermocht hatte, begann sein Gesichtsausdruck zu verraten, was für ein Brechen, Bersten, Stöhnen und Reißen sich in seiner Brust abspielte.

»Ich frage das«, fuhr Perdita fort, »weil Mrs. Cobbold morgen Dr. Brush besuchen wird und der Doktor sie sowohl zum Lunch als auch zum Abendessen eingeladen hat. Deshalb habe ich morgen den ganzen Tag frei, das heißt, sollten Sie Zeit haben.«

Sein Gesicht sah aus wie eines der alten Ritterbücher – ein Band Malory oder Holinshed –, in dem auf Turnier um Turnier und Schlachtgetümmel um Schlachtgetümmel feierliche Messen im Kerzenlicht unter gotischen Spitzbögen folgen. Entrückt, verzaubert, absorbiert von seiner Unentschlossenheit, hielt er ihre Hand, die er drückte, und starrte blicklos auf den grauen Gürtel ihres grauen Tuchkostüms. Den Hausherrn, der geduldig das Publikum dieser absurden Szene bildete, schien er völlig vergessen zu haben. Zuletzt sagte er langsam und sehr ernst, ohne daß seine Stirn weniger finster gewesen, die Anspannung zwischen Mund und Nase und zwischen Augen und Mund gewichen wäre:

»Wollen wir uns dann morgen um diese Zeit, gegen zehn, bei der Uhr treffen?«

Er schien erleichtert, diese Worte herausgebracht und die Last seiner Unentschlossenheit dem Schicksal in die Schuhe geschoben zu haben, und sein Gesicht hellte sich etwas auf.

Perdita jedoch wiederholte mit ratlosem Blick und in fragendem Tonfall die Wendung »bei der Uhr«.

»Er meint die Jubiläumsuhr«, erklärte Jerry Cobbold, bevor der

Jobber – der es nicht zu fassen schien, daß sein Mädchen nicht wußte, was »bei der Uhr« hieß – genug Geistesgegenwart besaß zu sagen: »Die Uhr auf der Esplanade, dort, wo es zum Bahnhof geht.«

Perdita lächelte ihm dankbar zu, der Jobber jedoch blickte ihn verdrießlich an. Es verletzte seinen Stolz, daß ihr erstes Rendezvous die Erläuterungen eines Außenstehenden erforderte. Er ließ die Hand des Mädchens los, doch Perdita, die seine Stimmung erriet, ergriff seine Hand erneut.

»Um zehn bei der Uhr!« flüsterte sie und strahlte. »Ich werde dort sein – wenn ich nicht im Schlaf sterbe. Adieu!«, und sie senkte den Blick ihrer braunen Augen in seine grauen Augen wie ein ungestümer Taucher, der am Meeresboden sagenhafte Schätze sucht. Es war ein Blick, den er nie vergessen sollte, denn es war ein Blick, mit dem sie sich ihm uneingeschränkt hingab, an Ort und Stelle, bei ihrer zweiten Begegnung, ohne daß das Wort Liebe zwischen ihnen gefallen wäre!

Als sie den Raum verlassen und die Tür hinter sich geschlossen hatte, fragte Jerry Cobbold den Jobber, ob es zu früh sei, ihm einen Whiskey mit Soda anzubieten. Doch bei diesen Worten starrte der andere ihn an, als unterhalte der Clown sich mit dem großen viktorianischen Druck an der Wand, auf dem Prospero Ariel die Freiheit schenkt, und nicht mit ihm. Als er so vor sich hin starrte, verzog sich sein Gesicht, ohne verzerrt zu wirken, in einer Weise, als sehe er sich einer Reihe blinkender Gewehrläufe gegenüber.

»Lassen Sie nur«, stieß er hervor, als er sah, daß Jerry nach dem Butler läuten wollte. »Ich muß gehen. Ich habe endlos viel zu tun. Ich muß für Witchit Fisch nach Dorchester fahren, und ich muß meinen Wagen« – in seiner Erregung vergaß er, ihn *Schnecke* zu nennen – »reparieren lassen. Er gehört seit einiger Zeit überholt. Man ist ganz schön aufgeschmissen, wenn man heutzutage seinen Geschäften nachgehen will und der Wagen einen im Stich läßt.« Er sah Jerry bedeutungsvoll an und zwinkerte mit einem Auge. »Wir brauchen unsere Wagen für unsere Mädchen«, sagte er und fügte mit unübersehbar sich rötenden Wangen hinzu, als fürchte er, Cobbold könne seine Bemerkung unverständlich finden: »Ich glaube, Sie würden staunen, wenn Sie wüßten, wie viele Leute ich schon zwischen Weymouth und Dorchester hin- und hertransportiert habe. Ich sage immer, man müßte mir von Rechts wegen eine Lizenz als Busfahrer erteilen.«

Jerry bemühte sich nach Kräften zu verbergen, daß ihm klar war, wie lächerlich sein Gegenüber sich aufführte.

»Wie wenige von uns«, dachte er, »bringen es fertig, sich nicht zu blamieren, wenn man sie erwischt, wie ich ihn mit dem kleinen Kobold erwischt habe!«

Er hatte die Marotte entwickelt, sich mit dieser Bezeichnung überheblich von der Gesellschafterin seiner Frau zu distanzieren.

»Der kleine Kobold«, sagte er sich, »ist viel zu stolz, um sich zu blamieren. Bei keiner anderen Frau habe ich je erlebt, daß sie eine so peinliche Situation mit solcher Selbstverständlichkeit gemeistert hätte.«

Nach Adam Skalds Aufbruch, der keine fünf Minuten, nachdem Perdita den Raum verlassen hatte, stattfand, beeilte sich auch Jerry Cobbold, aus dem Haus zu kommen. Er hatte Tossty, seiner Tänzerin, versprochen, sie vormittags im Haus eines gemeinsamen Freundes zu besuchen, eines gewissen Dr. Lucius Girodel, berüchtigt als Kurpfuscher, Quacksalber und Engelmacher, unter dessen Dach ein gewisses Grüppchen idiosynkratischer Philosophen sich samt Freundinnen einzufinden pflegte.

Bei diesen Busenfreunden, die infolge einer unausgesprochenen Regelung, die sich beiläufig nach und nach wie von selbst zwischen ihnen herausgebildet hatte, freigebig für ihre Bewirtung bezahlten, war Dr. Girodel unter dem Namen Lucky bekannt, und sein großes, ungepflegtes Haus wurde nie anders als Lucky's geheißen. Jerry Cobbold zählte seit langem zu den großzügigsten Gönnern des Doktors. Er empfand tatsächlich eine ganz eigene Zuneigung zu dem dreisten Kurpfuscher, unter dessen diversen Rollen diejenige, die er mit größter Vollendung spielte, zweifelsohne die des Kupplers war. Jerry Cobbold schätzte Lucky jedoch wirklich, und in Gesellschaft des Doktors war er weitaus mehr er selbst als in der jedes anderen Wesens, ob Mann, Frau oder Kind. Die völlige Abwesenheit normaler menschlicher Attribute wie Anstand, Würde, Gesittung, Schicklichkeit, Stolz, Ehrgefühl und Selbstachtung, wie sie Lucius Girodel bewies, sprach den Humor des Komödianten in all seiner Tiefe an, und man kann sich vorstellen, wie sehr das Wissen, daß der weltberühmte Clown mit seinem Freund noch die letzte Brotkruste teilen würde, Luckys Ansehen in der Stadt förderlich war.

Folglich dachte der Clown beim Aufbrechen weder an den »kleinen Kobold« noch an dessen furchterregenden Verehrer, und auch an Tossty dachte er nicht.

Seine Miene spiegelte den Genuß und die tiefe Befriedigung, die ihn angesichts des verschmutzten und verdreckten Zustands des Straßenabschnitts, den er überquerte, erfüllten. Der allerschwächste und bläßlichste Sonnenstrahl hatte sich soeben durch die Wolken gekämpft, und sein wäßriges, zitronenfarbenes Licht fiel auf die Pferdeäpfel und zerbrochenen Kisten und die Pfützen und all den Schmutz. In dieser heruntergekommenen Gegend hinter dem Bahnhof befanden sich auch ein paar Reklametafeln, und auf einer davon sah der Clown die Reklame für ein bekanntes Abführmittel, das als Krönung der Turmspitzen einer gotischen Kathedrale abgebildet war. Doch am meisten schienen sowohl den wäßrigen Sonnenschein als auch Jerrys Sinne die alten verwitterten Pferdeäpfel im Verein mit ein paar Häufchen schmutziger Strohhalme zu beglücken. Ein Fetzen blauen Papiers, der sich von einer der Reklametafeln gelöst hatte, flatterte wie eine aufbegehrende Fahne auf seinem Weg, doch der ernste Blick des Komödianten, der sich mit einer gewissermaßen mystischen Ekstase an all diesen materiellen Manifestationen ergötzte, schien das Aufbegehren des blauen Papierfetzens zu tadeln. Bald schon durchquerte Cobbold den noch ärmlicheren Bezirk um die Ranelagh Road, eine Gegend, die ihn immer faszinierte. Zu jener Zeit war Ranelagh Road eine Art Armeleutereplik der glanzvollen Esplanade, und vor allem anderen diente sie den Liebschaften der Kinder der Armen als Promenade und Rendezvousstätte. Hier verbarg sich, wenn des Abends die Lichter entzündet wurden, die naturgegebene Schüchternheit der großen Gruppen von jungen Männern und jungen Frauen, die einander begegneten, hinter lautem Gelächter, rohen Gesten, unvorstellbar unfeinen Scherzen und hysterischem irren Gekicher. All das nahm Jerry Cobbold mit weit mehr Entzücken auf als den Beifall jedweden Publikums. Er hatte etwas an sich, was über jeglichen rabelaisschen Geist hinausging, denn er vermochte nicht allein dem Anblick der erbärmlichsten, schlichtesten, gewöhnlichsten und realistischsten Aspekte dessen, was man die kotigen Unterströmungen des Dasein nennen könnte, eine eigenartig ekstatische Befriedigung abzugewinnen, sondern konnte sich bei diesen Betrachtungen auch seiner Menschenverachtung entledigen und wieder fröhlich, kindgleich und unschuldig werden.

Sein ganzes Leben hindurch sollte Jerry für jedermann, der ihn kannte, ein unlösbares Rätsel bleiben. Wie Cäsar Augustus – der zu seiner Zeit ebenfalls ein Komödiant war – hielt er selbst seine

Vertrauten auf Distanz. Sie mochten ihn zwar Jerry nennen, doch auf ihn gemünzt wurde »Jerry« zu einem Titel von aristokratischer Distanz. Sie mochten die Silben »Jerry« sagen, wenn sie ihn ansprachen, doch die Silben nahmen im gleichen Augenblick die Bedeutung »Eure Exzellenz« oder sogar »Eure Königliche Hoheit« an.

Jerrys »kleiner Kobold« war nicht das einzige scharfsichtige Mädchen, das in ihm einen zierlichen Atlas erkannte, der immer und ewig das Gewicht der Geschicke anderer trug und vor allem – wie bei Lucinda – bestrebt war, durch unablässige Unterhaltung den Wahnsinn von ihnen fernzuhalten! Sein älterer Bruder Sylvanus hatte einmal über ihn gesagt, Jerry sei gar nicht das Kind menschlicher Eltern, sondern sein Vater sei der Geist Swifts und seine Mutter eine Lemure, welche Bemerkung, als sie Jerry hinterbracht wurde, ein so gottloses *tu quoque* bewirkte, daß es nicht zu Papier gebracht werden kann.

Als er sich Lucky's näherte, einem alten, renovierungsbedürftigen Gebäude im Queen-Anne-Stil, neben dessen verrosteter Klingel der Name Sark House angebracht war, dachte Jerry Cobbold an das russische Musikstück, das er auf seine dilettantische Weise für den »kleinen Kobold« gespielt hatte; während sich ein paar Kinder auf den schmutzigen, mit Abfall bedeckten Stufen von Sark House lärmend stritten und balgten, verharrte er und überließ sich in Gedanken diesen vollkommenen Kadenzen. Die Leidenschaft des Komödianten für die Musik war seine große geheime Rettung. Sie bildete die Lösung zum Rätsel seines Charakters, wenn es überhaupt eine gab; denn Jerry verabscheute die Menschheit noch inbrünstiger als Mr. Witchit, der Fischhändler aus der St. Alban's Street, und die einzige Freude, die ihm seine Zeitgenossen bereiteten, war ein monströses rabelaissches Behagen an ihren eklatantesten Roheiten, Exzessen, Entgleisungen und Schändlichkeiten. Diese Dinge, die viehischen Bedürfnisse des Menschenlebens, waren es, die er in den Späßen seiner Bühnenauftritte verarbeitete; und sein Ekel vor seinen Mitmenschen befähigte ihn, seine Darstellung ihrer Knechtschaft unter den irdischen Unflat mit einer unwiderstehlichen Heiterkeit und einem nachdrücklichen Realismus zu gestalten, welche Mischung das Publikum jedesmal entzückte.

Eine weitere Eigenheit dieses geheimnisvollen Mannes, die helfen mag, die überdrüssige Sorgfalt zu erklären, mit der er die soziale Struktur des Alltags aufrechtzuerhalten bestrebt war, bestand darin, daß ein normaler Sexappeal nicht die geringste Wirkung auf ihn hatte. Was ihn an Lucinda angezogen hatte – wenn die Wahrheit denn gesagt werden muß – , war eine befremdliche pathologische Anziehungskraft, und das gleiche galt für sein Interesse an Tossty, wenn man vom Alters- und Wesensunterschied zwischen ihnen absieht.

Nur in Girodels Gegenwart legte der Komödiant die Maske ab, die Perdita so treffend erraten hatte. Dem Kurpfuscher zeigte er sein wahres Gesicht, ein Gesicht so voller Lebensüberdruß, daß der Anblick jeden aus der Fassung gebracht hätte, der weniger herzlos war als der zynische Bewohner von Sark House. Doch Dr. Girodel, der seinen Lebensunterhalt auf der Schattenseite des Lebens fand, nahm die lebensüberdrüssige Haltung seines Gönners als ebenso selbstverständlich hin wie die Verzweiflung eines Mädchens, das ungewollt schwanger geworden war. In der Tat hatte er schon vor langem festgestellt, daß unter allen Gefühlen, die einer geldgierigen Hand den Griff in die Börse erleichtern, der Lebensüberdruß das machtvollste ist.

»Ach, da bist du ja endlich!« begrüßte Tossty ihn mürrisch, als er durch den großen, abgewohnten, trostlosen Empfangsraum des Hauses zu ihr trat. Dieser kühle Empfang gab dem Clown einen äußerst sonderbaren Gedankengang ein. »Kenne ich«, fragte er sich, »eine einzige Frau, die einen Menschen wie mich wirklich lieben könnte?« Und ohne augenscheinlichen Grund kam ihm die Schwester seiner Frau in den Sinn, und zwar so, wie er sie sich vorstellte, wenn Cattistock sie schlecht behandelte. »Vielleicht sie«, dachte er, »und es würde mich nicht unberührt lassen, wenn sie mißhandelt und erniedrigt würde. Ich erinnere mich an Blicke zwischen uns, und beinahe –«

Die Flammen im großen marmorverkleideten Kamin erschienen ihm als die einzigen Dinge in diesem melancholischen Gemach, die er mit Gewinn betrachten konnte. Große schwarzweiße viktorianische Drucke von öffentlichen Ereignissen – die Krönung Königin Victorias, die Hochzeit der Königin, die Königin mit ihrem Kabinett, die Königin beim Jubiläum – zierten ringsum die Wände und wirkten vor dem Hintergrund einer fleckigen und verschmutzten Tapete von der gleichen Farbe wie Cattistocks & Framptons billigstes Bier wie königliche Besucher in einem Armenhaus.

»Ja ... vielleicht sie«, dachte er müßig. Und mit ungewohnter Zärtlickeit stellte er sich eine mißhandelte Hortensia vor. Unterdessen hüpfte der kleine Abtreibungsarzt wie ein böser Vogel von einem Gast zum anderen. Allem Anschein nach hatte man getrunken, obwohl es bis zum Mittag noch eine halbe Stunde war, denn die abgenutzte und verfärbte Mahagonitischplatte bedeckten Gläser, Siphonflaschen und Alkoholika.

»Es liegt nicht an seinem Geld«, grübelte der Clown, noch immer mit Mrs. Lily beschäftigt. »Ich wüßte zu gern –«

Lucky war eine glattrasierte, rastlose Erscheinung. Er hatte eine spitze Nase, ein spitzes Kinn und langes, glattes, helles Haar, das er in einer dichten Welle über der Stirn trug und ständig mit den Fingern glattstrich, als bliese ein starker Wind; und der mysteriöse Instinkt, mit dem Menschen so oft ein besonderes Kleidungsstück wählen, das ihrer wahren Identität entspricht, mag es zu ihrer übrigen Aufmachung noch so wenig passen, hatte ihn veranlaßt, sich ganz bestimmte gestreifte Beinkleider anfertigen zu lassen, die überaus eng anlagen und seiner ganzen Figur eine Art lebhafter Förmlichkeit aufprägten, geziert wichtigtuerisch und lächerlich kriecherisch, wie er da im Raum umhersprang, indes die Leute, denen er schöntat oder die er aufzog – denn er plapperte ohne Unterlaß –, den Eindruck hatten, daß man mit ihm ganz gewiß kein verständiges Wort wechseln konnte.

»Ja, ich weile wieder unter den Lebenden, Toss«, rief Jerry plötzlich in einem Ton, als sei er aus der Wirkung einer Droge erwacht. »Welchen Tag haben wir? Dienstag, den zehnten Februar! Ja, Toss, mein Augapfel –«, und hier gab er ihr trotz ihrer übellaunigen, abgewandten Miene einen laut schmatzenden Kuß, der klang, als würde er von allen historischen Drucken an den Wänden zurückgeworfen, »dieser zehnte Februar ist weder gestern noch morgen, sondern heute. Er ist heute, mein Liebchen! Kommt es dir nicht merkwürdig vor, wenn du bedenkst, daß –«

Hier unterbrach ihn der Hausherr, der sich ihm in einer Pirouette näherte, um ihm etwas ins Ohr zu flüstern, wobei er auf seinen gestreiften dünnen Beinen dahinglitt, als bewegten sie sich unabhängig von seinem Körper und Willen wie ein Paar Rollschuhe.

»Hallo, Lucky! Wie geht es Ihnen? Champagner, sagen Sie? Hat mein Liebchen sich sein Lieblingsgetränk gewünscht? Gewiß doch! Lassen Sie uns eine Flasche bringen – oder zwei oder drei –, genug für alle, die da sind! Aber was wollte ich sagen?«

Tossty, die ihm weder zuhörte noch – seit dem Kuß – den Eindruck erweckte, als sei sie sich seiner Anwesenheit bewußt, rief nun über den ganzen Raum hinweg ihrer Schwester Tissty, die eindringlich auf Cattistock einredete, zu: »Tiss, hast du Mr. Cattistock gefragt, was du ihn fragen wolltest?«

Cattistock sah rasch auf und hob sein wuchtiges Kinn hinter der Gestalt des Mädchens hervor, die sich auf einem Roßhaarsofa an ihn lehnte, einem Sofa, das so abgenutzt war, daß das ursprüngliche Schwarz des Bezugs zu einem sonderbaren Grauschwarz geworden war, das den Clown insgeheim immer an ein Leichentuch denken ließ. Cattistock, der sein stoppeliges Kinn hob und mit den Augen blinzelte, war nicht bereit, die beiden Schwestern miteinander plaudern zu lassen, als wären sie allein im Zimmer.

»Was wollte sie mich fragen, Toss? Hallo, Jerry! Wie geht es Ihnen heute? Warum haben Sie uns nicht gesagt, daß Sie Champagner bestellen wollen? Tiss sagte, daß sie mich nach Portland begleiten will, aber *jetzt* – es wäre zu herzlos, sie jetzt zu entführen! Können Sie Ihre Einladung nicht auf morgen verschieben?«

Nun fand über diesen großen Raum hinweg ein höchst sonderbarer Tausch von Blicken zwischen diesen beiden Männern statt, die in der Meinung der Öffentlichkeit die bedeutendsten Persönlichkeiten von Weymouth in jenen Tagen waren und die einander bei Lucky's stets mit einem halbverlegenen Gebaren behandelten wie zwei bekannte Staatsmänner, die sich in ihrem Lieblingsbordell begegnen.

Während Jerrys Antwort auf Cattistocks Verlangen in der Luft hing, begann Tossty aufgeregt auf den Clown einzuflüstern, wobei eine leichte Röte ihre dunkle Wangen belebte und ihr ganzes Wesen mehr Erregung und Anteilnahme ausstrahlte, als sie seit seinem Eintreten bekundet hatte. Es war typisch für ihn, daß er die Sache mit dem Champagner sofort fallenließ, ohne sein Einverständnis groß in Worte zu kleiden, und so das von Cattistock einzig anvisierte Ziel mit leichter Hand der geballten Attacke des Finanziers entzog.

Cattistock wiederum dachte: »Ich muß Tissty in das Sea Serpent's Head mitnehmen. Sollten die Steinbrucharbeiter unangenehm werden, lasse ich sie dort, bis ich mit ihnen fertig geworden bin. Es würde mir die Hochzeitsnacht völlig vergällen, wenn ich Tissty vorher nicht besitzen könnte! Ich würde so tun, als wäre Tensia Tiss, und für diese Art von Gaukeleien bin ich nicht gerissen genug. Sippy ist jetzt schon der fünfte, der mich heute vor Skalds finsteren Absichten gewarnt hat. Langsam glaube ich, daß wirklich etwas dahintersteckt. Sei's drum! Ich werde mich heute auf sein Terrain begeben, während er in Dorchester Fisch ausliefert; und morgen – das ist immer noch früh genug – werde ich mir *ihn* vorknöpfen.«

All das dachte er in den schnellen, schroffen, klaren Sätzen, in denen er zu sprechen gewohnt war. Aber danach kam ein Augenblick – und all seine Gedanken ereigneten sich weit schneller als ein halbes Dutzend der leisen Atemzüge, welche die hellhäutige Tissty so nahe an seiner rauhen Wange atmete –, da seine Gedanken nicht mehr eindeutig als solche erkennbar waren, aber andauerten und sogar an Intensität gewannen. Diese neuen Gedanken waren Bilder, und das erste darunter war das Meer, das Meer, das auf seiner Fläche – einer sommerlichen, nicht einer winterlichen – einen, zwei, drei Dampfer von den Kanalinseln mit rotem Schornstein trug, die er der Eisenbahngesellschaft abgekauft hatte. Wie schnell bewegten sich diese Dampfer über Cattistocks geistiges Meer! Und dann kam das Bild Adam Skalds, gemeinhin der Jobber genannt, der in Dorchester vor Gericht stand und sich ob der Anklage rechtfertigen mußte, Cattistocks Leben bedroht zu haben. Der unselige Jobber auf der Anklagebank zu Dorchester war nicht weit vom glatten sommerlichen Meer entfernt, auf dem die Dampfer mit ihren roten Schornsteinen einander so geschwind folgten. Wahrhaftig verschmolz die Anklagebank in seinem Geist mit Portland Bill, bis beides entschwand und einem Schlafzimmer im Sea Serpent's Head Platz machte. Diese rasche Abfolge künftiger Ereignisse wurde nun durch eine Wiederholung seiner Worte an den Komödianten am anderen Ende des Zimmers beendet.

»Können Sie es nicht auf morgen verschieben? Alle, die heute da sind, können morgen auch kommen, oder nicht?« Er befreite sich vom seidigen Gewicht der geschmeidigen Gestalt seiner Begleiterin, setzte sich auf und sah um sich. »Sie können doch morgen alle kommen, oder?« sagte er mit der eigentümlichen, mißtönenden Stimme, mit der er im Ratssaal seine Autorität durchzusetzen pflegte.

Dr. Girodel, der sich in eilfertigem Gehorsam auf Jerrys Worte hin bereits zur Tür begeben hatte, war sichtlich ratlos. Gern hätte er so getan, als hätte er Cattistocks Frage nicht gehört, um hinauszuschlüpfen, aber dafür war es zu spät. Seine einzige Hoffnung – denn an ein Morgen glaubte er nicht – war die, daß Jerry diese Verzögerung ungnädig von sich weisen würde.

»Ja«, dachte er, »streck dein Kinn nur vor, so weit du willst, du häßliches Scheusal! Wenn Jerry findet, daß Toss Champagner haben will, dann läßt er mich den Wein holen, und du kannst zum Teufel fahren!«

Tossty jedoch bedeutete nun Jerry Cobbold flüsternd, daß es besser wäre, den Champagner am nächsten Tag zu trinken, wenn alle sich daran gütlich tun konnten.

»Wir trinken ihn morgen, Tiss«, teilte sie ihrer Schwester auf der anderen Seite des Zimmers mittels eines jener stummen Signale mit, die unter Damen klar und unmißverständlich sind.

Die zwei Tänzerinnen waren von ähnlicher Figur und bildeten in der Tat eines der biegsamsten, gelenkigsten und atemberaubend schlanksten Mädchenpaare, die jemals die zertanzten Bretter des Regent's geziert hatten; Tissty, die gerade mit Cattistock flirtete, war jedoch von erstaunlich hellem Teint und heller Haarfarbe, Tossty hingegen, die den berühmten Clown tyrannisierte, auffallend brünett. In Wirklichkeit hießen sie Gloria und Pansy Clive, aber jedermann kannte sie nur als Tissty und Tossty. Auch untereinander nannten sie sich so und – wie man annehmen darf – höchstwahrscheinlich auch sich selbst gegenüber. Die Schwestern waren im kleinen Flecken Radipole am Ende des alten Haffwassers von Weymouth geboren, das nun den See von Radipole bildete, und noch immer erinnerten sie sich beim Duft von Frühlingsblumen an die Schlüsselblumensträuße, die sie jongliert hatten, wenn sie vor Publikum auf der Wiese vor dem Wirtshaus getanzt hatten. Später waren sie auf der Music-Hall-Bühne überaus erfolgreich geworden, doch ihre ganze abwechslungs- und abenteuerreiche Karriere hindurch hatten sie sich nie voneinander getrennt und nie für lange vom Meer entfernt, das ihre erste Liebe war. Letztere Besonderheit – ihre Marotte, in Küstenstädten aufzutreten – pflegten sie ihrer Gesundheit zuzuschreiben. Pansy Tissty, die Hellhäutige, sagte gern: »Tossty braucht die Seeluft wegen ihrem Asthma«, und Gloria, die Brünette, sagte: »Tissty braucht die Seeluft wegen ihrer Neuritis.«

Lucky stieß einen plastischen Seufzer aus, ließ die Klinke der rauchgeschwärzten Tür zum Flur los, strich sich das schlaffe, glatte Haar aus der Stirn und absolvierte mit einer gezierten und zugleich flüssigen Bewegung eine Pirouette durch den ganzen Raum dorthin, wo nicht weit vom Feuer auf einem verschossenen Sofa die junge Peg Frampton saß, die vernachlässigte Tochter von Cattistocks Partner, die jetzt von Cattistocks Neffen verspottet wurde, weil sie so allein war, während er es sich im einzigen komfortablen Sessel in diesem großen Zimmer bequem machte, die durchsichtige und liebestolle Curly Wix auf seinem Schoß. Als Girodel seine Tanzfigur beendete, sich neben Peg Frampton niederließ und seine dünnen Beine in ihren engen gestreiften Hosen übereinanderschlug, fragte Ballard seinen Onkel, der gerade damit beschäftigt war, der schönen Tissty in ihren seidengefütterten Mantel zu helfen, im Ton einer gehätschelten Favoritin, die mit einem verliebten Sultan spricht, ob sie sich unter vier Augen sehen könnten, bevor die anderen erschienen, weil er ihm etwas Wichtiges mitzuteilen habe.

Peg Framptons umringte, desillusionierte junge Augen betrachteten mit verdrossenem Neid die schlangengleichen Kurven der geschmeidigen Tänzerinnenfigur, die sich halb in ihre seidene Hülle hinein und halb aus ihr hinauswand, indes Cattistock seinem Neffen das Kinn zuwandte.

»Worum geht es, Sippy?« sagte er. »Wir sind hier im Tempel der Freiheit. Worum geht's, Junge?« Beim Sprechen sah er nicht seinen Neffen an, sondern Curly. »Dieses Mädchen entwickelt sich zu einer außergewöhnlichen Schönheit«, dachte er.

Ballards hübsches Gesicht rötete sich.

»Sie wollen doch nicht, daß ich jetzt diesen Trottel Skald aufs Tapet bringe, oder? Sie würden staunen, wenn Sie wüßten, was für Sachen ich gehört habe, die er über Sie herumposaunt. Er sagt –« An dieser Stelle verstummten alle im Zimmer, und das Schweigen wurde nur durch ein lautes Flüstern Jerrys zu Tossty unterbrochen, dem sich entnehmen ließ, daß er den Jobber für den mutigsten Mann von Weymouth hielt; S. P. Ballard jedoch fuhr kühn fort: »Er sagt, Sie würden nie und nimmer am Donnerstag Ihre Ehe vollziehen. Er sagt –«

Aber Cattistock unterbrach ihn.

»Das genügt, mein Junge! Das genügt! Wenn du mir nichts weiter als solche Klatschgeschichten zu erzählen hast, dann kannst du sie für dich behalten. Nicht wahr, Tiss?«

Tossty jedoch, die Cobbold mit einem eilig hervorgebrachten »Unsinn! Du solltest dich schämen!« verließ, lief durch den Raum zu ihrer Schwester und begann leise auf sie einzureden, während Cattistock mit einem verächtlichen, harten Gesichtsausdruck den Arm um Tissty legte und sie zur Tür führte.

»Ich sage es ihm ... ich sage es ihm, Schatz«, hörte man das hellhäutige Mädchen antworten, als es aus dem Raum gebracht wurde.

Dieser Abgang löste alle Zungen, und alle redeten durcheinander.

Curly, die noch blasser und durchsichtiger als sonst aussah, bewegte sich ein wenig auf Ballards Knien, um ihre großen veilchenblauen Augen mit einem Ausdruck, der dem Entsetzen ähnelte, auf Dr. Girodel zu heften, der damit beschäftigt war, Peg Frampton, deren Aufmerksamkeit darin aufging, Cobbold zu beobachten, den sie noch nie aus solcher Nähe gesehen hatte, Avancen zu machen, die seinen wunderlichen Beinkleidern aufs vollkommenste entsprachen. Die Wishing-Well-Wächterin sagte sich: »Jerry Cobbold ist nicht mit den anderen einverstanden. Er mag Mr. Cattistock nicht. Und ich auch nicht! Ich wünschte, Magnus hätte nicht die Dummheit begangen, sich mit ihm einzulassen. Niemand anders wäre so töricht, sich mit dem kleinen Idioten abzugeben.«

Nachdem der aufgeregte kleine Kurpfuscher zu der völlig irrigen Annahme gelangt war, Peg sei zu nervös, um in Gegenwart so vieler anderer auf seine Avancen zu reagieren, wandte er seine böswillige Aufmerksamkeit Sippy und Curly zu, denn es gehörte zu seinen Gepflogenheiten, jeglichem Paar, dem er irgendwann einmal in seiner zweideutigen beruflichen Eigenschaft einen Dienst erwiesen hatte, mit abstoßender Vertraulichkeit zu begegnen.

»Tja, wie geht es denn unserem Mr. Muir?« fragte er grinsend, verließ Peg und stellte sich mit dem Rücken zum Feuer, wobei er sich das Haar aus der Stirn schüttelte und auf Curly mit einer Grimasse hinunterblickte wie ein betrunkener Zauberer auf ein weißes Kaninchen.

Jerry half nun Tossty in ihren Mantel, der mit seinem weißen Pelzfutter die spanische Dunkelheit ihres Haars und ihrer Augen betonte, und als sie ihn anhatte, traten auch sie zum Feuer.

»Wir unterhalten uns gerade über den Verlobten von Miss Wix«, sagte der Doktor grinsend zu ihnen. »Kennen Sie Mr. Muir, Tossty?«

»Kenne ich ihn, Jerry?« fragte das schöne Mädchen desinteressiert.

»Ich jedenfalls kenne ihn«, rief der Komödiant. »Magnus ist einer meiner ältesten Freunde in der Stadt. Sagen Sie bloß nichts Gemeines über ihn, Doktor!«

»Wann wird die Hochzeit stattfinden, Curly?« fragte der Doktor mit gehässiger Grimasse. »Ich sage doch keine Gemeinheiten, Jerry«, fügte er hinzu. »Ich frage die junge Dame nur etwas.«

Curly erhob sich von den Knien ihres Liebhabers und trat ohne zu antworten vor einen der großen traurigen vergoldeten Spiegel im Raum. Ohne ihre Kleidung oder ihr Haar zu berühren, stand sie dort und blickte in ihre eigenen ratlosen Augen.

»Ich sterbe lieber«, dachte sie, »bevor ich Dr. Girodel noch einmal an mir herumpfuschen lasse.« Dann wendete sie sich zu ihrem Liebhaber um. »Laß uns gehen, Sippy«, sagte sie. »Ich habe Hunger.«

»Wenn Sie erst mit Magnus verheiratet sind«, sagte Jerry Cobbold durch den Raum mit klarer, freundlicher Stimme zu ihr, »dann werde ich Sie beide zum Abendessen mit Lucinda einladen ... und *Sie* selbstverständlich nicht, Sie Schurke«, fügte er hinzu und lächelte Sippy an.

Curlys Lebensgeister kehrten auf der Stelle zurück, da der berühmte Mann sie, Curly Wix, angesprochen hatte, und sie ging zu ihm, wobei ihre Augen vor Erregung geweitet waren und glänzten.

»Hören Sie mal, Sie kennen sie ja gar nicht«, sagte Sippy.

Der Komödiant ergriff die Hand des Mädchens mit einer förmlichen Geste und küßte sie.

»Ich habe sie schon oft am Brunnen gesehen«, sagte er leise. »Wir beneiden Sie alle, Sie Schuft, und auch meinen Freund Magnus! Sie sind ein kluges Kind, meine Liebe, daß Sie zwei Saiten auf Ihren Bogen spannen. Mögen Sie sie nie durcheinanderbringen!«

Dies sagte er so ernst und herzlich, daß Curly entzückt war.

Unterdessen bemühte sich der lüsterne kleine Doktor nach Kräften, eine zweideutige Beziehung zur einsamen Abgesandten von Swan Villa herzustellen. Das Wissen, daß Peg an diesem Vormittag von Cattistock zum erstenmal mitgebracht worden war und möglicherweise nicht wiederkommen würde, wenn sich niemand um sie kümmerte, genügte, um ihn an ihre Seite zu bannen. In seiner Phantasievorstellung von Sark House als einem Treffpunkt aller erotischen Extravaganzen und seiner selbst als einem nichtexklusiven Cicerone einer allumfassenden Freistatt der Ausschweifungen kam es ihn hart an, sogar auf eine so jammervolle Waise wie dieses junge Ding zu verzichten. Außerdem war sie schließlich die Tochter von Cattistocks Kompagnon.

Der große Finanzier hatte sie zwar hergebracht, aber allein gelassen und sich nicht mehr um sie gekümmert, sobald sich herausstellte, daß die schöne und kapriziöse Tissty, deren Haut kaum weniger weiß war als die seiner Braut und für die er schon lange eine Schwäche hatte, heute zufällig – wahrscheinlich aus nichts weiter als weiblicher Gekränktheit über seine bevorstehende Hochzeit – in der Stimmung war, ihn zu erhören.

Der einzige, dem auffiel, daß Lucky sich gerade auf dem ramponierten Sofa an das Mädchen heranmachte, war sein Gönner Jerry, der, während er neben den halb zugezogenen Vorhängen mit der gelangweilten und geistesabwesenden Tossty sprach, seinen kalten, nichtmenschlichen Blick – den Blick eines Philosophen im Harlekinsgewand – auf das Paar gerichtet hielt.

»Was führt der Schurke«, dachte er, »diesem jämmerlichen kleinen Wesen gegenüber im Schilde? Hat er sich vorgenommen, ihr den Jungfernkranz aus professionellen Grundsätzen heraus zu rauben? Versucht er sie mit dem Argument zu verführen, daß der Zustand der Jungfräulichkeit für jedermann unerfreulich ist mit Ausnahme des Glücklichen, der ihn beendet?«

»Ich finde Ihre prononcierte Unterlippe«, flüsterte Girodel Peg eben ins Ohr, »so bezaubernd; und es ist wirklich dumm von Ihnen, Schminke zu benutzen, weil jeder sehen kann, daß sie ein eigenes wunderschönes Rot hat. Aber dieser besondere Schwung – nein! beißen Sie nicht drauf! – ist wirklich hinreißend.«

Peg hörte auf, an ihrer Unterlippe zu nagen, und starrte ihn ungläubig an. Es war eine so völlig neue Erfahrung, daß jemand ihr auf diese Weise den Hof machte, daß es sie sowohl erfreute als auch verwirrte. Machte dieser Mann sich über sie lustig? Nein – das konnte sie nicht glauben, wenn sie seine freudig erregte Miene sah.

»Ich kannte einmal einen Künstler, der mich mit meiner Unterlippe aufzog«, sagte sie. »Er nannte sie das Korallenriff.«

Girodel war entzückt zu sehen, welchen Eindruck er machte.

»Die alten Dichter, Miss Frampton, würden sagen, eine Biene hätte sie soeben gestochen.«

Doch Pegs steinerner Gesichtsausdruck, als sei dies ein höchst zweifelhaftes Kompliment, verriet ihm, daß sie in den »alten Dichtern« noch weniger bewandert war als er, und rasch verlegte er sich auf ein anderes Thema.

»Wissen Sie, Miss Frampton, Sie sind mir ein echtes Rätsel! Sie sehen so still und ruhig aus, und doch käme niemand auf die Idee, daß Sie unerfahren wären. Gewiß sind Sie schon aller Illusionen ledig. Ja, das war ich auch in Ihrem Alter. Ich durchschaute den Schwindel der ganzen Welt sogar noch früher. Seither bin ich bis zum Urgrund der Dinge vorgestoßen, der da lautet, daß jeder sich selbst der Nächste ist ... ja, auch was die Freunde betrifft! Den guten Jerry dort drüben zum Beispiel liebe ich wie meinen Augapfel – schauen Sie nicht hin, er beobachtet uns –, aber glauben Sie etwa, ich würde mich für ihn aufopfern? Ich nicht, Miss Frampton, ich nicht! Als kleiner Junge war ich einsam und schutzlos« – und bei diesen Worten blickte der verschlagene Lucky auf seine gestreiften Hosen, als wäre der Gedanke an sich als kleiner Junge seelisch so aufwühlend, daß er es nicht ertragen konnte, dabei einem mitleidigen Auge zu begegnen –, »aber als ich erwachsen wurde, habe ich das alles über Bord geworfen. Das Leben ist ein Kampf im Dunklen, kleines Fräulein, und es wäre eine verdammt langweilige Angelegenheit, wenn wir nicht hin und wieder einer interessanten Person begegnen würden, die genug Köpfchen hat, um den ganzen Schwindel zu durchschauen – ganz besonders, wenn diese Person eine so prononcierte tiefrote Unterlippe und so reizende zierliche Fingerchen hat!«

Bei diesen Worten griff der Panurge in den gestreiften Hosen nach ihrer Hand; und während er sie gegen die Seitenlehne des abgenutzten Sofas drückte, tat er so, als studiere er mit feierlicher Aufmerksamkeit die auffallend wirren und nichts Gutes verheißenden Linien ihrer heißen, fiebrigen, abgezehrten Handfläche.

»Er hat etwas von einem Affen«, dachte das Mädchen.

Doch indem er ihre Hand losließ und sich auf dem Sofa zurücklehnte, begann er vernünftiger zu sprechen, und dabei verstellte er sich nicht einmal. In Girodel gab es eine ungekünstelte Schlichtheit und beinahe rührende Kindlichkeit, doch zeigte sich dies, wenn er mit Frauen zu tun hatte, so gut wie nie. Jerry, der diesen Zug an ihm kannte und schätzte, wußte nicht, wie herzlos und schurkenhaft sein Freund Lucky sich Frauen gegenüber zu betragen pflegte, wie gänzlich diese Schlichtheit und Offenheit verschwand, wenn es um Frauen ging.

Pegs Zynismus jedoch im Verein mit ihrer großen Jugend war etwas, was der kleine Abtreibungsarzt noch nie erlebt hatte, und dies bewirkte, daß die Rücksichtslosigkeit, die seinen Umgang mit Frauen kennzeichnete, als er sich nun mit Peg unterhielt, durch die Erkenntnis gemildert wurde, daß sie anders war als die anderen und über eine klare und unsentimentale Intelligenz verfügte, an die er sich wenden konnte. Es dauerte folglich nicht lange, bis er in eifrigem ernsten Flüsterton eine eloquente Verteidigung der Vorteile der Prostitution vorbrachte – vorausgesetzt, eine Frau behielt dabei klaren Kopf und hörte rechtzeitig auf.

»Wie soll ein Mädchen«, sagte er, »sich wirklich von all diesem Unsinn über die Jungfräulichkeit befreien, der sie wie eine Wolke einlullt? Ein Mädchen mit Verstand, so wie Sie« – hier schenkte er ihr einen glühenden, bewundernden Blick –, »will sich nicht um dieser einen Erfahrung willen in eine dumpfe Allerweltsehe zwängen lassen; und ein Mädchen mit Verstand – wie Sie – will die Sache erleben, wie sie ist, und sich nicht mit albernen romantischen Schwärmereien abspeisen lassen. Intelligente Frauen brauchen Freiheit und Abwechslung, genau wie die Männer, und sie müssen diese Dinge kennenlernen können ohne den ganzen verlogenen Mumpitz, den man Liebe nennt. Natürlich muß ein Mädchen deshalb nicht ›auf den Strich gehen‹, wie man so sagt; und wenn es in Schwierigkeiten gerät, dann muß es nur – nun, dann muß es nur zu *mir* kommen. Nein, wirklich, meine liebe Miss Frampton, Frauen sind für diese Dinge geschaffen. Und das heißt keineswegs, daß sie sich deshalb nicht mehr verlieben könnten. Mädchen, die mit unzähligen Männern zusammen waren, können sich zu guter Letzt genauso verlieben wie Sie und ich; und *wenn* sie lieben, dann wirklich, das können Sie mir glauben, weil ihnen der ganze Unsinn, den die Jungfräulichkeit bewirkt, diese Parthenogenese von Illusionen« (hier kicherte er über seinen geistreichen Einfall) »ausgetrieben wurde. Man kann nicht aufgeklärt werden *und* Jungfrau bleiben; aber welches intelligente Mädchen will sich schon, solange es nicht vor Liebe verrückt ist – und selbst dann nicht unbedingt –, an einen Ehemann und Kinder ketten? Eine Frau in einer konventionellen Ehe wird irgendwann gegen Langeweile und Stumpfsinn immun; aber aufgeklärt werden kann sie nicht, weil ihr dazu die Erfahrungen fehlen. Und wie dumm und flatterhaft diese Frauen sind, mein liebes Fräulein! Aber ein Mädchen, das seine Abenteuer gehabt hat – sogar als Prostituierte, wenn Sie wollen –, kann mit einem Mann vernünftig befreundet sein, ohne diesen ganzen Unsinn zu benötigen!«

Peg hörte alledem wie gebannt zu, nickte hin und wieder mit tiefernster Zustimmung und sagte sich in ihrem Herzen: »Das wäre genau der richtige Mann, mit dem ich es ausprobieren und mit dem ich meine Neugier befriedigen könnte.«

Und sie wurde immer glücklicher, während Lucky immer offener mit ihr sprach, denn sie dachte insgeheim: »Ich will *alles* über diese Dinge wissen: Und hier ist ein Mann, der sich offenbar für mich interessiert und von dem ich all diese Dinge erfahren kann.«

Mittlerweile wollte er sie dazu bringen, sich von ihm die Räume im Obergeschoß des Hauses zeigen zu lassen.

»Wenn Sie nach oben kämen – kommen Sie doch, Miss Peg, bitte! *bitte*, kommen Sie doch! –, könnte ich Ihnen alle Zimmer zeigen.«

Und Peg dachte sich: »Ich würde mich viel lieber von diesem Mann ausziehen lassen als von Mr. Cattistock. Allerdings wünschte ich, ich hätte meine beste Unterwäsche an! Wie dumm von mir. Aber das ist mein übliches Pech. Ich nehme mir immer alles mögliche vor und tue es doch nicht.«

Und dann, als man ihr vom Sofa aufhalf und sie durch den Raum führte, damit sie in den Genuß kommen konnte, von Dr. Girodel »die Zimmer im oberen Geschoß gezeigt« zu bekommen, dachte sie, während ihr Herz schneller zu schlagen begann:

»Ich hätte bis in alle Ewigkeit mit dem kleinen Witchit und den anderen Gören herumziehen können, ohne jemals das zu erfahren, was ich wissen will! Aber jetzt werde ich es erfahren. Ich weiß es aus der Art, wie er mich eben angeschaut hat.«

So dachte sie in ihrem klopfenden Herzen in der schmalen schwindsüchtigen Knabenbrust; und so wie die Hand, die Dr. Girodel hielt, heißer, trockener, fiebriger war als jede andere Mädchenhand, die er je gehalten hatte, war auch Peg sich eines plötzlichen Schubes von etwas bewußt, was sie »Gänsehaut« nannte. Hals über Kopf in die unbekannte Welt all dessen, was sie wissen wollte, einzutreten – jene Welt, die soeben ihre intellektuelle Rechtfertigung durch Luckys Reden erfahren hatte, jene Welt der »Zimmer im Obergeschoß« von Sark House, die sie vage mit Möbeln in Verbindung brachte, wie George III. sie benutzt haben mochte –, das war ein Ereignis von so ehrfurchtgebietender Tragweite in ihrem Leben, daß es gar keinen Sinn hatte vorzugeben, es sei ihr gleichgültig.

»Ich mag ihn«, dachte sie, »und er scheint wirklich eine hohe Meinung von meinem Verstand zu haben. Ich glaube, er versteht mich und sieht, was ich fühle, und würde mich nicht rücksichtslos behandeln. Aber, großer Gott!, vielleicht bereue ich es morgen schon!«

Peg hatte von Anfang an in dieser bunt zusammengewürfelten Gesellschaft eine eher jämmerliche Erscheinung abgegeben. Jede Frau, die Augen im Kopf hatte, hätte sofort erkannt, daß sie mutterlos war. Etwas an ihrer Kleidung, an ihrer Frisur, am bloßen Anblick ihrer Schuhe und Strümpfe kündete von der besonderen

Trostlosigkeit ihres verkommenen männerregierten Zuhauses am Rand des Schmuckgewässers. Jede Frau, die jemals Pegs Schlafzimmer in Swan Villa oder die Mahlzeiten, bei denen Peg den Vorsitz führte, oder Mr. Frampton, wenn er sein Haus verließ, um sich ins Büro zu begeben, zu sehen bekommen hätte, hätte sich kaum darüber gewundert, daß ihr Lebensschicksal an diesem zehnten Februar einen Punkt erreicht zu haben schien, an dem sie von Dr. Girodel ins Obergeschoß geführt wurde.

Jerry Cobbold jedoch, dem es zu guter Letzt gelungen war, Tossty dazu zu bewegen, sich neben einen der großen viktorianischen Vorhänge zu setzen, die in diesem Moment halb zugezogen waren, entging nichts von diesem Geschehen. Sein Blick auf Peg ähnelte nun dem Blick eines Marionettenspielers, der ein wenig unentschieden ist, welchen Draht er ziehen soll, um zu verhindern, daß die Aschenbrödelpuppe mit der Don-Juan-Puppe die Bühne verläßt. Obgleich die Vorsehung ihn so frei von gewöhnlichen menschlichen Leidenschaften geschaffen hatte, daß es einer monströsen Abartigkeit gleichkam, besaß Jerry den Instinkt des geborenen Komödianten für herzzerreißende Situationen im Leben der Menschen, insbesondere solche, die den Beigeschmack des Grotesken oder des Jämmerlichen oder des Zerlumpten aufwiesen; und da Peg – die, wie wir gesehen haben, kaum abgeneigt genannt werden konnte, nach oben zu gehen, und die ohnedies zu mutlos und zu gleichgültig war, um sich gegen Girodels Eifer zur Wehr zu setzen, selbst wenn ihr Herz klopfte und sie sich eines Anfalls von »Gänsehaut« bewußt war – aus ihren dunklen Augenhöhlen einen Seitenblick warf, der ihren Augen einen Ausdruck von Verzweiflung verlieh – einer Verzweiflung, die sie zweifellos abgestritten hätte und die sie wahrscheinlich auch gar nicht verspürte –, begann der große Komödiant, gerade so, als wäre er Hamlet, der den Schauspielern ironisch und hysterisch Beifall spendet, unversehens heftig, laut und auffällig in die Hände zu klatschen.

Tossty stand von ihrem Sessel neben dem Vorhang auf und blickte ungehalten im Zimmer umher, als wollte sie die Öffentlichkeit auffordern, sie vor diesem Geisteskranken zu beschützen, doch der gerissene Lucky erfaßte die Stimmung seines Gönners auf der Stelle, ließ die Hand des Mädchens los und beschäftigte sich, als hätte ihn ein unsichtbarer Draht gegen seinen Willen in gebührliches Betragen zurückgezerrt, mit einer Reihe extravaganter, vogelähnlicher Bewegungen mit seinem in Unordnung geratenen Haar, indem er den Kopf abwechselnd hob und senkte, was seinen Abschluß darin fand, daß er sich das Haar sorgsam aus der Stirn strich.

Für einen merklichen Zeitraum stand Peg allein, linkisch und verlegen mitten im Zimmer. Dann ging sie sehr langsam und wie ein Kind, das gerade erst nach draußen gekommen ist, um mit den anderen zu spielen, und nicht weiß, wem es sich nähern soll, zur linken Seite des Kamins.

Hier hatte sich Curly wieder Sippy zugesellt, nachdem sie den unheiligen Segen des Komödianten auf das Haupt – wenn man es so nennen will – ihres ehebrecherischen Treibens empfangen hatte, und hier flüsterten die Liebenden aufgeregt miteinander, in eine Auseinandersetzung darüber befangen, wie man Mr. Muir am besten täuschen und betrügen konnte.

Pegs zögerliches und unsicheres Näherkommen – in ihrem selbstgewählten und selbstzusammengeflickten Putz, der sie neben Curly, die genauso aussah, wie sie war, und neben Tossty, die wie eine russische Prinzessin aussah, wie ein Mädchen aus dem Armenviertel aussehen ließ, das seinen Feiertagsstaat angelegt hat – führte sie nervös Schritt um Schritt, als wolle sie sich einen besseren Blick auf die Krönung von Königin Victoria verschaffen, zu dem großen schwarzen Ohrensessel, auf dem Sippy nun wieder Curly auf dem Schoß sitzen hatte. Den Bischöfen und Staatsmännern, die von den Chorbänken Westminster Abbeys auf Peg blickten, kam diese bei ihrem unentschlossenen, zögernden *pas-de-seul* zweifellos wie ein kleines Straßenmädchen im Sonntagsstaat vor, das dem großen Ereignis zusehen wollte und es – der Himmel weiß wie – fertiggebracht hatte, an den Polizisten vorbeizuschlüpfen.

Und als die veilchenblauen Augen der lieblichen Curly mit ihren dunklen Wimpern sahen, daß ihr Gespräch mit Sippy Gefahr lief, durch Pegs Hinzutreten gestört zu werden, handelte sie nicht viel anders, als die Bischöfe der Krönungsfeierlichkeiten es getan hätten: Sie entfernte von ihrer Miene jedes Indiz, daß Peg Framptons körperliche Anwesenheit etwas anderes als Luft war.

Peg – wenngleich nicht allzu körperlich, denn ihre Hüftknochen waren so spitz wie die einer Schwindsüchtigen und auf ihr Schlüsselbein hätte man eine Münze legen können – besaß genug Substantialität, um zu erkennen, wenn ihre Gefühle verletzt wurden, und sie änderte nun rasch die Richtung ihres *pas-de-seul* und bezeigte den Wunsch, aus dem Fenster des großen Raums zu sehen, einem Fenster, das sich hinter Cobbold und Tossty befand, welche seit dem hysterischen Applaudieren des Clowns ebenfalls in ein ernstes Gespräch versunken waren.

»Was für eine Dreistigkeit!« dachte sich Peg. »Auch wenn sie auf Mr. Ballards Schoß sitzt, müßte sie trotzdem wissen, daß ich schon hundertmal mit anderen Leuten beim Brunnen war, wo sie ein Niemand ist. Und wer, bitte schön, ist sie hier? *Mr. Ballards Dirne*, das bist du und sonst nichts, du Quarkgesicht!«

Doch indem sie auf dem Weg zu ihrem neuen Ziel verharrte, abgelenkt davon, daß Dr. Girodel sich Jerry und Tossty genähert und ihr Gespräch unterbrochen hatte, entschwand ihr Zorn, als sie ihre dünnen Ärmchen über dem Feuer ausstreckte und sich an die Marmorkante des Kaminsimses lehnte. Er entschwand schnell, denn in ihrem geheimen Herzen war Peg Frampton keinem Menschen auf der Welt übel gesonnen, sah man ab von ihrem Schöpfer und Erhalter. So tief und bitter sie sich auch bemitleiden und ihr Los verfluchen mochte, gab sie doch niemandem die Schuld daran, nicht einmal ihrem Vater. Hätte Lucky sie in jenem Augenblick nach oben gebracht, so scheint es höchst unwahrscheinlich, daß sie als Jungfrau zurückgekommen wäre; dennoch brachte sie dem Träger der gestreiften Hosen nicht den geringsten Groll entgegen. Sie empfand auch keinen Zorn mehr auf Curly, sondern war lediglich amüsiert gewahr, daß sie auf der sozialen Werteskala von Weymouth den Rang einer Dame innehatte, was man von Curly nicht einmal entfernt behaupten konnte. Aber was hatte das schon zu sagen? Was hatten all diese Dinge schon zu sagen? Hier war sie in diesem großen Raum, eine kleine schwarzgewandete Gestalt, die ihre Arme über ein Kaminfeuer ausgestreckt hielt, und keine Menschenseele – außer vielleicht ihre ernsthafte kleine doppelte Blume – scherte sich einen Deut darum, was aus ihr wurde. Ja – warum auch? Warum sollte *sie* sich darum scheren, was aus ihr wurde?

»Das Beste, was dir passieren könnte, meine Liebe« – so sprach sie ihre Seele in den rotglühenden Kohlen an, die Arme wie ein Taucher vorgestreckt –, »wäre, wenn du trunksüchtig würdest.«

Und dann dachte sie unvermittelt an ihren jungen Verehrer aus dem Fischgeschäft in der St. Alban's Street, und mit einem leisen Lächeln um ihre hängende Unterlippe, die von Natur aus rot war und noch roter angemalt war, nahm sie die Hände vom Kaminsims und trat ein wenig vom Feuer zurück, wobei sie ihren Rock glattstrich.

»Miss Frampton, habe ich recht?« sagte Jerry, der nun zu ihr trat und ihr die Hand hinhielt. »Ich fragte mich gerade, Miss Frampton«, sprach er weiter, wobei er ihre dünnen Finger noch immer hielt, »ob es Sie interessieren könnte, am Montag zu unserer Probe zu kommen. Unser Ensemble ist komplett, aber ich würde gern – ich glaube, eine Pagenrolle –«

Pegs umwölktes Gesicht belebte sich mit dem ersten Schimmer ungeheuchelter Freude seit Tagen.

»Muß ich Vater fragen?« murmelte sie. »Ich fürchte, er wird kaum –«

»Hier, Toss«, sagte er und ging zu der dunklen Schönheit im Pelzmantel zurück, »womit könnten wir Mr. Frampton bestechen, damit er uns seine kleine Tochter für eine Woche leiht?«

Die Tänzerin starrte Peg voll schweigender Verachtung an.

»Na gut«, sagte Jerry. »Wir sehen Cattistock ohnedies morgen, und vielleicht genügt sein Einfluß auf Ihren Vater –«

»Aber Jerry«, fiel ihm nun die Tänzerin ins Wort, »sei doch wenigstens einmal im Leben vernünftig! Was für einen Sinn hat es, Miss Frampton Hoffnungen zu machen, wo du genau weißt, was dann bei den Proben passiert!«

Sie verengte ihre Augen zu Schlitzen, als sie mit Peg einen raschen Blick tauschte, der dem Möchtegernpagen klarmachte, daß er nicht mehr Chancen hatte, genommen zu werden, als einen Kragen aus weißem Pelz zu bekommen.

»Er hat vergessen, daß er die Rolle schon zwei Kindern versprochen hat«, seufzte sie überdrüssig. »An Ihrer Stelle würde ich Ihren Vater gar nicht erst damit belästigen. Komm, Jerry! Wir geben ihr Karten für die Premiere, aber du darfst wirklich nicht –«, und indem sie ihren Arm in den des Komödianten schob und ihm etwas ins Ohr flüsterte, was zweifellos alle Hoffnungen des Mädchens zunichte machte, führte sie ihn fort.

Dr. Girodel begleitete die beiden bis nach draußen; doch als er zurückkam, teilte er Sippy Ballard mit kummervoller Stimme mit, daß es regne und Wind aufkomme.

»Sind Sie mit dem Wagen da?« fragte er mit einem Blick auf Curlys hübsches graues Kleid. »Oder soll ich ein Taxi für Sie rufen? Jerry hatte wie immer Glück. Eines wartete draußen.«

Das Liebespaar sprang auf, und beide blickten einander mißmutig an. Curly murmelte etwas davon, im Laden ihrer Tante in Upwey anzurufen, falls sie nicht zurückführen.

»Wollen Sie dann mit mir hochkommen?« sagte der Doktor.

»Das Telephon ist in meinem Zimmer. Mein Fräulein, wir sind in einer Minute wieder unten!«

Doch kaum war Peg allein, als sie in den Flur hinausschlüpfte und dort ihre Jacke und ihre kleine Tuchkappe anzog. Mit einer Grimasse zur großen, trübseligen Treppe hin, einer Grimasse, die Sark House als Ausweg aus ihrer Trübsal für alle Zeiten zu verabschieden schien, öffnete sie die schwere Eingangstür und trat in den Regen hinaus. Der Wind blies ihr den Rock um die dünnen Beine und peitschte den Regen gegen ihre flache Brust. Noch bevor sie den Bahnhof erreichte, war sie bis auf die Knochen durchnäßt, und als sie die Stelle hinter dem Gebäude passierte, wo Jerry die Pferdeäpfel betrachtet hatte, dachte sie: »Wozu soll ich mich jetzt noch unterstellen? Ich bin naß von oben bis unten.«

Mit dem Mut der Verzweiflung eilte sie die King's Street entlang und instinktiv der vertrauten Esplanade zu, so wie ein Kaninchen seinen vertrauten Bau sucht, auch wenn das Eingangsloch versperrt ist. Mitten in der King's Street kam sie an einer Konditorei vorbei, in der wegen der Dunkelheit, die die Regenfluten verursachten, Licht angezündet worden war. Leute blieben vor dem Laden stehen und rempelten einander an, indem sie ihre klatschnassen Regenschirme zu schließen versuchten, bevor sie eintraten, und jedesmal, wenn die Tür geöffnet wurde, drang der warme, süße Duft frischgebackener Kuchen heraus, um sofort in den Sturzbächen des Regens zu erlöschen. So oft schon war Peg an warmen Sommertagen diese Straße entlanggelaufen, voller Ungeduld dem ersten Blick auf das Meer entgegenfiebernd und in erregter Vorfreude auf alle Strandvergnügungen – die Wanderkünstler, die humoristischen Sänger, die Zuschauer, die Knaben, die einen neckten, das Satyrschielen der alten Männer –, daß sie durch das Regenwasser, das ihr die Sicht raubte, ohne nachzudenken dem freundlicheren Salzwasser entgegenlief. Sie bildete sich nicht etwa ein, in seinen Tiefen, wo es keinen Lucky in gestreiften Hosen gab, von den liebreizenden Töchtern des Nereus, die freundlichere Mädchen waren als irgendwelche Tisstys oder Tosstys, willkommen geheißen zu werden, aber dennoch war das Meer für dieses Kind des alten Haffwassers wie für so viele Eingeborene von Weymouth etwas beinahe Persönliches.

Sie rannte jetzt über die breite Straße mit ihren vollen Bussen und vorbeiflitzenden Automobilen und schlug bei der Jubiläumsuhr, die fünf Minuten nach zwei Uhr anzeigte, den Weg in westliche Richtung ein. Keine Menschenseele war auf der Esplanade, und der Regen prallte vom harten, schwarzen, glatten Asphalt in kleinen Wasserzungen wahrhaftig wieder hoch! Die Zungen waren wie Flammen, nur daß es Wasserzungen waren, keine Feuerzungen wie die, über die sie sich bei Lucky's gebeugt hatte, als sie überlegte, ob sie zur Trinkerin werden sollte. Was hatte sie noch gedacht, als sie sich über das Feuer gelehnt hatte, nachdem Sippys hübsche Freundin sie so unwirsch behandelt hatte?

Völlig durchnäßt war sie nun, und von der Statue aus fuhr bis zum späten Nachmittag kein Bus in ihre Richtung. Durchnäßt bis auf die Haut war sie, und schuld daran war, daß sie zu Lucky's mitgegangen war, nur weil Cattistock es ihr angeboten hatte. Und als er mit ihr dort war, hatte er keinen Blick mehr für sie gehabt, sondern sich nur mit dieser Tissty abgegeben! Das war natürlich verständlich. Jeder würde so ein schickes Mädchen einem schlechtgekleideten und unwissenden Rotzlöffel wie ihr vorziehen. Es kam immer alles aufs gleiche hinaus: Gott hatte ihr keine Schönheit verliehen. Es war nicht Tisstys Schuld und nicht Cattistocks Schuld und nicht Luckys Schuld. Es war nicht einmal Papas Schuld. Oh, wenn Gott nur einmal hören könnte, was sie für ihn empfand – selbst wenn er sie dafür tot umfallen ließ –, was für eine himmlische Erleichterung wäre das! Es wäre wie das Aufbrechen eines Blutgerinnsels in ihrem Gehirn, das angeschwollen und angeschwollen war, bis sie es nicht mehr ertragen konnte.

»Der Hafen wäre der beste Ort, wenn ein Mädchen ins Wasser gehen will«, dachte sie.

Nun befand sie sich der Stelle gegenüber, wo im Sommer die Esel im heißen Sand standen und wo der Mann sein Kasperletheater hatte, von dessen Tochter gemunkelt wurde – und sie kannte das Mädchen vom Sehen –, sie treibe sich mit dem älteren Mr. Cobbold herum, dem Verrückten, der Sylvanus hieß. Die Straße zu ihrer Rechten verengte sich jetzt beträchtlich, und die Häuser wurden kleiner, älter, pittoresker.

»Haben wir jetzt gerade im Hafen Ebbe oder Flut?« fragte sie sich.

Doch was war das? Nun verließ sie die Esplanade und überquerte die Straße, und der Regen schien nachzulassen; aber, großer Gott!, wohin ging sie nur? Sie betrat eines der wunderlichen, altmodischen Gäßchen, in denen Kistchen mit Muschelschalen auf den Deckeln verkauft wurden, wie Daisys Großvater sie in Sandsfoot Castle herstellte. Wie merkwürdig, daß sie schon so oft diese Straße entlanggegangen war und nie einen Gedanken – es würde gewiß gleich zu regnen aufhören, doch ihr war entsetzlich kalt und klamm und klebrig zumute, und ein scheußlicher Geruch von nassem Tuch und nasser Wäsche ging ihr nicht aus der Nase. Ja; hier war es; hier war der kleine Fischladen, an dem sie in früheren Tagen so oft vorbeigegangen war, als in ihrer Kindheit die Kuriositätengeschäfte voller Seemannssouvenirs sie so angezogen hatten, dem sie aber auswich, seit sie mit dem Knaben im Kino gewesen war.

»Ich rieche wie eine Leiche«, dachte sie, und mit einem Gefühl, als sei sie noch immer den Blicken der Mädchen in Sark House ausgesetzt, betrat sie den Laden.

»Etwas hat mich hergesandt«, dachte sie sich, und ihr fiel ein, daß sie an den jungen Witchit gedacht hatte, als sie am Kamin bei Lucky's lehnte.

Der Fischhändler persönlich befand sich hinter der Ladentheke und begrüßte sie mit seiner gewohnten ostentativen Unterwürfigkeit.

»Miss Frampton, wenn ich mich nicht täusche«, sagte er. »Wohnt Ihr werter Herr Vater noch immer in Swan Villa? Sie haben früher bei uns seinen Kabeljau gekauft, wissen Sie noch? O ja! Gute Kunden vergesse ich nie. Kabeljau – den hat er immer bestellt. Ihre verehrte Frau Mutter aß gern Kabeljau. Ja, sie aß gerne ein Stück guten Fisch. Ach! Wie die Zeit vergeht! Ja, und was kann ich heute für Sie tun, Miss Frampton? Kabeljau habe ich heute keinen da, aber ich hätte ein schönes Stück Schellfisch.«

»Nein, danke«, flüsterte sie mit schwacher Stimme; und dann sagte sie mit einem Schauder: »Ich glaube ... es regnet ... jetzt ... nicht ... mehr. Ich muß gehen.«

Sie hatte sich bereits zur Tür gewendet; und dieser Augenblick, in dem die Unmöglichkeit, auf Stunden hinaus einen Bus zu bekommen, ihr Gefühl, dem Heimweg zu Fuß nicht gewachsen zu sein, und ihr Wissen, daß sie kein Geld für ein Taxi hatte, sich mit dem Anblick eines ausgeweideten Fischs auf einem Hackklotz neben der Tür verbanden, brachte sie der Verzweiflung nahe. Sie hielt mit gesenktem Kopf inne.

»Peg«, sagte sie sich stumpfsinnig und verständnislos. »Ich heiße Peg.«

Eine Stimme hinten im Laden ließ sie sich umdrehen. Mrs. Witchit, eine untersetzte und ausnehmend dralle Person, die auf einem niedrigen Stuhl gesessen zu haben und ganz von der Theke verdeckt gewesen zu sein schien, hatte sich erhoben und stand schon neben Peg.

»Aber Miss Frampton, Sie sind ja naß bis auf die Haut! Ja – der Herr stehe uns bei! – Sie zittern und bibbern ja! Oh, oh! Oh, oh! wie naß Sie sind, Miss Frampton! Mein Sohn hat mir erzählt, wie nett Sie zu ihm waren, daß Sie sich um ihn gekümmert haben und so weiter. Verzeihen Sie, daß ich mir die Freiheit nehme, Miss Frampton, aber ich kann Sie nicht gehen lassen, so wie Sie sind, weil Sie sich den Tod holen würden, bevor Sie daheim wären. Kommen Sie in die Küche, wo Sie sich aufwärmen können, Miss Frampton! Oh, oh! wie naß Sie nur sind!«

Und nun war es Mr. Witchits Schicksal, mit anzusehen, wie seine dralle Frau diese Kundin, der er sein letztes Stück Schellfisch anzudrehen versucht hatte, in ihre warme Küche hinter dem Laden führte, nein! zerrte. Langsam ging er zu seinem zahmen Kanarienvogel, der sogleich zu singen begann, und richtete folgende Worte an ihn:

»Das sind sonderbare Sachen, Chirpy, mächtig sonderbare Sachen, Chirpy. Deine Herrin hat's erwischt, Chirpy. Es hat sie erwischt, und zwar ärger, als du oder ich es je zuvor miterlebt haben!«

War Mr. Witchit in seiner Misanthropie durch die Art, wie es sein Ehegespons »erwischt« hatte, als es Miss Frampton in seine Küche schleppte, empört, so war er nachgerade wie vom Donner gerührt, als aus gewissen Geräuschen in einem Zimmer im Stockwerk darüber unzweideutig hervorging, daß sie das Mädchen allen Ernstes in ihrem eigenen Schlafzimmer ins Bett brachte. Und es waren nicht viele Minuten vergangen, als die dralle kleine Person, die sämtliche Kleidungsstücke des Mädchens in den Armen trug, den Kopf in den Laden steckte.

»Sie tut mir keinen Schritt aus dem Haus«, hörte er sie sagen, »bevor ich diese Sachen anständig und ordentlich getrocknet hab'!«

Der Mann erwiderte nichts; doch er und der verstummte Kanarienvogel sahen einander ratlos an. Beide wußten, daß sie mit keinem Laut und keiner Tat den Gang der Ereignisse beeinflussen konnten. Sobald Mrs. Witchit erklärte, daß irgend etwas »anständig und ordentlich« zu tun war, mußte man dem Schicksal »ohne Jammern und Klagen« seinen Lauf lassen.

Unterdessen lag Peg Frampton mit heißem Brandy im Bauch und einer Wärmflasche auf dem Bauch oben in dem großen Ehebett, das Gesicht zur Wand gekehrt, und weinte leise, schwach und hilflos vor schierem physischen Trost. Dank des Brandys und der Wärme des Betts und der Erleichterung durch die Tränen – denn Peg weinte fast nie – sank das Mädchen bald in selige Bewußtlosigkeit und schlief mehr als zwei Stunden lang. Geweckt wurde sie durch Stimmenlärm im Laden unter sich und das Umherschieben und Krachen von Kisten und Kübeln. Sie hörte die schrille Stimme ihres Freundes, des kleinen Witchit, der seine Mutter anbettelte, sie möge ihn nach oben lassen, damit er nachsehen konnte, ob seine junge Dame noch schlief. Peg konnte sogar in ihrem gegenwärtigen Zustand der Schwäche und Schlaftrunkenheit bei dem Gedanken daran, wie er sich vor seinen Eltern mit der Freundschaft zu »Miss Frampton« – denn sie hatte ihr Inkognito ihm gegenüber nicht aufrechterhalten können – gebrüstet haben mußte, ein Lächeln nicht unterdrücken. Dann hörte sie die tiefe Stimme des Jobbers, der gerade aus Dorchester zurückgekommen war, wo er den ganzen Tag Fisch ausgefahren hatte. Als sie jetzt Mr. Witchit den Jobber fragen hörte, ob er seit ihrer letzten Begegnung eine Erbschaft gemacht habe, klang seine Stimme ganz besonders mißgünstig.

»Sie sind so unnatürlich aufgeräumt, Jobber! Kann mich gar nicht entsinnen, Sie in letzter Zeit in solcher Hochstimmung erlebt zu haben.«

Dann hörte Peg die tiefe Stimme des Jobbers.

»Was lesen Sie da in der Zeitung, Missus?« fragte er, ohne auf das Geplänkel des Fischhändlers einzugehen.

»Ach, den Artikel über den Mann in London, den sie zum Galgen verurteilt haben«, erwiderte Mrs. Witchit. »Er war mit seinem Schatz zusammen, als sie ihn erwischt haben. Sie haben ihn in Broadstairs mit ihr zusammen erwischt – oder war's Margate?«

Pegs Schläfrigkeit verging wie eine Wolke. Erstklassige Mörder mit Geliebten in Margate waren ein Thema, mit dem auch sie sich für ihr Leben gern beschäftigte. Aber warum klang die Stimme des Jobbers so ernst, als er fragte, ob die Witchits wüßten, daß Zigeuner-May in Lodmoor die Zukunft aus Mumienkarten lesen konnte?

»Vielleicht kann sie's, vielleicht auch nicht«, hörte Peg Mrs. Witchit sagen. »Kommt ganz drauf an, wie's ausgeht.«

»Glauben Sie, Marm«, sagte der Jobber, »daß dieser Mann sich mit seinem Liebchen vergnügt hat, bevor er die Tat beging, und nach der Tat noch einmal?«

Mrs. Witchit hatte zu diesem heiklen Punkt eindeutige und klare Ansichten, die sie darzulegen begann, als Peg hörte, wie die Ladentür geöffnet und geschlossen wurde und eine völlig neue Stimme sich bemerkbar machte. Sobald sie diese Stimme vernahm, setzte sie sich im Bett auf und lauschte wie atemlos.

Sie sah sich selbst im Spiegel, eine drollige kleine Gestalt, wie sie dort saß, gehüllt in ein altes Nachthemd Mrs. Witchits, das sich in üppigen Falten um ihre flache Brust breitete. Doch sie war wie unter Zwang, jede Silbe der vibrierenden Worte des Neuankömmlings aufzunehmen. Nie zuvor hatte sie einer menschlichen Stimme gegenüber ähnliches empfunden; und als sie sich im weißen Nachthemd der drallen Mrs. Witchit vorlehnte, lief ihr das Tempo der Modulation dieses Mannes wie Elektrizität durch die Adern.

»Durchnäßt? Gewiß bin ich durchnäßt, gute Frau«, hörte Peg ihn sagen.

Das Eigenartige an seinem Tonfall war jedoch, daß es nicht klang, als spreche ein gewöhnlicher Mensch in einem Fischgeschäft zu einem anderen. Es klang, als hätte das Ich dieses Individuums, das einräumte, durchnäßt zu sein, eine Barriere, ein Hindernis, eine Zurückhaltung, hinter der die Menschen sich verschanzten, überwunden und äußere diese schlichten Worte, als entstammten sie einer Daseinsebene, die der normalen Erfahrung nicht zugänglich war.

»Aber ich war im Pub nebenan«, sprach die Stimme weiter, »und habe etwas getrunken.«

Dann hörte sie wieder die tieferen Töne des Jobbers; und obwohl sie nicht ganz verstehen konnte, was er sagte, mußte es etwas mit »trinken, um zu vergessen« zu tun haben, denn die elektrisierende Stimme hob wieder an:

»Wir alle sind halb lebendig und halb tot. Wirklich tot zu sein hieße –«

Zweifellos wurde er an dieser Stelle durch das Geklapper unterbrochen, das der Jobber und Mr. Witchit mit den leeren Kisten und Kübeln veranstalteten, die der Jobber aus Dorchester mitgebracht hatte. Doch nach einer Pause setzte die Stimme wieder ein, noch klarer und vibrierender als zuvor, aber jetzt sagte der Sprecher etwas, was ihr zu unklar war, als daß sie hätte folgen können. Einzelne Wörter konnte sie ausmachen, doch der Sinn entging ihr.

Und dann wurde sie eines störenden Lärms gewahr, der auf

dem Bürgersteig vor dem kleinen Laden ertönte. Sie hörte Knabenstimmen, die durch das Fenster zu ihr drangen:

»Er ist im Fischgeschäft. Ich hab's gesehen! Aber Jobber Skald ist bei ihm! Paß lieber auf, Herb Johnson!«

Dann hörte sie, wie die Ladentür geöffnet wurde und der Jobber die Jungen unwirsch aufforderte zu verschwinden. Dann sprach die Stimme wieder:

»*Sehnsucht wonach?* Das ist die Frage. Darum geht es.«

Abermals konnte Peg den nächsten Wörtern keinen Sinn entnehmen, soweit sie sie begriff.

»Nein, nein, nicht dort, Jobber, nicht dort, *bitte*!« Das war Mrs. Witchits Stimme, die sich nun einmischte.

»Dort versteckt er seinen Kabeljau, weil es ihm Freude macht, ihn erst rauszurücken, wenn die Preise steigen; und ich sage ihm immer, er soll nicht nur auf die Preise sehen, sondern den Fisch verkaufen und frische Ware einkaufen.«

»Was wir brauchen, ist Luft, Luft, Luft«, fuhr die magnetische Stimme fort, die lauter und bestimmter wurde, als töne sie gegen alle Geräusche des Alltagslebens im Laden wie draußen an. »Die Leute wissen nur noch nicht, daß alles anders wäre, wenn wir erst aufhören würden, zu lieben und zu hassen und zu wünschen. Dann wäre –«

»Vater! Vater!« übertönte die schrille Stimme des jungen Witchit alles andere. »Vater, paß auf! *Da, da!* Fang sie! Sie hat es vom Boden gestohlen, als ich es fallen ließ! Da!«

Und Peg hörte eine fürchterliche Balgerei und dann zu ihrem Entsetzen, wie etwas Schweres zu Boden geworfen wurde.

»Kittylein, komm zu mir! Komm zu mir, kleines Kittylein!«

Peg hörte wieder die Stimme der Mutter.

»Witchit, du hast unsere Kitty so erschreckt, daß sie einen ihrer Anfälle gekriegt hat. Sie schnauft, als wäre ihr kleines Herz kaputt.«

Nun trat eine lange Pause ein, während ein besonders großes Behältnis über den Boden geschleppt wurde.

»Vielen Dank, Sir«, sagte Mr. Witchit als nächstes. »Vielen herzlichen Dank, Sir!«, so daß Peg begriff, daß der Inhaber der Stimme den anderen offenbar bei ihren Aufräumarbeiten geholfen hatte.

Nun hörte sie die tiefe Stimme des Jobbers etwas brummen, was wie Widerspruch klang, darüber, daß Worte noch niemanden satt gemacht hätten und daß die Menschennatur einem schon ohne Götter genug sei. Und dann konnte sie gerade eben Mr. Witchits Stimme ausmachen, die in schmeichlerischem und liebedienerischem Ton allen Anwesenden, die es interessieren mochte, erklärte, wie schön es sei, daß es noch immer echte Gentlemen im Lande gebe, »die genug Zeit haben, uns armen Schluckern solche Sachen zu erzählen«. Und dann wurde die Stimme des Jungen wieder laut, und Peg begriff, daß er fragte, was er mit dem letzten Stück Schellfisch anfangen solle.

Abermals erhob der magnetische Sprecher die Stimme, doch diesmal sprach er so leise, daß das Mädchen die einzelnen Wörter nicht ausmachen konnte. Sie strengte ihre Ohren und ihre Aufmerksamkeit an, aber es half nichts. Mit einem verärgerten Seufzer ließ sie sich auf das Kissen sinken. Doch die murmelnde Stimme schien wie elektrischer Strom durch den Boden hochzugelangen. Da! Sie war unter die Bettdecke geglitten, unter Mrs. Witchits Nachthemd, und wand sich nun vibrierend und bebend um ihren nackten Körper wie verführerische magnetische Impulse. Als nächstes merkte Peg, daß sie aus dem Bett gesprungen und aus dem Zimmer gelaufen war und auf nackten Füßen unbeirrt die Treppe hinuntereilte. Geschwind öffnete sie leise die Tür zwischen Küche und Laden.

Dort herrschte gerade Durcheinander, denn der Jobber hatte abrupt die Tür zur Straße geöffnet und jagte ein nicht unbeträchtliches Trüppchen – wie der Lärm verriet – naseweiser Kinder fort. Ein riesengroßer Mann in einem Tweedanzug dankte ihm für sein Eingreifen.

»In letzter Zeit verfolgen sie mich dauernd«, sagte er. »Ich weiß nicht, warum sie es tun.«

Ja! da war er, der Mann, dessen Stimme sie nach unten gerufen hatte, und sie erkannte ihn sofort, denn man hatte ihn ihr seit ihrer Kindheit oft genug auf der Esplanade mit ausgestrecktem Finger gezeigt. Er sah unstreitig bemerkenswerter aus, als ihr bisher aufgefallen war. Der Jobber war großgewachsen, doch dieser Mann neben ihm war deutlich größer. Allerdings mochte dieser Eindruck sich teilweise seiner unnatürlichen Magerkeit und Drahtigkeit verdanken. Er hatte graues Haar und ein längliches totenbleiches Gesicht mit knochigen, hohlen Wangen, ein Gesicht von geradezu unnatürlicher Länge; und während er im übrigen glattrasiert war, trug er einen grauen Schnurrbart von verblüffender Länge und Dicke, nicht einen militärisch wirkenden Schnurrbart wie der alte James Loder, sondern einen wahren Wikingerschnurrbart oder einen, wie ihn auf diesen Inseln einst die kymrischen Stämme getragen hatten.

Sylvanus Cobbolds Stimme hatte sie also zu ihm hinuntergerufen! Nun gut! Nun konnte sie verstehen, warum diese Frauen ihm überallhin folgten und sich ihm mit Leib und Seele hingaben. Sie selbst wäre jetzt am liebsten zu ihm hingelaufen, wie sie war, in Mrs. Witchits Nachtgewand! Sylvanus bemerkte als erster, daß sie im Türspalt stand, doch bemerkte er es erst, nachdem er das letzte Stück Schellfisch gekauft und in die Tasche seines regennassen Tweedanzugs gesteckt hatte, denn er trug weder Hut noch Mantel, und die Tür zur Straße schon halb geöffnet hatte.

»Fahren Sie über die Brücke, Skald? Nehmen Sie mich mit; ich bin völlig erledigt. Ich war den ganzen Tag auf den Beinen.«

Der Jobber murmelte einen Abschiedsgruß zum Fischhändler, ohne den Kopf zu wenden, und ging hinaus. Sylvanus folgte ihm; doch bevor er das Haus verließ, sah er zur weißen Gestalt im Türspalt hinüber und rief ihr zu:

»Erkälte dich nicht, kleine Schläferin, jetzt, wo du von den Toten wiedergekehrt bist!«

Die Tür war noch nicht hinter ihm geschlossen, als die drei Witchits sich zu ihr umdrehten.

»*Was hatte er in der Hand?*«

Das fragte sie alle drei, riß die Küchentür weit auf und hob ihre Arme in den weiten Ärmeln zum Kopf. Sie wartete mit größter Gelassenheit auf die Antwort und hielt ihren Mop aufgelösten Haars dabei mit den Händen, als wäre dies und nicht die bloßen Füße oder das Nachthemd Mrs. Witchits das Skandalöse an ihrem Auftritt gewesen.

Der junge Witchit antwortete voll Eifer, wenn auch mit staunend aufgerissenen Augen und erschrockener Stimme.

»Das war sein Stock, Miss Framp –, Peg, das war einer der Soldatenstöcke, die er immer bei sich hat. Ich hab' gehört, daß er draußen in Portland zweihundert davon haben soll, und alle in zwei Hälften zerbrochen. Es heißt, daß er ein Zauberer sein soll, Miss Framp –, Peg, und daß er seine Stöcke entzweibricht, wie Moses und Aaron ihre Stäbe zerbrochen haben, um seine Feinde damit zu verhexen.«

»Er hat nur zu mir gesprochen«, sagte sich Peg versonnen; laut jedoch sagte sie: »Er hat mit seinem Stock auf mich gedeutet. Ist das ein gutes oder ein schlechtes Omen?«

Doch die mütterliche Mrs. Witchit trat resoluten Schrittes auf sie zu, und sie entfloh nach oben, und die Tür wurde geschlossen.

Dann sprach der Junge zu seinem Vater: »Warum war der Jobber heute so wunderlich, und warum hat er so komische Sachen über den Mann in Margate und sein Liebchen gesagt?«

»Paß auf, mein Sohn«, sagte Mr. Witchit in drohendem Flüsterton und ohne die Spur eines Lächelns. »Für dich gibt es eins zu tun, und zwar zu lernen und zu lernen und zu lernen, bis du gelehrt genug bist, um nach Ostafrika zu fahren. In Ostafrika gibt es Gold, dort und nicht hier, wo wir alle in der Hölle schmoren wie – wie dieser olle Schellfisch!«

Die letzten Worte begleitete er mit einer so erschreckenden Fratze, daß der Junge unwillkürlich zurückschrak. Doch in diesem Augenblick öffnete sich die Tür zur Straße, und das Erscheinen eines Kunden zauberte auf Mr. Witchits Miene wieder den milden Ausdruck übersteigerter Menschlichkeit, mit dessen Hilfe er mehr älteren Fisch los wurde als jeder andere Fischhändler in Weymouth.

8.
Im Sea-Serpent

Als der Jobber in Begleitung Sylvanus Cobbolds die Brücke über den Hafen überquert und vor der Trinity Church angehalten hatte, fragte er sich im stillen, ob der andere hier aussteigen und nach Rodwell gehen würde, um den Zug zu nehmen, oder ob er sich in dem Glauben wiegte, daß es dem Jobber eine Selbstverständlichkeit sei und keinerlei Mühe bereite, ihn den ganzen Weg bis zu seinem Wohnort auf Portland zwischen dem Dorf Weston und Portland Bill zu fahren.

Da das Nachlassen des Regens in diesem Moment einen stärkeren Verkehr zur Folge hatte, blieb ihm genug Muße zu überlegen, ob er seinen Laster wie gewohnt nach Corder's Wharf bringen oder den Hügel hoch zur Wyke Road fahren sollte. Was den Ausschlag gab, war der Gedanke, daß er lieber zum Haus seiner Eltern auf der Halbinsel fahren und ihnen ankündigen sollte, daß er beabsichtigte, am nächsten Tag Perdita zu Besuch mitzubringen. Deshalb brummte er: »Sie hätten wohl nichts dagegen, nach Hause gefahren zu werden, stimmt's?«

Der herabhängende Schnurrbart bewegte sich leicht; und der Jobber schloß daraus, daß der Mann damit sagen wollte, daß es ihn freuen würde, sollte dies möglich sein.

Doch an ein Weiterkommen war noch immer nicht zu denken; seit der Eröffnung der großen neuen Brücke über das ehemalige Haffwasser war an dieser Stelle so wenig Verkehr, daß es nicht erforderlich war, dort ständig einen Polizisten zu postieren, und wenn wie nun ein Regenschauer die Fahrzeuge in Verwirrung brachte, mußte die klassizistische Fassade der Trinity Church eine Menge Durcheinander und nicht wenig Fluchen zur Kenntnis nehmen. Du lieber Himmel! Der Jobber erhob sich ungeduldig und lehnte sich über das Lenkrad vor, wobei er in das Getümmel vor sich spähte.

»Ein Unfall, Freund?« erkundigte sich Sylvanus, dem das Verkehrsgewühl und die Unruhe der vielen Fahrer inzwischen undeutlich zu Bewußtsein zu kommen schienen.

Da nunmehr weiter vorne im Getümmel der Karren eines Gemüsehändlers von der Straße entfernt worden und in eine Seitengasse neben dem Kirchenportal verschwunden war, bewegte sich alles vorwärts, und der Jobber mußte sich wieder ans Steuer setzen. Er war so konzentriert damit beschäftigt, die *Schnecke* aus dem Chaos um sie herum herauszuleiten, daß er auf die Bemerkung seines Gefährten gar nicht einging.

Als sie jedoch geraume Weile unterwegs waren und hinter Rodwell die breite, ansteigende, steile Wyke Road hinauffuhren, hatte er genug Muße, über das nachzudenken, was er gesehen hatte. Und was er gesehen hatte, war alles andere als erfreulich gewesen; er hatte Dog Cattistock erblickt, in einem Tourenwagen mit offenem Verdeck, neben sich eine eingemummte Frau, die sich an ihn schmiegte, und offenkundig auf dem Weg zu ebendieser steil ansteigenden Landstraße. Mechanisch trat der Jobber auf das Gaspedal, doch einen solchen Wagen konnte die *Schnecke* natürlich nie und nimmer überholen! Zu Sylvanus, dessen länglicher Kopf jetzt beunruhigend über seiner bis oben zugeknöpften Jacke nickte, sagte er kein Wort davon; in seinem Herzen dachte er jedoch: »Er fährt zu dieser Versammlung der Steinbrucharbeiter. Dahin fährt er. Aber haben sie ihn eingeladen? Wissen sie, daß er kommt? Hat er sich bereit erklärt, Saxon Quarry nicht zu schließen?«

Nun kamen sie oben auf dem Hügel an, wo der Kirchhof von Wyke Church von den Gebeinen der Gestrandeten überquillt – die meisten von ihnen anonym in Massengräbern bestattet, die die Namen der Schiffe tragen, die sie in die Tiefe rissen und mit deren untergegangenen Schiffsrippen sie so lange der dröhnenden Brandung als Spielball dienten. Hier schüttelte Sylvanus sich, setzte sich gerade auf, hob das lange, knochige, schmale Gesicht und betastete die Enden seines grauen Schnurrbarts, die bis unter sein Kinn hingen.

Was den Jobber betraf, weiteten seine bebenden Nasenflügel sich wie die eines riesenhaften Walrosses, als er sein heimatliches Element roch. Denn dort unten – vor ihnen im Zwielicht ausgebreitet, indes die Lichter der Häuser am nördlichen Abhang aufzuleuchten begannen und eine große bedrohliche Wolkenbank von der West Bay hereindräute – lag die dunkle Masse der Halbinsel Portland, der sich Chesil Beach in die Seite bohrte, als hätte ein Wesen die alte höhnische Herausforderung der Allmacht angenommen und dem Leviathan seinen Haken in die Wamme geschlagen! Über die niedrige Böschung aus aufeinandergehäuften Kieseln vor ihnen schlug ihnen der Wind, der stetig zugenommen hatte, seit es nicht mehr regnete, mit dem Klatschen furchterregender Flügel entgegen. Es war, als tobte plötzlich ein Heer armloser Dämonen mit riesigen unsichtbaren Flügeln über den zwei Männern und der nach Fisch riechenden *Schnecke* und über den Gebeinen der Ertrunkenen auf dem Kirchhof von Wyke.

»Sehen Sie das da, Jobber?« Sylvanus' Stimme tönte hohl und doch nicht metallisch. Sie tönte, als erklänge sie aus einem Trompetenrohr, das zu Stein geworden war.

»Es kommt!« knurrte der Jobber mit einem grimmigen Auflachen und einem Laut, der wie das Wiehern eines Pferdes klang.

Sylvanus hörte das Frohlocken im Ton des Jobbers, das sein eigenes Nervensystem infizierte. »Hoho!« lachte er und zwirbelte die Enden seines Schnurrbarts mit seinen langen bloßen Fingern, während er mit den Fersen Halt suchte, »Sie fahren ja wie der Teufel, Skald.«

Die Antwort des Jobbers bestand darin, daß er noch waghalsiger fuhr. Die *Schnecke* – die ihren Namen in jeder Hinsicht Lügen strafte – raste zu der Stelle hinunter, wo das, was Fleet Bridge heißt, den merkwürdigen Lagunenarm quert, der Chesil Beach vom restlichen Land trennt und den Strand – den Haken in des Leviathans Wamme – zu einer Art länglicher Insel macht.

Beide Männer merkten, daß es plötzlich dunkel wurde – eine Dunkelheit, die aus der massiven pechschwarzen Wolkenbank zu strömen schien, die der Westwind vor sich hertrieb, als käme ein Riese angerannt, der einen Sarg auf dem Kopf trug. Sobald sie Fleet Bridge überquert hatten, schlug der Jobber mit seinem Laster den Weg nach Portland ein und fuhr nun langsamer. In seinem Kopf herrschte Aufruhr, und das Herannahen dieses Sturms aus dem tiefsten Atlantik wirkte auf seine Stimmung wie das tiefe, heisere, dumpfe Klopfen einer immens großen Stimmgabel. Jetzt war es so dunkel, daß die Lichter der Häuser, die sich an die halsbrecherisch steilen Mauern der hohen Terrassen von Portland klammerten, die sich Reihe um Reihe über der Nordspitze seines Wessex-Gibraltars erhoben, vor ihnen fast so hell leuchteten, als wäre es schon tiefe Nacht.

Der Jobber fuhr parallel zu der riesigen Kieselböschung, die das Meer vor ihnen verbarg, und ein Gefühl durchfuhr ihn, das in klare Worte zu fassen beinahe unmöglich ist. Worauf es hinauslief, war, daß in seiner Erregung all seine ersten kindlichen Eindrücke von Chesil Beach in ihm aufwallten, Eindrücke, die sich am ehesten mit dem undeutlichen Gefühl des Säuglings vergleichen lassen, wie groß und wie erschreckend die eigene Mutter ist und welch sichere, trauliche Zuflucht sie zugleich darstellt.

»Haben Sie die Lichter des Fischerbootes dort im Westen gesehen, als wir den Hügel hinunterfuhren, Skald?«

Zwar hatte der Jobber die Lichter gesehen, die er für die eines kleinen Schoners hielt, aber er wollte nicht darüber sprechen. Eine Fischerschmacke, die von einem Sturm wie diesem vor sich hergetrieben wurde, war kein Thema, das er mit einem Sylvanus Cobbold zu diskutieren geneigt war.

»Sie müssen mich nicht bis vor die Haustür fahren«, sagte Sylvanus. »Setzen Sie mich beim Sea-Serpent ab; dort esse ich immer zu Abend.«

Der Jobber war zu erregt, um zu antworten. Er überlegte, ob Cattistocks Schachzug bedeutete, daß dieser Saxon Quarry wiedereröffnen würde.

Dann sagte Sylvanus: »Sie sollten mit mir essen, Skald. Mrs. Gadget bereitet ausgezeichneten Backfisch. Oder werden Sie von Ihren Eltern erwartet?«

Dies bewirkte eine Antwort des Fahrers mit der finsteren Miene.

»Nein, nein! Dort werde ich nicht erwartet. Wissen Sie zufällig, Cobbold, um wieviel Uhr die Steinbrucharbeiter heute abend ihre Versammlung abhalten?«

Der große Mann blickte seinen Begleiter prüfend aus den Augenwinkeln an.

»Zu ihrer gewohnten absonderlichen Zeit, wie ich vermute, Skald – gegen fünf Uhr. Ich hatte mit dem Gedanken gespielt, selbst hinzugehen. Aber ich glaube, ich lasse es bleiben. Ich bin es leid, euch anderen beim Streiten zuzuhören.«

Der Jobber murmelte eine Erwiderung, aber der Wind trug seine Worte davon.

»Nun gut, Cobbold. Ich danke Ihnen für die Einladung. Gut denn«, sagte er und erhob die Stimme, als sie sich dem Bahnhof von Portland näherten, »ich esse heute abend mit Ihnen bei Gadgets. Von dort aus kann man das Meer sehen.«

Während die schwerfällige *Schnecke* unter lautem Ächzen und Knallen die beiden langsam die steile Steigung hochtrug, an einem der festgefügten kleinen Häuser nach dem anderen vorbei, deren steinerne Dächer wie organische Bestandteile des Hügels aussahen, waren John und Ellen Gadget in dem wunderlichen Wirtshaus namens The Sea-Serpent's Head, kurz The Head genannt, auf der meerwärts gelegenen Seite des Weilers Weston damit beschäftigt, sich auf weit aufregendere Gäste als Sylvanus oder den Jobber vorzubereiten. Es waren dies niemand anders als Mr. Cattistock und Miss Pansy Clive, auch Tissty genannt.

Zur Überraschung der Anführer der Steinbrucharbeiter hatten sie sich genötigt gesehen, nicht mit dem kaltblütigen Mr. Frampton zu verhandeln, sondern mit dem Seniorpartner der Firma; und obgleich das Ergebnis dieser Verhandlungen weniger hoffnungslos war, als sie beim Anblick von Cattistocks stoppeligem Kinn befürchtet hatten, brachten sie ihren Frauen doch zum Abendessen viel Gesprächsstoff nach Hause mit, der für Ungewißheit sorgen mußte. Der Rebell in ihren Reihen hatte beispielsweise eine Szene vom Zaun gebrochen.

Das Head bestand aus großen eckigen Portland-Kalksteinblöcken; und obwohl es ein recht kleines Gebäude war – es enthielt alles in allem nicht mehr als ein halbes Dutzend Räume –, wirkte es für den Betrachter am Fuß der Klippen, die sich unter ihm türmten, wie eine trutzige Festung, die in alten Zeiten sehr wohl die Insel verteidigt haben mochte. Unmittelbar umgeben war es von kleinen Einfriedungen, die rohbehauene Steinmauern einschlossen, doch nur einen Steinwurf von der Haustür entfernt befanden sich zwei große Steinbrüche, und das ganze Hochplateau dieses Teils der Insel bedeckten Oolithblöcke, Kalkstein auf Kalkstein, wie menschliche Gebeine übereinanderliegen mochten.

John Gadget war ein stämmiger, brünetter, untersetzter Mann, und Ellen Gadget war eine stämmige, brünette, untersetzte Frau. Zeit und Abgeschiedenheit schienen aus den beiden im Wortsinn »ein Fleisch« gemacht zu haben. Sie sahen weit eher wie Bruder und Schwester aus als wie ein Ehepaar. So groß war ihre Ähnlichkeit, daß es ein leichtes gewesen wäre zu glauben, die alte heidnische Aura der Isle of Slingers habe die beiden zur extremsten Form der Inzucht verleitet. Ellen stand aufgerichtet vor ihrem Ofen hinten in der Küche, als John mit ihrer jüngsten Tochter Sue hereinkam und beide sich setzten und sie bei der Arbeit störten.

»So, Mutter«, sagte John, »Sue und ich haben oben alles tipptopp hergerichtet! Feuer prasselt im Kamin; Tisch ist gedeckt; Flaschen stehen auf dem Tisch; und Sue und ich sind mit der alten Wärmflasche so lange im Bett hin- und hergefahren, daß man meinen könnte, Mr. Cattistock hätte schon drei Mädchen dringehabt.«

»Mutter, wie kommt es«, fragte Sue, ein untersetztes fünfzehnjähriges Mädchen, das seinen Eltern wie aus dem Gesicht geschnitten war, »daß Mr. Cattistock sich mit einer anderen Dame vergnügen kann, wenn er am Donnerstag in Trinity Church heiratet?«

»Ja, Mutter«, schloß John Gadget sich im gleichen Ton unschuldigen Staunens wie seine Tochter an, »wie kann er sich so sicher sein, daß Missus nicht bis Donnerstag der Wind erzählt, was er heute nacht hier getrieben hat?«

»Und dann, Mutter«, fuhr Sue fort, indem sie Ellens Schürzenbänder aufknüpfte und ordentlicher als vorher knüpfte und sie mit ihrer runden Hand glättete und streichelte, »Daddy sagt, daß sie gar nicht *über Nacht* bleiben, sondern sich nur vergnügen wollen, trinken und schmusen, und dann wieder gehen. Ist das wahr, Mutter? Stehen Mr. Cattistock und die junge Dame wirklich mitten in der Nacht auf und fahren durch den Sturm über Fleet Bridge?«

Ellen Gadget drehte sich um, die Pfanne in der Hand, und lächelte John an. »Es wäre ein hartes Stück Arbeit, wenn man unsere Sue in einer Nacht wie dieser hier dazu bringen wollte, aufzustehen«, bemerkte sie, »selbst wenn ihr lieber Mann so stachelig wäre wie ein Seeigel.«

»Aber Mutter, was würde denn passieren, wenn jemand, der Bescheid wüßte, Mrs. Lily, bevor sie an den Altar tritt, erzählen würde, wo er heute abend war?«

»Ja, Mutter«, wiederholte Mr. Gadget die Worte seiner Tochter, »wo er heute abend war?«

Doch statt ihnen zu antworten, nahm Ellen die Hände von den Töpfen und Pfannen und legte sie nachdenklich zusammen, wobei sie ihren Ehering wieder und wieder um den Finger drehte. Es war ihre Art, sich solchen Anflügen tiefer Nachdenklichkeit hinzugeben; und im Verlauf dieser Grübeleien gelangte sie oft zu Schlüssen, die sowohl John als auch Sue verblüfft und erstaunt hätten. Sie hätten sogar die zwei anderen Familienmitglieder erstaunt, die soeben erschienen – zuerst Melia, die älteste Tochter, und dann Celia, die zweite, beide mit einem offenen Buch in der Hand und beide vom langen Lesen bei hereinbrechender Dunkelheit verwirrt und benommen.

»Der Sturm wird gräßlich, Mutter«, sagte Melia.

»Der Sturm schüttelt das Haus«, sagte Celia.

»Wir glauben nicht, Mutter«, sagten Melia und Celia, »daß heute irgend jemand kommt; und deshalb wollten wir dich fragen – weil der Sturm so wüst tobt –, ob wir im Eßzimmer wirklich für Mr. Cattistock aufdecken sollen.«

Die spöttische Verachtung, mit der John Gadget und die praktisch veranlagte Sue die zwei benommenen Bücherwürmer betrachteten, die dort in der Küchentür standen, mit schweren, blinzelnden Augen und Büchern in der Hand, aus denen die Seiten heraushingen, wurde von Mrs. Gadget nicht geteilt.

Doch sie war nicht bereit, von ihren Vorbereitungen abzuweichen, auch wenn der Sturm das Haus bis in die Grundfesten erschütterte. »Natürlich müßt ihr den Tisch decken, Mädchen«, sagte sie. »Vielleicht –«

Sie wurde durch das laute Läuten der großen Messingglocke unterbrochen, die an der Tür der Bar befestigt war – nicht draußen, unter dem unleserlichen Wirtshausschild, dessen zwei große Kuhaugen von übernatürlicher Harmlosigkeit alles waren, was vom Kopf der Seeschlange übrig war, und das im Wind hin- und herschwang und klapperte, sondern drinnen, gegenüber der dunklen, glattpolierten Bartheke mit den Regalen voll sonderbarer Glasflaschen von altertümlicher und wunderlicher Form und Farbe.

»Geht, meine Lieben, seht nach, wer es ist«, befahl Ellen, die rasch ihr Kleid über den rundlichen Hüften glattstrich und ihre Schürzenbänder geradezog.

Sue drängte sich an ihren Schwestern vorbei, um der Mutter zu gehorchen, und die beiden, die ihre Bücher noch immer in Händen hielten, trödelten im Flur hinter ihr her, weil sie sich schämten, übertriebene Neugier zu manifestieren, und zugleich dessen gewahr, daß diese außergewöhnliche Nacht ihre lektüregenährten Hoffnungen vielleicht mehr als erfüllen konnte; Melia las gerade eine fesselnde Geschichte Rußlands, indes Celia sich in Percys *Reliques* versenkte.

So kam es, daß die großgewachsenen Gestalten Sylvanus' und des Jobbers, die im mittlerweile beinahe dunklen Raum zwischen der noch leise vibrierenden Glocke und den blinkenden Flaschen standen, gleichzeitig von Melia, Celia und Sue erblickt wurden, deren drei Namen wie in einem lyrischen Singsang durchs Haus klangen, den Sylvanus anstimmte, während er den schweigenden Jobber aufforderte, jeder von ihnen die Hand zu geben.

»Und nun, meine Lieben«, sagte Sylvanus, »sorgt dafür, daß Mr.

Skald sofort etwas zu trinken bekommt – Whiskey, nehme ich an, Skald, oder? –, und gebt *mir* einen Tropfen Meliodka.«

Als er dieses Wort sagte, brach Gekicher aus, denn Melia, die die Geschichte Rußlands las, hatte die letzten zwei Wochen hindurch nur mehr russische Namen im Kopf und hatte sich die Zeit damit vertrieben, in eine der hübschen, alten grünen Flaschen mit schiefem Hals eine Mixtur aus Alkoholika zu füllen, die ihr romantischer Historiker detailverliebt beschrieben hatte. Niemand außer Sylvanus, der die Verdauung eines Seelöwen zu haben schien, bereitete sich auf die wichtigste Mahlzeit des Tages vor, indem er an solchem Gebräu auch nur genippt hätte, doch Sylvanus leerte nicht weniger als drei ganze Likörgläser davon, während die Mädchen wie die Orgelpfeifen neben ihm standen und ihn mit einer Mischung aus Stolz und Entsetzen beobachteten und begeistert kicherten, wenn er seinen gewaltigen Caratacus-Schnurrbart theatralisch zurückschob und so tat, als lecke er sich genießerisch die Lippen.

Als die zwei Männer behaglich am Feuer der kleinen Bar saßen, jeder mit seinem Glas Whiskey auf dem Kaminsims voller Glasringe – denn selbst die Erfinderin des Meliodka fand, daß Sylvanus genug davon getrunken hatte –, kam Ellen Gadget herein, um zu verkünden, daß ihr Abendessen in zehn Minuten fertig sein würde. Dies war mehr als pünktlich, war es doch erst zehn vor sechs; in Wahrheit aber hatten die Gadgets sich untereinander beraten und beschlossen, die beiden großen Männer so schnell wie möglich zu bedienen, denn sie hofften, sie loszuwerden, bevor Cattistock auftauchte.

Die Mädchen wurden immer wieder von der Mutter herausgerufen, um beim Auftragen zu helfen, doch nur Sue war dazu zu bewegen zu gehorchen. Melia und Celia waren brünett und untersetzt, genau wie Sue, doch im Unterschied zu Sue trugen die älteren Mädchen Brillen und im Unterschied zu Sue, deren biederes Gesicht ohne Makel war, überzog Melias linke Wange ein rötliches Muttermal. Während die beiden Männer ihren Getränken zusprachen und ihre langen Beine auf dem Fußboden ausstreckten und ihre Pfeifen am Kamingitter ausklopften, standen Melia und Celia Hand in Hand an der Bartheke und beobachteten sie wie gebannt.

Hin und wieder rüttelte ein besonders heftiger Windstoß am Haus, und als Sue die Haustür öffnete, um etwas nach draußen zu werfen – denn einen Vorraum besaß das Head nicht –, war das Toben des Meeres an den Felsen unterhalb ihrer Klippe schroff und bedrohlich laut zu vernehmen. Zweimal trug die Mutter Sue auf, etwas Abfall hinauszuwerfen, und beim zweitenmal blieb sie minutenlang draußen. Dies ließ Melia bedeutungsvoll zu Celia blicken.

»Mutter sagt«, bemerkte sie – an beide Männer gewandt, doch den Blick, genau wie Celia, wie in Trance auf Sylvanus geheftet –, »daß die Schlange heute nacht die Augen offen hat!«

»Wieso das? Sind sie nicht immer offen?« sagte Sylvanus.

»Ja, in gewisser Weise schon«, erklärte Celia, »aber sie sind nicht wach. Aber wenn eine große Sturmsee kommt, dann wachen sie auf. Es sind die ertrunkenen Seeleute, die sie wecken. Die Seeschlange erinnert sich dann daran, wie lecker ihre Körper in den alten Zeiten geschmeckt haben, bevor die Leuchtschiffe erfunden wurden.«

Stille trat in der Bar des Head ein, in der die beiden Männer und die beiden Mädchen einander anstarrten und auf das Heulen des Windes lauschten.

»Sue hatte Mutters Schal um«, bemerkte Melia schließlich.

»Sue schaut die Schlange im Licht Ihrer Scheinwerfer an«, sagte Celia zum Jobber.

»Was?«

Der Mann sprang auf und lief zum Fenster.

»Arme .. alte ... *Schnecke*«, murmelte er. »Hab' ich dich tatsächlich vergessen«, und er riß die Tür auf und hastete hinaus.

Dort betrachtete die jüngste der Gadgets gebannt das schaukelnde Wirtshausschild, das wie die Flagge eines Schiffswracks von Wind und Regen gebeutelt wurde. Der Schal vermummte das Mädchen so sehr, daß der Jobber es für einen Augenblick in seiner Verwirrung für eine uralte Frau hielt; ihm schoß der Gedanke durch den Kopf: »Gibt es hier eine Großmutter, die man nie zu sehen bekommt?«, doch das Mädchen sprach ihn bei seinem Namen an.

»Ich kann nicht erkennen, ob die Augen der Schlange wach sind oder ob sie's nicht sind, Jobber Skald«, rief es ihm zu, indem es den Schal vor dem Mund wegzog und mit seiner schrillen Stimme gegen das Tohuwabohu anschrie.

»Ich darf das Licht nicht länger anlassen«, erwiderte er und ging zum Chassis der *Schnecke*, deren Umrisse, eingehüllt in einen beleuchteten Heiligenschein aus strömendem Regen, dessen lange Pfeile einer dichten Ansammlung durchsichtiger Speere ähnelten, ein Amalgam aus Dunkelheit und Helligkeit waren.

Sue Gadget folgte ihm unter empörtem Protest und versuchte, ihn zurückzuhalten.

»*Fast* hätte ich die Schlangenaugen gesehen, und jetzt wollen Sie das Licht ausmachen, so daß man gar nichts mehr sieht!«

Ihre Stimme klang so kummervoll, daß der Jobber innehielt und sich an das Chassis der *Schnecke* lehnte, die jetzt wie ein riesenhaftes Glühwürmchen aussah.

»Was gibst du mir dafür, daß ich es nicht ausmache?« fragte er; und dann rief er: »Aus dem Weg, Kind!«, ohne eine Antwort abzuwarten, und sprang auf seinen Sitz.

Er fuhr den Laster nahe an das Haus heran und blieb genau unter dem schaukelnden Schild stehen. Dann richtete er sich auf und brachte es nach mehreren erfolglosen Versuchen (es war kein Kinderspiel, dabei das Gleichgewicht zu behalten) fertig, das Schild mit der Hand festzuhalten.

»Komm her, Mädchen! Spring auf den Sitz!« rief er.

Als er sie oben hatte und sie sich mit beiden Armen an ihm festhielt, starrten beide auf das dunkle Antlitz des Kopfs der Seeschlange. Die Glühwürmchenlichter der *Schnecke* nützten ihnen dort oben nicht eben viel, aber dennoch schien der Jobber an den dunkelumringten Augen etwas Sonderbares festzustellen. Sue hingegen befand sich in einem Zustand der Verzückung. Er spürte das Pochen ihres Bauchs, der sich an ihn preßte und wie eine Glokkenboje bei Hochwasser wogte.

Das Mädchen kannte den starren Blick dieser wettergeprüften Linien bei Tageslicht so gut, daß seine Phantasie begierig jede Veränderung, die der Sturm bewirken mochte, vorwegnahm.

»Ich kann's sehen! Ich kann's sehen!« rief es immer wieder und klammerte sich enger und enger an den Jobber, der das Schild festhielt.

Im Licht der Scheinwerfer seines Lieferwagens konnte er mehrere große Haufen eckiger Steine am Eingang des nächstgelegenen Steinbruchs ausmachen, und diese Steinquader und die steinernen Mauern des Wirtshauses ließen vor seinem inneren Auge die ganze große Masse des Felsvorsprungs aus Oolith, die sich ins Meer erstreckte, erstehen. Die ungewohnte Körperhaltung schien ihn gewissermaßen zu hypnotisieren, und der warme Körper des jungen Mädchens in seinem flatternden Schal sandte einen weiblichen Magnetismus aus, indes Wind und Regen um sie tosten, den er seinem Gefühl für Perdita zuschrieb.

Als sie sich in ihrer Verzückung an den Jobber klammerte,

wandte Sue zufällig die Augen vom schwachbeleuchteten Schild ab, das er hielt, und ließ ihren Blick in die klagende, zischende, brodelnde Dunkelheit am Ende der Klippe sinken. Mitten in dieser Dunkelheit vermeinte sie mit einemmal ein Licht aufscheinen zu sehen, ein schwankendes, taumelndes Licht, das so schnell, wie es erschienen war, wieder verschwand. Mit charakteristischer Vorsicht sagte sie kein Wort davon; statt dessen drehte sie sich in den Armen des Jobbers um und richtete ihren Blick – ohne die Seeschlange länger zu beachten – auf die ungefähre Stelle in der brodelnden und tosenden Dunkelheit, wo das Licht sich bemerkbar gemacht hatte.

Der Jobber jedoch, dem die Bewegung Sues nicht aufgefallen war, hielt weiter verbissen das Schild – das für ihn mittlerweile nur ein Stück schlecht erkennbar bemalten Holzes war – zu ihrer vermeintlichen Freude hoch und überließ sich ganz seinem eigenen Meer von Sorgen. Er stellte fest, daß er mittlerweile vor einer vernünftigen oder auch rationalen Begründung seines Entschlusses, Cattistock umzubringen, zurückscheute. Manche würden behaupten, daß ein tiefverwurzelter gesunder Instinkt aus der blutigen Ursubstanz seines Seins aufgewallt war, um ihn vor dieser Katastrophe zu erretten, und daß dieser Instinkt sich seiner Liebe zu Perdita bediente, um ihn in Sicherheit zu bringen. Doch eine solche Erklärung täte sich schwer damit, den frohlockenden Wahnsinn zu erklären, mit dem er sich, während er mit seiner freien Hand die Gestalt im Schal an sich drückte und sich dem Gefühl überließ, daß sie ein Mädchen war, den zwei großen Leidenschaften des menschlichen Lebens hingab. Die Quader aus Portlandstein drüben beim Steinbruch wurden zu einem vergrößerten Abbild des Kieselsteins in seiner Tasche, während die pochende, stechende Dunkelheit zum ewigen Vergessen wurde, in das er den Hund Cattistock und sich selbst stürzen wollte.

»Ich werde mich umbringen«, dachte er. »Ich werde dem Strick entkommen.« Und dann dachte er: »Um zehn bei der Uhr! Und ich werde sie hierherbringen. Ich bring' sie zu Dad. Ich bring' sie nach Portland Bill. Ich bring' sie zu den Gräbern der Leuchtturmwärter. Ich bring' sie zu Saxon Quarry!« Und im Durcheinander in seinem Kopf schienen die gemalten Augen des Seeschlangenkopfes, den er festhielt, die Augen allen Steins von Portland und aller Kiesel von Chesil Beach zu sein. »Ich werde den Hund mit mir nehmen«, dachte er. »*Morgen um zehn bei der Uhr!* Und ich habe sie ganze zwölf Stunden für mich; und vielleicht die ganze

Nacht – noch einmal zwölf Stunden; und dann mach' ich dir den Garaus, du Hund. Auge um Auge und Zahn um Zahn! Das wird dein Lohn und Salär sein, und es wird großzügig bemessen sein, du Hund! Und wenn ich es hinter mir habe, gehe ich ins Wasser. Niemand soll mich zu fassen kriegen. Dafür werde ich sorgen. Und weiß Gott, ich werde sie noch mal haben, *nach der Tat* ... wie dieser Mann in Margate! Weiß Gott! Aber mich werden sie nicht mit ihr erwischen, mich nicht.«

Da. Sue sah das Licht abermals ... nicht an der gleichen Stelle ... viel weiter nördlich diesmal ... und sie wußte sehr wohl, was es bedeutete ... es war nicht das erstemal ... *ein Schiff in Seenot, das Notsignale gab* ... die Besatzung mußte die Hoffnung aufgegeben haben, um Portland Bill herumzukommen ... das Schiff driftete auf Chesil Beach zu ...

»Ein Schiff in Seenot, Mr. Skald! Ich hab' eine Rakete gesehen. Es läuft auf Chesil auf.«

»*Was ist los?*« Er konnte ihre Worte nicht verstehen. Er konnte im Windgetöse und Wasserdonner kein Wort verstehen. »Was ist los, Sue? Was hast du gesagt?«

»Schiff in Seenot, Mr. Skald! Schiffbruch, Jobber Skald!«

Ihr Schal flatterte ihm vors Gesicht, als er das Schild losließ und sie herunterhob, zuerst auf den Sitz im Wagen, dann auf den Boden. Er streckte den Arm aus und schaltete das Licht aus. Zum erstenmal, seit sie in diesem regendurchwirkten Blendlicht standen, konnten sie den warmen roten Schimmer der Bar erkennen. Sue, um deren Schultern der Jobber automatisch einen beschützenden Arm gelegt hatte, als sie zur Tür gingen, dachte, daß sie noch nie ein Haus gesehen hatte, das einer Burg ähnlicher war als das ihre.

»Ich muß Melia sagen«, dachte sie in der Erinnerung an einen ihrer ewigen Streitpunkte, »daß sie sich nicht mit Büchern über russische Burgen aufzuhalten braucht. Und Celia muß ich sagen, daß der Kopf wirklich wach war, wie Mutter es vorausgesagt hatte. Das ist mein fünfter Schiffbruch ... und wer hätte gedacht, daß ich Mr. Skald darauf aufmerksam machen würde!«

Als die beiden eintraten und ihre Neuigkeiten erzählten, verursachten sie nicht wenig Aufregung in dem kleinen Wirtshaus.

»Als erstes, Sue«, sagte ihre Mutter, »Rakete hin, Rakete her, gehst du dich umziehen, und zwar von Kopf bis Fuß. Jobber Skald, Sie sind ja genauso naß wie das Kind! Sie sind so naß, als hätten Sie sie den Klippenweg hochgetragen. Soll John Ihnen irgendwas leihen?«

»Ich kann mir nicht recht vorstellen, Mutter«, sagte Mr. Gadget, »daß die feinen Leute von –«

Er verstummte, als er einen vernichtenden Blick seiner Frau erhielt.

»Nein, nein«, sagte der Jobber. »Wozu sich jetzt umziehen? Kommen Sie, Missus, geben Sie mir ein Stück Fleisch und einen Schluck zu trinken, und dann mach' ich mich nach Chesil Beach auf. Sue sagt, vor dem Strand hätte sie das Schiff gesehen. Stimmt's, Sue?«

Sues Antwort ertönte vom oberen Stockwerk, wo sie sich offenbar, um nichts von dem spannenden Abend zu verpassen, im Flur hurtig von Kopf bis Fuß umzog, wie von ihrer Mutter geheißen.

»Es war so nahe am Strand, Mutter – so nahe am Strand, Vater –, wie von hier nach Weston.«

»Ich komme mit Ihnen, Skald«, sagte Sylvanus, dessen Gestalt sich dunkel im Hintergrund der Bar zeigte, einen Arm um Melia, einen um Celia gelegt.

»Schnell, Mädchen, helft mir beim Auftragen«, sagte Mrs. Gadget, »und gebt ihnen was zum Aufwärmen mit.«

So schnell entledigte Ellen sich dieser Aufgabe, daß die beiden Männer, der eine trocken und warm vom Kaminfeuer, der andere bis auf die Haut durchnäßt, ihre hastige Mahlzeit schon halb beendet hatten, als die jüngste Tochter des Hauses die Treppe herunterkam. Mrs. Gadget wies ihre Töchter an, die Herren nicht zu necken, und die Mädchen blieben ganz still.

Der Whiskey, den er getrunken hatte, die Wärme des Feuers in der Bar und die wohlschmeckenden Bissen, die er nun aß, lösten schon bald Sylvanus Cobbolds Zunge, und trotz des Jobbers schweigsamen Brütens dauerte es nicht lange, bis er Reden schwang, als bildeten die untersetzten, brünetten jungen Frauen vor ihm ein zahlreiches Publikum. Seine Worte begleitete das Heulen des Windes im Schornstein und das Peitschen des Regens gegen die Fenster; und schon bald – so magnetisch war seine Stimme – traten Mr. und Mrs. Gadget aus der Küche und standen in der offenen Tür des Speiseraums.

»Die Menschen auf diesem Schiff«, sagte er gerade, »deren Notsignale zum Himmel steigen, da es sie gen Chesil treibt – wissen sie in diesem Augenblick nicht mehr über das Leben als ein jeder, der in Weymouth sicher und geborgen unter einem Dach weilt? Was ist am Grund des Meeres, Melia, Celia und Sue? Die meisten denken, der Tod sei dort ebensowenig wie eine Seeschlange. Aber er *ist* dort; und er ist unter diesem Haus und unter der Klippe. Eure Seeschlange wacht bei Stürmen wie diesem auf, aber wir müssen immer wach sein. Das tragische Schattenleben der Toten bei Homer, von dem ich Mr. Muir einmal in High Hosue erzählen hörte, liegt hinter allem. Darin hat Mr. Muir völlig recht, meine Lieben. Es liegt hinter allem.«

Die Mädchen tauschten einen bestimmten Blick, der von einem gegenseitigen Einvernehmen über Sylvanus zu künden schien, das sich keineswegs zum erstenmal einstellte.

»Betrachtet man«, fuhr er fort, »dieses Schattenleben, als wäre es der Meeresgrund, dann findet man den wahren Sinn des süßen Sonnenlichts. Wer unglücklich ist, erkennt nicht, daß das Leben zwei Seiten hat. Die Rückseite des Lebens ist immer der Tod. Die Toten bei Homer sind tragisch und bedauernswert, aber sie sind nicht *nichts*. Ihr gedämpftes Halbsein ist dem wäßrigen Licht am Meeresboden vergleichbar. Es ist wie das schwache Lüftchen am Ende eines Sommertages, das so traurig und doch so unbeschreiblich süß ist.«

Mrs. Gadget, die in der Tür darauf wartete, daß er eine Pause machte, begann Sue zu bedeuten, sie solle herkommen und Kohlen nach oben bringen, welche Pantomime damit endete, daß sie die Kohlenschaufel aus dem Eimer nahm und fallen ließ.

Sylvanus drehte den Kopf langsam zur Tür, streckte seinen langen Arm aus und zog Melia an ihrem bauschigen Rock zu sich, bevor er weitersprach.

»Dieses homerische Totenleben ist traurig und tragisch, doch es hat die gleiche Schönheit wie ersterbene Musik, wenn diese nicht zu *nichts* wird, sondern uns im Sog ihres Verebbens zum Meeresboden der Welt hinunterträgt –«

Die Uhr in der Bar, die die Eigentümlichkeit hatte, ihre Arbeit des Stundenschlagens mit anhaltendem Rattern und Knarren anzukündigen, begann nun, die Stunde Sieben zu verkünden. Als der letzte ihrer ehernen Schläge verhallte, wurde Sylvanus' Stimme, die ihren Monolog fortsetzte, erneut vernehmbar.

» – wo alles Echo und Widerhall ist, Erinnerung und gespiegelte Erinnerung und Grübeln darüber, was ist und was nicht. Ihr Mädchen seid Frauen«, fuhr er fort, indes Mr. Gadget, als wolle er klarstellen, daß er zumindest keine Frau war, mit einem leisen Lachen in die Bar trat, »und für euch ist die Seeschlange immer wach und der Meeresgrund bloßgelegt.«

Er wurde durch das grelle Hupen eines Automobils unterbrochen, das sogar den Sturm übertönte. Nun entstand allgemeine Verwirrung; die Mädchen liefen zum Fenster, und Mrs. Gadget eilte in die Bar, um sich mit John zu beraten. Sie flüsterten rasch miteinander, und als Mrs. Gadget in das Speisezimmer zurückkehrte, trat ihr Mann vor und sagte mit lauter Stimme:

»Sie müssen entschuldigen, meine Herren, aber ich muß diese Tür schließen.«

Ein mächtiger Windstoß, der sogar das massive Gebäude zum Erzittern brachte und ein paar Dachschiefer losriß, die laut krachend auf dem gepflasterten Weg zersplitterten, schloß die Tür höchstpersönlich mit einem Knall.

»Was war das?« rief Mrs. Gadget voll Entsetzen ob der schrecklichen Gewalt des Windes, denn sie hatte schon immer, sogar in jenen vergangenen Tagen, wenn sie sich der Leidenschaft ihres Mannes widersetzte, zu ihm gesagt: »Wir wohnen zu nahe an der Klippe, John.« In ihrer Aufregung legte sie dem Jobber die Hand auf die Schulter, doch seine tropfnasse Kleidung ließ sie auf der Stelle davon Abstand nehmen. »Runter mit Ihrem Pullover, Mr. Skald, um Himmels willen, ich lege ihn ans Feuer, und wenn's nur so lange ist, bis Mr. Cattistock und seine Dame aus dem Sturm reingekommen sind, und dann –« Betreten hielt sie inne, als sie gewahr wurde, daß sie und nicht John die Katze aus dem Sack gelassen hatte! »Dann können Sie ihn wieder anziehen und sich still und heimlich davonmachen, denn ich weiß, wie Sie zu ihm stehen, und ich kann's Ihnen nicht verargen.«

Und mit diesen Worten begann sie tatsächlich – so aufgeregt und durcheinander war sie – den nassen und dampfenden Pullover vom breiten Rücken des Mannes zu ziehen. Der Jobber leistete jedoch linkisch Widerstand, sprachlos angesichts der erwarteten Ankunft seines Widersachers, und die Art, wie er sich dabei zu ihr umdrehte und sie ansah, hatte etwas überaus Kindisches, während sie weiter auf ihn einredete und an seinem Pullover zerrte, bis sich Sue der Anblick seines grauen Flanellhemds und seiner roten Hosenträger bot.

»Mädchen wie ihr«, sagte Sylvanus gerade, und zu Recht nahm er die drei als eine Person, denn in der Erregung des Augenblicks hielten sie einander so fest bei der Hand, daß er, wenn er an Melias Rock zog, der so bauschig war wie die Röcke ihrer russischen Damen, gewissermaßen drei Fische an der Angel hatte, »ja, wie ihr, Melia, Celia und Sue, sind dem gemeinsamen Element, worunter ich, wie ihr wissen müßt, das verstehe, was am Grunde von Tod und Leben ist, verwandter als wir anderen, weil der Jungfräulichkeit – wenn ihr entschuldigt, daß ich dieses Wort verwende – etwas innewohnt, was diesen äußersten Kräften weniger Widerstand entgegensetzt. Der Jungfräulichkeit wohnt etwas inne –«, und als seine Stimme lauter wurde und er Melias Rock fester ergriff, wehrte das Mädchen sich verärgert, um sich aus diesem Griff zu befreien, was ihm auch gelang, doch erst als es Sylvanus' Finger mit aller Kraft auseinandergebogen hatte, »was in das ›gemeinsame Element‹ eingeht und sich ihm anverwandelt und für das ›gemeinsame Element‹ durchlässig ist, und das ist der Grund, warum ihr, Melia, Celia und Sue, wenn ihr euch später im Leben an diese Nacht erinnert, erkennen werdet, daß sie in euch etwas bewirkt hat, was sie in keinem von uns Älteren hätte bewirken können. Dieser Sturm ist bereits in euch eingegangen; und soweit wir es beurteilen können, hat er etwas von euch in sich hineingenommen, so daß die Seelen dieser Seeleute, die ihr vergangenes Leben nun von Anfang bis Ende gesehen haben, wenn sie umkommen, in einen Sturm, einen Tod, *in ein Leben* eingehen werden, das etwas von Melia, Celia und Sue enthält!«

Die donquichottische Feierlichkeit und Ernsthaftigkeit, mit der er dies sagte, nahm Ellens Aufmerksamkeit in Anspruch und rettete den Jobber davor, seines nassen Pullovers entblößt zu werden.

Mrs. Gadget betrachtete Sylvanus' hohe Wangenknochen und sein langgezogenes hohlwangiges Gesicht, als er dort saß und unbesorgt das Abendessen zu sich nahm, das sie zubereitet hatte. Gegen Ende seiner letzten Volksrede hatte er Melias Rock losgelassen, und als Ellen nun seine Gestalt betrachtete, die sich von der schweren Mahagonianrichte und den alten Zinnkrügen und Zinntellern und den Bildnissen ihrer Eltern darüber abhob, die – so mochte man aus ihrem nachgedunkelten und verblichenen Zustand schließen – vom selben Künstler gemalt worden waren, der den Kopf der Seeschlange gemalt hatte, da fragte sie sich, wie sie es schon so oft getan hatte, ob dieser Mann im fadenscheinigen Tweedanzug wirklich eine Sehergabe hatte oder ob er in Wahrheit nur ein Irrer war.

Tissty oder Pansy Clive, die am Steuer des Wagens saß, dessen Hupe die Menschen im Haus so verstört hatte – denn das mutige Mädchen war vom Strand allein hergefahren –, verspürte keine rechte Neigung, den Schutz des Wagens zu verlassen, um ganz allein dieses abgelegene Haus zu betreten. Sie hatte schon eine

Weile draußen gewartet und zugesehen, wie die dunklen Schatten Unbekannter die rötlich schimmernden Fenstervorhänge kreuzten und wieder kreuzten. Doch obwohl sie mechanisch immer wieder gehupt hatte, war es in Wahrheit ein tröstliches Gefühl gewesen, sich in diesem luxuriösen Gefährt zurückzulehnen, während der Regen an die geschlossenen Fenster schlug, und ihre Gedanken zu sammeln.

Sie hatte seit Monaten mit Cattistock einen Flirt unterhalten, weil sie stolz darauf war, eine so reiche und bedeutende Persönlichkeit an sich zu binden, aber sich kaum den Kopf über ihn zerbrochen, bis die unmittelbar bevorstehende Machtergreifung Mrs. Lilys ihr blasiertes Interesse an ihm geweckt hatte. Selbst dann geschah es eher aus Pikiertheit und weil sie fand, es sei allmählich Zeit zu handeln, da die Augenblicke, die ihn zu Mrs. Lily führten, so schnell vergingen. Ihr Miterleben der Begegnung Cattistocks mit den Steinbrucharbeitern an diesem Nachmittag und die Art, wie er unmittelbar danach auf den Schiffbruch reagiert hatte, waren für die unvermutete Wandlung ihrer mutwillig spielerischen Laune zu einem Gefühl beinahe romantischer Heldenverklärung verantwortlich.

Das Zusammentreffen mit den Steinbrucharbeitern hatte in einem Arbeiterclub in Chesilton, dem ältesten Viertel der Ortschaft, die sich an den hohen Terrassen von Portlands Westküste hinzieht, stattgefunden.

Tissty hatte an diesem Abend einen erregenden seelischen Schock nach dem anderen erhalten. Ihr war aufgefallen, wie sardonisch und ironisch Cattistock die ganze Angelegenheit behandelt hatte, doch als sie sich nun auf dem gepolsterten Sitz zurücklehnte und nachdenklich ihr Gesicht puderte und ihre Lippen nachzog, kamen ihr hundert Einzelheiten ins Gedächtnis zurück. Er hatte vorgehabt, sie vor der Zusammenkunft ins Head zu bringen, wo sie auf ihn warten sollte, aber sie hatten eine Privatbar im Railway Hotel aufgesucht, und die Zeit war so schnell vergangen, daß es ihnen sinnlos erschienen war, halb Portland zweimal zu durchqueren, wenn der Treffpunkt so nahe lag. Er wollte, daß sie bis zu seiner Rückkehr im Railway Hotel blieb, aber diese Vorstellung war ihr so zuwider, daß er sich schließlich – obwohl sie wußte, wie wenig Wert er darauf legte, so kurz vor seiner Hochzeit in der Öffentlichkeit mit ihr gesehen zu werden, insbesondere von diesen Steinbrucharbeitern – ihren Launen gebeugt und ihr erlaubt hatte, ihn zu begleiten. Tief hatte es sie beeindruckt, aus dem sicheren Wagen zu sehen, mit welcher Unerschütterlichkeit er Geistesgegenwart und Ruhe bewahrt hatte, als die Menge vor dem Club ihm einen feindseligen Empfang bereitete. Sie befand sich nahe genug am Gebäude, um die Stimmen zu hören, die von drinnen ertönten, und sie merkte bald, daß er niedergeschrien wurde. Und als er herauskam und zahlreiche jüngere Versammlungsteilnehmer ihm johlend und grölend folgten und sarkastische Anspielungen auf »Strohmann Skald« machten, begriff sie allmählich, daß es hier nicht um eine langweilige geschäftliche Transaktion ging, wie sie erwartet hatte, sondern um eine menschliche Begegnung voll dramatischer und gefährlicher Möglichkeiten. Was die Zusammenkunft sprengte, war nicht nur der Unwille der Arbeiter, seine Vorschläge anzuhören – die etwas betrafen, was Saxon Quarry genannt wurde –, sondern es waren die Heftigkeit des Sturms und die Nachricht von dem Schiffbruch; und woran sie sich nun erinnerte, indes sie vor diesem schwankenden Wirtshausschild und der geschlossenen Tür die Hupe betätigte, war die Art, wie er zu ihr gesprochen hatte, als er mit ihr zum Strand fuhr.

»Ich will nur einen Blick auf dieses Schiff in Seenot werfen«, hatte er grimmig gesagt, als er einstieg. Und als sie ihre Besorgnis und ihr Erstaunen über die Manifestationen von Feindseligkeit, deren Zeuge sie geworden war, bekundete, verzog er nur das Gesicht. »Heute hier, morgen dort«, sagte er. »Es macht keinen Unterschied, ob sie einen vergöttern oder verteufeln. Laß dich nicht auf sie ein, sondern beherrsche sie! Auf ihre wankelmütigen Launen darf man nichts geben. Skald ist heute ihr Held, aber ich kann schon morgen an seiner Stelle sein. Warte nur ab!«

So weit war sie in ihren Gedanken gekommen, als John Gadget, bewaffnet mit einer riesengroßen Kutscherdecke, die eine Art Erbstück im Head war, am Wagenfenster erschien, um die Passagiere – zwei, wie er annahm – in das Wirtshaus zu geleiten. Es überraschte ihn, nur die Dame vorzufinden, doch angesichts der Besorgnis seiner Frau über die Anwesenheit des Jobbers erfüllte ihn die Abwesenheit des Begleiters der jungen Dame mit Erleichterung.

Die Tänzerin zögerte einen Augenblick, bevor sie sich von ihm in die Decke hüllen ließ, denn dieses Ungetüm roch nachgerade wie Kalibans Haut; als sie jedoch die Scheinwerfer ausschaltete und in den Sturm hinaustrat, war sie dankbar für diese Schutzhülle, in der man sie halb über die Schwelle führte, halb trug.

»Hier befinden sich keine Steinbrucharbeiter, oder?« lauteten ihre ersten Worte, als sie von der übelriechenden Decke befreit war.

»Nein, nein, Missy-Marm, Steinbrucharbeiter sind keine hier und Schmuggler auch keine. Nur Mr. Cobbold vom Beale drüben und unser Adam Skald essen gerade eine Kleinigkeit mit der Familie.«

»Ist das nicht der Mann, den sie Strohmann Skald nennen? Ist das nicht der Mann, den sie den Jobber nennen?«

Mr. Gadget schaute betreten drein, als er begriff, daß die Ermahnung seiner Frau, die Anwesenheit ihres Gastes nicht zu verraten, allem Anschein nach gerechtfertigt war. Er nickte hilflos. Tissty nahm mit einer schwungvollen Geste den Hut vom Kopf, marschierte zum Speisezimmer und riß die Tür weit auf.

Der Jobber, der der Tür genau gegenübersaß, kam als erster in den Genuß des Anblicks dieser prächtigen Erscheinung, und da er seinen Feind erwartet hatte, begegnete er ihrem zornigen Blick mit einem ingrimmigen Stirnrunzeln.

Melia, Celia und Sue rissen in aufgeregtem Staunen die Augen auf. Diese junge Frau auf der Schwelle des vertrauten Zimmers mit ihrem blendendweißen Teint und ihren feurroten Lippen schien auf einmal alles einzulösen, was die Geschichte Rußlands und Percys *Reliques* je heraufbeschworen hatten.

Sylvanus, dessen langer Hals und dessen knochiges Gesicht der Tür nicht zugewandt waren, drehte sich ohne große Neugier um und beäugte den Eindringling ohne erkennbares Interesse, während er mit leiser Stimme irgendwelche flüchtigen Halbgedanken murmelte, die sich auf das bezogen, was er soeben den drei Mädchen dargelegt hatte, als er unterbrochen worden war.

Hätte die Person, die diese stille Versammlung störte, ihre Schwester nicht so oft sagen hören, welche Schwierigkeiten Jerry Cobbold mit seinem exzentrischen Bruder habe, so hätte der Anblick dieses furchterregenden Gentleman im Tweedanzug und mit einem Schnurrbart, wie sie ihn immer – wahrscheinlich dank Bühnenerinnerungen an Macbeth – mit den frühen schottischen Königen in Verbindung gebracht hatte, den Impuls, der sie eintreten hieß, schnell erlöschen lassen. Doch ihre frischerwachten Gefühle für Cattistock, welche die Geschehnisse des Abends zuerst geweckt und dann jedes natürlichen Ventils beraubt hatten, machten sich nun diese Zufallsbegegnung mit seinem wohlbekannten Widersacher zunutze, um sich Bahn für ihre aufgestaute Gewalt zu schaffen. Und so ergoß sich über das Haupt des Jobbers, der störrisch auf seinem Stuhl sitzen blieb und – sobald er begriffen hatte, daß sein Feind nicht da war – vorgab, sich auf seine Mahlzeit zu konzentrieren, und dessen wollener Pullover, der bis über die Halterungen seiner Hosenträger hochgeschoben war, noch immer sein Flanellhemd den Blicken enthüllte, während er sich über seinen Teller beugte, ein Sturzbach weiblicher Beschimpfungen.

»Sie sind es also, Sie also, der damit droht, Mr. Cattistock zu ermorden! Ich bin froh, daß ich Gelegenheit habe, Ihnen ins Gesicht zu sagen, was ich von Ihnen halte. Alle Welt weiß – aber das wollten Sie ja so haben! –, was Sie über Mr. Cattistock behaupten. O ja! Sie wollten, daß alle Welt es weiß, damit Mr. Cattistock sich Sorgen macht, ohne daß es für Sie gefährlich ist. Sie sind genau wie Ihre Freunde aus den Steinbrüchen. Lauter Feiglinge! Ich war da, ich habe gesehen, daß sie ihn gelyncht hätten, wenn sie sich nur getraut hätten, aber sie haben sich nicht getraut. Und wo war Mr. Jobber Skald unterdessen? Nicht bei der Versammlung seiner Freunde! Nein ... nicht einmal dort ... und auch sonst nirgends, wo es vielleicht gefährlich sein könnte. Alles, was Sie können, Sie Krämer in Seemannsverkleidung, um sich bei den Leuten einzuschmeicheln, denen Sie Ihren Krimskrams verhökern, ist, in der Stadt herumzujammern und zu -jaulen und damit zu prahlen, Sie wollten Mr. Cattistock ermorden. Sie wollen ihn ermorden? O ja, das werden Sie ganz gewiß tun! Sie sind sicher einer dieser gefährlichen, gewaltigen, verschwiegenen Mörder, o ja, das sind Sie. Das Schwatzen ist nicht Ihre Art; leere Drohungen sind nicht Ihre Art; Sie schlagen zu, schnell und unerwartet, o ja! Und nie würden Sie Ihre Absichten ausplaudern – Sie nicht! Nur der ganzen Stadt erzählen Sie's. Pah! Sie sind nichts weiter als ein Erpresser. Sie sind nichts als ein dreckiger Fischverkäufer, der vor anderen Leuten auf dem Boden kriecht.«

Hier warf Tissty einen Blick auf Sylvanus' Finger, die nervös zuerst am einen und dann am anderen Schnurrbartende zerrten. Der Jobber, der Johns Cheddar in kuriose kleine Stücke schnitt und sich, ohne es zu merken, große Kanten selbstgebackenen Brotes in den Mund stopfte, wußte sich indessen nicht anders zu helfen, als immer wieder heiser zu flüstern:

»Der Hund und seine Metze! Der Hund und seine Metze!«

Dann setzte sie mit einem verachtungsvollen Blick auf Melia, Celia und Sue, die an der Wand standen und deren jede sich an der Kleidung der anderen festhielt, während sie offenen Mundes ihrer Tirade lauschten, erneut zum Angriff an:

»Sie sind ein Aufschneider und Angeber! Sie laufen nur zur Angabe in dieser Seemannskleidung herum. Sie sind gar kein Seemann; Sie sind nicht einmal ein Steinbrucharbeiter. Sie sind kein Arbeiter, und Gentleman sind Sie erst recht keiner. Sie sind nichts als ein Krämer, ein Höker, das sind Sie, und Sie wollen andere erpressen. Was machen Sie denn hier oben, während Mr. Cattistock und sogar Ihre teuren Freunde aus den Steinbrüchen alle unten auf Chesil Beach sind? Er hat mich weggeschickt, weil ich hysterisch wurde. Aber jetzt bin ich froh, daß er es getan hat, weil Sie auf diese Weise endlich einmal die Wahrheit zu hören bekommen haben, Herr Krämer in Ihrer Pseudoseemannskleidung, einmal in Ihrem Leben die Wahrheit! Wein, Weib und Gesang, das ist Ihre Devise, was? Und sterben lassen Sie die anderen!«

Sie wandte sich ab, schlang ihren Mantel eng um sich und ging in die Bar zurück. Dort bat sie John um etwas zu trinken; und bald schon hörte man ihre beiden Stimmen in fröhlichem und lebhaftem Ton die Vorzüge diverser Alkoholika diskutieren.

Als der Jobber kurz darauf wortlos und ohne ein Zeichen des Abschieds auf dem Weg nach draußen durch die Bar kam, drehte sie nicht einmal den Kopf, um ihn verschwinden zu sehen.

Ellen stand unterdessen am Fenster und lauschte den Bemühungen des Jobbers draußen, die *Schnecke* in Gang zu bringen, welches Prozedere stets von einer Reihe so lauter Explosionen begleitet war, daß weder Wind noch Regen es übertönen konnten.

Sue, die zur Eingangstür gewandert war, nahm plötzlich einen Regenmantel ihres Vaters vom Haken und verließ leise das Haus, ohne daß ihre Mutter, die noch immer im Eßzimmer weilte, es bemerkt hätte. Die Explosionen der *Schnecke* waren mittlerweile verstummt, und nun war um The Sea-Serpent's Head herum nichts mehr zu hören als das Heulen des Windes. Oft geschieht es, daß innerhalb einer Gruppe von Menschenwesen ein einziges Bewußtsein von allen während einer Pause im menschlichen Drama die Bedeutung dessen, was in dieser Zeit unter den unbelebten Elementen vor sich gegangen ist, erfaßt. Bei diesem Anlaß war es Ellen, die sich von den anderen absonderte, und es lag an der Intensität ihrer Absonderung von all den anderen Menschen in diesem Augenblick, daß ihr nicht auffiel, daß Sue, die im Regenmantel ihres Vaters hinausgelaufen war, nicht zurückgekommen war.

Ellen, die am Speisezimmerfenster stand, während Tissty, ohne von Sylvanus Notiz zu nehmen, sich mit John verbrüderte und sich daranmachte, etwas aus einer der altmodischen Flaschen hinter der Theke zu bestellen, gab sich ihren verrücktesten Sturmphantasiegespinsten hin, in denen sie sich stets eine Geschichte erzählte, in der in Nächten wie dieser eine echte Seeschlange laut schnaubend aus dem Meer kam. Tisstys Anspielungen auf den Schiffbruch hatten diese Saite in der untersetzten brünetten Frau angerührt, denn beide Eltern Ellens waren vor Chesil Beach ertrunken; nun jedoch schien der Wind sich ihrer Seele zu bemächtigen, bestrebt, den Platz ihres imaginären Seeungeheuers auszufüllen. Ja, der Wind schien sie dazu zwingen zu wollen, ihm zuzuhören und sich in seine nichtmenschlichen Leidenschaften hineinzuversetzen. Er zwang sie, seiner schwindelerregenden Spur über pfeifende Wellenkämme und die schäumende Brandung zu folgen. Er zwang sie, ihm dabei zu folgen, wie er die dahinjagende Gischt vor sich hertrieb und kreischend um die gezackten Felsen tobte, während unter ihm, ja unter dem Meeresboden, in der Tiefe brodelnde Gesteinsklüfte die Wellen einsogen und ausspien. Der Wind brachte Ellen dazu, ihm zu folgen, als er die Wirbelstürme um die Felsen verließ und an der Oberfläche der Klippe emporzusausen begann. Wie die Seeschlange wand er sich die Klippenoberfläche hoch. Durch verdorrte Straußgrasbüschel und durch die windgeprüften Holunderbüsche und Eschenbäume und kümmerlichen Stechginster sauste er empor. Er sauste über Flekken von Meerfenchel und über Flecken grauer Steinflechten und über knirschende Meerlavendelstengel und über raschelnde Grasnelkensamenhülsen. Und je höher er kam, um so heftiger wirbelte, drehte und wand er sich, und Ellen konnte leicht begreifen, daß er wahrhaftig das aus unvorstellbaren Tiefen aufgetauchte Vorbild jenes gemalten Wesens war, dessen Augen in dieser Nacht beseelt worden waren.

Erst als drei volle Minuten vergangen waren, wandte sie sich vom Fenster ab und rief Melia und Celia, die neben Sylvanus standen, die Frage zu, wo Sue sei.

»Sie ist rausgegangen, um von Mr. Skald Abschied zu nehmen«, sagte Melia.

»Sie war draußen, wo sie Mr. Skald auf Wiedersehen gesagt hat«, sagte Celia.

»Sie muß doch wieder hereingekommen sein! Was redet ihr da!« sagte Ellen, der bange zumute wurde. »John!« rief sie, ohne sich darum zu scheren, daß sie Mr. Gadgets Flirt mit dem schönen Gast unterbrach. »John! Sue ist nicht zurückgekommen, und Mr. Skald ist weg!«

Nun war es an Sylvanus, die Situation zu retten; es kostete ihn sichtlich Anstrengung, und sein Körper richtete sich so umständlich auf, daß seine mageren Knochen wie Wagenbretter knackten.

»Ich gehe sie holen«, sagte er; und dann ging er zu Ellen und beugte sein langes, blasses Hidalgogesicht über Ellens dunkles, rundes Gesicht – denn Ellen Gadgets Art, Gepräge und Aussehen war unzweifelhaft das jenes alten, geheimnisvollen, untersetzten, dunkelhaarigen und –häutigen Volkes, das von den Kelten vertrieben wurde, bevor auch diese von den ins Land einfallenden Sachsen vertrieben wurden –, und ein wenig schroff, als wäre er verstimmt, daß er so gute Zuhörerinnen wie Melia und Celia verlassen mußte, sagte er zu ihr, er sei sicher, daß Sue mit dem Jobber gegangen sei, um das Schiffsunglück zu sehen.

»Ich sah ihre Augen«, sagte er mit leiser Stimme, »während diese junge Person unseren Freund quälte. In diesem Augenblick hat das Kind sich in ihn verliebt – wenn nicht schon früher! Aber ich bringe sie zurück; machen Sie sich nur nicht halb verrückt vor Angst: Ich bringe sie *binnen zwei Stunden* zurück. Das verspreche ich Ihnen!«

Ellen verspürte den starken Drang, Mr. Gadget zu nötigen, seine Artigkeiten hinter der Theke zu lassen und Sylvanus auf seinem Gang zu begleiten, doch kaum hatte sie in dieser Absicht die Bar durchquert, als Sylvanus bereits seinen kleinen Soldatenstock ergriff, so, wie er war, zur Tür hinausschlüpfte und sich zu Fuß auf den Weg nach Chesil machte.

Er lief den grauen, regenüberspülten Weg in westlicher Richtung entlang; dieser »Weg«, der zu eng war, um Straße, und zu breit, um Pfad genannt zu werden, zeichnete sich dadurch aus, daß er so recht für den einsamen Wanderer gedacht war. Man konnte nicht auf ihm reiten. Man konnte ihn nicht befahren, und er war erstaunlich gut zu gehen. Sylvanus mußte fast zwei Meilen zurücklegen, bis er den westlichen Abhang des großen Felsvorsprungs erreichte, und als es soweit war, konnte er ein Schiff in Seenot nirgends ausmachen, obgleich er flackernde Lichter – viele flackernde Lichter – am Strand sah und den weißen Schaum der Brecher in ihrer unsteten Beleuchtung deutlich erkennen konnte.

»Es ist alles vorbei«, dachte er; »es ist untergegangen, und das Rettungsboot ist zurückgekehrt. Ich bezweifle, daß sie ein einziges Leben gerettet haben.«

Er hatte erst vor einer halben Stunde das Wirtshaus verlassen, und bis zum Strand würde er nicht mehr als zehn Minuten brauchen; es gab folglich keinen Grund zur Eile. Das Schiff war auseinandergebrochen. Die Toten waren im Meer versunken. Es gab nur die Gaffer und das Gerede und die Eifersüchteleien und die Herzensschmerzen und Liebe und Haß.

»Was für spirituelle und zugleich lasterhafte, überdrüssige Augen dieses Mädchen hatte! Ich muß sie wiedersehen. Ich muß ausführlich mit ihr sprechen. Sie würde sich meinen Worten nicht lange verschließen.«

Die Gedanken eines Menschen könnten ebenso leicht falsch wie richtig gedeutet werden, selbst wenn es möglich wäre, seine wortlosen Worte zu hören – und dies nicht nur, wenn er einen so steilen Abhang hinuntersteigt wie diesen auf der Isle of Slingers! Kein Verständnis, kein Mitfühlen, keine Hingabe, keine Leidenschaft, keine Scharfsichtigkeit hätten beispielsweise Zigeuner-May oder dem Mädchen vom Kasperletheater die Erkenntnis ermöglicht – hätte eine dieser in ihn vernarrten Frauen seinen Gedanken »Ich muß sie wiedersehen« mitgehört –, daß die Person, deren Bild diesen Gedanken, diesen Wunsch, diese Absicht begleitete, keineswegs die schöne Tissty war, deren wortreichen Darlegungen er eben erst gelauscht hatte, sondern die weiße Gestalt mit abgehärmtem Gesicht im Türspalt beim Fischhändler, die ihn aus so dunkelumringten Augenhöhlen angestarrt hatte, als strecke sie ihre Seele bis zu ihm hin.

Der kahle Hügel, auf dem er nun stehenblieb, erhob sich abrupt über dem am dichtesten bewohnten Teil der Insel. Unter ihm schimmerten die reglosen Lichter der Fenster so vieler festgebauter Steinhäuser, deren Dächer sich angesichts des steilen Abhangs aneinanderdrängten, was jenen Eindruck düsterer, bedeutungsvoller, vielgliedriger, unheimlicher Unordnung hervorrief, den menschliche Behausungen erhalten, wenn sie mit den riesenhaften Unebenheiten alter Berge zusammentreffen. Keine Menschenseele war ihm auf dem Weg zu diesem Ort begegnet! Keine Menschenseele konnte er von dort, wo er stand, sehen. Nichts präsentierte sich ihm bis auf die ungekannten Geheimnisse des Lebens hinter jenen leuchtenden Fenstern und die ungekannten Todestragödien unter jenem Geflacker am Strand!

Für ein paar Minuten blieb er reglos stehen und ließ den Regen auf sein unbedecktes Haupt und seine lange donquichottische Figur prasseln. Seine Gedanken sammelten in Windeseile alles Wesentliche seines Lebens der letzten Zeit, der letzten fünf Jahre, seit er in dem einsamen Haus auf Portland zwischen dem Weiler Weston und dem windumtosten Beale wohnte. Sylvanus, der schon immer ein Rebell gewesen war und schon immer in einem selbsterschaffenen mystischen Grenzbezirk gelebt hatte, gehörte zu jenen Wesen, die aus der Natur die Kraft zu schöpfen scheinen, sich Gepflogenheiten, Gebräuchen und Gewohnheiten ihrer Spezies zu entziehen. Immer mehr war er selbst zu der Vorstellung gelangt, seine wahre Heimat sei keineswegs auf Erden, sondern in einer kimmerischen Dämmerung, die der Chemie eines völlig anderen Planeten angehörte. Sein Leben galt inzwischen gänzlich dem selbstgenügsamen Genießen einer eigenartigen mystischen Kontemplation; und alles Alltägliche, ob glücklicher oder unglücklicher Art, behandelte er, als sei es nur halb existent. Bestimmte Wörter, die wir traditionellerweise im ungewissen Grenzbereich zwischen Religion und Philosophie ansiedeln – Wörter wie »absolut«, »Essenz«, »Ewigkeit« oder »Unsterblichkeit« –, bekamen, wenn Sylvanus sie verwendete, eine weit konkretere und eindeutigere Bedeutung, als sie solchen Begriffen üblicherweise inhärent ist. Durch das Verengen bewußten Empfindens zu seinen primitivsten Bestandteilen war es ihm zuletzt gelungen, sich mit dem Kosmos auf eine Weise in Verbindung zu bringen, die ihm ein Machtgefühl und ein Gefühl der Befriedigung von einer Tiefe ermöglichte, wie es nur wenigen im Verlauf ihres Lebens zuteil wird. Das Eigenartigste an seinem Dasein war jedoch inzwischen seine Beziehung zu Frauen, und dieses Element seines Lebens hatte sich in letzter Zeit intensiviert. Ständig versuchte er sich darüber klarzuwerden, was sein wirkliches Ziel im Umgang mit Frauen war, doch dies schien die eine Sache in seinem Leben zu sein, die sich ihm entzog. Er konnte es weder formulieren noch definieren. Tatsächlich konnte er es nicht einmal verstehen. Er wußte nur, daß ihn ein innerer Drang unerbittlich immer hartnäckiger dazu trieb, das zu tun, was ihm, so wie er es erfuhr, wie das Aufnehmen ihrer geheimsten Reaktionen auf das Leben erschien, so als hätte ein halbverrückter Faust die Zauberorakel jener Wesen, die er »die Mütter« nannte, in den Nerven und Gefühlen jedes gewöhnlichen jungen Gretchens, das ihm begegnete, gefunden. Freilich nicht *ganz* gewöhnlich!, denn wie man einer undeutlichen Ähnlichkeit zwischen Zigeuner-May und Marret und zwischen Marret und Peg Frampton entnehmen kann, gab es eine gewisse undefinierbare Eigenschaft, die man möglicherweise als erotische Jungfräulichkeit bezeichnen könnte und die etwas von der antiken Hingabe der Bassariden und Mänaden hatte, so daß es nicht unpassend wäre, sie *unberührte Obsession* zu nennen. Wahrhaftig äußerte diese Eigenschaft sich bei den Frauen, denen er sich wie ein metaphysischer *ancient mariner* zu enthüllen gedrängt fühlte, was Lucinda seine »bösartige Verrücktheit« nannte, in Form einer gewissen Neigung zur »Tempelprostitution« oder – in vergeistigterer Sprache – des latenten leidenschaftlichen Begehrens, ihr Liebesleben einem Gegenstand spiritueller Götzenverehrung darzubieten, wie Mystiker ihre Seelen darbieten. Was Sylvanus wirklich anstrebte, indem er diese willigen Geister seiner Manie für das, was er das Unsterbliche, das Ewige, das Absolute nannte, unterwarf, läßt sich unmöglich sagen. In seinem tiefsten Inneren fühlte er, daß er in seinem verzweifelten Bemühen, das Geheimnis des Lebens ausfindig zu machen, so viele Verwundungen und Verletzungen erlitten hatte, daß er zuletzt in einer Art hoffnungsloser Hoffnung unsicher tastend das Geheimnis der Welt durch die empfänglicheren Seelen der Frauen zu erfassen suchte. Eines war gewiß: Er sprach nie wie ein Liebender zu ihnen. Er benahm sich nie wie einer. Er machte ihnen keine Versprechungen; und als Zigeuner-May das Bett mit ihm geteilt hatte, hatte er sie fast nie berührt. Ihre leidenschaftliche Liebe galt ihm, seine Leidenschaft jedoch galt dem Ewigen; dennoch hatte sein männlicher Verstand sich als so hinderlich erwiesen beim Bestreben, dessen teilhaftig zu werden, was er das Absolute nannte, daß er allezeit von den Seelen der Frauen zu lernen bestrebt war, da diese auf Saiten und Töne gestimmt waren, die ihm verborgen blieben, und um einen geheimen Zugang zum Nichtsterblichen, zum Unsterblichen wußten, den er als Einsiedler und Einzelgänger aus eigenem nicht zu finden vermocht hatte.

Sylvanus war ungefähr fünf Jahre älter als Jerry, und ihr Vater hatte vor seinem Verscheiden in der Obhut Dr. Brushs dafür Sorge getragen, daß sein ältester Sohn, der sich seit dem Abgang vom College allen menschlichen Verpflichtungen entzogen hatte, eine jährliche Rente bezog, an deren Grundkapital er nicht rühren konnte. Sogar diese väterliche Voraussicht erwies sich als ungenügend, und als Sylvanus von Weymouth wegzog und sich in einem einsamen Haus auf der Südspitze von Portland einrichtete, war bald zu erkennen, daß sein Einkommen, so gering es war, ihm Woche für Woche zugeteilt werden mußte, wenn es bis zum Ende des Jahres reichen sollte; dieses Arrangement konnte schließlich mit Hilfe der Kanzlei Loder & Crouch erreicht werden – zur nicht geringen Erleichterung Lucindas, denn Sylvanus hatte die Gewohnheit entwickelt, sich uneingeladen zur Essenszeit in High House einzufinden, wenn seine Finanzen ihren Tiefstand erreicht hatten und er Hunger verspürte. In den letzten Jahren hatte das Paar in High House ihn jedoch nur selten zu Gesicht bekommen, und alles schien in Ordnung zu sein, bis unvermutet seine neue Marotte, auf der Esplanade von Weymouth seine Ideen jedem aus der Menge, der zuzuhören bereit war, darzulegen, den Status quo aufhob und unaufhörlich für Ärger sorgte.

Die Spekulation, ob der ältere Cobbold »wie sein Vater enden« würde, wurde zu einem der beliebtesten Gesprächsthemen in der Gesellschaft von Weymouth, doch da er abgesehen von seiner Leidenschaft für das Predigen oder eher für das Auslegen – denn Sylvanus bediente sich eher pythagoreischer denn evangelischer Methoden – keine Anzeichen geistiger Verwirrung zeigte, soweit seine Vorliebe für die Gesellschaft junger Frauen nicht als solche gedeutet werden konnte, wäre nicht einmal Lucinda, die ihn schon immer gehaßt hatte, auf die Idee gekommen vorzuschlagen, ihn, wie es seinem Vater widerfahren war, in die weltberühmte Anstalt für Geistesgestörte zu stecken, welche die Hirten der Downs Höllenpfuhl nannten. Doch mit der Machtergreifung des jungen Ballard innerhalb der städtischen Behörden war im Rathaus ein neues Regime eingekehrt, und im Lauf der letzten Wochen war der Ausleger des Absoluten, der mit seinem Tweedanzug und unbedeckten Haupt ein so vertrauter Anblick auf der Esplanade geworden war, wiederholt darauf aufmerksam gemacht worden, daß er mit »Schwierigkeiten« rechnen müsse, sofern er die öffentliche Ordnung weiterhin so schamlos zu stören gedenke.

Und obwohl er sich nicht zum Höllenpfuhl hingezogen fühlte, hatte er in seinen Meditationen über das Ewige einen Punkt erreicht, wo ihn die Örtlichkeit seines vorübergehenden Domizils wenig kümmerte. In letzter Zeit hatte er sich sogar, wenn er im Bett lag und die regelmäßigen Umdrehungen des Lichts im großen Leuchtturm von Portland über sein Gesicht blitzten, müßig überlegt, ob sie ihn dort ungehindert mit anderen Insassen sprechen ließen, falls er »eingesperrt« würde; doch tief in seinem Herzen spürte er – um der Wahrheit die Ehre zu geben – die Gewißheit, daß seine Einkerkerung in letzter Sekunde vereitelt werden würde.

Hätte ein weniger wissenschaftlich gesonnener oder weniger

die Fluchtbewegungen von Tieren bei Experimenten gewohnter Geist als Dr. Brush in diesem Moment ins Innere der länglichen donquichottischen Hirnschale hineinsehen können, hätte er kein Anzeichen von Geistesgestörtheit gefunden. Im Gegenteil, wenn er die Gedanken des Mannes hätte lesen können, hätte er eine völlig natürliche Besorgnis, wie er sein Versprechen Ellen Gadget gegenüber halten und Sue nach Hause schaffen sollte, und eine nicht weniger normale Besorgnis, was geschehen mochte, falls sein Freund, der Jobber, unter diesen außergewöhnlichen Umständen auf Mr. Cattistock treffen sollte, vorgefunden.

»Gehen wir!« sagte er sich und empfand nichts als die geistig allergesündeste Nervosität angesichts dessen, worauf er sich einließ, als er den Abhang zu Chesil Beach hinunterkletterte.

Die kleine Sue entdeckte er schnell. Das Mädchen lief zwischen den Männern, die es kannte, hin und her im Versuch, alles in Erfahrung zu bringen, was sich in Zusammenhang mit dem Schiffsunglück vor seiner Ankunft ereignet hatte. Sie lief Sylvanus entgegen, der unter Krachen und Knirschen auf den Strand gelangte, wo das Rettungsboot – das offenbar nicht mehr benötigt wurde –, aus der Brandung gezogen worden war und auf der Seite lag wie eine schöne Zirkusartistin, deren »Nummer« vorbei war.

»Es ist gesunken, bevor wir herkamen, Mr. Cobbold«, verkündete das Mädchen atemlos, »und die Männer vom Rettungsboot sind im Meer gewatet und im Meer geschwommen, mit dicken Seilen angebunden. Als wir ankamen, hat einer von ihnen dem Jobber erzählt, daß sie etwas im Meer gesehen haben, was keine Planke und kein Mast und keine Nocke war. Er hat erzählt, wie sie ein Seil um einen von ihnen gebunden haben, damit er rausschwimmen kann. Es waren zwei, die rausgeschwommen sind. Aber gefunden haben sie nichts. Wenn es eine Leiche gewesen wäre, haben sie gesagt, hätte es keinen Unterschied gemacht, weil die Wellen so hoch gingen. Die zwei, die rausgeschwommen waren, sind selber wie halbe Leichen an Land gezogen worden. Es war ein echter Schiffbruch! Melia und Celia waren noch nie bei einem echten Schiffbruch dabei wie ich heute abend, oder?«

Der dunkle Strand, auf dem Sylvanus stand und dem aufgeregten Kind zuhörte, das sich von ihm an der Hand nehmen ließ, war inzwischen voller erregter menschlicher Gestalten. Die Nachricht, daß ein Schiff vor Chesil gestrandet war, hatte Weymouth vor ein paar Stunden erreicht, gerade um die Zeit, da die Leute ihre Abendmahlzeit beendeten, und einige unternehmungslustige Zeitgenossen hatten sich sofort zum Ort des Geschehens aufgemacht.

Zu diesen Sensationssuchern gehörten Sippy Ballard in seinem kriegerischen kleinen Automobil und Magnus Muir und Richard Gaul in einer Mietdroschke. Der Hauptgrund für das Erscheinen letzterer am Schauplatz des Schiffsunglücks, das jedermann verblüffte, der die zwei Bücherwürmer erblickte, die Seite an Seite in die fliegende Gischt schauten, war nicht die Wankelmütigkeit des Ozeans, sondern die einer Frau.

Curly hatte den Regen als Vorwand genommen, sich von ihrem Liebhaber und dem kleinen Doktor dazu überreden zu lassen, mit dem vorliebzunehmen, was sich in der Speisekammer von Sark House auftreiben ließ, und den ganzen Nachmittag dort zu verbringen. Sich von diesem paradiesischen Zwischenspiel in Ballards Armen, der ihr die spaßigsten Geschichten erzählte, wenn er sie gerade nicht umarmte, unmittelbar in Magnus' Gesellschaft zu begeben und zwei Stunden lang seiner tristen Miene gegenüberzusitzen, überstieg sogar Curlys Kaltblütigkeit, und obwohl sie ihm versprochen hatte, im Regatta – einem harmlosen beliebten Restaurant nicht weit von der Statue des alten Königs – mit ihm Tee zu trinken, hatte sie sich statt dessen stehenden Fußes nach Upwey begeben, ohne im entferntesten zu ahnen, daß ihre zwei Verehrer, der eine bis zum Überlaufen mit dem Nachgeschmack ihrer Süße erfüllt, der andere mit nicht weniger Verdruß ob des Vorenthaltens dieser Süße, einander in ihren entgegengesetzten Reaktionen auf Chesil Beach begegnen würden.

Gegenüber ihrem leeren Lieblingsplatz am Fenster des Regatta, von wo aus man über die Esplanade sah, wurde Magnus vom Besitzer des Lokals belästigt, der als ehemaliger Segler auf privatem Weg aus Portland bereits von dem Schiffsunglück vor Chesil erfahren hatte. Er schlug Magnus – der keinen Bissen herunterbrachte – nicht nur vor, hinzufahren und sich das Schauspiel anzusehen, sondern äußerte auch die Ansicht, daß »die junge Dame, auf die Sie warten, Mr. Muir, sicher gehört hat, daß das neue Rettungsboot eingesetzt wird, und das wollte sie sich nicht entgehen lassen«. Als Magnus ihn mit einem Blick bedachte, der zu gleichen Maßen verärgert und verwirrt war, fügte der Mann ungerührt hinzu: »Ich habe noch keine Frau erlebt, Mr. Muir, die nicht für Rettungsboote geschwärmt hätte.«

Verstörter, als er es je für möglich gehalten hätte, hatte Magnus tatsächlich ein Taxi gemietet, war sofort nach Trigonia House gefahren und hatte Mr. Gaul angefleht, ihn bei diesem aussichtslosen Unterfangen zu begleiten. Ungeachtet der unerschütterlichen Gleichmut, mit der er den mitleidheischenden Zustand seines Freundes betrachtete, war Mr. Gaul dennoch zu gutherzig, dessen Verstörtheit dadurch zu steigern, daß er sich geweigert hätte, ihn in diesem Sturm zu begleiten. Doch keiner der beiden sprach ein Wort, bis sie beinahe Fleet Bridge erreicht hatten. Dann bemerkte Mr. Gaul:

»Der Mann im Regatta baut Modelle von Rettungsbooten. Er führt sie auf dem Wasser vor. Sie taugen nicht viel. Sie sind zu schwer.«

Magnus versuchte gar nicht erst, sich über die Kenntnisse seines Freundes auf diesem Gebiet Gedanken zu machen. Er wiederholte mechanisch die Worte »zu schwer« und verfiel wieder in das Heraufbeschwören einer durchnäßten und reuigen Curly, die auf ihn zulief und ihm impulsiv die Arme um den Hals schlang. Er war sogar soweit, allen Ernstes vage zu überlegen, wo er Mr. Gaul am besten absetzen konnte, als das Taxi anhielt.

»Soll ich auf Sie warten?« rief der Fahrer ihnen nach, als sie sich zum Strand hin entfernten. »Ist 'ne böse Nacht für alle, die's betrifft«, sagte er, als sie zurückkamen, »und es tut mir leid, Gentlemen, aber ich muß Sie bitten, mich zu bezahlen, bevor Sie gehen. Das sind meine Vorschriften nach Einbruch der Dunkelheit.«

Mr. Gaul fand es in diesem kritischen Augenblick angebracht, trotz des strömenden Regens und der regennassen Dunkelheit seine Brille am Mantelkragen abzureiben und sogar obenhin und beiläufig auf sie zu blicken, während er sie in angemessener Entfernung hielt, ganz als säße er in Victoria Gardens und lauschte der Musikkapelle, statt sich geblendet und unkomfortabel keinen Steinwurf von ertrinkenden Menschen entfernt zu befinden.

»Soll ich auf Sie warten?« wiederholte der Taxifahrer, weicher gestimmt durch ein gutes Trinkgeld.

»Soll er?« fragte Magnus Mr. Gaul; und darauf äußerte letzterer die rätselhaften Worte: »Lassen wir es lieber offen.«

Sylvanus, der die Ausreißerin Sue fest an der Hand hielt, war im höchsten Maße erstaunt, als er sich von den zwei akademischen Herrschaften begrüßt sah. Er beäugte sie mißtrauisch und ein wenig fragend, denn er war ihnen in High House unter wenig erfreulichen Umständen begegnet, und Mr. Gaul war Zeuge mindestens einer seiner besonders abscheulichen Auseinandersetzungen mit Lucinda gewesen.

»Sie fragen sich«, sagte er zu Mr. Gaul, »ob ich dieses Mädchen aus dem Wrack gerettet habe?«

Mr. Gaul sah drein wie die verkörperte Verblüffung. Wind und Gischt, die sein Gesicht malträtierten, bewahrten ihn nicht davor zu erröten. Tatsächlich hatte er sich ebendies gefragt, was Sylvanus ihm auf den Kopf zugesagt hatte.

»Ich glaube, ich gehe ein bißchen herum, Richard«, sagte Magnus. »Wir können einander ja kaum aus den Augen verlieren.«

Und er wanderte los.

»Schließlich«, dachte er, »kommt es ja manchmal im Leben vor, daß ein Narr wie dieser Mann vom Regatta einen auf die richtige Fährte setzt. Vielleicht ist sie hier. Es ist keine völlig abwegige Idee.«

»Der Sturm ist vorbei«, sagte Sylvanus, »und das Meer beruhigt sich. Als ich oben auf dem Hügel war, konnte ich aus der Vogelperspektive im Licht der Männer dort drüben sehen, wie die Brandung den Strand überschwemmte. Wo wir jetzt stehen, hätten wir da nicht stehen können, stimmt's, Sue?«

»Wie viele Leute hier sind!« warf Mr. Gaul ein. »Aber was ich nicht verstehe – wo ist das Wrack, das sie alle sehen wollen?«

Im Blick des jungen Mannes, der sich auf das brodelnde Wasser vor ihm heftete, lag eine feierliche Intensität, die fast etwas Rührendes hatte. Wäre es seiner Mutter möglich gewesen, diesen besonderen Gesichtsausdruck bei ihm zu sehen, so hätte er sie an den Ausdruck erinnert, den der kleine Richard anzunehmen pflegte, wenn er über die Gitter seines Kinderbettchens stundenlang ins Ungewisse starrte.

Magnus, der unterdessen im ohrenbetäubenden Tosen der hereinbrechenden Wellen über die schlüpfrigen Kiesel stolperte, suchte vergebens nach Curly. Er wanderte von Grüppchen zu Grüppchen, und manch ein Fischer aus Portland erzählte seiner Frau, als er sich in jener Nacht neben ihr niederlegte, daß »ein Kerl am Strand war, der einen der armen Teufel gekannt haben muß. So was Schreckliches wie dieses Gesicht will man kein zweitesmal sehen!«

Es war nicht verwunderlich, daß Magnus' Miene im flackernden Lichtschein, der auf die seltsame Szene fiel, diese Männer erschreckte, obwohl sie es gewohnt waren, daß Menschen sich angesichts der Elemente nicht mehr in der Gewalt hatten. Das Übermaß seiner Gefühle überraschte ihn selbst. Nur zu gut hatte er gewußt, wie sehr er sie liebte, doch der Schock, den ihm der

Anblick der entfesselten Elemente versetzte, und die schmerzlich als eitel erkannte Hoffnung, die der Erbauer zu »schwerer« Modellboote in ihm geweckt hatte, lösten ein Gefühl in seinem Zwerchfell aus, das seine Magengrube flattern machte wie seinen alten Ulstermantel, in den der Wind fuhr. Mannhaft wehrte er sich gegen die eigene Unvernunft.

»Der Sturm hat sie erschreckt«, dachte er, »und ihre Mutter hat sie nicht gehen lassen. Völlig naheliegend. Wahrscheinlich ist sie schon im Bett. O Liebste, o Schönste! keine zwei Wochen mehr, und dein Bett wird *mein* Bett sein!«

Was er sich jetzt nicht versagen konnte, war, sich auszumalen, wie sein Leben aussähe, wenn Curly sich auf der gesunkenen Fischerschmacke befunden hätte – wenn ihr eierschalenzartes, zerbrechliches Köpfchen jetzt gerade von der schweren Brandung zerschlagen und zermalmt worden wäre! Keine Planke, kein Faß – so versicherten ihm die Fischer – war an Land getrieben worden.

»Es ist wie beim Schiffbruch der *Welty*«, erklärten sie ihm, »wo fünf Mann und ein Junge an Bord waren. Die Frühlingsfluten haben Unterströmungen, die einen runter- und wegziehen. Wenn beim nächsten Neumond klares Wetter ist, dann werden wir was zu sehen bekommen! Aber nicht mal die Mütter, die sie gesäugt haben, werden die armen Teufel dann wiedererkennen.«

Magnus rang mit der übermächtigen Angst, es könne etwas geschehen, was ihm Curly wegnahm, bevor er zu ihr gelangte. Auf dem dunklen Strand wurde ihr Bild für ihn zu etwas, was er sich noch von keinem Bild hatte vorstellen können. Verzweifelt versuchte er, seiner entfesselten Ängste Herr zu werden. Etwas in ihm, was er von seinem Vater geerbt hatte, empfand grimmiges Frohlocken angesichts des Tobens und Rasens ringsum. Verbissen bemühte er sich, seine alte Lebensillusion neu zu beleben, in der er sich als einen starken, urtümlichen Geist sah, der an ein ängstliches, ja feiges Nervenkostüm gefesselt war. Er sah sich selbst vor seinem inneren Auge, wie er vor die sich auftürmenden und niederstürzenden Wogen trat und ihren Schaum sein Gesicht benässen ließ, weil nach ihm ausgestreckte Menschenarme ihn aufforderten, sich in die brodelnde Schwärze zu stürzen. Überwältigende Scham ob all seiner gewohnten Schwächen schüttelte seinen ganzen Körper.

»O Liebste, o Schönste!« rief sein Geist in das wirbelnde Chaos hinaus, »wenn das Schicksal nur bereit ist, dich mir zu geben, wenn es nur bereit ist, dich zu verschonen, dann wirst du sehen, wozu ich fähig bin! Wie ein Fels werde ich dir als Stütze dienen!«

Einmal bückte er sich, um ein Stück geteertes Sackleinen aufzuheben. Es war nichts weiter. Wahrscheinlich hatte es seit Monaten draußen im Ozean getrieben. Doch es war ein sonderbares Gefühl für ihn, mit eigenen Fingern etwas zu berühren, was sich in diesem brausenden Wasserwirbel befunden hatte. Zu guter Letzt merkte er, daß er am Rand der Wellen entlanggestolpert war, bis niemand mehr in seiner Nähe war. Wenn er sich umdrehte, konnte er die Gruppen der Leute umhergehen sehen, die er verlassen hatte, gespenstisch und grotesk wie Dämonenmasken im Licht der Lampen, die manche von ihnen in der Hand hielten. Was für ein Ort Chesil Beach doch war! Als er sich abermals umdrehte und versuchte, mit dem Blick die Dunkelheit zu durchdringen, wo die Kiesbank sich nach Westen erstreckte, voll schweren Seufzens und Ächzens und ihres eigenen undeutlichen Sturmwehklagens, hatte er den sonderbaren Eindruck, als wäre er diesen Grat aus Kieseln am Rand dieser gespenstischen saugenden Abgründe schon manches Mal gegangen! Tatsächlich befand er sich zum erstenmal in seinem Leben in einer Sturmnacht auf dem langen Strand. Verhielt es sich etwa so, fragte er sich, daß er *die Erinnerungen seines Vaters nachempfand*? Plötzlich wurde er gewahr, daß er Grenzen und Schranken der anderen Betrachter dieses Tobens der Wasser noch nicht erreicht hatte.

Die hochgewachsene Gestalt eines Mannes kam aus der sich nach Westen erstreckenden Dunkelheit auf ihn zu. Magnus erkannte den Mann, bevor er ihn ansprach. Es war Jobber Skald. Blitzartig erinnerte er sich an die heiseren Drohungen, die dieser Mann in dem schaukelnden Boot am Ende des Piers an jenem Abend, als er ihm die Aufgabe überantwortet hatte, Mrs. Cobbolds Gesellschafterin abzuholen, gegen seinen Feind ausgestoßen hatte. Der Anblick des Mannes, wie er dort stand, und der Klang seiner Stimme riefen ihm etwas anderes ins Gedächtnis, nämlich den Umstand, daß er am äußersten östlichen Ende der Menge von Schaulustigen erst vorhin Cattistock erblickt hatte, der mit seinem Neffen sprach. Magnus hatte aus einem unbegreiflichen Grund sein früheres Vorurteil gegen ihn verloren, als er festgestellt hatte, daß Cattistock ein notorischer Geizhals war. Und deshalb flößte ihm die Vorstellung, daß der Sonderling, der ihm nun mit seiner schweren Kinnpartie und seinem düsteren, jähzornigen Gesichtsausdruck gegenüberstand, damit hausieren ging, daß er ihn umbringen wollte, nichts als Abscheu ein. Der Geizhals Cattistock war eine ganz andere Person als Cattistock, der Firmengründer, und dieser Geizhals war jemand, gegen den solch mörderische Gefühle zu hegen schlicht absurd sein mußte.

Hatten Ort, Stunde und das tragische Versinken – wie in unauslotbare Tiefen – der verlorenen Fischerschmacke Magnus die Stärke seiner Gefühle für Curly enthüllt, so hatten sie die weniger ausgeglichene Natur des Jobbers unstreitig in einen noch unerquicklicheren Aufruhr versetzt. Zwischen der Seele dieses Mannes und den Elementen um ihn herum hatte sich eine mehr als enge Entsprechung eingestellt.

»Haben Sie ihn dort drüben gesehen?« lauteten die ersten Worte des Jobbers, nachdem sie einander die Hand gegeben hatten.

»Wen?«

»*Ihn*, den Hund.«

»Ich habe gesehen, wie Mr. Cattistock mit Mr. Ballard sprach; aber ich habe ihn nicht gesprochen. Ich kenne ihn nicht besonders gut.«

»Sie unterrichten seit neuestem seinen Sohn?«

»Ja; warum nicht, Mr. Skald?«

Die Worte, die sie wechselten, mußten geschrien werden, damit sie durch das Getöse des Meeres hindurch vernehmbar waren, und der bloße Umstand, daß diese zwei Gestalten, die so nahe beieinanderstanden, der eine in seinem flatternden Umhang, der andere in seiner klatschnassen, enganliegenden Kleidung, abwechselnd diese Schreie äußerten, verlieh dem ganzen Austausch zwischen ihnen einen gleichermaßen primitiven wie grotesken Anstrich.

»Er ist ein Schwachsinniger, nicht wahr?«

»Nein, das ist er nicht! Er ist ein sehr netter Junge. Sie würden so etwas nicht sagen, wenn Sie sich je mit ihm unterhalten hätten.«

»Unterhalten! Wir reden alle zuviel! Es wird zuviel geredet, Mr. Muir.«

»Zuviel *was*, sagten Sie?«

»Reden, reden – es wird zuviel geredet!«

»Haben Sie zufällig Curly Wix hier am Strand gesehen?«

»Am Rettungsboot waren eine Menge Frauen. Wahrscheinlich war sie bei ihnen. Ich habe nicht aufgepaßt.«

»Am Rettungsboot, sagten Sie, Skald?«

»Am Rettungsboot! Am Rettungsboot!«

»Sind Sie sicher, daß Sie sie dort gesehen haben?«

»Am Rettungsboot! Dort sind sie alle!«

»Wen meinen Sie mit ›alle‹?«

»Die Frauen, Mann, die Frauen! Vielleicht ein Dutzend, die darauf warten, daß die Leichen an Land gespült werden.«

»Und Curly Wix war bei ihnen?«

»Oh, *die*. Nein, nein, die war nicht dabei. Die hätte ich erkannt. Ich dachte, Sie meinten Sue Gadget.«

»Sind Sie sicher, daß Sie sie nicht bei den anderen gesehen haben?«

»Die Insel hat noch nie einen schlimmeren Feind gehabt. Irgend jemand muß dem ein Ende machen, und das bald. Auf der Welt wird zuviel geredet, Mr. Muir! Ich bin ein Schwätzer, Mr. Muir, stimmt's? Ist es das, was Sie denken?«

Der Jobber schien sich einzubilden, daß der Nachhilfelehrer des Sohnes von »Dog« Cattistock ihm feindselig gesonnen sei; und jetzt drängte er Magnus sein großes Gesicht so nahe vors Gesicht und packte ihn so brutal am Arm, daß dieser zurückwich. Es war jedoch eine Eigentümlichkeit des Lateinlehrers, daß zwar sein Verstand von Ängsten und Schrecken durchlöchert und perforiert sein konnte, doch etwas anderes in ihm – vielleicht ein Erbteil des älteren Muir – bisweilen imstande war, ihm in den Kopf zu steigen und ihn tollkühn zu machen. Er schüttelte die Hand des Jobbers ab.

»Ich kenne Sie zwar nicht gut genug, um so mit Ihnen zu sprechen«, rief er, »aber eines weiß ich: Wenn Sie *mir* gegenüber so aufträten, wie Sie es Cattistock gegenüber tun, und in den Schenken damit prahlten, daß Sie mich umbringen wollen, würde ich mir das nicht eine Sekunde lang gefallen lassen!«

Der Jobber reagierte darauf, indem er vor Zorn am ganzen Körper zitterte, und es lag ihm auf der Zunge, diesem reizbaren Lehrer zuzurufen, daß er es sich friedlich genug gefallen ließ, in allen Schenken der Stadt als Hahnrei verhöhnt zu werden! Es lag ihm auf der Zunge, ihm zu sagen, daß er erst kürzlich gehört hatte, wie ein Witzbold im Weeping Woman ihn »Mr. After-Sippy« genannt hatte! Aber wozu? Er hatte es auf den Hund Cattistock abgesehen, nicht auf diesen törichten Lehrer. Zum Teufel mit ihm und seinem altväterlichen Mantel! Er entfernte sich, schlurfte den gefährlich steilen Abhang der Kiesbank hinunter und blieb stehen und starrte in die brausende Schwärze, wobei er sich mechanisch auf die Brust klopfte, um seinen Blutkreislauf anzuregen.

Magnus wiederum hatte seinem Ärger kaum Luft gemacht, als

er schon keinen mehr verspürte; und als er sah, daß der Mann sich selbst zu wärmen versuchte wie ein halberfrorener Taxifahrer, empfand er einen unerfreulichen Anflug von Reue. Aber er blieb, wo er war, gerade eben oberhalb dessen, was zu anderen Zeiten der »Schwaden« des Meeres gewesen wäre, schaute leeren Blicks vor sich hin und ließ seine Seele zur Geliebten wandern. In dem wildbewegten Chaos aus wogenden Wellenkämmen, glitschigen Schaumkronen und tosenden Wasserfontänen sahen nun beide Männer das Gesicht der geliebten Frau vor sich, doch während der Jobber, dessen Fall der hoffnungslosere war, die Treue seines Mädchens nicht bezweifelte, wollte es Magnus, in dem Vorsicht und Vernunft sich wieder verschanzt hatten, scheinen, als könne das eierschalenzarte Gesicht Curlys sich jeden Moment auflösen und ihm für immer entgleiten.

Doch als sie so dastanden, der Jobber die Fersen in den Abhang aus knirschenden Kieseln gegraben, während Magnus die Kapuze seines Mantels an den Hinterkopf klatschte, beide vom Kreischen des Windes halb taub, stieg und zerstob im Wirrwarr vor ihnen eine Welle, die größer war als die anderen. Sie sahen, wie sie emporragte, bevor sie einstürzte, die steil aufragende, glatte Wassermasse, und das dröhnende Krachen, mit dem sie niederbrach, so daß ihre Gischt beiden um den Kopf flog und das Wasser dem Jobber bis zu den Knien reichte, scheuchte ihnen jeden Gedanken aus dem Kopf.

Zum zweitenmal an diesem Abend überkam Magnus ein merkwürdiges Aufwallen von etwas, was mit den entfesselten Elementen eins zu sein schien, und statt sich zurückzuziehen, als der gefährliche Sog des Abebbens der Welle einsetzte, ging er auf unsicheren Beinen absichtlich mit der Welle die dunkle, glitschige Kiesbank hinunter, grub seine Fersen in sie und streckte dem Jobber den Arm hin. Und es war ein Glück, daß er das tat, denn hätte der Jobber den Halt verloren, was zu tun er im Begriff stand, dann wäre er vom Wasser mitgerissen worden, und sobald er sich erst in diesem Mahlstrom befunden hätte, wäre seine Aussicht auf Rettung gering gewesen; die Hand des anderen gab ihm just den erforderlichen minimalen Halt, und hastig stolperte er die abschüssige Kiesbank hoch.

Kaum befanden sie sich nebeneinander, als die für Magnus' Charakter bezeichnende Schwäche – oder das, was die meisten so genannt hätten – sich in dem unbezwingbaren Drang bemerkbar machte, den älteren Muir zu erwähnen. Des älteren Muir Originalität hatte sich insbesondere darin manifestiert, daß er jedes einzelne der materiellen Phänomene des Schauplatzes seines Erdenlebens zur Erbauung seines Sohnes mit einer kuriosen mythologischen Identität versehen hatte. So kam es, daß Magnus jedes dieser Objekte – das White Horse, das Hardy-Denkmal, die White-Nose-Klippe, Fort Nothe, das Haffwasser, Sandsfoot Castle und vor allem die unermeßlich große Kieselbank, auf der er gerade stand – auf andere Weise sah, als andere es taten. *All das war ein Stück des Lebens seines Vaters.* Und deshalb brüllte er dem Jobber in sein verwirrtes und geistesabwesendes Ohr, kaum daß sie der Gefahr entronnen waren:

»Mein Vater, Skald, müssen Sie wissen, war vom altmodischen Schlag, und er hat unseren Freund Cattistock nie ausstehen können, aber in jenen Tagen waren die Leute in ihrem Urteil unabhängiger als heute. Aber trotzdem, mein Bester, können wir doch nicht einfach –«, hier erhob Magnus seine Stimme zu einem schrillen Kreischen, und indem er sie erhob, bemerkte er, daß eine zweite Riesenwelle hereinbrach, »– wir können doch nicht einfach mit Gewalt Rache nehmen! ›Mein ist die Rache, spricht der Herr‹, sagte mein Vater immer. Ich habe es ihn oft sagen hören, wenn er betrogen wurde, so wie Sie von Cattistock betrogen wurden; und mein Vater, Skald, war jemand, der –«

Doch das, was wie eine Fontäne aus dem Maul Leviathans aussah, ergoß sich nun über sie und über sie hinaus und um sie herum aus dem bebenden Wellental jener vieltönenden Schwärze, und sie mußten den kieselbedeckten Abhang noch weiter hinaufstolpern, bevor eine Sekunde später der reißende Rückfluß eines weiteren gischtumsprühten Abebbens an ihren Beinen zerrte. Als Magnus wieder frei atmen konnte, beendete er störrisch seinen Satz über Muir d. Ä.:

»– jemand, der sich nicht einschüchtern ließ, Skald!«

Ach! Wieviel Trost bereitete es Magnus – der auf diesem Kamm von Chesil Beach nach Luft rang und tropfnaß von Salzwasser war – zu sagen, daß sein Vater sich nicht hatte einschüchtern lassen.

»Er ließ sich nicht einschüchtern, Skald!« wiederholte er mit einem bestimmten Vibrato in der Stimme; und ihm war, als könne er diese Worte im Blasen des Windes, im Tosen der Wellen, im Prasseln der langen Regenschlieren vernehmen: »Er ließ sich nicht einschüchtern, Skald!«

Und als seine Stimme verklang – denn der Jobber war wieder in seine Gedanken versunken, und die Worte über den älteren Muir schienen ihm nichts anderes als ein weiteres Beispiel zu sein, daß »zuviel geredet« wurde –, kam Magnus die Erkenntnis, daß das, worüber er sich mit diesem Mann am Rande der Welt auseinandersetzte, eine Blende war, ein Schirm, ein Scherz, ein auf der Drehorgel geleiertes Lied, ein Marionettentanz, indes zugleich etwas weit Wichtigeres – etwas, was damit zu tun hatte, daß sein Vater sich stets so lange über die Seeanemonen in den Felstümpeln unterhalb der Küstenwache zu beugen und zu ihm zu sagen pflegte: »Magnus, mein Junge, ich habe einen kleinen Fisch in diesem Tümpel gesehen!« – zwischen ihnen verhandelt wurde, das all dieses unwirkliche Posieren transzendierte.

Doch als er nun des Jobbers konzentrierte, stirnrunzelnde Trance beobachtete, wurde ihm bewußt, daß das Salz, das sich auf seinen Lippen und in seinen Nasenflügeln niedergeschlagen hatte, anders als sonst schmeckte. Es hatte einen gefährlichen, einen tödlichen Geschmack. Was hatte ihm einen solchen Gedanken eingegeben? Den Geschmack von Seesalz in seinem Mund auf Chesil Beach als etwas zu empfinden, was ihn daran denken ließ, wie es sein würde, Curly zu küssen, wenn er sie erst sicher in seinem eigenen Bett hätte – was für ein Gedanke war das?

»Ein schöner Gedanke« – ha? – wie Hamlets Gedanke an Ophelias Beine.

Während seinen Geist solchermaßen erregende Bilder leidenschaftlicher Beglückung durchgaukelten, wurde ihm bewußt, daß unter den anderen Leuten am Strand etwas Wichtiges vor sich ging. Er sah an der gedankenverlorenen Gestalt des Jobbers, der nach Westen blickte, vorbei, und seine Aufmerksamkeit wurde vom planlosen Zerstreuen der funkelnden Lichter geweckt, die einige der Männer in der Nähe des Rettungsboots gehalten hatten; ihm schien es, als ereigne sich dort, in östlicher Richtung, noch näher an der Halbinsel Portland als die Stelle, an der er mit Sylvanus gesprochen hatte, ein Aufruhr durchaus ernster Natur.

»Dort passiert gerade etwas; dort passiert gerade etwas!« rief er, und nun war es an ihm, den anderen grob am Arm zu packen. »Kommen Sie, Mann!«

Der Jobber aber bedachte ihn mit einem Blick, wie ihn jemand auf dem Schafott für einen öffentlichen Ausrufer haben mochte, der Neuigkeiten verkündet; und angesichts des Ausdrucks dieses verzerrten Gesichts – zersetzt, unschlüssig, vor Ungewißheit zerrissen, sich vom Gehirn verabschiedend – eilte Magnus so schnell fort, um zu erkunden, was geschehen war, daß er sich nicht einmal umdrehte, um zu sehen, ob der Jobber ihm folgte. Die Männer am Rettungsboot fand er damit beschäftigt vor, ihr Boot noch einmal zu Wasser zu lassen, doch er hielt sich nicht damit auf, ihnen irgendwelche Fragen zu stellen. Er lief stetig weiter; und noch immer unter dem irrealen Eindruck, daß Curly sich unvermittelt aus dem Meer, dem Wind, mitten aus der Menge heraus materialisieren könne, gesellte er sich zu einem Grüppchen angespannter, aufgeregter Männer, die eine ernste und staunende Menge umringte, die ihnen dabei zusah, wie sie das Ende eines langen Seils hielten, indes eine einsame Gestalt, die in der Brandung wie ein Korken stieg und fiel, sich zu einem runden, dunklen Gegenstand durchkämpfte, der im Rhythmus der Wellen, die ihn landeinwärts trieben, erschien und verschwand. Verschiedene Lichter beleuchteten die Männer, die das Seil hielten – einer von ihnen war S. P. Ballard –, und den Mann im Wasser, und diese alles in allem recht gespenstische Beleuchtung, die sich wie das Licht eines Scheinwerfers auf letzteren richtete, enthüllte – zu Magnus' nicht geringem Erstaunen –, daß der kühne Schwimmer kein anderer war als Cattistock persönlich. Er arbeitete sich tatsächlich auf den dunklen Gegenstand zu, der etwa zehn Meter vor ihm in der Brandung auf und ab tanzte, während das Rettungsboot, das sich nun im Wasser befand, im beleuchteten Wasser einen Kreis beschrieb, um ebendies wellengeschüttelte Objekt so unfehlbar wie möglich zu erreichen.

Magnus erfuhr nun aus den erregten Bemerkungen Mr. Ballards, der ein paar Fischer ganz ungeniert dafür abkanzelte, daß sie seinen Onkel nicht daran gehindert hatten, eine solche Wahnsinnstat zu begehen, daß man etwas gesehen hatte, was man für die Gestalt eines Menschen hielt, die sich an das Faß in den Wellen klammerte, doch dem Lateinlehrer, der zu dem Faß hinaussah, das in der schäumenden Gischt auf und ab schaukelte, schien es, als sei es einsam und leer. Doch nein! nein! nicht *etwas*, sondern eine menschliche Gestalt, nur eine sehr kleine, klammerte sich an dieses runde, rotierende Behältnis. Nein! nein! sie *konnte* sich nicht daran klammern. Schon hundertmal wäre sie von den Wellen fortgerissen worden beim Tanzen und Springen und Rotieren des Fasses, das sich aufführte wie ein ertrinkender Schachtelteufel. Was er sah, mußte *angebunden* sein!

Cattistocks Gedanken, während er sich voranmühte, wobei er immer wieder überrollt und überrannt wurde, immer wieder geprügelt, geschlagen, halb erstickt und halb geblendet, waren nicht etwa verwirrt oder erschrocken, sondern blieben sardonisch und gelassen.

»Ich werd's ihnen zeigen, zeigen, zeigen!« wiederholte er immer wieder.

Er war ohne irgendein Vorhaben zum Strand gekommen, nur aus jener undeutlichen Intuition für das Schicksalhafte, wie sie Männer der Tat so oft besitzen. Seine Entschlossenheit, der tiefen Animosität der Steinbrucharbeiter Herr zu werden, war für jemanden wie ihn ein so machtvoller Antrieb, daß er es nicht über sich brachte, sich tatenlos in das Wirtshaus zurückzuziehen. Sein Instinkt riet ihm, seinen Widersachern zu folgen und auf eine unerwartete Wendung der Dinge zu vertrauen, die ihm einen unvorhergesehenen Vorteil verschaffen konnte. Bei der Versammlung der Arbeiter hatten sie ihn erbarmungslos ausgepfiffen. Stimmen in der Menge hatten gerufen: »Strohmann Skald wird es Ihnen zeigen! Ihr blaues Wunder werden Sie noch erleben, Meister!«

Zuerst hatte er nicht begriffen, daß »Strohmann« der Spitzname des Jobbers war; doch als Tissty es ihm erklärte – denn, wie sie später zu Tossty sagte, kümmerte es sie nicht länger, »ob er der größte Knicker im ganzen Land« war –, hatte er die Möglichkeit erkannt, durch eine spektakuläre Geste seine Vormachtstellung auf der Isle of Slingers nachdrücklicher zu untermauern als durch Reden oder Geld. Diesem Mann mußte jegliches poetisches oder emotionales Empfinden des Sturms fremd bleiben, aber er war gerissen genug zu begreifen, daß die Wirkung des Sturms auf die anderen seinem Vorhaben nur förderlich sein konnte. Nie hatte ein strategischerer oder berechnenderer Blick dem Verlauf der Ereignisse abzulesen gesucht, welcher Schritt der richtige sei, als der, den in dieser Nacht der Mann mit dem langen Kinn, der Direktor von Cattistock & Frampton, auf die Menge richtete, auf die Wellen, auf das Rettungsboot, auf den Strand und auf die Schaulustigen aus der Stadt. Er hatte das treibende Faß und das, was zweifellos aussah wie ein Mensch, der sich daran festklammerte, schon mehrere Minuten lang gesehen, als er sich mit Sippy unterhielt, bevor er es irgend jemandem gegenüber erwähnte. Statt dessen schickte er Ballard zum Bahnhof von Portland, um eine Feldflasche mit Brandy füllen zu lassen. Dann, als Sippy außer Sichtweite war, gesellte er sich zu einer Gruppe aufgeregter Fischer, unter denen sich der barhäuptige Sylvanus befand, der noch immer Sue Gadgets Hand festhielt.

»Irgendwer sollte rausschwimmen«, bemerkte er zu dieser

Gruppe, »und das Ding an Land bringen. Sieht mir ganz so aus, als wäre ein Mensch drangebunden.«

»Das Rettungsboot wird gerade flottgemacht, Sir«, sagte einer der Männer. »Offenbar haben die es auch gesehen, genau wie Sie. Aber ich glaub' nicht, daß ein Mensch dranhängt, ob Mann, Frau oder Kind.«

Cattistock sah sich um. »Verwünscht«, dachte er. »Ich muß mich beeilen. Sie lassen das verdammte Rettungsboot tatsächlich zu Wasser.« – »Wenn das an dem Faß ein Mensch ist«, sagte er, »wird er tot sein, bevor das Rettungsboot ihn erreicht.«

Sue Gadget starrte mit großen, staunenden Augen zu diesem mutigen Mann hoch. War es wirklich möglich, daß er mit seinem Mädchen heute nacht das Zimmer neben dem ihren benutzen würde? Bei diesem Gedanken und bei der Erinnerung an den Lichtstrahl, der durch einen schmalen Spalt nahe der Decke dieses Nachbarzimmers herausfiel, wenn das Licht in ihrem eigenen Zimmer gelöscht war, begann ihr Herz schneller zu schlagen.

»Melia und Celia haben den Schlangenkopf nicht mit Jobber Skald, der einen festhält, gesehen«, dachte sie. »Melia und Celia haben nicht den ganzen Abend bei einem echten Schiffbruch mit Mr. Cobbold Händchen gehalten. Und sie haben auch kein Licht, das aus dem Zimmer, wo Mr. Cattistock seine schöne Dame streichelt, zu ihnen rüberscheint.«

Unterdessen beobachtete Cattistock das Faß – das bisweilen aussah, als befinde sich etwas anderes an ihm, und bisweilen nicht – mit abwägender Genauigkeit.

»Es ist eine Chance«, dachte er. »Vielleicht –«

Er nahm das Ende eines langen Seils in die Hand, ließ es wieder fallen und begann seinen Mantel auszuziehen. Dann ergriff er das Seil abermals und ließ es abermals fallen. Dann bückte er sich und schnürte seine Stiefel auf und zog sie aus, was der heftige Wind erschwerte.

Unterdessen begann das lange, weiße Gesicht Sylvanus', der zusah, wie die Fischer das Seil um Cattistock banden, unmißverständliche Anzeichen einer koboldhaften Lachlust zu zeigen.

»Es ist nichts drangebunden«, murmelte er einen Augenblick später und ließ seinen Blick zuerst auf dem Faß in der Brandung und dann auf dem Rücken des Mannes ruhen, der schon ins Wasser gesprungen war und verwegen in einem tiefen Wellental schwamm.

Und zu Sues Empörung – und nach diesem Vorfall gehörte sie

zu den wenigen Frauen, welche die Einschätzung Lucindas und der Polizei teilten, daß Sylvanus wirklich wahnsinnig sei – brach der Mann im Tweedanzug, dem unvermittelt die komische Irrelevanz dieser absurden Darbietung am Busen des Absoluten zu Bewußtsein kam, in gargantueskes Gelächter aus. Die kleine Sue versuchte vergebens ihre Hand wegzuziehen; und sogar die Fischer, die sich auf das vibrierende Seil konzentrierten, tauschten mißbilligende Blicke.

Cattistock indessen, vom Schock des Sprungs in das brodelnde Meer benommen und betäubt, verlor nicht die Nerven.

»Wenn ich die nächsten zwei Wellen bezwinge«, dachte er und spie einen großen Mundvoll Salzwasser aus, »schaffe ich es. Aber das Rettungsboot wird mich sowieso auffischen.«

Sein bewußtes Denken wurde nun von lautem Dröhnen und Tosen übertönt. Dann war ihm, als höre er laute Trompetenstöße. Wäre Ellen Gadget von einem solchen Ton überrascht worden, hätte sie denken können, das Urbild des »Kopfes« vom Wirtshausschild hätte sich aus der Wasserwüste emporgereckt, um den Polarstern anzujaulen. Cattistock hingegen, der mit letztem Kräfteaufgebot die Wellen teilte, war sich flüchtig, aber deutlich dessen bewußt, daß Tissty im ersten Stock des Head auf ihn wartete.

»Sie wird mich heute nacht lieben, wie noch keine Frau –«

Er verlor das Bewußtsein, bevor er das Faß berührte; zumindest konnte er sich nicht erinnern, es berührt zu haben, und ebensowenig konnte er sich daran erinnern, wie sie ihn ins Boot gezogen hatten oder ob im letzten Moment »irgend etwas« weggespült wurde, was an das Faß gebunden gewesen sein mochte . . .

Es war ein zutiefst verstörtes Gesicht, das eine Viertelstunde später oberhalb des engen Pullovers von Strohmann Skald über die Schultern der erregten Zuschauer sah, die den halbertrunkenen, aber sardonisch zufrieden dreinblickenden Cattistock umringten. Der Jobber hörte, wie über die heroische Tapferkeit des Mannes gesprochen wurde. Er hörte auch sagen, daß ein Körper – vermutlich der eines Kindes – trotz dieser kühnen Tat weggeschwemmt worden sei. Dabei flackerten die Lichter, die die Leute hielten, so unstet, daß es nicht weiter verwunderlich scheinen konnte, daß Dog Cattistock mit seinen bläulichfahlen Wangen, seiner blutverschmierten Stirn und seinem blutigen Kinn, aus dessen Kleidung Meerwasser troff, das in den Kieseln versickerte, als eines der Lichter des Jobbers Miene beleuchtete, seine durchbohrenden Augen auf das starr blickende Gesicht seines Feindes heftete.

Der Jobber wiederum hätte seinen Blick um nichts in der Welt aus diesem ungewöhnlichen Augenkontakt zu lösen vermocht – ja, nicht einmal wenn Perditas Stimme ihn gerufen hätte! Ganz ruhig – denn Cattistocks Kopf lag bequem auf Sippys Schoß – sahen die beiden Männer einander an, und die Augen des Liegenden hatten einen rätselhaften Ausdruck, der dem Jobber das Wort »schachmatt« zu enthalten schien! Skalds ganzer Körper begann zu zittern. Seine Zähne klapperten. Zum erstenmal in dieser Nacht merkte er, wie durchnäßt er war. Er verspürte die schier übermächtige Begierde, die Feldflasche mit Brandy, die Ballard dem Geretteten an die Lippen hielt, wegzureißen und selbst einen tiefen Schluck daraus zu tun. Seine Hand fuhr in die Hosentasche, in der sich der Kiesel befand.

»Morgen sage ich ihr Adieu«, dachte er, »und dann tu' ich's. Zum Teufel mit ihm! Zum Teufel mit ihm!«, und er wandte sich ab und ging mit schweren, müden Schritten den Strand hoch und die Straße entlang dorthin, wo er die *Schnecke* abgestellt hatte.

Magnus, der zu seinem Freund Gaul getreten war, sah, wie der Jobber sich entfernte, und beide liefen ihm nach.

»Können Sie zwei Passagiere unterbringen, Skald?« rief er in seinem leutseligsten Ton, als sie ihn einholten.

Der Jobber brummte eine völlig unverständliche Antwort, aber den Wanderern von Brunswick Terrace war nicht danach zumute, sich mit Fragen der Etikette aufzuhalten. Sie hatten genug von Chesil Beach. Die ganze Fahrt zur Stadt hindurch, bevor sie sich am Hafen vom Fahrer verabschiedeten, debattierten sie die wichtige Frage, die in dieser Nacht viele beschäftigte, ob nämlich an das Faß, das Mr. Cattistock hereingeholt hatte, ein Mensch gebunden gewesen sei oder nicht. Magnus versicherte Mr. Gaul, er habe mehrere Fischer sagen hören, es sei ein Körper am Faß befestigt gewesen, als sie es zum erstenmal sahen.

»Sonst wäre das Rettungsboot nicht noch einmal ausgefahren«, sagte er. »Andererseits würde man eine Leiche –«

Doch Mr. Gaul war mit der Verwendung des Begriffs »Leiche« nicht einverstanden.

»Ich habe gehört«, sagte er gemessen, »daß Ertrunkene noch nach mehreren Stunden im Wasser ins Leben zurückgerufen werden können. Andererseits hätte dein Freund Cattistock ein solches Risiko nicht auf sich genommen, wenn er nicht irgendwas draußen im Meer gesehen hätte. Für ein Faß setzt so jemand sein Leben nicht aufs Spiel.«

Magnus, dessen Gedanken sich wieder mit Curly beschäftigten, hatte dazu nichts zu sagen.

»Aber vielleicht«, fuhr der Philosoph der Repräsentation im Ton einer wohldurchdachten Argumentation fort, als wolle er alle widersprüchlichen Aspekte einer Sache angemessen erwägen, »vielleicht war es ja eines seiner eigenen Fässer.«

9.
Mr. Gauls Rat

Den ganzen nächsten Vormittag hindurch – es war Mittwoch, der elfte Februar – sah Magnus Muir, während er sich stoisch der Pflicht unterzog, drei kleine Jungen aus Weymouth durch das imposante Versepos des Horaz stottern zu hören, welches die berühmte Ermahnung enthält, die uns auffordert, nicht zu vergessen, angesichts bedrückender Widrigkeiten Gleichmut zu bewahren, die in Curlys sauberer, nichtssagender Handschrift auf eine Postkarte gekritzelten Zeilen vor seinem inneren Auge, als schwebten sie vor ihm in der Luft:

»Mutter braucht mich morgen den ganzen Tag; Du kommst also besser nicht; aber kannst Du am Donnerstag um zwanzig vor zwölf bei der Uhr sein? Ich *muß* die Hochzeit in Trinity Church sehen! Ich werde bis um Viertel vor zwölf auf Dich warten, aber keine Minute länger, weil wir sonst die Braut verpassen, wenn sie die Kirche betritt.

Alles Liebe,
Curly«

Nun war es Magnus ganz unmöglich, in diesem Brief etwas anderes zu entdecken als die größte Harmlosigkeit. Curlys Mutter war eine liebevolle, sentimentale Frau, die er im Verdacht hatte, daß sie ihn noch nie hatte leiden können. Die Gedanken der alten Frau konnte er freilich nicht lesen. Er konnte nicht wissen, daß das Verlangen nach der Gesellschaft ihrer Tochter, das sie zu diesem entscheidenden Zeitpunkt äußerte, keineswegs auf bloßer Zuneigung beruhte. Mrs. Wix fürchtete, ihre Tochter könne zuviel Zeit mit Magnus verbringen, bevor die beiden unabänderlich verheiratet waren, und das aus zwei gesunden mütterlichen Beweggründen. Sie fürchtete, er könne die Sache mit Sippy erfahren, und sie fürchtete außerdem, es könne Curly so sehr auf die Nerven gehen, Magnus allzuviel um sich zu haben, daß sie der ganzen Geschichte in einer unkontrollierbaren rebellischen Anwandlung ein Ende bereitete. Mrs. Wix war klug genug zu erkennen, daß Magnus in seiner Naivität ihre Haltung reiner Mutterliebe zuschrieb, und mit instinktiver Schläue nutzte sie diesen Umstand aus.

»Sie wissen ja, Mr. Muir«, sagte sie gerne, »wie bald ich mich mit einem Leben ohne mein Herzblättchen abfinden muß.«

Magnus biß sich vor Enttäuschung auf die Lippen, als er las, daß ihre nächste Begegnung bei Cattistocks Hochzeit sein sollte. Wie eine Landkarte sah er sein Schicksal vor sich, das darin bestand, Stunde um Stunde nach der Hochzeit im Regatta zu sitzen, wo Curly mit dem verwünschten Yachtsportler flirtete und mit ihm die Trauungszeremonie in allen Einzelheiten besprach, während beide Magnus als Ignoranten und Außenseiter abtaten.

»*Aequam memento rebus in arduis* –«

Da sich die Köpfe seiner drei Knaben – ein runder, ein ovaler und ein Quadratschädel, alle drei kurzgeschoren, um der Reinlichkeit willen, wie er vermutete, wie bei kleinen Häftlingen – um seinen Schreibtisch scharten, während sie die Miene verzogen und herumhampelten und gähnten und kritzelten und radierten, denn er hatte ihnen aufgegeben, die Zeilen: »Wie könnt' ich lieben, Liebste, dich so sehr, liebte ich nicht die Ehre mehr« ins Lateinische zu übertragen, sah er sich nun in der Lage, im Zimmer auf und ab zu gehen. Dies bedeutete stets eine unendlich große Erleichterung für ihn, insbesondere wenn es ihm gelang, einen flüchtigen Blick aufs Meer zu erhaschen, nachdem er eine geschickte Flankenbewegung um die geschorenen Köpfe herum vollführt hatte.

»*Aequam memento rebus in arduis* –«

Nein! Er würde nicht weinen, er würde nicht den Kopf auf den Boden schlagen, er würde nicht ins Wasser gehen, wenn er sie verlieren sollte. Aber die Frage war – angenommen, ihr widerführe tatsächlich etwas, angenommen, sie würde an ebendiesem Tag in ihrem eigenen Dorf Upwey von einem Motorrad überfahren –, wäre er dann jemals wieder imstande, sich an irgend etwas im Leben zu erfreuen? Wahrscheinlich würde er sich weiterhin mit Miss Le Fleau unterhalten, man würde nach ihm schicken, damit er Benny unterrichtete, er würde nach Hause zurückkommen und vor dem Tee seinen Spaziergang machen. Aber würde irgend etwas davon noch ein Vergnügen sein?

»Ist Muir da?« würde sein Freund aus Trigonia House an der Tür fragen.

»Er ist noch nicht zurück, Mr. Gaul«, würde Miss Le Fleau antworten. »Wahrscheinlich hat er den Rundweg genommen.«

Nun war der »Rundweg« ein Spaziergang, den er ganz besonders liebte und nur machte, wenn er allerbester Laune war. Er führte über Lodmoor hinweg, an der Hecke einer kleinen Spinnerei vorbei, kreuzte einen unebenen, von Vieh begrasten Hügel, wo ihn bisweilen ein Stier veranlaßte, den Schritt zu beschleunigen, und kehrte zur Straße nach Dorchester zurück, nachdem er einem engen Pfad am Fuß der Downs gefolgt war.

Beiläufig beschloß er, heute nachmittag, wenn man ihn von Chickerel zurückbrachte, den Rundweg zu machen! Aber falls Curly Fieber bekam und starb – wie es jedem schönen Mädchen widerfahren konnte –, würde er dann jemals wieder den Rundweg nehmen? Nein; er würde bis zur Küstenwache gehen und ohne Umwege zurückwandern, wie es die Gepflogenheit des älteren Muir gewesen war. Aber würde er die Felstümpel dort am Meer aufsuchen und nach Seeanemonen Ausschau halten? Das wäre die Probe aufs Exempel! Und während er einen kleinen Dampfer mit einem Schornstein beobachtete, der sich den Horizont entlangbewegte und am grauen Himmel eine Rauchfahne hinterließ, versuchte er sich vorzustellen, wie es wäre, aus diesen Felstümpeln die kostbaren Kaurischnecken einzusammeln, für die der alte Poxwell eine solche Leidenschaft hatte, sie in der Tasche nach Hause mitzubringen und in eine Schüssel zu legen, wenn Curly nicht da war und es nicht merken konnte! Es kam nicht darauf an, ob sie sich für dergleichen Dinge interessierte. Er lächelte schwach in sich hinein – nach einem eiligen Blick zu den drei geschorenen Köpfen –, als er bedachte, wie wenig sie sich für dergleichen interessierte. Aber es ging nicht um ihr Interesse, es ging darum, *daß sie da war.* Ja; die geheiligten Hieroglyphen des Ortes – White Horse, das Hardy-Denkmal, die Küstenwache, der Kirchturm von St. John's, Fort Nothe, die Statue des alten Königs, die Hafenbrücke –, von denen er ihr erzählte, wie er sie auf seinen Spaziergängen sah oder nicht sah, waren die mystischen Verbindungsglieder zwischen seiner einzigen Liebe und seinem Vater.

Er mußte seine Schüler heute vor elf Uhr loswerden, denn die Poxwell-Schwestern hatten ihn gebeten, bei den Loders als Zeuge zugegen zu sein, wenn sie gewisse Papiere unterzeichneten. Sobald seine Schüler gegangen waren und er Mantel und Stock ergriffen hatte, sah er – wie oft, bevor er eine wichtige Besorgung unternahm – bei Miss Le Fleau vorbei, um mit ihr über die Sache zu plaudern.

Die alte Dame erhob sich sofort von ihrem Sessel, auf dem sie wie üblich gelesen und dabei genäht hatte, doch diesmal war es der *Anzeiger* von Melcombe Regis, den sie in der Hand hielt, die kleine Tageszeitung, die sich ganz und gar auf Gesellschaftsnachrichten spezialisierte.

»Es ist genau so, wie Sie es mir erzählt haben, Magnus!« rief sie aufgeregt und fügte hinzu, als ihr bewußt wurde, daß er ihren Gesichtsausdruck sehen mußte, indem sie aufstand: »Mein Rheumatismus ist seit dem letzten Winter schlimmer geworden. Da! Ich muß mich einfach bemühen, mich mehr zu bewegen. In meinem Sessel werde ich noch ganz steif.«

Doch eine Hand auf die Tischkante gelegt, las sie ihm nun vor, was die Zeitung über Cattistocks heldenmütigen Sprung ins Meer zu vermelden hatte.

»Auf der Insel ist die Rede davon«, las sie, »daß zwischen den Führern der Steinbrucharbeiter und den Anteilseignern der Saxon Quarry Verhandlungen aufgenommen worden seien. Soweit uns bekannt, werden diese Verhandlungen von der bekannten Firma Cattistock & Frampton geführt.«

Während er mit ihr plauderte, blickte Magnus immer wieder aus dem Fenster, und es dauerte nicht lange, bis Miss Le Fleau die nervöse Unrast, die er ausstrahlte, ansprach.

»Ich weiß«, räumte er ein. »Es tut mir leid. Es ist nur, weil Chant auch Mrs. Cobbold und Mrs. Lily abholen muß, wenn er mich heute holt. Sie wollen in Spy Croft Papiere unterzeichnen und dann zum Lunch ins Sanatorium fahren.«

»Aber nicht der arme kleine Junge, Magnus, oder?«

Magnus runzelte die Stirn.

»Doch, Miss Le Fleau, leider ja. Ich denke darüber genau wie Sie. Ich habe Mr. Cattistock gefragt, ob Benny und ich nicht in Peninsular Lodge unseren Lunch haben könnten, statt an diesen Ort zu fahren. Aber ich fürchte, in Wahrheit will er sich vor Dr. Brush mit den Fortschritten des Jungen brüsten.«

Miss Le Fleau bedachte ihren Untermieter mit einem Blick voll stolzer Zuneigung.

»Es ist wahr, daß Sie bei ihm Wunder gewirkt haben, Magnus. Ich kann mir nicht denken, daß sie sich Ihnen nicht zu Dank verpflichtet fühlen. Macht es dem Jungen sehr viel aus, daß Hortensia mit ihnen zusammenleben wird?«

Ein merkwürdiger Ausdruck nervöser Zurückhaltung trat in die Augen des Lehrers und überschattete die Linien um seinen Mund.

»Ach, schon gut, mein Lieber«, sagte die alte Dame schnell, »ich will Sie nicht ausfragen. Ich dachte nur, wenn man so lange dort draußen allein gelebt hat, mit keiner anderen Gesellschaft als der alten Mrs. Chant, dann könnte es leicht sein –«

Doch Magnus hatte den Blick zum Fenster gerichtet und trat nun mit einem gemurmelten »Verzeihung« nahe an die Fensterscheibe. Plötzlich sah die alte Dame, wie er mit dem Knöchel daran klopfte und jemandem unterhalb des Fensters Zeichen machte.

»Es ist Gaul«, erklärte er, indem er mit dem Lächeln auf der Miene, mit dem er seinen Freund aus Trigonia House begrüßt hatte, zu ihr zurückkehrte. »Wohlan denn! Auf Wiedersehen, Miss Le Fleau!«

Er hatte keineswegs beabsichtigt, Gaul von Curlys Postkarte zu erzählen – zumindest hatte er nicht gewußt, daß es dies war, was er tun würde, sobald sie beieinander auf dem Straßenpflaster standen.

Mr. Gaul war außergewöhnlich gehobener Laune. Seit vielen Wochen hatte er sich mit dem Problem einer metaphysischen Repräsentation der Hölle herumgeschlagen, und heute morgen war ihm in einer Inspiration der Gedanke gekommen, daß der Status quo der Hölle automatisch und unverzüglich dann eintritt, wenn Menschen sich in einer Haltung zynischer Rücksichtslosigkeit um nichts mehr kümmern und sich an der Vorstellung universellen Chaos' und universeller Zerstörung berauschen. Als Magnus ans Fenster klopfte, machte Mr. Gaul gerade beim Gehen kleine Tanzschritte, in deren Verlauf er seinen Spazierstock vor sich auf das Pflaster aufsetzte und ihm dann einen flotten Fußtritt verpaßte. Was ihn dazu inspirierte, sich auf diese Weise fortzubewegen, war der Umstand, daß momentan so viele Beweise seiner Deutung der Hölle auf sein Hirn einstürmten, daß er davon schlicht überwältigt war. So boten sich beispielsweise die entsetzlichen Tobsuchtsanfälle der Tochter seiner Vermieterin, als sie erfuhr, wie selbständig sich ein kleines Mädchen namens Sue bei dem Schiffbruch betragen hatte, mit einer mathematischen Logik, die der Euklids in nichts nachstand, für die Lösung dieses Problems an. Ihre Nützlichkeit für diesen wichtigen Zweig der Metaphysik hatte er der jungen Dame selbst noch nicht enthüllt. Sie hatte den Hausfrieden in Trigonia House bis spät in die Nacht gestört. Sogar S.P. Ballard hatte sie auf den Flur gelockt. Aber Mr. Gaul hatte schon vor langem durch Erfahrung gelernt, daß es weiser ist, dem weiblichen Geist seinen überragenden Wert als Beleg philosophischer Wahrheiten zu verschweigen, als ihm diesen zu verraten.

Da sein Intellekt jedoch nach frischen Manifestationen unserer menschlichen Lust an universeller Unordnung und Zerstörung geradezu gierte, läßt sich leicht denken, mit welcher Begeisterung er die Kunde von Curlys unbedachter Postkarte aufnahm. Ohne in seiner freudigen Erregung auch nur die Fingerspitze zur Brille zu führen, riet er Magnus voll Eifer und mit strahlender Miene, Curlys Anweisungen zu mißachten und sich heute abend in Upwey einzufinden.

»Denn so muß man mit ihnen umspringen, wenn sie sich so aufführen«, sagte er entschieden, »da es außer Frage stehen dürfte, daß der Wunsch, einen erwachsenen Menschen zu einer Hochzeit mitzuschleppen, nur in reiner kindlicher Bosheit gründen kann und man somit gut beraten ist, das, was sie sagen, nicht ernst zu nehmen. Reg dich einfach nicht auf, lieber Freund, das ist das A und O! Immer nur lächeln, egal, was sie sagt. Und du tust weiterhin, was du für richtig und vernünftig hältst, so als gäbe es sie gar nicht.«

Das Mondgesicht des jungen Mannes strahlte so arglose Zufriedenheit aus, als er seinem Freund diesen philosophischen Weg wies, daß Magnus, der die Marotte hatte, es jedermann recht machen zu wollen, es nicht übers Herz brachte, ihn darauf hinzuweisen, daß seine weisen Worte sich zumindest in einem Punkt widersprachen, nämlich darin, daß man sich kaum die Mühe machen würde, ein Mädchen gegen seinen Wunsch aufzusuchen, um ihm zu demonstrieren, daß es Luft für einen ist. Doch ungeachtet dieser geringfügigen Schwäche hinsichtlich abstrakter Logik setzten Mr. Gauls Worte sich tief in seinem Geist fest, denn dank ihrer begriff er, daß er Curly tatsächlich böse war, und sie wiesen ihm eine unmittelbare Möglichkeit, dies mit ihr zu bereinigen, eine Möglichkeit, die ihn nicht dazu verurteilte, Curly nicht zu sehen.

Darüber dachte er nach – denn Magnus' geheime Gedanken beschäftigten sich oft, ohne daß seine Freunde es ahnten, mit drastischen, kraftvollen, blut- und eisenhaltigen Taten –, als Cattistocks großer Wagen vorfuhr und die warmen, braunen Augen des jungen Chant ihn vom Fahrersitz aus ansahen. Lucinda Cobbold, die als einziger Fahrgast im Wagen saß, neckte sie sogleich ob ihrer beider Gedankenversunkenheit.

»Wir müssen Hortensia abholen«, sagte sie, »sonst würde ich

Ihnen gerne Gelegenheit geben, sich weiter mit dem fesselnden Thema zu beschäftigen, was immer es sein mag –«

»Es ging um Sie!« platzte Mr. Gaul übermütig heraus, der seinem Freund dabei zusah, wie dieser sich linkisch auf den Sitz neben der Dame zwängte und seine langen Beine mit einem beruhigten Seufzer ausstreckte.

Doch es war ein besonnenerer und weniger frohgemuter Mr. Gaul, der sich nun zur St. Mary's Street begab, wo er in einer Papierwaren- und Buchhandlung eine Ausgabe des *Faust* in der Originalsprache erstehen wollte. Ihm war der Gedanke gekommen, daß es in vielen einzelnen Passagen des rätselhaften Werkes Stellen gab, die seine Behauptung bestätigten, der »letzte Friede« der Hölle, wie Milton es nennt, bilde eher eine psychologische denn eine geographische Offenbarung. In Wahrheit verhielt es sich allerdings so, daß er sich mit seinem Bonmot Mrs. Cobbold gegenüber im Geistsprühen so verausgabt hatte, daß er sich ganz entkräftet vorkam. Seine Inspiration war plötzlich lau, seine gute Laune schal. Ihm war nicht mehr danach zumute, seinem Stock einen Tritt zu versetzen. Und als so gefährlich hatte es sich seiner Ansicht nach erwiesen, mit einer Dame der Gesellschaft geistreiche Scherze zu tauschen, daß er den ganzen Weg zur Statue des alten Königs und den ganzen Weg zur Papierwarenhandlung den Beschluß faßte, sich künftig auf keinerlei Weise je wieder zu solchem Geplänkel verleiten zu lassen.

»Man kann nicht gleichzeitig der Philosophie und der mondänen Gesellschaft dienen«, sagte er sich, als er die königliche Miene betrachtete. »Ich wünschte, ich hätte jene Worte nicht gesagt. Sie sah allerdings recht erstaunt aus. Wahrscheinlich bekommen sie nicht oft so schlagfertige Antworten zu hören.«

Unterdessen murmelte Magnus, der nicht geneigt war, sich der Schalkhaftigkeit seines Freundes anzuschließen, ein paar Worte des Inhalts, er hoffe, Hortensia werde ein glückliches Leben haben.

Mrs. Cobbold hob beide Hände zum Hut, der mit seinem elegant verdrehten grünen Samtband wie ein bewußt gewählter Ersatz für den klassischen Stirnreif aussah, der ihr zu Hause das Aussehen einer Parteigängerin verlieh, das Perdita so nervenzermürbend fand.

»Es ist mir wirklich ein Rätsel«, sagte sie. »Natürlich habe ich wie jedermann zuerst gedacht, es läge an seinem Geld. Jerry hat das nie geglaubt. Jerry hat manchmal eine merkwürdige Intuition.

Und ich glaube inzwischen, er hat recht.« Sie beugte sich vor, und ihre Augen funkelten so erregt, daß Magnus höchsten Abscheu empfand. »Sie ist ihm hörig, glauben Sie mir! Das habe ich herausbekommen. Und es ist keine normale Hörigkeit. Es ist so morbide und unnatürlich, wie man es sich nur wünschen kann.« Sie berührte Magnus' Knie mit den Fingerspitzen einer ihrer behandschuhten Hände. »Ich kenne Tensia wirklich gut«, flüsterte sie. »Ihr Captain hat sie zu Tode gelangweilt. Ihr Vater nannte Cattistock immer einen Cro-Magnon-Menschen. Damit meinte er, daß er ein Vieh, ein Rohling ist. Und genau das gefällt Tensia! Ich gebe ihnen zwölf Monate – keinen Tag länger –, dann ist alles vorbei.«

Sie lehnte sich zurück und ließ sich in den geräumigen Sitz sinken; die Wachsblumen auf ihrer Brust hörten zu zittern auf, und ihre Augen nahmen den weichen, verschwommenen Glanz der Befriedigung über ihre zutreffende Voraussage an.

Magnus seufzte. »Sie meinen, er wird sie verlassen?« murmelte er peinlich berührt.

Doch die Dame lachte laut auf, und ihr Lachen erinnerte Magnus an das Geräusch, wenn der alte Dr. Higginbottom die homöopathischen Fläschchen, die er in einer schwarzen Tasche mit sich trug, eines nach dem anderen mit sicherer Hand entkorkte.

»O nein, mein Lieber«, sagte sie. »Ich glaube nicht, daß es *so* enden wird.«

Es war nur eine kleine Versammlung von Verwandten, der sich Lucinda und Magnus im Wohnzimmer von Spy Croft Cottage zugesellten. Ruth und Rodney erschien das geräumige Zimmer mit seinen grünen Vorhängen und seinem grünen Teppich, seinen grünen Schabracken um die grünen Sessel, seinen grünen Quasten um die vasengekrönten Konsolen, das zum Gefallen ihrer toten Mutter eingerichtet worden war, bevor einer von ihnen geboren war, wie ein Mausoleum.

Magnus schüttelte umgänglich denen, die er kannte, die Hand, und verneigte sich höflich vor anderen, mit denen Ruth ihn bekannt machte, doch schon bald ließ er sich am einen Ende des großen Sofas, dessen Kissen und Schonbezüge die einzigen Gegenstände im Raum zu sein schienen, die nicht in diesem Leichenbittergrün gehalten waren, zurücksinken und verfiel in eigenbrötlerisches Nachsinnen. Eines der Fenster war oben einen Fingerbreit weit geöffnet, und der schwere Vorhang regte sich köstlich im Frühlingslüftchen, das durch den schmalen Spalt hereindrang; und als Magnus spürte, wie dieses Lüftlein voller Meeresgerüche von der nahen Küste hereinwehte, und er die Leute betrachtete, die in diesem Raum versammelt waren, kam ihm der Gedanke, daß es Zeichen dafür geben muß, wenn der Frühling das unberührte Meer küßt, die denen entsprechen, wenn er die Felder der Erde belebt! Ganz gewiß berührte etwas die hier Versammelten, was über den Sachverhalt hinausging, daß sie gekommen waren, um einen Ehekontrakt zu unterzeichnen. Die zwei Poxwell-Schwestern – wie ähnlich sie einander sahen! – waren soviel auffallender als die anderen Frauen gekleidet, daß man sich schwertat, sie nicht anzustarren. Was für eigenartige hohe Stirnen beide hatten! Hortensia verbarg die ihre unter der glattgekämmten, seidigen, geradegeschnittenen Ponyfrisur, und Magnus dachte plötzlich, wenn er Cattistock wäre, würde es ihm Genuß verschaffen, diesen Pony mit den Fingern zu durchwühlen und von der liebreizenden weißen Stirn zurückzustreichen! Es kostete ihn nicht viel Zeit, die psychische Bedeutung und die geistigen Implikationen der anwesenden Versammlung zu erfassen. Schon seit langem war er es gewohnt, Veranstaltungen und Zusammenkünfte wie die gegenwärtige zu betrachten, als handle es sich um Ansammlungen unbelebter Felsen und Bäume, bei denen Lichteinfall und Luftbewegung einer spontanen, natürlichen Kunst gehorchten.

»Diese Frühlingsluft«, dachte er, »ruft die Seelen dieser Leute aus unauslotbaren Tiefen des Unterbewußtseins wie einen Fischschwarm herbei, und dabei ruft es auch das in ihnen, was gut, und das, was böse ist, unmißverständlicher, als man es sonst erlebt. Es ist sonderbar, wieviel Unbehagen es mir verursacht zu sehen, wie Mrs. Cobbold sich mit der reizenden Mrs. Lily unterhält. Zum Teufel mit ihnen allen! Es nähme mich nicht wunder, wenn es einen jeden mit Unbehagen erfüllte, Mrs. Cobbold zu irgendeinem sensiblen und aufnahmefähigen Menschen sprechen zu sehen!«

Nun wanderte seine Aufmerksamkeit zum Herrn des Hauses, dem »General«, der sich durch den Umstand, daß er an seinem gewohnten köperlichen Leiden laborierte, nicht fernhalten ließ. James Loder konnte glücklich genug aussehen, sobald seine Magengeschwüre sich beruhigten. Zudem war ihm dieses Zimmer über die Maßen lieb. Es wäre ihm genausowenig in den Sinn gekommen, irgend etwas in diesem Raum zu verändern, wie es ihm in den Sinn gekommen wäre, seinen Schnurrbart abzurasieren.

Die glücklichsten Augenblicke, die er in seinem hohen Alter kannte, waren mit Ausnahme der Spazierfahrten in seinem Rollstuhl jene Momente, wenn die Dienstboten sonntags ausgegangen waren und Ruth mit eigenen Händen ihre Teemahlzeit auf einem kleinen Kartentisch vor dem Feuer im Wohnzimmer oder – im Sommer – vor einem der Wohnzimmerfenster anrichtete. Am Feuer stand der soldatische alte Mann in diesem Augenblick, wenngleich er hin und wieder aller Schicklichkeit zum Trotz zum Sofa ging, auf dem Magnus saß, und sich dort ausstreckte und vernehmlich stöhnte. Tatsächlich war es einer von James Loders schlechten Tagen. Das chronische Leiden, die Heimsuchung seines Alters, war heute besonders schmerzhaft. Mr. Loder genoß es jedoch stets, sich aus seinem Schlafzimmer herzubequemen, um coram publico zu leiden, denn sowohl Mitgefühl als auch Abscheu und Entsetzen, die er bewirkte, waren ihm eine gewaltige Linderung seiner Schmerzen. Er litt in der Tat. Dies war kein Scherz. Doch das bloße Wissen, wie sehr es andere erschreckte, ihn sich winden zu sehen, verschaffte ihm Erleichterung. Es bereitete ihm eine beinahe sinnliche Genugtuung. Es bereitete ihm Genugtuung, den Umhang seines Aussatzes, wenn man es so nennen will, über die Frohgestimmtheit der anderen zu werfen. Fraglos hatte James Loders Begierde, in der Öffentlichkeit zu leiden, noch verborgenere Beweggründe, denn Ruth und Rodney hatten bemerkt, daß der alte Herr darauf bestand, anwesend zu sein, wenn sie an einem seiner schlechten Tage etwas im Haus veranstalteten, was einer Gesellschaft nur entfernt ähnelte. Beim gegenwärtigen Anlaß plauderte er in den Pausen zwischen seinen Sofabesuchen wohlwollend und mit einer gewissen altweltlichen Höflichkeit mit den zwei Schwestern und neckte die schöne Hortensia mit dem Heroismus, den Cattistock am Vorabend bezeigt hatte und den er als gutes Beispiel der ritterlichen Tradition der Gegend bezeichnete. Nachdem er es gewagt hatte, sich ein, zwei Scharmützel mit der gefürchteten Mrs. Cobbold zu liefern, dachte er sich jedoch:

»Wie dieser Sohn mich haßt! Solch versteckter, tückischer Haß hat etwas Widerwärtiges. Und doch verdankt er mir alles ... sein Leben ... seinen Beruf ... seine Schwester ... sein Können ... und ich bin schließlich sein Vater! Ich wünschte, der junge Vatermörder müßte für fünf Minuten spüren, was für Schmerzen ich auszustehen habe.«

In diesem Moment läutete die Telephonklingel heftig im Flur, was jedermann veranlaßte, zur Tür zu blicken. Ruth eilte besorgt hinaus zu dem hartnäckig gellenden Objekt, das von einem so aufdringlichen Teufel beseelt zu sein schien, daß der ganze Apparat so heftig wackelte, als wäre er vom Dämon namens Legion besessen, und hielt den Hörer des nun verstummten Instruments ans Ohr. Mrs. Matzell rief aus Half-Way House an, und das nicht wenig aufgeregt, aber Ruth erfuhr schnell, was sie wissen mußte. Als sie in das grüne Gemach zurückkehrte – oh, wie stickig es wirkte nach der kühleren Luft im Flur und wie schwül ob der exotischen Parfums, welche die Poxwell-Schwestern zu benutzen pflegten! –, eilte sie sogleich zu Daisy, nicht etwa zu Mrs. Lily.

»Komm für eine Minute mit mir nach draußen!« flüsterte sie.

Sie gelangten hinaus, ohne daß es jemandem auffiel, mit Ausnahme »jenes mürrischen Mr. Muir, der sich bei Gesellschaften immer abseits hält«.

»Mrs. Matzell hat angerufen, weil Captain Poxwell felsenfest davon überzeugt ist, daß Mrs. Cobbold hier ist, und durch nichts aufzuhalten war. Er ist auf dem Weg hierher.«

Daisy erbleichte und biß sich auf die Unterlippe, während sie Ruth ansah. Dann schloß sie wortlos die Augen. Das tat sie, um klar denken zu können. Wäre sie ein Feldmarschall gewesen, hätte sie dann, wenn der Feind seinen Angriff eröffnete, immer die Augen geschlossen. Ruth wartete. Sie hatte uneingeschränktes Vertrauen in Daisys Vermögen, mit dieser Krise fertig zu werden, und sie wollte sie nicht beim Überlegen stören. Schließlich sagte Daisy:

»Es gibt nur zwei Wege, auf denen er kommen kann, Ruth: über den Underbarn Path oder über die Old Castle Road und die Belle Vue Road, und wenn du die Straße entlanggehst, nehme ich den Pfad am Meer, und wir können ihn gar nicht verfehlen! Schnell! Schnell, wir müssen uns beeilen! Sagst du Rodney Bescheid und bittest ihn, Mutter und Tante Lucinda wegzubringen, falls er – oh, wo ist nur meine Jacke, Ruth? –, falls er es kann ... obwohl er es ... wahrscheinlich ... nicht ...« – Daisy bekam kaum noch Luft, weil sie sich beim Sprechen in ihre Kleidung zwängte – »weil ... Tante Lucinda ... andere ... für ihr Leben gern quält ... So! Jetzt bin ich fertig. Vergiß nicht: Ich gehe den Weg am Meer, und du nimmst die Straße. Du kommst gleich, wenn du Rodney Bescheid gesagt hast, Ruth, ja?«

»Aber ... Daisy ... Was soll ich tun, wenn der Captain nicht auf mich hören will?«

»Er wird tun, was du ihm sagst, ganz gewiß. Ich hätte es ihm ohne weiteres ausreden können, wenn ich zu Hause gewesen wäre. Er tut nie etwas, was jemanden verletzen könnte! Mrs. Matzell versteht ihn nicht, obwohl sie ihn so gern hat. Es hat überhaupt keinen Sinn, Großvater den Eindruck zu geben, man würde ihn nicht für völlig normal halten. Adieu, Ruth! Du wirst dich beeilen, nicht wahr? Und wenn er kommen sollte, mußt du dafür sorgen, daß Tante Lucinda ihn nicht zu sehen bekommt!«

Das ältere der beiden Mädchen hatte jedoch größere Schwierigkeiten, ein vertrauliches Wort mit seinem Bruder zu wechseln, als es sich hätte träumen lassen. So kam es, daß Ruth erst gute zehn Minuten nach Daisys Aufbruch die Belle Vue Road entlangging und in die Old Castle Road einbog. Sie war keine halbe Meile gegangen, als sie den Captain erblickte. Er wanderte geschwinden Schritts in seinem Anzug aus schwerem Tuch und hielt einen karierten Schal, den er sich eng um den Hals gewickelt hatte, mit der Hand fest. Wahrhaftig stürmte er ihr entgegen wie jemand, der in einem Rennen mit einem unsichtbaren Gegner kämpft. Er schritt so lebhaft aus, und sein Blick war von einer so wachen, vogelartigen Konzentration wie der Blick einer wahnsinnigen Seemöwe, daß es nicht leicht war, seine Aufmerksamkeit zu erlangen.

»Captain!« rief Ruth. »Captain Poxwell!«

Doch er rauschte an ihr vorbei, als wäre sie eine flüchtige Bekannte aus der Stadt, die er im Vorbeigehen mit einem Nicken und einem knappen Lüften des Hutes abspeisen konnte. Ruths Wangen brannten vor Verlegenheit und Ratlosigkeit. Sie war wütend auf Daisy, die behauptet hatte, es sei alles ganz einfach. Hier stand sie, völlig unbeachtet, und dort war der alte Mann, der mit weit ausholenden Schritten weiterging wie ein schrecklicher aufgezogener Automat, dessen Schlüssel, mit dem man ihn abschalten konnte, sie verloren hatte! Aber sie lief hinter ihm her und ergriff seinen Arm. Glücklicherweise hatte sie ihn an einer Stelle festgehalten, wo ein kleiner Feldweg an ein paar Hintergärten vorbei geradewegs in den Uferweg namens Underbarn Walk mündete, der von Fort Nothe nach Sandsfoot Castle führt.

»Ich muß zum Meer. Ich *muß* zum Meer, Captain«, sagte sie flehentlich, mit einer unsicheren Stimme, die in ihren eigenen Ohren befremdlich unüberzeugend klang.

Daisy hatte recht gehabt. Vorhin hatte er sie nicht erkannt, aber jetzt war er ihr auf Gedeih und Verderb ausgeliefert!

»Ich bin auf dem Weg zu Ihnen. Sie haben eine Gesellschaft. Und meine älteste Tochter ist dort anwesend. Bitte lassen Sie sich nicht von mir nach dort drüben bringen. Es ist ganz einfach, hinzugehen. Sie sind doch erwachsen.«

»Ich muß zum Meer«, wiederholte sie, »und ich kann nicht alleine gehen. Ich kann es nicht, darf es nicht, wage es nicht. Bitte bringen Sie mich zum Meer, Captain Poxwell.«

Er bewegte seinen stoppeligen Kopf mit den unsteten blauen Augen vor und zurück wie eine unglückliche Puppe, die sich den Händen einer fremden Herrin ausgeliefert sieht. Er warf einen Blick auf den Weg, der zu Underbarn Walk führte, und drehte sich dann um und sah sehnsüchtig zur Belle Vue Road. Sein sonnengebräunter Hals, dessen knorrige Adern blattlosen Efeuranken ähnelten, sah bei dieser Bewegung so jammervoll aus, daß Ruth Erbarmen verspürte. Die Hilflosigkeit des alten Mannes unter dem geringen Druck, den sie ausübte, den abzuschütteln, um seinen Weg fortzusetzen, ein leichtes gewesen wäre, hatte etwas Rührendes und Mitleiderregendes. Während er so unentschlossen dastand, mußte in seinem Inneren ein schmerzlicher Kampf vor sich gehen. Zu ihrer Bestürzung sah sie, als sie seinen Arm festhielt, mehrere große Tränen an seinen ledrigen Wangen herabrollen und auf den Schal mit dem Schottenmuster fallen. Dies war fast mehr, als sie ertragen konnte, und sie war stark versucht, mit ihm auf der Stelle nach Spy Croft zu gehen. Vermutlich hatte Daisy den Schock, den es für ihn bedeuten würde, mit Mrs. Cobbold zusammenzutreffen, übertrieben dargestellt. Doch nein! Sie erinnerte sich an den Anblick der stämmigen kleinen Gestalt im Flur, die die Augen geschlossen hielt. Sie durfte Daisy nicht im Stich lassen.

»Ja ... dann ... muß ich ... es sein lassen ...«, sagte er langsam und betrübt. »Wenn Sie zum Meer gebracht werden müssen, dann muß es eben sein! Ich nehme an ... Sie fürchten sich vor den Kindermädchen, die dort nach Soldaten Ausschau halten, die nie kommen. Ich fürchte mich manchmal selbst beinahe vor ihnen! Sie haben so weiße Wangen und so rote Lippen und so freche Augen. Der wahre Grund, warum ich mich in Sandsfoot Castle aufhalte, ist nichts, worüber man mit einem kleinen Mädchen wie Ihnen sprechen kann, aber er hängt mit den Augen dieser Kindermädchen zusammen – die immer so frech schauen ... immer nach den Soldaten schauen.«

Mittlerweile hatten sie begonnen, den Weg zum Underbarn Walk zu gehen, und er hielt sie fest und sah ihr unsicheren Blicks in Gesicht.

»Die Soldaten sind gar nicht tot«, flüsterte er. »Haben Sie das etwa gedacht? O nein! Sie sind nicht tot. Aber sie werden nicht zurückkommen. Nein, nein, das wird nie geschehen.« Er senkte die Stimme zu noch leiserem Flüstern. »Sie haben etwas über die Väter dieser Mädchen gehört. Pst! Nicht ein Wort! Nicht ein Wort … aber nicht alle Väter sind wie Mr. James Loder … solch ein guter, freundlicher, rechtschaffener, umsichtiger, ehrbarer, gottesfürchtiger Vater! Ein Vater, der nichts auf dem Herzen hat, ein Vater, mit dem ein Mädchen wie Sie zusammensitzen und reden kann, dem es alte Geschichten erzählen und den es herzen kann und mit dem es lachen und fröhlich sein kann! Glauben Sie einem elenden Unglücklichen, Ruth! Ihrem Vater einen Gutenachtkuß geben zu können, wenn kein Lufthauch geht und kein Meeresrauschen zu hören ist … das muß der Himmel auf Erden sein. Nichts auf dem Herzen zu haben! Und ein Tag folgt auf den anderen so ruhig, so traulich, so sicher. Nein, nein, nein, nein! Es wundert mich nicht, daß Sie nicht wagen, allein zum Meer zu gehen, weil Sie sich vor den Kindermädchen fürchten. Es ist furchtbar, was für Dinge erzählt werden, um die Soldaten fernzuhalten, die deshalb nie, nie, nie wiederkommen werden!«

Ein Seufzer schüttelte ihn von Kopf bis Fuß, der dem Mädchen besser als alle Worte verriet, warum er so bekümmert war. Indem er sie stützte oder sie ihn, wanderten sie langsam die Böschung hinunter, wobei das Mädchen unterwegs ein paar Möwenfedern sah, die es an ein Ereignis in seiner Kindheit erinnerten, das es völlig vergessen gehabt hatte, und so erreichten sie Underbarn Walk.

Dort setzten sie sich auf eine Bank, und Ruth ließ ihre Augen gelassen auf der glatten, öligen Wasserfläche ruhen, die von den zwei Dämmen eingefaßt war und sich ohne einen einzigen glitzernden oder tanzenden Wellenkamm bis zum Fuß von Portland erstreckte. Wie vertraut war ihr der Umriß dieses großen Felsvorsprungs! Mehrere Kriegsschiffe lagen an der Reede vor Anker, und ihre schwerfälligen reglosen Umrisse verstärkten den Perlenschimmer der glatten weiten Fläche. Die Sonne war in einen feinen, leichten Dunst gehüllt. Kein Windhauch regte sich; und da es die Stunde war, zu der die meisten ihre Mittagsmahlzeit einnahmen, wurde die undurchdringliche Stille auch von keinem Passanten gestört. So still wie ein See lag die große friedliche Reede vor ihr ausgebreitet, und das wuchtige Massiv Portlands schien auf einer zitternden Substanz zu schwimmen, die dichter war als Wasser und flüssiger als Glas. Es war nicht Ruths Art, sich der Introspektion hinzugeben. Selbstmitleid war ihr unbekannt. Von ihrem Temperament her war sie ein Mensch, der sein Schicksal klaglos hinnahm. Und dennoch – als sie neben diesem »zum Kinde gewordenen« Vater saß, regte sich ganz schwach in ihr das vage Gefühl, daß ihr treuer Dienst beim alten James und dem jungen Rodney das, was sie sich vom Leben ersehnte, nicht wirklich zu erfüllen vermochte. Von der perlmuttfarbenen Oberfläche stahl sich etwas in ihr Sein, was das stumme, sprachlose Leben ihres tiefverwurzelten Nervensystems in Erregung versetzte.

Sie wußte sehr wohl – wie überhaupt jedermann in der Stadt –, daß die Verrücktheit des alten Mannes sich darin ausdrückte, daß er sich einbildete, er hätte seine älteste Tochter geschwängert. Doch als Frau war sie von der Vorstellung des Inzests als solchem nicht im geringsten schockiert. Der Natur weit näher als der alte Mann neben ihr, konnte sie das mystische Entsetzen, das schaudernde Schuldgefühl, das Gefühl eines nicht zu wendenden Schreckens wie ob eines mysterium tremendum nicht begreifen, das sich im männlichen Gewissen gar so schnell bewirken läßt. Aber »in ihres Herzens Verwirrung«, wie Homer es ausgedrückt hätte, sind auch die edelsten Frauen für die erotischen Schwingungen jeglichen männlichen Begleiters empfänglich, ob positiver oder negativer Art, und Captain Poxwells Erregung blieb nicht ohne indirekte Auswirkungen auf ihr gelassenes Gemüt.

Doch die glatte, perlenschimmernde Fläche, auf die sie soeben schaute, besaß in ihrer eigenen inhärenten Natur etwas, was – an diesem elften Februar – eine eigentümliche Nähe zu den ersten schwachen Regungen des Vorfrühlings hatte. Ob Ruth am karmesinroten Seetang, der in den trägen Wassern der Felstümpel hin und her wogte, eine kaum merkliche frühlingsverheißende Veränderung wahrzunehmen vermocht hätte, ist fraglich, doch nicht fraglich ist, daß aus der tatsächlichen chemischen Beschaffenheit der wogenden Masse öligen, schillernden Wassers etwas ausdünstete, was vom entspannenden, gefährlich-verlockenden Geheimnis des Frühlings kündete, für das alle Nerven der Menschen empfänglich sind.

Wenige Frauennaturen in den zwei Gemeinden waren von ihrem innersten Wesen her jungfräulicher als die Ruths. Magnus wußte nichts davon, doch hätte er einen Mitbewohner des idealen Weymouth seines Vaters gesucht, jemanden, dessen Haltung zu Fort Nothe, zum Hafen, zur Brücke, zur Königsstatue, zum Kirchturm von St. John's, zu Sandsfoot Castle und Chesil Beach so mythologisch geprägt war, wie die seines Vaters es gewesen war, so hätte Ruth Loder dieser Mensch sein können. Gerade wegen ihrer Keuschheit und ihres fast schon morbiden Desinteresses an Männern kostete Ruth mit leidenschaftlicher und stolzer Ausschließlichkeit jedes Licht und jeden Schatten, jeden Hauch und jede Stille aus, die diese vertrauten Wegmarken berührten. Nach und nach begann Ruth, die allmählich gelernt hatte, jahreszeitlich bedingte Veränderungen in der Meeresatmosphäre wahrzunehmen, die fast unmerklich den gleichen Veränderungen der Landatmosphäre entsprechen, in diesen Veränderungen und in den wechselnden Stimmungen, die sie in ihr auslösten, etwas zu entdecken, was den mutwilligen und gefahrvollen Zauber des Eros repräsentierte, wie Mr. Gaul gesagt hätte.

Captain Poxwell hatte unterdessen keineswegs ununterbrochen zu ihr gesprochen. Sobald der alte Mann merkte, daß sie sich an etwas erfreute, was ihr besonders teuer war, hatte er sie es in Ruhe genießen lassen und mit dieser Zurückhaltung eine Feinfühligkeit bewiesen, deren man ihn in seinem verrückten Egoismus kaum für fähig gehalten hätte. Schließlich sagte er zu ihr:

»Ich wollte meinen Sohn John dazu überreden, sich für ein Jahr von der Seefahrt zu verabschieden und mit Daisy und mir zusammenzuwohnen, jetzt, wo sie nach Chickerel geht, aber er schreibt mir, daß er sich schon verpflichtet hat, auf der *Tonquin* unter Captain Fred Hutchings nach Westindien zu fahren. Daisy und ich müssen also allein zurechtkommen, so gut es geht. Aber eine ganze Menge Dinge wird uns nicht fehlen, wenn sie erst weg ist, das können Sie mir glauben!«

Das Gesicht des alten Herrn war jetzt von einem höchst natürlichen und normalen Drang, über eine innere Vorstellung zu lachen, verzogen und verrunzelt. Er nahm seinen Hut ab, wischte sich mit dem Ende seines buntgemusterten Schals den Schweiß von der Stirn und ließ ein paar halbunterdrückte Kicherlaute vernehmen. Der Ausdruck seiner blauen Augen, als die Lider sich zusammenzogen, mußte seinen Untergebenen in den Tagen seiner Seefahrerschaft äußerst vertraut gewesen sein.

»Der Alte ist schon in Ordnung«, werden ihre Blicke einander signalisiert haben, wenn er in dieser Verfassung an Deck kam.

»Ihr Frauen«, erklärte er und nickte ihr dabei neckisch mit seinem ergrauten Kopf zu, »denkt immer, das Ende der Welt wäre gekommen, wenn wir auf uns selbst angewiesen sind. Aber das ist nicht der Fall. Wir kommen ausgezeichnet zurecht. Daisy und ich werden mit dem größten Vergnügen unser Leben in die eigene Hand nehmen. Und wenn Großmutter Matzell nicht aufpaßt, schicken wir sie auch noch weg. Weiß Gott, wir werden durchs Leben flitzen wie die fliegenden Fische, Daisy und ich!«

Er kicherte jetzt ausgiebig, und die dicken Adern an seinem dünnen roten Hals traten häßlich hervor. In ihnen schien der humoristische Wunsch zu pulsieren, jeder Frau auf der Welt klarzumachen, wie gut er allein zurechtkommen konnte.

»Das glaube ich Ihnen; das glaube ich Ihnen, Captain«, sagte Ruth leise, aber ohne sein Lächeln zu erwidern.

Diese Art gutgelaunten Geschlechterneckens, die bei Seeleuten so beliebt ist, welche dem Tun der Frauen nur eine lange, köstliche Verzweiflung abgewinnen können, war ihr besonders zuwider. Ihrer selbstgenügsamen Unabhängigkeit mischte sich die wählerische ernsthafte und tiefschürfende Intelligenz einer jungen Frau von instinktiver intellektueller Kraft bei; und mochte Captain Poxwell sie in seinem Wahnsinn abstoßen, so war ihr seine jetzige Stimmung scherzhafter Fröhlichkeit noch unerträglicher. Mit unendlich großer Erleichterung sah sie daher, wie die stämmige Gestalt seines Enkelkinds aus der Richtung von Sandsfoot um die Wegbiegung gelaufen kam, doch daß diese Erleichterung im Vergleich zu den Gefühlen des Kindes gering war, bewiesen der glückliche Ausruf und die impulsive Geschwindigkeit, mit der Daisy Lily zu ihnen rannte ...

Der einzige Makel an der Harmonie der Lunchgesellschaft im Höllenpfuhl, zu der Magnus soeben die zwei Poxwell-Schwestern begleitete, war eine gewisse koboldhafte Bosheit, die Benny im Verlauf der Mahlzeit immer dreister der Braut seines Vaters gegenüber offenbarte. Zu seiner Überraschung hatte der Lehrer dennoch, als die zwei typischen Poxwell-Stimmen, ein wenig heiser, aber stets so verführerisch, zum Schweigen gebracht wurden, weil der Gastgeber sich vom Tisch erhob, den Eindruck, als hätte die Mahlzeit allzu schnell ein Ende gefunden. Nun entführte Dr. Brush Mrs. Cobbold, um sich als Nervenarzt mit ihr zu unterhalten, was der wahre Beweggrund für den Besuch war. Dies tat der Doktor so leichthin und unbeschwert, als wolle er ihr eine Sammlung seltener Drucke zeigen, während Magnus Benny mit der künftigen Herrin von Peninsular Lodge allein ließ und sich auf die Suche nach seinem Freund, dem jungen Chauffeur, machte.

Mrs. Lily hielt das Kind am hohen Fenster mit den großen Scheiben, aus dem man auf alle Gärten der Anstalt sah, fest und versuchte mit ernsthafter Naivität, seine Bosheit zu überwinden. Es hätte Magnus bestürzt, den koboldhaften Übermut zu sehen, mit dem der kleine Junge, als wäre er sich des jammernswerten Wunsches der Dame, ihn für sich einzunehmen, bewußt, mit ihrem Wunsch spielte und sie dabei, ohne im geringsten grob oder brutal zu sein, abwies, auf Distanz hielt, sich ihr entzog.

Als der Lehrer mit Chant und dem Wagen zurückkam und den Knaben zu sich rief, damit sie nach Chickerel zurückfuhren, erschrak er, als er die kummervolle, ratlose Miene der neuen Stiefmutter sah. Hortensia, deren Gefühle weit mehr von mädchenhafter Emotionalität gefärbt waren, als dies bei ihrer jungen Tochter der Fall war, fühlte sich in ihrem übersteigerten Wunsch, den Jungen für sich einzunehmen, durch seine bösartige Kälte so verletzt, daß sie Tränen in den Augen hatte und ihren zitternden Mund nach unten verzog, als sie an der Wagentür stand. Magnus, der bei ihrem einsamen Zwiegespräch nicht zugegen gewesen war, wunderte sich über diesen Gefühlsausbruch, und da er dazu neigte, ihn ihrer Furcht davor zuzuschreiben, allein in den Hallen des Höllenpfuhls zurückgelassen zu werden, klopfte er ans Fenster, als sie losfuhren, damit Chant anhielt. Die unbehandschuhten weißen Finger der Braut berührten die Wagentür, als hätte sie versuchen wollen, den Wagen aus eigener Kraft zurückzuhalten, und tatsächlich mußte sie ein paar Schritte mitgelaufen sein, bevor der junge Chant den Wagen zum Halten brachte. Und da hörte Magnus sie den Jungen bitten, ihr auf Wiedersehen zu sagen, »denn du wirst mich nicht wiedersehen, Benny, bis ich morgen abend komme, um mit euch zusammenzuleben!«

Doch in diesem Moment ereignete sich etwas, was die Dame gänzlich aus seinem Sinn verbannte, denn über ihre Schulter und das Profil des Jungen hinweg sah er, wie die Tür eines der Laborgebäude geöffnet wurde und eine Person im weißen Kittel heraustrat.

»*Murphy!*« schrie er in seinem Herzen auf. »Es ist Murphy, der geborene Folterknecht!«

Nein, nein! gewiß täuschte er sich nicht. Er hatte Benny diesen Mann mit jenem Übermaß des Entsetzens beschreiben hören, das die Worte eines Kindes unwiderlegbar macht.

»Mach Platz, Benny!« fuhr er ihn an, als er merkte, daß Benny den Mann noch nicht gesehen hatte. »Laß sie einsteigen! Sie fahren besser mit uns, Mrs. Lily, glauben Sie mir! Vielleicht hat Ihre Schwester den ganzen Nachmittag mit dem Doktor zu tun, und an diesem Ort zu warten muß fürchterlich sein.«

Doch mit der leidenschaftlichen Unvernunft, die alles, was sie zu diesem Zeitpunkt ihres Lebens tat, zu charakterisieren schien, trat Mrs. Lily nur zurück, verdrießlich und störrisch, und stieß ein kleines albernes Lachen aus.

»Ist schon in Ordnung«, murmelte sie, während Benny sich am Türgriff zu schaffen machte und sich Magnus' Versuchen, Platz für sie zu schaffen, widersetzte. Dann konnte Magnus sehen, wie sie den jungen Chant anwies, loszufahren; und als der Wagen angelassen wurde, konnte er sie über Bennys schmale Handgelenke hinweg rufen hören: »Ist schon in Ordnung. Auf diese Weise begehe ich eben den Vorabend meiner Hochzeit.«

Die ganze Fahrt nach Chickerel hindurch, während Benny drauflosschwatzte, als wäre Dr. Brushs Gesellschaft noch nicht vorbei, drang das Bild des Mannes im weißen Kittel, der aus dem Gebäude trat, quälend wie eine Ahle in Magnus' Einbildungskraft.

»Dort tun sie es!« dachte er. »Und die anderen sind wahrscheinlich noch schlimmer als Brush. Was für ein Feigling ich bin! Diese Vivisektion ist nichts anderes als die Gladiatorenkämpfe im Altertum. Man wird ihr kein Ende machen, bevor nicht jemand sein Leben dafür läßt, daß ihr ein Ende gemacht wird!« Er lehnte sich zurück und schloß die Augen, um so zu tun, als schlafe er, damit der Knabe den Mund hielt, doch die Gedanken hinter seinen verdunkelten Augäpfeln waren nie herzzerreißender gewesen. »Wie kann ein einziger Mensch auch nur einen einzigen Moment des Glücks genießen«, dachte er, »solange es etwas wie die Vivisektion auf der Welt gibt? Und dennoch – wäre ich bereit, auf Curly zu verzichten, wenn ich dadurch der Sache ein für allemal ein Ende machen und alle Operationstische und Fesseln und Instrumente zerstören könnte?«

Das Zusammentreffen dieser zwei stromgeladenen Nerven in Magnus' Natur, seiner erotischen Leidenschaft und seines ekelerfüllten Abscheus vor der Vivisektion, unterwarf ihn, während der Wagen sich die engen Landstraßen entlangbewegte, einer Reihe konvulsivischer Gliederverrenkungen. Immer wieder zuckte es in seinen langen Beinen, und unvermittelt fuhr er unter heftiger Muskelanspannung, die seine Vorstellungen dessen begleitete, was sich bei Mr. Murphys Dienst an der Wissenschaft abspielte, mit der Ferse über den Wagenboden.

»Wahrscheinlich«, dachte er, »muß man sich mit der Annahme abfinden, daß das Leben so unaussprechliche Grausamkeiten kennt, daß man wahnsinnig würde, wenn man daran dächte! Das wird es sein! Wenn man über Dr. Brushs und Murphys Hunde nachdenkt, wird man zum Fall für Dr. Brush! Ich frage mich, wie viele seiner Patienten nachts wach liegen und an die Hunde denken.«

Es war merkwürdig, wie machtvoll Magnus' Vorstellungskraft in diesem Augenblick wurde, als er den Rücken des jungen Chant betrachtete und dessen gewahr wurde, daß Benny gerade die eigenen Pulsschläge – eins ... zwei ... drei ... vier – mit seiner Ingersoll-Uhr maß. Seine Vorstellungskraft verlieh seiner Liebe zu Curly die Form, daß er den Gürtel eines Mädchens in der Hand hielt und mit diesem Gürtel die gierigen Finger Mr. Murphys von den inneren Organen seines Hundes abwehrte. Es war eine Eigentümlichkeit seiner Nerven – insbesondere jener zwei übermächtigen Triebe, des erotischen und jenes anderen, der sich mit fremden körperlichen Qualen identifizierte –, in seinem Gehirn jedesmal, wenn sie ihn in einen Zustand extremer Anspannung versetzten, *das Bild des Tanzens* heraufzubeschwören. Die Szene, die sein mitfühlender Dämon soeben hinter seinen pochenden Augäpfeln herbeizauberte, verwandelte sich folglich sofort in einen Tanz, wobei er die zuckenden Handgelenke Mr. Murphys mit dem Gürtel des Mädchens wegschlug, während es in der Luft um sie herum von der Schändlichkeit dieser grausamen Untaten, die im Namen der Wissenschaft begangen wurden, blitzte und vibrierte.

Sonderbar an dem, was er in diesem Augenblick empfand, war, daß der Boden unter seinen Füßen – denn Cattistocks Automobil schien sich in nichts aufgelöst zu haben – nicht der kalkhaltige Lehm war, über den er in Wirklichkeit fuhr, sondern der weiche, feuchte Sand des Meeres, gerippt, glitzernd, warm und mit winzigen pyramidenförmigen Häufchen bedeckt, die aus sandgewordenen Miniaturabbildern der Ringelwürmer bestanden, die sie errichteten. Dieser Seesand – indes seine Beine immer wieder wie bei einem sezierten Frosch spasmodisch zuckten – war der Sand des feuchten Strands von Weymouth, jenseits des trockenen Strandes, wo immer die Esel und Ziegenwägelchen warteten. Und indem sein zermartertes Gehirn sich verzweifelt damit abmühte, die Intensität seiner Leidenschaft für Curly in eine mystische Beziehung zu dem zu bringen, was jene Hunde empfanden, wurde er dessen gewahr, daß sich beim Gedanken an den »feuchten« Strand – nur an den »feuchten«, nicht an den »trockenen« Strand – in seinem Gedächtnis ein Ausspruch einstellte, vergleichbar dem *logos* eines Orakels, den sein Vater getan haben mußte, als er zu jung war, um ihn zu verstehen. Der Logos selbst, den Muir d. Ä. getan haben mochte, während er müßig dem kleinen Magnus zusah, der Kanäle für die hereinflutenden Wellen grub, war dem erwachsenen Mann in keiner Weise mehr erinnerbar, aber eine Art Aura schwebte in der Luft und tröstete ihn in seiner Anspannung wie das helle Licht am Ende eines Tunnels.

Seine Stunde mit Benny verlief unbeschwerter, als er zu hoffen gewagt hätte, nachdem Dr. Brushs Schwelgen im Ego den Knaben zur Bosheit angestachelt hatte, doch als er um fünf Uhr seinen Schützling verließ, an dem der kleine gelbe Hund im Spiel herumkrabbelte, erinnerte er sich deutlich an den mitleiderregenden Gesichtsausdruck Mrs. Lilys, die sich am Wagen festgehalten hatte.

»Im gestrigen *Anzeiger* war ein neues Bild von deinen Freundinnen Tissty und Tossty«, bemerkte er beim Aufstehen.

»Oh, Mr. Muir«, rief Benny mit leuchtenden Augen, »ist das Bild ... ich meine, kann man darauf ...«, und dann errötete er und verstummte.

»Du willst wissen«, sagte Magnus mit dem gewichtigen Ernst, den ein solches Thema erforderte, »ob man ihre Beine darauf so gut sehen kann wie auf dem deinen. Ja, alter Freund; und ich könnte fast beschwören, daß es sogar noch aufregender ist. Aber jetzt paß auf, Benny: Die Eumeniden werden dir Unglück bringen, wenn du die Frau deines Papas quälst, nachdem du dich an Tissty und Tossty erfreut hast. Und wenn der Teufel dir noch so zusetzt, laß dich nicht dazu verleiten! Hör auf mich. Wenn du die arme Dame schlecht behandelst, dann wirst du mit Tissty und Tossty kein Glück haben. Das, worum es geht, alter Freund, ist, soviel Freude wie möglich an unseren Tisstys und Tosstys zu haben und *den Göttern unseren Dank zu zeigen*, indem wir wahnsinnig nett zu unseren Stiefmüttern sind!«

»Aber ich kann sie nicht *leiden*, Mr. Muir. Ich kann es nicht leiden, wie sie –«, und der Junge verzog sein kleines Gesicht und verdrehte seinen Körper in einem gespielten Schauder physischen Widerwillens.

»Das tut nichts zur Sache«, sagte Magnus sehr ernst. »Mit so etwas muß man sich abfinden. Woher wollen wir wissen, ob Leute, die wir wahnsinnig gut leiden können wie zum Beispiel Tissty und Tossty, nicht ab und zu das Gefühl haben, daß wir ihnen auf die Nerven gehen?«

»Warum haben Sie so ein komisches Gesicht gemacht und die

Stirn gerunzelt, Mr. Muir? Mag Ihre Freundin – die, die Sie in zwei Wochen heiraten – es nicht, wenn Sie sie küssen?«

Magnus wurde sehr rot.

»Niemand mag es, dauernd geküßt zu werden. Das habe ich dir gerade zu erklären versucht. Und deshalb müssen wir uns in diesem Durcheinander, das unsere Welt ist, zusammennehmen und nicht gemein zu anderen Leuten sein, wenn wir uns nicht ins Unglück stürzen wollen.«

»Mr. Muir, heißt das, daß –«

Magnus herrschte ihn an:

»Sei nicht albern, Benny, und tu nicht so, als wärst du dümmer, als du bist! Daß man eine Frau nicht quält, heißt noch lange nicht, daß man sich ihr unentwegt unterordnen müßte. Du weißt sehr gut, was ich dir sagen will.«

Magnus war nicht wenig erstaunt, daß ihn, als er Peninsular Lodge gerade verlassen wollte, die alte Eliza Chant ansprach, die ihn fragte, ob er wisse, wo ihr Herr sei und ob sie mit Bennys Tee warten solle, bis er käme.

»Das weiß ich wahrhaftig nicht, Mrs. Chant! Doch nein, an Ihrer Stelle würde ich Benny seinen Tee geben. Nach der Unterrichtsstunde wird er ihn brauchen.«

Der Mann, der so streng und verärgert zu Benny gesagt hatte, dieser wisse sehr gut, was er ihm sagen wolle, wünschte verzweifelt genug, über eine Zauberformel für diese komplizierten Feinheiten zu verfügen, als er sich zu Fuß auf den Weg durch das Dorf Upwey machte, nachdem er dem jungen Chant eine gute Nacht gewünscht hatte. Hatte sein Freund Gaul mit seiner nachdrücklichen Empfehlung, Curlys Befehl zu mißachten, wirklich recht gehabt?

Das Häuschen der Familie Wix, ein strohgedecktes Häuschen, wie sie seit Jahrhunderten die englischen Dörfer prägen, lag am Ende eines Seitengäßchens, das zu einem höhergelegenen Grundstück führte, an welches die Eisenbahngleise grenzten; von dieser Erhebung aus konnte man im Zug, der von Dorchester kam, das ganze Lodmoor überblicken und dahinter bis zur überhängenden Steilküste der White-Nose-Klippe sehen, die über das Meer ragte.

Als er nahe genug gekommen war, um den Lichtschein aus den Fenstern zu erkennen, sah er durch die zunehmende Dämmerung einen leuchtenden Lichtflecken im Moor, der in einigen Meilen Entfernung die Stelle markieren mußte, wo sich Zigeuner-Mays

Hütte befand. Er verlangsamte seinen Schritt und blieb dann ganz stehen.

»Verwünschter Richard!« dachte er. »Wenn man sicher in Trigonia House sitzt, ist es leicht, kluge Ratschläge zu erteilen. Wie würde es ihm wohl zusagen, in die einsame Behausung von zwei Frauen einzudringen, die ihn eigens gebeten haben, nicht zu kommen?«

Und Magnus lächelte grimmig angesichts der Unmöglichkeit, sich Mr. Gaul in seiner eigenen gegenwärtigen Zwickmühle vorzustellen. Dann wechselte seine Stimmung.

»Aber er ist schließlich nicht dumm. Er ist kein Idiot. Er ist schon in der Welt herumgekommen. Er verkehrt bei den Cobbolds. Wahrscheinlich mache ich mir unnötig Sorgen. Curly weiß eben nicht, daß ich Hochzeiten nicht ausstehen kann. Wie sollte sie auch, wo die unsere mir nicht bald genug stattfinden kann? Sie denkt, es wäre nett, gemeinsam diese Hochzeit zu besuchen. Und schließlich kann ich verstehen, daß ihre Mutter sie in diesen letzten Tagen für sich allein haben will. Es ist ja nicht mehr für lange! O Liebste, süße Liebste! wird es mir möglich sein, dich glücklich zu machen?«

Er sah sich nach einem geeigneten Platz um, wo er sich hinsetzen konnte, um sich innerlich zu sammeln und eine Zigarette anzuzünden.

»Vielleicht sind sie mitten in ihrem Tee«, dachte er.

Und dann kam ihm der unerfreuliche Gedanke, daß sie möglicherweise sogar Besuch hatten ... die Tante aus dem Krämerladen in Upwey oder irgendein Ladenmädchen, eine Freundin aus Weymouth. Schließlich fand er, was er suchte, in Form eines Haufens ausrangierter alter Holzschwellen, wie man sie unter den Eisenschienen der Bahngleise verlegt.

Im nun dichter werdenden Dämmer entdeckte er fern im Osten zwei weitere Lichter neben dem schwachen Schimmer, den er der Hütte im Moor zuschrieb. Eines der beiden befand sich weit oben und weit weg, das andere näher, aber auf dem Meer draußen.

»Die Häuser auf White Nose«, sagte er sich, »und ein Schiff irgendwo vor Redcliff.«

Der Gedanke an Redcliff erinnerte ihn sofort an Muir d. Ä. Unwillkürlich mußte er sogar trotz seines verstörten Geisteszustands ein wenig lächeln, als er sich fragte, was sein Vater wohl dazu gesagt hätte, ihn hier sitzen und jeden Vorwand ergreifen zu sehen, um seinen unerwünschten Besuch bei dem Mädchen hinauszuschieben, das er in vierzehn Tagen heiraten wollte! In Gedanken begann er, dem Toten alle praktischen Schritte, die er unternommen hatte, zu erklären. Er erklärte ihm, welches temporäre Arrangement er in einem anderen Haus von Brunswick Terrace getroffen hatte und wie er sogar ohne die Hilfe Mr. Gauls zu dem scharfsinnigen Schluß gelangt war, daß Miss Le Fleaus Haus nicht der geeignete Rahmen für sein wagemutiges Unterfangen war. Zu dieser speziellen Jahreszeit, rief er dem älteren Muir ins Gedächtnis, gab es so wenige Besucher, daß man diesen wichtigen Punkt nicht definitiv klären mußte. Er vertraute dem Toten sogar an, daß Curly ihm desinteressiert und unwillig vorkam, wenn er solche häuslichen Probleme ansprach. Ja, er ging soweit, dem älteren Muir zu gestehen, daß er damit liebäugelte, sich einen Dispens zu besorgen, um der öffentlichen Aufmerksamkeit zu entgehen, die das Aufgebot bedeutete.

Was er ihm *nicht* erzählte, war, wie eigenartig es ihm vorkam, daß Curly so wenig Enthusiasmus bei all diesen Themen zeigte und keinerlei Interesse daran zu haben schien, irgend etwas zu entscheiden! Seine eigene Privatmeinung dazu, die sich aus allen möglichen viktorianischen Spitzfindigkeiten zusammensetzte, lautete, daß ein bescheidenes, einfaches Mädchen zu schüchtern war, um über diese Einzelheiten zu sprechen, so schüchtern, wie es das wäre, wenn es darum ginge, eine Aussteuer zu erwerben, die er, da er diese mit dem französischen Begriff *trousseau* bezeichnete, immer nur in Form von Unterwäsche vor sich sah. Er wußte, daß die Mutter des Mädchens sich keinerlei Illusionen über sein Vermögen, eine Aussteuer zu bezahlen, machte, ebensowenig wie über sonst etwas, aber er verdächtigte sie, hinter all seinen Schwierigkeiten mit ihrer Tochter zu stecken.

»Sie setzt ihr dumme Gedanken in den Kopf«, lautete seine Meinung, seit er sie kennengelernt hatte.

Als er nun die vier Lichter betrachtete – Curlys, das der Hütte von Lodmoor, das von der White-Nose-Klippe und das des Schiffs vor Redcliff –, prallte die Erschütterung der vibrierenden Erregung in ihm, wenn er sich das zerbrechliche Köpfchen auf einem Kissen neben sich vorstellte, mit der Erinnerung an das schreckliche Erscheinen des weißbekittelten Murphy in der Laboratoriumstür zusammen.

»Hatte er dort einen Hund angeschnallt gelassen«, dachte er, »bis Brush mit Lucinda fertig war?«

Ihm kam der Gedanke, daß er sich ohne weiteres vorstellen konnte, daß ein sensibler Mensch, der sich Tag und Nacht über die Vivisektion den Kopf zerbrach, vor schierem Entsetzen wahnsinnig wurde.

»Es ist sonderbar«, sagte er sich, »daß ich ausgerechnet in diesem von allen Augenblicken Murphy begegnen sollte. Was würde Curly wohl sagen, wenn ich einfach alles in den Wind schlüge, um mein Leben dem Kampf gegen die Vivisektion zu weihen?«

Er vergrub das brennende Ende seiner Zigarette in der feuchten Erde neben sich, lehnte sich auf der Schwelle vor und verschränkte die Arme um seine Schienbeine.

Mit heiserem Donnergrollen verließ ein Personenzug aus Dorchester den langen Tunnel bei Maiden Castle und fuhr vorbei, unterwegs in unregelmäßigen Wellen weiße Dampfstöße absondernd. Er hielt nicht in Upwey, und Magnus hörte sein Rattern im Tal allmählich ersterben, als er am See von Radipole entlangfuhr. Während seine Finger die Kante der nassen Schwelle umklammerten, auf der er saß, wurde ihm nun bewußt, daß dies ein Wendepunkt in seinem Leben war.

»Der Kampf um das Glück«, dachte er, »ist kein Scherz. Jedes Lebewesen kämpft darum, und Qualen wie die, welche diese Teufel Hunden zufügen, winden sich, zucken, schreien und stöhnen im Gefolge dieser Glückssuche.«

Inzwischen war es fast ganz dunkel, und die vier Lichter erstrahlten viel größer und viel heller. Er hielt seine Knie umklammert und schaukelte hin und her. Er hatte allmählich das Gefühl, als würde er aus seinem Knochengerippe hinausschlüpfen, je länger er diese vier leuchtenden Punkte anstarrte. Je stärker dieses Gefühl wurde, um so deutlicher empfand er ein merkwürdiges undeutliches Bewußtsein dessen, wie sein Körper für seine Seele aussehen würde, wenn er erst ganz aus ihm hinausgelangt war.

»Ich würde mir nicht das Leben nehmen, wenn ich Curly verlöre«, dachte er. »Ich würde einfach weitermachen – spazierengehen, Latein unterrichten, meine Griechen lesen, mich mit Vaters Geist unterhalten. Aber enthielte so ein Leben noch irgendwelches Glück, wenn sie nicht da wäre?«

Auf diese Frage konzentrierte er nun, im Dunkeln sitzend, das Gewicht seines ganzen organischen Seins, und er erkannte, daß er sich in all den Jahren, deren Vergehen ihn zu einem Mann mittleren Alters gemacht hatte, unter dem Einfluß des älteren Muir nach und nach zu dem gewissermaßen verbissenen Entschluß durchgerungen hatte, sich zum Glücklichsein als seiner einzigen menschlichen Religion zu zwingen. Und ihm war, als könne er den Unterschied zwischen sich und seinem toten Erzeuger nun mit schrecklicher Klarheit sehen.

»Vater«, dachte er, »war von Natur aus glücklich. Meine Seele hingegen legt meinem Körper wie einem Tier Zügel an und zwingt ihn, die Bewegungen des Glücklichseins zu absolvieren.«

Es war eine Eigenart Magnus', ganz und gar »antinarzißtisch« zu sein; es verursachte ihm ein geradezu körperlich schmerzhaftes unerträgliches Unbehagen, an sein eigenes Aussehen zu denken. Um so bemerkenswerter ist es daher, daß er in diesem Augenblick, in dem er sich vorstellte, dem eigenen Körper Zügel anzulegen, einen überaus lebhaften Eindruck von sich selbst hatte, wie er auf der Schwelle saß und zu den Lichtern hinschaute! An seinem ganzen fleischbedeckten Skelett gab es keine Muskelschwellung, keine Knochenform, keine Fasernhöhlung, die er nicht gespürt hätte, als er da kauerte, seine Knie umklammerte und hin und her schaukelte. Er spürte die Knochenenden in seinen Hinterbacken auf der harten Schwelle. Er spürte die Zerbrechlichkeit seines Schädels unter dem Druck seiner Tuchmütze, und er gewann den Eindruck, als reise er durch unermeßliche Abgründe leerer, finsterer Luft, er und diese vier Lichter – Curlys, Lodmoors, das von White Nose und das des Schiffs vor Redcliffe –, dem Nichts entgegen und aus dem Nichts kommend. Ja! und mit nichts außer einem letzten trotzigen Bewußtsein seiner selbst – eines Skeletts und von vier Lichtern –, zerstörbar und dennoch unzerstörbar, reiste und reiste er durch die Ewigkeit!

Nur indem er sich bis zum äußersten solchen Gedanken überließ, Gedanken, die ihn alle rationalen Proportionen der Dinge vergessen ließen, brachte er schließlich den Mut auf, seinen Sitz zu verlassen und zur Tür des Häuschens zu treten.

Das Innere von Mrs. Wix' Wohnzimmer war fraglos alles andere als einladend, als die alte Dame ihn wie zur Strafe für seinen Ungehorsam in diesen ungeheizten und ungelüfteten Thronraum der Schicklichkeit geleitete. Dort mußte er in Gesellschaft einer soeben angezündeten Lampe warten, mit welcher bei so naher Nachbarschaft seine Seele zu vergleichen ihn verdrossen hätte, denn sie rauchte, stank, flackerte und spritzte und betrug sich ihm gegenüber mit einer Feindseligkeit, die auf Vorbedacht schließen ließ. Trübsinnig und frierend saß er da, in ständiger Furcht, der gläserne Lampenzylinder könne platzen, und unter dem Eindruck, daß die stumpfen und verständnislosen Gesichter der Verwandten Curlys, die ihn allesamt aus überaus steifer Hochzeitskleidung anzufunkeln schienen, nichts als eisige Mißbilligung für ihn zeigten, empfand Magnus zum erstenmal, seit er sich heute dem Häuschen genähert hatte, eine schwache, aber sehr eindeutige Wut auf das Mädchen.

Im ganzen Haus war kein einziges Geräusch zu hören. War Curly im Bett? Spielten sie ein Spiel mit ihm und ließen absichtlich keinen Mucks vernehmen? Oh, wie stickig es in diesem Zimmer war! Es roch, als dünstete jeder Faden jeder einzelnen Quaste und jeder Fussel jeder einzelnen Matte eine fegefeuergleiche Entelechie freudloser und erbarmungsloser Schicklichkeit aus. Schließlich war zu hören, wie die Küchentür geöffnet und geschlossen wurde. Im Flur ertönten Schritte, und dann trat Curlys Mutter ein, ein kleines runzliges Weiblein, untadelig ordentlich gekleidet, das die Eigenart hatte, immer wenn es aufstand, seine Häkelarbeit zur Hand zu nehmen, obwohl man es nie daran arbeiten sah, wenn es nicht auf den Füßen war, und das sich nun setzte und das Schwindelgespinst auf den Tisch legte, sich jedoch sofort wieder erhob, an den Tisch trat und ein Ende der Häkelarbeit aufhob, das über die Tischkante gehangen hatte, und es zu etwas zurechtlegte, was man nicht unpassend als Rhomboid hätte bezeichnen können.

»Mein Herzblättchen kommt gleich runter, um Ihnen guten Abend zu sagen, Mr. Muir. Sie müssen uns entschuldigen. Wir waren wie vom Schlag gerührt, als Sie geklopft haben.«

»Ich hoffe, es ist nichts vorgefallen, Mrs. Wix?«

Darauf antwortete die alte Frau nur mit einem ominösen Seufzer, und er fuhrt fort: »Vielleicht ... könnten wir ... wäre es nicht ... mir wäre es jedenfalls viel lieber ... ich finde, es gibt so gemütliche Orte ... viel angenehmer als ... und deshalb ... können wir nicht – *in die Küche gehen*, Mrs. Wix?«

Beim Sprechen erhob er sich, um seinen Worten Nachdruck zu verleihen, und blickte starr auf die Tür, als könne er sich durch Konzentration dazu befähigen, Mrs. Wix wie eine der Damen bei Zaubervorstellungen entweder im Ganzen oder zeitweilig zweigeteilt mitten durch diese geschlossene Pforte in Wärme und Gastlichkeit hineinzukatapultieren.

»Mein Herzblatt und ich wollten ein bißchen für die Hochzeit nähen.«

Magnus, der immer noch stand, mußte in seinen spirituellen Transportbemühungen innehalten.

»Oh, Mrs. Wix«, rief er und atmete den unerträglichen hundert Jahre alten Staub samt seiner Beimischung modernen Lampenrußes mit weniger hoffnungsloser Verzweiflung, nun, da er erfuhr, daß Curly ihre Trennung nutzte, um an ihrer Aussteuer zu nähen, »oh, Mrs. Wix, wie reizend von Ihnen, daß Sie ihr helfen! Ich weiß, daß es so mühsam für sie ist, und ich weiß, daß sie zur Zeit etwas schwermütig ist – zudem sie Sie so bald verlassen und nach Weymouth ziehen wird und an so vieles gleichzeitig denken muß! Wie dumm von mir! Ich habe nicht darüber nachgedacht, daß sie ihre Zeit braucht, um zu ... um diese wichtigen Näharbeiten zu erledigen.«

Die alte Dame betrachtete ihn fassungslos, doch mit unbewegter Miene.

»Ich hab' ihr gesagt«, dachte sie, »ich hab' ihr von Anfang an gesagt, daß er nicht ganz bei Trost ist. Es erwischt sie auf verschiedene Weise, diese Lehrer mit ihren toten Sprachen, aber ich hab' ihr immer gesagt, daß Lehrer keine einfachen Leute und keine vornehmen Leute sind, nicht richtig gescheit und nicht richtig verrückt. Sie sind ein eigener Menschenschlag, das sind sie; aber wenn der hier nicht alles überbietet –«

Und wie einem Kleinkind oder jemandem, der »nicht ganz bei Trost« ist, erklärte sie ihm, daß man, wenn man zu einer Hochzeit wie der eines so vornehmen Herrn wie Mr. Cattistock gehen wollte, selbst wenn man nur als Zaungast daran teilnahm, vorher eine ganze Menge Näharbeiten zu verrichten hatte, »ganz zu schweigen von dem, was Frauen von Männern, die sich anstrengen, genug nach Hause zu bringen, in den besten Geschäften kaufen, ohne sich was dabei zu denken!«

Für Cattistocks Hochzeit also und nicht etwa für ihre eigene war dieser kostbare Abend ihm entwendet und der nichts wiedergebenden Vergangenheit in den Rachen geworfen worden!

Er ging von der Tür zum Tisch; die Stickigkeit des Zimmers bereitete ihm jetzt nachgerade Übelkeit. Geistesabwesend fingerte er an dem sorgfältig zusammengelegten Stück Scheinhäkelarbeit herum. Unstillbarer Zorn brach plötzlich in ihm aus. Seine Miene nahm den eigentümlichen Ausdruck an, den die des älteren Muir gezeigt hatte, wenn der Schuldirektor ihn zu schurigeln versuchte.

»Mrs. Wix«, sagte er mit leiser, vibrierender Stimme und sah zu der kleinen Frau hinunter. »Sind Sie bitte so freundlich und sagen Sie Curly jetzt sofort, daß ich sie sprechen will, bevor ich gehe?«

»Aber gewiß doch, gewiß doch, Mr. Muir«, murmelte die alte Dame, die schnell zu ihm hochblickte und sah, daß seine glattrasierte breite Oberlippe gefährlich bebte. Sie stand von ihrem Stuhl auf und ergriff ihre Häkelarbeit. Sobald sie dieses Symbol eines Lebens untadeligen Fleißes in Händen hielt, gewann ihre hintertriebene Gelassenheit wieder die Oberhand. »Er ist wütend«, dachte sie. »Ich muß sie runterschicken! Ich kann nicht zulassen, daß sie eine gute Partie in den Wind schlägt, die so leicht zu haben ist – selbst wenn er nur ein Lehrer ist!«

Laut sagte sie: »Kommen Sie in die Küche, Mr. Muir, und ich schicke mein Herzblättchen zu Ihnen runter, auch wenn ihr vom vielen Nähen ganz schwummerig ist – und angezogen ist sie auch nicht!«

In der Küche fand Magnus seine gewohnte Gutmütigkeit schnell wieder. Die Wärme, die der Ofen ausstrahlte, der wohltuende Duft eines würzigen Ragouts, das unter einem Deckel schmorte, der sich immer wieder hob und senkte, die blankgescheuerten Kochgeräte, eine rosa Primel auf der Fensterbank – alles miteinander verhalf ihm dazu, nach seinem Elend in dem schrecklichen Wohnzimmer den empfindlich gestörten Gleichmut wiederzuerlangen. Der Gedanke, in wenigen Sekunden sein allerliebstes Mädchen ans Herz zu drücken, ließ seinen Puls auf köstliche Weise schneller schlagen.

»Vielleicht schickt sie die alte Frau zu Bett«, dachte er in der Erinnerung an einen himmlischen Abend, als dieses ersehnte Ziel erreicht worden war.

Sein Gesicht leuchtete vor freudiger Erwartung, als er Schritte die Treppe herunterkommen hörte, doch es war abermals nur die Mutter.

»Sie sagt, ich soll Ihnen sagen«, keuchte Mrs. Wix, die von ihrer eiligen diplomatischen Mission außer Atem war, »daß jemand, der sich nicht die Mühe machen will, mit einem zu der vornehmsten Hochzeit der ganzen Saison zu gehen, und der noch nicht mal ein paar Rosen aus dem Blumenladen mitbringt, es gar nicht verdient hat, daß man ihm gute Nacht sagt. Aber sie sagt, wenn Sie versprechen, morgen bei der Uhr zu sein und einen schönen Rosenstrauß mitzubringen, dann kriegen Sie einen Kuß und vielleicht sogar zwei, bevor Sie gehen.«

Magnus kapitulierte auf der Stelle.

»Sagen Sie ihr, daß ich dort sein werde«, sagte er, »und die Rosen werde ich mitbringen. Nur *beeilen* soll sie sich jetzt. Sie muß sich nicht –« Fast hätte er gesagt: »sich nichts anziehen«, denn vor seinem inneren Auge tanzte ein Bild weißen, zarten Liebreizes mit nackten Schultern; doch er beendete seine Kapitulation taktvoller. »Sie muß sich nicht herausputzen«, beendete er den Satz und lächelte dabei, denn dieses Wort gehörte zum Repertoire des älteren Muir.

Als die alte Frau sich mit der Botschaft von der soeben erfolgten Kapitulation wiederum entfernte, kam ihm für einen Augenblick das Bild der philosophischen Züge Mr. Gauls, der ihn durch seine Brille vorwurfsvoll ansah, trotz seiner glühenden Erregung vor das innere Auge, doch er sagte sich:

»Ich werde ihm sagen, daß er recht hatte und wir einen glücklichen Abend verbracht haben.«

Eine mehr als »glückliche« Viertelstunde hatte der Lehrer zweifellos, nachdem Curly heruntergeeilt kam, wenn auch nicht mit den nackten Schultern, die sich zu erträumen er die Kühnheit besessen hatte. Selten war sie ihm so reizend, so nachgiebig, so zärtlich erschienen. In gewissem Maße mochte sich dies einem klugen Wink ihrer Mutter verdanken, die ihr schnell zugeflüstert hatte:

»Quäl die arme Seele nicht allzu garstig, mein Schätzchen. Ich hab' gemerkt, daß er mit seiner Geduld am Ende ist, und wenn ihm das Blut kocht, dann ist er wie alle Männer, das kannst du mir glauben!«, doch es gründete auch in ihrer Aufregung über die große Cattistock-Hochzeit und in dem Umstand, daß sie einen so arbeitsamen, ereignislosen, weltabgeschiedenen Tag verbracht hatte.

Wenngleich sie nicht »zu Bett geschickt« worden war, ließ Mrs. Wix sie diskret allein, und Curly, die über die Schulter ihres hingerissenen Verlobten hinweg wehmütig in ihre eigenen schönen Augen in dem kleinen Spiegel zwischen den Tellern auf der Anrichte schaute, während sie sich weniger spröde als sonst seinen glühenden Zärtlichkeiten überließ, dachte sich insgeheim:

»Es hätte viel schlimmer kommen können. Die Art, wie er ein Mädchen berührt, ist die eines echten Gentleman. Es würde mich nicht wundern, wenn ich ihn auf Monate davon abhalten könnte, es zu tun, wenn wir im gleichen Bett schlafen. An dem Tag, als ich im Weeping Woman so lange auf Sippy warten mußte, hat mir die Schankkellnerin erzählt, daß sie ein Mädchen kennt, das sich von seinem Mann nie hat anrühren lassen, obwohl die beiden seit Jahren verheiratet waren. Ach, ich Arme! Ich wollte bei Gott, man könnte heiraten und trotzdem allein schlafen!«

Und in der Wärme seiner Tändeleien, denen sie sich gefügig und entgegenkommend zu zeigen versuchte, wanderten ihre Gedanken zu den kühneren Liebkosungen ihres Verführers zurück, und sie konnte ein trauriges leises Lächeln nicht unterdrücken, als sie in die eigenen Augen sah.

»Wie froh ich bin«, dachte sie, »daß er nicht mehr will als nur das ... aber o Sip, o Sip! wenn *du* an seiner Stelle wärst, mein süßer Liebster, dann lägen meine Kleider auf dem Boden, bevor ich –«

Und sie machte ein abwehrendes, reizendes, mädchenhaftes Geräusch wie ein leises Zungenschnalzen, als wäre soeben tatsächlich ihr Rock zu Boden geglitten.

10.
Stranddisteln

Beinahe zwei Stunden vor dem Zeitpunkt, als Magnus Brunswick Terrace verließ, um sich zu den Poxwell-Schwestern zu begeben, hatten Perdita und der Jobber ihr erstes Rendezvous. Um zehn trafen sie sich bei der Uhr an der Esplanade, und beide befanden sich dabei in einem solchen Trancezustand der Verzückung, daß sie voller Erregung und Leidenschaft miteinander redeten, ohne sich vom Fleck zu rühren. Der Jobber erzählte ihr vom Sturm am Vortag, ohne allerdings Cattistock zu erwähnen, und sie erzählte ihm, wie nett es von Jerry gewesen war, ihr zu ermöglichen, früh zu gehen, ohne daß sie Mrs. Cobbold überhaupt sehen mußte. Schließlich sagte der Jobber:

»Wir haben den ganzen Tag für uns, oder? Sie müssen doch sicher nicht zum Abendessen zurück sein, oder?«

Perdita, die so strahlend lächelte wie ein Schulmädchen, was sie ausgesprochen jung und beinahe schön machte, schüttelte den Kopf.

»Ja, dann«, sprach er weiter, »dann gehen wir erst mal nach Corder's Wharf, wo ich die *Schnecke* untergestellt habe. Es macht Ihnen doch nichts aus, drin zu fahren, auch wenn es ein bißchen nach Fisch riecht, oder? Und unterwegs überlegen wir uns, was wir in Portland machen.«

Perdita, die »direkt nix dagegen« hatte, wie Bum Trot es ausgedrückt hätte, tat ohne zu zögern wie geheißen, als er sagte, sie solle seinen Arm nehmen, und sie spazierten über die Esplanade mit einem Ausdruck auf ihren Gesichtern, der von so übermächtiger Wonne, beieinander zu sein, kündete, daß verschiedene Leute, die den Jobber gut kannten und die seine Aufmerksamkeit so wenig zu erlangen vermocht hätten, wie sie eine der gestrigen Wellen vor Chesil Beach hätten aufhalten können, sich umdrehten, als sie vorbeigingen, um ihnen verblüfft nachzuschauen. Doch Perdita dachte in ihrem Hezen:

»Warum soll ich mir dumme Sorgen machen? Er hat keinerlei Bindungen, soweit ich weiß, und ich bin völlig frei. Außerdem verdiene ich meinen Lebensunterhalt. Niemand in der ganzen Stadt hat das Recht, sich einzumischen, wenn wir uns miteinander abgeben!«

Sie gingen die St. Mary's Street entlang, und er führte sie langsam über das Pflaster vor dem Rathaus und blieb stehen, um ihr die Queen-Anne-Verzierungen über der Tür zu zeigen.

»Dort drinnen arbeitet Sippy Ballard«, sagte der Jobber. »In genau einer Stunde kommt er die Treppe dort runter und geht essen. Der würde nicht schlecht staunen, wenn er uns sehen könnte, und sich wundern, wie so ein alter Knasterbart an so ein schönes Mädchen kommt!«

»Leise!« rief Perdita. »Ich kenne den jungen Ballard. Er würde sicher stehenbleiben und mit uns sprechen wollen. Sagen Sie um Himmels willen seinen Namen nicht, sonst kommt er am Ende noch zur Tür heraus, bevor wir weg sind!«

Er dachte sich: »Ich wollte, wir wären die Esplanade weitergegangen bis zur Fähre! In einem Boot hätte ich sie lieber als sonstwo. Aber wenn wir über die Brücke gehen, sind wir schneller bei der *Schnecke*.«

Doch wie der Zufall es wollte, waren sie genötigt, nahe an der Tür des Weeping Woman vorbeizugehen, indem sie diesen Weg zum Hafen nahmen. Und als sie dies taten, kam dem Jobber mit einer Dringlichkeit, die zu gebieterisch war, um mißachtet zu werden, der Einfall, daß es nett wäre, Perdita sein Stammlokal zu zeigen.

Perdita war so benommen vor Glück, daß sie ohne Umschweife die *Kormoran* betreten hätte, wenn er sie hingebracht hätte – und die *Kormoran* lag in der Tat keinen Steinwurf vom Weeping Woman entfernt vor Anker –, so daß es sie erst recht keinerlei Überwindung kostete, eine Schenke zu betreten, die sie an einen alten Weinladen auf Guernsey erinnerte, in den ihr Onkel, der Zahlmeister, sie oft mitgenommen hatte. Drinnen allerdings sah sie sich mit einer ungewohnten Umgebung konfrontiert. In der Bar war die Luft so verqualmt und es herrschte ein so vielstimmiges Murmeln leiser Gespräche und das schwache Licht wirkte so dunstig und matt – denn das alte Haus mit seinen schmalen gotischen Fenstern wurde von den hohen Ladengeschäften der Schiffsausrüster überragt – im Vergleich zur strahlendhellen Atmosphäre draußen, daß sie für ein, zwei Minuten völlig verwirrt war, ohne deshalb aber die geringste Aufregung zu verspüren. Er führte sie zur Theke und machte sie mit seiner Freundin Miss Guppy bekannt, die sie – vielleicht wegen einer gewissen Andersartigkeit ihrer Kleidung, der einer Bewohnerin der Kanalinseln, wahrscheinlicher jedoch aus weiblicher Neugier heraus – übertrieben ehrerbietig behandelte. Er ließ sie ihm gegenüber an dem kleinen runden Tisch gleich unterhalb der Theke Platz nehmen, den die Schankkellnerin immer durch zahllose reizende Manöver für ihn freihielt.

Doch erst, nachdem er zwei Glas Whiskey geleert und Perditas Weinglas nachgefüllt hatte, fiel ihm auf, daß die unübersehbare Gestalt Sylvanus' an einem Tisch am anderen Ende des Raums zwischen zwei jungen Frauen saß. Es überraschte ihn und belustigte ihn nicht wenig, sie sich so nahe beieinander und in offenkundig größter Harmonie dem großen Mann unterordnen zu sehen.

Vom Whiskey unterstützt vermochte er eine starre geistige Barriere in seinem Hinterkopf aufrechtzuerhalten, die keinen Gedanken an Cattistock, keinen Gedanken an morgen zu seiner Glückseligkeit durchbrechen ließ. Glücklicherweise war die Bereitschaft, mit hingebungsvoller Leidenschaft die Gegenwart zu leben, während er die Zukunft Zukunft sein ließ, dem Jobber nichts Wesensfremdes.

Wenig ahnte Perdita vom ganzen Ausmaß der Gefahr, die das, was er unterdrückte, für ihre Liebe barg, doch selbst indem sie sich diesem Glück, diesem Geschenk des Schicksals überließ, spürte sie, daß etwas Gefährliches, Ungezähmtes, Verzweifeltes seine Seele bedrückte: Doch schließlich hatte sie noch nie einen Liebhaber gehabt, und was wußte sie vom Jobber außer dem Gerede in der Stadt? Von diesem Gerede hatte sie nur wenig gehört, und sie hatte beschlossen, ihn darauf anzusprechen, sollte sich die Gelegenheit ergeben, aber gewiß hätte sie nicht weiterhin friedlich ihren Wein trinken und mit benommener, beduselter Seligkeit in seine Augen starren können, wenn sie gewußt hätte, daß es ihm eine manische Notwendigkeit geworden war, sich zu rüsten, um am nächsten Tag noch vor Einbruch der Nacht seinen Feind zu töten.

Nachdem er Peg Frampton zugenickt und der besessenen Marret zugelächelt hatte – denn Sylvanus befand sich in einem seiner siebten Himmel –, machte der Jobber sich weiter keine Gedanken über sie und fand es nicht einmal nötig, Perdita, die mit dem Rücken zu ihnen saß, zu erklären, mit wem er diese Zeichen ausgetauscht hatte.

Perdita war zu glücklich, um an etwas anderes zu denken als daran, daß das Unmögliche wahr geworden war! Hier saß sie in diesem kleinen altmodischen Lokal und wußte, daß der einzige Mann, dem sie je begegnet war, der in ihr das magische Gefühl zu wecken vermochte, »das allen Kummer tilgt«, sie liebte. Mit beinahe brutalem Realismus verzeichnete sie nun die kleinsten körperlichen Eigenheiten des Mannes, der ihr gegenübersaß – daß er eine kleine weißliche Narbe über der linken Augenbraue hatte, daß das Trinken einen kleinen Schweißtropfen hervorgebracht hatte, der nun zu der weißlichen Stelle rann, daß er für diesen besonderen Anlaß einen neuen blauen Pullover angezogen hatte, der von etwas hellerer Farbe war als jener, den er gestern bei seinem Besuch in High House getragen hatte, daß seine Augen zwar eigentlich grau waren, aber kleine Einsprengsel wie Marmoräderungen von hellem Gelb, Grün und Bernstein besaßen, daß seine Lippen zwar voll und schön geschwungen waren, doch eher kindlich als sinnlich wirkten, und daß diese Lippen, wenn er sich aufregte und schwer atmete, was er bei jeder leichten Erregung sogleich zu tun schien, sich öffneten und mit erschreckender Klarheit zeigten, wo einer seiner großen weißen Zähne abgebrochen war und eine verblüffende Unebenheit hinterlassen hatte.

Das Weeping Woman lag so nahe am Hafen, daß Perdita in einem Augenblick, in dem Sylvanus – denn der vage Gedanke kam ihr, daß es Sylvanus sein könnte – seine Stimme verstummen ließ, den Eindruck hatte, sie könne das Wasser murmeln hören. Ja, einen Moment lang war ihr, als könne sie das Gurgeln und Klatschen der Wellen um die Pfeiler des Kais und ihr Auftreffen am glitschigen Stein der Hafenmauer hören. Und während sie ihm mit ihren Lippen ein paar schlichte Einzelheiten ihres Lebens zu Hause auf Guernsey erzählte, dachte sie sich:

»Ich hatte nicht gewußt, wie sehr die Liebe die Furcht verdrängt! Wenn er mich bittet, heue nacht mit ihm zu schlafen, tue ich es. Warum nicht? Es macht mir nichts aus! Wer weiß, ob er mich nicht schnell leid wird, wenn wir uns erst besser kennen, und deshalb will ich alles – alles! alles! – von seiner Liebe an mich raffen, solange ich es kriegen kann. Ja! Mein Onkel hat mich sehr gern gehabt. Wir steckten immer zusammen, wenn er von seinen Fahrten nach Hause kam.« Aber ihre aufgeregten Gedanken rasten weiter. »Lieber gehe ich soweit wie möglich, solange ich die Chance habe, so daß ich wenigstens etwas hatte, wenn er mich leid wird. Ich frage mich, wie ein Kind von uns wohl aussehen würde; sicher würde es ihm ähnlicher sehen als mir, aber es wäre mir näher als ihm!«

Jetzt ärgerte es sie, daß Sylvanus – ja! es mußte Sylvanus sein – so laut sprach, und sie betrachtete ihn argwöhnisch und sogar feindselig, während ihr alle möglichen Skandalgeschichten, die sie über ihn gehört hatte, durch den Kopf gingen. Tatsächlich hatte sie Mrs. Cobbolds Darstellung seiner exzentrischen Gewohnheiten so oft zu hören bekommen, daß es erstaunlich gewesen wäre, wenn ihre Vorstellung von ihm frei von jeglicher Färbung des Bösen gewesen wäre.

»Vermutlich«, dachte sie, als sie sich kurz umwandte und mit unausgesprochener Abneigung den länglichen grauhaarigen Hinterkopf betrachtete, der aus dem zerschlissenen Tweedüberrock ragte, »vermutlich fängt er diese jungen Dinger mit all seinem mystischen Unsinn ein – oh, wie ich diese ergriffenen Predigerstimmen hasse! –, und wenn er ihre Unschuld verdorben und sie sich mit Körper und Seele untertan gemacht hat, dann wird er sie leid und sucht sich neue!«

Es überraschte sie, daß keiner der anderen Gäste in der Bar des Weeping Woman ihren Abscheu gegen den steigenden und fallenden Rhythmus der Stimme dieses Mannes teilte. Statt dessen schien es ihnen eher zupaß zu kommen, ihren Privataustausch leisen Geflüsters – es handelte sich größtenteils um verschiedengeschlechtliche Paare – gewissermaßen unter dem Deckmantel seines metaphysischen Dröhnens fortzusetzen.

Perdita selbst erzählte dem Jobber Geschichte um Geschichte aus ihrer Kindheit und von der Küste Guernseys. Und während sie redete, wurde ihr immer klarer, daß all ihre Mädchenphantasien um einen rätselhaften Liebhaber, der einem Meereswesen mehr ähnelte als einem Menschenwesen, wirklich und wahrhaftig in diesem Mann eingelöst worden waren.

Allmählich wuchs im Jobber der natürliche Wunsch nach engerer Zweisamkeit, als sie an einem Ort wie diesem möglich war. Aber wohin konnte er mit ihr gehen, wo konnten sie allein sein? Bis zu diesem Augenblick hatten die Hindernisse, welche die Konventionen einem ungezwungenen Verkehr zwischen den Geschlechtern in den Weg legen, wodurch sie, wie Magnus herausgefunden hatte, die *furtives amores* der englischen Mittelschicht vereiteln, für den Jobber keine Bedeutung gehabt. Sie nach Hause mitzunehmen war ausgeschlossen. Einmal hatte er die gefürchtete Miss Guppy mitgebracht, und Mrs. Trot war eindeutig unfreundlich zu ihr gewesen. Perdita zum Haus seines Vaters zu bringen, das zwischen dem Dorf Easton und jenem Last House lag, in dem Sylvanus wohnte, wäre wohl möglich gewesen, doch wäre es ihm kaum leichter gefallen, dort mit ihr allein zu sein als unter der Oberaufsicht Mrs. Trots. Was zum Teufel konnten sie nur tun? Zu guter Letzt kam ihm der Gedanke, während er zuhörte, wie sie ihm vom herbstlichen Fischfang auf ihrer Heimatinsel erzählte, daß er sich an seinem Feind ein Beispiel nehmen und mit ihr ins Head gehen konnte! Mrs. Gadget war ihm wohlgesinnt. Melia, Celia und Sue waren romantische Mädchen, die keine Gehässigkeit und keine Weltlichkeit kannten. Nur wenige Steinbrucharbeiter verkehrten dort. »Weiß Gott, das ist die Lösung!« Das Blut schien ihm aus dem Magen zu weichen und heftig in den Kopf zu schießen. Wenn der Hund Cattistock ein Zimmer bei den Gadgets nehmen konnte, warum nicht auch er? Allmählich kam ihm dieser elfte Februar vor, als wäre er ein ganzer Monat. Und wenn man die Nacht dazunahm – denn wen kümmerte schließlich Mrs. Cobbold? –, wäre er mehr als ein Monat. Er wäre ein ganzes Jahr; und danach mochte kommen, was wollte. Er hätte gelebt! Er würde ihr nichts davon sagen, weiß Gott! nein, das würde er nicht tun, nichts davon, daß es das Ende war, sein Ende, erst im Morgengrauen, wenn sie voneinander Abschied nehmen mußten. Dieser Mörder von Margate, den sie mit seinem Liebchen gefunden hatten, mußte weit Schlimmeres als ein ungelebtes Morgen aus seinen Gedanken verbannen!

»Ja, sobald sie mit dem, was sie mir erzählt, zu Ende gekommen ist, stehe ich auf und zahle; und dann gehen wir. Weiß Gott! was für einen Blödsinn der Bursche nur zum besten gibt! Es ist mir ein Rätsel, wie Peggie Frampton oder die andere es aushalten können.«

Was Sylvanus gerade in seiner Sonderlingsmanier »zum besten gab« – und bei ihm klang es wie eine Mischung aus der Zauberformel eines Schwarzkünstlers und einer etwas wackeligen Spinoza-Deutung –, war ein leidenschaftlicher Appell an Peg und Marret, ihre Seelen tief, tief in das ewigwährende Absolute sinken zu lassen, selbst jetzt, wo sie im Weeping Woman saßen und tranken. Während er über das »Absolute« murmelte und brummelte, war es sowohl Peg als auch Marret völlig klar, daß die Gefühle, die er beschrieb, durch die Worte, die er benutzte, eher verschleiert denn enthüllt wurden. Was den Jobber an seinem Gerede verärgerte, was Perditas Nerven an seiner Prophetenstimme reizte, störte Peg und Marret überhaupt nicht. Sie liebten ihn im wahren »absoluten« Sinn, über den er sprach, und was er ihnen offenbarte, bestand aus kleinen Seitenbemerkungen, komischen Abschweifungen, den vereinzelten Manifestationen schrulliger Eigenheiten und unbewußten kleinen Gesten. Das »Absolute«, das diese zwei Mädchen von ihm erfuhren, war dem chinesischen Tao tatsächlich weit ähnlicher als irgendeinem parmenideischen Gleichgewicht. Es war ein Absolutes, das manche konkreten Gegenstände stärker durchtränkte als andere, und die Mädchen errieten allmählich, daß sie es in den kleinsten »Kleinigkeiten« ihres eigenen Lebens entdecken konnten. Tatsächlich liebten sie ihn mit so selbstloser Hingabe, daß das, was er hinter seinen Worten fühlte, das, was er hinter ihnen *war*, sie anzog. Seine männlichen Sichtweisen benutzten sie wie ein Rennboot, mit dem sie sich auf die bewegten Wogen ihrer eigenen entgleitenden, proteischen Natur wagen konnten.

Mit der Scharfsicht der Liebe bemerkten sie, daß Sylvanus immer wieder innehielt und mit der naiven Ernsthaftigkeit eines von Ehrfurcht erfüllten Tieres den Blick auf ein Fenster heftete, durch welches die Hafengeräusche in die Bar Einlaß zu finden schienen. Sie kannten ihn mittlerweile so gut, daß sie seine tausenderlei skurrilen, unbewußten Gesten ohne weiteres zu deuten und ihnen das Wesen seines Geistes abzulesen vermochten, und über diese kleinen physischen Eigenheiten Sylvanus' wurde das immerwährende Absolute in ihre Seelen hineindestilliert. So hatten sie zum Beispiel festgestellt, wie besessen er von so geheimnisvollen unbelebten Wesenheiten wie Luft, Erde, Wasser und Feuer war und daß er Sonne, Meer und Himmel nicht etwa poetisch, sondern faktisch anbetete. Es überraschte sie daher nicht im mindesten, als er unvermittelt in seinem Orakelgemurmel innehielt und in Richtung des Hafens eine kuriose kleine rituelle Kopfbewegung vollführte, die zweifellos eine religiöse Übung darstellte, so als wäre sein Blick auf einen Altar gefallen. Dies war, wie sie wußten, seine ganz persönliche Reverenz vor dem Meer, sein abergläubisches Eingeständnis der Göttlichkeit des Meeres, und jedesmal wenn er diese kuriosen kleinen Kopfbewegungen machte, erzeugte das in ihnen den Schauder echter Ehrfurcht weit eher, als wenn er seine gewichtigen metaphysischen Runen aufsagte.

In Sylvanus' eigenen Augen waren seine Eigenheiten eine einfache, unmittelbare und kategorische Lebensweise hienieden, die nichts mit Verstellung, Unsinn oder Lächerlichkeit zu tun hatte.

Vielmehr betrachtete er sie als Beweis eines klugen gesunden Menschenverstandes.

Unter Mrs. Cobbolds Einfluß hatte Perdita sich angewöhnt, ihn für einen Erzbetrüger zu halten, der von Kopf bis Fuß aus böswilliger Hinterlist und verderbter Heuchelei bestand, und das war genau die Art von Mißverständnis, die Sylvanus, wenn er auf sie traf, verwirrte, verstörte und ratlos machte, obwohl sie ihn nie dazu brachte, seine Gewohnheiten zu ändern. Wie hätte ihm dies möglich sein sollen, da seine Gewohnheiten eine Schicksalsmacht für ihn darstellten – weit unantastbarer als sein Wikingerschnurrbart –, die einer wahrhaft furchtbaren Einfalt seines Temperaments entsprangen, der sein Intellekt eine unverschämte *carte blanche* einräumte?

Was er in ebendiesem Augenblick dachte, als Peg und Marret ihn – wenn auch als einzige Anwesende – die lächerliche Verbeugung vor dem Meer durch die rauchgetrübten Fenster des Weeping Woman machen sahen, ließe sich etwa in Worte wie die folgenden kleiden:

»Sessa! Sessa! Das Bier in dieser Bar schäumt besser als alles, was John Gadget ausschenkt. Was für eine göttliche Intelligenz junge Mädchen besitzen! Mir scheint, sie erfassen mühelos die kompliziertesten Theorien. Die beiden hier sind vollkommen. Und sie sind frei von Eifersucht aufeinander. Ah! Welch himmelgesandter Glücksfall, daß ich den beiden begegnete! Ich verstehe sie ganz und gar, und sie verstehen mich. Zigeuner-May ist mir zu anstrengend. Ich bin zu einfältig, um sie zu verstehen. Aber wer könnte das schon? Sie ist ein weiblicher Maulheld. Sie schlägt mich auf meinem eigenen Gebiet. Ich mußte mich von allen Dummheiten unserer Rasse freidenken, während sie unabhängig geboren wurde. Sie wird mir eines Tages noch übel mitspielen und mich hinterher nur um so mehr lieben! Ich kann sie nicht verstehen. Ohne sie wäre das Leben leicht, aber sein Salz, sein bitteres, beißendes, kitzelndes, belebendes Salz, das würde fehlen. Ich kann nicht mit ihr leben. Das habe ich herausgefunden. Aber ohne sie zu leben – das kann ich mir nicht vorstellen! Was in ihrem Kopf vorgeht, weiß kein Menschenwesen. Sie ist völlig unmenschlich, doch das ist ihre Hexerei, das ist das Wesen der ganzen Sache. Ich hoffe, sie kommt heute abend wirklich zu mir, aber wenn ich daran denke, ist mir ein wenig unwohl. Wenn sie kommt, was wird sie dann zu Marret sagen? Sie könnte himmlisch zu ihr sein, wenn sie nur wollte, aber wird sie wollen – wird sie wollen –«

In diesem Moment fiel ihm auf, daß er ganz unstreitig die Wellen im Hafen hören konnte.

»O ewigwährendes Meer!« sagte er sich, indem er ganz still mit dem Meer Zwiesprache hielt wie mit einem Menschen, dessen Anwesenheit ihm plötzlich zu Bewußtsein gekommen war, »O göttliches, ewiges, geheimnisvolles Meer, ich hatte nicht gewußt, daß du so nahe bist!«, und an dieser Stelle vollführte er seine hastige, heimliche, spontane Verbeugung, bevor er wieder über Zigeuner-May nachdachte.

»Wird sie nett zu ihr sein? Sie wird keine gewöhnliche Eifersucht zeigen. Aber bei May kann man nie wissen. Sie ist in der Lage, ihre Schuhe zu verstecken oder ihre Kleidung zu verbrennen!«

So überlegte Sylvanus, während er mit donquichottischer Hartnäckigkeit seine Orakelworte sprach. Sein rhapsodischer Vortrag wurde jedoch nun durch ein Ereignis unterbrochen, das alles und jedermann an diesem Ort aufschreckte, und zwar das plötzliche Aufstoßen der Tür zur Bar und das aufsehenerregende Erscheinen seines Bruders Jerry in Begleitung Tosstys. Es war nicht die Schuld des Clowns, daß sein Eintreten zusammen mit der hochmütigen Tänzerin soviel Aufsehen erregte. Tossty hatte sich von der Milde des frühlingshaften Tages dazu verleiten lassen, einen Umhang von so leuchtendem Scharlachrot anzulegen, daß die ganze heterogene Gesellschaft wie gebannt auf dieses verblüffende Kleidungsstück starrte.

»Hallo!« rief Jerry. »Na, wen haben wir denn da? Und was sagst *du* zu diesem herrlichen Wetter?«, und er ging zu seinem Bruder und küßte ihn auf recht unenglische Art. »Hier«, fuhr er fort, »ich weiß nicht, ob du unseren Star aus dem Regent's kennst – Miss Clive, besser bekannt als Tossty. Toss, meine Liebe, heute ist dein Glückstag! Sie hat mich den ganzen letzten Monat damit gequält, daß sie dich kennenlernen will, Van, aber du kommst ja nie zu unseren Vorstellungen. Ja! Wie findest du ihn, jetzt, wo du ihn vor dir hast?«

Marret nutzte die brüderliche Begrüßung, um zu Peg hinzurutschen, an die sie sich kläglich schmiegte, wie um bei den gewandteren gesellschaftlichen Umgangsformen der anderen vor einer ungeahnten Entwicklung der Dinge Schutz zu suchen.

Von dort, wo sie stand, hochmütig auf die anderen hinunterblickend, ihre Hand teilnahmslos in Sylvanus' Hand und die Stirn leicht runzelnd, als verüble sie Jerry, was er soeben gesagt hatte, zuckte die Tänzerin im scharlachroten Mantel zusammen, als sie Peg erkannte, und erfreut, einen Vorwand zu haben, sich widerborstig aufzuführen, entriß sie dem Mann im Tweedrock ihre Hand und hielt sie dem Mädchen entgegen.

»Sieh nur, Jerry!« rief sie. »Hier ist deine kleine Freundin aus Sark House!« Und dann beugte sie sich graziös über Peg, von der Marret sogleich erschrocken wegrückte, und flüsterte hörbar: »Sie müssen uns bald einmal im Theater besuchen.«

Unterdessen hatte Jerry, der die Schankkellnerin aufforderte, »diesen alten Brandy« zu bringen, »den, den Sie uns neulich serviert haben, Liebchen«, Perdita und den Jobber erblickt und sie aufs leutseligste begrüßt. Perdita erhob sich halb zur Erwiderung, doch als sie die finstere Wolke sah, die sich auf die Züge ihres Liebhabers gesenkt hatte, begnügte sie sich damit, dem Clown ein dankbares und beinahe konspiratives Lächeln zu schenken.

»Sie sehen, wie glücklich wir sind«, besagte dieses Lächeln. »Und all das verdanken wir Ihrer Hilfe!«

In diesem Augenblick fiel es dem Erklärer des Absoluten zu Marrets Bestürzung ein, die Aufmerksamkeit der Dame in Scharlach auf seine zweite Begleiterin zu lenken, und er zwirbelte eines seiner langen Schnurrbartenden mit selbstvergessener Zufriedenheit, als er sah, wie umgänglich die eigenwillige Schönheit dem erschrockenen Mädchen vom Kasperletheater die Hand schüttelte.

Mis Guppy, aufgeregt und geschmeichelt, weil Jerry Cobbold sie »Liebchen« genannt hatte, kam nun mit glänzenden Augen und wogendem Busen geschäftig herbeigeeilt und räumte einen Tisch nicht fern von Sylvanus ab. Auf diesen Tisch stellte sie die von ihren neuen Gästen bestellten Erfrischungen und schaute voll beifälliger Faszination den scharlachroten Mantel an.

Die Anwesenheit des berühmten Clowns und seiner sinnenbetörenden Begleiterin in so enger Nähe zu den anderen Gästen des kleinen Lokals war einigen Paaren offenbar nicht ganz geheuer, denn eine gewisse Aufbruchstimmung machte sich bemerkbar. Doch ein paar schlichte Seeleute mit ihren Mädchen blieben, obwohl auch sie, statt sich weiter leise zu unterhalten, nun schweigend die dunkle, in Seide gekleidete Gestalt mit ihrem flammendroten Mantel anstarrten, die arrogant unverdünnten Brandy nippte, während Jerry mit seinem Bruder sprach, der sich wieder zwischen den zwei Mädchen niedergelassen hatte.

»Nein, ich wußte nicht, daß man es hier so deutlich hören

kann«, sagte der Clown. »Hör nur, Toss! Kannst du es hören? Wunderbar, nicht wahr? Man kommt sich vor wie auf einem Schiff. Van, alter Junge, weißt du noch, wie sie uns als Kinder zu dem alten Ausbildungsschiff mitgenommen haben – war es nicht die *Boscawen* – und wie wir das Wasser draußen glucksen hörten und wie sehr ich mich fürchtete, aber du sagtest: ›Es ist nur das Meer.‹ Das hat mich beruhigt. ›Überall, wo es fließt‹, hast du gesagt, ›ist es immer dasselbe Meer!‹ Und daran habe ich seither oft denken müssen. Ja, Bruder, du hast seinerzeit ein paar kluge Dinge gesagt! ›Es ist immer dasselbe Meer‹ – daran habe ich oft gedacht, wenn das Leben es mir gar zu schwermachte. ›Es ist immer dasselbe Leben‹, dachte ich mir dann, und ich wußte, daß ich es irgendwie durchstehen mußte.«

»Ich wollte diesen beiden Mädchen«, sagte Sylvanus, »genau das, Jerry, was du sagst, vor Augen führen, aber es ist so schwer in Worte zu fassen. Doch es ist nicht das *Leben*, Bruder; in diesem Punkt täuschst du dich, wenn ich das sagen darf. Es ist so wenig das Leben, wie das, was wir hier hören, der Hafen ist! Dieses Geräusch – das man heute unstreitig hören kann – ist *im* Hafen, aber es ist nicht der Hafen. Miss Clive, können Sie mir nicht helfen? Sagen Sie den Mädchen, daß Jerry sich täuscht, wenn er sagt, das Leben sei ›immer dasselbe‹. Wenn Sie tanzen – auf der Höhe Ihres Könnens – und eine dieser herrlichen schwebenden Figuren zeigen, von denen jeder spricht, eine Pose, die wie der Tod selbst aussieht, haben Sie dann nicht das Gefühl, als würden Sie auf etwas schweben, was Leben und Tod gleichermaßen entrückt ist? Haben Sie nicht dieses Gefühl, Miss Clive?«

Seine Stimme war so feierlich, und sein langes El-Greco-Gesicht über den unathletischen tweedbekleideten Schultern trug in diesem Moment einen so unirdischen Ausdruck, daß alle auf Tosstys Antwort warteten, als hätte ein Gespenst sie angesprochen.

Noch nie hatte das verzogene und verzärtelte Mädchen aus Radipole eine vergleichbare Gelegenheit gehabt, andere zu ärgern, und sie nahm sie mit der spöttischsten Kaltblütigkeit wahr.

»Fühle ... ich ... irgendwas ... Jerry«, sagte sie schleppend und affektiert, »was ... so ... ist ... wie ... das ... was ... er ... sagt?« Sie hob das Glas zum Mund und stellte es unberührt wieder ab. »Es ist heiß hier drinnen«, flüsterte sie und verdeckte mit der Hand ein Gähnen. »Jerry sagt mir immer, was ich zu fühlen habe«, sagte sie und vermittelte durch eine geschickte Betonung ihrer Worte den Eindruck, als wende sie sich ausschließlich an Miss

Guppy. Dann warf sie den Kopf zurück und streckte die seidengewandeten Arme aus, als wolle sie sich recken, und gähnte dabei allen unverblümt und unverschämt ins Gesicht. »Es ist zu heiß hier drinnen, Jerry«, wiederholte sie.

Sylvanus seufzte; aber seine Miene hellte sich auf, als Jerry zu sprechen begann, der das unhöfliche Betragen seiner Freundin völlig ignorierte. Doch sie blieb nicht lange hell, denn Jerrys Worte waren zwar von zärtlicher Zuneigung getragen, erlangten jedoch unversehens eine Schwingung, die ihn bestürzte und betrübte, denn in seiner brüderlichen Besorgnis schrieb er dies der ungezogenen Aufführung Tosstys zu.

»Du bist noch immer der gleiche alte Cassius«, sagte er, »aber es ärgert mich, wenn ich sehe, wie du diesen Kindern etwas vormachst. Dahinter ... dahinter ... dahinter – dort versteckt ihr verschlagenen Mystiker immer das Geheimnis, als hätte das Leben einen regenbogenfarbenen Bauch wie ein Spielzeugpavian. Mir wird schlecht, wenn ich dir zuhören muß, du alter Lump. Friede allen Lebewesen! Wenn wir schon zum Sterben zu feige sind, ist unser letzter Trost der Spott! Dein Pavianhintern mag meinetwegen eine Aurora Borealis sein, denn zu sehen bekommen werden wir ihn nie! Denn in Wahrheit, mein lieber Tropf, ist deine zappelnde Affenwelt ein *monsieur sans queue*, ein arschloser Monsieur! Wie der Mond hat sie sich noch nie gedreht, und sie wird es auch nie tun! Tot werden wir alle sein –«

Die Stimme des Clowns wurde lauter; und nach einem verärgerten Blick zu ihm feuchtete Tossty ihren Zeigefinger an und fuhr damit ununterbrochen über den Glasrand, wobei sie noch finsterer die Stirn runzelte als der Jobber, der mittlerweile auf seinem Stuhl umherrutschte, als säße er, wie man sagt, »auf Nadeln«.

»Tot werden wir alle sein, tot wie die Dinosaurierknochen, die das Mädchen in Ringstead Bay fand. Und das einzig Gute am Leben ist, *daß* es ein Ende findet! Poudre de Perlinpimpin! Wenn wir kranken Aussätzigen uns nicht im Bewußtsein niederlegen könnten, *daß* es das letztemal ist, dann wären wir alle Kandidaten für Dr. Brushs Ferienpension. Miss Wane, kommen Sie und unterstützen Sie mich, denn ich weiß, wie *Sie* diese Dinge betrachten.«

Tossty hörte auf, mit ihrem nassen Finger Töne zu erzeugen, und beugte sich schnell zu ihm vor, wobei ihr geschmeidiger Körper im Winkel zu dem Mantel, der sich über den Stuhl breitete, die gleiche entzückende Figuration bildete wie die Stengel der Pflanzen, die man Aronstab nennt, wenn sie voll entfaltet sind. Ihr

Flüstern bewirkte, daß Jerry seine unendlich sorgsame Rolle als Zeremonienmeister wieder übernahm.

»Gewiß, Toss«, sagte er ernst und dann, an Perdita gewandt: »Miss Clive sagt, daß Sie noch gar nicht miteinander bekannt gemacht wurden. Das kommt davon, wenn man mit unserem guten Jobber befreundet ist. Er kennt jedermann, und jedermann kennt ihn; Sie hingegen –«

Tossty neigte den Kopf mit einer so anmutig angemessenen und zugleich kokett übertriebenen Geste, daß Perdita sich sehr unwohl in ihrer Haut fühlte, als sie den Gruß erwiderte und ein altmodisches Kompliment stotterte.

In Jerry schwärte offenkundig gereizte Verärgerung über Tosstys Benehmen an diesem Vormittag, und ihre flüchtige und desinteressierte Begrüßung Perditas, für die er sich eigenartigerweise verantwortlich fühlte, löste nun die Eruption aus. Zum Erstaunen aller außer Sylvanus, der es hatte kommen sehen, rief Jerry plötzlich:

»Ja, ich werde euch sagen, wie die Kehrseite des Lebens aussieht, über die euch Van hier Lügenmärchen erzählt!«

Mit diesen Worten sprang er auf, lief zur Bartheke, über die er behende setzte, drehte sich zu den Anwesenden um, einen Arm um Miss Guppys Schultern gelegt und mit der freien Hand ein Bierglas schwenkend, das er ergriffen hatte, und erging sich in den verrücktesten Possen:

»Heißa, heißa, heißassa! lustig sind wir immerdar! Und ich will euch was erzählen ... Doch mein Liebchen hier weiß«, und er drückte Miss Guppy noch fester an sich, »daß am Grunde unseres Herzens – oh, oh! mein Herz, mein schwellendes Herz! doch halt! schrei es an, Onkel, wie die Cockney-Frau es mit den Aalen machte, als sie sie lebendig in den Teig packte; sie schlug ihnen mit einem Stock auf den Nischel und rief: ›Runter mit euch, ihr Tunichtgute, runter mit euch!‹ Ihr Bruder war's – *das bist du, Bruder* –, der seinem Pferd das Heu gebuttert hat, um ihm eine Freude zu machen. Heißa, heißassa! lustig sind wir immerdar! – und ich, *moi, qui vous parle*, der Tanzbär, habe hinter besagten Vorhang gespäht, als Brüderchen seine schrille Pfeife blies, und gesehen, daß *dort nichts ist!*«

Der Jobber hätte sich nicht von seinem Platz vor der Theke weggerührt, wo er über seinem Whiskey brütete und sich finster fragte, welche Macht ihn davon abhielt, die Zeche auf den Tisch zu werfen und Perdita von diesem Ort zu entführen, doch Perdita sah Jerry so gebannt zu und war ihm überdies in gewisser Weise so zugetan, daß sie nun aufstand und sich zu einem weniger verborgenen Tisch begab, weil sie sehen wollte, was der Clown tat, so daß der Jobber ihr folgen mußte.

Und zu ihrer Überraschung sprach Jerry nun mit Sylvanus – denn Miss Guppy hatte er losgelassen – oder tat so, als spreche er mittels seiner Finger, während er tiefes Schweigen wahrte, und mittels Hunderter verrückter Grimassen wie ein Panurge, der mit Thaumast disputiert. Etwas Wildes, Gewalttätiges, Ungeschlachtes, Unbenennbares im Wesen des Jobbers erwachte als Reaktion darauf, daß der Clown seinen bizarren Launen frönte; und als er ihm zusah – ohne zu merken, daß Sylvanus sich erhoben hatte und jetzt hinter ihnen stand – und ihn gewisse unwiderstehliche Mienenspiele vollführen sah, die wie ansteckende Melodien in die ganze Welt gelangt waren, flüsterte er Perdita heiser zu:

»Weiß Gott, der Bursche ist wirklich eine Type!«

Die einzige Person, der diese sonderbaren Vorgänge nichts weiter zu bedeuten schienen, war Marret. Offenbar betrachtete sie all das in natürlicher und geheimnisvoll vertrauter Manier als etwas den ihr so wohlbekannten väterlichen Darbietungen Verwandtes.

Doch Miss Guppy und nur Miss Guppy blieb es vorbehalten, bei dieser Komödie den besten Platz zu haben, wenn man es so nennen will, denn außer Jerry selbst war sie die einzige der Anwesenden, der es möglich war, Sylvanus' Gesicht zu sehen. Bis jetzt war Miss Guppys Betragen mustergültig gewesen. Als der Clown sie umarmte, hatte ihre Miene jenen Ausdruck gutmütigen Protests gezeigt, in den sich nach genauerer Überlegung der unwiderstehlich launige Wunsch mengt, »die Gunst der Stunde zu nutzen«, wie er manche liebenswerte ältere Personen ergreift, wenn deren Würde scherzhaft ins Lächerliche gezogen wird. Doch an diesem elften Februar war es Miss Guppys und nur Miss Guppys Privileg, Sylvanus' Gesicht zu sehen, als er sich daranmachte, den ausgelassenen Teufel voll höllischer Possen auszutreiben, der so unvermutet in seinen beherrschten Bruder gefahren war.

Perdita war um seinetwillen sehr verlegen, und die stolze Tossty tat etwas, was die leicht erregbare Tissty hätte tun können, wenn sie nicht dazu geneigt hätte, sich jeglicher Anspannung durch impulsive Handlungen zu entledigen, indem sie die Hände zum Kopf hob und sich die Finger in die Ohren steckte, mit einer Geste, die offenbar ihre letzte Zuflucht bildete, wenn der Pessimismus ihres Freundes den Punkt erreichte, an dem sie es nicht mehr zu ertragen vermochte.

Sylvanus, der seinen Bruder teilnahmsvoll betrachtete, dachte sich: »Wie töricht von mir, ihn damit anfangen zu lassen!«, und da er sich daran erinnerte, daß er in ihrer Kindheit Jerry erschreckt und zur Ruhe gebracht hatte, wenn er sich als Gespenst gebärdete, hob er die Arme hoch über den Kopf und begann mit seinen langen, mageren Fingern im rechten Winkel zu den überstreckten Handgelenken zu wackeln.

Doch nicht Sylvanus' erhobene Hände und auch nicht die absonderlichen Fischflossenbewegungen, mit denen seine mageren Finger die Luft zerteilten, versteinerten Miss Guppys Blick. Wovon sie die Augen nicht wenden konnte, das war das lange weiße Gesicht des Mannes, das mit einemmal aussah wie eine schmale Jalousie, in die zwei Löcher gebohrt worden waren, die eine lodernde Dunkelheit von draußen hereinließen.

Angesichts dieser furchterregenden Erscheinung fanden die Possen des atemlosen Clowns ein schnelles Ende. Sein größter Wunsch, sobald dies geschah, schien nichts anderes zu sein, als Miss Guppy zu beruhigen, und er riß sich einen imaginären Federhut vom Kopf, verbeugte sich vor ihr wie ein Kavalier und küßte ihr die Hand. Dann kletterte er mit Hilfe seines Bruders über die Theke und kehrte an Tosstys Seite zurück.

»Na, Tossty, mein Schatz, du hast soeben den allerersten Auftritt meiner Karriere zu sehen bekommen. Ich nenne ihn ›Drunter und drüber‹ oder ›Das Unterste zuoberst‹. Es ist ein altes Lustspiel, Toss. *Commedia antiqua veritatis!* Oder: Den Teufel mit dem Beelzebub austreiben. Hast du gesehen, wie er mit den Händen gewackelt hat? So fängt man Wachtelkönige!«

Perdita war nicht das einzige Mädchen im verräucherten Barraum des Weeping Woman, dessen Neigung, an diesem Morgen zu weinen, einem Strom strahlendsten Glücks entsprang. Ebenjene Worte Sylvanus', die dem Jobber als reiner Unsinn erschienen waren, hatten für Peg Frampton die Milch des Paradieses bedeutet. So lieblos und trostlos, wie sie aufgezogen worden war, immer einsam, vernachlässigt, verbittert, hatte sie zwangsläufig begonnen, das bloße Wort Religion zu verabscheuen. Bisher war ihre Verderbtheit ihre einzige und alleinige Zuflucht gewesen – keine glühende Sinnlichkeit, sondern eine bittere Droge, ein erbärmliches Rauschmittel, das die traurige Verlorenheit ihrer Tage auflockerte. Doch das mysteriöse Absolute, von dem dieser Mann sprach, schien alles Liebliche und Süße und Glückbringende in sich zu vereinigen, das sie im Leben vermißte. Nichts daran erinnerte an die überkommenen Moralbegriffe, die in ihrer Nase stanken und in ihrem Geist den Beigeschmack eines gewissen modrigmuffigen Geruchs hatten, der von ihrem Vater ausging, wenn er sie förmlich und ohne übertriebene Zärtlichkeit in die Arme nahm. Peg hatte wenig gelesen, aber sie besaß einen neugierigen und empfänglichen Geist und hatte sich ihre eigenen Vorstellungen von der Bedeutung von Gut und Böse gemacht. Und als ihr Don Quichotte der Metaphysik von der taogleichen Gegenwart gesprochen hatte, die alles beinhaltete und allem zugrunde lag, nahm diese in ihr sogleich den Platz all jener undeutlich verspürten Wünsche nicht verderbter, sondern süßer, sinnlicher und geheimnisvoller Art ein, welche die Eintönigkeit ihres Lebens mit ihrem Mehltau überzogen hatte.

Neben ihm zu sitzen und ihm zuzuhören war alles, was sie sich ersehnte, und nicht die leiseste Eifersucht auf Marret regte sich in ihr. Pegs Empfänglichkeit für das eigene Geschlecht war in naher Vergangenheit von Daisy Lily so oft abgewehrt worden, daß es eine Überraschung und eine Freude war, in dieser neuen Freundin eine zärtliche, wenn auch nicht heftige Erwiderung der eigenen Gefühle zu finden. Doch der größte Augenblick war der, als Sylvanus zur Bar ging, um den Ausbruch des Clowns zu beenden. Das Erheben seiner Arme und die sonderbare Bewegung seiner Finger waren es, was ihr den aufregendsten Eindruck des ganzen Vormittags verschaffte. Seine Hände kamen ihr vor wie Tannenwipfel, wie entrüstete Schwanenfedern, wie gewaltige Seetangbüschel vom Meeresgrund, wie dahingleitende Wolken am Zenit, wie Windmühlenflügel, wie Rauch der großen Brauerei in Dorchester, wie Sturmwarnungen von der White-Nose-Klippe, wie der Wetterhahn auf der Kirchturmspitze von St. John's, wie Seemöwen auf dem Hardy-Denkmal, wie die beweglichen Dächlein der Schornsteine von Sark House, bevor sie es betreten hatte, wie die Umdrehung des Lichstrahls des Leuchtturms von Portland Bill, der durch die Fenster von Last House hereinschien. Sie ging sogar soweit – und bei ihr war dies das Gegenteil von blasphemisch –, das Wedeln der von den durchgedrückten Gelenken des Mannes horizontal abstehenden Finger mit ihren kindlichen Vorstellungen des Heiligen Geistes zu vermischen. Das Groteske seines Handelns veranlaßte sie dazu. Es schien eine Abwehr, eine Herausforderung des Bösen, einen Widerstand, ein Trotzen zu beinhalten, ein Rüstzeug aus der Waffenkammer des Abartigen, des Unheimlichen, des Monströsen, des Halbirren; und im Verein mit ihrem Abscheu vor der herkömmlichen Religion entsprach dies genau ihrer eigenen privaten Vorstellung davon, wie das Absolute tätig werden sollte, wenn es erst einmal loslegte.

Es schien Jerry Cobbold überaus schwerzufallen, sich von seinem Bruder zu trennen. In seiner merkwürdigen atlasgleichen Neigung, den Status quo der Welt aufrechtzuerhalten, war ihm, als könne er diese eigenartige Annäherung in der Bar des Weeping Woman als günstige Gelegenheit wahrnehmen, Sylvanus dazu zu bewegen, die metaphysischen Darlegungen auf der Esplanade einzustellen.

So kam es, daß Peg die keineswegs abgeneigte Marret dazu brachte, sie zum Regatta zu begleiten und dort mit ihr einen Lunch aus grünem Salat und viel Gebäck einzunehmen, wie ihn junge Frauen, die man sich selbst überläßt, unweigerlich wählen. Bevor sie diese verschwenderische Einladung aussprach, mußte Peg ihr zerlumptes perlenbesticktes Portemonnaie so verstohlen wie möglich aufschnappen lassen. Dem Herrn sei Dank! Sie hatte fast noch ihr ganzes wöchentliches Taschengeld übrig, das Mr. Frampton anläßlich ihres letzten Geburstags von drei Shilling, sechs Pence, auf vier Shilling, neun Pence, erhöht hatte.

Der Tag war so schön und erwies sich ab der Mittagszeit als so warm, daß Peg, als sie sich auf der Esplanade fast gegenüber ihrem Ziel befanden, aus einer plötzlichen Eingebung heraus vorschlug, sie sollten zum Meer hinuntergehen. Als sie dort nebeneinander im glitzernden Sand standen und die kleinen Wellen betrachteten, die vor ihren Füßen verliefen, sahen sie einen Jungen und ein Mädchen – offenbar Ausflügler, die für einen Tag nach Weymouth gekommen waren –, die ihre Schuhe und Strümpfe ausgezogen hatten und kühn im schimmernden Wasser planschten.

Dieser Anblick weckte in Peg den abenteuerlustigen Wunsch, ihnen nachzueifern, und sie überredete Marret, die viel lieber mit Pegs Arm um ihre Hüfte dort geblieben wäre, wo sie standen, gemeinsam mit ihr die Strümpfe auszuziehen. Daß sie keinen Pfifferling darauf gab, was man munkeln mochte, wenn man die Tochter von Cattistocks Partner mit der Tochter des Kasperletheaterbetreibers im Wasser planschen sah, beweist, welch einsames und unabhängiges Leben Peg geführt hatte und wie sehr es ihr – da ihr Vater nur in seine Geschäfte versunken war – gelungen war, sich mehr oder weniger aus ihrer Klasse zu entfernen. Als die zwei jungen Frauen dem Jungen und dem Mädchen folgten und sich in das glitzernde Wasser begaben, wurden sie sofort zu einem natürlichen Paar jugendlicher Gefährtinnen, die kicherten, quietschten, schauderten und kleine Schreie ausstießen, als sie die Kälte der Wellen spürten. Viel von ihrer Aufmerksamkeit galt dem Bemühen, ihre Kleider nicht naß zu machen, und die Art und Weise, wie sie ihre Schlüpfer hochzogen und ihre Kleider, die hinten immer wieder hinunterfielen, beinahe das Wasser berühren ließen, erinnerte eher an das Gebaren von Kindern als an das Erwachsener; doch als sie nebeneinander standen und sich zum Landesinneren wandten, als sie sahen, daß der Junge und das Mädchen sie auslachten, ließen sie es sich nicht entgehen, ein paar Worte über Sylvanus zu tauschen.

»Marret, lebst du jetzt mit ihm zusammen, als wenn ihr verheiratet wärt?«

»Nicht ... ganz so«, sagte Marret langsam und indem sie ihre Worte mit größter Sorgfalt wählte. »Wir schlafen zusammen, und er drückt mich an sich, aber«, und sie beendete ihren Satz mit der natürlichen Offenheit eines Mädchens, das inmitten der Esel und Ziegenkarren des »trockenen Strandes« aufgewachsen war, »aber er tut nie was. Er wirkt nicht, als würde er es wollen, und ich glaube, er wird es auch nie wollen.«

»Willst *du* es denn, Marret?«

Peg begann ein eigenartiges stellvertretendes Vergnügen an alledem zu empfinden. Der Umstand, daß sie sich zu diesem Mädchen hingezogen fühlte, schien alles nur um so selbstverständlicher und erfreulicher zu machen. Sie fühlte eine zitternd erregte Neugier ob dessen, was die beiden wirklich taten. Nur zu gern hätte sie alles gewußt, *alles*. Gern hätte sie sie bedient, während sie nebeneinander lagen. Gern wäre sie ihre Dienerin gewesen und hätte ihnen den Tee auf einem Tablett heraufgetragen und ihnen aufs Bett gestellt und sich auf die Bettkante gesetzt. Und ihr war, als sei sie es, als sie nun Marret mit ihren Fragen bedrängte und im Mundwinkel ihrer roten Lippe – der Unterlippe, die immer herabhing – ein Speicheltröpfchen klebte.

Marret schwieg auf die Unverblümtheit der letzten Frage.

W*ollte* sie es denn? fragte sie sich und ließ ihren Blick über den »feuchten Strand« und den »trockenen Strand« zur weißen Mauer der Esplanade wandern. Auf einer Bank auf der Esplanade saß ein junger Mann, und instinktiv ließ Marret ihr Kleid fallen. *Wollte* sie es denn?

»Ich weiß nicht, ob ich es will oder nicht«, sagte sie schließlich leise, und über ihr Gesicht, das Peg voll Anteilnahme betrachtete, zog ein vergeistigter, passiver, unendlich geheimnisvoller Blick, jener eigenartige Verkündigungsblick, den die italienischen Maler der Frührenaissance ihren außergewöhnlich jugendlichen Madonnen so meisterhaft zu verleihen verstehen. Ein langes Schweigen trat ein, in dem Marret ihren Kopf mit geistesabwesender Nachdenklichkeit langsam bewegte, indes ihre Augen die Statue des alten Königs, die Jubiläumsuhr, den Kirchturm von St. John's erfaßten. Dann verspürte sie einen Kälteschauer in den sonnenbeschienenen Wellen, denn das Wasser war noch winterlich kalt, und sie schlug Peg vor, an Land zurückzugehen.

Peg nahm diesen Vorschlag mit beschützerischem Verständnis auf und begab sich sofort zum Ufer, wenngleich sie – um der Wahrheit die Ehre zu geben – bedauerte, auf das köstliche Gefühl erotischer Stimulation verzichten zu müssen, das ihr das Wissen verschaffte, daß der junge Mann auf der Bank sie von der Esplanade aus eifrig beobachtete und der planschende junge Mann sie vom tieferen Wasser aus verstohlen beobachtete.

»Sein Mädchen ist kein umwerfender Anblick«, sagte sich Peg. »Kein Wunder, daß er zu Marret und mir schaut!«

Indem sie »zu Marret und mir« sagte, gehorchte sie einem tiefen inneren Antrieb. So schamlos unmoralisch Peg war, war sie hinsichtlich bestimmter menschlicher Schwächen so streng wie der heilige Augustinus. Wenn sie sich zu einem jüngeren Mädchen hingezogen fühlte, wie es bei Daisy Lily der Fall gewesen war und nun bei Marret der Fall war, wäre es ihr als empörend unloyal erschienen, ihren Gedanken den leisesten Vergleich zwischen der eigenen körperlichen Attraktivität und der ihrer Freundin zu erlauben. Doch wenngleich sie unter beträchtlichem Bedauern zum Ufer watete, wurde ihre Selbstlosigkeit durch die Wahrnehmung – und in dieser Art Wahrnehmung war Peg Expertin – belohnt, daß der junge Mann auf der Bank vom Anblick ihrer nackten Beine wie gebannt war.

Marret – noch immer mit dem Verkündigungsblick der alten Meister – schüttelte mechanisch im Vorangehen ihr Kleid aus. Dies tat das Mädchen vom Kasperletheater nicht allein aus angeborener Sittsamkeit, sondern weil es verliebt war. In der Tat war es in seinen Propheten nicht weniger verliebt als Perdita in den Jobber, doch da es weniger pessimistisch und viel weniger intellektuell war als die Gesellschafterin Mrs. Cobbolds, nahm seine Liebe die Form grenzenloser kindlicher Heldenverehrung an. Auf Pegs unerhörte Frage, ob sie wolle, daß Sylvanus sie besitze, hatte Marret wahrheitsgetreu geantwortet: »Ich weiß nicht, ob ich es will oder nicht.« Ihre Gefühle kennzeichnete die Keuschheit hingebungsvoller Frömmigkeit. Hätte Sylvanus sie nicht nur besitzen, sondern ihr auch das Haar abschneiden wollen, hätte ihr Herz nur gemurmelt: »Mir geschehe, wie der Herr will.«

Peg Framptons Gedanken jedoch lag es fern, ihren Rock über ihre schimmernden Beine zu senken. Verführerisch glänzten sie im Frühlingssonnenschein, und sie schienen geradezu mit lauten Worten nach einem ausgelassenen Najadentanz auf dem glitzernden feuchten Sand zu verlangen.

Wahrhaftig boten die zwei Freundinnen einen auf interessante Weise gegensätzlichen Anblick, als sie aus dem perlenfarben schimmernden Meer kamen. Ähnelte Marret in ihrem langen schwarzen Rock der kindlichen Maria in einem alten Gewand der heiligen Anna, besaß Peg ebenjene Ausstrahlung versonnener Verschwiegenheit, wie sie den weltklugen Botticelli dazu verlockt hatte, den windgeformten Bewegungen seiner Meeresgeborenen etwas Rätselhaftes einzuschreiben. Pegs lasterhafte Erregung wuchs um so mehr, je näher sie dem jungen Mann auf der Bank kam. Als sie schließlich glaubte, nahe genug zu sein, daß er erkennen konnte, daß sie wußte, was er fühlte, geisterte ein Lächeln fragwürdigster Verworfenheit über ihre Züge. Schon im nächsten Augenblick nach diesem Lächeln erkannte sie ihren Bewunderer. Es war niemand anders als der fleißige junge Mann, der in Trigonia House logierte.

Auch Marret erkannte Mr. Gaul und winkte ihm mit der Hand zu und rief ihm sogar mit hoher Schulmädchenstimme einen Gruß zu, nicht viel anders, als sie es getan hätte, wenn sie sich neben den Puppen ihres Vaters befunden hätte.

Nicht wenig erschrocken und nicht ohne einen nervösen Blick über seine Schulter, um sich zu vergewissern, daß Miss Monkton, die Tochter seiner Vermieterin, nicht etwa auf dem Heimweg von der Schule war, stieg Mr. Gaul die Steinstufen zum trockenen Strand hinunter und erreichte schon bald die unschwer zu erkennende Stelle, an der die Mädchen ihre Strümpfe und Schuhe zurückgelassen hatten. In der Tat erreichte er diese Stelle vor den Mädchen selbst, und es kam ihm in den Sinn, daß er auf die Frage eines Studenten aus Jena oder Heidelberg an den berühmten Ausleger der Philosophie der Repräsentation, welcher Gegenstand oder welche

Gruppe von Gegenständen den Meeresstrand seines Heimatlandes am lebhaftesten zu repräsentieren vermochte, ohne weiteres antworten könnte: »Ein Paar Mädchenstrümpfe, mit Kieselsteinen beschwert und vom darüberwehenden Sand gesprenkelt!«

Wie meist bei allem, was dem Menschen widerfährt, hatte auch in diesem Fall ein Zusammentreffen schicksalhafter Zufälle Mr. Gauls Anwesenheit in diesem entscheidenden Moment bewirkt. Daß er sich allein an diesem Ort befand und keine Müßiggänger auf der Esplanade weilten, die sein Interesse an der klassischen Szene hätten teilen können, verdankte sich dem Umstand, daß es die Stunde der Mittagsmahlzeit war. Daß er sich jedoch auf der Bank niedergelassen hatte, war das Ergebnis einer äußerst feinen Abstimmung von Folgen und nicht etwa Ursachen. In Hochstimmung hatte er sich aufgemacht, um in derselben Buchhandlung, in der *Middlemarch* in die Hände zu bekommen des Jobbers Schicksal gewesen war, eine Ausgabe des *Faust* zu erwerben. Doch die Begegnung mit Mrs. Cobbold und seine scherzhafte Bemerkung zu ihr hatten, wie Curlys Mutter es ausgedrückt hätte, seinen Geist »bedröppelt«. Wie die Freundin des Jobbers ihm versicherte, hatte die Buchhandlung früher eine Vielzahl fremdsprachiger Bücher geführt, »aber die Leute lesen heute nicht mehr so eifrig, wie es üblich war, als Sie und ich noch jung waren, Mr. Gaul«. Ob diese Mehrung seines Alters um mindestens dreißig Jahre, ähnlich wie seine eigene Bemerkung zu Lucinda, ein *jeu d'esprit* war, das sich dem Frühlingswetter verdankte, hätte er nicht zu sagen vermocht, doch als er mit den Fingern die Regale der Leihbücherei entlangfuhr, deren jedes Exemplar, das er aufs Geratewohl herauszog, nach Seesand und heißem Sonnenschein in Erkerfenstern zu duften schien, da begann er sich unphilosophischen Gedankengängen hinzugeben. Anders gesagt: Mr. Gaul begann dem Einfluß des Frühlings zu unterliegen. Er dachte an seinen kühnen Rat, daß Magnus seine Freundin nach eigenem Gutdünken aufsuchen solle, und in seine aufgewühlten Sinne schlich sich der desperate Wunsch, selbst eine Freundin zu haben, die man aufsuchen konnte. Und dann, indes er der Freundin des Jobbers, die mittlerweile mit der triumphalen Bekehrung eines Lesers »dieser gräßlichen modernen Bücher« zur vernachlässigten Kultur George Eliots beschäftigt war, noch immer den Rücken zukehrte, wendete Mr. Gaul zerstreut die Seiten eines Werkes von Rider Haggard und stieß darin auf eine kleine Vignette – denn als richtige Illustration ließ es sich kaum bezeichnen – von zwei einnehmenden jungen Frauen, in antike Gewänder gekleidet oder eher »entkleidet«. Das Buch war fast bis zur Unleserlichkeit abgenutzt. Jede Seite sah aus, als sei sie, während ihr Leser im Meer badete, durch den zwischen die Seiten gelegten Seetang offengehalten worden. Aus dem Buch stieg die »Aura« eines halben Jahrhunderts von Sommerferien, zugebracht zwischen dem trockenen und dem nassen Strand.

Und ihm kam der Einfall – als enstamme er den langen nachmittäglichen Phantastereien des letzten Lesers von *Alan Quartermain* –, daß er eine wahrhaft intelligente Interpretation der theologischen Vorstellung der Sündhaftigkeit, bezogen auf erotische Sinneseindrücke, ausfindig machen sollte. Und während er das Buch zurückstellte und sich vor der Freundin des Jobbers verbeugte, die mit der geschmacklichen Erziehung ihres jungen Mannes diesen offenbar in höchste Verwirrung gestürzt hatte, kam ihm der Einfall, daß es unmöglich war, angemessen über das Rätsel der Lüsternheit zu philosophieren, ohne ihr wenigstens in gewissem Maße gefrönt zu haben. Im dunstigen Sonnenlicht reiften diese Gedanken eher, als daß sie verblaßten, als er hinter dem untadeligen König die Straße überquerte, und als er die beiden jugendlichen Ausflügler im Wasser planschen und Peg und Marret sah, die ihn beobachteten, ließ er sich auf die kommoderweise dastehende Bank sinken und gab sich den Einwirkungen des gefahrvollen Frühlingswetters widerstandslos hin.

Als die Mädchen gemächlich auf ihn zuwanderten – hie und da verweilend, damit Peg ihre Unterbekleidung zurechtziehen oder stehenbleiben konnte, um ein verlockendes Stück Seetang aufzuheben und ins Wasser zurückzuwerfen –, erkannte Mr. Gaul, daß er ein unverzichtbares Stück erotischen Wissens bereits erworben hatte, nämlich das um die große Bedeutung, die dem Element des Unpersönlichen in den verschiedensten Stadien der Wollust zukommt. Der Anblick von Pegs glänzenden Gliedmaßen, die im perlmutternen Sonnenschein so herrlich schimmerten, hatte ihm auf den ersten Blick eine intensive erotische Verzückung gewährt, voll Poesie, voll einer köstlichen, zitternden Befriedigung, die sich über die gesamte Oberfläche des glitzernden Wassers ausbreitete. Doch sobald er begriff, daß dem Mädchen bewußt war, daß er es auf diese Weise ansah, und daß es ebenfalls Vergnügen daraus bezog, kam diese Erkenntnis mit so überwältigender Gewalt über ihn, daß es ihn erschütterte, durcheinanderbrachte, seinen Seelenfrieden zerstörte, verstörende Begierden weckte. Ein noch weitergehendes Stadium erreichte er – so beobachtete der Philosoph in Mr. Gaul, der dessen menschliche Regungen kommentierte –, als er Peg und Marret die Hand reichte und mit ihnen zu sprechen und sich ihrer Gesellschaft zu erfreuen begann, und er gelangte zu dem Schluß, daß in diesem geselligen Stadium der Sache eine Frau weit mehr von dem Ganzen profitierte als ein Mann, in der Tat so viel mehr, daß er sich zu fragen begann, ob jeglicher Liebesvorstoß nicht eine Art Vergewaltigung an der naturgegebenen Geselligkeit der Frauen darstellte, ganz so, als würde eine Rose vom Rosenstrauch gepflückt.

In Wahrheit jedoch war Mr. Gaul dazu befähigt, jungen Mädchen ein reizender Begleiter zu sein, auch wenn er es wohl kaum über sich gebracht hätte, dies in seiner Selbstanalyse zu berücksichtigen. Die kleine Miss Monkton hatte dies bereits auf schmerzliche Weise herausgefunden, denn das, was ihr Lehrer an ihren Launen und Ausbrüchen dem Teufel zuschrieb, war tatsächlich Ergebnis des ersten Bewußtseins, welches das arme Kind von den Pfeilen des Eros hatte. Peg und Marret, die langsam die Stufen zur Esplanade emporstiegen, war Mr. Gaul der unstreitig vollendete Begleiter. Selbst Marret schien ihre Schüchternheit abzulegen, denn später sagte sie zu Peg:

»Man kann sich einfach nicht komisch fühlen und an die ganzen Sachen denken, wenn er einen mit diesen blitzenden runden Brillengläsern anguckt, so wie der alte Knabe vom Regent's Park, der den ganzen Sommer bei Dads Vorstellung in der ersten Reihe gesessen hat, als wäre er in Judy verschossen!«

Eine heikle Situation stellte sich desungeachtet ein, als die drei die Straße zum Regatta überquerten, denn Mr. Gaul teilte mit Peg die Eigenschaft, daß sein Portemonnaie alles andere als unerschöpflich war. Weder er noch Peg hatten genug Geld dabei, um einen Gast zu bewirten, doch die Etikette von Weymouth hätte ihnen nie und nimmer gestattet, daß jeder für sich zahlte. Mr. Gaul war jedoch von umwerfender Offenheit in solchen Dingen. Er forderte die Mädchen auf, sich mit ihm auf seine Bank zu setzen, die noch immer leer war, und verlangte, daß sie alle drei ihr Portemonnaie in Pegs Schoß ausleerten.

»Aber ich wollte Marret sowieso einladen!« protestierte Peg.

»Ausleeren, ausleeren!« befahl Mr. Gaul.

Und es stellte sich heraus, daß Marret in einer verzierten Lederschatulle, die aussah, als hätte sie sie zu Füßen des Besuchers vom Regent's Park aufgehoben, einen goldenen Sovereign besaß.

»Tu ihn weg!« rief Peg. »Sie darf ihn nicht einwechseln, Mr. Gaul! Nein, nein! Tu ihn weg.«

Doch Mr. Gaul fand die Vorstellung, daß das Mädchen vom Kasperletheater die Zeche berappen sollte, nicht unamüsant.

»Zu gern würde ich die Miene des Rettungsbootmodellbauers sehen«, sagte er sich.

Zu guter Letzt wurde der Inhalt von Pegs Portemonnaie in das Mr. Gauls transferiert, und beide versicherten Marret, daß sie es überhaupt nur wagten, das Regatta zu betreten, weil sie ihr Goldstück als Sicherheit im Hintergrund wußten.

Nie zuvor war dem Jobber die Einzigartigkeit seiner heimatlichen Isle of Slingers so schmerzlich klar zu Bewußtsein gekommen, wie er sie heute empfand, als er mit Perdita neben sich in der *Schnecke* über die Fleet-Brücke und Chesil Beach auf der Landseite entlangfuhr. Sie hatten schließlich doch zu den letzten gehört, die das Weeping Woman verließen, was daran lag, daß Perdita sich sowohl gescheut hatte, ohne viel Federlesens an den anderen vorbeizudrängen, als auch, sich förmlich von ihnen zu verabschieden, und daran, daß Miss Guppy, die nicht recht wußte, ob sie bei der Erinnerung daran, daß sie sich von dem hatte anstecken lassen, was sie »Mr. Cobbolds närrisches Betragen« nannte, lachen oder weinen sollte, es sich nicht hatte nehmen lassen, sie vor ihrem Aufbruch mit einer »raffinierten Fischmahlzeit« aus dem Reich Mr. Witchits samt ein paar Flaschen Bier zu bewirten, die in der Küche auszuschenken sie Sorge trug, damit das Schild mit dem Namen Cattistock & Frampton im Jobber nicht ungute Gedankenverbindungen weckte.

Solche bösen Gedanken waren nun tatsächlich wie ausgelöscht, als er langsam voranfuhr und, während er mit der jungen Frau sprach, hin und wieder den Blick auf den Gesteinsmassen ruhen ließ, die sich über ihnen auftürmten. Portland, das vor ihnen lag und sich Schicht um Schicht mit seinen Terrassen alter Mauern und grauer Dächer zeigte, schien wahrhaftig im leuchtenden, klaren Sonnenglast am Zügel zu zerren, an dem riesenhaften Seil durchsichtiger Steine, Achate und Karneole, die es ans Festland anbanden, zu ziehen. Der große Kalksteinfels schien in diesem zaubrigen Licht auf keinerlei Art in irgendwelchem festen Erdreich verwurzelt zu sein. Er schien ebenso wie die Schlachtschiffe im Hafen über einem flüssigen Abgrund opalisierenden Wassers zu schweben, der bis zu den Antipoden hinabreichte. Und der Jobber hatte allmählich den Eindruck, als schwimme die überwältigende Masse von Oolith an diesem Tag wirklich auf der durchsichtigen unbewegten Fläche, als schwimme sie nicht nur, sondern stehe im Begriff, davonzutreiben, über die Oberfläche des halkyonischen Meeres auf und davon zu gleiten. Den ganzen Weg des engen und steilen Anstiegs von Chesilton aus, bei dem die treue *Schnecke* schnaufte und knatterte und keuchte, überließ sich der Jobber dem paradiesischen Glücksgefühl, Perdita die Natur dieses vielen Kalksteins zu erläutern, seine lange Geschichte, die sich in prähistorischen Äonen verlor, seine verschiedenen Teile und Lagen und Strata und Arten der Beschaffenheit, und woran es lag, daß ein bestimmter alter Steinbruch wie Saxon Quarry allen übrigen im Ertrag überlegen war. Perdita konnte nicht verhindern, daß ihr Tränen in die Augen stiegen, als sie sah, wie bewegt er war und was für einen feierlichen und ehrfürchtigen Ton seine Stimme annahm, wenn er vom Stein seiner Heimat sprach.

»Wie erstaunlich!« dachte sie. »Ich weiß, daß ich Guernsey und seine Felsen liebe; er jedoch«, bisher hatte sie ihren Freund mit keinem Menschennamen bezeichnet und hatte auch keinen Wunsch danach verspürt, »scheint seiner Heimat enger verbunden zu sein, als ich mir dies je bei irgend jemandem hätte vorstellen können. Ich glaube, daher kommt es, gerade so, als hätte er etwas vom Oolith in seiner Natur, daß er jedermann so fern ist und zugleich so vertraut mit jedermann verkehrt.«

Als sie die Steigung zur Hälfte erklommen hatten, mußte Skald aussteigen, um sich an seinem knatternden Motor zu schaffen zu machen, und die junge Frau hatte lange genug Gelegenheit, sich über seinen Charakter Gedanken zu machen. Es war nicht Perditas Art zu idealisieren, wenn sie liebte. Im Gegenteil war es ihre Art, bis zum äußersten kritisch zu sein, zu analysieren, in Frage zu stellen, abzuwägen. Psychologische Schlüsse zog sie mit Leidenschaft, was fraglos untrennbar mit ihrer pessimistischen Geisteshaltung zusammenhing.

»Es mangelt ihm an Intellekt«, sagte sie sich soeben. »Er ist überhaupt kein denkender Mensch. Gewiß wäre er glücklicher, wenn er im Steinbruch mit den Händen arbeitete, statt geworden zu sein – nun, was er eben ist! Für diese Fuhrmannstätigkeit ist er überhaupt nicht geschaffen. Dafür ist er ganz und gar nicht geschaffen.«

Glücklich, wenn auch unter vielerlei verrückten und träumerischen Gedanken, schaute sie auf das massige, dunkle Profil des Mannes, der sich über seine Arbeit beugte.

»Nein«, dachte sie, »er hat wirklich nichts Intellektuelles. Er ist sogar ein bißchen dumm. Eigentlich ist es schlimmer als das. Er ist starrköpfig. Aber eines an ihm gefällt mir so über alle Maßen! Er schämt sich weder seiner mangelhaften Bildung, noch tut er so, als wäre er darauf stolz. Er ist einfach der, der er ist, und läßt es dabei bewenden.«

Perditas Verallgemeinerungen über das Wesen des Mannes, dem sie sich mit Leib und Seele hinzugeben bereit war, waren keineswegs falsch. Gewiß, hätte sie ihn mit seiner Freundin aus der Buchhandlung gesehen und mit angesehen, wie er sich klaglos und geduldig einer ausführlichen Erörterung von *Middlemarch* unterwarf, dann hätte ihr das ein neues Licht aufstecken können über seinen Wunsch, sich zu bilden, wenn nicht gar intellektuell zu sein, doch bezeichnend war, wie eindeutig sie in den allerersten Stunden dieser ersten vierundzwanzig Stunden ihrer wahren Bekanntschaft konstatierte, daß sie dazu ausersehen war, sich um ebensoviel klüger als der Mann, den sie liebte, zu dünken, wie sie in dieser Hinsicht Mr. und Mrs. Cobbold unterlegen war.

Nachdem er das Gebrechen im Innenleben der *Schnecke* erfolgreich behandelt hatte, kletterte der Jobber an ihre Seite zurück, und sie rumpelten weiter. Oben auf dem Hügel hielt er den Wagen an und zeigte seiner Freundin aus Guernsey voll Stolz das weite Panorama von Land und Meer, das sich unter ihnen ausbreitete. Er zeigte ihr White Horse und White Nose. Er zeigte ihr das Hardy-Denkmal und Maiden Castle. Er zeigte ihr den Kirchturm von St. John's und die Umrisse von Fort Nothe. Er zeigte ihr die lange Linie von Chesil Beach, die sich in einem weiten, endlosen Halbkreis in die tiefhängenden Nebelwolken des legendenumwobenen Westens erstreckte.

»Weiß Gott«, rief er, »ich könnte nicht mit Worten sagen, was mich an dieser Aussicht so ergreift! Dieser alte Kirchturm hat keinen eigenen Reiz. Die alten Befestigungen von Fort Nothe mit ihrem Grasbewuchs sind nichts Besonderes. Sandsfoot ist gar kein echtes Schloß. Und dennoch ist irgend etwas an all diesen Dingen, wenn man sie so sieht, was einen einfach umhaut – wenn du verstehst, was ich meine!«

»Ich glaube, teilweise zu verstehen, was du meinst«, sagte Perdita vorsichtig. »Ich kann mir vorstellen, daß das Schloß und der Kirchturm nicht so romantisch sind, wie sie sein *könnten*, und ich kann sehen, daß das weiße Pferd auf dem Berg eher etwas Eindrucksvolles als etwas Romantisches hat. Meinst du, daß diese

Dinge für dich geworden sind, was sie sind, weil du sie von frühester Kindheit an gesehen hast?«

Der Jobber starrte sie verständnislos an. Seine große Hand lag auf ihrem Schenkel, und sein tabakgeschwängerter Atem berührte ihre Wange und ihre braunen Haarsträhnen, die sich – wie sie es an jenem Abend getan hatten, als er sie kennenlernte, denn es war eine Unart ihres Haars, das zu tun – aus ihrer Frisur zu lösen begannen und ihr über das Ohrläppchen fielen.

»Weil ich sie ... so lange gesehen habe, Perdita? Nein, nein, mein Schatz! Diese Dinge sind das, was sie sind – sieh dir nur das Hardy-Denkmal an, jetzt, wo die Sonne darauf scheint! Nein, es ist mehr als das. Aber was es ist, das kann ich weiß Gott nicht sagen, liebstes Herz!«

Er drückte ihren Schenkel noch fester, als sie sich vorbeugte, und starrte dabei über das Steuer der *Schnecke* auf den vertrauten Anblick, und während er auf das wohlvertraute Land und das wohlvertraute Meer im glimmenden Sonnendunst starrte, wurden beide für ihn zu etwas Unaussprechlichem, etwas, was über und über mit den Hieroglyphen des Geistes beschrieben war, und ihm war, als würde er ihnen in diesem Augenblick wahrhaftig Fleisch und Blut seiner Liebe darbieten.

»Ja«, sprach er wieder langsam, »ich weiß wohl, daß der Kirchturm nichts Besonderes ist ... und besonders alt ist er auch nicht ... und ich weiß, daß an dem alten Fort nichts dran ist ... nur ein Fort ... ein aufgegebenes Fort ... von Gras überwuchert ... aber ... wenn die Dinge einander so lange gesehen haben ... dann hat man den Eindruck, als wären sie irgendwie miteinander verbunden ... als wären sie Teil von etwas ... als würden sie ... etwas bewirken ... ja, weiß Gott! ... als würden sie etwas bewirken.«

Er sank zurück, als hätte ihn eine geistige Anstrengung, die seine Kräfte überstieg, erschöpft.

Perdita griff nach der schweren Hand, die jetzt reglos auf ihrem Schoß lag, und führte sie an die Lippen, indem sie ihren Kopf neigte.

»Ich glaube tatsächlich zu verstehen, was du meinst, wenn du von diesen Dingen sprichst«, sagte sie, »und wenn ich lange genug hierbleibe, werde ich es besser verstehen können. Aber mir ist schon aufgefallen, wie alle über den Kirchturm und White Horse und das Nothe-Fort und die Hafenbrücke sprechen. Ich habe gehört, wie Mr. Muir neulich Mr. Cobbold erzählte, wie Portland von seinem Fenster aus aussieht. Es ist eigenartig, sich *seine* Landschaft als deine Heimat und *deine* Landschaft als seine Heimat vorzustellen.«

Jetzt hatte der Jobber seinen Arm um sie gelegt, und als seine Finger ihr Herz klopfen spürten, erfüllte ihn eine große, bebende Woge der Zärtlichkeit.

»Jetzt halte ich meine Linke«, dachte er, »auf der rechten Brust meiner Liebsten. Steht etwas Ähnliches nicht in der Bibel?«

Doch Perdita dachte nicht an die Bibel oder daran, welcher seiner Arme sie umschlang, sondern sie dachte, daß sie ihm gern erzählt hätte, daß dies wahrhaftig das erstemal war – denn sie hatte nie zu tanzen gelernt –, daß eines Mannes Arm sie umfing, sah man von ihrem Onkel ab.

»Aber das kann ich nicht tun«, dachte sie, »und doch ist es komisch, daß ich es nicht kann! Habe ich Angst, er könnte mich für wunderlich halten?«

Und dann, als sie die Umrisse von Weymouth betrachtete, die sich vor ihnen ausbreiteten, mit Fort Nothe am einen und St. John's am anderen Ende, begann ein undeutlicher, vager, komplizierter Gedanke sich wie eine geringelte Schlange am Eingang ihres Gehirns zu winden. Er hatte mit der Bedeutung dessen zu tun, was all diese Leute über die Wegmarken ihrer Stadt zu Lande und zu Wasser sagten. Es war eine Offenbarung – doch halt! es war ihr entglitten. Sie konnte sich an nichts mehr erinnern. Dennoch sagte sie sich:

»Mir scheint, das Aussehen von jedem Stück Küste nach all den Fluten und Erdrutschen und Erdbeben ist wie ein Stück einer alten Handschrift. Mit dem Kirchturm und dem Fort verhält es sich anders. Aber was mir eben durch den Sinn ging, galt für sie genauso wie für die Küsten und Buchten! Es hing damit zusammen, daß eine Gegend als ganze irgendwie ... ja, was nur?«

Als sie sich dem Head, das den einsamsten Flecken der ganzen Westküste der Halbinsel innehatte, bis auf eine halbe Meile genähert hatten, sprang der Jobber aus dem Laster und wies sie in einem Ton, der keinen Widerspruch duldete, an, im Wagen sitzen zu bleiben, während er sich kurz zu jemandem begab, um Erkundungen einzuziehen. Nichts kam Perdita besser gelegen als eine Zeitlang allein gelassen zu werden, solange all die neuen Eindrücke noch frisch in ihrem Geist waren, und kaum war seine Gestalt im Pullover hinter einem großen Steinhaufen verschwunden, als sie selbst ebenfalls aus der *Schnecke* stieg und auf die Mauer kletterte, die an die Landstraße grenzte. Dort ließ sie sich so bequem wie möglich nieder.

»Er muß sich erst noch«, dachte sie, »mit meiner Marotte vertraut machen, Mauern, Bäume, Klippen und Zäune zu besteigen, alles, wo ich nur irgendwie Fuß fassen kann!«

Sie hatte sich im Damensitz auf der Mauerkrone niedergelassen, den Rücken an einen unbelaubten Holunderbusch gelehnt, der es zuwege gebracht hatte, an diesem steinigen Ort Wurzeln zu schlagen. Nie war ihr Geist klarer gewesen als in diesem Moment! Den Blick auf eine Stelle mit fettblättrigem und fettstengeligem Mauerpfeffer geheftet, der dort wuchs, wo ihre Fersen die Steine berührten, dachte sie:

»Ich bin in diesem Augenblick so glücklich, wie ich je in meinem Leben sein kann. Er will herausfinden, ob wir im Gasthaus übernachten können! Er weiß, daß ich zu allem bereit bin, und ich bin bereit – *zu allem*?«

Gedankenverloren schaute sie auf die kleine grüngelbe Pflanze und auf die Steine, aus denen sie wuchs.

»Es muß mir irgendwie gelingen, diesen Augenblick festzuhalten«, sagte sie sich. »Wie eng diese Pflanze sich an ihren Stein klammert! Aber ich spüre in meinen Knochen, daß unsere Liebesgeschichte keinen glatten Verlauf nehmen wird. Er ist nicht der Mann für ruhige, geordnete Verhältnisse. Aber unsere *Liebe* wird es nicht sein, was ein Ende findet.«

Ihr ganzer Körper erstarrte, verhärtete und verkrampfte sich, und ihr bewegliches Gesicht erbleichte ein wenig und nahm – hätte dies irgend jemand bemerken können – einen Ausdruck an, wie es ihn noch nie gezeigt hatte. Perditas Kinn war sehr klein, und ihr Mund öffnete sich gern von sich aus und ließ die Mundwinkel traurig hängen. Ihre Unterlippe, die rot und recht voll war, wenn auch weit trockener als die der armen Peg Frampton, hing ebenfalls für gewöhnlich ein wenig hinunter, und gewisse Linien kummervoller Natur, die von ihren Nasenflügeln zu ihrem Mund verliefen, und andere unter ihren Augenlidern, die ihnen in düsterer Komplizenschaft entsprachen, verliehen ihrer ganzen Miene einen eigenartig trostlosen und niedergeschlagenen Ausdruck.

Doch das ewige Band zwischen ihnen, um das beide nunmehr wußten, hatte seit dem gestrigen Vormittag, als er nach High House gekommen war, eine Veränderung im Gesicht des Mädchens bewirkt. Etwas am Knochenbau, insbesondere an Stirn und Wangenknochen, beherrschte alles übrige und verlieh ihr einen

Gesichtsausdruck, der entschlossen und sogar ein wenig stoisch wirkte.

»Unsere Liebe ist keine gewöhnliche Liebschaft«, dachte sie. »Wir könnten erbittert streiten und sogar in blinder Wut voneinander scheiden, aber nichts könnte je wirklich zwischen uns treten, seit wir einander begegnet sind.«

Ihre Gedanken versenkten sich immer tiefer in das Wesen dieses verewigten Augenblicks, ins Innerste dessen, was sie durchlebte. Als sie so reglosen Körpers dasaß und die Steine mit den Fingern umklammerte, gab ihr die harte Mauer das Gefühl, als sinke ihre Seele in den großen Felsvorsprung aus Oolith wie in den Schacht eines bodenlosen Steinbruchs.

»Ich bin froh, daß ich mit ihm in seine Heimatgegend gekommen bin«, dachte sie. »Wie komisch, daß ich ihn nicht richtig bewundern oder respektieren oder auch nur wirklich *mögen* kann!«

Sie preßte ihre Finger so fest um den Stein, daß ihre Knöchel weiß wurden. Der Knochenbau ihres Gesichts zeigte sich nun in ihrer Totenstille, als wäre ihr Schädel durch die Transparenz ihrer weichen, schwachen, nachgiebigen, unentschiedenen Züge hindurch sichtbar. Ihr Geist schien klarer, als er jemals zuvor in ihrem Leben gewesen war, und sie bezog ein unbändiges Vergnügen daraus, das, was sie für diesen Mann empfunden hatte, von jeglichem Gefühl und jeglicher Achtung zu entblößen.

»Es ist, als wäre etwas von ihm in mir und etwas von mir in ihm. Es ist, als brauchte er mich gar nicht zu besitzen, weil er mich sowieso längst besitzt! Es ist, als würde ich mir selbst weh tun, wenn ich ihm weh tue, und als würde er sich weh tun, wenn er mir weh tut.«

Ihr starrer Blick, dessen neuer »Schädelausdruck« ihre kummervollen Züge verwandelte, schien die Wurzeln des Mauerpfeffers zu ihren Füßen zu erreichen und sich in den Untergrund des riesigen Felsens zu senken, in seine Grundschichten, die tief unter der Meeresoberfläche lagen.

»Ich weiß wahrhaftig nicht, ob man das, was wir füreinander empfinden, als Verliebtheit bezeichnen würde oder ob es auch nur Leidenschaft ist. Ich glaube, *wenn* er mich heute nacht nimmt, dann tut er es unbeholfen, ungeschickt und brutal, *und ich werde genauso sein.* Er sieht nicht aus, als wäre er sehr darauf aus, mich zu küssen, und mir geht es nicht anders. Es ist, als erkundeten wir gegenseitig unsere Seelen, um etwas von uns selbst darin zu finden, was dorthin gelangte, bevor wir geboren wurden.«

Der Jobber kam von seinem Besuch im Head hocherfreut mit der Nachricht zurück, daß sie denselben Raum haben konnten, den gestern Cattistock und Tissty gemietet hatten. Diese Zufallsfügung verärgerte ihn keineswegs, wie man vielleicht hätte meinen können, sondern schien seinen unberechenbaren Geist merkwürdigerweise zu erfreuen.

»Ich bring' dich jetzt nach Beale«, kündigte er an, »wo der Leuchtturm ist und wo du die Strömung sehen kannst.«

Sie war von der Mauer gesprungen, um ihm entgegenzugehen, und spürte, wie steif und verkrampft ihre Glieder waren.

»Können wir den Wagen nicht irgendwo stehenlassen«, schlug sie vor, »und ein Stück gehen?«

Bereitwillig stimmte er zu, und nachdem sie die *Schnecke* im Hof eines der Steinbrüche in der Nähe abgestellt hatten, machten sie sich an diesem windstillen Nachmittag Hand in Hand auf den Weg. Er ließ die kleine Stadt Easton am Rande liegen und zeigte ihr einen staubigen Feldweg, der, wie er sagte, zum Haus seiner Eltern führte.

»Zuerst dachte ich, daß ich dich dorthin bringen will«, murmelte er. »Aber dann habe ich mich anders entschlossen. Es macht dir doch nichts aus, oder?«

Und wahrhaftig glomm in dem finsteren Blick, mit dem er sie bedachte, leiser Argwohn. Sie schüttelte den Kopf und hörte dann, wie er die rätselhaften Worte aus dem Buch Daniel leise wiederholte, die ihm so teuer waren:

»Eine Zeit und zwei Zeiten und eine halbe Zeit.«

»Was ist nur mit ihm?« dachte sie. »Warum kann er in diesen Kleinigkeiten nicht offen sein? Ich wollte seine Eltern gewiß nicht gerade heute kennenlernen. Warum kann er mich nicht vorher fragen, wie ich darüber denke?«

Doch in den kurzen Stunden ihres Zusammenseins hatte sich zwischen diesen beiden Menschen die Eigentümlichkeit eingestellt, daß sie eine Meinungsverschiedenheit beilegen konnten, ohne im geringsten zu schmollen.

»Hier ist Last House!« rief der Jobber, nachdem sie eine Zeitlang eine gerade staubige Straße gegangen waren, die monotone Steinmauern einfaßten, die der ganzen Gegend ihr Aussehen verliehen, »hier wohnt Sylvanus! Ich kann mir nicht vorstellen, daß er schon zurück ist, denn er hat keinen Wagen, aber sieht es hier nicht so aus, wie man es sich von diesem Burschen erwartet?«

Perditas Blick erfaßte eine schmutzige, verfärbte stuckverkleidete Wand mit zwei symmetrisch angebrachten Fenstern in Steineinfassungen und zwei brüchigen Schornsteinen darüber, die wie die aufgestellten Ohren eines aufgescheuchten Esels aussahen. Zwischen Haus und Straße befand sich ein schweres, massives Eisengitter, und fünf Zementstufen führten zur Haustür hoch. Auf diesen Stufen wuchsen an verschiedenen Stellen und in verschiedenen Färbungen grünes Moos und gelbe Flechten in verschwenderischer Fülle. Am Fuß der Stufen standen zwei Zementpfosten mit Eisenringen, zwischen denen eine rostige Kette hing, die in der Mitte ein Vorhängeschloß versperrte. Neben dem Schloß hatte vor langer Zeit jemand ein Gepäcknamensschild angebracht, das, vergilbt vor Alter, den Schnecken, die den verlassenen Ort erkundeten, als Wetterfahne diente. Und dieses Namensschild, das sich im schwachen Wind des halkyonischen Tages schwach bewegte, deutete beinahe unmerklich nach Nord-Nord-West.

»Er benutzt seine Vordertür nicht sehr oft«, bemerkte der Jobber.

»Nie, würde ich sagen«, stimmte Perdita zu.

Langsam gingen sie weiter, an den tiefliegenden glotzenden Fenstern und den melancholischen Schornsteineselsohren vorbei.

»Es fehlt nur der Schnurrbart«, dachte Perdita, »damit das Haus genau wie dieser Erzscharlatan aussieht. Nimmt er wohl beide Mädchen mit zu sich? Solche Dinge hatte ich zu Hause zu hören bekommen, aber ich hätte nicht gedacht, daß so etwas in Weymouth passiert.«

Die ganze Persönlichkeit Sylvanus', seine hohe Gestalt, seine abgetragene Kleidung, die aussah, als schlafe er in ihr, sein langer, spitzer, rübenförmiger Kopf, die abscheulichen Schnurrbartenden und die ganze salbungsvolle Religiosität, die von ihm ausging – an all das erinnerte Perdita sich jetzt als an einen der abstoßendsten Eindrücke, die sie je gehabt hatte. Sie zog ihren Begleiter am Arm, um von dem abscheulichen Haus wegzukommen.

Der Jobber gab ihrem Druck nach, doch in Wahrheit wäre er in diesem Augenblick gern noch viel länger dort stehengeblieben und hätte das breitblättrige Büschel verdorrten Grases an der einen Seite der Treppe weiter angestarrt, das sich in der unbewegten Luft noch weniger bewegte als das Namensschild.

»Gräser wie dieses habe ich schon oft gesehen«, hatte er gedacht, »sie sind schließlich so gewöhnlich wie der Straßenschmutz, aber sie fallen einem nicht immer auf! – wenn etwas Wichtiges bevorsteht. Weiß Gott! wie kurios, daß sie mir heute aufgefallen sind! Wenn ich sie so sehe, kommt es mir vor, als könnte der heutige Tag für immer andauern. Es kommt mir vor, als könnte ich den Hund Cattistock in die Ewigkeit schicken, ohne mitzugehen. Es kommt mir vor, als könnte sogar etwas geschehen, was macht, daß ich gar nicht mit ihm abrechne! Wenn ich sie so sehe, kommt es mir vor, als hätte ich sie auf einer großen Heide in Wales oder Schottland gesehen, wo ich einmal stundenlang gewandert bin und ganz taub und steif und verhungert war, aber so froh und munter wie eine Lerche.«

Doch er ließ sich von Perdita weiterziehen, ohne zu protestieren, und bald darauf erreichten sie das ebene flache Ende der Halbinsel, The Bill geheißen, wo sich zwei große Leuchttürme befinden, ein benutzter und ein unbenutzter, und wo das Land selbst, das sich zu einer Landzunge oder besser zu einem flachen Schnabel schmalen Felsgesteins verengt, beinahe wie ein nasser, kahler Schiffsschnabel über das gurgelnde, brausende, dunkelgrüne Wasser vorspringt und dem Wanderer die Peripherie eines doppelten Horizonts bietet, eines unendlichen und eines endlichen, die beide den Eindruck der Grenzenlosigkeit machen, mit dem Unterschied, daß die Grenzenlosigkeit des einen eine physische und die des anderen eine metaphysische ist.

Der Jobber und Perdita wanderten hinaus, bis sie das äußerste Ende der Plattform aus festem Fels ereichten, die über das Meer ragte. Dort standen sie nebeneinander auf etwas, was in seiner Glätte einem Tanzboden der Seenymphen ähnelte oder dem ebenen Grabstein einer alten Meeresgottheit. Es war ein Boden, auf dem eine Seehundherde, von Proteus behütet, sich zum Schlafen hätte niederlegen können! Er war von dunkelbrauner Farbe, mit gelblichen Meeresflechten gesprenkelt, und an bestimmten Stellen war seine Oberfläche von lebenden Muscheln, die sich hartnäckig an ihn klammerten, und von kleinsten Fossilien, deren innere Werte vor Jahrmillionen vergangen waren, aufgerauht. Darunter wirbelte und schäumte und gurgelte das dunkelgrüne Wasser, und weiter draußen, hinter der hochgepeitschten Brandung – denn die Wasser vor Portland Bill wurden von anderen Kräften als dem Wetter jenes Tages aufgewirbelt –, sah man unzählige Strudel und Mahlströme grünen Wassers. Es war einer der Orte, wo die Natur einen höchsten Grad an Kontrasten erreicht, der an eine höhere Absicht denken läßt, denn während sich im Felsboden, der etwa zwanzig Fuß lang und etwa halb so breit war, die schiere Unbeweglichkeit zu ballen schien, tanzte in den hereinstürzenden

Wellen die Entsprechung der schieren, nie endenden Bewegung. Ein Mensch, der auf dieser Felsplatte stand, spürte, wie ihn die Schwerkraft an das Felsgestein der Urbeschaffenheit unseres Planeten fesselte, indes er im tosenden Wirbeln der Wasser gähnende Löcher gewahrte, aus denen Fontänen des Urchaos immer wieder hervorschossen. Doch das war nicht alles. Als hätte menschliche Herausforderung sie dazu aufgerufen, all ihre Kräfte unter Beweis zu stellen, hatte die Natur verfügt, daß quer über diesen großen Steinboden ein fast einen Fuß breiter Spalt zu verlaufen hatte! Indem man sich vorbeugte, wozu der Jobber nun ansetzte, und in diesen Abgrund blickte, erkannte man, daß zwei Strömungen dort aufeinandertrafen und miteinander rangen, nämlich die, welche hereindrang, der innersten Wand jener Höhle auf Höhe des Meeresspiegels entgegen, und die, welche hinausdrang, den schäumenden Wasserwirbeln entgegen.

»Schau!« rief der Jobber. »Schau nur!«

Perdita kniete sich neben ihn an den Rand des Spalts in der Felsplatte. Sie spürte einen kalten Hauch, der von dort unten heraufstieg wie der Atem eines riesenhaften Seeunwesens. Mit leichtem Arm umfaßte er sie.

»Wenig Überlebensmöglichkeiten«, sagte er, »für einen, den man da reinschmeißt!«

Selbst für ihre Ohren hatte der Ton, in dem er das Wort *reinschmeißt* sagte, etwas ein wenig Erschreckendes. Es klang fast so – was ja tatsächlich der Fall war –, als wäre die mörderische Obsession des Mannes auch in seinen tieferen Bewußtseinsschichten ein alles beherrschendes Element. Sie riß sich den weichen Hut vom Kopf und beugte sich ein wenig vor, beugte sich in der Tat, denn er hielt sie fest im Arm, so tief, daß ihr Mund den Rand des Spalts berührte. Unvermittelt begann der Arm, der sie hielt, zu zittern, nicht leise, sondern heftig. Statt sie zu erschrecken, flößte dieses Zittern Perdita ein eigentümliches Gefühl der Unbekümmertheit ein, das sie in ihrem Herzen ausrufen ließ:

»Ich gehöre dir! Ich gehöre dir!«

Dem Jobber jedoch wurde mit jener kalten, schaudern machenden Gewißheit, die uns überfällt, als würde die entsetzliche Realität von einer Dimension, wie sie unserer Erfahrung bislang völlig unbekannt war, als Keil in unsere warmen Menschensinne getrieben, unmißverständlich klar, daß das, was ihm zu tun blieb, wenn er »dem Hund Cattistock seine Abreibung verpaßt« hatte, darin bestand, hierherzukommen und mit einem Sprung in diesen

Firmamentsspalt für immer Schluß zu machen. Trotz seines Zitterns dachte er ganz ruhig daran, denn sein Geist hatte es fertiggebracht, die nächsten zwölf Stunden zu etwas wie zwölf Tagen umzugestalten, und so kam es, daß sein Körper beim Gedanken daran, Schluß zu machen, zwar zitterte, sein Geist jedoch das Morgen einfach fortzublasen vermochte, als wäre es eines der luftigen Schaumgebilde, die auf der Felsplatte im Kreis tanzten, bevor sie sich in nichts auflösten.

»Dann wäre es aus mit uns«, flüsterte er ihr jetzt zu. »Und es würde viele Probleme lösen und uns jede Menge Ärger ersparen, wenn wir in diesen Schaum hineinfielen. Wie lange blieben wir bei Bewußtsein? Eine Minute? Zwei Minuten? An Schwimmen wäre gar nicht zu denken! Ich würde dich nur festhalten und mir denken: ›Ich habe sie im Arm. Ich bin glücklich gewesen.‹ Hör nur das Geräusch dort unten. Merkst du, wie es klingt? Es klingt wie eine Feuersbrunst! Stimmt's? Klingt es nicht wie lodernde Flammen?«

Doch er ließ ihr keine Zeit, diese erschreckende Behauptung zu überprüfen. Mit einer abrupten Bewegung stellte er sie wieder auf die Füße und deutete, den Arm noch immer um ihre Taille geschlungen, aufs Meer hinaus, wo ein, zwei Meilen von ihrem Standpunkt entfernt die Wasseroberfläche unter einer unsichtbaren tyrannischen Macht konvulsivisch zu zucken schien. Nun setzte er zu einem unverständlichen Bericht in so nautischen Wendungen, daß sie ihm nicht zu folgen vermochte, über die genauen Ursachen dieser strudelnden Schaumwirbel an. Sie begriff nur so viel, daß es sich um das Aufeinandertreffen zweier weitreichender Strömungen handelte, die eine gen Westen, die andere gen Osten gerichtet.

»Früher war das eine schreckliche Stelle«, sagte er, »aber der Leuchtturm hat alles geändert.«

Beide schauten auf die aufgewühlte Wasserfläche. Das windstille Wetter schien keinen Einfluß auf die tosenden Wellen zu haben.

»Nicht viel Hoffnung für die alte *Kormoran*«, sagte er, »wenn sie dort hineingeriete. Sie würde sich wie ein Kreisel drehen. Unten ist ein Abgrund im Meeresboden, der wie ein Schacht hinunterreicht. Stell dir nur die dunklen, nassen Unterseemauern vor! Meinst du, unsere zwei Skelette würden dort unten immer weitertrudeln, nachdem die Fische sie erst sauber abgenagt hätten?«

Sie gingen auf der Westseite der Halbinsel einen hohen Klippenpfad zurück, so daß sie kein zweitesmal an Last House vorbeikamen, worüber Perdita aufrichtig froh war. Der Anblick der Wohnstätte Sylvanus' mit der Kette vor der Eingangstür hatte ihrer Voreingenommenheit gegen ihn neue Nahrung gegeben.

»Ich kann nicht verstehen, warum Jerry so nett zu ihm ist«, dachte sie. Und laut sagte sie: »Es ist komisch, welche Abneigung gegen Mr. Cobbolds Bruder ich habe. Am liebsten würde ich ihn nie wiedersehen!«

Die massiven, mahagonifarbenen Züge des Jobbers wirkten ein wenig ratlos. Er verspürte das leise Unbehagen, mit dem Männer die entschiedenen Meinungen von Frauen über andere Männer zur Kenntnis nehmen. Die einzige Antwort, die ihm schließlich zu diesem Ausbruch weiblicher Kritik einfiel, bestand darin, daß er ihre schlanke Gestalt eng an sich drückte und die undeutliche Frage murmelte, was sie an dem Burschen außer seinen verrückten religiösen Ideen denn so störe.

»Vielleicht wirst du bald genug auch vor mir zurückschrecken!« sagte er. »Aber komm! Sag mir frei heraus, was dir an ihm nicht paßt.«

»Ich glaube, er ist einer von denen«, erwiderte sie ernst, »die einen Mord begehen und danach weiterleben könnten, als wäre nichts geschehen und ohne sich vor dem Ermordeten zu fürchten.«

»Perdita, was würdest du tun, wenn ich dir erzählte, daß *ich* einen Mord begangen hätte?«

Seine Stimme klang so erregt, daß sie sich schnell umwandte und ihn ansah.

»Rede keinen Unsinn!« sagte sie. Und weil ihr sein Gesichtsausdruck unheimlich war, fügte sie hinzu: »Schau nur! Hast du die kleine braune Motte dort über den Steinen gesehen? Ist es nicht zu früh für solche Falter? Nachts muß es hier eiskalt sein.«

»Die Insel ist ein Falterparadies!« prahlte er stolz. »Du solltest sie im Sommer sehen. Es sind viel mehr Motten als Schmetterlinge. Ich nehme an, daß es mit dem Meer zu tun hat.«

Sie gingen beinahe eine halbe Meile schweigend weiter, und dann:

»Weiß Gott!« rief er, bückte sich und pflückte neben dem Weg eine kleine Pflanze mit graugrünen Blättern.

»Was ist das?« fragte sie.

»Das sage ich dir gleich.«

Wieder gingen sie schweigend eine halbe Meile, und beim Gehen hielt Perdita vergebens Ausschau nach einem weiteren Exemplar der Pflanze mit dickem Stengel und merkwürdig geformten Blättern, die ihr Gefährte so behutsam trug. Während sie schweigend gingen, summte der Jobber hin und wieder, seinen Arm um ihre Taille gelegt, nicht sehr musikalisch die Worte:

»Erwache, Reinian, erwache!
Erwache, Reinian, oho!«

»Ist das ein altes Lied?« fragte sie, als die Wiederholung dieser monotonen Silben so nahe an ihrem Ohr sie nervös zu machen begann. »Es klingt«, fuhr sie fort, »wie ein Signal für einen befreundeten Schmuggler, der unten wartet! Wartet dort am Ende Mr. Trot mit der *Kormoran* auf uns?«

Beim Sprechen geriet sie an den Rand der Klippe und warf einen Blick den steilen Abhang hinunter. Doch er zog sie auf den Weg zurück, und sie gingen weiter, und er begann wieder zu summen:

»Erwache, Reinian, erwache!«

»Ich darf mich an solchen Sachen nicht stören«, dachte sie. »Er ist so menschenfern, daß er in Gegenwart anderer summt und brummt, als wäre er allein!«

Zu guter Letzt erreichten sie eine Stelle, an der ein halbes Jahrhundert zuvor ein Erdrutsch stattgefunden hatte. Als Ergebnis befand sich etwa sechs Fuß unter der Klippe eine breite, ebene Bank, an deren Rand eine Reihe kräftiger Büsche wuchs, die eine natürliche und zugleich äußerst wirkungsvolle Schranke zum Abgrund bildeten. Doch das war nicht alles. Der Erdrutsch, der sich auf einmal ereignet haben mußte, hatte einen großen und überaus sonderbar geformten Stein heruntergebracht, der aus dem gleichen Oolith bestand wie die übrige Halbinsel, aber aussah, als hätte eine frühe Menschenrasse ihn einst mit prähistorischen Werkzeugen bearbeitet. Jenseits der Erdbank, auf der dieser merkwürdige Stein ruhte, sah Perdita, als sie den Blick hob, die ganze West Bay, die sich bis Cornwall und zum Atlantik erstreckte.

Die spätnachmittägliche Sonne am Westhimmel, der wie aus einem ungeteilten Stück Blattgold gefertigt wirkte, zog eine reglose goldene Spur über das dunkelblaue Wasser und erzeugte einen eigenartigen Effekt von Undurchsichtigkeit des Elements, zugleich aber durch die Ausschließlichkeit von Blau und Gold einen Effekt ritualistischer Auswahl. Wäre der Philosoph aus Trigonia House in diesem Augenblick zugegen gewesen, hätte er sie zweifellos an das erinnert, was Spengler über die »magische« Kultur sagt. Perdita hatte das Gefühl, genau jenen Boden aus Wasser vor sich zu haben, den der Meeresgott ihrer Kindheit überquert hätte, um zu ihr zu gelangen, und es war naheliegend für einen Geist wie den ihren, der von klein auf Phantasiebilder gehegt hatte, sich jetzt ein solches Wesen vorzustellen – in Wirklichkeit einen unendlich vergrößerten Jobber Skald –, das dem fernen Horizont, wo der weitgespannte goldene Bogen das dunkelblaue Pflaster berührte, entgegenschritt. Doch die Sonne stand zwar tief genug, um dieses »magische« Mysterium zu ermöglichen, befand sich jedoch noch weit von der Wasseroberfläche entfernt und warf Licht, Glanz, Verklärung auf die Grasbank und den dort liegenden Stein. Dem Wanderer sind solche Flecken mehr als alle anderen Orte zu Lande und zu Wasser trostreich und freudespendend. Sie sind wärmer, als man erwarten würde, denn aus irgendeinem Grund blasen die landwärts wie die seewärts gerichteten Winde über sie hinweg, ohne sie wirklich zu berühren, und deshalb schätzen Ringelnattern ebenso wie Blindschleichen und Eidechsen ihre Vorzüge noch mehr als der Mensch.

»Komm runter!« sagte der Jobber, nachdem er ihr Zeit gelassen hatte, die Schönheit der Bank zu betrachten, die sich so hoch über dem Meer in senkrechter Lage befand und doch von der horizontal stehenden Sonne beschienen wurde.

Er half ihr hinunterzusteigen, und sie erkannte schnell, daß das Vorhandensein des steinernen Götzenbilds, falls es das war, und der Holunderbüsche jegliches Schwindelgefühl verhinderte, das sie sonst vielleicht so hoch über der Küste empfunden haben könnte. In der Geborgenheit dieser Bank hörten sie deutlich das monotone Meeresgeräusch, und die Möwenschreie schienen hier näher zu ertönen als oben auf der Klippe.

»Die habe ich herausgehauen!« sagte der Jobber, als Perdita Einkerbungen an der Seite des Steins berührte, die wie Stufen aussahen. »Kannst du erkennen, was es darstellt?« fragte er sie.

Und da erkannte sie tatsächlich, daß im langsamen Vergehen von Äonen die Zeit diesen Stein zum gewaltigen Torso eines Liebesaktes gebildet hatte. Die im urtümlichen Akt der Lebenszeugung ineinander geschweißte Nacktheit von Mann und Frau fand sich im Ringen kolossaler Lenden und Schenkel angedeutet. Keine der zwei Figuren besaß Arme, einen Kopf oder Schultern. Keine besaß unterhalb der Knie Beine. Und dennoch war die Wirkung dieses gewaltigen organischen Kunstwerks weder unedel noch obszön, noch viehisch, sondern gottgleich, kosmogonisch, lebenserzeugend.

Der alte Zahlmeister aus Cornwall, Phileas Wane, der eine Tochter der Insel Guernsey geheiratet hatte, wäre verblüfft gewesen, hätte er den Ausdruck strahlenden Glücks sehen können, der die Züge seiner Nichte verklärte, als sie neben diesem Mann stand und dieses schamlose Steingebilde betrachtete! Die unmittelbarsten Liebesbegegnungen sind die zwischen Personen, deren Charakter bar der geschmeidigeren, launischeren, zivilisierteren Ausprägungen des Sinns für das Verhältnismäßige ist. Der Jobber und Perdita glichen einander darin, daß ihnen all die diversen Abstufungen und Schattierungen des Sinns für Anstand und Humor und gesunden Menschenverstand unserer Mittelschicht fehlten, und sie waren stolz darauf, daß sie ihnen fehlten! In mittelalterlichen Zeiten wären diese zwei wunderlichen Menschen mit ihrer archaischen Art wahrscheinlich sehr glücklich gewesen. Doch durch die raffinierten Grausamkeiten der modernen Naturwissenschaften in die Verzweiflung getrieben und von der Feindseligkeit von Leuten wie Mrs. Cobbold oder Sippy in die Flucht geschlagen, sahen sich beide genötigt, in ihren geheimen Phantastereien Zuflucht zu suchen, und bei ihrer ersten Begegnung am Meeresufer war es tatsächlich so gewesen, als hätte Perdita ein Stück ihrer Seele in diesem »braunen Adam« gefunden und als hätte er ein Stück seiner Seele in der Waise von den Kanalinseln gefunden. Die Wendung »Kinder der Natur« läßt sich in Wahrheit nur selten auf zivilisierte Individuen anwenden. Doch als Perdita und der Jobber ihren Gefühlen füreinander erlaubten, aus diesem jahrhundertealten Stein neue Kraft zu schöpfen, befanden sie sich so wenig unter der Herrschaft der Gesellschaft, zu der sie gehörten, wie es ein Paar von Neandertalern in einer Gemeinschaft von Cro-Magnon-Menschen getan hätte.

»Ich habe diese Stufen ausgehauen!« wiederholte der Jobber zufrieden. »Man kann jetzt hochklettern und sich zu ihnen gesellen. Natürlich tut man so was nicht, und deshalb sind die Stufen wohl auch noch keinem aufgefallen.«

Sie fuhr mit den Fingern über die Einkerbungen. Der Stein war etwa zehn Fuß hoch. Sie wußte, daß der Kontakt mit diesem geheimnisvollen Altertum ihm tiefes Vergnügen bereitet haben mußte.

»Als ich klein war«, sagte der Jobber, »kam niemand hierher außer Leuten, die Vogeleier sammelten, und Mottensammlern.

Den Stein habe ich nicht von allein entdeckt. Ein Herr von White Nose drüben, der damals die Tochter des Leuchtturmwärters besuchen kam, hat mir davon erzählt, und dann hab' ich angefangen, an Sonntagen herzukommen. Damals wohnte Vater in Easton, und den Weg nach oben gab es noch nicht. Aber nachdem der Herr mir davon erzählt hatte, kam ich oft her. Es gibt keinen Stein auf der Insel, in den mehr Närrisches hineingedacht und hineingehauen worden ist, als dieser Stein hier. An den Sommernachmittagen habe ich hier so lange gearbeitet, daß eine alte Seemöwe mich für einen Idioten hielt und so nahe herankam, daß ich ihr Auge sehen konnte. Sie hat sich gewaltig über mein Tun gewundert, und es war ihr gar nicht geheuer! Sie ließ mich nicht für eine Sekunde aus den Augen.«

Perdita betrachtete den ungeschlachten Liebestorso über ihrem Kopf.

»Ich würde gern«, sagte sie versonnen, »sehr gern sogar mit dir dort hinaufklettern. Auf Guernsey gibt es einen Stein, auf dem früher Männer und Frauen zu sitzen pflegten, und das brachte ihnen Glück. Onkel und ich saßen einmal dort, und *ihm* hat es Glück gebracht, denn er ist im Monat darauf gestorben.«

»Ist es ein Glück zu sterben?« fragte der Jobber, während das todgeweihte und betäubte Morgen sein Kinn, ein Kinn mit einer Warze darauf, an die Fensterscheibe seines Geistes preßte. Perdita lachte fröhlich.

»Ach«, sagte sie, »gib mir deine Hand, und ich werde dem Tod gefaßt ins Auge blicken!« Und in ihrem Herzen dachte sie: »Wer weiß, ob es nicht das größte Glück wäre, das mir widerfahren kann, wenn ich nach dem heutigen Tag stürbe!«

Er half ihr hoch, und sie versuchten auf den verschlungenen Leibern das Gleichgewicht zu halten.

»Und jetzt«, sagte er und nahm die kleine Pflanze in beide Hände, »jetzt wollen wir hiermit unser Glück versuchen!«

»Was tun wir damit?«

»Es essen«, sagte er lakonisch. »Es essen – *Mund um Mund, Mund um Mund!* Es war ein Glücksfall, daß ich sie hier oben gefunden habe. Unten auf Chesil Beach findet man sie überall, aber auf der Insel sind sie selten.«

Perdita, die sich dort, wo sie saß, mühsam festhielt, sah auf die kleine graugrüne Pflanze zwischen den braunen Fingern ihres Freundes.

Dem Jobber schien es schwerzufallen, das Gleichgewicht zu

halten. Zweimal hielt er sich am Rand des Steins fest und ließ dabei die Pflanze beinahe fallen; und er wagte das Mädchen nicht zu berühren aus Furcht, sie beide zu Fall zu bringen.

Zuletzt, als sie ihr Gleichgewicht gefunden hatten, wandten sie sich einander zu und tauschten einen langen sehnsüchtigen Blick. Als Frau, die sie war, lächelte Perdita, während sie einander in dieser wackeligen Lage ansahen, doch der Jobber, der nicht zum Lächeln geboren war, blieb so feierlich ernst, wie er es an jenen Sonntagen gewesen war, an denen die Möwe ihn für einen Idioten hielt. Es war einer der Augenblicke, in denen das Schicksal, das sich Äonen hindurch blind auf einen dramatischen Höhepunkt vorbereitet hat, wie eine faßbare Gegenwart dem Wirrwarr der Zufallsgeschehnisse seiner durcheinanderwirbelnden Möglichkeiten entsteigt und das Erreichen des Ziels begutachtet. Der sonderbar geformte Gesteinsblock, der Hinweis des »Herrn von White Nose«, der alte Erdrutsch, der Zufall, der dafür sorgte, daß diese schlanke Gestalt in ihrem schwarzen Tuchkleid und diese grobknochige Gestalt in ihrem Pullover und ihren weiten Hosen – ein männliches Skelett und ein weibliches Skelett – überhaupt anwesend waren und daß der Mann diese besondere Pflanze in seinen Fingern hielt, waren alle miteinander Elemente, die das Zustandekommen des verstörten und zugleich verzückten Blicks ermöglicht hatten, der den beiden nun zur Umarmung wurde. Keine Wollust war in diesem Blick: keine Fröhlichkeit war darin. Sie teilten den Ernst von Tieren, die an einem langersehnten Strom trinken.

»So«, sagte er und brach den Zauberbann, »sollen wir sie jetzt essen?«

Er streifte die drei kleinen Blätter vom Stengel und warf diesen mit einer heftigen Geste weg. Nun war es Perdita nicht zum erstenmal aufgefallen, daß der Jobber immer, wenn er etwas wegwarf, es so warf, als begleiteten es die Worte: »Für immer fort mit dir!« Doch gehorsam steckte sie die Blättchen in den Mund und begann sie zu zerbeißen. Dieser Vorgang war weder für den Tastsinn noch für den Geschmackssinn vergnüglich, aber sie kaute sie mit spitzen Zähnen, während etwas von ihrem bitteren Saft ihr die Kehle hinunterrann. Dann lächelte sie ihn an und fragte ihn, was für eine Pflanze es sei.

»Wie – weißt du das nicht? Gibt es die nicht bei euch auf den Inseln?«

Er hielt ihr die breite Handfläche hin, und sie nahm das kleine gekaute Blattstück aus dem Mund und legte es darauf. Mit einem seiner sonderbaren ernsten Lachlaute, die so frei von jeglichem menschlichen Humor waren, als würde ein Seelöwe sich ausgelassen zeigen, schlug der Jobber sich seine große Hand vor das Gesicht und schluckte den kleinen Bissen hinunter.

Als nächstes geschah etwas nicht sonderlich Überraschendes, obwohl es für beide unerwartet kam. Die Bewegung beim Tausch der Blätter hatte sie aus dem Gleichgewicht gebracht, und Perdita hielt sich an seinem Pullover fest, als sie den Halt verlor, so daß sie ihn mit sich zog. Zum Glück war das Gras am Fuß des Steins weich, und sie kamen unverletzt dort an. Sie waren engumschlungen hinuntergerollt, so daß das Mädchen sich, als sie auf dem Boden ankamen, in den, wie es der Dichter nennt, »Schranken der Liebe« gefangen fand. Der Jobber hingegen war sich dessen wohl bewußt, daß jedermann, der über ihnen an den Rand der Klippe trat, sie sehen konnte. Dennoch hielt er sie lange genug unter sich gefangen, um sie zu küssen, wie sie noch nie geküßt worden war. Und Perdita, die im sonnenduftenden Gras lag, erwiderte seine Umarmung. Sie war erwachsen. Sie war kein Kind mehr. Doch es war das erstemal, daß sie erfuhr, wie es ist, an den Körper eines Mannes gedrückt zu werden. Was er fühlte, weckte in ihren Sinnen ein entsprechendes Begehren. Da der Jobber aber um die Gefährlichkeit ihrer von oben einsehbaren Lage wußte, sprang er auf die Füße und hob Perdita mit einer kraftvollen Armbewegung an den Handgelenken empor.

»Ja!« keuchte er, »das beweist es!«

Sie sah ihn mit erröteter, aufgeregter, aus der Fassung geratener, aber strahlend glücklicher Miene an.

»Was beweist was?« fragte sie atemlos.

Der Jobber wiegte den Kopf und nickte ihr dann zu, noch immer schwer atmend.

»Hast du denn wirklich nicht gewußt, was für eine Pflanze das war?« erwiderte er. »Es ist Mannstreu, eine Stranddistel. ›Liebespilger‹ und ›Bräute der Stille‹ kamen früher aus ganz England nach Portland und Chesil Beach. Noch zu meinen Lebzeiten haben alte Frauen in Chesilton ein Gebräu daraus gewonnen, das Bräute sich in den Tee gaben. Jetzt gehörst du mir ganz, Perdie, weil wir unter dem Stein der Titanen Mannstreu gegessen haben! So nannte ihn dieser Mann, obwohl die Leute auf der Insel ihn den Stein mit dem Liebespaar nennen.«

Ihr Spaziergang im Sonnenuntergang zum Head nach diesem

Zwischenfall an jenem Ort, der dem »Herrn von White Nose« so teuer war, verlief so glücklich, daß der Jobber zum drittenmal an diesem Tag den Kiesel von Chesil Beach, den er noch immer in der Hosentasche trug, beinahe vergessen hätte. Obwohl Perdita dies in ihrer augenblicklichen Aufregung nicht gemerkt hatte, stellte sie hinterher fest, daß die primitive Waffe, die ihr Liebhaber versteckte, sie beim Stürzen an der Hüfte aufgeschürft hatte. Er hatte befürchtet, mit ihren vornehmeren sozialen Umgangsformen und verfeinerten Gewohnheiten könnte sie an dem Aufheben, das die Gadgets mit Gewißheit um sie machen würden, Anstoß nehmen, aber nichts dergleichen geschah. Die kurze Zeit, die sie am Fuß des Steins der Titanen gelegen hatten, schien ihr etwas von der unangestrengten Nachsicht und unbekümmerten Toleranz ihres Liebhabers eingeflößt zu haben. Freilich verfiel der Jobber mehrmals, wenn er an den Tag danach dachte – denn schließlich war sie dazu ausersehen, mit einem Mann das Bett zu teilen, dessen Verhängnis nicht aufzuhalten war –, in recht trübselige Gedankengänge, doch was er auch fühlen mochte, ihr fiel nichts davon auf.

Und die Haltung der Familie im Head war so, daß der Jobber sowohl Stolz als auch Erleichterung empfand. Fraglos waren sie von Perditas Gebaren und Auftreten zutiefst beeindruckt, und nicht weniger fraglos freuten sie sich von ganzem Herzen, daß er das Glück gehabt hatte, eine solche Gefährtin zu finden. Den Vorwand, es sei ihre Brautnacht, nahmen sie so voller Sympathie hin, als verhalte es sich tatsächlich so, doch während John seine gröberen Späße für sich behielt, überschüttete Ellen das Haupt des stillen Mädchens mit all ihren romantischen Gefühlen. Melia und Celia waren so aufgeregt, daß sie wahrhaftig die Rollen tauschten, Melia die Seiten von Percys *Reliques* wendete und Celia sich fragte, ob es nicht nett wäre, ein Glas Meliodka auf den kleinen Tisch neben Perditas Bett zu stellen.

Lange nachdem Perdita tief schlief, drehte der Geist des Jobbers sich immer wieder im gleichen blutbefleckten Kreis.

»Gott will es!« sagte er sich einmal.

Aber was er »Gott« nannte, war in Wirklichkeit seine Lebensillusion, ein dumpfer Drang, der sich alle verhängnisvollen Antriebskräfte seiner Natur einverleibt hatte. Halbwach und doch nicht wirklich wach, verfiel er immer wieder in ein fiebriges Delirium, in dem der Umstand, daß er das Mädchen neben sich besessen hatte, eine Verschmelzung ihrer Identitäten bewirkte. Es war nicht er allein, der den Hund Cattistock wieder und wieder mit dem Stein traf, den er in der Hand hielt, sondern eine Doppelpersönlichkeit, die aus einem unvorstellbaren Einswerden ihrer Körper hervorgegangen war. Es war etwas, was mit ihrer beider Geist und Blut verdichtet, verstärkt, erfüllt war. Und als er das bewußtlose Mädchen in den Armen hielt, das im Schlaf hin und wieder »ein süßes Stöhnen« hören ließ, verwandelte sein delirierender Geist dieses neue Wesen, das aus ihnen beiden bestand, in den Druck des schicksalsgleichen Drangs, den er beharrlich »Gott« nannte.

Einmal, als die schlafende Perdita vertrauensvoll einen Arm über seinen Körper warf, spürte er eine so unendliche Zärtlichkeit in sich aufwallen, daß ihn ein Augenblick verhältnismäßig großer geistiger Klarheit überkam, in dem er sich ruhig vorzustellen versuchte, wie sein Leben aussähe, ließe er Cattistock in Ruhe. Was sich da in ihm auftat, war eine Kluft in seinem innersten Ich, so groß wie der Spalt im Felsen von Beale, eine Kluft in jenem innersten Bereich seiner Seele, der in seinen eigenen Augen für das stand, was er war. Diesen Mann *nicht* niederzuschlagen erschien ihm, als wolle er sich von einem sinkenden Schiff mit einem Sprung in Sicherheit bringen, von einem Schiff, dessen Kapitän er war, als wolle er die eigene Haut retten, indem er seine Ehre verleugnete, nein, mehr als seine Ehre, sein tiefverwurzeltes Gefühl des Lebendigseins, sein Gefühl der Unversehrtheit des Bewußtseins von sich selbst. Es war, als wolle er die *Kormoran* mit Bum Trot an Bord vor aller Augen zum Teufel gehen lassen, während er sich schwimmend rettete, um ein neues Leben zu beginnen – ein elendes, sinnloses Feiglingsleben!

Als er sich in der windstillen, sternenbeschienenen Stille rastlos hin und her warf, während die Seeluft von der unbewegten West Bay durch das offene Fenster hereindrang, gab es Momente, in denen ihm der Zugriff auf die objektive Wirklichkeit entglitt und ein sonderbarer Jubel ihn erfüllte, der aus der verlorenen Jungfräulichkeit seiner Geliebten, seiner leidenschaftlichen Besitzergreifung ihrer und dem erregten Vermischen ihres Blutes herrührte; und im Gefolge dieses Jubels wollte es ihm scheinen, als seien Blut und Tod und der Schlag, mit dem er die Welt vom Hund Cattistock zu befreien vorhatte, alle Teil einer mystischen Handlung, schön, schrecklich und übernatürlich, die er nur bis zu ihrem vorherbestimmten Ende ausführen mußte, damit er die umfassende Erlösung brachte. Es mußte gegen drei Uhr morgens sein, als dieser letzte Jubel über ihn kam. Lange Zeit hatte er in seinem fiebrigen Halbschlaf auf etwas geantwortet, was einen Schlüssel, eine Lösung bereithielt. Einmal hatte er das Mädchen durch sein Zusammenzucken und Auffahren und ein verzerrtes Stöhnen erschreckt.

»Blut ... Blut«, hatte er sie wiederholen gehört, doch sie war wieder eingeschlafen, und er nahm es für gewiß, daß sie nicht ahnen konnte, welche Qualen er im Geist durchlitt.

Doch dieses Etwas in seinem Halbschlaf, das ein Schlüssel zu allem gewesen war – worin hatte es bestanden? Es war ihm wie eine unanfechtbare Lösung erschienen, die alle Dinge Frieden und Zufriedenheit zuführte ... doch *worin* hatte es bestanden? Als er sich jetzt in der kalten, hellen, fatalen Klarheit, zu der er sich aufgerafft hatte, daran zu erinnern versuchte, wollte es ihm scheinen, als wäre es der Stein der Titanen gewesen! Doch wie sollte der Stein der Titanen ein Schlüssel zu irgend etwas sein und gar erst zu dem, was er mit dem Hund Cattistock vorhatte? Der Jobber litt Folterqualen. Durch das Fenster ihm gegenüber schien plötzlich ein kalter, grauer Keil trostlosen Jammers hereinzudringen, der sich nicht abwehren ließ. Ihm war, als hätte er seinen Hauptantrieb eingebüßt, indem er Perdita besaß. Alles war vollbracht, war vorbei. Auf Blut und Asche niederzusinken und das, was geschehen mußte, geschehen zu lassen, war alles, was blieb. Cattistock zu töten erschien ihm jetzt wie eine private »Ehrenschuld« den Menschen seiner Heimat und ihrem freiheitlichen Erbe gegenüber. Wäre dies nicht gewesen, dann hätte er – denn Perditas Liebe umhüllte ihn mit übermächtiger Süße – versuchen können, den Rest seiner Tage dahinzuleben, wie es so mancher Feigling tat. Er veränderte seine Lage, setzte sich halb auf und drückte sein Kissen zu einem formlosen Ball zusammen, den er sich hinter den Nacken schob, zwischen seine Kopfhaut und das Holz des Bettgestells. Irgendwo am Himmel, das wußte er, stand ein formloser Mond im Anbruch seines letzten Viertels, aber an dem kleinen länglichen Stück Himmel, das alles war, was ihm das Fenster enthüllte, konnte er ihn nicht ausmachen. Das undeutlich weiße Licht dieses verbleichenden Mondes warf jedoch auf Perditas Gesicht, das ihm so vertrauensvoll zugekehrt war, leichenhafte Blässe, als er es nun betrachtete, indes ihr ebenmäßiger, ruhiger Atem – wie die wehmütige Luft, die das einsame Grasbüschel vor der versperrten Tür von Last House bewegt hatte – bereit schien, den Geist des Jobbers, während dieser sie betrachtete, in einen fernen Limbus zu entführen, wo Vorhaben wie das seine sich in nichts auflösten.

Aber darauf konnte er sich nicht einlassen! Unbeugsam, grau und kalt dräute unabweisbar die Last seiner selbstauferlegten Aufgabe und brachte ihn an den Rand der Verzweiflung. Hier lag sein Mädchen, dessen Gesicht ihm im vertrauensvollen Schlaf zugewandt war, einen nackten dünnen Arm von der Bettdecke entblößt, und sogar jetzt, da er es betrachtete, bewegten sich seine Glieder mit einem schwachen Zucken. Wie sollte er ihr sagen können, was zu tun er sich auferlegt hatte: diese Strafe, Essen, Trinken, Schlaf, das Meer, das Leben selbst und *sie* nicht mehr zu kosten? Er mußte sie wecken. Er mußte es ihr sagen, und er mußte es jetzt tun!

Ihr braunes Haar breitete sich in einer langen, ordentlichen Flechte über das Kissen, und die Züge ihres Gesichts, das sie ihm im Liegen zuwandte, zeigten einen Ausdruck, der ihm zu dieser Stunde als die beneidenswerte Sicherheit der Gesichter der Toten auffiel. Sie trug nur ihr Unterkleid, doch um das Ende ihrer Flechte war ein Stück dunkelblaues Band geknotet, worin der einzige Beitrag der kleinen Sue bestand, da es Melia zugefallen war, ihr ihren Kamm, und Celia, ihr ihre Pantoffeln zu leihen.

Doch nun erwachte sie und schrak auf, und die erste Verwirrung, die sich auf ihrem Gesicht malte, als sie die Geschehnisse zusammenklaubte, die dazu geführt hatten, daß sie in diesem fremden Zimmer lag, verwandelte sich in Bestürzung, als sie ihn halbaufgerichtet und wachsam sitzen sah.

»Es ist doch nicht schon der Morgen? Nein, nein. Ich kann sehen, daß es noch Nacht ist. Was ist los? Es ist nicht einmal *annähernd* Morgen!«

Sie riß die Augen auf. Das Mondlicht war stark genug, um zu zeigen, daß sie nicht lächelte. Doch ebensowenig wirkte sie erschrocken. Sie erwachte lediglich zum Bewußtsein, um die naturgegebene weibliche Handlung zu vollführen, sich der Bewegung der Zeit entgegenzustemmen.

»Hast du nicht geschlafen?«

»Nein, meine Schönste. Ich habe kein Auge zugetan. Da hast du ganz recht. Ich war –«

Er unterbrach sich, weil ihre Mundwinkel, die sich herabzogen, und die traurigen Kummerfalten, die sich in ihre zarten schlaferholten Wangen gruben, kein sonderlich schöner Anblick waren.

»Was ist los?« rief sie. »Du verläßt mich doch noch nicht, oder? Ist es schon vorbei? In Geschichten heißt es immer, daß die Männer so schnell wie möglich fortwollen. Sie stehen auf und legen ihre Jagdkleidung an – und – ›schütteln die Zügel‹!«

Sie hielt inne. Beim Wort Zügel mußte sie unwillkürlich lächeln.

Der Jobber jedoch sah sie an, als wollte er sagen: »Deinem verdammten Weiberunsinn werde ich ein Ende machen«, sprang aus dem Bett und begann hastig auf dem Tisch herumzusuchen, auf dem sich Streichhölzer und Kerze befanden. Dabei warf er das kleine Glas mit Meliodka, das an den Kopf ihres Betts gestellt worden war, auf den Boden. Das Glas schlug heftig auf und zerbrach in unzählige Scherben, und ein merkwürdig stechender und sehr aromatischer Duft verbreitete sich im Raum.

»Das war Celias Getränk!« rief Perdita, die sich im Bett leicht aufrichtete.

Vielleicht dachte sie, daß sogar Bräute sich in der dritten Stunde ihres neuen Tages zu regen haben, wenn Dinge zerbrochen und vergossen werden.

Doch der Jobber, der die Streichhölzer nun ertastet hatte, zündete eines in so unheilvollem Schweigen an, daß es den Meliodka an seinen geziemenden Platz in einer Welt von Blut und Eisen rückte. Nichts von seinem Ingrimm bewahrte ihn jedoch davor, wie unter einem Schlag zusammenzuzucken, als er sah, wie der Talg an der Kerze heruntergetropft war. Dies war dadurch bewirkt worden, daß er das Mädchen geneckt hatte, als es die Kerze ausblasen wollte, und sie von ihm fortgeschoben hatte, während die zum Fenster hereinströmende Luft die Flamme seitwärts geblasen hatte.

»O Skald, was sollen wir ihr nur sagen?«

Diese wehmütige Stimme vom Bett her, als er den überstehenden Talg von der Kerze schälte, vermehrte nur die Sturheit des Jobbers. Er stellte die flackernde Kerze in tiefem Ernst auf den Tisch zurück. Dann, indem er ihr einen Blick voll tragischem Tadel zuwarf, ging er zur Tür, an die er am Vorabend seine Hose gehängt hatte. Er hatte in dieser Nacht nackt geschlafen, und daß er es getan hatte, entbehrte nicht einer merkwürdigen Angemessenheit, denn in Perditas Mädchenphantastereien über ein Wesen, das eine Art Meermann war und aus dem Meer zu ihr kam, war dieser geheimnisvolle Liebhaber stets nackt. Und so kam es, daß Perdita, als der Jobber sich zur Tür bewegte, indes zwischen ihnen nur die Kerze war mit ihrem winzigen Herzen aus blauem Feuer und ihrer zitternden gelben Pyramide, die sich zur Wand neigte, nicht umhinkonnte, seine Formen zu bewundern. Seine Schultern waren so breit, seine Hüften, Schenkel und Gesäß so schmal, daß seine Figur tatsächlich der einer antiken Gestalt auf einem archaischen Fries glich. Als er seine Hose vom Haken nahm, ereilte ihn abermals eine herzzerreißende Erschütterung, denn er wußte noch, wie seine Hand beim Aufhängen der Hose vor Erregung so sehr gezittert hatte, daß er außerstande gewesen war, die Hosenträger abzuknöpfen und gesondert aufzuhängen, wie er es zu Hause zu tun pflegte. Und jetzt zog er die Hose nicht an, sondern fuhr mit der Hand in eine der Taschen und holte den schweren graublauen Stein heraus, an dem Perdita sich verletzt hatte, als sie mit dem Jobber vom Stein der Titanen gestürzt war, und dieser Schürfwunde war sie sich inzwischen bewußt.

»Siehst du das?«

Er hielt ihn ihr neben der Kerzenflamme hin. Sie sah den Stein an, und als sie danach sein Gesicht ansah, begriff sie intuitiv in der Sekunde den Zusammenhang zwischen diesem Gegenstand und den finsteren Gerüchten über seine Drohungen gegen seinen Widersacher, die sie bisher aus ihren Gedanken verscheucht hatte. Warum hatte sie es nicht früher begriffen? Frauen sind bisweilen viel weniger verschlagen und viel leichter zu täuschen als Männer! Bis zu ebendieser Sekunde hatte sie nicht im leisesten geargwöhnt, er könne beabsichtigen, sie vor Morgengrauen zu verlassen, nicht im leisesten geahnt, daß er den ganzen langen Tag über, seit er sich mit ihr an der Jubiläumsuhr getroffen hatte, über diese geplante Gewalttat gebrütet hatte. Der erste Schock dieser Erkenntnis – denn ihr Hirn arbeitete schnell –, als er ihr den Stein hinhielt, machte, daß sie wie ein Schiff, das mit dem Kiel auf Eis fährt, im kalten Untergrund ihres Stolzes und Pessimismus Halt suchte.

»Was soll das heißen?« fragte sie.

»Fühle sein Gewicht«, sagte er, »denn wohin ich gehe, dorthin gehst auch du, und was ich tue, das tust auch du.«

Ihre Wangen waren weiß, und sie setzte sich im Bett kerzengerade auf.

»Ich werde nichts dergleichen tun!« erklärte sie. »Und ich sage dir, wenn du diesen Stein nicht wegwirfst –«

Sie hielt inne und biß sich auf die Lippe, indes ein Stirnrunzeln äußerster Konzentration ihre Züge überschattete und ihr blickloser Blick nicht auf sein Gesicht, sondern auf seinen Nabel geheftet war.

»*Jetzt* hat es für keinen von uns viel zu bedeuten, was du tust«, sagte er. »Früher, ja, da hätte es etwas ausgemacht! Aber jetzt sind wir eins.«

Sie sprang aus dem Bett und stand vor ihm.

»Wirf den Stein weg!« sagte sie leise. »*Nein!* – rühr mich bloß nicht an!«

»Paß auf!« rief er erschrocken, weil er an das zerbrochene Meliodkaglas dachte.

Und ohne zu zögern hob er sie hoch und warf sie aufs Bett. Von Kopf bis Fuß zitternd versuchte sie sich zusammenzunehmen. Sie setzte sich auf, schlang die Arme um die Knie und sah ihn unbeirrt an. Nicht nur ihr Körper zitterte. Ihre Zähne klapperten. Befremdliche Falten zeigten sich auf ihrem Gesicht, die er nie zuvor gesehen hatte, und ihre Augen wurden von Sekunde zu Sekunde größer und verstörter.

»Mach, daß du fortkommst«, sagte sie klagend. »Ich will dein Gesicht nicht sehen. Was du zu tun beabsichtigst, ist eine Ungeheuerlichkeit.«

Ihr mußte aber etwas an ihm aufgefallen sein, was sie völlig überwältigte, etwas, was an ein gequältes Tier erinnerte, etwas Hilfloses, Bittendes, etwas, was sowohl bestürzt als auch verletzt war, denn ihr Zorn verließ sie, und eine unerträgliche Zärtlichkeit für ihn durchlief ihren Körper, wie eine Welle einen Seeschwamm durchtränkt. Sie streckte die Hand nach ihm aus.

»Skald«, flüstere sie heiser. »Skald, mein liebster Liebster, ich gehe mit dir, wohin du willst, für immer, durch alles, wenn du diesen Stein wegwirfst, wenn du auf diesen Wahnsinn verzichtest!«

Plötzlich gewahrte sie, daß seine Augen klein und seine Wangen geschwollen waren vor Schlaflosigkeit. Jetzt öffnete und schloß er seinen Mund wie ein großer, dunkelgepanzerter Stör.

»Ganz Chesil Beach ist hinter diesem Stein«, sagte er.

»Alles Salz im Meer«, erwiderte sie, »will mit mir, daß du ihn dort vergräbst, wo er hingehört! Gib es auf, gib es auf, du weißt nicht, was du tust!«

Beide dünnen Arme streckte sie nun nach ihm aus.

»Quäle mich nicht, Frau«, sagte er. »Ich muß es tun. Und ich werde ins Wasser gehen, das kannst du mir glauben. Mich werden sie nicht kriegen! Weder dir noch Mutter, noch Vater werde ich Schande bereiten. Den Hund Cattistock wird es nicht mehr geben, und den Jobber wird es auch nicht mehr geben. Weiter nichts!«

»Aber unsere Liebe, Skald, unsere Liebe – ist das auch nichts? Hör zu, Skald! Dir mag es wenig bedeuten, aber glaubst du, ich kann ohne dich so weiterleben, wie ich gelebt habe? Glaubst du, ich kann das ertragen?«

Doch noch während sie sprachen, kleidete er sich in fieberhafter Eile an, und als sie das Wort »ertragen« sagte, hatte er die Hosen an, und der Stein befand sich an seinem alten Ort.

»John und Ellen werden dafür sorgen, daß du nach Hause kommst«, sagte er, und bestürzt nahm sie jetzt wahr, daß er seinen Pullover angezogen hatte und sich die Stiefel zuschnürte.

Jedes neue Stadium seines Ankleidens war wie eine Pause in einem Gang zur Hinrichtung. Nun war er ganz angezogen und stand erschreckend ruhig mitten im Zimmer.

»Wenn du es nicht ertragen kannst«, sagte er mit einer Stimme, die bebte und zitterte, »daß es mich und den Hund Cattistock nicht mehr gibt, wie soll *ich* es dann ertragen, weiß Gott! ein Schwätzer zu sein, ja, ein Schwätzer, und zu hören, wie der Hund über mich lacht und man in allen Schenken in der Stadt über mich lacht! Nein, nein, nein, mein Herz. Ich war die ganze Nacht wach und habe drüber nachgedacht, und ich sage dir, wenn man einen Mann wie diesen Hund Cattistock zur Strecke bringen will, dann muß man ihn ins Jenseits begleiten. Verstehst du denn nicht, Perdie, kleine Perdie, daß ich für alle Zeiten dem Gespött ausgeliefert wäre, wenn ich ihn nach so vielen Worten davonkommen ließe?«

Durch Perditas ganzes Wesen schoß nun eine Welle aufschäumender Wut über diesen Mann, der dort vor ihr stand, diesen Mann, der die Ansichten von Freunden und Feinden, von Kneipen und Peninsular-Lodge-Häusern in die Waagschale warf gegen etwas wie ihre Liebe und das Leben, das sie miteinander leben konnten – das Leben, das in dieser Nacht enden sollte.

»Wie kanst du –«, begann sie hitzig, aber sprachloses Erstaunen verdrängte ihre Wut, und die Worte erstarben ihr auf den Lippen.

Sie spürte, wie aus seiner ewigen Zisterne der Vergeblichkeit das alte, tödliche Gift ihrer vertrauten Hoffnungslosigkeit Tropfen um Tropfen in ihr Herz herabrann. Sie hatten ihr Glück gehabt – für genau zwanzig Stunden! Und unterdessen überquerte einige Stunden vor der Morgendämmerung die bodenlosen sternenbeschienenen Himmel über dem schweigenden steinernen Dach des Head langsam eine lange Prozession kleiner weißer Wolken, ohne daß das Mädchen im Bett und der Mann, der sie und sich selbst aus seiner sündhaften »Hybris«, wie Homer es genannt hätte, dem Verderben weihte, davon wußten. Und wie in geheimer Verschwörung mit den Wolken flogen drei große Zugvögel, wie wenige Bewohner Portlands sie zu identifizieren vermocht hätten, geschwinden Flügelschlags über den Schornstein des Head in die entgegengesetzte Richtung. An allen Flecken der Erdoberfläche erfährt zu diesen Stunden, da der Puls des Lebens am schwächsten ist, jede noch so geringe materielle Bewegung eine Betonung eindrucksvollen Ausmaßes, die ihr eine schicksalhafte Bedeutung verleiht, als wäre sie ein einsamer Fußball in einem riesenhaften leeren Universum.

Gleichzeitig mit dem Vorbeiziehen der Wolkenprozession und dem der unbekannten Zugvögel an den Weiten über dem Steindach des Head schienen die erhobenen Stimmen im Gästezimmer der Gadgets den ruhigen Schlaf Melias und Celias zu stören, die zu zweit in einem Bett schliefen, und zwar vermittels der psychischen Schwingungen des Gesprächs, denn durch die dicken Wände war nichts Vernehmbares zu hören. Beide Mädchen regten sich im Schlaf und murmelten verwirrten und verstörten Unsinn, doch niemand war da, der es hörte oder zu deuten versuchte. Ellen Gadget jedoch stützte sich im Zimmer neben dem der Mädchen auf den Ellbogen und flüsterte John zu, der wie seine Töchter im Schlaf gesprochen hatte:

»Hast du eben was gehört, lieber Schatz?«

Doch als Antwort darauf, daß sie den Hausherrn des Head gestört hatte, erhielt sie ein verdrießliches Knurren:

»Bleib auf deiner eigenen Seite, Frau, sonst schiebst du mich noch zu dem verdammten Bett raus, du Dummkopf!«

Wenn Menschenwesen sich kalten Blutes an die rasende Aufgewühltheit erinnern, die zu durchleben sie sich gegenseitig zwingen, besteht die eigentümliche Neigung, sonderbare Dinge mit der Zeit anzustellen. Das menschliche Empfinden scheint sich durch die Eigenheit auszuzeichnen, daß es die Zeit zusammenzieht oder ausdehnt, als würden Kinderhände mit einem Teleskop hantieren, so daß eine Stunde zu fünf Minuten wird und fünf Minuten eine Stunde werden, ohne daß dies den Uhren zum Ruhm oder zur Schande gereichte.

»Ich ... lasse ... dich ... nicht .. gehen!«

Wie konnte sich der Widerhall von Perditas Schrei in ihren eigenen Ohren in so viele Dinge verwandeln? Wie konnte er sich in eine kalte, feuchte Klebrigkeit unter ihren Füßen verwandeln, die ihr in dem Zustand, in welchem sie sich befand, Blut zu sein schien? Wie konnte er sich in das Aufschlagen ihres Kopfes auf den Boden verwandeln? Wie konnte er sich in das Entriegeln der Tür unten im Haus und das Ertönen einer Reihe lauter Explosionen der *Schnecke* verwandeln? Wie konnte er sich in drei weißgesichtige, weißgewandete, weißfüßige Mädchen verwandeln, die in ihr Zimmer gestürzt kamen? Wie konnte er sich in die Stimme John Gadgets verwandeln, die zu Ellen Gadget sagte:

»Laß sie lieber in Ruhe, Ellen, und sorg dafür, daß das Feuer angezündet und Wasser heiß gemacht wird! Sie wird sich gleich erholen! So ist Jobber Skald nun mal, daß er auf Mr. Cattistock schimpft und ihn bedroht. Wir wissen, daß er so ist und daß es nichts bedeutet und auch nie was bedeutet hat, weil es nur die Art ist, wie er sich nun mal Luft macht; aber die arme Miss Wane, die nicht von hier ist, auch wenn sie sein Mädchen ist, die muß natürlich aus allen Wolken fallen, wenn sie ihn seine alte Leier anstimmen hört, daß er dem feinen Herrn das Licht auspusten will. Warum er ihren Kopf auf den Boden geschlagen hat, willst du wissen? Warum er das getan hat, das kann ich dir sagen! Weil sie dachte, daß es eine Grausamkeit an seinem Liebchen in seinem Bett wäre, es vor Tagesanbruch zu verlassen. Ich weiß, daß er gegangen ist, und ich weiß auch, was er zu tun hatte! Er mußte für Mr. Witchit eine große Ladung Fisch nach Sherborne für eine Schulfeier fahren. Ich weiß, was los ist, Ellen, denn er hat es mir selber gesagt. ›Eine schöne große Ladung Fisch‹, hat er gesagt, ›und unterwegs, wenn ich in Chickerel vorbeikomme, muß ich eine ganz besondere Makrele loswerden!‹«

Eines der Dinge, an die Perdita sich im nachhinein erinnerte, war, daß sie in diesem Moment mitfühlend genug geblieben war, um froh zu sein, daß Sue und nicht eines der älteren Mädchen dazu abgeordnet worden war, die Glasscherben vom Boden aufzuklauben und sich darum zu kümmern, daß »ein paar Stecken zum Anzünden im Kamin« waren.

Sie lag auf dem Rücken, ganz gerade ausgestreckt und ganz still, unter den Decken, die Sue mit schweigsamer Sorgfalt ordentlich um sie herum festgesteckt und unter ihrem Kinn sauber zurückgeschlagen hatte. Ihre Gedanken waren gelähmt, bewegungslos, ratlos, reglos und entsannen sich in einer Art halb sinnlicher, halb mystischer Trance der Heftigkeit ihrer Liebe. Und dann – als die stämmige kleine Sue mit wirrem Haar und vom Schlaf verquollenem Gesicht vor dem Kamingitter kniete und die Holzstecken anzündete, denen wohlriechender Rauch entstieg, den der Morgenwind, der vom Meer herblies, zu ihrem Bett trug – kam ihr mit einer gewissen Überraschung, daß er ihr nicht schon früher gekommen war, der Gedanke –

»Aber – ich – kann – ja – auch – jederzeit – sterben.«

11.
Sylvanus Cobbold

Der Morgen des zwölften Februar, der über Weymouth und Portland anbrach, war sogar noch wärmer als der des vorangegangenen Tages. Es war, als sei es der Natur angelegen, für die Bewohner der zwei Gemeinden und des angrenzenden Felsvorsprungs die heftigen Launen wiedergutzumachen, mit denen sie am Tag des Sturms die Elemente durcheinandergewirbelt hatte.

Merkwürdig kontrovers waren die Bemerkungen zu diesem zweiten schönen Tag, als unübersehbar wurde, daß die Sonne beabsichtigte, im Verlauf der Stunden immer wärmer zu scheinen. Sowohl in den Gewerbebezirken als auch in den Logierhäusern und Villen – in den geräumigen georgianischen Wohnsitzen des Belvedere wie in den kleinen Nachbarhäusern der schäbigen Wohnstatt Dr. Girodels – bestand der gleiche seltsame Unterschied in der Reaktion der Männer und der der Frauen auf das vielversprechende Wetter. Die Frauen, reich wie arm, gratulierten dem Schöpfer einhellig vor allem dazu, daß er, genau wie sie, begriffen hatte, was für ein wichtiger Tag dieser Tag war, an dem Mr. Cattistocks Hochzeit stattfinden sollte, während die Männer nicht weniger einhellig ihre Zufriedenheit darüber äußerten, daß an dem einen Wochentag, da die Geschäfte und Handelshäuser der Stadt am frühen Nachmittag ihre Läden schlossen, der Himmel wolkenlos sein würde.

Magnus, der früh erwachte – nicht Mr. Cattistocks wegen, wie man sich wohl denken kann, sondern aus eigenen Gründen –, trat leise aus Miss Le Fleaus Eingangstür, ohne Martha zu stören, die in der Küche ihre erste Tasse Tee trank, und eilte Brunswick Terrace in entgegengesetzter Richtung zu Trigonia House entlang. Als er Fernlands erreichte, wie der elegante und unpassende Name lautete, den Korporal Dawson seinem Ruhesitz verliehen hatte, betrachtete er das stille Gebäude mit jener zärtlichen Aufmerksamkeit – die sich von jeder anderen Aufmerksamkeit unterscheidet –, mit der ein Liebender das anschaut, was er sich als Sitz seines ersten Haushalts erhofft. Mit jener weisen Umsicht, die erklärte, warum Magnus der einzige dauerhaft erfolgreiche Privatlehrer in der Stadt war, hatte er Miss Le Fleau – die er noch angetroffen hatte, als er von Upwey zurückgekehrt war – kühn gefragt, ob er für eine verhältnismäßig geringe Miete – nicht nennenswert neben dem, was er jetzt bezahlte – sein Zimmer weiterhin benutzen könne, wie es war, um dort seine täglichen Stunden abzuhalten, bis sich eine Verwendung für den Raum finden ließ. Nur zu gut wußte der verschlagene Gelehrte, daß die alte Freundin seines Vaters um des Vergnügens willen, jeden Tag freundschaftlich in ihrem Salon mit ihm zu plaudern, bereit gewesen wäre, ihn das Zimmer für alle Zeiten ohne Entgelt benutzen zu lassen, doch er wußte auch, daß Muir d. Ä. gewünscht hätte, daß er etwas bezahlte, und so kam man überein, daß er jede Woche den Betrag von fünf Shilling entrichten sollte.

»Wird es ihr hier gefallen? Wird es das? Wird es das?« war nun sein einziger Gedanke, während er vor Fernlands auf und ab ging, jede Einzelheit seines gefälligen Äußeren aufnahm und zufrieden feststellte, daß es den bei weitem besten »Garten« von ganz Brunswick Terrace besaß, sofern man die Pflege des Gartens zum Maßstab nahm.

Der weitgereiste Korporal, der Blumentöpfe unter den Augen des halben Orients gegossen hatte, störte sich nicht daran, dabei gesehen zu werden, wie er etwas Dung – in den Stallungen des Burdon Hotel erstanden – am Rand eines besonnten Gehsteigs in Weymouth ausstreute. Korporal Dawsons Erscheinen auf der winzigen eingezäunten Fläche, wo er jeden Kieselstein, der den Weg zur Haustür säumte, eigenhändig geweißt hatte, fiel mit Magnus' fünftem Anmarsch vom Osten oder Westen der Straße in dieser frühen Stunde zusammen. Zu sehen, daß sein künftiger Mieter die Eigenart hatte, sich als Schildwache auf Patrouille zu begeben, stimmte den Korporal nicht etwa argwöhnisch. Statt ihn zu beunruhigen, beruhigte es ihn. Er lehnte sich in Hemdsärmeln auf das kleine Tor und setzte dazu an, ein weitschweifiges Gespräch darüber zu beginnen, wieweit Fort Nothe noch in Gebrauch war und wie es sich im Vergleich zu anderen historischen Verteidigungsanlagen des Landes ausnahm, wenn es am ehesten in Gebrauch war.

»Madame liegt noch in den Federn, Sir. Meine erste war Langschläferin, Sir, und meine letzte ist es auch. Meine zweite Frau war immer schon vor Tagesanbruch auf den Beinen. Aber sie starb im ersten Jahr unserer Ehe, Mr. Muir. In Singapur, ja, da hat sie das Zeitliche gesegnet.«

Der Korporal seufzte; und Magnus, dessen Verstand von seinen Gedanken an Curly ganz vernebelt war, schloß daraus, daß der alte Soldat die Vorsehung anklagte, Schlafmützen mit Langlebigkeit zu belohnen, während Frühaufsteher in der Blüte ihrer Jahre dahingerafft wurden.

»Ich fürchte«, bemerkte er mit einem recht verlegenen Lächeln, »daß meine junge Frau Ihrer gegenwärtigen Gattin ähnlicher sein wird als Ihrer zweiten Frau, denn sie sagt, daß es ihr sehr schwer fällt, morgens aufzuwachen.«

Dann verabschiedete er sich herzlich, wenn auch geistesabwesend vom Korporal und überquerte die Straße, um die weißgekalkte Bordsteinkante der Esplanade zu betreten, wo kleine, massive, viereckige Pfosten mit Löchern in mittlerer Höhe verrieten, daß in den Tagen Georges III. Eisenketten zum Schmuck zwischen ihnen gehangen hatten, überquerte den glänzenden Asphalt der Straßenoberfläche, sprang auf die knirschenden Kiesel hinunter und begab sich ans Meeresufer. Die Sonne war noch nicht lange aufgegangen, und dem Lehrer begegnete ein blendender Strom ungebrochener Strahlen, die ihn direkt und indirekt erreichten. Direkt gelangten diese Strahlen vom Himmelskörper selbst zu ihm, und indirekt gelangten sie von der tanzenden, glitzernden Spur auf dem Wasser, die sein Widerschein war, zu ihm. Und für einen Augenblick vergaß Magnus Fernlands, Miss Le Fleaus Güte, sein seelisches Leiden an der Vivisektion, jawohl! und sogar Curly!

Diese junge Frau war an diesem Morgen früh erwacht, den Kopf voll mit der Cattistock-Hochzeit, die schließlich das eine große gesellschaftliche Ereignis des ganzen Jahres war, das nur von der Regatta im August übertroffen wurde; und in diesem Augenblick, nachdem ihre Mutter sie nur unter größten Mühen dazu hatte bewegen können, etwas zum Frühstück zu sich zu nehmen, stand sie aufgerichtet mitten in ihrem Schlafzimmer – das obendrein als Nähstube und im Sommer als Wohnzimmer diente –, während Mrs. Wix mit Nadeln zwischen den alten Zähnen und mit flatternden Fingern unter und über den Säumen des kostbaren Stoffes ihrer Tochter das neue Kleid anprobieren half. Das Kleid war perlgrau; und als das Mädchen vor dem kleinen Fenster unter der Dachrinne stand – auf dessen breiter sonnengewärmter Fensterbank ein kleines Bund Schneeglöckchen in einer angestoßenen Seifenschale steckte –, wirkten seine Augen in ihrer durchsichtigen Entrücktheit so entzückend, wie seine zierliche

Gestalt in ihrem zarten Reiz betörend war. Während Curly sich mit schier unerschöpflicher Geduld von ihrer Mutter hin- und herdrehen und ihre Arme heben und sich von ihr in die Taille zwicken und den Stoff an ihren schimmernden Hüften glattstreichen ließ, waren ihre Augen von so abwesender und geheimnisvoller Schönheit, daß manch ein Betrachter dieser Szene sowohl Magnus als auch S. P. Ballard als ihrer völlig unwürdig eingeschätzt hätte.

Das Licht des frühen Morgens – denn der Raum sah nach Osten – überflutete das tiefe kleine Fenster zwischen den Giebeln und zauberte einen unirdischen Glanz auf die blasse Stirn und die zarten Wangen des Mädchens. Curly war an diesem Morgen ganz gewiß noch schöner als sonst. Der abwesende Blick in ihren Augen, die durchsichtigen Wangen, die in der Frische des Morgens badeten, die geschmeidige Figur im taubengrauen Kleid hätten jeden Außenstehenden davon überzeugt, daß soviel Liebreiz beinahe ein Recht darauf hatte, sich von einem Mann ernähren und von einem anderen lieben zu lassen. Eine weniger makellose Figur, eine weniger abwesende Trance schimmernder Wehmut, und jedermann hätte sie als berechnende Dirne verurteilt. Doch angesichts solch engelhafter Anmut entfloh der Gedanke der Untreue beschämt und verbarg der Gedanke an das Hörneraufsetzen sein Haupt.

»O Mutter, Mutter«, seufzte sie soeben, als sie zu der ihr ergebenen kleinen Frau hinuntersah, deren heuchlerisches Stück Häkelarbeit unberührt auf dem Tisch lag, »ich muß die ganze Zeit denken, *wenn* ich noch frei wäre – und wenn jetzt, wo Mr. Cattistocks Hochzeit und all das bevorsteht, Sippy mich in einem schönen Kleid sehen würde – weißt du? –, ob er dann nicht vielleicht seine Meinung ändern und nicht mehr denken würde, daß er sich mit mir blamiert. Natürlich weiß ich, daß er sich mit richtig feinen Leuten und so weiter abgeben und sie besuchen muß und Abendkleidung anlegen und über die Deutschen und die Chinesen mit ihnen reden muß, aber obwohl ich mich am Anfang sicher schrecklich gefürchtet hätte, hätte ich mich sicher richtig benommen – das hätte ich doch, Mutter? –, und er hätte stolz auf mich sein können! Ich meine, wenn er nur ein *bißchen* Geld für meine Kleider ausgegeben hätte.«

Mrs. Wix lächelte traurig und nahm drei Nadeln aus dem Mund, während sie einen Schritt zurücktrat, um ihre letzten Veränderungen zu begutachten.

»Du wärst in zwölf Monaten eine vollkommene Dame, Herzensblättchen«, sagte sie. »Aber nimm's dir nicht zu sehr zu Herzen. Wenn du erst Mrs. Muir von Brunswick Terrace bist, bist du etwas ganz Ähnliches wie eine Dame.«

Doch Curlys Gedanken beschäftigten sich in diesem Augenblick mit ehrgeizigeren Zielen als Brunswick Terrace. Starke, wenn auch unerklärliche Gefühle regten sich in jenem Moment in ihrem Herzen, in jenem Bereich des Wesens eines Mädchens, wo dessen ganze Natur aufgewühlt wird, wobei Empfindungen, Begierden, Sehnsüchte nur undeutlich Ausdruck finden. Ihr Geist wanderte zur Begegnung mit Tissty und Tossty in Sark House zurück, und obwohl sie sich der eigenen Schönheit nicht halb so bewußt war, wie es die meisten Mädchen sind, spürte sie in sich ein undeutliches Gefühl erwachen, daß an ihrem Geschick, das sie dem Zwiespalt zwischen einem ältlichen Verlobten und einem selbstsüchtigen Liebhaber auslieferte, etwas Ungerechtes war. Ihre Leidenschaft für den jungen Ballard und ihre Achtung für Magnus – denn sie hegte aufrichtige Achtung für ihn – sammelten sich immer wieder an der Oberfläche ihrer seelischen Ratlosigkeit wie Schaumspritzer auf einer unruhigen See. Sie spürte eher, als daß sie es begriff, wie wenig befriedigt ihr Anspruch an das Leben war, ihr Anspruch auf Glück, auf ein ungehindertes Entkommen aus der verzwickten Lage, in der sie sich befand, in ein reicheres, erfüllteres, schöneres, aufregenderes Schicksal! Nicht Curlys Intelligenz, sondern wahrhaftig ihre Schönheit selbst begann jenseits der Grenzen ihres Verstands aus dumpfen subrationalen Schichten ihres zarten Wesens ihre Ansprüche zu stellen. Es war, als protestierten die weichen Blütenblätter einer am falschen Ort gesetzten Pflanze gegen den unfruchtbaren Boden, auf dem das Schicksal sie der Luft sich hatte öffnen lassen, während Wurzeln und Stengel schwiegen. Ihre unvergleichliche Figur und ihr Gesicht – indes sie gedankenverloren am Dachfenster stand, während die geschwollenen Knöchel und krallengleichen Finger der Mutter ein letztes Mal über die Oberfläche ihres Kleides strichen – schienen laut auszurufen, daß sie etwas Besseres verdient hatten, als das Spielzeug eines Sippy oder der verhätschelte Abgott eines ältlichen, mittellosen Lehrers zu sein! Diese unhörbaren Protestschreie, die von Curlys durchsichtiger Haut ausgingen, von der liebreizenden Wehmut ihres abwesenden Blicks, von den zarten Formen ihres schlanken Körpers, wurden mit weit ergreifenderer und auch weit tragischerer Stimme – denn kein Selbstmitleid kann bis zum Grund der

Erbarmenswürdigkeit solcher Verschwendung vordringen – geäußert als die abrupten und eher gegenteiligen Töne, die ihren jungen Lippen entschlüpften, als sie ihrer Mutter ihre Hoffnung zumurmelte, einen Platz bei der Hochzeit zu finden, wo sie etwas sehen konnte, und ihre Zweifel, ob Magnus wirklich »anständige« Rosen aussuchen würde.

Die Antworten ihrer Mutter waren knapp, ausweichend, prosaisch; doch etwas in der alten Frau war empfänglich für die wortlose Frühlingsregung im ungehaltenen Fleisch und Blut, das sie schmückte, denn zwischen einer Mutter und der Lieblichkeit der Tochter unter ihren ergebenen Händen besteht ein tiefes und geheimnisvolles Band.

»Zum Malen hübsch bist du, mein Schätzchen«, sagte Mrs. Wix zu guter Letzt, doch das Mädchen zuckte nur überdrüssig mit den Schultern und dachte insgeheim:

»Was soll's? Oh, warum nur, warum nur ist das nicht meine Hochzeit mit Sippy!« Und dann formulierte sie ganz eindeutig den Gedanken: »Ich sehe tatsächlich kein bißchen weniger gut aus als die beiden Schauspielerinnen, auch wenn meine Haut nicht ganz so weiß sein mag wie die von Mrs. Lily!«

Als Magnus auf die Esplanade zurückkehrte, war es gerade erst acht Uhr, und er dachte sich:

»Martha bringt mir das Frühstück immer erst um Viertel nach acht. Ich gehe ein paar Schritte in Richtung Lodmoor.«

Indem er also der Esplanade folgte und den Blick von Trigonia House fernhielt, damit ihm nicht sein Freund Gaul zuwinkte oder gar der impertinente junge Bursche Ballard, dessen Automobil einen so unerfreulichen Lärm machte, war Magnus schon bald an Penn House vorbeigegangen und hatte die hohe Mauer und all die verschiedenen Eisentore erreicht, wo sich die Gärten der Häuser an der Preston Road bis zum Meer hinunterziehen. Dies war die Stelle, wo unter dem Schutz des guten Bum Trot Mrs. Cobbolds Gesellschafterin ihren ersten Eindruck von High House empfangen hatte, und Magnus selbst sah jetzt zu High House, das über ihm emporragte, mit nicht geringem Interesse hinauf. Mit weit mehr Interesse jedoch betrachtete er ein auffallendes Gebäude aus gelblichem Zement, das seine Überlegenheit allen Nachbarhäusern gegenüber durch den Besitz eines Turms demonstrierte. An der Spitze dieses Turms, der aus einem Material bestand, das aussah wie Stuck oder angestrichene Ziegel, war eine Fahnenstange befestigt, und am Ende dieser Fahnenstange hing ein kleiner Wimpel.

Das war das Haus des alten Dr. Higginbottom, des cholerischen Arztes, der zu Captain Poxwell gerufen worden war, als dieser sich hartnäckigst in Sandsfoot Castle verschanzt hatte, und daraufhin höchst beleidigt von dannen gezogen war und damit gedroht hatte, die Polizei zu holen. Schon immer hatte Magnus ein romantisches Verhältnis zu dem Turm aus Stuck gehabt, der auf die Bucht hinaussah. Als er ein Kind war, hatte Pearl Water, die Tochter des alten Higginbottom, das Turmzimmer bewohnt. Er erinnerte sich, wie Pearl einmal an ebendiesem Gartentor mit ihm gesprochen hatte und was für einen überwältigenden Eindruck sie auf ihn gemacht hatte, so daß ihre Gestalt seit ihrem Tod diesen Flecken immer heimsuchte. Sie hatte einen Assistenzarzt Dr. Brushs geheiratet, und ihr Tod hatte zum erstenmal Magnus' Aufmerksamkeit auf die abstoßenden Tatsachen der Vivisektion gelenkt, dieses verborgenen Grauens hinter aller modernen Zivilisation.

Pearl hatte sich mit ihrem Ehemann über Dr. Brushs Labor gestritten, aber Dr. Water war im Verlauf einer Grippeepidemie gestorben, die über die Anstalt hereingebrochen war, und Pearl war mit der kleinen Caddie in ihr altes Turmzimmer zurückgekehrt.

Man munkelte, daß Higginbottom seit Pearls Tod keine Veränderung im Turmzimmer erlaubt habe und daß er Caddie, statt ihr eine ordentliche Gouvernante zu besorgen, ohne jede Aufsicht und Gesellschaft in diesem Turm aufwachsen ließ. In der Tat hatte er die gute Ausrede, daß er ihre körperliche Gesundheit über ihre geistige Ertüchtigung stellte, denn Caddie Water litt unter epileptischen Anfällen. Sie war jetzt elf Jahre alt und, so dachte Magnus, weniger freundlich zu ihm, als sie es mit fünf oder sechs Jahren gewesen war; doch der homerliebende Horaz-Lehrer war noch immer einer ihrer besten Freunde, und Caddie Waters Freunde waren wahrlich spärlich an der Zahl. Sie war ein überaus unansehnliches Kind, von schwerfälligem, linkischem Äußeren und von verdrießlicher und mürrischer Miene; stundenlang konnte sie mit düsterer Mattigkeit dasitzen und aufs Meer blicken. Caddies beste Freundin war niemand anders als Zigeuner-May, die ihr Großvater seit langer Zeit kannte. Von allen lokalen Exzentrikern, die er abwechselnd patronisierte und terrorisierte, war keiner dem alten Herrn so sehr ans Herz gewachsen wie die Bewohnerin der Hütte von Lodmoor. Es grenzte ans Wunderbare zu sehen, wie gut diese zwei Sonderlingsnaturen miteinander zurechtkamen und wie der Doktor sich der Zigeunerin gefällig zeigte und die Zigeunerin sich dem Doktor gegenüber behauptete.

Magnus war folglich trotz der frühen Stunde keineswegs überrascht, als er am Gartentor von The Turret eine Gruppe erregter Menschen vorfand, darunter den alten Higginbottom und die kleine Caddie. Dennoch hätte er im selben Augenblick kehrtgemacht, weil er sein Frühstück dringend benötigte und alles andere als gesellig aufgelegt war, wenn der Doktor ihn nicht beim Namen gerufen hätte.

»Muir! Muir! Kommen Sie bitte für einen Augenblick! Kommen Sie bitte her, Muir!«

Es schien ein rechter Tumult zu sein, in den der Lateinlehrer sich begab, als er am Gartentor von The Turret eintraf. May und Larry hatten diesen durch eine private Auseinandersetzung bewirkt; doch Caddie hatte sie von ihrem Turmfenster aus auf der Straße streiten sehen und war durch Haus und Garten herbeigeeilt, um herauszufinden, was los war; und schnell – denn der alte Mann war Frühaufsteher – hatte sie ihren Großvater in die Sache hineingezogen. Dr. Higginbottom war in Caddies Händen stets so weich wie Wachs, und jetzt galt seine Sorge weitaus mehr ihr als dem streitenden Paar. Aber Zigeuner-May war schrecklich aufgeregt. Auf ihren hohlen, schwindsüchtigen Wangen malten sich rote Flecke, und ihre großen dunklen Augen leuchteten wie schwarze Kohlen. Auf ihre gewohnte Art näherte sie sich dem Kern der Sache auf Umwegen, warf einen schnellen Blick darauf, pickte daran, beschrieb eine Kurve, in der sie sie fast berührte, bevor das Ganze an die Oberfläche stieg, so wie eine Seemöwe von einem Schiffsdeck holt, was ein Stück Brot, aber auch ein Fetzen Papier sein kann.

»Ein herrlicher Tag, Mr. Muir«, sagte sie, indem sie ihn unverblümt ansprach und ihn mit dem ausweichenden Auge einer Schwalbe ansah, die dabei erwischt wurde, wie sie ein Gänschen verfolgte. »Meinen Sie nicht, daß es für mich ein schöner Tag wäre, um nach Portland zu gehen? Larry macht sich Sorgen – nein! nein! gib ihm die richtige Hand, Larry. Du bist doch kein kleines Kind mehr, oder! Die *rechte* Hand, wie ein guter Junge, und schau nicht so mürrisch. Ich erzähle Mr. Muir, worum es geht, wenn du – Larry sorgt sich, ich könnte in Last House für Ärger sorgen, wenn ich hingehe, Mr. Muir. Er hat Angst, ich könnte S. C. erzählen, was für eine kleine Schlange er sich ins Haus geholt hat; aber ich sage nie jemandem, was ich aus den Karten weiß.«

»So redet sie die ganze Zeit, Mr. Muir«, warf Larry ein, dessen grüne Augen vor Wut phosphoreszierend leuchteten, »und das einzige, was sie gegen Marret in der Hand hat, ist, daß sie mit Mr. Cobbold zusammenlebt. Wenn sie in dem Zustand, in dem sie ist, nach Last House geht, dann *wird* sie für Ärger sorgen. Mr. Cobbold läßt sich nicht rumkommandieren – aber so, wie sie heute aufgelegt ist, würde sie, ja, das würde sie! – den Teufel selber rumkommandieren!«

Die langsame, zögernde Stimme der kleinen Caddie erhob sich nun zitternd und heiser, als hätte sie in ihrem Turm die Schreie der Seemöwen nachgeahmt und die Sprache der Menschen verlernt.

»Lebt Marret«, begann sie.

»Ah! Hm! Ah! Ah! Hm! Hm!«

So klangen die Laute – wenn auch mit weit mehr Bedeutung versehen, als die bloßen Silben anzudeuten vermögen –, mit denen der alte Doktor unweigerlich jegliche Gesellschaft begrüßte, sobald Caddie zu sprechen anhob; und sogar jetzt, als er »Ah! Ah!« sagte, legte er ihr ihren Schal fester um den Hals, und als er »Hm! Hm!« sagte, schaute er mit liebevoller, abgöttischer Zuneigung in ihr weißes, ungeschlachtes Gesicht, voller Besorgnis ob der bebenden Falten, die ihre gerunzelte Stirn überzogen.

»Lebt ... Marret ... mit ... Mr. Cobbold ... zusammen?«

Caddie betonte diese Wörter, als entstammten sie nicht ihrer eigenen Sprache, sondern als gehörten sie zu einer Sprache, die sie mühsam erlernt hatte. Diesen Eindruck machte Caddie auf jedermann – den Eindruck, als hätte sie Sprache und Manieren der Menschen sorgfältig und gründlich studiert, liefe jedoch unablässig Gefahr, sie zu vergessen, weil sie in ihrem Herzen dem Menschengeschlecht so fern war wie eine kranke Möwe.

»Ah! Ah! ... Hm! Hm!« wiederholte der Doktor und sah dabei Magnus unter seinen gesträubten Augenbrauen hervor so kampflustig an, als wolle er damit sagen: »Vorsicht, Freunde! Nehmt euch in acht mit euren Gedanken! Ihr seht doch, wer gerade spricht, nicht wahr?«

Caddie jedoch sprach unaufgeregt weiter, ohne sich an jemand Bestimmten zu wenden. Ihre überaus rührende menschliche Frage schien sich an die umfassende Toleranz des Weltalls zu richten.

»Als sein Dienstbote ... oder als ... seine Geliebte?«

»Missy, Missy!« rief der junge Zed, der mit aalpfützenbeschmierten Daumen und Zeigefinger das Ende von Caddies Schal ergriff und beschwörend daran zog. »Lassen Sie nicht zu, daß May Gemeinheiten über Mar't sagt! Mar't ist eines von den Mädchen, die in den Märchen vorkommen, an denen nichts lieblich ist und nichts dornig ist, weil, sie sind wie Pelikane in der Wildnis. Sooft ich sie gesehen habe, hat Mar't kein einziges, nein, kein einziges! böses Wort über May oder über May und Mr. Cobbold gesagt oder darüber, daß Mr. Cobbold Mays Streiche nicht ertragen konnte und daß ihm die große Spieldose, die sie immer mit sich rumträgt, auf die Nerven gegangen ist oder daß sie seinen Papagei, den ihm ein Seemann geschenkt hat, aus dem Käfig gelassen hat, und dann war er auf dem Feld, und eine Katze hat ihn gefressen, weil er nicht fliegen konnte. Mar't hat nie ein Wort von diesen Sachen zu mir gesagt.«

Nun war Zigeuner-May an der Reihe, und wie all ihre emotionalen Schachzüge nahm ihre Vergeltung eine so völlig unerwartete und dem eigentlichen Thema entfernte Form an, daß Magnus zuerst wähnte, sie sei bereit, sich ihrem Protegé gegenüber versöhnlich zu zeigen, um ihre Freundin Caddie nicht zu verstören.

»Unser Larry weiß nicht«, sagte sie, an die kleine Invalidin gewandt, die sich jetzt schwer auf ihres Großvaters Arm stützte, »er weiß nicht, was die Tarotkarten mir darüber gesagt haben, daß S.C. Gefahr von Mineralien droht. Lebewesen können ihm kein Haar krümmen. Pflanzen können ihm rein gar nichts anhaben. Aber die Mineralien, die werden sein Verhängnis sein. Und deshalb will ich heute zu S. C. gehen, und ich werde zu ihm gehen, auch wenn Larry mich dafür verfolgt und verspottet, seit wir zusammenwohnen.«

Während sie sprach, ließ sie Caddie Waters Schal los und klopfte gegen die Knochen ihrer eigenen mageren Brust. Ihr Schlüsselbein war stets der Luft ausgesetzt, als wolle sie auf diese Weise eine verlorengegangene Verbindung zu den Elementen aufrechterhalten, wenngleich ihr unvorstellbar kleiner Busen unter dem Schlüsselbein immer in leuchtendbunte und blitzsaubere Bekleidung gehüllt war.

»*Hier drin* hab' ich den Magneten für ihn, Larry Zed; und wenn du nicht so einen Volksaufstand gemacht hättest, weil ich zu ihm gehen will, dann hätte ich ihn dir gegeben, ja dir! Aber jetzt hast du ihn zum letztenmal gesehen. Es war Oma Holts Magnet. Und jetzt kommt Oma Holts Magnet nach Last House, und dort soll er bleiben, denn dort soll er dafür sorgen, daß die Mineralien S. C. nichts anhaben können. Und die silberne Haarnadel von deiner hübschen Mar't –«, und voller Bosheit imitierte sie die Art und Weise, wie Larry den Namen ihrer Rivalin aussprach, »– die Haarnadel, von der er dir erzählt hat, kann ihn in dem Bett, das

May gemacht hat, nicht stechen, weil Oma Holts Magnet alle Haarnadeln und -klammern anzieht, und keine einzige Nadel bleibt in ihrem Busentuch stecken, weil Oma Holts Magnet so fest und stark zieht!«

Aber Zigeuner-May war eine Spur zu weit gegangen, als sie den jungen Zed quälte. Sie hatte ihr Ziel beinahe erreicht, ihn vor aller Augen in einen kindischen Wutanfall zu versetzen, während sie selbst leise davonschlich, doch ihr war entgangen, daß der Junge sich seit dem Vorfall mit Perdita in seinem Zimmer über dem Heuschuppen verändert hatte und auf unerklärliche Weise gereift war, so daß er nun schwieriger zu beeinflussen war.

Caddie Water erkannte mit der Feinfühligkeit des kindlichen Invaliden, welche widerstreitenden Gefühle im jungen Zed tobten, der sprachlos, angespannt und zitternd dastand, die Augen voll Zornestränen. So stand er da, starren Blicks und bebend, während Zigeuner-May mit dem für sie typischen, eigentümlich vibrierend-gleitenden Gang, der verblüffende Verstohlenheit mit unantastbarer Würde verband, auf dem Gehsteig davoneilte. Sie ging an Penn House vorbei; sie überquerte die Straße; sie stieg zur Esplanade hoch, und schon bald entschwand sie dem Blick hinter Liegestühlen, Markisen, Bootsmännern, Anzeigetafeln und jenen charakteristischen athletischen Frühaufstehern beiderlei Geschlechts, die mit ihren der Jahreszeit hohnsprechenden Badetüchern und nassen Badeanzügen alle übrige Welt verweichlichter und verächtlicher Entartung anzuklagen scheinen. Zwischen alledem verschwand Zigeuner-May, doch wenn Caddie Water nicht gewesen wäre, dann wäre der junge Zed, sobald er zur Besinnung kam, höchstwahrscheinlich hinter ihr hergelaufen und hätte ihr eine beschämende Szene gemacht. Caddie Water aber riß ihre Hand von der ihres Großvaters los und ergriff den Jungen am Handgelenk.

»Komm mit in meinen Turm, Larry«, rief sie, »ich will dir was zeigen.«

Der Doktor warf Magnus einen überaus komplizierten Blick zu, in dem der Wunsch, die Dinge für jemand anderen unerfreulich zu machen –, und zwar auf der Stelle unerfreulich zu machen – mit dem Wunsch rang, seinem Enkelkind um jeden Preis seinen Willen zu lassen.

»Darf ich ihn mit nach oben nehmen? Darf ich ihn mit nach oben nehmen? Darf ich –«

Die insistierende Kinderstimme rief Magnus Pearl ins Gedächtnis, wie sie an jenem Tag an ebendiesem Gartentor gestanden und sich mit ihm unterhalten hatte.

»Pearl war es«, sagte er sich, »die mir die Vivisektion als erste in den Kopf gesetzt hat.«

»Wollen Sie nicht mit ihnen nach oben gehen, Muir?« fragte der Doktor.

Nun wußte Magnus sehr wohl, daß dies eine ernstgemeinte Bitte war, die der alte Mann in der Hoffnung äußerte, sein Frühstück mit unbeschwertem Gewissen beginnen zu können. Doch in kleinen physischen Zwangslagen dieser Art war Magnus – nicht weniger, als der ältere Muir es vor ihm gewesen war – durchaus fähig, unerbittliche Selbstsucht zu beweisen.

»Nicht jetzt, Caddie, nein danke«, sagte er. »Martha hat mir sicher schon längst das Frühstück aufgetragen. Ich muß machen, daß ich nach Hause komme!«

»Was machen Miss Le Fleaus rheumatische Beschwerden?« fragte der alte Herr als Antwort, indem er mit einem Auge spöttisch die Ungeduld des Lehrers observierte, während er mit dem anderen besorgt die Gestalt des kleinen Mädchens verfolgte, die sich mit dem jungen Zed entfernte. »Ach ja! und haben Sie beim Korporal ein Zimmer bekommen? Miss Le Fleau sagte mir, daß Sie ihn aufsuchen wollten.«

»Ich hoffe es ... ich glaube ja ... aber das ist eine zu umständliche Geschichte, als daß ich jetzt ...«, murmelte Magnus. »Entschuldigen Sie, Doktor, aber ich muß mich verabschieden.«

Der alte Mann ging langsam in das große Haus zurück und begab sich in sein sonniges Speisezimmer, wo die silberne Kaffeekanne ihn bereits in der Fensternische neben einem Blumenständer mit roten Geranien erwartete, vom blauen Flämmchen eines kleinen Spirituskochers warm gehalten. Nie konnte er diesen besonderen Methylgeruch riechen, ohne dabei an Pearl zu denken. Er sah ihre Gestalt vor sich, die ihm seinen Kaffee einschenkte. Wie sehr hatte er diesen gewissen Ausdruck unirdischer Entrücktheit verabscheut, der auf ihre Miene zu treten pflegte! Als er dastand und die Geranientöpfe hinter dem Silber seines Frühstücksgeschirrs betrachtete, begann er plötzlich zu lauschen. Konnte er irgendwelche Laute aus dem Turm vernehmen? Nein; überall im Haus herrschte tiefe Stille. Dann wurde eine Tür geöffnet, und eilige Schritte waren zu hören.

»Verwünscht!« dachte der alte Herr. »Das ist Sarah.«

In der Tat war es Mrs. Piddle, die mit den abrupten Bewegungen eines ängstlichen Schneehuhns eintrat, das ein verdächtiges Wehr erkundet.

»Darf ich Sie kurz sprechen, Sir?«

Der Doktor begegnete ihrer Frage mit einer eigenen.

»Ich nehme an, der junge Larry Zed hat sein Frühstück schon vor einiger Zeit bekommen?«

Mrs. Piddle nickte. Dann sagte sie:

»Ich habe eine Einladung, Sir, von Eliza Chant nach Chickerel draußen, wo drinsteht, daß sie heute abend in Peninsular Lodge mit ein paar alten Freunden Cat'stocks Hochzeit feiern, und ob ich wohl auch kommen würde. Sie sagt, daß Mrs. Matzell von Half-Way House kommt und Mrs. Monkton von Trigonia House, und Mrs. Wix aus Upwey hat auch versprochen, daß sie kommt. Ein richtig gemütliches Beisammensein, Sir, wie es zu meinen Lebzeiten vielleicht kein zweites mehr geben wird.«

Der alte Higginbottom funkelte sie erbost an.

»Ich gehe doch wohl recht in der Annahme, daß Sie sich mit dem Gedanken tragen, heute nachmittag zur Trinity Church zu spazieren?«

Mrs. Piddles Miene offenbarte ihre Bestürzung, daß er einen von ihr als so selbstverständlich betrachteten Sachverhalt auch nur erwähnen konnte.

»Es ist das große Ereignis des Jahres, Sir«, murmelte sie vorwurfsvoll, »und ich hab' meinen Ohren nicht getraut, als John gesagt hat, daß Sie nicht mal in die Kirche gehen wollen.«

Der Doktor steigerte sich in einen halb wahren, halb gespielten Wutanfall hinein.

»Sarah Piddle!« rief er, ganz Oliver Cromwell, »Sarah Piddle! Der Herr erlöse mich von Sarah Piddle!« Dann sah er sie gelassener an. »Wenn Ihr Cattistock schon ein Schurke ist«, sagte er, »dann ist die Poxwell-Madame, die er heiratet, eine noch üblere Person!«

Doch die alte Dame hatte den Kopf schiefgelegt und lauschte angestrengt, nicht viel anders, als es ihr Herr ein, zwei Minuten zuvor getan hatte.

»Ruft Caddie?« fragte er, und sein Gesicht zeigte sofort Besorgnis und Bangigkeit. »Gehen Sie nachschauen, Sarah! Gehen Sie, meine Gute, gehen Sie und schauen Sie nach!«

Als die Haushälterin gegangen war, bückte er sich und zerquetschte zwischen den Fingern eins der duftenden Blätter seiner efeublättrigen Lieblingsgeranie. Und ihn überkam schreckliche

Sehnsucht nach seiner toten Tochter. Seine Sauertöpfischkeit, seine erbitterten Wutanfälle, seine gewalttätigen Anwandlungen hatten sich alle nach Pearls Tod eingestellt. Insgeheim hegte er im Grunde seines Herzens die Überzeugung, daß Dr. Brushs Anstalt an Pearls Tod schuld war, und die Gesellschaft des berühmten Mannes konnte er keine Sekunde lang ertragen. Jedesmal, wenn Sarah in hysterische Krämpfe verfiel, sagte er zu John Piddle:

»Wir wollen den Schurken von Sark House rufen, John, nicht wahr, und es mit einem ehrlichen Quacksalber versuchen, bevor wir sie zu dem Burschen dort draußen gehen lassen, oder?«

Während die Dinge im Hause Turret so ihren gewohnt stürmischen Verlauf nahmen, näherte Zigeuner-May sich der Jubiläumsuhr. Je verstörter, je verärgerter, je aufgeregter Zigeuner-May war, desto umständlicher und gewundener gestalteten sich ihre Gedankengänge. Diese Vorgänge komplizierten sich bis zu einem Ausmaß, welches die Vermutung nahelegte, daß es ihr selbst schwerfiel, sich die Ursache irgendeiner schelmischen, koboldhaften, unerhörten Handlung zu vergegenwärtigen, die sich wie die Ausgeburt reiner, unmotivierter Bosheit präsentierte. Wenn das Ausmaß ihrer Verärgerung sich an den Windungen ihres Weges ablesen ließ, dann mußte sie jetzt sehr verärgert sein, denn statt zum Bahnhof zu gehen, um den Zug zu nehmen, oder zur Statue des Königs, um den Bus zu nehmen, hatte diese wanderlustige Frau nichts Besseres im Sinn, als den Hochzeitsvorbereitungen vor Trinity Church einen Besuch abzustatten und dort mindestens zwei Stunden lang ziellos, wie es den Anschein hatte, herumzulungern. Nach dieser langen Pause begab sie sich zum Kai, wo sie Mandarinen aß und nicht weniger als eine weitere Stunde vertrödelte, bevor sie das einzige Boot nach Portland nahm, das vormittags fuhr!

Für jemanden mit der Fähigkeit, das Denken der Menschen zu ergründen, wäre es ein leichtes gewesen, die Gedanken Sylvanus Cobbolds zu lesen und zu verstehen, doch es wäre ihm schlechterdings unmöglich gewesen, die Gedanken Zigeuner-Mays zu erfassen und zu deuten. Vielleicht verhielt es sich – wie man möglicherweise den Gedanken eines Raben oder einer Elster unterstellen kann – in Wahrheit so, daß diese unvergleichliche Frau von einem völlig konkreten Gegenstand zu einem anderen sprang, sich auf ihn stürzte, ihn packte, in Stücke riß, einpackte und versteckte und sich unterdessen mit einer launischen Neugier mit ihm beschäftigte, die nichts mit Habgier zu tun hatte, einer Neugier, die bereit war, ihn jederzeit allerfröhlichsten Gemütes freizugeben! Dr. Higginbottom pflegte zu sagen, Zigeuner-May sei unter dem Zeichen Saturns geboren und habe das wahre saturnische Temperament; Pearl jedoch – das war in ihren glücklichen Tagen, bevor sie Dr. Water kennenlernte – stritt dies ab und sagte, es gebe nichts auf der Welt, es sei denn, es widerfuhr einem nichtmenschlichen Lebewesen, woran May sich nicht mit einer gewissen leisen Bosheit erfreuen konnte.

Lange bevor die merkurische Tochter Saturns ihre Mandarinen lutschte und die Schalen in kleinen Haufen neben sich sammelte, denn sie hatte bald entdeckt, daß sie die Möwen schier um den Verstand brachte, wenn sie sie ins Wasser warf, hatte Sylvanus Cobbold in Last House, dem Ziel der Zigeunerin, in seinem Bett gelegen und in seiner mystisch-sinnlichen Beschaulichkeit Marret zwischen sich und der Wand gehalten. In der dunklen Stunde vor Sonnenaufgang war das junge Mädchen tief eingeschlafen, doch Sylvanus' Gedanken »durchmaßen« im wahrsten Sinne des Wortes die Ewigkeit, während er es an sich gedrückt hielt. Schon vor langem hatte er die unschätzbare Macht erworben, in der sich, wie man sagt, die tibetischen Lamas hervortun, die Intensität seiner körperlichen Begierde auf ein Maß zu dämpfen, das eher der Verlängerung denn der Erfüllung der Liebesekstase dienlich war. Und als er jetzt das schmale junge Wesen, das sogar im Schlaf kleine natürliche Regungen zutraulicher Behaglichkeit machte, in seinen Armen hielt, begann er dessen jugendliche Wärme zu benutzen, wie es der betagte König Daniel mit der jungen Abisag getan hatte, um sein Gespräch mit dem Geheimnis des Kosmos zu unterstützen. Verzweifelt rang Sylvanus mit dem dunklen Engel aus dem Jenseits. Was ihn in ebendieser Sekunde peinigte, in der das große Licht des Leuchtturms von Beale wieder und wieder über sein Fenster glitt und seine eigene hohlwangige Physiognomie und die Enden seines großen Schnurrbarts, die über den Kragen seines verblichenen, ausgewaschenen hellblauen Schlafanzugs hingen, sowie das ergreifend jugendliche Profil des Mädchens vom Kasperletheater enthüllte und beleuchtete, war die Schwierigkeit, das entsetzliche Leid auf der Welt mit der Hypothese jenes Absoluten zu erklären, die er sich bisher vorgestellt hatte. Schweißtropfen standen ihm auf der Stirn und liefen von seinen Augenhöhlen die hervorstehenden Wangenknochen herunter, denn nicht einmal das köstliche Gefühl, Marret im Arm zu halten, erleichterte es einem, sich mit einem Absoluten auszusöhnen, das die monströsen Grausamkeiten der Welt, wie er sie kannte, guthieß.

»Wie kannst du solche Dinge zulassen?«

Diese Worte äußerte Sylvanus in seinem Inneren ganz deutlich, wenngleich er sie nicht »dem Gehege seiner Zähne entfleuchen« ließ, wie Homer es ausgedrückt hätte, und dann begann er das Vergnügen, das er an der seidigen Glätte des Körpers dieses Mädchens empfand, mit dem elenden Leid zu vergleichen, das so viele Gemüter sogar in Weymouth und Portland erduldeten. Bei all diesen Überlegungen schrak er vor jeglicher körperlichen Bewußtheit seiner selbst zurück. Der feinste Unterschied zwischen Menschenwesen hängt mit ihrer Haltung sich selbst gegenüber zusammen, wenn sie über sich nachdenken. Manche streicheln sich, wenn sie allein sind, und hätscheln sich ganz wissentlich, indes andere sich mit despotischer Verachtung von sich selbst fernhalten, und das sogar mitten unter ihren lebhaftesten Sinneseindrücken.

Ein auffallendes Beispiel des letzteren Typus war Sylvanus. Jede Vorstellung von sich selbst, die physisch gefärbt war, wies er voller Nervosität von sich. Sylvanus war mehr als schüchtern sich selbst gegenüber. Bei der leisesten Andeutung körperlicher Bewußtheit seiner selbst stieg ihm ein Blutschwall heiß in den Kopf, der ihm ein eigentümliches Unwohlsein verursachte. Er mußte sich selbst vergessen, sonst konnte er nicht weiterleben! Und doch war er ein sehr sinnlicher Mensch. Physische Sinneseindrücke liebte, kultivierte, suchte er, begierig sogar; das Bewußtsein des eigenen Körpers jedoch schockierte und empörte ihn. Es schien an der unsichtbaren Nabelschnur seines Nervensystems, die den Draht bildete, an dem der Teufel seine Marionettenkappe hielt, zu ziehen, zu zerren, zu zwicken, zu zwirbeln, ja mit einem schrecklichen Ruck zu reißen. Von allen Männern Portlands und Weymouths war Sylvanus wahrscheinlich der selbstsüchtigste und doch der uneitelste. Vor dem Bewußtsein des eigenen Körpers scheute er so sehr zurück, daß es ihn bereits verstimmte und nervös zusammenfahren ließ, wenn sein Blick beim Gehen nur auf den eigenen Schatten fiel! Eines der kuriosesten Beispiele seiner grillenhaften Abneigung gegen ein Bewußtsein der eigenen Körperlichkeit machte sich in ebendiesem Augenblick bemerkbar, als er einen glühenden und langen Monolog an das Absolute richtete, während er gleichzeitig seine Sinne dadurch erfreute, daß er das Mädchen im Arm hielt. Wenn er zu seiner Gottheit sprach, nannte er sich nie »ich« oder »dein Diener« oder einfach nur Sylvanus, sondern er nannte sich immer Caput. Doch selbst damit nicht genug – da das Absolute alles war, erforderte dies, daß er die niedrigste Funktion seines Körpers neben die edelste stellte. Und so kam es, daß dieses wunderliche Geschöpf nichts Besseres im Sinn hatte, als jedesmal, wenn es zu Gott von sich sprach, dem Wort Caput das Wort Anus hinzuzufügen, was den doppelten Vorteil hatte, daß es seine intermittierende körperliche Scham andeutete und sich obendrein zufällig auf Sylvanus reimte! Als er nun in dieser unvorstellbar lautlosen Stille vor der Dämmerung dalag, im ganzen Körper von einer undeutlichen Sinnlichkeit erregt, gab sein Geist den Kampf auf, das Absolute mit der Grausamkeit des Lebens vereinbaren zu wollen, denn dies erschien ihm allmählich als etwas, was seine Kräfte überstieg; und statt dessen rang er nun mit dem göttlichen Odem in dem verzweifelten Bemühen, ihm das Niedrige, das Abstoßende, das Ekelerregende einzuverleiben.

»Zeige dich Caput-Anus! O Gott, o Gott, zeige dich, zeige dich Caput-Anus!«

Dieser Schrei Sylvanus' stieg von seinem Bett in Last House, während unablässig wie die Wiederholung einer urtümlichen Schöpfungshandlung, wie der Zeigefinger des Absoluten, der in die Abgründe der Leere deutete, der rotierende Lichtstrahl des Leuchtturms von Portland Bill, dieses immer wiederkehrende Pharosgleißen, in das Zimmer eindrang und es wieder verließ.

Einen merkwürdigen Anblick – doch wo war Peg Frampton, um ihn zu sehen? – hätten die zwei Köpfe einem Beobachter geboten, der kleine puppenähnliche Kopf und der gewaltige donquichottische Schädel, im minütlichen Sperrfeuer blendender Enthüllung, das die ganze Nacht hindurch auf sie abgefeuert wurde! Es war nicht anders, als hätte das Auge des Absoluten in Mißfallen auf diese unnatürliche Behauptung von Geist über Instinkt geblickt, dieses Ableiten, Kontrollieren, Einschränken der großen erotischen Kraft, welche die Welt erschafft!

Und die Absurdität der Gedanken Sylvanus' zu jenem Zeitpunkt entbehrte keineswegs ihrer Entsprechung und Parallele in gewissen außergewöhnlichen Bewegungen, die zu machen ihm angemessen schien. Beispielsweise richtete er sich halb auf und beugte den Kopf vor, wobei sein langer Hals – weich und beweglich, verglichen mit Captain Poxwells sehnigem Hals – eine verblüffende Ähnlichkeit mit dem Kopf einer Schildkröte erlangte. Indem er diese Anstrengung unternahm, schien er die beachtliche

Fähigkeit zu besitzen – möglicherweise ein in Tibet wohlbekannter Trick –, seinen Hals, der sich vom Kissen vor- und emporstreckte, in einem Winkel zu halten, der seiner Bettgefährtin höchstes Unwohlsein verursacht hätte, wenn sie bereit gewesen wäre, es zu sehen. Zigeuner-May freilich, deren Schlummer leichter war als der eines Eichhörnchens, war von dieser Eigentümlichkeit ihres »S. C.« oft genug aus der Fassung gebracht worden, doch es ist fraglich, ob Marret, selbst wenn sie ihn dabei ertappt hätte, sich darüber den Kopf zerbrochen hätte. Marret hatte so lange die grotesken Puppen ihres Vaters spielen gesehen, daß sie dazu neigte, ähnliche Bewegungen an einem lebenden Menschen für die naturgegebenen seelischen Ausdrucksformen des menschlichen Körpers zu halten.

Zigeuner-May jedoch fand, daß es ihre Nerven angriff, wenn sie in dieser letzten Nachtwache erwachte und sah, daß ihr Gefährte diese sonderbare Haltung einnahm, indes die salzige Luft um Last House sich in eigenartigem Zusammenziehen in sich selbst zu verkriechen schien. In solchen Augenblicken wollte es ihr scheinen, als sauge die Dunkelheit selbst in schmerzlicher nach innen gerichteter Spannung mitsamt ihrem klammen Atem ihre Wangen nach innen, während sie inbrünstig den Morgen herbeisehnte. Und dieser schildkrötengleich ausgestreckte Hals mit dem überaus unabhängigen Schnurrbart hatte etwas, was sie an die verdrehten Glieder des Gehängten der Tarotkarten erinnerte! Es gab kaum etwas, wie Caddies Mutter zu sagen pflegte, was Zigeuner-May aus der Fassung bringen konnte, solange es nicht Vögeln oder Fischen Schmerzen zufügte, doch immer wieder vor Morgengrauen zu erwachen und daran erinnert zu werden, wie jene anderen, jene nichtmenschlichen Hälse zu dieser Stunde des Tages vor Hunderten von Jahrmillionen ausgesehen haben mußten, während die zurückgehaltene Luft zwischen den Zähnen der Dämmerung dem Moment entgegenfieberte und -zitterte, da die rote Sonne die Stämme der prähistorischen Tannenwedel berührte und große Blutpfützen aus dem erblassenden Sumpf herausmeißelte, war etwas, was ihr zu guter Letzt zu widerstreben begonnen hatte.

Marrets fügsameres Wesen, ein Wesen, welches obendrein die unvermuteten Zuckungen unzähliger Puppen gewissermaßen »mit der Muttermilch eingesogen« hatte, unterwarf sich ohne Widerspruch allem, was Sylvanus zu tun beliebte. Was die Dinge betraf, die er *sagte*, so verstand sie fast nie ein Wort davon; es flößte ihr jedoch ein physisches Gefühl unbeschreiblichen Friedens ein, ihn sprechen zu hören und zu wissen, daß er zu ihr sprach. Das Verdienst schuf der Klang, und die Bedeutung seiner Worte offenbarte sich ihr durch die Aura jenes Verdienstes, so wie der Schrei von Seevögeln durch sonnenbeschienenen Nebel einen Menschen erreicht, der reglos auf einem Schiffsdeck liegt.

Es war merkwürdig, wie Sylvanus und seine junge Bettgefährtin abwechselnd schliefen und wachten; denn als das Tageslicht den Raum tatsächlich erhellte und das rotierende Licht des Leuchtturms seine zuckenden Illuminationen eingestellt hatte, war Marret wach. Diesmal erwachte sie im unvermittelten, schreckenerregenden Gefühl, wie es wäre, von Zigeuner-May aus Last House gejagt zu werden! Dieses Gefühl wurde zu etwas Eigenem, das im luftddurchwehten Zimmer existierte. Es wurde lebendiger Bestandteil jener Chemie der Wirklichkeit, der sie sich anpassen mußte. Sie wußte, daß Sylvanus an diesem Tag Zigeuner-May erwartete; und jetzt sagte sie sich, als sei es unumgänglich, daß sie ihn verließ, wenn ihre alte Rivalin erschien:

»Wenn sie bleibt, werde ich gehen; aber sie werden wieder streiten, und ich werde zurückkommen.« Mit weitgeöffneten Augen vor sich hin starrend, sagte sie sich: »Er weiß nicht, wie gern er sie hat. Er weiß nicht, daß ich gehen muß, wenn sie kommt. Aber wenn ich gehe, darf ich ihm nicht böse sein. Wenn ich gehe, muß ich mir sagen: ›Sie werden wieder streiten, und ich werde zurückkommen.‹ Was auch geschehen mag, ich darf ihm nicht böse sein.«

Doch obwohl sie sich das sagte und sich beim besten Willen keinen Wandel ihrer Fügsamkeit vorstellen konnte, regte sich in Wahrheit bereits tief unten in ihrer weiblichen Natur, tief unten in ihrem langen, dünnen Körper die ewig alte Erbitterung jeder Frau gegen die »andere«.

»Ich muß aufhören, über ihr Kommen nachzudenken«, dachte sie. »Ich muß jeden Moment genießen, wo sie noch nicht da ist, wo sie noch in Lodmoor ist!«

Ihr kleines ovales Gesicht, dessen lockiges braunes Haar sich wirr über das Kissen breitete, war nun von einer rührenden Gelassenheit, die eine beinahe unbelebte Geduld ausstrahlte. Wie wach sie auch sein mochte, sie machte keinerlei Anstrengung, sich aufzurichten und ihren Gefährten zu betrachten. Sie schrak davor zurück, ihn im Schlaf anzusehen, als könnte sie sich damit an ihm versündigen. Doch die ersten Sonnenstrahlen weckten Sylvanus, und er trat alsbald mit dem bewegungslosen Mädchen neben ihm in ein eigenartiges Gespräch.

»Was ist das erste in deinem Leben, an das du dich erinnern kannst, Mart?«

Er nannte sie Mart, weil sie selbst ihren Namen so aussprach, fast genauso, wie der junge Zed ihn aussprach.

Marret dachte sich:

»Das ist die Sonne am Fußende des Betts! Das ist die Sonne auf der Bettdecke über seinen Knien! Das ist die Sonne auf seiner Stirn! Ich muß mich genau daran erinnern, wie *alles* aussieht, damit ich etwas habe, wenn alles vorbei ist«, doch seine Frage beantwortete sie ohne zu zögern. »Das erste, woran ich mich erinnere, war Vater, der Mutter mit einem Wasserkrug geprügelt hat. Er hat ihn am Griff gehalten, bis er zerbrochen ist. Es war Wasser drin, und Mutters Kleider sind ganz naß geworden. Das hat ihr mehr ausgemacht als die Prügel. Mutter hatte es nie mit dem Wasser. Sie hat immer gesagt, Wasser wäre für die Fische da, nicht für die Menschen.«

»Hat dein Vater sie totgeschlagen?«

»Nein, nein, nein!« rief Marret, und ihr kleines ovales Gesicht – das im Schlaf ganz genau wie das Gesicht einer kleinen Porzellanpuppe ausgesehen hatte – verzog sich zu zahllosen besorgten Falten, »Ermentrude, die Frau von der Heilsarmee, die unter uns wohnte, ist hochgerannt gekommen und hat zu Mutter gesagt: ›Hat er dich geschlagen, Schatz?‹, und Mutter hat gesagt: ›Nein, das hat er nicht‹, und sie hat zu Mutter gesagt: ›Hat er dir irgendwas angetan, Schatz?‹, und Mutter hat gesagt: ›Nein, das hat er nicht‹, und sie hat zu Mutter gesagt: ›Habt ihr Streit gehabt, Schatz?‹, und Mutter hat gesagt: ›Nein, haben wir nicht.‹ Und danach hat sie kein einziges Wort mehr gesagt, und als Ermentrude zu ihr kam, war sie tot, und ihre Füße waren kalt. Daß sie kalt waren, weiß ich, weil Vater gesagt hat, als er reinkam: ›Mart, du darfst ihre Füße anfassen, wenn du willst, damit du sagen kannst, daß du den Tod berührt hast.‹«

»Hat er sonst noch etwas gesagt, bevor sie in den Sarg gelegt wurde?« fragte Sylvanus ernst.

Marret sah ihn mit strahlendem Gesicht an, indes die soeben aufgegangene Sonne ihrem mattbraunen Haar den metallischen Glanz einer Rotbuche verlieh. Es war ein beglückendes Gefühl für sie, daß das, was sie erzählte, ihn interessierte.

»Er hat nur gesagt, als die Frau von der Gemeinde gekommen

ist, um sie herzurichten, daß er hofft, sie würde sie nicht mit Wasser waschen. ›Meine Frau‹, hat er gesagt, denn Vater hat mit Fremden immer von oben herab geredet, ›hatte es nie mit dem Wasser; lassen Sie sie also in Ruhe, haben Sie verstanden? Lassen Sie sie in Ruhe!‹«

Seit Marret mit ihm zusammenlebte, hatte es Sylvanus jeden Tag aufs neue verblüfft, wie schnell sie einschlafen konnte, nachdem sie hellwach gewesen war. Nun blieb er ruhig sitzen und streckte seinen Hals wie eine Schildkröte und beobachtete ihr gerunzeltes kleines Puppengesicht.

»In der nächsten Sekunde wird sie eingeschlafen sein«, dachte er, als er sah, wie ihre Augen sich schlossen. Und mit dieser Vermutung täuschte er sich nicht im geringsten.

Leise glitt er aus dem Bett, und noch während er das tat, drehte das Mädchen sich zur Wand und zog die Bettdecke um sich wie jemand, der nicht aufwachen will. Er trat ans Fenster und richtete an die blendende Sonne unverzüglich die gleiche kleine förmliche Verbeugung, die er im Weeping Woman dem Meer hatte zukommen lassen. Nachdem er den großen Himmelskörper mit dieser knappen Geste milde gestimmt hatte, zog er sich eilig an, wobei er einstweilen Seife und Wasser so wenig zur Kenntnis nahm, wie Marrets Mutter dies offenbar getan hatte. Dann, nachdem er das Zimmer sehr leise verlassen hatte, stieg er die Treppe hinunter und ging in die Küche, wo er im Herd Feuer machte. Als das getan war und dichte Schwaden beißenden Rauchs seine Nasenflügel füllten, verwandte er seine Bemühungen auf das Feuer im Salon von Last House, das er im Frühling für gewöhnlich nicht anzündete.

»May wird irgendwann im Lauf des Tages kommen«, dachte er. »Da sie die Karte geschickt hat, wird sie nichts davon abhalten! Es würde mich nicht wundern, sie auftauchen zu sehen, bevor wir unser Frühstück hatten.«

Dann ging er in die Küche zurück und ergriff den Eimer mit Abfall. Er öffnete die Haustür, indem er die Klinke drückte – einer seiner Streitpunkte mit Zigeuer-May hatte in seiner Gewohnheit gegründet, niemals Türen zu verriegeln –, und trug den Eimer einen kleinen Pfad entlang, der zu einem Flecken mit kümmerlichen Kohlstrünken führte, wo der nackte Erdboden schon viele Male aufgeschaufelt worden war. Hier gab es einen Rest Zaun und ein paar desolate Holzpfosten. An einem dieser Pfosten lehnte eine Mistgabel, die Sylvanus nun ergriff, um damit zu graben. Beim Graben tat er in seiner grillenhaften Manier so, als hebe er ein Grab aus, das groß genug war, um jeden lebenden Menschen aufzunehmen, der zu dieser Stunde an jedem Flecken der Erde den Geist aufgab.

»Erhebt euch zum Leben, Menschenwesen!« wiederholte er in einem mechanisch dahingeleierten Sprechgesang. »Erhebt euch zum Leben, Tiere!« Und später, als er die Erde über dem begrabenen Abfall feststampfte: »Erhebt euch zum Leben, alle anderen Seelen der Toten!«

Nachdem er die Mistgabel wieder an den Pfosten gelehnt hatte, begab er sich als nächstes zu einem großen Holzschuppen mit einem Dach auf hoch angebrachten Balken. Dort begann er Holzscheite und Stöcke zu hacken, die er in die richtige Länge für das morgige Feuer brachte. Als sein Holzstoß fertig war, vollführte er vor der Axt, die er benutzt hatte, abermals seine förmliche kleine Verbeugung; und in Ausübung eines feststehenden Rituals, das er befolgte, seit er in Last House wohnte, sprach er eine Art homerischer Litanei an die Adresse all seiner Werkzeuge, die Mistgabel eingeschlossen, mit der er das Loch für seinen Abfall gegraben hatte.

»Die Hacke«, wiederholte er mit monotoner liturgischer Betonung, »die Hacke, der Spaten, die Mistgabel, der Rechen, die Harke.« Und dann spähte er in einen Winkel des großen Schuppens, in dem ein stattlicher Schubkarren stand, und sagte in einem Ton, als verlange die ungewisse Identität letzteren Gegenstands mehr Ehrerbietung als der Rest: »Und der *wirklich vorzügliche* Schubkarren!«

Als nächstes blickte er nach oben zu der Stelle, wo sich auf einem der Balken ein verlassenes Schwalbennest befand. Diesen Gegenstand besang Sylvanus erneut, indem er seinen großen rübenförmigen Kopf erhob, von dem der Schnurrbart im schwachen Licht herabhing, bis er zuletzt einem dem Himmel zugekehrten gotischen Wasserspeier mit zwei Strängen hängenden Efeus glich.

»Die Schwalbe«, sang er, »hat sich ein Nest gebaut, worin ihre Jungen sich verstecken können; der Menschensohn jedoch hat keinen Ort, wo er sein Haupt niederlegen kann. Balken, haltet das Dach! Querbalken, haltet das Dach!«

Und als er schließlich den Schuppen verließ, wobei er das Holz behutsam unter beiden Armen trug und an seine Rippen preßte, äußerte er unversehens in überdrüssigem und keuchendem Ton, als befände sich ein krächzender Rabe in seinem Bauch, die Worte:

»Nasses Stroh! Nasses Stroh! Nasses Stroh!«

Mit diesen Worten verließ er den Schuppen und schloß die große hölzerne Tür hinter sich.

Zigeuner-May – der es an jeglicher Ehrfurcht und jeglichem tieferen Gefühl gebrach außer gegenüber Katzen, Hunden und »dergleichen kleinem Getier« –, die Sylvanus einmal nachspioniert hatte, als er in seinen Schuppen ging, und von ihrem Versteck hinter einem Bootssegel, das er aufgestellt hatte, um Wasser lassen zu können, wenn ihm danach war, ohne von den Fenstern seines Hauses aus gesehen zu werden, zuerst die Aufzählung der homerischen Liste edler Werkzeuge vernommen hatte und dann die Erwähnung des Menschensohns, entsetzte und erschrak sich ob des Dämonengekrächzes im Bauch dieses Mannes, das klang wie das Stöhnen des gespenstischen Mannes mit den drei Stäben und das mit Noblesse und Würde und Wert seines übrigen Rituals nicht zu vereinbaren war.

»Nasses Stroh! Nasses Stroh! Nasses Stroh!«

Seit Sylvanus das Haus verlassen hatte, um diese täglichen Arbeiten zu verrichten, war mindestens eine Stunde vergangen, und bei seiner Rückkehr sah er, daß die zwei Kessel, die er auf den Küchenherd gestellt hatte, kochten. Aus einem von ihnen füllte er eine kleine Kanne, und mit diesem Warmwasservorrat begab er sich die Treppe hoch und klopfte so höflich und diskret an Marrets Tür, als wäre sie die jungfräulichste Besucherin – die sie in gewissem Sinne war –, und teilte ihr mit, daß es Zeit zum Aufstehen sei.

»Zeit, Mädelchen!« rief er, ohne die Türklinke zu berühren.

Dann kehrte er in den Salon zurück, in welchem Zigeuner-May zu bewirten er in den Tiefen seines verschlagenen Geistes insgeheim beabsichtigte, und machte Feuer, indem er mehrere Holzscheite und ein paar Brocken Kohle aufschichtete. So sehr genoß er die Vorstellung, von einem langen Spaziergang zurückzukommen und festzustellen, daß Marret bereits das Frühstück hergerichtet hatte, daß er sich, nachdem er Holz im Küchenherd nachgelegt hatte, nochmals auf den Weg machte, diesmal mit einem seiner Soldatenstöcke, den er aus einem Gestell nahm, das sie in großer Zahl enthielt.

Er wanderte an Last House vorbei und trat auf die Landstraße, wo ihm eine Staubwolke entgegenwirbelte, die sich aus eigener Kraft durch Portland zu bewegen schien. Ohne einen Gedanken an die Trostlosigkeit der Fassade seiner Behausung zu verschwenden, winkte Sylvanus nun mit seinem Stock dem Schlafzimmerfenster zu, weil er annahm, daß sie, falls sie schon aufgestanden war, sich darüber gewiß freuen würde; dann schritt er aus, dem großen Leuchtturm entgegen, und schwenkte fröhlich seinen Stock. Vom Meer her blies ein frischer, kalter Wind; und als das Land sich vor The Bill verengte, war ihm, als würde die ganze Halbinsel von der übrigen Welt emporgehoben, empor und auf und davon, und würde von einer unbekannten Kraft angetrieben, allein durch den leeren Raum zu segeln. Diesen Sinneseindruck erlebt beinahe jeder am frühen Morgen auf Portland, doch für Sylvanus war dieser Eindruck besonders erhebend, weil er seiner charakteristischen Denkweise so gänzlich entsprach. Er ließ ihn das Gefühl empfinden, als kehre die Natur zu Gott zurück, als kehre das Relative zum Absoluten zurück, als kehre das Leben zu einem geheimnisvollen Etwas jenseits des Lebens zurück. Als er nun voranschritt, beinahe direkt nach Süden, der Felszunge entgegen, die sich in den ewigen Aufruhr der widerstreitenden Strömungen hinausstreckte, wurde er gewahr, daß die aufgehende Sonne, die ihm nun in die Augen schien und ihn blendete, hinter Beale einen blitzenden Weg auf das Wasser gezeichnet hatte. Auf diesen Sonnenpfad richtete er seinen Blick, genau wie Magnus es in diesem Augenblick von Brunswick Terrace aus tat.

»Was habe ich getan«, dachte er, »daß mir erlaubt sein soll, so etwas zu sehen und weiterzuleben?«

In der äußersten Erregung seiner Gefühle dachte er an jene Lobgedichte auf sein Absolutes, die er nach wie vor allem und jedem auf der Esplanade von Weymouth zu Gehör brachte. Jerry Cobbold hatte nichts unversucht gelassen, ihn dazu zu bewegen, sich in dieser Sache der Polizei zu beugen. Jerry hatte sich auf ihre Familienbande berufen, hatte ihn gebeten, um ihrer Kindheit, um ihres Vaters, um aller gemeinsamen Erinnerungen willen diese Sache nicht einem so endgültigen und verhängnisvollen Abschluß entgegenzutreiben.

»Es hat keinen Sinn«, hatte Jerry gesagt, »mit ihnen zu diskutieren. Du bist ein so bekannter Gesetzesbrecher, daß sie dich einfach leid sind. Sie sind am Ende ihres Lateins. Sie werden Schluß mit dir machen, wie die Polizeibehörden seinerzeit mit Sokrates Schluß gemacht haben; und das Ganze wird mich, mein Lieber, weitaus mehr schmerzen, als du dir vorstellen kannst! Wenn du das tust, Van, dann ist das die größte Grausamkeit, die du je begangen hast – und zu welchem Zweck?«

So hatte Jerry ihn gestern erst beschworen; und er hatte dem

Clown versprochen, sich für ein, zwei Tage von der Esplanade fernzuhalten und sich seiner privaten Entsprechung von »Fasten und Beten und Suchen nach einem Zeichen des Himmels« hinzugeben. Und nun war ihm unwillkürlich, als sei dieser verzauberte Sonnenaufgang nach seiner konzentrierten Wache in der Stunde vor der Dämmerung, die glatten Gliedmaßen seines Mächens in den Armen, eine Art Antwort seiner Götter. Er konnte sich keines Morgens am Meer entsinnen, der diesem Morgen gleichkam. Er verzog sein Gesicht zu einer boshaften Hanswurstmiene und dachte sich:

»Das ist zu Ehren von Cattistocks Hochzeit!«, und dann, als er durch den weißen Staub wanderte, den die grauen Steine auf seinem Weg auftürmten, und vor sich die glitzernde, blitzende, blinkende Spur auf der unbeweglichen Meeresfläche sah wie die Spur eines unsterblichen Wanderers vor einem Firmament von Seeschlangen, war ihm, als müsse die Macht, die sich in diesem Feuer, dieser Luft, diesem Wasser ausdrückte, stark genug sein, um ihn den Sieg über Sippy Ballard und seine Spießgesellen aus dem Rathaus erringen zu lassen!

Es war eine bittere Ironie – bitter von der finsteren Tragödie der Widersprüche alles Sterblichen –, daß Sylvanus in dem Augenblick, in dem er so glückstrunken war, Anlaß – und dies keineswegs unbeabichtigt! – für die herzzerreißenden Qualen einer anderen Menschenseele sein sollte. Doch aus solchen Ereignissen und solchen Zufällen ist der Stoff unserer Welt beschaffen. Was Sylvanus nun tat, war, daß er plötzlich in scharfem Winkel vom Weg abbog, als er sich dem hohen Leuchtturm näherte, weil er einer einsamen Frauengestalt ansichtig wurde, die am Ende der Landzunge stand – ebendort, wo am Vortag der Jobber Perdita den entsetzlichen Spalt gezeigt hatte, der in die Ewigkeit führte. Der imposante neue Leuchtturm, der mit modernster Technik ausgestattet war, wußte nichts von den romantischen Legenden, die zu seinen verschwundenen Vorgängern gehörten, wußte nichts von der Frau, die jetzt am Rand des felsigen Abgrunds stand. Für den Leuchtturm war sie nichts als eine exzentrische Person, die in dem Städtchen Easton lebte.

Wie sollte dieses prachtvolle moderne Bauwerk ungeachtet all seiner profunden wissenschaftlichen Ausrüstung wissen, daß dieses exzentrische Individuum aus Easton der Zauber war, der Magnet, die Frucht der Hesperiden, das Goldene Vlies, das einst des Jobbers »Herrn von White Nose« an diesen Ort gelockt hatte? Die letzte Phase des Lebens dieser Frau war die einer leidenschaftlichen Verehrung Sylvanus' gewesen. Sie hatte gelernt, seine Eigenheiten, seine Stunden, seine Spaziergänge zu kennen, und sie hatte sich daran gewöhnt, ihm um diese Tageszeit hier zu begegnen, wenn er zu einem bestimmten Lieblingsaufenthalt unterwegs war. Diesen Begegnungen brachte die Frau beinahe ebensoviel emotionale Erregung entgegen wie einst denen mit dem »Herrn von White Nose«; heute jedoch spürte Sylvanus, dessen Geist von seiner langen Nacht mit Marret erfüllt war und dem erwarteten Besuch der Zigeuner-May entgegenfieberte, den Drang, ihr aus dem Weg zu gehen, was der Frau am Ende der Landzunge eine bittere und grausame Enttäuschung bereitete. Sardonisch wäre ihr Kommentar über männliches Pharisäertum ausgefallen, hätte sie dem abergläubischen Murmeln ihres Freundes lauschen können, als er seine Zuflucht erreichte.

Sylvanus, der sich von der wachsamen Gestalt abwandte und sich eine koboldhafte Grimasse nicht versagen konnte, die seine Züge in Falten legte, während er den Kurs wechselte, kletterte nun ein abschüssiges Stück der östlichen Klippe hinunter, das der vorerwähnten White-Nose-Klippe, die sich eindrucksvoll in die Bucht von Weymouth erstreckte, tatsächlich gegenüberlag. Dann näherte er sich dem Eingang einer kleinen baufälligen Hütte, die wie ein verwitterter Pilz an einem Kaninchenbau oder eine Entenmuschel am Kiel eines gestrandeten Bootes dort klebte, wo die Klippe sanfter zum Meer hin verlief. In Wahrheit war es das verlassene Werkzeughäuschen eines einstigen Leuchtturmwärters aus der Zeit, bevor der neue Leuchtturm erbaut worden war, und kraft seiner Mieterschaft in Last House hatte Sylvanus sich erkühnt, die Hütte für seine eigenen Zwecke nutzbar zu machen. Hier saß er gerne, denn wenn die Tür offenstand, bot die Hütte nach drei Seiten Schutz vor dem Wind, umklammerte seine langen Schienbeine mit den Armen, zerrte an seinen langen Schnurrbartenden und murmelte verrückte Beschwörungen an Sonne, Meer und Himmel. Es war eine seiner Launen, in diesem kleinen Schildwachenhäuschen ständig an zwei unbelebte Gegenstände, die er mit fanatischer Fetischanbeterei verehrte, Monologe zu richten.

Der eine war ein Seil, das er um einen der Hauptbalken der Hütte gewunden hatte und dessen er sich bisweilen bediente, um an der Klippe zu den tiefergelegenen Felsen hinabzuklettern. Der andere war ein halbverwischtes Ölgemälde. Kaum hatte er heute seine Zuflucht betreten, als er das Seil mit einem gereimten

Sprüchlein ansprach, das ihm eines Tages von ganz allein in den Sinn gekommen war:

»Seil, Seil, häng Sylvanus!
Von Caput bis Anus,
den Scharlatanus.
Seil, Seil, häng Sylvanus!«

Nachdem er sich dieses Unsinns entledigt hatte, begann er seinen Schildkrötenhals zu verdrehen und sorgfältig und ängstlich in alle Winkel seines Schilderhäuschens zu spähen. Unstreitig suchte er etwas, und unstreitig war ihm das, was er suchte, sehr wichtig.

Trivia, Trivia, Trivia!

Da war es, das Objekt seiner Besorgnis, ein kleiner, bebender, zitternder, tanzender Sonnenstrahl! Diesen Sonnenstrahl hatte er mit einer eigenen Persönlichkeit versehen, weil er sich immer auf die gleiche aufgeregte Weise betrug, und er nannte ihn Trivia. Er war ein so ernsthafter und mystischer Anbeter junger Frauen, daß er jedesmal, wenn er Trivia an der Wand tanzen sah, vor Vergnügen schier verging. Diesmal versetzte er seine kleine Besucherin in wahre Raserei, indem er lediglich mit der Hand ein Wasserfaß schüttelte, das vor der Tür stand. Als sie zitternd wie der befreite Geist eines Espenblattes ihren rauschhaften Tanz begann, wendete Sylvanus den Blick zu dem Seil über ihm, dessen zerfranste Enden genau über seinem Kopf hingen und das den Eindruck machte, als nehme es den Gebrauch, den er für es vorgeschlagen hatte, als etwas hin, was dem, was es im Verlauf seines Lebens als generelle Tendenz irdischen Geschehens erkannt hatte, keineswegs widersprach.

»Das Seil, das ich dort oben sehe«, flüsterte Sylvanus, als gelte es, einen überaus begriffsstutzigen und ziemlich empfindlichen Richter zu besänftigen, »ist ein sehr starkes und ein sehr kluges Seil.«

Und abermals begann er seinen aus den Fingern gesaugten Unsinn zu plappern:

»Von Caput bis Anus ist Sylvanus Scharlatanus!«

Und dann wandte er sich wieder an Trivia und beschwor sie in so ergreifenden Tönen, sich seiner zu erbarmen, daß die Frau, die an dem Spalt zur Ewigkeit stand, gewiß geglaubt hätte, er habe ein Mädchen in der Hütte, wenn sie ihn hätte hören können.

»Trivia, Trivia, Trivia, Trivia, Trivia!« wiederholte er, als bitte er um Vergebung seiner Sünden.

Und nach einer Reihe flatternder, scheuer Ausweichmanöver verfiel Trivia nochmals bebend und taumelnd in einen wahren Mänadentanz. Das alte Wasserfaß vor dem Werkzeugschuppen, das stets mit Regenwasser gefüllt war, wurde in vibrierende Bewegung versetzt, sobald die Holzplanken des Häuschens auch nur leise berührt wurden. Und die Sonne schien auf das Wasserfaß. Dergestalt waren die materiellen Ursachen der Sarabande Trivias beschaffen, doch auf Sylvanus hatte sie eine tiefgehende und immaterielle Wirkung. Der zitternde Tanz der Lichtreflexe aus dem Herzen unseres planetarischen Alls berührte ihn mystischer als jedes andere Phänomen zwischen Himmel und Erde. Das einzige, was ihn noch mehr aufzuwühlen vermochte, war das blendende Glitzern des Sonnenlichts auf dem Meer. Sonnenlicht und Wasser – ob Salzwasser oder Süßwasser – ergriffen Sylvanus unweigerlich als größte Annäherung an die Erkenntnis des Ewigen, die dem Menschen möglich war.

Doch noch während Trivia tanzte, widmete Sylvanus sich seinem allerabsonderlichsten Ritual. Auf den Felsen vor dem alten Gefängnis von Portland hatte er eines Tages ein kleines, wertloses, ungerahmtes Ölgemälde gefunden. An jenem speziellen Ort gab es noch andere weggeworfene Gegenstände, in der Tat genug, daß man annehmen konnte, jemand habe dieses jämmerliche herrenlose Objekt in der Hoffnung dorthin verbracht, daß die Flut es wegspülen werde. Das hatte sie auch getan, hatte es jedoch wieder zurückgebracht, und seine Farben waren teilweise noch erkennbar; und nachdem Sylvanus die Angelegenheit mit einem einsamen Burschen, dem er dort begegnet war, in nicht weniger nervösem Respekt erörtert hatte, als Sokrates ihn Phaidros bezeugt haben dürfte, hatte er diesen verachteten Gegenstand gerettet und sich gedacht:

»Für mein Häuschen ist es gut genug.«

Und dort hatte er es aufgehängt; und kein Tag verging, an dem er es nicht mit hochtrabenden Worten begrüßte, Worten, deren sich sowohl das Bild selbst – denn so wahnsinnige Höhen hatte Sylvanus' Aberglaube mittlerweile erklommen – als auch der Künstler, der es gemalt hatte, zu ihrer geheimen Freude seiner Meinung nach bewußt waren.

»Was für ein Meisterwerk!« lauteten seine Worte in diesem Moment, im Ton eines Menschen gesprochen, der Rubens' *Urteil des Paris* betrachtete. »Was für ein Künstler! Was für rosige Töne am Himmel! Was für ein fahles Weiß im Teich! Was für Baumstämme mit Wasser dazwischen! Was für eine blaue Ferne! Was für ein Künstler! Was für ein Meisterwerk!«

Als Sylvanus nach Last House zurückkehrte – und er machte einen so großen Umweg wie möglich, um der Frau aus Easton nicht zu nahe zu kommen –, war er überschwenglich glücklich. Er war so glücklich, als der Wind durch die Oolithblöcke pfiff, in den Telegraphendrähten surrte, in den Mauersteinen und Dachplatten summte, in den hölzernen Kränen der Steinbrüche toste und die ganze Felsenhalbinsel in einer gigantischen Melodie erschütterte, als wäre sie mit der Haut vom Bauch der Seeschlange straff bezogen, daß er sich fragte, ob je ein lebender Mensch ein dem seinen vergleichbares Glücksgefühl erlebt haben mochte. Selbst jetzt blieb er abermals stehen und zögerte noch einmal, bevor er der Frau auf der Landzunge aus dem Blick entschwand, doch dieses Zögern, das Hoffnung in der geduldig Wartenden geweckt haben mochte, hatte mit ihr gar nichts zu tun. Er war stehengeblieben, weil er sich zu erinnern und zwar daran zu erinnern versuchte, ob er bei seiner Ansprache an die alten, uralten homerischen Werkzeuge in seinem Holzschuppen bei Last House, die, wie er sich einbildete, seinem Tag stets ein glückhaftes Beginnen bescherte, etwa vergessen hatte, seine Axt zu begrüßen!

Der Gedanke an dieses Versäumnis hätte ihn an jedem anderen Tag in einer solchen Laune nach Hause kommen lassen, daß Marret ihn sogleich gefragt hätte, was los sei, doch heute war er so glücklich, daß er seine Vergeßlichkeit bald vergaß. Die Entfremdung von Zigeuner-May war für Sylvanus äußerst schmerzlich gewesen, weniger um seinetwillen – denn was das Glück betraf, hätte jenes schändliche Wesen in seinem Inneren, das wir alle zu Rate ziehen, wenn wir zu Teufeleien aufgelegt sind, ihn von ganzem Herzen dazu beglückwünscht, daß er Zigeuner-May bis ans Ende seiner Tage nie mehr zu sehen bekommen sollte – als um ihretwillen und um seinetwillen nur im Hinblick auf sie, insofern er an ihrer Eifersucht, ihrem Leiden und ihrer Gekränktheit schuld war.

Er fand Marret vor, die ihn erwartete, und das Frühstück, das mehr als wartete, denn das Mädchen hatte den Tee vor zwanzig Minuten bereitet und die Eier vor einer Viertelstunde pochiert; da der Kasperletheaterbesitzer jedoch allem Anschein nach bei seinen Mahlzeiten keine sonderlichen Ansprüche stellte, so bösartig und nachtragend er in anderen Dingen sein mochte – denn dies munkelte man über ihn –, fiel es Sylvanus nicht schwer, es ihm in ersterem gleichzutun. Folglich summte er die Melodie eines der Lieder aus dem Regent's, die er auf der Esplanade zu hören pflegte, verlangte, daß das Frühstück in der Küche verzehrt wurde, setzte sich, klopfte mit dem Löffel auf die Tischplatte und fühlte sich wie ein leutseliger Menschenfresser.

»Dann ist das andere Zimmer nämlich schon *für sie* vorbereitet!«

Das sagte er mit einer sardonischen Grimasse, bei der sein langes weißes Gesicht sich verzog wie das des Gespensts im Repertoire ihres Vaters.

Während seiner Abwesenheit hatte sich in Marret, ohne daß es ihr bewußt war – und ganz gewiß, ohne daß es Sylvanus bewußt gewesen wäre – ein vulkanischer Eifersuchtsausbruch gegen Zigeuner-May angestaut. Wenn wenigstens ihre Freundin Peg gekommen wäre! Zigeuner-May war die vielleicht einzige Frau auf der ganzen Welt, die Marret aus tiefstem Herzen haßte; und das Mitleiderregende daran war, daß Sylvanus die beiden für gute Freundinnen hielt. Als sie ihm jetzt in der Küche gegenübersaß und die verspätete Mahlzeit und den außerordentlich starken Inhalt der Teekannne mit ihm teilte, machte sie sich zwar keine Illusionen darüber, wie wenig es ihr paßte, daß diese andere »sie« erwartet wurde, aber niemals hätte sie sich das Ausmaß der Gefühle träumen lassen, die hinter ihren Rippen glommen. Sie hatte weder ihren Besuch in Lodmoor vergessen noch die Aufregung über die Tarotkarten und den Gehängten. Zigeuner-Mays unberechenbares Temperament und ihre zwielichtige Art mußten sie als ausgesprochen beunruhigende Widersacherin erscheinen lassen, und von Herzen wünschte Marret, sie wären einander nie begegnet. Kam diese Frau jetzt einzig aus eitler Neugier, oder war sie entschlossen, sie, Marret, zu vertreiben und ihren Platz einzunehmen? Kummervoll und bitterlich sehnte Marret sich in dieser kritischen Situation nach der Unterstützung ihrer Freundin Peg. Sie lächelte insgeheim, als sie daran dachte, wie raffiniert Peg bei ihrem Lunch im Regatta mit Mr. Gaul geflirtet hatte, ohne sich dazu verleiten zu lassen, eine Verabredung für ein Rendezvous mit ihm zu treffen.

»Aber Mr. Gaul wäre genau der Richtige für Peg«, dachte sie. »Ich glaube, er ist wirklich der netteste junge Mann von der ganzen Stadt.«

Marret war so auffallend dünn, und sie war ein so großgewachsenes Mädchen, daß es vorkam, daß sie einem jämmerlichen Puppenkopf am Ende eines Besenstiels ähnelte; doch das wehmütige

Lächeln, das ihr Gesicht beim Gedanken an Mr. Gaul erhellte, war so rührend und drollig, daß Sylvanus mitfühlend mitlächelte.

Und dann geschah etwas Unerquickliches. Trotz all seiner mystischen Liebe zu der wortlosen Lebensverehrung in Frauen und Mädchen, welche die ihnen bewußte Realitätsebene umströmt und umgibt und unterläuft, wie ein Strom die Stengel seiner Unterwasserpflanzen umspielt, trotz all seines feinsinnigen Erspürens ihrer Durchlässigkeit gegenüber diesen magischen Lebensströmungen hatte Sylvanus noch immer nicht begriffen, wie wichtig das war, was man die psychische Atmosphäre des Sprechens nennen könnte. Nicht, *was* gesagt wird, ist dabei ausschlaggebend – die wenigsten Frauen geben darauf acht –, sondern die Art, der Ton, das Atmosphärische, wenn man so will, an den Worten eines Mannes. Ein Mann, der eine Frau durch Lügen besänftigen will, muß die Atmosphäre zum Lügen bringen, und das gleiche gilt für die Aussichten seiner Überzeugungsbestrebungen, wenn er die Wahrheit spricht! Sylvanus, der dies vergaß oder es nie gewußt hatte, hatte nun nichts Besseres zu tun, als in seinem plötzlichen Anfall zärtlichen Mitgefühls, da er das ergreifend ernste Lächeln auf Marrets kleinem Puppengesicht erblickte, mit den Worten herauszuplatzen:

»Falls sie über Nacht bleiben will –«

»Ganz wie belieben«, murmelte das Mädchen schroff und verfiel wieder in Schweigen, das minutenlang anhielt.

»Laß mich raten, was du denkst, Mädelchen«, sagte er.

Sie sah ihn unverwandt an.

»Vater hat am Montag gesagt«, sagte sie, »daß er herkommt, um mich nach Hause zurückzuholen.«

»Was sagst du da?« rief Sylvanus.

»Ja«, fuhr sie fort, »und die Nachbarn sagen, sie hätten gehört, daß er gesagt hat, er würde mich von der Polizei holen lassen und dich wegen mir anzeigen.«

Wieder schwieg sie, und es war zu sehen, daß ihre Gedanken und Gefühle sich in eine neue Richtung bewegten, die ihre verstörte Stimmung noch mehr aufwühlte.

»Vater meint, daß Tiny im Geldsammeln nicht so gut wäre wie ich. Dabei *kann* sie es. Sie kann es genauso gut und sogar besser. Er bildet sich das nur ein, aber wenn Männer sich was einbilden, dann kann man nichts machen.«

»Glaubst du wirklich«, fragte Sylvanus, »daß er die Polizei auf uns hetzen würde?«

»Das kann er nicht! Das ist Unsinn. Leute dürfen zusamenleben, ohne daß solche Dummköpfe sich einmischen. Das wäre ja noch schöner! Vater lebt selber mit einem Mädchen zusammen. Wir nennen sie Zinzin, aber so heißt sie nicht wirklich. Sie ist aus dem Ausland. Sie ist nett zu Tiny. Sie läßt nicht zu, daß Vater Tiny schlägt. Aber sie will, daß ich zurückkomme, weil sie Angst hat, daß Vater sonst will, daß *sie* Geld sammelt.«

Sylvanus' Miene wurde ernst. Schließlich hatte er nicht eben wenige Momente höchsten Glücks erlebt, seit er in Last House wohnte, und scharfsichtig erkannte er, was mit ihm geschehen würde, sollte man ihn ernstlich eines Vergehens beschuldigen. Er würde sich unter Dr. Brushs unfreiwilligen Patienten wiederfinden.

»Hättest du es gerne, Martie, daß Jerry mich beim alten Brush in eine Zwangsjacke sperrt?« sagte er.

So sprach er; doch wenn ein großes, dünnes Mädchen, das sein Lebtag mit abscheulich grotesken Marionetten verbracht hat, Anzeichen zeigt, in Tränen auszubrechen, ist das kein alltäglicher Anblick. Es ist ein unglücklicher und obendrein verblüffender Anblick. Marret verzog ihre Wangen, öffnete den Mund und zeigte ihm, indem sie den Kopf abwandte, ein so rührend komisches Profil, daß es ihm ins Herz schnitt, bis die großen Tränen, die ihr Gesicht hinunterrollten, jeden menschlichen Ausdruck fortspülten bis auf den »eines Menschen«, wie Dante es ausdrückt, »der weint«.

»Nimm's nicht so schwer, nimm's nicht so schwer, Mart, mein Schätzchen«, rief er, erhob sich, ging um den Tisch und nahm sie auf die Knie. »Ich bin bereit. Ich nehme an, daß man mich mit den anderen Insassen auf dem Gelände sprechen lassen wird, obwohl ich fürchte, daß sie der kleinen Mart nicht erlauben werden, mich zu besuchen.«

Es ist kein leichtes Unterfangen, eine dünne junge Frau auf den Knien zu halten und zu trösten, damit sie ihren Seelenfrieden wiederfindet, und die Tochter des Kasperletheaterbesitzers war es so wenig gewohnt, sich gehenzulassen, daß dies alles noch erschwerte. Um der Wahrheit die Ehre zu geben, war es das erstemal, daß sie ihre Selbstbeherrschung verloren hatte, seit jenem fernen Tag, an dem ihr Vater sie erstmals gezwungen hatte, »sammeln« zu gehen. Mit angespanntem weißen Gesicht stand sie nun auf und begann das Frühstücksgeschirr vom Tisch zu räumen, ohne Sylvanus anzusehen.

Dieser erblickte auf dem Fußboden einen tanzenden Umriß. Hatte seine mutwillige Elfe sich etwa entschlossen, ihm überallhin zu folgen?

»Trivia! Trivia! Trivia!«

Er war das Alleinsein so sehr gewohnt, und seine abergläubischen Impulse hatten so große Macht über ihn, daß er es sich nicht versagen konnte, Trivias Namen laut zu sagen. Das bewirkte den ersten echten Wutausbruch, den er je bei Marret erlebt hatte. Sie trat zum Küchentisch, wo sie stehenblieb, und schlug mit der Kasserolle, in der sie die Eier pochiert hatte, mehrmals auf den Tisch. Sylvanus war bis zu diesem Moment, als er sie sah, noch nie aufgefallen, wie groß ihre Augen waren.

»Ganz genau. Ganz genauso«, rief sie. »Spielen, spielen, spielen, spielen! *Du bist genau wie dein Bruder!* Du hast überhaupt keine Gefühle. Dein ganzes Leben ist bloß ein Spiel, und jetzt pfeifst du Sonnenstrahlen nach, wo du kurz davor bist, abgeholt und in den Höllenpfuhl gesteckt zu werden! Weißt du, daß die Leute in den Downs es so nennen? Höllenpfuhl oder ›rein, aber nicht raus‹! Wir waren früher mal mit unserem Theater dort, aber Tiny hat sich so vor den Leuten gefürchtet, die sie angesprochen haben, daß wir es bleibenlassen haben. Und außerdem«, und hier senkte sie ihre Stimme zu entsetztem Flüstern, »außerdem schneiden sie dort lebendigen Hunden das Gehirn raus. Die Verrückten wissen nichts davon und ihre Freunde auch nicht. Aber Vater kennt den Mann, der ihnen die Hunde verkauft. Zinzin kennt ihn auch. Zinzin war mit ihm dort, als er sich mit einem Mann getroffen hat, der Murphy heißt. Und dieser Murphy hat Zinzin durch ein Loch dort reingucken lassen, wo sie gerade einem Hund das Gehirn rausgeschnitten haben. Sie hat gesagt, daß er geschrien hat wie ein Mensch. Sie hat gesagt, die Art, wie seine Augen geschaut haben, als sie ihre Finger in seinem Gehirn hatten, war so, daß ihr übel geworden ist und sie von dem Loch weggehen mußte. Die Verrückten wissen davon nichts; aber *ich* weiß es von Vater und von Zinzin.«

Sie holte Luft, und dann brach es abermals aus ihr heraus. »Du denkst an May – an die denkst du; und du denkst die ganze Zeit an sie, seit du heute morgen aufgewacht bist! Weil sie heute kommt, bist du so fröhlich aufgelegt und so anders als sonst. Denkst du etwa, ich hätte nicht gemerkt, was mit dir los ist, seit du diesen Brief von ihr gekriegt hast? Nur zu! Geh doch wieder in das andere Zimmer und leg Holz nach, bis sie endlich kommt! Wenn sie erst da ist, hast du keinen Gedanken an Holz oder sonstwas. Du denkst nur –«

Während sie sich so in eine immer größere Wut hineinsteigerte, zog sie zu seiner Bestürzung ihre Schürze aus. Die Kasserolle hatte sie schon abgestellt. Als sie zu den Worten »Geh doch wieder« gelangte, lief sie in den kleinen Flur, ergriff ihren Mantel und ihren Hut, kam zurück, um sich vor einem Handspiegel auf der Anrichte anzukleiden, und beschloß ihre Herausforderung mit den bitteren Worten:

»Du denkst wohl, daß du es gerne hättest, wenn sie wieder hier wäre mit ihrem Gehängten und ihrer Katzenart. Nur zu! Du kannst sie heute noch dabehalten, wenn du willst, weil ich nämlich nicht dableiben werde! Ich werd' – ich werd' woanders sein! Du hast ja nicht mal richtig zugehört – stimmt's? –, als ich das von den schreienden Hunden erzählt hab'. Was sagt dir schon, was ein Hund leidet oder was ein Mädchen fühlt, du großer Tölpel mit deinen kindischen Sonnenstrahlen? Du bist so verrückt, daß du denkst, du wüßtest über alles Bescheid, über alles. Aber ich kann dir was verraten – *mich* kennst du nicht! Nein! du kennst mich nicht, und lieben tust du mich auch nicht, nicht mal – nicht mal – nicht mal soviel wie der kleine Toby!«

Diese letzte Erwähnung des beliebten Schoßhündchens der Vorstellungen ihres Vaters verzog Marrets Mundwinkel nach unten, doch diesmal standen keine Tränen in ihren Augen, und ihr verzerrtes bleiches Gesicht über dem langen Körper glich dem stolzen abgeschlagenen Haupt einer Rebellin aus alten Zeiten, das auf die Spitze eines Schwerts gesteckt war.

Daß sie die Liebe des Hundes Toby mit der seinen verglichen hatte, beeindruckte Sylvanus, und er eilte ihr nach, als sie zur Tür ging. Zweimal wollte er ihr folgen und wurde weggestoßen. Zweimal umfaßte er sie. Einmal versuchte er – verärgert über das, was er für bloße kindliche Hysterie hielt –, sie mittels schierer Gewalt ins Haus zurückziehen. Doch es nutzte nichts. Marrets Zorn auf ihn an diesem Morgen war kaum geringer als ihre Liebe, und es blieb ihm nichts anderes übrig, als sich zu unterwerfen und ihn seinen Verlauf nehmen zu lassen.

Mit schwerem Herzen kehrte er in den Hinterhof zurück, als sie gegangen war, und von dort um das Haus herum zur Vorderseite und auf die Straße zwischen Easton und der Beale genannten Landzunge. Dort ging sie – was für ein großes Mädchen sie war und was für einen komischen Hut sie trug! –, und wie weit sie bereits gegangen war! Sollte er ihr jetzt noch nachlaufen und einen letzten verzweifelten Versuch machen, sie zu erweichen? Nein, jetzt ging sie an einigen Steinbrucharbeitern vorbei. Es wäre zu lächerlich! Zudem gab es Grenzen – wenn die Kleine ihn so schlecht verstand, wie anzunehmen war, wozu sich dann weiter mit ihr abgeben? Sie würden unablässig miteinander streiten. Besser, man ließ sie gehen. Zudem – sollte er sich dafür entscheiden, weiterhin auf der Esplanade zu predigen, dann wäre es von keinerlei Vorteil, zwei Auseinandersetzungen mit der Polizei zu haben. Wenn ihr Vater wirklich der kleine Teufel war, als den sie ihn schilderte, dann hätte er sicher schon bald versucht, ihn zu erpressen! Er sah ihr nach, bis sie nicht mehr zu erkennen war, und kehrte dann mit schwerfälligem, trübseligem, geistesabwesendem Schritt hinter das Haus zurück. Er dachte an ihre letzten Worte.

»Diese Zinzin würde ich gerne kennenlernen«, sagte er sich. »Aber ich frage mich, ob es wirklich wahr ist, daß Brush dort oben der Vivisektion nachgeht. Mit so vielen Patienten kommt es einem etwas gespenstisch vor. Ach, Gott! Es muß wohl wahr sein. Sie könnte all das nicht frei erfinden. O Gott! Das gefällt mir nicht, das gefällt mir überhaupt nicht, überhaupt nicht!«

Wie es der Bosheitsteufel der unbelebten Dinge nun einmal will, war das vermaledeite Feuer, das an allem schuld war, weil er sich allzu übertrieben darum gekümmert hatte, gänzlich erloschen, als er den Salon betrat. Und er merkte, daß er es nicht über sich brachte, es erneut anzuzünden. Er merkte auch, daß er es nicht über sich brachte, in die Küche zu gehen, um ihr Frühstücksgeschirr abzuspülen, und daß er es noch weniger über sich bringen würde, hochzugehen, um ihr Bett zu machen.

»Großer Gott!« sagte er sich. »Man muß nicht gerade wie wahnsinnig in ein Mädchen verliebt sein, um sich elend zu fühlen, wenn es einen verläßt!«

Er setzte sich in seinen Lehnstuhl am leeren Kamin. Er blickte zur Zimmertür, die er offengelassen hatte. Er brachte es nicht übers Herz, aufzustehen und sie zu schließen. Marrets Abwesenheit hatte allen Dingen das Leben genommen. Die Trostlosigkeit des vertrauten Zimmers war entsetzlich. Was hatte das Mädchen mit ihm angestellt? Der Gedanke, er sei ernsthaft in sie verliebt, war einfach lächerlich. Er liebte sie nur *auf seine Weise*, und das hatte sie gewußt und hingenommen. Und warum war sie dann so aus der Haut gefahren? Nun ja! sie war eine Frau. Wenn sie einen mögen, lieben sie einen, und wenn sie einen lieben, dann: »*prenez garde à vous*«! Unvermittelt sprang er auf. Diese elende Trostlosigkeit konnte er nicht länger ertragen! Was hatte sie mit ihm angestellt und was mit seinem Haus, dieses Mädchen mit der Figur eines Besenstiels und dem kleinen weißen Gesicht?

»Ich gehe in die Küche«, dachte er. »Ich muß abspülen, bevor die andere kommt.«

Er ging in den Flur und zur Küchentür. Sie hatten sie angelehnt gelassen, als sie sich aus seinen Armen gerissen hatte, und nun merkte er – er, der Verehrer des Absoluten –, daß er es nicht fertigbrachte, sie aufzustoßen und zu durchschreiten. Er stand stocksteif da und starrte auf die Tür wie ein vom Donner gerührter Idiot. Er begann an seinen Schnurrbartenden zu ziehen und sie mit den Fingern um und um zu zwirbeln, erst das eine, dann das andere.

»Ich kann nicht hineingehen«, dachte er, »und ihre Tasse und ihren Teller und ihren Stuhl sehen. Ich kann die Bratpfanne nicht ansehen, die sie immer so – so vorsichtig eingeweicht hat!«

Er machte auf dem Absatz kehrt und überraschte sich beim Rückweg zur Vorderseite des Hauses dabei, daß er die Treppe hochstieg, ohne einen Gedanken an ihr Schlafzimmer verschwendet zu haben. Er betrat ihr Zimmer. Dort lag ihre neue Haarbürste, die er ihr selbst in St. Mary's Street gekauft hatte, als er begriffen hatte, daß sie und Tiny nur eine Bürste besaßen. Da lag ihr großer weißer Kamm, den sie so sorgsam sauberhielt und den sie mit ihrem eigenen Geld vom Kasperletheater im letzten Sommer gekauft hatte. Dort lag ihr Nachthemd, sorgfältig zusammengefaltet und auf ihre Seite des Betts gelegt. Irgendwelches Gepäck hatte sie nie besessen, nicht einmal eine Tasche. Sie war mit Nachthemd und Kamm in Zeitungspapier verpackt nach Last House gekommen. Sylvanus stand in der Zimmertür und betrachtete alles im Raum. Sie hatte die Kissen ausgeschüttelt und die Bettücher zurückgeschlagen. Er wünschte, er könnte die Einbuchtung sehen, die ihr Kopf auf dem Kissen verursacht hatte.

»Es ist gefährlicher, als ich dachte«, sagte er sich, »ein Mädchen bei sich aufzunehmen. Sie hinterlassen Gefühle, die schlichtweg unerträglich sind. Wie Heimweh an fremden Orten, wo man niemanden kennt!«

Er brachte es nicht über sich, irgend etwas im Zimmer anzurühren, und wieder ging er nach unten, und diesmal riß er sich zusammen und eilte in die Küche. Zum Teufel! Sie hatte ihr Armband abgenommen, als sie die Mahlzeit zubereitete, und da lag es auf der unteren Platte der Anrichte! Wie mühsam hatte er es wieder und wieder um ihr Handgelenk geschlungen, als sie am ersten Abend, den sie bei ihm verbrachte, auf seinem Schoß saß! Sie war aus eigenen Stücken zu ihm gekommen. Aber die verwünschte Polizei würde ihm das natürlich nicht glauben! Er hob das Armband auf. Es war ein billiges kindisches Ding ohne jeden Wert. Er legte es wieder hin, an genau derselben Stelle.

»Was ist es nur«, sagte er sich, »was macht, daß einem eine Frau so fehlen kann? Gewiß nichts von dem, was sie reden, weiß Gott! Was zum Teufel ist es nur? Mart! Mart! *Wo bist du nur?*«

Ihm kam der überaus unerfreuliche Gedanke, daß sie Zigeuner-May auf der Straße oder am kleinen Bahnhof von Portland begegnet sein konnte. Er nahm den Kessel vom Herd und begann langsam und bedächtig das Geschirr zu spülen, wobei er ihre Tasse und ihren Teller jedoch bis zuletzt aufsparte. Von diesem Teller nahm er eine Toastkrume, die er in den Mund steckte.

»Es ist keine Liebe«, dachte er. »Ich liebe sie nicht mehr, als ich May oder Peggie Frampton lieben würde.«

Jetzt stand er an der Hintertür, ihre Tasse in der einen Hand, ihren Teller in der anderen, und beide schwenkte er heftig in der Luft. Dies tat er nicht etwa, um den Göttern ein Speiseopfer darzubringen, sondern um sicherzugehen, daß nichts, was sie berührt hatte, in den Ausguß geriet!

Als er zurückkam und Tasse und Untertasse dort verstaute, wo sie in erschreckend kurzer Zeit nichts von den anderen Tassen und Untertassen unterschied, wurde er gewahr – möglicherweise, weil er die Hintertür offengelassen hatte –, daß Trivia in die Küche gekommen war und auf dem Steinboden einen ihrer lebhaftesten Tänze ausführte. Das war zuviel für ihn. Er verfluchte Trivia aus tiefstem Herzen und lief zum Fuß der Treppe. Dort blieb er stehen. Aber er konnte sich des Eindrucks nicht erwehren, daß das Mädchen in diesem Moment im Schlafzimmer oben anwesend war, wo er es während der langsamsten Pulsschläge des großen Mühlrads der Zeit zwischen den gekrümmten Hörnern seines Skeletts so eng an sich gedrückt hatte.

»Es ist keine Liebe ... keine Liebe ... es ist keine Liebe!« sagte er sich.

Dann eilte er abermals nach oben und in ihr Zimmer. Dort ging er zur Kommode und berührte ihre Haarbürste und ihren Kamm so liebevoll, als wären es die zerbrechlichen Eier eines Zaunkönigs.

»Wenn sie May nur so gut kennen würde, wie ich es tue«, sagte er sich, »dann würde sie zurückkommen. Vielleicht kommt sie ja zurück, wenn May weg ist.«

Daraufhin ging er nach unten, von ihrer Gegenwart so erfüllt, daß er vergaß, oben die Tür zu schließen. Die Salontür ließ er bewußt aus abergläubischen Gründen offenstehen, damit nämlich jegliches verbliebene Residuum ihrer schwindenden Substanz sich ihm ungehindert nähern konnte.

»Caputanus«, murmelte er; und da er in der Betäubung ob seines Verlusts die zwei Wörter zu einem vermischt hatte, wiederholte er diese merkwürdige Bezeichnung mehrmals mit der unersättlichen Sehnsucht, die ihre Befriedigung in jenem sinnlosen Gebrabbel findet, das die Anziehung von Kinderreimen auf Kinder ausmacht.

»Caputanus ... Caputanus«, wiederholte er noch und noch, und während seine Stimme erstarb, nahm etwas in ihm den Platz des Gebrabbels ein, das ihm tatsächlich als neuer Schlüssel zu seinem Absoluten erschien und das er von Stund an immer in Zusammenhang mit der Flucht seines Mädchens vom Kasperletheater sehen sollte.

Auf dem verblichenen Sofa mit seiner Decke ausgestreckt, von dem der gleiche animalische Geruch einsamer Männlichkeit ausging, wie er einer Decke entsteigt, die normalerweise ein großer Hund bewohnt, mit festgeschlossenen Augen und die Enden seines langen Schnurrbarts über den Kragen seines Rocks geschoben, machte Sylvanus einen jener Momente durch, in welchen ein Mensch wahrhaftig die bittersüße Neige der Sterblichkeit auskostet. Ihm war, als wäre ein doppelter Boden plötzlich unter ihm weggebrochen. Ihm war, als hätte alles, was ihn tagtäglich umgab – der Strand von Weymouth, die Steine von Portland, die Kiesel von Chesil Beach und sogar die verfleckten, verblichenen Tapeten dieses unwirtlichen Zimmers – sich in etwas Realeres, etwas Unmittelbareres verwandelt, etwas, was Tragödien menschlicher Beziehungen beinhaltete, die ihn in ihrer Unerwartetheit schockierten. Es war ein vernichtender Schlag für seine Lebensillusion zu erkennen, daß er eine Trostlosigkeit wie die gegenwärtige durchleiden konnte, nur weil ein junges Mädchen mit ihm gestritten und ihn verlassen hatte!

»Caputanus!«

Lag es an einer abgründigen pythagoreischen Magie der Töne, daß diese sinnentblößten Unsinnssilben den bitter riechenden Lebensschweiß der Seeschlange der Wahrheit aufsogen und aufnahmen? In diesem Moment wurde Sylvanus eine letzte Offenbarung dessen zuteil, was er oft geargwöhnt hatte, daß nämlich das Absolute im Konkreten und nicht im Abstrakten beheimatet war, in einem Denken, das in Lebenssaft getaucht war, und nicht in einem Denken, das im Leeren seufzte. Doch im Denken war es dennoch beheimatet, *wie man es auch nahm.*

Sein Mädchen vom Kasperletheater war jetzt, da es ihn verlassen hatte, ganz gegenwärtig, ja gegenwärtiger, als es dies in seiner körperlichen Gegenwart gewesen war! Marret hatte ein Residuum ihrer Seele hinterlassen, das jetzt durch die offene Tür hereindrang und über dem erkalteten Feuer hing und sogar mehr und umfassender sie selbst war als die Berührung ihres langen, dünnen Körpers, als er sie im Bett in den Armen gehalten hatte! Aber sie oder ihr Ausbruch hatte etwas bewirkt, was sich auf die Beschaffenheit der gedanklichen Realität der ganzen Welt auswirkte.

Der große »S. C.«, wie seine Zigeunerin ihn nannte, hatte die Rolle des platonischen Liebhabers des Unerreichbaren ein wenig überzogen! Nun war ihm, als sei alles um ihn herum mit einemmal von einer rohen, kratzenden, schrecklichen Wirklichkeit, die sich doppelt so intensiv bemerkbar machte wie alles, was er je zuvor verspürt hatte. Die alte Kutscherdecke unter ihm, sein verknitterter Kragen, der unter seinem Kinn Falten schlug, die fleckigen, abgeblätterten Tapeten, ein bestimmter dumpfiger Aufbahrungsgeruch, der an die Gebeine von Toten denken ließ und der sich aus welchem Grund auch immer im Salon von Last House bemerkbar machte, das Bewußtsein all der Haufen und Ansammlungen nackten Gesteins, welche die nackte Oberfläche von Portland bedeckten – all das schien aus einer angenehmen Nebulosität in beißende Helle zu treten, um sein Bewußtsein zu quälen und zu martern.

Caputanus! Für einen Menschen, dem alles zu Essig auf Staub geworden war, gab es nur ein einziges Schlupfloch, in das er sich retten konnte, und das war die himmlische Zuflucht im Schlaf. Glücklicher- oder unglücklicherweise war es das, wonach es sein ganzes Wesen verlangte, und als natürliche Folge all der vergangenen Nachtwachen mit Marret fiel er auf der Stelle in einen so schweren und tiefen Schlaf, daß er darin ihren Verlust vergessen konnte. Warum suchte in diesem Augenblick nicht einer seiner Stare oder eines seiner Rotkehlchen oder wenigstens einer seiner Spatzen, um derentwillen er sich so standhaft geweigert hatte, eine Katze zu halten, das Haus auf, das allerorten so offen und still war, um ihn vor der Gefahr zu warnen, die ihm drohte? Statt dessen folgten sein zahmstes Rotkehlchen sowie ein Starenpärchen und ein halbes Dutzend Sperlinge dem Eindringling, der sich ins Haus gestohlen hatte, trippelten in den Fußstapfen dieser Person, flatterten mit den Flügeln, als wollten sie ihr auf die Schulter fliegen, und geleiteten sie geradezu in die schutzlosen Räume.

An der Tür angekommen, beobachteten diese gefiederten Komplizen mit wachem Interesse, wie die Zigeunerin sich neben dem Fußabstreifer die Schuhe auszog und heimlich und mit Schritten, die so leicht waren wie der leiseste Windhauch, das Haus betrat. Außer möglicherweise bei manchen Stämmen der Rothäute gab es nirgends auf der Welt ein Menschenwesen, das wie May sein Tun an der Eingebung des Zufalls zu orientieren vermochte und oft genug orientierte. Mit der Bezeichnung »Eingebung des Zufalls« meine ich, daß man sich dem Fluß des Geschehens anvertraut und sich darin treiben läßt, bis ein Nicken, ein Zeichen, eine Berührung der nächststehenden Wasserschwertlilie einem verrät, daß die Gelegenheit gekommen ist. Daß dies ihre Gelegenheit war, sich ungestört in Last House umzutun, während sein Bewohner schlief, wurde ihr erst allmählich bewußt, doch jeder, der die verstohlene Gewandtheit ihrer Bewegungen und ihre ruhige Selbstgewißheit beobachtet hätte, hätte schwören mögen, daß sie von Anfang an gewußt habe, was geschehen würde. Warum konnte die Schmeißfliege, die von ihrem langen Winterschlaf so verdummt und schwerfällig war, sich nicht statt auf Sylvanus' Rockärmel auf seinem Gesicht niederlassen und ihn mit einem Schmeißfliegenpiksen wecken?

Die schwarzen Augen der Frau, die im Türrahmen stand und beobachtete, wie sein Schnurrbart herabhing und wie seine Arme herabhingen und wie ein Bein über den Rand des Sofas hinausragte, funkelten vor so viel Bosheit, so viel verworrenen Phantasien, so vielen luftigen Alarmglocken und Abwegen, daß niemand, nicht einmal der raffinierteste Psychologe aller Zeiten, ihren Gedanken hätte folgen können. Ihren Gedanken konnte man nicht folgen. Um sie zu erfassen, hätte man um und um sie herum hüpfen und springen müssen, bis man zuletzt aus einer halbwegs verständlichen Idee im Gemenge ihrer Gedanken möglicherweise einen schwachen, dünnen, spärlichen Hinweis auf eine unklar erkennbare Ausrichtung ihres Denkens beziehen mochte.

Gewiß hatten S. C.s Schnurrbartenden denen eines umgänglichen Walrosses nie mehr geähnelt als jetzt, da er dort lag. Obendrein war jeglicher menschliche Ausdruck – vielleicht infolge seiner metaphysischen Kämpfe vor dem Einschlafen – von seinen Zügen gewichen. Sylvanus' Gesicht war tatsächlich nicht länger das eines Menschen, ohne indessen zu dem eines Teufels oder Engels geworden zu sein. Es war den hoffnungslosen, nackten Homerischen Toten ähnlich geworden, jenen *ameenena kareena*, die erinnern und vergessen können, aber aller schöpferischen Kraft der Denkfähigkeit beraubt sind.

Niemand, der Zigeuner-May dabei beobachtet hätte, wie sie Sylvanus beobachtete, wäre auf den Gedanken gekommen, daß sie ihn gern haben könnte, und was die Vorstellung betrifft, sie könnte ihn lieben, wie eine Frau einen Mann liebt, in den sie verliebt ist, so hätte jeder nur Spott und Hohn dafür übrig gehabt. Vielleicht sagte sie sich mit unbeteiligter, nonchalanter, singender Stimme:

»Nonny, Nonny! Er schläft! Nach oben ... nach oben ... nach oben ... mal sehen, ob seine kleine Versteckenspielerin auch schläft!«

Und nach oben ging sie, und da alle Türen geöffnet waren und sie die Schuhe ausgezogen hatte, war es die leichteste Sache der Welt für sie, das Schlafzimmer zu betreten, ohne ihn zu wecken. Etwas wie der Widerschein des Fluges eines Käfers über ein Klettenblatt voller Regentropfen huschte über das Gesicht der Frau, als sie Marrets Nachthemd auf dem Bett erblickte. Sie trat jedoch an die Kommode, und während sie in tiefes Nachsinnen zu versinken schien, machte sie sich mit Haarbürste und Kamm des Mädchens zu schaffen und mit einer Schere, die neben Sylvanus' Rasierzeug lag. Dann betrachtete sie sich für geraume Zeit im Spiegel, erwog all ihre Züge ernst und gemessen und schloß sogar eines ihrer schwarzen Augen und drückte die Finger auf das Lid, als wolle sie prüfen, wie sie mit nur einem Auge aussehen würde. Bei alledem ließ sie die Schere nicht aus den Händen, und dann führte sie sie mit einer langsamen, nachdenklichen, gelassenen Gebärde zur Stirn und schnitt eine dichte Flechte ihres Haars ab. Danach machte sie sich daran – und niemand hätte irgend sagen können, ob sie es aus Geistesabwesenheit tat oder in vollem Bewußtsein ihres Tuns –, diese Flechte um eine der praktischen Zargen oder Befestigungen, an denen solche schlichten Spiegel aufgehängt sind, immer und immer wieder zu winden. Man hätte sich in dem Spiegel eine ganze Weile betrachten können, ohne daß einem etwas Außergewöhnliches aufgefallen wäre, und erst ganz allmählich hätte man gemerkt, daß Menschenhaar neben dem Spiegel eingequetscht worden war.

Indem sie noch immer die Schere in der Hand hielt, richtete sie nun einen letzten langen Blick auf die eigenen schwarzen Augen, hob die linke Hand zur Wange und berührte mit den Spitzen zweier Finger den fiebrigen roten Flecken, der dort brannte. Die leiseste Andeutung eines Lächelns trat dabei auf ihr Gesicht, und als sie die Finger von der heißen Wange nahm, führte sie sie nachdenklich an den Winkel ihrer feuchten Lippen. Dann ging sie die Treppe hinunter, indes die Schere von ihrer Hand baumelte, wobei sie unvorstellbar verstohlen auftrat, doch im Gehen atmete sie in schnellen, kurzen, hastigen Zügen, als hätte ein Asthmaanfall sie heimgesucht.

Sylvanus lag genauso da wie zuvor; ein Arm und ein Bein hingen über den Rand des Sofas.

Zigeuner-May, die die Schere fest umklammert hielt, trat neben ihn und schnitt bedächtig und genauso ruhig und geistesabwesend, wie sie die Locke vom eigenen Kopf abgetrennt hatte, den Schnurrbart des Mannes auf beiden Seiten ab, wobei sie mit der freien Hand das, was sie stahl, auffing. Ohne ihn zu wecken – denn ihre Bewegungen waren so gewandt wie die eines Fliegenschnäppers –, verschwand sie mit ihrer Beute durch den Flur in die Küche, wo sie die gewundenen grauen Haarlocken, die an ihren Fingern kleben zu wollen schienen, in den Herd warf.

Mit dem dafür bestimmten Schürhaken hatte sie einen der Eisenringe vom Herd abgenommen, und als sie nun wie eine gefährdete Motte über der feurigen Öffnung verweilte, entsetzten sie zwei Dinge: die erschreckende Schnelligkeit, mit der das Haar verzehrt wurde, und der Geruch, der dabei entstand. Mehr als alles andere an dem ganzen Vorgang war es der Geruch, der ihren Gefühlen etwas von der krankhaften Erregung angesichts eines unnatürlichen Frevels einflößte, wie sie in früheren Zeiten mit dem Rösten menschlichen Fleischs einhergegangen sein muß. Sie verspürte Faszination und auch ein leises Triumphgefühl, als sie dastand und in das Loch im Herd blickte, aber ihr beherrschender Sinneseindruck war, als hätte sie dem Teufel ihre Seele verkauft und könnte es sich deshalb erlauben, noch etwas herumzulungern und abzuwarten, was passieren würde. Unterdessen stieg der unmißverständliche Geruch des Frevels im Schornstein empor. Er gelangte in die sonnenbeschienene Atmosphäre über dem Dach von Last House. Nicht wie aus dem alten Gemäuer des Thyestes, aus dem einstmals verdächtigerer Rauch in den blauen Himmel stieg, bewegte er sich empor, denn er trug den Verlust des Stolzes eines Menschen mit sich, nicht den einer lebenden Seele, und dennoch war er voll der unheilvollen Missetaten willkürlicher Zerstörung, nur daß er die Zerstörung der Lebensillusion eines Menschen mit sich trug und nicht die seines sterblichen Fleisches.

Zigeuner-May schloß das Herdloch fest und entschieden; mit dem Gehabe eines kummervollen Henkers wandte sie sich zur Hintertür und trat hinaus. Draußen im Hof machte sie sich zur größten Verstörung einer Spatzenkolonie, die auf einer von Marret gespannten Wäscheleine hockte, daran, ihre Schuhe anzuziehen. In diesem Augenblick schwankte ihre Seele gewiß zwischen einem beinahe märchengleichen Schuldgefühl, als hätte sie den Bart des Königs von Thule versengt, und kindlichem Interesse daran, sich abermals im Hof von Last House zu befinden!

Ihre schwarzen Augen begannen das kleine Stück Grund von allen Seiten abzusuchen, und es dauerte nicht lange, bis sie auf eine ausgezeichnet erhaltene Paranuß stießen, die das Mädchen vom Kasperletheater wohl versehentlich zur Küchentür hinausgeworfen hatte. Über diese Nuß machte Zigeuner-May sich jetzt her, knackte sie zwischen ihrem Absatz und einem Pflasterstein, kratzte die Bruchstücke zusammen und begann die eßbaren Teile von den Schalenresten zu trennen, was sie mit der gebannten Konzentration eines Eichhörnchens tat. Die zertretene Nuß – nicht frei von Schmutz und Staub – hielt sie auf der Handfläche der einen Hand, und mit den Fingern der anderen suchte sie sich das heraus, was sie haben wollte. Indem sie so beschäftigt war, warf sie immer wieder hastige Blicke wie eine räuberische Elster zu einem engen Aschenweg, der durch struppiges Johannisbeergebüsch zu einer breiteren Stelle führte, wo er in die Hauptstraße einmündete.

Hätte ein zufällig vorbeiwandelnder Philosoph – sollte es solche Personen noch geben –, der nachdenklich Weymouth und Portland durchstreifte und soeben erst der dichtgedrängten Menge ansichtig geworden war, die sich für die Cattistock-Hochzeit eingefunden hatte und nicht nur allen freien Platz vor der Kirche beanspruchte, sondern sogar die Hafenbrücke versperrte, nun beiläufig durch die Büsche diesen Pfad entlanggesehen und die Gestalt an der Hintertür erblickt, dann hätte er sich sagen können:

»Wie friedlich muß es diesem Mädchen im roten Tuch zumute sein! Sie denkt ganz gewiß an weiter nichts, was Sterbliche beschäftigt, als an die Freude, die das Leben als solches bereitet!«

Ein solcher Wanderer – zumindest ein mit der Straße nach Beale nicht vertrauter – erschien in der Tat in ebendiesem Moment und blieb stehen, um sie anzustarren, von den bunten Farben ihrer Kleidung angezogen; und das war mehr, als diese Darbieterin von Brandopfern für teuflische Götter ertrug. Sie warf ihre Nußschale fort, machte mit den Fingern eine schnelle unanständige Gebärde an die Adresse des Zuschauers und lief ins Haus.

Und dann betrat sie abermals den Salon unter absichtlich lautem Geklapper und Geknarre ihrer Schuhe, mit denen sie im Flur so laut auftrat, als wären es Holzpantinen, und rief mit klarer Stimme:

»Also, wirklich! Also, wirklich!«

Sylvanus fuhr zusammen und riß die Augen auf, als sie eintrat, stolperte linkisch auf die Beine und beugte sich vor, um ihren Kopf liebevoll zwischen die Hände zu nehmen und an seine Lippen zu drücken, worauf er ihr Haar und ihre Stirn viele Male küßte.

»Du lieber Himmel! May«, rief er erstaunt, als er sie schließlich auf Armeslänge von sich hielt und ihr Haupt betrachtete, von dem sie die Flechte abgeschnitten hatte.

Seine großen Hände verbargen ihre kleinen Schlangenohren ganz und gar, aber sie wußte sehr wohl, was er sagte!

»Was hast du nur mit dir angestellt?«

»Schau dich ... selber an«, lautete ihre Antwort, die sie schnell und flüsternd sagte, während seine Hände ihren Kopf losließen.

Und Zigeuner-May sollte es bestimmt sein zu erfahren, wie die Rache schmeckt. Es war wie die Entdeckung einer neuen Tarotkarte. Wahrhaftig empfand sie einen teuflischen Taumel der Begeisterung angesichts des ersten Ausdrucks, den seine Miene annahm, als seine Hände sein Gesicht betasteten und er merkte, daß die vertrauten Attribute nicht mehr da waren. Aber dennoch bedachte er May nicht mit einem Blick des Zorns und ebensowenig mit einem Blick der Verwirrung. Es war ein Blick reiner Scham, und ihn begleitete ein unnatürlicher Andrang roten Blutes in sein für gewöhnlich äußerst bleiches Gesicht. Diese Röte auf Sylvanus' Gesicht hatte sie noch nie zu sehen bekommen. Tatsächlich hatte sie noch nie jemand in Weymouth oder Portland zu sehen bekommen. Zum letztenmal hatte sie sich gezeigt, als der ältere Bacon und der jüngere Buckingham ihn in der Kleinstadt, in der er die Schule besuchte, an Armen und Beinen gebunden und vor den Toren des Armenhauses liegenlassen hatten. Der Landstreicher, der ihn von seinen Fesseln befreite, erzählte später seinen Freunden:

»Der junge Herr war so rot im Gesicht wie ein verdammtes Radieschen. Wenn ich nicht vorbeigekommen wäre und ihn losgebunden hätte, dann wären ihm vielleicht noch die inneren Organe geplatzt, wer weiß.«

Aber heute kam kein Landstreicher durch die offene Tür von Last House »vorbei«, um Sylvanus den Schnurrbart wieder anzukleben!

Für die Dauer einer Sekunde berauschten sich Zigeuner-Mays schwarze Augen in wilder, ausgelassener Freude an diesem außergewöhnlichen dunklen Rot und an dem Gesichtsausdruck, als wäre Sylvanus dem Pöbel ausgeliefert worden. Niemals hätte sie erwartet, eine so umfassende Rache zu genießen! Sie hatte sich vorgestellt, daß Sylvanus einen Zornesausbruch haben und dann lachen würde. Statt dessen sahen sie aus diesem unnatürlich roten Gesicht Augen an, die den Kelch der menschlichen Schande bis zur Neige geleert hatten. Für die Dauer einer Sekunde saugte Zigeuner-May wie ein gieriges Kind an den Brüsten sinnenbetörender Süße.

»Das wird ihn lehren«, ließe ihre Verzückung sich übertragen, »das wird ihn lehren, Mädchennachthemden in seinem Schlafzimmer zu haben!«

Doch der metgleiche Trank süßer Rache ähnelt in hohem Maße der erotischen Obsession, die es nach ihm verlangt, und kaum zeigten sich kleine, glitzernde Tropfen in des Mannes Augen, als die Frau einen heftigen Gemütsumschwung durchmachte.

»Es tut mir leid, S. C., es tut mir von Herzen leid«, sagte sie. »Schau nicht so drein, S. C., weil deine alte Ägypterin es nicht ertragen kann, dich so dreinschauen zu sehen.«

»Gewiß nicht! Nein, nein, gewiß nicht, ganz gewiß nicht! Ich tue es gar nicht, wirklich nicht!« erwiderte er hastig, und seine Stimme klang wie die eines Mannes, der zu seiner Krankenschwester spricht, während er sich einer demütigenden natürlichen Funktion unterzieht.

»Ich werd' es wiedergutmachen, S. C.«, rief sie hastig, »das werd' ich! Das werd' ich!«

Und sie sah ihn flehentlich an, während all das düstere Rot ganz langsam aus seiner Miene zu weichen begann und eine erschreckende Blässe zurückließ.

»Mach dir keine Sorgen, mein Herz«, murmelte er leise. »Es ist eine schlimme Sache, sich in das hineinzuversetzen, was ein anderer fühlt, aber das, was ich fühle, ist gleich – ist gleich vorbei.«

Sein sanftmütiger philosophischer Ton bewirkte, daß er gleichzeitig schnell und beinahe unbewußt in seine alte Gewohnheit verfiel, zu der er Zuflucht zu nehmen pflegte, wenn ihn etwas beunruhigte oder er Zeit gewinnen wollte. Er hob die Hand zum Gesicht in der fraglosen Absicht, durch den vertrauten Kontakt mit seinem langen Schnurrbart eines philosophischen Gedankens habhaft zu werden. Aber dort war nichts! Seine Oberlippe wies lediglich eine kleine behaarte Stelle auf, struppig und stachelig, an den Enden dichter als in der Mitte, eine Stelle, die ihm, als er sie mit dem Finger berührte, das Gefühl gab, als sei etwas Unheimliches mit ihm geschehen, nicht unbedingt, als zierte seine Lippe ein Flecken falschen Barts oder als hätte sich eine umherfliegende Distelblüte oder ein stacheliger Igelkolben an seiner Haut verfangen, sondern eher so, als hätte seine eigene Behaarung auf furchterregende Weise *ihren Charakter verändert*!

»Was sagtest du gerade, May?«

Und er setzte sich geradewegs mitten auf das Sofa und streckte ihr seine Arme entgegen. Die Frau raffte ihren voluminösen Rock mit einer geschickten Bewegung ihrer Finger und setzte sich auf das äußerste Ende seiner langen Knie, aus welcher Position sie sich zu ihm lehnte und sein Kinn zwischen Daumen und Zeigefinger nahm. Diese Geste demütigen Flehens, so alt wie die Welt – deren Bedeutung den gequälten Gelehrten in Kimmeridge House gewiß an Thetis auf den Knien des Zeus erinnert hätte –, bedeutete Sylvanus weniger als nichts.

»Was ... sagtest ... du ... gerade ... May?«

Mit diesen Worten wehrte er ihre Hände ab, führte die eigenen Hände an den Mund, leckte an den Fingerspitzen und rieb mit ihnen auf seiner entblößten Oberlippe, die seiner empfänglichen Einbildungskraft nunmehr tatsächlich wund vorkam, hin und her.

»Warum hast du nicht gefragt, warum ich dir das angetan habe, S. C.?« sagte sie und beobachtete ihn aufmerksam, während sie ihre mageren Knöchel gegen ihre Magengrube drückte und die Stirn verwundert und nachdrücklich runzelte.

»Weil du dachtest, es würde Frauen anziehen?«

Sie nickte heftig.

»Ich habe es zuerst mit mir gemacht«, sagte sie.

»Oh, bei *dir* ist das anders. Du wärst noch anziehend, wenn du kein einziges Haar auf dem Kopf hättest.«

Sie sprang von seinen Knien und hielt ihm die Hand hin.

»Komm, S. C.!« rief sie, »ich werd' es wiedergutmachen! Du hast deine Stiefel an. Brauchst du deinen Hut? Laß die Haustür. Komm! Wir gehen. Schnell! Schnell! Schnell!«

Er begriff, daß die Vorstellung, er könne ihr schmollen, die Vorstellung, er könne sie fortschicken, die Vorstellung, er könne durch ihr Tun zutiefst verletzt sein, ihr nicht einmal für eine Sekunde in den Kopf gekommen war. Sie war es so sehr gewohnt, bestaunt, beglotzt, verlacht und umringt zu werden, daß sie niemals auf die Idee gekommen wäre, daß das, was sie ihm angetan hatte, so war, als hätte Larry Zed sein Haar schwarz gefärbt.

»Arme May!« sagte er sich. »Sie ist furchtbar aus dem Häuschen, weil sie das angestellt hat. Nanu, da ist ja die Schere – auf dem Boden! Und es ist Marts Schere. Ich werde mit ihr gehen; ich weiß nicht, was sie mit mir anstellen will. Aber ich werde mit ihr gehen.«

Die Frau erschien jetzt mit einem Behältnis, in dem seine Soldatenstöcke steckten.

»Schnell, nimm dir schnell einen!« rief sie.

»Sie tut gern das gleiche wie ehedem«, dachte er, »das, was sie all diese Monate über getan hat.«

Und als das Heulen jener Novemberstürme ihm wieder ins Gedächtnis kam und das Prasseln jenes Novemberregens, suchte er sich ergeben aufs Geratewohl einen Stock heraus, und sie verließen zusammen das Haus ...

»Da drüben sitzt dein Mädchen mit Peggie Frampton auf der Brücke!« bemerkte seine Begleiterin unvermittelt, als er sich hilflos in die aufgeregte Menge um Trinity Church eingekeilt fand, nachdem er vergebens versucht hatte, sie dazu zu bewegen, ihm das Ziel ihrer Reise zu verraten. »Ich hab' gesehen, wie sie sich zu Miss Frampton durchgeboxt hat, die dort saß, wo sie jetzt beide sitzen. Als ich die vielen Leute hier gesehen hab', hab' ich beschlossen, mit der Fähre zu kommen.«

Sylvanus konnte dem Schicksal nur danken, daß es den Mädchen auf der Brücke wohl kaum möglich war, irgend etwas von ihm und May dort, wo sie sich befanden, wahrzunehmen. Und die Menge stand so dichtgedrängt, daß jeder, der sich an einem bestimmten Aussichtspunkt eingekeilt fand, seine Freiheit nur durch körperliche Gewalt hätte wiedererlangen können.

Schnell erfuhr die Zigeunerin von den Umstehenden, daß alle bedeutenden Persönlichkeiten mit Ausnahme des Bräutigams bereits in der Kirche versammelt waren. Die Braut, so sagte man ihnen, sei wenige Minuten vor ihrem Kommen erschienen. Von dort, wo sie standen, konnten sie tatsächlich die Helme der Polizisten sehen, die ihr den Weg freigeräumt hatten. Noch nie, so sagte man ihnen, habe es in der Geschichte der zwei Gemeinden eine Zusammenkunft so vieler hochstehender Persönlichkeiten gegeben. Keine weitere Menschenseele, so wurde ihnen mitgeteilt, hätte auch nur die geringsten Aussichten, in die Kirche zu gelangen. Sogar Jerry Cobbold persönlich hatte die größten Schwierigkeiten gehabt, sich Zutritt zu dem Gebäude zu verschaffen. Er war verspätet und allein gekommen, denn Mrs. Cobbold befand sich in Gesellschaft ihrer Schwester, der Braut.

Als Sylvanus in seinem wohlvertrauten Tweedanzug dastand und seine Gefährtin im bunten Schal um mehr als Kopfeslänge überragte, geschah es immer wieder, daß die Leute einander mit dem Ellbogen anstießen, flüsterten und kicherten. Er war nicht zu übersehen! Alle wußten, wer er war, und allen war unmißverständlich klar, daß er seinen Schnurrbart eingebüßt hatte.

Genau vor den zwei Freunden, zwischen ihnen und einem Herrn, der sich verzweifelt bemühte, einen Damenparasol zu öffnen, um damit sein Haupt vor der Sonne zu schützen, waren ein untersetzter Mann und eine hagere Frau so ernst in ein im Flüsterton geführtes Gespräch vertieft, daß sie überhaupt nicht auf die Anwesenheit Sylvanus' und der Zigeunerin achteten. Diese beiden waren niemand anders als Mr. und Mrs. Trot.

»Wenn unsereins nur sicher sein könnte, daß er letzte Nacht bei seinen Eltern war«, sagte Bum Trot soeben, »dann wäre einem schon leichter ums Herz. Die schlimmen Drohungen, die der Jobber immer im Mund geführt hat, die drücken mir aufs Gemüt, Frau, da kannst du sagen, was du willst. Der Jobber gehört nicht zu denen, von denen es heißt: Hunde, die bellen, beißen nicht. Ich hab' Angst um ihn, Frau, so wahr es einen Herrgott im Himmel gibt, ich hab' Angst um ihn!«

»Mr. Cat'stock wird gleich hier sein, Mann«, erwiderte Mrs. Trot tröstend, obwohl ihre sorgenvolle Miene ihre Worte Lügen strafte, »und dann wissen wir, daß der Meister nichts getan hat, was das Tageslicht scheuen muß. Ich kenn' mich mit der Art der feinen Leute besser aus als du, Bum, und glaub mir nur, es ist Sitte, daß so ein Bräutigam seine Braut warten läßt. Die feinen Damen würden nicht viel von einem Mann halten, wenn er sich von ihnen herumkommandieren ließe. Bist du sicher, daß die *Kormoran* nicht ausgelaufen ist? Es würde mich gar nicht wundern, wenn unser Meister ganz allein wegfährt, wenn alle Welt sich hier versammelt hat.«

»Die *Kormoran* liegt, wo sie immer liegt«, antwortete Bum Trot düster. »Ich wünschte bei unserem geliebten Herrn Jesus, daß sie nicht dort läge!«

Die groben und lauten Worte eines etwas weiter wegstehenden Schaulustigen übertönten das Geflüster der Trots. Diese Person kommentierte Sylvanus' Aussehen so nachdrücklich, daß er notgedrungen alles zu hören bekam.

»Aha, wie man sieht, hat er seine Zirkuskorkenzieher abgenommen«, sagte dieser kritische Zeitgenosse. »Ich hab' schon immer gewußt, daß sie nicht echt waren. Hat wohl angenommen, daß er ohne sie vornehmer aussieht. Aber das tut er nicht, was? Sieht jetzt aus wie Bart Looney, der Kutscher, der wegen seiner Liebe zu der Lehrerin Molly Dingle ins Wasser gegangen ist. Erinnerst du dich noch an Mr. Looney? Er war der Neffe oder so ähnlich von Herb Dandin, dem Küster von Radipole. Er hatte ein mächtig langes Gesicht, unser Mr. Looney, und ein trübsinniges Gesicht obendrein, was einen nicht wunder nimmt, wenn man bedenkt, daß er's nicht gekonnt hat. Er hat es einfach nicht gekonnt, auch wenn er sich noch soviel Mühe gab und sie sich Mühe gab, um ihm zu helfen. Deshalb hat er seine Moll verloren, nicht wegen dem trübsinnigen Gesicht. Er hat's versucht, und sie hat's versucht, und als sie gesehen haben, daß es nicht geht, da hat er sich ertränkt. Stimmt's, Elizabeth? Und ist nicht unser alter Cobbold da drüben ohne seine russischen Korkenzieher das lebende Abbild unseres Mr. Looney, der es sein Lebtag nicht gekonnt hat?«

Niemand wird je erfahren, was Gipsy May empfand, als sie dem geschwätzigen Wicht zuhörte, der ein äußerst zittriger alter Mann war, der sich mit einer halbblinden alten Frau unterhielt, noch was sie empfand, als sie sah, wie Sylvanus die Hand wieder und wieder zum Gesicht führte und ebensooft fallen ließ. Am meisten litt sie, wenn sie ihn seine Finger lecken und mit ihnen seine Oberlippe reiben sah, als wäre sie wund oder blutete gar. Nervös und verstohlen warf sie einen Blick von der Seite auf seinen Mund, halb in der Furcht, sie hätte ihn wirklich mit der Scherenspitze verletzt.

Doch nein! Er war unverletzt, wenngleich sie einräumen mußte, daß der Mund ihres S. C. ohne seinen Schnurrbart wie der eines riesenhaften Kaninchens aussah.

»O S. C., S. C., warum habe ich das getan, o warum nur?« klagte sie in ihrem Herzen. »Die Karte war schuld daran. Der Mann mit den drei Stäben war schuld daran!«

Und was dachte und fühlte unterdessen Sylvanus? Auch ihn – um der Wahrheit die Ehre zu geben – beschäftigte das Problem der Ursächlichkeit. Er hielt Zwiegespräch mit seinem Absoluten.

»Bist du die erste Ursache, oder bist du es nicht?« fragte er diese Wesenheit, die sich ihm immer wieder entzog.

Und ihm wollte scheinen, als erwidere ihm das Absolute – ganz so wie jenes Nichts, mit welchem sich Mr. Looney konfrontiert gesehen haben mußte, bevor er ins Wasser ging –, daß es weder die erste noch die letzte, noch irgendeine Ursache sei! Es war lediglich alles, und alles hatte keinen Raum für die Vorstellung einer Ursache. Alles war nur alles, was es gab; und diesem allen war es in alle Ewigkeit von Natur aus inhärent, sich ständig zu verändern.

»Alles«, fuhr das Absolute fort, während sein glattrasierter Anhänger den grünen Sonnenschirm anstarrte, mit dem der ältere Herr vor ihm sich vor der Sonne zu schützen versuchte, »alles hat sich immer verändert und wird sich immer verändern. Außerhalb meiner – denn ich bin alles – gibt es nichts.«

Doch die Anstrengung, die es Sylvanus gekostet hatte, kurzfristig zum Absoluten zu werden, das mit dem Absoluten disputierte, wich jetzt von ihm, und ein Gefühl der Erniedrigung überkam ihn. Er spürte, daß er ohne seinen großen Schnurrbart, ohne diesen geheimen Glockenturm der Erkenntnis, an dessen Seilen er immer ziehen konnte, jemand anders geworden war, eine andere Person.

»Ich muß in Ruhe darüber nachdenken«, sagte er sich, und entschlossen sah er der Demütigung ins Gesicht, während er noch immer den grünen Sonnenschirm anstarrte.

Er analysierte seinen ganzen Charakter, wie er es nie zuvor getan hatte.

»Ich konnte mich beim besten Willen nicht ohne diesen Schnurrbart sehen«, dachte er. »Er war wie mein Anzug. Er war wie mein Stock. Er war wie Jerrys Bruder zu sein. Wenn ich zu meinen Mädchen sprach, wenn ich auf der Esplanade zu Fremden sprach, wenn ich Lucinda dazu provozierte, mich zu schelten, dann war ich immer *ich selbst mit meinem großen Schnurrbart*! Wenn ich so recht mit mir allein war, in meiner Hütte drüben mit meinem starken und klugen Seil und meinem herrlichen Ölgemälde, dann war ich immer ich selbst mit meinem Schnurrbart. Mein Schnurrbart machte weit mehr als dieser alte Anzug und dieser Stock«, und er hielt den Stock zwischen seinen Fingern gegen sein Knie, denn er war nicht lang genug, um bis zum Boden zu reichen, »meine Besonderheit aus. Er war ich! Sogar wenn ich auf dem Abort war, war er ich. Als ich heute morgen im Bett Marret in den Armen hielt, war er ich. Wenn ich zum Porridge Sahne hatte und den dunklen malzigen Zucker, den ich früher in dem kleinen Laden in Easton zu kaufen pflegte – denn ich kann es mir nicht leisten, Marret durchzufüttern *und* diesen malzigen Zucker zu kaufen, obwohl es mir zusagt, wie er sich mit der Sahne vermischt, und ich hätte nichts dagegen, heute zum Lunch welchen zu haben –, dann war er ich. Wenn ich mein altes Caput-Anus-Lied, das seine Melodie ganz von allein erfunden hat, im Gemüsegarten summte, dann war er unwandelbar ich! Wenn mir auf der Straße Jungen als Quälgeister hinterherliefen und wenn Leute mich im Sommer auf dem Strand anstarrten, wenn ich mit Frauen im Wasser planschte, mit denen niemand sonst freiwillig baden gegangen wäre, dann war es immer ›ich und mein Schnurrbart‹. Und als ich mir dachte: Ich gebe mich mit Leuten ab, die niemanden sonst haben, der sich mit ihnen abgeben würde!, und als ich mir dachte: Die Jungen würden mich nicht verfolgen, wenn ich mit meinem Schnurrbart nicht wie ein Lama aussähe, war er es, der – doch was soll ich jetzt tun?«

Er versuchte sich dazu zu zwingen, sich damit abzufinden, daß er Mr. Sylvanus Cobbold war, ein Mann mit einem charakterschwachen Mund wie ein prähistorischer Hase, der hilflos auf Erden wandelte! Und dann gab er seine Bemühungen auf und versuchte sich seine Seele als mathematischen Punkt im Weltall zu denken und seinen Körper als ein Bündel unerheblicher Materie, das seine Seele mit sich herumschleppte.

»Ich kann mich meiner Sinneseindrücke erfreuen«, dachte er, »selbst wenn mein Gesicht mich der Lächerlichkeit preisgibt. Ich kann mich des Lebens erfreuen, selbst wenn ich der häßlichste aller Männer bin. Ein Mistkäfer kann sich der Dinge genauso erfreuen wie Tossty Clive. Ein Regenwurm kann sich der Dinge genauso erfreuen wie Sippy Ballard. Was ich jetzt bestrebt sein muß zu tun, ist, mich wie eine der mißgestalteten Kuriositäten in Barnums Zirkus zu betrachten, nur daß diese Kuriosität frei herumläuft, statt im Zirkus vorgeführt zu werden! Es ist mein Glück, daß ich noch frei herumlaufe. Das darf ich nicht vergessen. Wenn ich weiter auf der Esplanade Reden halte, werden sie Jerry zwingen, mich Brush auszuliefern. In Brushs Anstalt wird man mich als mathematischen Punkt fester hinter Schloß und Riegel halten, als es mit meinem Schnurrbart hätte geschehen können. Ja, ich will es als Schicksal betrachten. Ich werde meine Oberlippe morgen rasieren und von nun an bis zu meinem Todestag rasieren. Vielleicht wächst er wieder, wenn ich im Sarg liege. Nun gut! Es war der längste Schnurrbart, den man je in Weymouth zu sehen bekommen hat!«

Er hatte so starr und so eindringlich und so lange den Blick auf den grünen Sonnenschirm vor ihm gerichtet gehalten, bis er zu seiner Schlußfolgerung gelangte, daß ihm ganz verwirrt und benommen zumute war, als er zu sich kam. Die Menge war mittlerweile vom Warten auf den saumseligen Bräutigam erregt. Höhnische Rufe wurden laut, grobe Scherze, boshafte Späße. Eine heisere Stimme rief unvermittelt im Dialekt von Portland:

»Wo steckt denn Strohmann Skald? Strohmann Skald, das pfeifen die Spatzen von den Dächern, hat mit Master Cat'stock was zu besprechen, bevor die Sache hier erledigt werden kann.«

So geistesabwesend und gedankenverloren und so fern dem Gerede der Welt war Sylvanus, daß Zigeuner-May eine Bemerkung, die sie gemacht hatte, zweimal wiederholen mußte, bevor er sie erfaßte.

»Ist das dort drüben nicht Mr. Muir, der Sohn vom alten Muir, der Schullehrer, dort oben auf der Treppe, neben der Kirchentür, mit der vornehmen Dame, die so schöne Rosen in der Hand hält? Sieht aus wie Moosröschen, aber vielleicht sind's auch keine.«

Sie hielt inne und heftete ihren Blick auf das Paar, von dem sie sprach, das hilflos eingekeilt im dichtesten Gedränge stand.

»Nanu, das ist ja Curly Wix, das Mädchen vom Wunschbrunnen, die ist es, von der es heißt, daß er sie heiraten wird, jetzt, wo er bei Cat'stock unterrichtet. Sie wollen bei Korporal Dawson wohnen, falls Mrs. Pengelly nicht alles durcheinandergebracht hat.«

Es gelang Sylvanus, die auffallend gekleidete Curly auszumachen, die wahrhaftig den Eindruck weckte, als stehe Magnus dort mit einer berühmten Schönheit der Grafschaft, die durch ein Versehen der Veranstalter noch nicht zu dem für sie reservierten Platz geleitet worden war.

»Fängst du an zu denken, S. C., daß ich vergessen würde, was ich dir versprochen habe?«

Er sah zu der Gestalt im bunten Tuch neben ihm hinunter und lächelte zum erstenmal, seit Marret sein Haus verlassen hatte.

»Gräm dich nicht, May«, antwortete er.

Doch die Frau blieb hartnäckig: »Ich könnte heute nacht kein Auge zutun«, sagte sie, »wenn ich wüßte, daß du deinem Strandmädchen nachtrauerst. Sie ist eine klägliche Wahl, S. C., unter so vielen, die du haben könntest, aber wenn einer was will, dann will er es. Du bleibst, wo du bist, S. C., und ich lauf' rüber und hol' die beiden. Rühr dich bloß nicht von der Stelle, S. C., weil ich mit keinem von den Mädchen allein zu tun haben will.«

Wäre sie nicht davongeeilt, bevor sie die letzten Worte über die Lippen gebracht hatte, hätte er sie am Arm festgehalten, denn es schien ihm der reine Wahnsinn, sich durch diese Menge einen Weg bahnen zu wollen. Doch nun blieb ihm nichts zu tun, als ihrem Befehl strikt zu folgen. Was er auch tun mochte, um es zu verhindern, die Vorstellung, daß Marret ihn sah, wie er jetzt war, mit seinem unverhüllten grotesken Kaninchenmund, ließ ihm jedesmal eine heiße Welle brennender Scham ins Gesicht steigen.

Plötzlich geriet die Menge in gewaltiges Beben, und große Wellen der Bewegung trieben sie vor und zurück. Es wurde zunehmend schwierig, dem Gebot der Zigeunerin zu gehorchen, da seine Nachbarn von deren Nachbarn gegen ihn geworfen wurden und der ganze Bereich zwischen der Brücke und Trinity Church schnell zum schäumenden Schauplatz von Wut, Pöbelhaftigkeit und ungehaltener Panik wurde.

Das Nahen eines leichten, offenen Tourenwagens, das all diese Verwirrung gestiftet hatte, bewirkte jedoch in gewissem Maße auch deren Besänftigung. Die Polizisten zu Fuß waren inzwischen durch berittene Polizeikräfte verstärkt worden, und dank der Hilfe letzterer fuhr der Wagen bis zum Fuß der Kirchentreppe, und zwar so nahe, daß das schöne Mädchen im grauen Kleid mit dem Moosröschenbukett zurückschrak, als sei es beträchtlich erschrokken. Im gleichen Moment, als der Wagen anhielt, riß einer der Polizisten den Wagenschlag auf, und man sah einen Mann mit seidenem Hut aussteigen. »Cattistock! Cattistock!« wurde laut gerufen, und ein kleiner Junge – er war Laufbursche in der Brauerei – piepste mit dünner, zitternder Stimme: »Dreimal hoch soll Mr. –«, doch Witchit junior, der zufällig mit diesem wagemutigen Knaben zusammenstand, aber schneller als jener begriff, wie man sich zu benehmen hat, hielt ihm mit der Hand den Mund zu. Als der Mann mit dem seidenen Hut jedoch stehenblieb, bevor er zur Kirche hochstieg, und sich mit Mr. Muir und der Dame mit den Rosen zu unterhalten begann, lief durch die Menge das verärgerte Raunen enttäuschter Erwartung, das oft die Vorankündigung unbesonnener, tollkühner und gefährlicher Handlungen ist. Der Mann mit dem seidenen Hut, der ernst und eilig auf die Dame in Grau eingeredet hatte, drehte sich jetzt um und stand da, sehr gerade, sehr schlank und sehr hübsch.

»Sippy Ballard«, rief ein unverschämter Humorist mit lauter Stimme, »warum vertrittst du nicht einfach deinen Onkel, Sippy?«

Doch da verschaffte sich eine offiziellere, wenn auch weit leisere Stimme Gehör.

»Meine Damen und Herren«, sagte sie, »wir haben Ihnen etwas mitzuteilen.«

Und nun zeigte Mr. S. P. Ballard, wie glänzend er einer Situation gewachsen war, die, wie jedermann später zugab, von größter Peinlichkeit war.

»Liebe Freunde aus den zwei Gemeinden«, sagte er, »die Sie gekommen sind, um unserem geschätzten – um *meinem* verehrten Onkel« – an dieser Stelle erlaubte er sich ein ganz ungekünsteltes und ganz reizendes Stocken – »die Ehre Ihrer Anwesenheit zu erweisen, zweifellos wird es Sie betrüben zu erfahren, daß die Hochzeit Mr. Cattistocks auf – äh, unbestimmte Zeit – vertagt wurde – weil – weil –«

Welchen Vorwand, welchen diplomatischen Euphemismus der jugendliche Talleyrand jedoch benutzte, um das Nichterscheinen seines Herrn zu erklären, das ging völlig unter im Geschrei und Spektakel, das die roheren Elemente der Menge veranstalteten, und Sylvanus, der vor den heftigen Bewegungen zurückwich, mit denen sein bejahrter Nachbar den grünen Sonnenschirm zu schließen versuchte, sah, daß der bunte Schal seiner Zigeunerfreundin das Brückengeländer, auf dem Marret und Peg saßen, fast erreicht hatte.

Der innere Mechanismus des grünen Sonnenschirms besaß offenbar etwas, was ihn zur lebhaften Reflexion befähigte, denn als Sylvanus' Hand sich zum hundersten Mal an diesem Nachmittag zu seinem Mund hob, fiel auf Bum Trots breiten Rücken ein tanzender Sonnenstrahl. So laut jedoch war der Lärm erregter Ausrufe um ihn herum, daß keiner der ergebenen Anhänger des abwesenden Jobbers die automatisch geäußerte Reaktion »Trivia, Trivia, Trivia!« vernahm, die den rasierten Lippen des hochgewachsenen Mannes im Tweedanzug entschlüpfte.

12.
Curlys Rosen

Keine einzige der betagten Personen, die Eliza Chant eingeladen hatte, damit sie an jenem Abend im altmodischen Aufenthaltsraum der Dienstboten in Peninsular Lodge Erfrischungen zu sich nahmen, sagte sich, als sie die Nachricht von der Vertagung der Hochzeit erfuhr, nicht insgeheim:

»Da hab' ich mich wohl vergebens auf den Abend gefreut! Kein Schluck Wein für unsereins in Chickerel draußen, weil der Herrgott es eben anders beschlossen hat. Aber ich will trotzdem auf ein Minütchen bei Eliza vorbeischauen, schon allein um zu sehen, wie die arme Seele den Schicksalsschlag trägt.«

So kam es, daß zwischen sieben Uhr und neun Uhr an diesem Abend alle, die sie eingeladen hatte, eine nach der anderen an der Hintertür von Mr. Cattistocks Heim läuteten und von Mrs. Chant eingelassen wurden.

In der Annahme, daß möglicherweise nicht alle ihrer Freundinnen von dem »Firrasko«, wie sie es nannte, in Trinity Church gehört hatten und daß bei manchen derer, die davon gehört hatten, die Neugier sich als stärker denn die Diskretion erweisen mochte, hatte Eliza es in weiser Voraussicht nicht versäumt, den großen Tisch im an die Küche angrenzenden Dienstbotenraum mit einer kalten, aber herzhaften Abendmahlzeit zu decken. Hier versammelten sich folglich zur eingehenden Diskussion aller Aspekte des Tagesereignisses Mrs. Matzell von Half-Way House, Mrs. Monkton von Trigonia House, Sarah Piddle von The Turret, die alte Ammabel von Spy Croft und zuletzt die zwei Frauen, die ihre engsten Busenfreundinnen waren, obgleich sie keineswegs dem Dienstbotenstand angehörten, nämlich Mrs. Wix von Railroad Cottage in Upwey und Mrs. Witchit aus der St. Alban's Street in Weymouth.

Die alte Ammabel stand seit so vielen Jahren in James Loders Dienst, daß all ihre Loyalität in diesem Lehnsverhältnis sich auf den alten Herrn mit den Magengeschwüren konzentrierte. Ruth, ihrer eigentlichen Herrin, brachte sie nur Abneigung entgegen –

eine jener verwurzelten, eingenisteten, unerklärlichen Abneigungen, wie sie die verborgene Tragödie so mancher menschlichen Behausung ausmachen. Rodney betrachtete Ammabel als gefährlichen Atheisten, teils wegen verschiedener Gespräche mit Ruth, die sie belauscht hatte, teils, weil sie in ihrer zärtlichen Liebe und ihrem Mitleid für den Hausherrn instinktiv spürte, daß es dem jungen Mann an Mitgefühl für seinen Vater gebrach. Sie sprach gerade mit Mrs. Matzell über ihren Herrn.

»Ich sag' dir eines: Wenn es einmal soweit ist, dann werden ihn dieses Bürschlein und dieses verlogene Weibsbild auf dem Gewissen haben, und das so gewiß, als wenn sie's mit Gift getan hätten.«

»Da sprichst du wahre Worte, Ammabel«, erwiderte Mrs. Matzell, deren gerötete Züge vor Begierde, diejenige zu sein, die tragische Wahrheiten enthüllte, und nicht diejenige, denen solches anvertraut wurde, bebten, zuckten, ja, fast könnte man sagen, explodierten, »aber ich kann dir versichern, daß unser armer Captain schlimmer dran ist als Mr. Loder trotz seiner ganzen Geschwüre. Geistig zu leiden ist schlimmer, und bei ihm ist es nun mal geistig. Was meinen Sie, Mrs. Piddle, als jemand aus einem Arzthaushalt, zu meinem armen lieben Captain? Wir wollen nicht näher drauf eingehen, was ihn in diesen Zustand gebracht hat. Aber so, wie ich es sehe, bringt Mrs. Cobbold sein armes Hirn in die schlimmsten Zustände, wenn sie in seine Nähe kommt.«

»Ich dachte, er hätte mit Mrs. Cobbold in letzter Zeit nichts zu tun gehabt«, warf Mrs. Piddle ein. »Das denkt wenigstens der Doktor. Wenn dieses üble Geschöpf, meint der Doktor, so nahe an Ihren Herrn rankäme, wie ich jetzt bei Ihnen sitze, dann würde er rasen und toben. Der Doktor denkt, irgendwas wäre schon zwischen den beiden gewesen, aber schuld dran war nur Mrs. Cobbold, weil sie den armen Mann dazu verleitet hat. Sie hat ihn dazu verleitet, meint der Doktor, damit sie bis ans Ende seiner Tage sein Gewissen plagen kann! Der Doktor meint, es würde keinem was nützen, wenn man ihn zu diesem Brush schicken täte – bitte um Verzeihung, weil er ein Verwandter ist –, weil dieser Brush –«

Doch Mrs. Matzell unterbrach sie.

»Nur über meine Leiche, Sarah Piddle, nur über meine Leiche könnt ihr den Captain zu diesem Mann bringen! Ich weiß, was ich sage, weil ich in unserem Haus gesehen hab', was ich gesehen hab', und ich kann euch sagen, daß der Captain ein stiller, gottesfürchtiger und würdevoller Gentleman ist, verglichen mit dem, was aus ihm würde, wenn man ihn an diesen Ort schaffen täte.«

Alle Frauen warfen einen schnellen Blick zu Mrs. Chant. Keine von ihnen wußte, wie die Dinge augenblicklich zwischen Mrs. Chants Brotherren und dem Leiter des Höllenpfuhls standen. Ein Schweigen trat ein, in dessen Verlauf sie sich alle das Bild eines Mitglieds der eigenen Familie vergegenwärtigten, dessen gestörter Geist möglicherweise die Hilfe des nicht geheuren Spezialisten erforderlich machen mochte.

Der Aufenthaltsraum der Dienstboten in Peninsular Lodge war in mancher Hinsicht der am wenigsten unerfreuliche Raum des Hauses. Sein Hauptmerkmal war seine verblichene Neutralität. Die uralte Tapete war kaum noch zu erkennen, wenn das Licht der Lampe auf dem großen Tisch ihre verblaßte Oberfläche beschien. Zudem waren die Wände mit Porträts dahingeschiedener Cattistocks behängt, die so verschmutzt und vernachlässigt waren, daß ihr Besitzer sie in schierer Scham ob ihres Zustands aus seinem Empfangsraum entfernt hatte.

Solange der unerquickliche Gedanke an Dr. Brush auf diesen Hochzeitsgästen lastete, nahmen ihre Mienen wieder den Ausdruck bejammernswerter Müdigkeit von den lebenslangen Mühen einer Frau an, den die Pikanterie des Skandals kurzfristig weggewischt hatte. Mrs. Monktons Züge wurden wieder verhärmter und verbitterter, die von Mrs. Witchit wohlwollend-hilfloser, die der alten Ammabel finsterer, die Sarah Piddles grober und erdverbunden er, die Mrs. Wix' bleicher und altersgeprüfter und die Mrs. Matzells – einer untersetzten, rotgesichtigen Frau – sorgenvoller und verletzlicher. Sie alle wandten sich, anders als Männer in einer vergleichbaren Situation, mit fatalistischer Ergebenheit wieder der Last und Plage der täglichen Übergriffe des Lebens auf ihre Seelen zu.

Nur unter Einsatz ihrer Autorität als seine alte Kinderfrau und mit der Drohung, selbst für die Bewirtung aufzukommen, hatte Mrs. Chant von ihrem Herrn die Erlaubnis erwirkt, die Schweinskopfsülze, die kalte Zunge und das kalte Huhn zu bestellen, die jetzt die Gäste verlockten, doch der Gedanke an das Armenhaus, an ihre Verwandten, an ihre Herrschaften und vor allem an Dr. Brush bewirkte, daß sie mit einemmal Gabeln und Messer hinlegten und traurig in sich zusammensanken.

»Schätzchen, sei so gut und mach das Fenster ein wenig auf«, flüsterte Mrs. Chant der vollbusigen Mrs. Witchit zu, die am Ende des Tischs neben ihr saß.

Die Frau des Fischhändlers erhob ihre stattliche Gestalt, ging zum Fenster und tat wie geheißen. Doch statt die Anwesenden von ihrer kurzfristigen düsteren Stimmung zu befreien, verstärkte die feuchte, schlammgetränkte Luft, die vom seichten Haffwasser, das Chesil Beach vom Festland trennte, hügelaufwärts geströmt war, diese nur. Seevögel, die auf ihrem Flug von der West Bay zur Weymouth Bay die Stille unterbrachen, schienen ihre mißtönenden Schreie beim Fliegen als verlorene körperlose Stimmen zurückzulassen, die weniger von Flucht und Katastrophen kündeten als vom Ankämpfen gegen ein unlösbares Geheimnis.

Von allen lebenden Bewohnern der zwei Gemeinden waren jedoch die, welche diese Dinge am wenigsten wahrnahmen und am wenigsten beachteten, die anwesenden alten, abgearbeiteten dienstbaren Frauen. Über ihren Häusern in Weymouth – Gefängnissen, die ihre Jugend, ihr Blut, ihr Leben verbraucht hatten, während sie sich im Dienst der Menschen und Menschenkinder abmühten – hatten jene Wegmarken des Unbelebten – der Kirchturm, Fort Nothe, die Brücke, White Horse, die Statue des alten Königs und die edle Masse Portlands mitsamt dem Möwengeschrei bei Tag und Nacht vergebens gebrütet und geseufzt. Sie hörten sie nicht, die Opfer der Hausarbeit, und wenn sie sie hörten, kümmerte es sie nicht. Im Dampf ihrer Kessel, im Rauch ihrer Schornsteine waren die natürlichen Reaktionen auf das Leben der Rasse, der sie dienten, ihren treuen Adern zur Hälfte entwichen.

Bald jedoch heiterte die Stimmung im Dienstbotenraum von Peninsular Lodge sich auf, als diverse bisher nicht beachtete Aspekte des großen »Firraskos« dieses Tages ins Gespräch gebracht wurden.

Die Dame, die bei dieser kuriosen Kollation vielleicht die größte dramatische Aufmerksamkeit der anderen auf sich vereinte, war Mrs. Wix – nicht etwa weil ihre Tochter mit Bennys Nachhilfelehrer verlobt war, sondern weil ihre Tochter, ebenso wie der Nachhilfelehrer, nach der ominösen Bekanntmachung den Platz vor der Kirchentür in Mr. Ballards Automobil verlassen hatte. Keine der anwesenden Frauen hatte es versäumt, an diesem Abend ein vertrauliches Wort mit Mrs. Wix zu wechseln. Nach der Gastgeberin, die zweifellos von allen am wenigsten über die Vorgänge in der Kirche wußte, da sie zu Hause geblieben war, um den Empfang des verheirateten Paares vorzubereiten, stand Mrs. Wix im Mittelpunkt des Interesses. Wieder und wieder mußte Mrs. Wix ihre ausgeschmückte Version der wirren Version Curlys dessen wiederholen, was die vorsichtige und umsichtige Perversion des weitsichtigen Sippy war, die er dem hatte angedeihen lassen, was sein Onkel ihm mitgeteilt hatte.

Jede menschliche Zusammenkunft, ob altgedienter Bediensteter oder Parlamentsmitglieder, gerät unweigerlich in einen ihr eigenen natürlichen Rhythmus, einen Rhythmus, der ihr als psychischer Wesenheit Form und Gestalt verleiht. Dieser geistige Rhythmus im Dienstbotenzimmer in Chickerel machte, daß alle übrigen Gespräche verstummten, sobald Mrs. Chant oder Mrs. Wix den Mund öffneten. Die einzige Gelegenheit für Mrs. Matzell, sich ähnliche Achtung zu verschaffen, bestand darin, daß sie zum zehntenmal an diesem Abend ihren Bericht von der Heimkehr Daisys in die Old Castle Road wiederholte, denn Daisy war offenbar ohne ihre Mutter zurückgekehrt und hatte die Nachricht mitgebracht, daß die sitzengelassene Braut mit Mrs. Cobbold nach High House gegangen war, um dort für ein paar Tage zu bleiben.

»Wie sah Mr. Ballard aus, Eliza«, fragte plötzlich Mrs. Witchit, »als er Mr. Muir an die Tür brachte?«

Sofort trat eines jener geheimnisvollen Schweigen ein, mittels deren eine Gruppe von Menschen zu verstehen gibt, daß sie sich bewußt ist, in ihrem Gespräch eine Stelle erreicht zu haben, an welcher der Teufel sich bemerkbar machen könnte. In diesem Schweigen, das nur vom Zischen des Kessels in der angrenzenden Küche unterbrochen wurde und vom fernen Jaulen Yellows, Bennys Hündchen, das kurzerhand eingesperrt worden war, erhob sich Mrs. Chants Stimme, schnellte empor, behauptete sich und verstreute, wie ein Flugzeug Pamphlete verstreut, kleine vereinzelte geistige Bilder dessen, was in der Luft lag.

»Ich hab' Mr. Ballard nicht zu Gesicht bekommen«, sagte sie. »Er hat Curly nach Hause gefahren, nachdem er Mr. Muir abgesetzt hat, und mein Sohn hat Mr. Muir und Benny nach Brunswick gefahren.«

Das Schweigen, das sich einstellte, als sie verstummte, war so, als hätte inmitten einer Gesellschaft normaler Frauen die Hexe von Endor das Wort ergriffen.

Das alte Stubenmädchen von Spy Croft unterbrach dieses ehrfürchtige Nachsinnen über die Wege des Schicksals. Ammabel war so sehr daran gewöhnt, James Loder stöhnen zu hören und ihn seine Knöchel in der Magengrube vergraben zu sehen, während ein Atheist von einem Sohn und ein »verlogenes Weibsbild« sich an seinen Qualen weideten, daß sie ein Gefühl der Überlegenheit den anderen gegenüber verspürte, von denen keine wußte, wie eine wirkliche Tragödie aussah.

»Der alte Poxwell«, hatte sie entrüstet gedacht, »soll schlimmer dran sein als unser alter Herr? Weil man am *Geist* schlimmer leidet als am *Körper*? Oh, Herr im Himmel, Herr im Himmel! Wenn sie wüßten, wie mein Herr sich am Boden gewunden hat wie eine Wespe, die die Katze gefangen hat, dann würden sie nicht so leichtfertig von ihrem Captain und seinem Geist reden. Vielleicht hat der Captain sich an Gott versündigt, aber er muß sich nicht krümmen und jammern und seinen armen Magen halten. Diese schlichten Gemüter haben keine Vorstellung, was in manchen Häusern von Weymouth vor sich geht. Der Geist des Captains! Was würden sie sagen und tun, wenn sie wüßten, was ich weiß – welche Leiden unser Herrgott uns auferlegt, wenn wir erst alt sind? Der Geist des Captains! Wer darüber redet, daß die Leute an ihrem Geist zu leiden haben, der weiß nichts von dem, was *ich* weiß. Unser armer Kadaver macht uns das Leben zur Hölle! Mein Herr würde seinen Magen lieber heute als morgen gegen den Geist des Captains eintauschen!«

Mit diesen Gedanken in ihrem Geist wandte die alte Ammabel sich an Mrs. Monkton und fragte diese Dame, ob Mr. Ballard gleich nach Trigonia House zurückgekehrt sei, nachdem er Curly nach Hause gefahren hatte. Curlys Mutter hörte diese Frage nicht ohne Unruhe, denn ihr war nur allzu klar, daß Mr. Ballard ihre Tochter erst spät am Abend nach Hause gebracht hatte und sie obendrein in einem so verstörten Zustand zurückgebracht hatte, daß das Mädchen sofort ins Bett gegangen war. Vor Mrs. Wixens innerem Auge stand ein höchst beunruhigendes Bild des schönen grauen Kleides, das ganz verknittert achtlos auf einen Stuhl geworfen worden war.

»Ich war selber nicht zu Hause«, erwiderte Mrs. Monkton, »und weiß es deshalb nicht mit Sicherheit. Und meine Tochter hatte ihre Englischstunde bei Mr. Gaul. Meine Tochter ist ganz vernarrt in ihre Englischstunden, ja, das ist sie. Es würde mich nicht überraschen, wenn sie auf ihren Vater rauskäme, der zu seiner Zeit ein richtiger Gelehrter war.«

»Was für einen Tag wir heute erlebt haben!« rief Mrs. Witchit mit warmer, besinnlicher Stimme. »Witchit stand neben der Kirchentür, als die feine Welt rauskam, und er hat gesagt, es war kaum zu glauben, wie bedrückt sie alle ausgesehen haben. Mrs. Lily war so weiß wie ein Leintuch, und wenn sie nicht zu stolz dafür gewesen wäre und sich nicht zu sehr geschämt hätte, dann hätte sie sich auf den Boden gesetzt und losgeheult. Er hat gesagt, Daisy hätte die ganze Zeit die Augen zubehalten, wo sie stand und die Hand ihrer Mutter hielt, bis Mrs. Cobbold die arme Frau weggebracht hat. Er hat gesagt, daß Daisy dann mit den Loders weggegangen ist und Miss Ruth den alten Herrn in seinem Rollstuhl schieben mußte, weil Daisy mit Mr. Rodney vorausgegangen ist. Er hat gesagt, sie hätten nicht auf den Rollstuhl gewartet. Sie sind ganz nah an ihm vorbeigegangen, sagt er, und sie sind so schnell gegangen und waren so aufgeregt, daß sie ihn gar nicht gesehen haben. Er hat gesagt, ihre Augen hätten so gestrahlt und sie hätten so schnell geredet, daß sie ihn sicher nicht gesehen haben. Er hat gesagt, wie nett es von Mr. Rodney wäre, sich um ein Schulmädchen zu kümmern. Aber ich kenne meinen Witchit, und was er wirklich gemeint hat, ist, daß er sich gedacht hat, Mr. Rodney würde die Situation ausnutzen und dem Mädchen Flausen über Brautnächte und dergleichen in den Kopf setzen.«

»Es tät' mich nicht wundern«, fiel ihr die alte Ammabel ins Wort, »wenn er da nicht ganz recht hätte, Mrs. Witchit. Ich hab' unseren jungen Herrn seit einer ganzen Weile beobachtet, und er hat immer Ausreden, um sich mit Miss Daisy zu treffen. Ich nehme an, er setzt dem armen jungen Ding – Flausen, wie Sie es nennen – in sein unschuldiges Gemüt, was er nicht tun dürfte, weil er ja ein Atheist ist.«

Es war nun an Mrs. Wix, Anlaß zu einem neuen unantastbaren und todesähnlichen Schweigen zu geben, während Lizzie Chant sprach. Mrs. Chant verstand sich allem Anschein nach darauf, wie der Ausrichter des Hochzeitsfests in der Heiligen Schrift den besten Wein des Klatsches bis zuletzt aufzusparen, und Mrs. Wix, die ihr altbekanntes Stück Häkelarbeit aus einem schwarzen Satinbeutel zutage förderte und ihren Stuhl vom Tisch zurückschob, ebnete jetzt taktvoll den Weg zum Genuß dieses Nektars.

»Ich muß immer denken, Eliza, wie dir zumute gewesen sein muß, als du heute morgen in die Küche kamst und Mr. Cattistock fort war und das Feuer im Herd angezündet und der Kessel aufgesetzt. Ich kann nur hoffen, daß der arme Gentleman ein gutes Frühstück im Bauch hatte, was ihm auch zugestoßen sein mag! Das hab' ich immer zu meinem Mann gesagt, wenn er zur Arbeit ging: ›Herbert, sorg für eine gute Grundlage‹, hab' ich immer gesagt, ›denn keiner kann wissen, was uns erwartet, wenn wir über unsere Schwelle nach draußen getreten sind.‹«

Mrs. Wix' letztes Wort – die Silbe »sind« – schien in einen Abgrund so tiefer Stille zu fallen, daß Echos seines Verschwindens wie aus weiter Ferne an jedes Ohr gelangten. Tatsächlich wurde in diesem ehrfurchtgebietenden Schweigen der Lärm, den Yellow machte, der an der Tür von Bennys Zimmer kratzte, in das man ihn eingesperrt hatte, so laut, daß man hörte, wie Mrs. Witchit im Selbstgespräch murmelte:

»Der Hund will was.«

Da Mrs. Witchit eher zu den Gebenden als zu den Nehmenden unter den Menschen gehörte, stellte sie immer fest, daß irgendwer irgendwas wollte, und jetzt war die Wahrscheinlichkeit groß, daß sie aufstehen und nach oben zu dem Hund gehen würde, wenn das Schweigen anhielt, doch zuletzt öffnete ihre Gastgeberin den Mund, und was sie sagte, troff vor Bedeutung:

»Er hatte keine Milch für seinen Tee. Ich weiß nicht, wie mir passieren konnte, keine mehr im Haus zu haben, aber ich trinke selber keine, und wie konnte ich wissen, daß er vor dem Hellwerden sein Frühstück einnehmen würde? Wie konnte ich das wissen? Das wüßte ich gern!«

»Du konntest es nicht wissen, Eliza«, erwiderte Mrs. Witchit. »Niemand außer dem Herrn im Himmel konnte es wissen.«

Doch Lizzie Chant verfiel in tiefe Traurigkeit, und ihr altes, runzliges Gesicht verzog sich im jammernswerten Nachsinnen über vergebliche Wünsche.

»Hätte ich nur«, dachte sie, »hätte ich nur einen Tropfen Milch für ihn so hingestellt, daß er ihn gefunden hätte!«

In diesem Augenblick zuckten Mrs. Monktons wachsame und aufmerksame Züge unwillkürlich vor mühsam unterdrückter Neugier.

»Als Sie Ihren eigenen Tee hatten«, sagte sie, »nachdem Sie Benny geweckt hatten, kam da nicht Jobber Skald mit dem Fisch von Witchit?«

Wie elektrisiert zitterte Mrs. Chants schmächtiger Körper vor Groll ob so plumpen Ausfragens.

»Mit mir haben Sie sich's verscherzt, Mam«, dachte sie sich. »Sie mit Ihrer dreisten Fragerei lade ich nicht noch einmal in das Haus meines Herrn ein!«

»Nein«, antwortete sie in einem Ton, als hätte sie nur obenhin und ganz nebenbei nachdenken müssen, »ich glaube, der Jobber kam mit dem Fisch, *bevor* ich Master Benny sein warmes Wasser brachte. Ich glaube, er kam, als ich gerade heruntergekommen war. Ja, er muß etwa gegen sechs gekommen sein; auf jeden Fall war es Stunden und Stunden, nachdem mein Herr gegangen war.«

Ein tiefer Beschützerinstinkt – so tief, daß er sich beinahe ihrem Bewußtsein entzog – regte sich nun im fülligen Busen Mrs. Witchits.

»Ich weiß sehr wohl«, begann sie, und jedermanns Aufmerksamkeit wurde von ihrer eindringlichen Stimme gefesselt, »ich weiß sehr wohl, daß ich das letzemal, als der Jobber bei uns im Laden war, gesagt hab', daß ich von Eliza für kommenden Donnerstag abend nach Chickerel eingeladen bin und daß ich mir sicher bin, daß sie nicht weiß, was sie für ihre eigenen Freundinnen bestellen soll, weil sie ja eine neue Herrin zu versorgen hat und sich den neuen Sitten anpassen muß.«

Die zitternde schrille Stimme Sarah Piddles mischte sich jetzt ein.

»Es heißt, der Jobber wär' recht wunderlich gewesen, als er kam, und hätte seinen Fischkorb in die Küche mitgebracht und mit Grabesstimme nach Mr. Cat'stock gefragt. Meine Meinung ist, daß es wirklich zu schade ist, daß der Doktor nicht hier ist« – ein Lächeln ging um den Tisch, denn Mrs. Piddles Vernarrtheit in den alten Higginbottom war keiner der Anwesenden ein Geheimnis –, »um den Fall zu diagnostizieren, wie es sich gehört, und zu entscheiden, ob der Jobber bei Verstand oder betrunken war. Vielleicht war er ja die ganze Nacht in einer Kneipe am Hafen, und die Seemänner, die dort verkehren – das wäre meine Meinung, wenn ich der Doktor wäre –, haben mit ihm gewettet, daß er sich nicht traut, in Chickerel zu erscheinen.«

»Wenn ich es mir recht überlege, Eliza«, sagte Mrs. Monkton in harschem, hartem, kurzangebundenem Ton wie dem Ton eines boshaften Raben, der die Anklagepunkte gegen den Mörder des Rotkehlchens zusammenfaßt, »hatte Ihr Herr gewiß seine eigenen Gründe, der Dame den Laufpaß zu geben. Natürlich kann es sein, daß er gehört hat, daß Mr. Skald drohte, ihn an seinem Hochzeitstag zu beleidigen oder sogar tätlich zu werden, denn das hat jeder von uns zu hören bekommen, aber so, wie ich es sehe«, und an dieser Stelle wurde der belehrende Ton so unerträglich für die gemütlichen Dorsetshire-Schwatzbasen um sie herum – denn die Vermieterin von Trigonia House stammte aus Salisbury –, daß sie untereinander zu murmeln und zu flüstern begannen, noch während sie selbstgefällig weitersprach, »und in meinen Knochen spüre, jawohl«, fuhr sie schroff fort, »hatte sein Streit mit Mr. Skald nichts damit zu tun, daß er das Weite gesucht hat. Der Grund war, daß er eine andere hatte. Ich weiß aus guter und zuverlässiger Quelle, daß er ein Techtelmechtel mit einer der Tänzerinnen aus dem Regent's hatte, und so, wie ich es sehe, Eliza, war es –«

Doch Mrs. Chant, die mehrmals vergeblich versucht hatte, die kratzende Stimme zu unterbrechen, erhob sich jetzt in rechtschaffener Entrüstung.

»Als ich Sie in Mr. Cattistocks Haus eingeladen habe, Mrs. Monkton«, rief sie erregt, und ihr ganzer schmächtiger Körper zitterte vor Empörung, »hab' ich das nicht getan, damit Sie vor uns allen schlecht und gehässig über ihn sprechen.

Das Brot, das Sie gegessen haben, war das meines lieben, teuren Herrn. Der Wein, den Sie getrunken haben, war sein Wein. Das Haus, in dem Sie sind, ist sein Haus. Wenn Sie nicht höflich sein und Ihre Zunge im Zaum halten können, Mrs. Monkton, dann ist das beste, was Sie tun können –«

Aber Mrs. Monkton hatte schon erraten, was das beste war, was sie tun konnte, und nachdem sie schnell aufgestanden war und einen herausfordernden Blick in die Runde geworfen hatte, zog sie bereits Hut und Mantel an. Kaum hatte sich die Außentür hinter ihr geschlossen, als ein allgemeiner Seufzer der Erleichterung durch den Raum ging und eine warme Welle emotionalen Mitgefühls sich von allen Seiten ausbreitete und die zitternde kleine Frau am Kopf des Tischs einhüllte.

»Nimm's dir nicht zu Herzen, liebe Lizzie«, rief Mrs. Witchit. »So sind die Leute aus Wiltshire, daran liegt es! Mr. Witchit ist in der Gegend von Salisbury geboren, obwohl es mir nicht zukommt, das zu sagen. Ich glaube, es liegt an den Ostwinden in der Gegend. Die schrecklich dünne Erde ist schuld an den kratzenden Stimmen und den bösen Zungen!«

Um ihre verstörten Nerven zu beruhigen und Anhänger für ihre freundliche und schönfärberische Sicht der Flucht ihres Herrn zu rekrutieren, brachte Mrs. Chant eine zweite Flasche von Cattistocks Sherry herbei und öffnete sie.

»Ich hab' die Fremden aus Wiltshire noch nie leiden können«, sagte Curlys Mutter. »Es gab eine Hausiererin, bei der meine Schwester Phem Ochsenaugen kaufte, weil sie auf der Straße nach Weymouth ihre Waren feilhielt, aber für meinen Geschmack waren sie nie, wie sie hätten sein sollen. Der Pfefferminz darin schmeckte nicht, wie er sollte. Er war nicht scharf genug, wie man sagen könnte. Kaum zu glauben, wie viele Hausierer aus Salisbury ich seinerzeit erlebt habe, und keiner von ihnen hat richtiges echtes Zuckerzeug wie in früheren Zeiten verkauft oder anständige Ochsenaugen.«

Die Erwähnung ihres einstigen Interesses an Hausierern und Süßigkeiten durch Curlys Mutter wärmte die Herzen der alten Klatschbasen noch mehr, während sie am Wein ihres verschwundenen Magnaten nippten. Sarah Piddle fühlte sich sogar veranlaßt, mit ihrem dünnen Diskant ein passendes Liedchen zum besten zu geben.

»Im Boot auf der See, wo die Wellen blinken,
Da wollen wir lachen und scherzen und winken
Und frohgemut braunen Sherry trinken!«

»Hier drinnen ist es warm und gemütlich«, fuhr sie fort, »jetzt, da die Hexe aus Wiltshire sich davongemacht hat. Was wir auf der Welt zu tun haben, ist, unseren Vätern zu folgen, die vor uns da waren. Ich weiß, daß es Piddles in Dorset gegeben hat, seit der Bach von Preston ins Meer fließt. Und es wird noch Piddles in Dorset geben, wenn die Hafenbrücke nicht mehr bedeuten wird als die Brücke übers Haffwasser!«

»Wäre dein Herr, Lizzie«, unterbrach die alte Ammabel sie, denn ihre Familie kam aus Hampshire, und folglich konnte sie sich keines Blutes rühmen, das es mit dem der Piddles aufnehmen konnte, »so ungehalten wie Mr. Loder, wenn er merkt, daß wir seinen ganzen Wein getrunken haben?«

Ganz ehrlich – wenngleich sie zweifellos gelogen hätte, falls es erforderlich gewesen wäre – erklärte Lizzie Chant, daß Mr. Cattistock, als sie ihn wegen dieser Einladungen gefragt und ein wenig Wein erwähnt hatte, genickt und gelächelt hatte.

»Freilich leugne ich nicht«, fuhr Mrs. Chant fort, »jetzt, da wir unter Freunden sind und dieses Weibsstück aus Salisbury nicht mehr da ist, ich leugne nicht, daß mein Herr aufs Geld sieht; ich leugne nicht, daß man ihn in mancherlei Hinsicht einen – einen Notnickel nennen kann. Aber ich hab' nie erlebt, daß Mr. Cattistock sich nicht wie ein Gentleman benommen hätte, wenn es angebracht war.«

»Ich bin so schwerhörig«, beteuerte Ammabel, die sich an Mrs. Wix wandte, »daß ich vorhin nicht verstanden hab', ob Sie sagten, daß Mr. Ballard Curly erzählt hat, in welcher Form er die Mitteilung von Mr. Cattistock bekommen hat.«

Mrs. Wix zögerte. Seit geraumer Weile kämpfte sie mit sich,

weil es ihr schwerfiel zu entscheiden, wieviel von dem, was Sippy Ballard gesagt hatte, sie ihren Busenfreundinnen guten Gewissens verraten durfte. Jetzt, durch den Sherry ermutigt, tat sie den Sprung ins kalte Wasser.

»Mr. Ballard hat meiner Tochter erzählt«, begann sie, und das Schweigen, das dieser Einleitung folgte, war eines jener ehrfurchtgebietenden und geheiligten Schweigen, die bereits erwähnt wurden, »er hat meiner Tochter erzählt, daß Mr. Cattistock ein Telegramm geschickt hat. Was drinnen stand oder warum Mr. Cattistock es geschickt hat, das hat Mr. Ballard nicht gesagt. Meine Tochter hat mir erzählt, daß sie die allergrößten Schwierigkeiten hatte, Mr. Muir dazu zu bringen, sich von Mr. Ballard fahren zu lassen.«

Mrs. Witchit sah Lizzie Chant an, und Sarah Piddle sah Mrs. Matzell an, während die alte Ammabel nervös zur Tür sah, als lausche die Frau aus Salisbury möglicherweise draußen. Doch dann wendete die alte Bedienstete von Spy Croft sich von der Tür ab und heftete ihren Blick auf den kleinen schwarzen Satinbeutel auf Mrs. Wix' Schoß, auf dem das Stück Häkelarbeit lag, unberührt wie immer.

»Mr. Muir hat die gleiche stolze Art, wie sein Vater sie zu seiner Zeit hatte, aber er tat mir von Herzen leid, als er gestern bei uns war. Er hat mit kaum einer Menschenseele ein Wort gewechselt. Weiß Mr. Muir, Mrs. Wix ... über ... Ihre ... über Curly und Mr. Ballard Bescheid?«

Die Stille, die sich im ganzen Raum wie eine spürbare Gegenwart um die bedeutungsschweren Silben senkte, war tiefer als jede Stille, die sich zuvor in diesen Wänden bemerkbar gemacht hatte. Niemand als die hochbetagte Ammabel hätte es gewagt, einen so vertraulichen Gegenstand anzusprechen, und mit ihrer Hampshire-Unverfrorenheit brachte sie Mrs. Wix völlig aus der Fassung. Die Augen aller Frauen richteten sich im Lampenlicht auf sie, und sie war so sprachlos, daß sie wahrhaftig ihre Häkelarbeit zur Hand nahm und die Häkelnadel herauszog. Mit der Nadel zwischen Zeigefinger und Daumen wendete sie sich zur Spy-Croft-Bediensteten und bohrte dabei mit der Nadel kleine Löcher in ein ungegessenes Stück Brot, das neben ihrem Teller lag.

»Ein hübsches Mädchen wie meine Tochter«, sagte sie und bohrte Loch um Loch ins Brot, während ihr altes Gesicht sich ob der Tragweite der Situation verzog, »kann unter vielen feinen Herren wählen, wann und wo sie will, und was sie ihnen sagt oder ihnen nicht sagt, ist ganz allein ihre Sache. Sie und Mr. Muir werden bald heiraten, und das, sollte man meinen, müßte alle Lästermäuler stopfen, aber manche Mäuler und vor allem manche Zungen sind mit ihrem giftigen Gerede fleißiger als Wespen am Honigtopf!«

»Ist es wirklich wahr, Eliza«, sagte die gutherzige Mrs. Witchit schnell mit ihrer warmen, mütterlichen Stimme, »daß man Jobber Skald gestern auf der Esplanade gesehen hat, zusammen mit Mrs. Cobbolds Gesellschafterin, als wären die beiden ein Paar?«

Prompt wanderte die Häkelnadel an ihren angestammten Platz zurück, und Curlys Mutter, die insgeheim einen Seufzer unermeßlicher Erleichterung ausstieß, beeilte sich, diese so opportun gekommene Hilfe zu nutzen.

»Alles, was ich darüber weiß, Mrs. Witchit«, bemerkte sie, »ist, was meine Tochter mir erzählt hat, bevor sie heute abend ins Bett ging, weil sie fußkrank und erschöpft war. Sie hat gesagt, als sie heute morgen auf Mr. Muir wartete, weil er Rosen für sie kaufte, hätte sie Mr. Fogg von High House gesehen, und der hätte ihr erzählt, daß letzte Nacht bei Cobbolds schöne Dinge vor sich gegangen sind. Er hat gesagt, die Gesellschafterin wäre die ganze Nacht weg gewesen und hätte sich nicht abgemeldet. Er hat gesagt, die Missus hätte die Polizei benachrichtigen wollen, aber Jerry Cobbold hat gesagt: ›Nein.‹ Er hat sich gedacht, daß die junge Frau bei den Eltern des Jobbers war und daß man einer ehrbaren Familie keinen Ärger machen soll. Mr. Fogg hat gesagt, er hätte die Missus aufgezogen, ausgelacht und sie damit geneckt, daß ihre Gesellschafterin so schlau ist. ›Ich wette, sie sind schon lange ein Pärchen‹, hat er zu ihr gesagt, ›und deshalb hat sie die Stelle bei uns überhaupt angenommen.‹«

Nun trat eine Gesprächspause ein, und die Frauen, die von Weymouth hergekommen waren, murmelten einander zu, daß es Zeit sei, an den Bus nach Hause zu denken.

»Was beschäftigt deine Gedanken jetzt gerade, Eliza?« sagte Mrs. Matzell zur Gastgeberin, deren Versunkenheit in die eigenen Gedanken niemandem verborgen geblieben war.

»Ich dachte gerade an Master Benny«, bekannte Mrs. Chant, ohne zu zögern. »Ich mußte dran denken, wie er sich wohl bei Miss Le Fleau beträgt. Mr. Muir hat gesagt, daß er auf einem Sofabett neben ihm schläft, aber Miss Le Fleaus Martha ist eine Person von eigenem Schlag, und ich kann nur hoffen, daß Master Benny auf dem Sofabett nicht einen seiner Anfälle kriegt!«

Bei diesen Worten standen alle auf, als hätte diese Martha in Kimmeridge House ihnen ihre Pflichten ins Gedächtnis gerufen. Sie hatten alle ihre Überkleidung angelegt, und die alte Ammabel, die fürchtete, den Bus zu verpassen, war bereits gegangen, als zur allgemeinen Verblüffung vom Vordereingang des Hauses deutlich und unmißverständlich das Geräusch von Türen, die geöffnet und geschlossen wurden, von schweren Schritten und von Männerstimmen zu hören war.

»Sie bringen den Herrn tot zurück«, war Lizzie Chants erster wirrer Gedanke ... dann: »Mr. Muir mit Benny!«, dann: »Es ist wieder dieser gräßliche Jobber!«

Doch als sie dastand und lauschte und alle Frauen in ihren Hüten und Mänteln mit ihr lauschten, ertönte die unverkennbare Stimme Mr. Cattistocks persönlich.

»Er ist wieder da! Ihm ist nichts geschehen!« jubelte ihr Herz, das Herz seiner alten Kinderfrau, und die gleiche unermeßliche Erleichterung, die sie vierzig Jahre zuvor verspürt hatte, als der kleine Dogberry lebend von einem Bootsunfall zurückgekommen war, ließ sie jetzt aufatmen.

Niemals hatten Hochzeitsgäste beim Erscheinen des Bräutigams so schnell den Rückzug angetreten wie diese armen Frauen, und Mrs. Chant, die zum Fenster ging, um es zu schließen, bevor sie in die Küche zurückkehrte, schaute für einen Augenblick in die Finsternis hinaus. Aus dem Fenster sah man auf ein Feld hinter dem Haus, ein Feld, das sich bis zum Kamm eines niedrigen Höhenzugs erstreckte, von dem aus man die West Bay sehen konnte. Zum Gipfel dieser Anhöhe pflegte Bennys Mutter in den Tagen vor ihrer Niederkunft des Abends zu wandeln, und in letzter Zeit hatte die alte Lizzie sich das morbide Vergnügen angewöhnt, sich einzureden, daß ein gewisser einsamer Pfosten unbekannten Ursprungs, in der Umgebung »die graue Frau« geheißen, der auf diesem Hügel stand, die einsame Gestalt der jungen Ehefrau sei, die noch immer über West Fellet und West Chesil auf das westliche Meer hinausblickte. Lizzie hatte sich oft vorgestellt, daß der Geist der Frau, wo immer er weilen mochte, angesichts des Einzugs einer neuen Herrin in Peninsular Lodge unruhig wurde, und als sie nun zum dunklen Hochland schaute, dessen Umrisse im Mondlicht deutlich zu erkennen waren, fuhr sie zusammen, ohne indes sonderlich überrascht zu sein, als sie neben dem ersten Pfosten einen zweiten stehen sah. Doch dann hörte sie Cattistocks Stimme, die ungeduldig nach ihr rief, und sie verließ das Fenster und eilte ihm entgegen in die Küche. Es ist erstaunlich, daß sie nicht laut ausrief: »Es sind zwei Pfosten!«, denn was sie gesehen hatte, beherrschte ihren Geist völlig. Später kam ihr der verrückte Gedanke, Ammabel, die so dünn wie ein Holzpfosten war, wäre in ihrer Sorge, den Bus nicht zu verpassen, nach Westen statt nach Osten geeilt, doch während des ganzen Gesprächs mit Cattistock stand Lizzie unter dem Eindruck, daß ihr zuteil geworden war, die echte tote Frau neben der vorgeblichen Frau stehen zu sehen.

»Sind deine Freundinnen weg?« sagte ihr Herr und lächelte ihr grimmig ins verstörte Gesicht. »Dann habe ich den Zeitpunkt gut gewählt.«

»Wo ... was ... warum?« stotterte die alte Kinderfrau. »Oh, Master Dogberry, wie konnten Sie nur« – *es sind zwei Pfosten* – »so etwas tun? Wie konnten Sie es nur« – *es sind zwei Pfosten* – »dazu kommen lassen?«

»Der Doktor ist mitgekommen, Lizzie«, sagte er schroff, ohne ihr zu antworten, »aber das ist kein Grund« – er blickte auf das große warme Feuer und betrachtete die Schweinskopfsülze, den kalten Schinken und das kalte Huhn, die nur zur Hälfte verzehrt waren –, »daß du so spät noch in meinem Zimmer Feuer machen solltest. Der Doktor bleibt nicht lange; ich dachte mir nur, ich würde ihn auf einen Bissen hineinbitten, weil ich ja wußte, daß es viele gute Dinge zu essen geben würde. Was hast du ihnen zu trinken gegeben? Meinen besten Sherry? Nun gut! Vermutlich wirst du mir sagen, daß es einen Tag wie diesen nicht oft gibt. Der Haken an der Sache ist nur – *es hat ihn heute nicht gegeben*! Lizz, alte Freundin, ich hab's einfach nicht über mich gebracht, als es soweit war, und mehr gibt's dazu nicht zu sagen! Mir war plötzlich klar, daß ich lieber alles aufs Spiel setzte, lieber riskierte, mir die Poxwells, Cobbolds, Loders für alle Zeiten zu Feinden zu machen und mir die ›gute Meinung‹, die man jetzt in Portland von mir hat, zu verscherzen, lieber riskierte, Tensia grausam und schändlich zu verletzen – aber sie wird es überleben, glaube mir! Ich habe gehört, daß sie für heute nacht nach High House gegangen ist. Lucinda hat den Doktor angerufen. Ich bin froh darüber! Der alte Mann hätte sie mit seinem Frohlocken zu Tode gemartert. Sie wird mir nie verzeihen, und ich kann es ihr nicht verargen. Ich hab's einfach nicht über mich gebracht, Lizz, als es soweit war. Und das ist die ganze Geschichte! Ich war den ganzen Tag mit dem Doktor zusammen. Ja – wir dürfen ihn nicht länger allein lassen. Räum schnell das schmutzige Geschirr ab und deck den

Tisch neu. Stell ihn neben das Feuer. Beim Doktor ist es verdammt kalt, Lizz. Es würde mich nicht wundern, wenn ich mich in seinem Labor erkältet hätte. Was er dort anstellt, ist verteufelt merkwürdig – ich weiß nicht, was ich davon halten soll! Wahrscheinlich muß man Wissenschaftler sein, um etwas daran zu finden. Na! Ich darf nicht so laut reden, sonst wird Benny noch wach.«

»Master Benny ist nicht da, Sir.«

»Nicht da?«

»Er schläft heute nacht in Brunswick Terrace.«

»Bei Muir?«

»Ja, Sir.«

»Wurde das vorher oder danach ausgemacht?«

»Danach, Sir.«

»Nun gut, aber Chant muß ihn morgen früh zurückholen. Das sagst du ihm – ja? –, wenn du ihn vor mir zu sehen bekommst. Ach ja, und gib uns, was von dem Sherry übrig ist, den du geöffnet hast. Wie viele Flaschen waren es?«

»Drei, Sir. Drei, Master Dogberry.«

»*Drei Flaschen*! Drei Flaschen Sherry und was weiß ich nicht noch alles für diese Geschöpfe? Schweinskopfsülze ist sehr teuer. Allerdings scheinen sie nicht viel davon gegessen zu haben – obwohl es für so viele –, nun gut, von der Sülze werde ich lange essen können, und Benny mag doch Schweinskopfsülze, oder? Mag er etwa keine Schweinskopfsülze?«

»Doch, Sir, Master Benny ißt sehr gern Schweinskopfsülze.«

Mr. Cattistock hob die Schüssel hoch, die das volkstümliche Nahrungsmittel enthielt, und schnüffelte daran.

»Ich nehme an, die Sülze wird für den Doktor und mich jetzt auf jeden Fall ausreichen«, bemerkte er, als er die Schüssel abstellte.

»Zusammen mit dem Huhn gewiß, Sir.«

»Nein, Lizz, du Verschwenderin. *Ohne* das Huhn.«

Als er in sein Studierzimmer zurückging, wo sein Schwager tief in Gedanken versunken am leeren Kamin stand, gingen ihm Worte wie diese durch den Kopf:

»An Stelle der weißesten Haut der Welt mit Dan Schweinskopfsülze zu essen! Das ist der Höhepunkt. Schweinskopfsülze mit Dan im Dienstbotenzimmer. Daniel Brush und Schweinskopfsülze! Fettes und Mageres sind in der Sülze so fein ausbalanciert, und in Dan sind es Festigkeit und Sehnigkeit. Sehen wir mal – wenn man es eingeweckt kauft, kostet es drei Shilling, sechs

Pence. Für drei Shilling und sechs Pence kann man so viel Schweinskopfsülze essen, wie man will. Aber einer seiner Hunde kostet seinen Worten zufolge fast ein Pfund. Das heißt, sofern er in guter Verfassung ist. Nun ja, wenn ich diese Sache nicht abgeblasen hätte, dann säße ich jetzt in meinem Studierzimmer an einem fröhlichen Feuer, würde Whiskey trinken und den Uhrzeigern bei der Arbeit zusehen. Neun ... zehn ... elf ... bis es Zeit wäre, zu ihr hochzugehen. Dann hätte ich es nicht nötig gehabt, im Dienstbotenzimmer Schweinskopfsülze zu essen oder dem Doktor in seinem Labor zuzusehen. Worin besteht nur ihre Macht? Nun, worin auch immer, als Mann muß man dafür bezahlen.«

»Alles in deinen Mauern in Ordnung, hoffe ich?« begrüßte ihn sein Schwager.

»Ja. Die alten Krücken haben sich alle davongemacht, und sie wird uns das Abendessen in einer Minute im Dienstbotenzimmer auftragen. Benny schläft bei seinem Nachhilfelehrer in Weymouth. Über ihn hätte ich mir überhaupt keine Gedanken machen müssen. Setz dich doch, Dan, setz dich. Wozu soll man stehen, auch wenn es verdammt kalt hier drinnen ist.«

Sie setzten sich am leeren Kamin einander gegenüber.

»Willst du eine von meinen?«

»Nein, danke. Ich rauche nur die hier.«

»Ich kriege sie nicht aus meinen Gedanken, Dan. Vermutlich wird sie nie wieder ein Wort mit mir wechseln.«

»Oh, das weiß ich nicht! Da wäre ich mir nicht so sicher. Wahrscheinlich wird sie einen anderen heiraten und dich zur Hochzeit einladen.«

»Dan, was hast du eigentlich zu dem Reporter vom *Circular* gesagt? Wie klug von dem Burschen, sich ausgerechnet an dich zu wenden!«

»Ich habe ihm gesagt, daß du zu der Überzeugung gelangt seist, als eingefleischter Junggeselle könntest du eine schöne Frau nie und nimmer glücklich machen, daß du es zutiefst bedauertest, deinen Freunden so viel Ungemach zu bereiten, daß dein Anwalt und Hortensias Anwalt sich um die finanziellen Seiten der Angelegenheit kümmerten und daß du hofftest, nicht dauerhaft für böses Blut gesorgt zu haben.«

Cattistock sann einen Augenblick lang nach. Dann sagte er:

»Das hast du sehr gut gemacht, Dan. Aber bist du wirklich sicher, daß es der richtige Augenblick war, um Anwälte und finanzielle Regelungen zu erwähnen?«

Der Doktor richtete sich im Stuhl gerade auf und schlug seinen Rockkragen hoch. Er wünschte allmählich von ganzem Herzen, daß er nie sein Haus verlassen hätte. Was für ein Mensch dieser Dogberry war! Selbstverständlich handelte es sich um einen eindeutig diagnostizierbaren Fall. Er litt an – und hier sprach der Doktor für ein paar Sekunden in seiner wissenschaftlichen Sprache – und an –, und er fügte ein paar mehr Wörter antiken Ursprungs hinzu.

»Ich hoffe, daß wir ganz ohne Anwälte auskommen werden«, wiederholte Cattistock.

»Aber hast du nicht gesagt, daß die Loders sich mit ihren eventuellen Forderungen auseinandersetzen würden?«

»Sie heißen inzwischen Loder & Crouch«, verbesserte ihn Cattistock. »Der alte Knabe ist ausgeschieden. Wie es heißt, verbringt er jetzt seine ganze Zeit damit, sich mit seinen Magengeschwüren zu unterhalten.«

»Na ja, jedenfalls hast du gesagt, daß etwaige Ansprüche –«

Cattistock lächelte.

»Was ich sage und was ich im *Circular* lesen will, Dan, sind zwei verschiedene Dinge. Wichtig ist nur, die Aufmerksamkeit der Öffentlichkeit abzulenken. Deine Floskel, ich sei in meinen Gewohnheiten zu eingefleischt, um eine verwöhnte Frau glücklich zu machen, war großartig, aber ich wünschte, du hättest nichts von Anwälten und finanziellen Dingen gesagt.«

Der Doktor zog die Schultern hoch und vergrub die Hände in den Taschen. Er kam sich vor wie in einem Nachtzug zwischen Basel und Zürich. Hatte sein Gegenüber wirklich gesagt, in seinem verwünschten Haus gebe es irgendwo ein Feuer, oder hatte er sich das nur eingebildet?

»Natürlich kann ich nicht das geringste für ihn tun«, dachte er, »wenn ich ihn nicht dazu bringen kann, ungehemmt zu sprechen. Aber es ist alles pathologisch. Dieser riesengroße Narr besteht nur aus Neurosen. Sie lugen ihm aus allen Knopflöchern. Er strotzt vor Neurosen. Und trotzdem wird er in die Grube fahren im Glauben, er sei ein Geizhals, ein schlauer, ein dem Wahn verfallener Geizer, den alle für normal gehalten haben. Oh, was für ein eingeborener, eingefleischter Narr er doch ist! Er hält sich für einen furchterregenden, unwiderstehlichen, skrupellosen und machiavellistischen Mann des Blutes und des Eisens, und statt dessen – guter Gott! wie gerne würde ich dich geistig bis zum äußersten entblößen! Welcher Nektar reichhaltiger Erkenntnisse über die Ordnung der Dinge ließe sich aus einer Analyse deiner gewinnen, was für Schätze neurotischer Schichten ließen sich da heben!«

Zusammengekauert und voll Unbehagen im kalten Ledersessel – denn Cattistock hatte eine ebenso große Schwäche für Ledermöbel wie der Jobber – wandte Dr. Brush sein blasses, ausdrucksloses, entpersonalisiertes Fahrkartenkontrolleursgesicht dem großen Kinn, den hervorstehenden Augenbrauen und abstehenden Ohren seines Freundes zu. Im Verlauf dieses Tages vergleichsweise großer Intimität war er dahin gelangt, diesen Mann weit mehr als wünschenswerten Patienten zu betrachten, das heißt als wünschenswertes Feld der Forschung, denn als irgend gearteten Verwandten. Und als er ihn jetzt betrachtete, während jener verdrossen eine Zigarette nach der anderen rauchte, als wolle er sich an den kleinen Glühwürmchen ihrer Asche wärmen, dachte er:

»Ich weiß nicht, was aufregender ist: die Wahrheit aus Hunden herauszuschneiden oder aus Menschen herauszulocken. Aber eines weiß ich: daß ich jedem Hund auf der Welt dazu verhelfen würde, heulend zu sterben, und jede Frau auf der Welt zu einer kalten Grabesmasse wie Mrs. Cobbold zerquetschen würde, wenn ich dadurch eine einzige Seite zum großen Buch *erwiesener und nachweisbarer Wahrheit* beitragen könnte! Wie herrlich, wie wunderbar sind die Lügen und Selbsttäuschungen dieses Mannes! Großer Gott! Ein ganzes Jahrhundert lang könnte ich ihn beobachten und mit ihm experimentieren! Oh, wie sehr wünschte ich, ich könnte eine Wagenladung gesunder Dogberrys so bequem erwerben, wie Murphy gesunde Hunde erwerben kann! Und Murphy selbst – wie wundervoll kompliziert ist doch sein Sadismus mit seinen feinen Antennen und seinen raffinierten Winkelzügen der Vertuschung zum Zweck des Selbstschutzes! Murphy hat es zum Vivisektionslabor gezogen, wie es den Fallensteller zur Falle zieht oder im Mittelalter die heiligen Folterknechte in die Verliese zog. Wie Bruder Dogberry heute abend raucht und denkt! Er denkt an die weichen Glieder Hortensia Lilys, die heute nacht nicht neben ihm oder unter ihm liegen werden. Was für einen Kopf er hat – was für einen Kopf! Aber die Gedanken eines Menschen sind nicht auf seinen Kopf beschränkt. Sie umfließen ihn in einem Gewoge, das bislang noch niemand auszuloten vermochte; sie ziehen sich hinter ihm in eine magnetische ursächliche Dimension zurück, für die wir anhin noch keinen Namen haben. Warum zündet er keine neue

Kerze an? Beide werden gleich erlöschen. Was soll's! Bruder Dogberrys Schädel hat fraglos eine ungewöhnliche Form, und diese Form – zum Teufel mit den Kerzen! –, diese Form kann man an seinem Haarschnitt ablesen, aber –«

In diesem Moment stand Mr. Cattistock schweigend auf, denn die zwei Kerzenreste, die er auf dem Kaminsims entzündet hatte, flackerten tatsächlich dem Erlöschen entgegen, wobei ihre kleinen schwarzen Dochte im flüssigen Talg ertranken. Jetzt strich er ein Streichholz an, in dessen Licht, das zwischen ihnen im kalten ungeheizten Raum aufflammte, Dr. Brushs Züge sich wie die eines Geistes bei einer Séance manifestierten – sichtbar waren nur die äußeren Umrisse der Wangen, der Nasenrücken, eine Hälfte des Mundes und eine Stelle oben an der Stirn. Mit dem Streichholz zündete Cattistock einen Kerzenstummel an, der in einem niedrigen Kerzenhalter auf dem Tisch steckte, und nach und nach sonderte der schwach brennende Docht dieser kümmerlichen Beleuchtung unregelmäßig aufzuckende Lichtstrahlen ab.

Die ans Wunderbare grenzende Projektion der menschlichen Persönlichkeit, die wir mit Begriffen wie Züge, Antlitz, Gesicht, Physiognomie oder Miene bezeichnen, hatte sich im Fall Dr. Brushs nunmehr so verdichtet und verfestigt, daß sie nichts mehr mit einer Erscheinung gemein hatte. Dennoch wurde sie nicht auf der Stelle sie selbst, wie es bei Cattistocks Gesicht der Fall war. Etwas am ureigenen Charakter Dr. Brushs, etwas in seiner innersten Seele, was tatsächlich einer faustischen »Larve« oder einem ebensolchen »Lemuren« entsprach, schien das Wiedererlangen der menschlichen Form seiner Physiognomie zu verzögern. Solchermaßen verdichtet und verfestigt – indes Cattistocks neuer Kerzenstummel flackerte –, doch noch nicht wirklich menschlich geworden, brachte Dr. Brushs Gesicht es fertig, den Gesichtern während der abstoßendsten Epoche menschlicher Zersetzung zu gleichen, die uns, könnten wir unsere Toten unter ihren schmucken Sargdeckeln sehen, unverzüglich zur Feuerbestattung bekehren würde.

»Verwünschte Lizzie!« stieß Cattistock nun hervor, indem er darin innehielt, sich auszumalen, wie es gewesen wäre, wenn Mrs. Lily oben auf ihn wartete, nervös, erregt und verliebt und in lavendelduftenden kühlen Leinenlaken, und ging zur Tür, die er öffnete.

Doch kein Ton war aus der Küche oder dem Dienstbotenzimmer zu hören, und er kam murrend zurück und setzte sich, wobei er ein Stöhnen äußerte und sich die Stirn mit dem Teil der Hand rieb, der unterhalb der Handfläche liegt und für den Chiromanten so überwältigend aufschlußreich ist.

Dr. Brush heftete wiederum seinen Blick auf den Schädel seines Schwagers, der obiger schwermütiger Massage unterzogen wurde und sich dabei über die Knie seines Besitzers vorbeugte.

»Was er sich in seinem Schädel denkt«, sagte sich Dr. Brush, indes seine eigene leidenschaftslose Hirnschale im nunmehr stetiger brennenden Licht der kleinen Flamme ihren gewohnten Ausdruck annahm, »ist, daß er seine Hochzeit *seines Geizes wegen* vermasselt hätte, weil seine ungesunde Liebe zum Geld im letzten Moment wie ein Dämon aufsprang und mit einem unerbittlichen Schlag die Erfüllung seiner Wünsche vereitelte. Ja, reibe dir nur den Kopf! Das und nichts anderes geht darin vor sich, du alter Lehmklumpenschädel! Der Pöbel wiederum, der vor der Kirche wartete und der natürlich über Tissty Clive bestens informiert ist, der wird an dem, was er Hortensia angetan hat, ausschließlich Tissty die Schuld geben. ›Er hat sich mit seinem Tanzmädchen davongemacht.‹ Und unterdessen weiß ich, der ich dasitze und den Schädel dieses Mannes betrachte, nur zu gut, daß der wahre Grund, warum er vor Morgengrauen aufgestanden und die vielen Meilen über die Downs zu mir gekommen ist, mit dem fluktuierenden, unermeßlichen, nichtmateriellen Radius zu tun hat, der sich, mein Freund, weit über die Grenzen deines harten Schädels hinaus erstreckt. Reibe nur weiter, reibe nur weiter, Bruder Dogberry. Mit allem Reiben der Welt wirst du die Vorstellung dieser weichen Glieder nicht aus deinem Stirnknochen hinausgerieben bekommen!«

Als wäre er der nicht gerade schmeichelhaften Gedanken seines Verwandten gewahr, erhob Cattistock sich unvermittelt, verwünschte abermals seine alte Kinderfrau, ging zur Tür und riß sie weit auf. Im ganzen Haus herrschte völlige Stille! Er machte Anstalten, sich in den Flur zu begeben, doch dann rief er nur:

»Beeil dich um Himmels willen, Lizz. Der Doktor hat Hunger.«

»Sie wird etwas kochen«, dachte er. »Sie glauben einem nie, was man sagt. Sie können sich nicht vorstellen, daß man mit kalter Schweinskopfsülze zufrieden ist.«

Er ging ins Zimmer zurück und suchte in verschiedenen Schubladen herum, bis er zwei weitere Kerzenstummel fand. Die preßte er in den Kerzenleuchter auf dem Kaminsims und zündete sie sorgsam an. Als er sich wieder setzte, richtete er einen sardonischen Blick auf seinen Schwager.

»Erhältst du mit all deinen Experimenten wirklich brauchbare Ergebnisse, Dan?« fragte er.

Der Doktor schlug die Augen nieder.

»Irgend etwas«, fuhr Cattistock fort, »was all diese Umstände und all die Qualen, die du verursachst, aufwiegen könnte?«

»Findest du nicht, daß es ziemlich kalt hier ist, Dogberry?« antwortete Dr. Brush, der sich von seinem Sessel erhob. »Hättest du etwas dagegen, wenn ich meinen Überrock anlegte, solange wir warten?«

Er ging hinaus, um den genannten Gegenstand zu holen, und während er ihn anzog und den dunklen Gang zur Küche entlangblickte, dachte er sich:

»Ich mag den Geruch in diesem Haus nicht. Ich habe ihn noch nie gemocht. Das Haus ist unhygienisch. Mrs. Lily hat Glück, daß sie hier nicht wohnen muß.«

Als er zurückkam, fand er Cattistock mit einer Flasche in der Hand vor.

»Hier, mein Junge«, lautete dessen Begrüßung. »Das wird dich besser aufwärmen als dein Mantel!«

Als Dr. Brush jedoch die zwei gelblichen Gläser sah – nicht unähnlich denen, die man beim Zähneputzen verwendet –, die nun zutage gefördert wurden, lehnte er das Angebot entschieden ab.

»Sie sind seit Wochen nicht gespült worden«, dachte er.

Der Hausherr von Peninsular Lodge hingegen war an diesem Abend in der Stimmung, seinen Schnaps verschwenderisch auszuschenken. Als er sich nach etwas Wasser umsah, fiel ihm ein Glasgefäß auf, das wohl Mrs. Chant auf den Rand des Bücherregals gestellt hatte und das einige von Curlys Rosen enthielt, die ihr von Mrs. Wix mitgebracht worden waren. Cattistock, der die Blumen ergriff und auf den Tisch warf, verdünnte seinen Whiskey mit ihrem Blumenwasser und fuhr fort, dies zu tun, während er sein Glas aus der Flasche nachfüllte.

Die Männer saßen einander in ihren Sesseln am leeren Kamin gegenüber. Ein schwacher Duft, der von Curlys Rosen auf dem Tisch aufstieg, erreichte ihre Nasenflügel, während die Tür, die der Doktor hatte offenstehen lassen, als er seinen Mantel holte, plötzlich von einem Luftzug ganz aufgestoßen wurde. Keiner der beiden machte sich die Mühe aufzustehen, um sie zu schließen, denn der Geist des Doktors weilte in seinem Labor, während der Cattistocks sich wieder der Einbildung hingab, Hortensia warte oben auf ihn. Dumpfe, wehende Lüfte, weder angenehm noch unangenehm, schwebten den langen Gang entlang und in das Zimmer hinein, doch sie brachten kein Lebensgeräusch mit. Lizzie hätte genausogut mit ihren letzten Hochzeitsgästen gegangen sein können. Die zwei Männer, die beide den Kopf halb zum Kamin gewandt hielten, versanken in ihre verschiedenen Gedankengänge, und das so gänzlich, als wären sie zwei Fremde, die in einem Bahnhof nebeneinander warteten. Hin und wieder verursachte die geöffnete Tür ein leise quietschendes Geräusch, als wolle sie sagen: »Schließ mich! Schließ mich!«, während Curlys Rosen, die keine Moosröschen waren, weiterhin in Schwaden ihren schwachen Gartenduft mitten aus einem Durcheinander von Formularen und verstreuter Asche und abgebrochenen Streichhölzern verströmten.

Und der Doktor dachte:

»Der Gorillaschädel mir gegenüber hat völlig recht! Die Experimente an Hunden hatten nicht entfernt die brauchbaren Ergebnisse zur Folge, wie meine Kollegen es behaupten. Das weiß ich. Und es ist albern und verlogen von ihnen zu behaupten, die Hunde würden nicht leiden. Sie leiden entsetzlich. Dafür würde allein schon Murphy sorgen, denn deshalb ist er hier. Und da Menschen nun einmal sind, was sie sind, gibt es an jeder Universität, in jedem Krankenhaus, in jedem Labor Murphys. Mindestens einmal wöchentlich fällt mir ein, daß ich Murphy rauswerfen muß, koste es, was es wolle, aber ich tue es nie, weil er unentbehrlich ist. Er weiß, wie man an die Hunde herankommt.«

An dieser Stelle hörte der Doktor auf, in logischen Sätzen zu denken, wenngleich Wörter als die belebten Phantome, die den astralen Wesenheiten, die über Gräbern weilen, ähneln, noch immer eine Rolle bei dem spielten, was in seinem Bewußtsein vor sich ging. Er erinnerte sich daran, daß er den Streit zwischen Murphy und Zinzin miterlebt hatte – wer das Mädchen war, wußte er nicht – und daß er klargestellt hatte, daß er keine weiteren »Voyeure«, die nicht dem medizinischen Stand angehörten, im Reich seiner wissenschaftlichen Inquisition dulden würde.

»Aber ob ihnen das wirklich Einhalt gebietet, ist fraglich«, dachte er, während das unbeschreibliche Bild dessen, was er an jenem Tag gesehen hatte, zu etwas gerann, was seine Intelligenz fassen konnte. »Wenn ich meine reizenden Heuchler von Kollegen höre«, dachte er, »die wie die reinsten gerissenen Politiker unsere Experimente als menschliche Pflicht darstellen, um Krankheiten heilen zu können, dann habe ich den Eindruck, als wäre die menschliche Spezies so verachtenswert, daß es um so besser für das Universum wäre, je früher eine gänzlich anders beschaffene Schöpfung ihren Platz einnähme! Der Mensch ist ein verabscheuenswertes Tier, unendlich einfallsreich in seiner Befähigung zu einer bestimmten Art abstoßender Grausamkeit, die mit eingebildeten Entschuldigungen verdeckt wird. Wäre es mir gestattet – was es in einem halben Jahrhundert zweifellos sein wird –, *Menschen* lebenden Leibes zu sezieren, würde ich die Hunde frohen Herzens in Ruhe lassen. Komisch, komisch! Es ist komisch, aber auch ein wenig gespenstisch! Ich wüßte zu gern, ob unserer sentimentalen Anhängerschaft eigentlich klar ist, wie wir Wissenschaftler wirklich beschaffen sind. Wahnsinnige! Das sind wir. Es ist ein Laster. *Ich weiß es nur zu gut.* Und ich weiß, was ich bin. Ich bin ein Wahnsinniger mit einem Laster, um dessentwillen ich Jesus Christus vivisezieren würde.«

Dr. Brush setzte sich kerzengerade auf wie eine Vogelscheuche, während er insgeheim diese Meinung über sich formulierte und dabei auf die erkaltete Asche in Cattistocks Kamin starrte. Das Kerzenlicht, das seinen flackernden Schein auf ihn warf, verlieh ihm – obgleich Cattistock zu sehr mit seinen eigenen Gedanken beschäftigt war, um irgend etwas wahrzunehmen – einen merkwürdig bösartig und sogar geisterhaft abwesenden Ausdruck. Tatsächlich sah er mit seinem weißen Gesicht, das über seinen neuen hellen Überrock hinausragte – ein Kleidungsstück, das undeutlich an Stallungen und Rennbahnen denken ließ –, genau wie der Gehängte auf Zigeuner-Mays Tarotkarten aus. In diesem Augenblick war sein Körper der Konzentration seines Nachdenkens wegen von der Starre eines Leichnams, und aus dem gleichen Grund hatten seine Züge jeden intelligenten oder auch nur verstehbaren Ausdruck eingebüßt.

»Lügen, nichts als Lügen«, dachte er weiter, »dieses ganze Gerede über die Großartigkeit der Wahrheit und die edle Tugend der Wahrheitssuche. An der Wahrheit ist nichts Großartiges. Sie hat etwas Beängstigendes! Wahrhaft kluge Menschen verbringen ihr Leben damit, ›Gottes Wahrheit‹ zu vergessen, denn sie ist die abscheuliche Wirklichkeit, und sich eine eigene Wahrheit zu fabrizieren. Das ist das Leben der Klugen! Ich bin ein Wahnsinniger, dessen Laster darin besteht, sich an der scheußlichen Wahrheit zu erfreuen, die Gott geschaffen hat.«

Während diese Gedanken einer nach dem anderen durch das

Gehirn Daniel Brushs marschierten, als wären sie eine endlose Prozession von Schildwachen vor Helsingör, die ihre Hellebarden zum knirschenden Geräusch der Eisplatten im Wasser klirren ließen, gestattete Cattistock, der vom Alkohol, den er getrunken hatte, ein wenig benommen war, seinem Geist noch größere Freiheiten als zuvor. Wenn Dr. Brush behauptete, die Gedanken in Cattistocks Schädel seien durch ihr materielles Behältnis keineswegs begrenzt, kam er dem, was Cattistock empfand, tatsächlich näher, als er geglaubt hätte. Als er an die seidige Glätte der Beine Hortensias dachte, die nicht nur im Bett zu spüren er sich erhofft hatte, sondern auch zu seinem Vergnügen seinen Blicken ausgesetzt, wenn sie am Morgen aufstand, war ihm, als befände sich sein denkendes Ich nicht in diesem ungeheizten Raum mit der offenen Tür und dem leeren Kamin, sondern als wäre dieser freudlose Raum ein flüchtiger und phantasmagorischer Gegenstand unter anderen, die sein denkendes Ich bevölkerten. So schlau Brush als Psychologe war, übertrumpfte Cattistock ihn an diesem Abend doch haushoch, sofern man einen analysierenden Wahrheitssucher übertrumpfen kann, indem man völlig anders ist, als dieser diagnostiziert hat! Cattistock, dessen unrasiertes Kinn auf seinen Knöcheln ruhte, da er es auf seine gefalteten Hände stützte, dessen dichte Brauen sich auf und ab bewegten, als hätten sie sich zu lange in einer Position befunden und müßten sich dehnen und strecken, dessen niedrige, breite Stirn sich leicht runzelte, als er die Haut über seinem vorderen Schädelknochen geistesabwesend immer wieder verzog, wurde dessen gewahr, daß der wahre Grund, warum er seine liebreizende Braut und die halbe Stadt zum Narren gehalten hatte, der wahre Grund, warum er hier in diesem trostlosen Zimmer saß, statt sich nach oben zu stehlen, Schritt für triumphierenden Schritt, dorthin, wo seine Frau auf ihn wartete, die vor Erregung in schnellen Zügen atmete und weißer war als die Laken, zwischen denen sie lag, ein ebenso unerklärlicher und unausweichlicher Drang war wie der, welcher ihn in der Nacht des Schiffbruchs vor Chesil Beach zu dem Faß in den Wellen hatte hinausschwimmen lassen. Tatsächlich spürte er in diesem Augenblick in jedem Muskel und jedem Knochen den gleichen alles beherrschenden Impuls, den er da gespürt hatte, und wieder war ihm, als entsteige seinem körperlichen Sein und dessen geheimnivollem diffusen Leben die Entscheidung, die er getroffen hatte und jetzt noch bekräftigte.

Als er folglich gebeugt dort saß, das große Kinn auf die gefalteten Hände gestützt, während der Luftzug aus dem langen Gang durch die knarrende Tür hereinblies, rekapitulierte er den Verlauf all seiner Tage auf Erden. Ein blinder, hartnäckiger, unerschütterlicher Wille formte sich in ihm, der einem Bereich seines Wesens zu entspringen schien, der sich zweifellos nicht auf seinen Schädel beschränkte, andererseits jedoch, wie er sich so vorbeugte und zusammenkauerte, weit eher an eine Emanation aus seinen kraftvollen Muskeln und athletischen Knochen denken ließ als an die irgendeiner darüberlagernden spirituellen Wesenheit. Der von ihm genossene Whiskey mit seinem schwachen Blumenstengelgeschmack hatte das immanente Bewußtsein seines kraftvollen Körpers, sein Körperbewußtsein, den unerbittlichen Willen, der Stärkere zu sein, der ihn beherrscht hatte, als er in jener Nacht mit den Wellen kämpfte, von allen Zweifeln und Unsicherheiten befreit, so daß er sich nun artikulieren und sein Bestreben enthüllen konnte. Und das solchermaßen enthüllte Bestreben, wie er es jetzt erkannte, nach dem er all die Jahre seines Lebens hindurch blind gesucht, nach dem er unbeholfen getastet hatte, war etwas sehr wohl Eindeutiges, wenn auch zugleich frei von der üblichen Gewöhnlichkeit grobschlächtigen Ehrgeizes. Als er sich jetzt, sein stoppeliges Kinn auf die Knöchel gepreßt, anstrengte, dieses Etwas zu benennen, wollte ihm scheinen, als sei es wahrhaftig nichts anderes als *unausgeübte Macht*.

Mit anderen Worten enthüllte sich ihm in diesem Ausbruch von Selbsterkenntnis, daß es ihn nicht nach *offenem* Bekunden von Macht verlangte, nach keiner weltlichen Machtausübung, sondern nach dem Gefühl, sich von anderen Menschen dadurch zu unterscheiden, daß er heimlich besaß, was andere, besäßen sie es, prahlerisch und protzend vorführten, während er es bis zum bitteren Ende in ungestümer Reserve halten würde. Den Donner zu halten, ohne die Keile zu verschwenden – das enthüllte sich ihm nun als seine wahre Leidenschaft.

Seine Vorstellung von sich selbst gelangte ihm in dieser Krise seines Lebens zu Bewußtsein, als wäre er ein einzelnes Arsenal voller Sprengstoff, dessen Explosion man unter allen Umständen verhindern mußte. Ein unklarer, dämonischer Stolz in ihm verachtete das Menschengeschlecht so abgrundtief, daß jegliche Explosion, jegliches Schleudern von Donnerkeilen, jegliche äußere Beherrschung sich ihm als Eingeständnis vulgärer Schwäche darstellte. Das plötzliche Erheben des unterbewußten Wesens in ihm, das ihn nach einer schlaflos verbrachten Nacht über die Hügel getrieben und dazu gebracht hatte, die langen Meilen dunklen Landes zu durchwandern, bisweilen sogar, wie ihm jetzt einfiel, im Laufschritt, bis er die Brush-Anstalt erreichte, war ein unumstößliches Stück Wissen. Dieses Wissen, das sich ihm gerade noch rechtzeitig mitgeteilt hatte, sagte ihm, daß Hortensia in sein Leben zu bringen hieße, das großartige Geheimnis seines Lebens zu untergraben, zu verwässern, zu korrumpieren, zu zersetzen.

»Sie würde mein Geld ausgeben«, hatte er die ganze schlaflose Nacht hindurch insgeheim wiederholt, »mein Geld ausgeben, mein Geld ausgeben, es ausgeben, ausgeben, *ausgeben*!«

Er wußte, daß er nicht der altgewohnte, übliche Geizhals war. Er hatte keine besondere Freude daran, Gold um seiner selbst willen zu berühren. Wonach es ihn verlangte, das war, es zur Hand zu haben als mystische unausgeübte Macht, über die Sache selbst zu verfügen, während andere umherstolzierten und mit dem bloßen Anschein prahlten und protzten! Und im geheimen über sie zu verfügen, das war das Wichtige daran! Es war das Geheime der Macht, unausgeübter Macht, verborgener, sogar bis zum letzten Ende ungekannter Macht, das allein seinem Stolz Genüge tat. Vulgär, so vulgär, sagte ihm sein Herz, war der Wunsch, anerkannt zu sein, als Gewinner im großen unterirdischen Wettstreit bejubelt zu werden. Er würde gerne sterben, ohne daß eine einzige lebende Seele dieser verachtenswerten Rasse gewußt hätte, wer er war, gewußt hätte, daß er sie alle in seiner Hand gehalten hatte! Und selbst jetzt, da diese Narren ihn den reichsten Mann von Weymouth nannten, wußte keiner von ihnen, daß er in Wirklichkeit einer der reichsten Männer in England war. Ja, seine Verschwiegenheit, seine Verschwiegenheit war sein ganzes Leben! Nur durch sie konnte er seinem Stolz Genüge tun, nur indem die anderen nichts wußten und es niemals wissen würden!

Doch ebendiese Verschwiegenheit mußte eine Frau wie Hortensia, hatte sie sich erst einmal gemütlich und stillzufrieden Tisch und Bett unterworfen – und diese Erkenntnis war ihm mit unverrückbarer, schrecklicher Gewißheit gekommen –, unvermeidlich zerstören. Selbst wenn er ihr sein Geld vorenthielt, würde sie wissen, ja wissen! Sie würde sich in sein Leben hineinwühlen, um das Wissen zu erlangen. Die Wahrheit, wenn man bis zum Grund vorstieß, war, so sagte er sich jetzt, daß er sich auf seine direkte männliche Art das ersehnte, was sich jede Frau ersehnte, nämlich einen bestimmten geheimnisvollen, unbekannten Bereich des Lebens, den er bestimmen konnte, ohne ihn gänzlich zu verstehen und ohne sich jemals damit zu brüsten! Frauen waren stärker als Männer, dachte er, denn sie konnten sich an diesem geheimnisvollen Reich erfreuen und darüber herrschen, ohne ihre Gefühle verbergen zu müssen, ja sogar indem sie andere vertraulich davon Kenntnis haben ließen! Dies war ihnen möglich, weil sie stets in die Natur zurücksinken und aus ihr neue Kraft beziehen konnten, wenn ihre Indiskretionen und ihr gesellschaftlicher Verrat an sich selbst sie dem Anschein nach bloßgestellt hatten.

»Aber das ist einem Mann nicht möglich; um die Kraft seiner Identität zu bewahren, muß ein Mann sich von anderen fernhalten. Ein Mann, der nicht allein lebt – selbst wenn er mit einer Frau lebt –, ist nur ein halber Mann. Die Frauen aber, die die Einsamkeit des Mannes bewundern und in gewisser Hinsicht begehren, sind durch ein fluchbeladenes Verhängnis dazu getrieben, sie zu untergraben und zu zerstören!«

So artikulierte Dog Cattistock, was er für seine innersten Seelenregungen hielt, während der gespenstische Lemur, der ihm gegenüber im Sessel hing, der Leichenmann, der den gelehrten Schweiß der Schläue von Kadavern ausschwitzte, als er sich in seinem neuen Überrock so aufrecht hinsetzte, als wäre unter seinem ausdruckslosen Gesicht ein Strick geknüpft, zu der Ansicht gelangte, daß Dog Cattistock nicht die leiseste, schwächste, entfernteste Ahnung vom wahren Grund seines Tuns hatte!

Es ist interessant, sich die telepathischen Wellen des Magnetismus, ob bemerkt oder unbemerkt, vorzustellen, die in diesem Moment zwischen Peninsular Lodge in Chickerel und High House in Weymouth hin- und hergegangen sein müssen. Gewiß waren die zwei Poxwell-Schwestern in irgendeiner Art von Realität in jener Nacht in dem kalten Zimmer zugegen, wo der Luftzug, der aus dem langen Gang hineinblies, so voller unbeschreiblicher Hausgerüche eines halben Jahrhunderts Lebens in Peninsular Lodge war! Denn im selben Augenblick, in dem der Mann, der dort kauerte, das Kinn auf die Knöchel gepreßt, sich von Hortensia losriß, analysierte der Mann, der wie ein Kadaver in einer Zwangsjacke in seinem Sessel hing, Lucinda, als umarme er einen vivisezierten, halbanästhesierten knurrenden Panther.

Doch wieviel Poxwell-Temperament, vom geistesgestörten Captain in weit größerem Maße vererbt, als dieser einzuräumen bereit gewesen wäre, sich auch in dem heruntergekommenen Zimmer verbreiten mochte, war es dennoch ein Schock für beide Männer, als plötzlich die Klingel am Vordereingang heftig geläutet wurde. Das Läuten einer Klingel ist immer mit dramatischer Elektrizität aufgeladen, und der erste Gedanke, der Cattistock in den Sinn kam, war: »Es ist Tensia!«, und trotz all seiner Entschlossenheit durchlief ihn eine Welle der Glückseligkeit, als er aufstand und lauschte.

Dr. Daniel Brush stand ebenfalls auf, und die Schwäger starrten einander an. Brush, der Mensch, dachte: »Ich hoffe, es ist nicht Mrs. Cobbold als Abgesandte«, was Brush, der Pathologe, sofort in: »Ich hoffe, es *ist* Mrs. Cobbold als Abgesandte!« übersetzte.

»Warum geht Lizzie nicht an die Tür?« bemerkte Cattistock unwirsch; er ging hinaus, wandte sich dem langen Gang zu und rief: »Lizzie! Lizzie Chant! Lizzie! Wo bleibst du? Komm her!«

Doch statt auf Lizzie zu warten, lief er voller Aufregung zur Eingangstür und riß sie auf, während Brush mit dem Instinkt des Arztes, sich bereitzuhalten, falls man ihn brauchen sollte, schnell seinen Mantel auszog und mit behutsamer Sorgfalt auf einen Haken hängte. Ein kränklicher, schwächlicher Mond von schiefer Form und im Nebel verschwommen, warf sein verzerrendes Licht auf die Köpfe von drei Personen vor der Tür, die eines jungen Mädchens und zweier Männer. Cattistock, hinter dem Brush stand, erkannte sofort, wer sie waren, und die zwei Schlauköpfe begriffen sofort, was diese Invasion zu bedeuten hatte.

Er war Captain Poxwell persönlich! Und den alten Mann begleiteten seine Enkelin Daisy und sein Anwalt Rodney Loder.

»Wir sind gekommen«, sagte Daisy ohne zu zögern mit ihrer klaren, vollen Stimme, die sie ein wenig erhob und die ein wenig zitterte, ohne daß Daisy sich nicht in der Gewalt gehabt hätte, »wir sind gekommen, weil Großvater unbedingt mit Ihnen sprechen wollte. Großvater denkt, daß Sie vielleicht seinetwegen heute nicht gekommen sind. Ich habe Mr. Loder erzählt, daß Großvater so beunruhigt war, und er sagte, wir sollten ein Taxi nehmen und ihn das tun lassen, was er tun will. Wir haben den Fahrer gebeten, auf uns zu warten; das Taxi steht dort auf der Straße.«

»Lassen Sie die Sünden der Väter nicht über das Haupt der Kinder kommen, Dogberry Cattistock!« rief der alte Mann, der Daisys Hand abschüttelte. »Ich habe Sie nie leiden können, und das wissen Sie – aber das tut jetzt nichts zur Sache. Es ist etwas, was nur Sie und mich als Gentlemen betrifft – auch wenn wir beide an manch fernen Orten sicherlich schon lange mit dem Messer aufeinander losgegangen wären. Aber ob diese Hochzeit mir recht war oder nicht, Dogberry Cattistock, so kann ich es nicht ertragen zu denken, daß Sie meine Tochter Tensie ... verlassen ... sitzenlassen wollen wegen der Dinge, die man über mich erzählt – über mich und – mich und meine andere Tochter. Das hier ist weder der rechte Ort noch der rechte Zeitpunkt, unsere private Rechnung zu begleichen, Dogberry Cattistock. Wir können es ein andermal tun, und ich bin nicht deshalb gekommen. Ich bin gekommen, um Sie zu Tensie drüben bei Lucinda zu bringen. Sagen Sie nur nicht, daß Sie nicht auf mich hören und nicht mitkommen wollen. Ich weiß, wie stolz Männerherzen sind und wie stolz Frauenherzen sind, aber wenn Sie in Rodney Loders Taxi geradewegs nach High House kämen, dann bin ich mir so sicher, wie es den Allmächtigen gibt, daß Sie und Tensie einander so freudig und liebevoll begegnen würden, daß alles Geschehene vergeben und vergessen wäre. Ich weiß, wie es um mich steht, und ich will es gar nicht leugnen. Ich weiß, daß ich im Jenseits verdammt sein werde und im Diesseits Folterqualen leide. Aber Sie dürfen nicht denken –«

Bis zu diesem Moment hatte Rodney Loder sich im Hintergrund gehalten und dem Captain seinen Willen gelassen, doch als die reumütige Zungenfertigkeit des alten Mannes kein Nachlassen erkennen ließ, sondern im Gegenteil alle Anzeichen dafür sprachen, daß er im Begriff stand, eine Ansprache zu halten, die nicht minder lang war als die des Pflegevaters vor dem Zelt des Achilles, hielt er es für geboten, sich einzumischen.

»Vielleicht würde es Ihnen nichts ausmachen, Mr. Cattistock«, sagte er ruhig, während er vortrat, »wenn wir für eine Minute oder zwei hereinkämen. Unser Taxi wartet. Wir werden Sie nicht lange aufhalten, aber Captain Poxwell –«

»Aber gewiß doch, kommen Sie herein, kommen Sie herein, Loder«, sagte der Hausherr von Peninsular Lodge schnell und freundlich. »Ich bin mir sicher, daß wir den Captain beruhigen können. Ich bin froh, daß du gekommen bist, meine Liebe«, was Daisy galt, auf deren Schulter er seine Hand legte. »Sie kennen alle meinen Schwager, nicht wahr? Dan, hilf dem Captain die Stufen hoch. Ja, das ist der Weg! Kommen Sie herein, kommen Sie herein.«

Als sie sich im Haus befanden und die Tür das Ticken des Taxameters im Taxi draußen ausschloß, gelang es Cattistock mit Hilfe des Doktors, seine Besucher in sein trostloses und ungeheiztes Studierzimmer zu bugsieren. Der alte Mann ließ sich von Daisy seinen Mantel und seinen Stock abnehmen und ließ sich von ihr in den Ledersessel plazieren, den bis eben Dr. Brush okkupiert hatte. Rodney setzte sich in den niedrigeren Lehnstuhl, in dem Cattistock über dem leeren Kamin gebrütet hatte und neben dem die halbleere Whiskeyflasche noch auf dem asche- und rußbesudelten Kamingitter stand. Der Doktor wiederum brachte einen hochlehnigen Stuhl von der Wand des Zimmers zum Tisch und setzte sich stumm und kerzengerade darauf, die Hände vor sich gefaltet und mit leerem, beinahe schwachsinnigem Gesichtsausdruck wie ein überdrüssiger Fahrkartenkontrolleur, der geduldig darauf wartet, daß der nächste Zug einfährt. Cattistock trug die einzige andere Sitzgelegenheit des Raums neben den Captain, einen alten Klavierschemel mit einem Sitz aus verschossenem Plüsch. Auf diesen Gegenstand deutete er mit einer Handbewegung.

»Setz dich, meine Liebe«, sagte er mit einer freundlichen Grimasse. »Du bist die einzige hier, der ich das anzubieten wagen kann!«

Doch Daisy war damit beschäftigt, wie geistesabwesend Curlys herumliegende Rosen aufzusammeln. Als sie sie eingesammelt hatte, blieb sie neben dem Tisch stehen, wenn auch vom Doktor entfernt, und ordnete sie zu einem hübschen kleinen Strauß, nicht ohne sich schnell im Raum umzusehen, ob es eine Möglichkeit gab, sie in Wasser zu stellen.

»Nimm sie mit nach Hause, mein Kind«, sagte Cattistock freundlich. »Ich weiß wahrhaftig nicht, wie sie hierhergekommen sind, aber nimm sie doch, wenn du sie haben magst.«

Daisy sah ihn mit ihren grauen Augen offen an. Sie wunderte sich über sich selbst, weil sie so wenig Entrüstung dem Mann gegenüber empfand, der ihre Mutter zum Gespött der ganzen Stadt gemacht hatte, doch statt entrüstet zu sein, brachte sie dem beherrschten, gequält wirkenden Mann mit der unterdrückten Erregung im unsteten Blick soviel freundschaftlichere Gefühle entgegen – nun, da er nicht ihr Stiefvater sein würde –, als sie je zuvor empfunden hatte. Ihr Hauptaugenmerk galt jedoch dem Captain, und mit dem Rosenstrauß in Händen setzte sie sich jetzt neben ihn auf den Klavierschemel und sah bittend zu Rodney empor.

Rodney, dessen Augenmerk weit mehr ihr galt als ihrem Großvater oder sonstwem, antwortete sogleich auf ihre Bitte.

»Wir dürfen nicht länger als eine Minute bleiben, Mr. Cattistock«, bemerkte er. »Ich fürchte, daß es uns kaum möglich sein wird, Sie zu dem zu überreden, was Captain Poxwell im Sinn hat.«

»Ich habe ihm gesagt, was ich sagen wollte, Rodney«, unterbrach ihn der Captain in ruhigem und vernünftigem Ton, und er fügte mit einem leisen Schauder hinzu: »Es ist heute nacht nämlich ziemlich kühl.«

Cattistock sah, daß der Blick des alten Mannes auf die Flasche auf dem Boden gerichtet war; er sah sich schnell nach einem Glas um, nahm sein eigenes, goß etwas Whiskey hinein und reichte es dem Captain.

»Entschuldigen Sie das Glas«, sagte er, »aber ein alter Seemann wie Sie, Captain, wird sicherlich –«

Er hielt inne, als ihm einfiel, daß es kein Wasser gab, und wollte zur Tür gehen, doch der Captain hielt ihn zurück:

»Lassen Sie nur, Dogberry«, sagte er. »Das genügt mir schon ... um meine alten Knochen aufzuwärmen.«

Mit diesen Worten legte er den Kopf zurück und kippte den Whiskey die Kehle hinunter. Das Kerzenlicht vom Kaminsims beleuchtete bei diesem Tun seinen langen Hals und betonte seine sehnigen Muskeln, die sich beim Schlucken verzerrten.

Rodney, der von seinem Platz aus besorgt zu Daisy blickte, wandte sich um und sah dem alten Mann beim Trinken zu und dachte sich dabei:

»Er ist wie das Bild eines Trinkenden.«

»Ich weiß nicht«, hob der Doktor unvermittelt an, während Daisy, die sachte auf ihrem Hocker schaukelte, ihn mit ihren grauen Augen erst nervös ansah und dann die Augen schloß, »ob es zum gegenwärtigen Zeitpunkt wirklich sinnvoll wäre, daß unser Freund Ihre Tochter aufsucht, Captain. Wenn ich nur die geringste Menschenkenntnis habe, was Frauen betrifft« – er sprach mit leiser, nachdrücklicher, gebieterischer Stimme, einer Stimme, die den alten Mann unstreitig beeindruckte, der sich nun im Sessel wieder zurücklehnte, das leere Glas in der Hand –, »ist es immer besser, den geeigneten Augenblick abzuwarten, die geeignete – wie soll ich sagen? – *Stimmung*, und dann und erst dann unsere ... die Schritte zu unternehmen, die wir zu unternehmen gedenken.«

Der Captain aber wandte sich zu Cattistock.

»Sie wollen sagen, daß es nicht wegen mir ist, Dogberry. Aber ich weiß es besser.« Und in ihrer aller Gegenwart ließ der alte Mann einen jener unglücklichen Seufzer aufsteigen, die einem gebrochenen Geist entstammen. »Aber ich habe mein Bestes für sie getan … nicht wahr, Daisy? Ich habe … immer … mein Bestes … für … meine Töchter getan … nicht wahr, Daisy? Für deine Mutter, will ich sagen … und auch … für Lucinda.«

Der Doktor, der noch immer kerzengerade am Tisch saß, wandte sein ausdrucksloses Fahrkartenkontrolleursgesicht dem Captain zu.

»Eines Tages«, sagte er sehr leise und sehr ruhig, »werde ich Ihnen, Sir, etwas über Mrs. Cobbold erzählen, was Sie interessieren wird. Nein, jetzt nicht«, denn die Augen des Captains hatten einen Blick angenommen, vergleichbar dem eines Fischs am Angelhaken, der von der Bank im Boot aus die Wellen zu sehen bekommt, »sondern ein andermal; aber weder Sie«, und er verlieh seiner Stimme einen Ton, der machte, daß der zitternde Mund des alten Mannes sich konvulsivisch bewegte, als beiße er auf etwas herum, »noch Ihre Tochter«, sprach er sehr langsam weiter, »sind, was Sie zu sein vermeinen.«

Schweigen lastete schwer im Raum, während Cattistock zum Kamin trat und beide Kerzen umstellte, bis sie sich hinter dem alten Mann befanden. Dies schien er ganz automatisch zu tun, doch Daisy folgte der Geste mit einem dankbaren Blick ihrer nun wieder weitgeöffneten Augen, denen ein seelischer Entschluß abzulesen war, denn die Folge seines Tuns war, daß des Captains Züge so tief im Schatten lagen, daß weder der Doktor noch sonstwer seinen Mund die bestürzenden Bewegungen machen sehen konnte.

Aus dem Schatten, der nun die Gestalt im Sessel einhüllte, erhob sich jedoch eine Stimme, die alle verstörte.

»Ich gebe Ihnen meine ganzen Muschelkistchen und meine Kaurimuscheln, Doktor, wenn Sie sie dazu bringen, beim Schoß ihrer Mutter zu schwören, daß sie mich in Ruhe läßt! Ich habe mehr Kauris, als die anderen wissen, und ich gebe sie Ihnen alle … sag ihm, daß ich mein Wort halte, Daisy! … wenn Sie sie dazu bringen, daß sie schwört, niemals … niemals wieder«, seine Stimme wurde brüchig, bis sie fast unhörbar geworden war, »vor meinem Kajütenfenster herumzugehen und mir Zeichen zu machen und mit den Hüften zu wackeln und mit den Lippen zu schmollen und so zu lächeln, wie sie es tut!« Er hielt inne und sagte dann mit einer ganz anderen Stimme, einer beherrschten und normalen Stimme, die deshalb jedoch um so erschreckender war: »Sag ihm, was ich unter meiner Kajüte verstehe, Daisy. Sag ihm, was es ist und warum ich nie die Tür öffne, nie das Fenster öffne, wenn sie kommt, nie einen einzigen Blick hinaus tue! Ich habe das Fenster verbarrikadiert, stimmt's, Daisy? – Daisy weiß es! –, mit Muschelkistchen verbarrikadiert. Nein, nein, nein, Doktor, ich will von ihren Geheimnissen nichts wissen. Sie war immer eine große Geheimniskrämerin, und ich habe sie dabei immer in Ruhe gelassen. Sie soll beim Schoß ihrer Mutter schwören, daß sie mich in Ruhe läßt – mehr verlange ich nicht. Sie soll mich nur in Ruhe lassen!«

Er beugte sich voll Eifer vor, so daß seine hohe Poxwell-Stirn sich gerade eben außerhalb des Schattens befand und den Eindruck erweckte, daß das, was sprach, eine Öffnung in dem Stück ergrauten Schädels war, in dem das Verstörteste sein Hirn war und keineswegs sein verborgener Mund.

»Soll ich Ihnen was sagen, Doktor? Soll ich Ihnen was sagen, Dogberry, und auch dir, Rodney Loder? Jemand, der die sieben Weltmeere befahren hat, kennt sich in solchen Dingen aus.« Er senkte die Stimme zu einem Flüstern. »Sie haben einen Stachel. Das ist ihr Geheimnis. – Ist schon in Ordnung, Daisy... schließ nicht deine lieben Augen und runzle nicht die Stirn ... ich sag' es ihnen ganz vorsichtig und behutsam; keine Maid könnte Anstoß daran nehmen, wie ich es ihnen sage, aber sagen muß ich es ihnen! – Es ist das Gift aus ihrem Stachel, das sie immer hinterlassen! Wenn sie mit den Hüften wackelt und mit den Lippen schmollt, draußen vor meinem Fenster, dann muß sie immer eine Melodie summen, damit ich von ihrem Stachel nichts merke. Und wißt ihr, was sie summt? Sie summt: ›Führt sie ab nach Devonport ... Führt sie ab nach Devonport ... führt sie ab nach Devon*port* ... s'ist nicht das erstemal!‹«

Das sichtbare Stück Kopf des alten Mannes, das in den Kerzenschein hineinragte und das ein sprachliches Medium zu enthalten schien, das in direkterer Verbindung zu der geistigen Störung zu stehen schien als jenes, welches normalere Funktionen erfüllte, wirkte nun, als sei es der Körperteil, der den berühmten Dorfangerrefrain summte.

All das betrübte Daisy so sehr, daß sie Curlys Rosen auf ihren Schoß sinken ließ, und indem sie die Hände erhob, drückte sie beide Handgelenke gegen ihre geschlossenen Augäpfel, während ihre Finger das Pochen in ihren Schläfen bedeckten und in ihrem lockigen Haar versanken. Litt das junge Mädchen unter dem irren Gefasel des Captains, so war Rodney, der jede Regung Daisys beobachtete, noch bestürzter. Nie zuvor in seinem Leben hatte er einen solchen Ansturm beschützerischer Zärtlichkeit für jemanden verspürt, wie er ihn jetzt für sie verspürte! Fast ohne zu wissen, was er tat, stand er auf, lief zu ihr und legte ihr die Hand so fürsorglich, als wäre sie von einer Kugel getroffen worden, auf eine Schulter. Das Mädchen schien seine beruhigende Berührung zu spüren, doch sie kannten einander inzwischen so gut, daß er, ohne ein Wort mit ihr gewechselt zu haben, wußte, daß sie allein gelassen werden wollte, um auf ihre eigene Art die Beherrschung wiederzuerlangen, und er nahm seine Hand weg und ging zu seinem Sessel zurück, auf den er sich mit einem angestrengten Lächeln setzte.

Der alte Mann aber sprach weiter, in völliger Unkenntnis der Wirkung seiner Wahnsinnsreden.

»Oh, wie paradiesisch wäre es«, rief er mit seiner hohen, zänkischen Poxwell-Stimme, einer Stimme, die Cattistock aufs unerquicklichste an Mrs. Lily erinnerte, »wenn man ihren Stachel aus dem eigenen Verstand rausziehen könnte! Sie stechen einen ... glaubt mir ... das tun sie ... und der Stich juckt und juckt, bis man sich schier das Hirn aus dem Kopf kratzen könnte! Rodney, mein Junge, es ist klug von dir, daß du nicht in ihre Nähe kommst. Schlauer Schröpfer! Aber wie sie *stechen* können! Passen Sie auf, Dogberry, passen Sie auf, mein großer grinsender Bursche, falls sie *wegen ihrem Stachel* vor der Kirchentür weggerannt sein sollten, dann, das können Sie mir glauben – sei mir nicht böse, Daisy, wenn ich so offen spreche! –, dann will ich Ihnen das nicht übelnehmen! Der Captain ist verschwiegen wie ein Grab, Dogberry. Ich wäre der letzte –«

Während Daisy unbehaglich auf dem Klavierschemel hin und her rutschte, das Gesicht noch immer hinter den Händen verborgen, glitten ein paar von Curlys Blumen von ihrem Schoß auf den Teppich, einen Teppich, der seit geraumer Zeit nicht mit Mrs. Chants Besen in Berührung gekommen war. Cattistock, der neben ihr stand, seit Rodney zu seinem Platz zurückgegangen war, ging automatisch, wie viele es getan hätten, in die Knie, hob die Blumen auf und legte sie ihr auf den Schoß zu den anderen. Doch als er sich erhob, richtete sich die Aufmerksamkeit aller auf ein langanhaltendes, durchdringendes Geheul aus Bennys Zimmer im oberen Stockwerk, in dem sich die Verzweiflung des Hundes Yellow Luft machte, der dort oben eingesperrt war.

»Zum Teufel mit diesem Hund!« murmelte Cattistock, und dann dachte er: »Was mag um Himmels willen mit Lizzie passiert sein? Ich muß nach ihr sehen.«

Folglich war es Rodney bestimmt, Rodney, der seine eigene

gepflegte Kleidung regelmäßig säuberlich mit der Hand glattstrich, sogar wenn er sich von der Kommunionsbank erhob, voll Verblüffung mit anzusehen, wie der Hausherr mit staubigen und zerknitterten Hosen, deren Zustand er nicht einmal eines Fingerschnipsens würdigte, aus dem Zimmer hastete. Der Besitzer von Peninsular Lodge hatte sich allerdings bereits seit längerem Sorgen um Lizzie gemacht. Warum war sie nicht erschienen? Machte sie einen plötzlichen Anfall beschämter Selbstauslöschung an diesem Abend des *gran rifuto* durch? Cattistock verließ das Zimmer, ohne die Tür zu schließen, und eilte den Gang entlang. Als er die Küche betrat, fand er den großen Kessel vor, der empörte Dampfwolken ausstieß und dessen ungehaltener Deckel wie der eiserne Hut eines verborgenen Schachtelteufels auf und ab hüpfte. Von Mrs. Chant aber war nichts zu sehen.

»Lizz! Lizz!« rief er. »Lizz! Wo zum Teufel steckst du?«

Die Tür zum Dienstbotenzimmer stand offen, und er konnte sehen, daß Licht angezündet war. O ja! Als er den Raum betrat, sah er, daß er nicht nur beleuchtet war, sondern daß ihm eine Feuersbrunst drohte. Die kleine moderne Lampe, die in der Mitte eines alten Tischs am Feuer stand, der für zwei Personen ansprechend gedeckt war, flackerte und loderte aufs erschreckendste. Ruß war auf den Tisch gefallen und hatte das Tischtuch geschwärzt. Das Fenster, aus dem man das mondbeschienene Hochland sah, auf dem sich der Pfosten erhob, stand weit offen, und ein eisigkalter Luftzug fuhr ihm ins Gesicht.

Als er aus dem Fenster sah, rief er unwillkürlich Lizzies Namen in die monderhellte Nacht, und zu seiner größten Überraschung antwortete ihm eine schwache Stimme, die offenbar aus der Richtung des Pfostens dort droben erklang, den man die graue Frau nannte. Äußerst verstört und verblüfft trat er vom Fenster weg und verließ das Haus eilig durch die Hintertür.

»Lizz! Lizz!« rief er immer wieder, während er den Hügel zum Pfosten hochhastete.

Kaum war Cattistock aus dem Raum gegangen, als sein Schwager sich von seinem Stuhl am Tisch erhob.

»Haben Sie meinen Wagen gesehen, Mr. Loder, als Ihr Taxi vorfuhr?«

Aber nicht Rodney, sondern, wie es schien, der Captain hatte den großen Wagen des Höllenpfuhls am Straßenrand gesehen.

»Ihr Taxi wird Sie, fürchte ich, ein Vermögen kosten«, sagte der Doktor, als er seinen Überrock anzog.

Rodney lächelte und zuckte die Schultern grimmig in typischer Anwaltsmanier.

»Lassen Sie sie's schwören, Doktor«, rief der alte Mann von der Zimmerschwelle aus dem hellen Überrock nach, der durch die Eingangstür und die Stufen hinunter verschwand, »lassen Sie sie schwören, daß sie mich nicht länger quält!«

Als er in das kleine »Studierzimmer« zurückkehrte, wo Rodney und Daisy sich inzwischen besorgt beraten hatten, setzte er sich, lachte in sich hinein und wackelte mit dem Kopf.

»Hab' ich es ihm nicht gegeben, Daisy? Hab' ich es ihnen nicht beiden gegeben, Daisy und Rodney? Hi! Hi! Hi! Das will ich wohl glauben, meine Täubchen, das will ich wohl glauben! Und Dog Cattistock – oho! wie schade, daß unser Freund, der Jobber, nicht dabei war, um zu sehen, wie ich es ihm gegeben habe! Ich hab' kein Blatt vor den Mund genommen, o nein! Stimmt's, Rodney? Stimmt's, Daisy? Das wird ihm eine Lehre sein, noch mal vor der Kirchentür vor einer meiner Töchter Reißaus zu nehmen. Stimmt's, Daisy und Rodney?«

Nach diesem Ausbruch von Tollkühnheit überkam Captain Poxwell die körperliche Reaktion des Alters, und schon bald nickte er ein, nachdem er es sich in seinem Sessel bequem gemacht hatte.

Rodney begann im Flüsterton mit Daisy zu sprechen. Daisy trug ein marineblaues Kostüm, das sie besonders verletzlich und jung aussehen ließ, während der kleine abgetragene schwarze Mantel, den sie sich über die Schultern geworfen hatte, selbst im schwachen Licht des schlechtbeleuchteten Zimmers die blühende Farbe ihrer Wangen und die Rosigkeit ihrer Lippen unter dem Schatten ihres Filzhuts betonte. Als Rodney ihr Fragen zuflüsterte und sie sich auf die Lippen biß und beinahe die Stirn runzelte, so sehr war sie bemüht, ihm eine gewichtige, erwachsene, wohlerwogene und nicht eine schnelle, kindische Antwort zu geben, dachte er in seinem Herzen, daß die Zeit nicht mehr fern war, da es ihm sehr schwer fallen würde, ihre gegenseitige Attraktion länger verborgen zu halten.

»War es ›Tugendhaftigkeit‹, was mich die ganze Zeit über davon abgehalten hat, sie zu küssen und ihr den Hof zu machen?«

»Nein«, sagte er sich, als er über ihrem Kopf das Flackern dessen betrachtete, was, nach Cattistocks Gewohnheiten zu schließen, soweit sie sie kannten, durchaus das letzte Paar Kerzen sein mochte, das ihr Gastgeber besaß, »nein, Tugendhaftigkeit ist es nicht. Es ist nichts als schlichte, bloße Intelligenz! Ich weiß eben, daß es reiner

Wahnsinn wäre, ein Mädchen wie Daisy zu bedrängen, zu verwirren, zu erschrecken – das heißt, wenn man so fühlt, wie ich es tue. Natürlich, wenn man anders empfände – aber den Gedanken eines kaltblütigen Versuchs, Daisy zu verderben, kann ich nun einmal von keinem anderen Blickpunkt als dem eines empörten Beschützerinstinkts sehen.«

Ein blasses Lächeln auf seinem Gesicht, das Daisy nicht entging und das sie unendlich ratlos und nicht wenig besorgt machte, folgte seiner Vorstellung irgendeines schändlichen Verführers, der es darauf angelegt hätte, die standfeste Mutter und Herrin Quinquettas zu verführen; Rodneys Pessimismus hatte jedoch keinen Platz für übertriebene donquichottische Ritterlichkeit gelassen, und er versagte sich nicht das erregende Vergnügen, sich auszumalen, wie es sein würde, wenn die Zeit gekommen war, ihr den Hof zu machen. Über diese Zeit erging er sich nun in Träumereien, während er ihren langsamen, bedächtigen, wohlerwogenen Worten lauschte, als unvermittelt ein Schrei in Cattistocks Stimme aus der Ferne sowohl seine Gedanken als auch ihre Worte unterbrach.

»Dan! Dan! Dan!«

Rodney und Daisy rannten den Gang entlang, doch nicht bevor Daisy einen schnellen Blick auf ihren Großvater geworfen hatte, der im Sessel schlief, und behutsam die Tür hinter sich geschlossen hatte. Der Hintereingang von Peninsular Lodge befand sich an einem kleinen Flur auf halbem Weg zwischen Küchentür und Spülküche. An der Küchentür blieben sie stehen und lauschten, doch alles, was sie hören konnten, war ein leises Winseln aus dem Obergeschoß, wo Yellow jetzt hinter der geschlossenen Tür von Bennys Spielzimmer jämmerlich kauerte. Nachdem sie in der Küche nichts gefunden hatten außer dem Schachtelteufel im Kesseldeckel, der inzwischen in einen ganz und gar rasenden Tanz verfallen war, gingen sie in das Dienstbotenzimmer. Dort fanden sie ein schwelendes Feuer vor, einen für zwei Prsonen gedeckten Tisch, auf dem eine gelöschte Lampe stand, und eine Schüssel mit rußgesprenkelter Schweinskopfsülze.

Ein erneuter Ruf Cattistocks ließ sie zur Hintertür eilen, aus der sie den Nachtwind hereinblasen spürten, als sie sich ihr näherten. Nicht weit vom Haus entfernt fanden sie Cattistock, der in einem Hof mit Kopfsteinpflaster neben Lizzie Chants auf dem Boden hingestreckten Körper kniete und sie zu Bewußtsein zu bringen versuchte. Offenbar bediente er sich dabei der primitivsten und gewalttätigsten Methoden, als wäre sie vom Ertrinken errettet worden oder wäre betrunken oder jemand, dessen Erfrierungstod abgewehrt werden mußte.

Doktor »Dan« selbst hätte kaum über mehr Autorität gebieten können, als Daisy sie in diesem kritischen Moment entwickelte, und es dauerte nicht lange, bis die alte Lizzie Chant, die ihr Herr und Rodney nach oben in ihr Bett gebracht hatten, wo die unerschrockene junge Frau sich um sie kümmerte, erkennen ließ, daß sie aus der Vernunft des Nichtseins in die Unvernunft des Seins zurückkehrte.

»Leg dich hin! Leg dich hin! Oder ich bring' dich zurück!«

Diese Worte richtete der Herr des Hauses an den Hund, den er eben erst aus Bennys Zimmer befreit hatte und der am Bett der alten Frau hochsprang.

»Wo haben Sie sie gefunden?« fragte Rodney flüsternd.

»Sie ist aus einem mir unbekannten Grund nach draußen gegangen«, antwortete Cattistock in ebenso leisem Ton. »Es verdankt sich reinem Zufall, daß ich sie gefunden habe. Ich ging den Abhang hinter dem Haus hoch, bis zu dem Pfosten dort oben, der hier früher ›die graue Frau‹ hieß, und dort war sie! Offenbar war sie nach der Bewirtung der vielen Freundinnen nervös und brauchte frische Luft. Ich habe sie von dort zurückgebracht, und wir sind zusammen fröhlich und munter den Hügel hinuntergegangen und haben von alten Zeiten geplaudert, als sie auf einmal wie tot zu Boden gestürzt ist, wo Sie mich dann gefunden haben. Ich befürchtete wirklich, daß es aus mit ihr sei. Sie fiel so schnell hin, daß ich sie nicht halten konnte. Deshalb habe ich so nach Dan gebrüllt. Aber bei meiner Seele, Daisy, liebes Kind, du bist tausendmal nützlicher, als Dan es sein könnte, weißt du das? Nun ja, ich weiß jedenfalls, *wer* es weiß. Stimmt's, Mr. Loder? Aber wenn ich heute in der Kirche erschienen wäre, dann würde das lebenserhaltende Kind ja nicht hier wohnen! O nein! Sie hätte zum Captain gehalten, genau wie der Captain zu jedem seiner Schiffe gehalten hätte! Nicht wahr, liebes Kind? Habe ich recht?«

Doch Daisy hatte den besten aller möglichen Vorwände, dieses Lob zu überhören, Lob, das um Haaresbreite das ihres Stiefvaters hätte sein können, denn sie mußte das schwache Flüstern ihrer Patientin deuten.

»Mrs. Chant will Ihnen etwas sagen, Sir«, sagte sie nachdrücklich.

Mrs. Lily hatte sich monatelang vergebens bemüht, Daisy dazu zu bewegen, ihn anders als mit »Sir« anzureden, doch es hatte nichts gefruchtet. Cattistock gefiel es eigentlich ganz gut. Er fand es anziehend und sympathisch.

»Was ist los, Lizz? Was ist los, Nannie?« sagte er zur alten Kinderfrau.

Teilweise beruhte seine Grobheit an diesem Abend Mrs. Chant gegenüber darauf, daß er sich – völlig zu Unrecht – einbildete, die alte Dame sei betrunken.

»Ich glaube, sie sagt, irgend jemand sei auf dem Posten«, sagte Daisy.

»Auf dem Posten?«

Und Cattistock beugte sich über die alte Frau und fragte sie mit unbeschreiblicher Vertrautheit in seinem Ton, einer Vertrautheit, die bewies, daß beide eine unzertrennliche Einheit bildeten, weit enger, als wenn sie die leidenschaftlichsten Liebenden oder die treuesten Verwandten gewesen wären, was sie hatte sagen wollen.

»Kommen Sie näher, Master Dogberry«, flüsterte sie. »Es ist nur für Ihre Ohren bestimmt.«

Und als er sich tief über sie gebeugt hatte und Daisy und Rodney sich ein Stück zurückgezogen hatten, hörte er ihre schwache, dünne Stimme, die klang wie die Stimme des Windes in den Telegraphendrähten, die sich über die einsamsten Landstriche der Hügel von Dorset ziehen, wo sie geboren wurde:

»Es waren zwei von ihnen heute abend, Master Dogberry; es waren die graue Frau und neben ihr eine andere, und Sie und ich, wir wissen, welche es war.«

13.
Kasperletheater

Es war im August, ein, zwei Tage nach den Bankfeiertagen dieses Monats, und in Weymouth wimmelte es von Ausflüglern. Die Menschen bewegten sich die Esplanade in zwei parallel verlaufenden Strömen auf und ab, die hie und da von Strudeln und Querströmungen unterbrochen wurden, wenn Neuankömmlinge sich von der anderen Straßenseite her der Menge anschlossen oder die Steintreppen vom Strand hochkletterten.

Aus der nicht abreißenden Prozession ragten die gelassenen Zifferblätter der janusgleichen Jubiläumsuhr empor, als wäre sie ein Leuchtturm inmitten zusammenfließender Strömungen, ja als wäre sie das Leuchtschiff von Shambles, dort, wo die Strömungen der zwei Buchten aufeinandertreffen. Genau gegenüber der Jubiläumsuhr, die sich wiederum gegenüber der kurzen Straße voller Menschen befand, die zum Bahnhof führte, begann der wahre Strand von Weymouth. Auf der Seite der Uhr, auf der Brunswick Terrace lag, gab es wenig Sand, um nicht zu sagen gar keinen, sei es bei Flut oder bei Ebbe, denn der Kieselstrand fiel steil ins Wasser ab, das sofort tief war. Westlich der Uhr, rechts und links von der Stelle, wo die Straße nahe der Statue des alten Königs Esel und Ziegenwägelchen und Spielzeughausierer und Süßigkeitenverkäufer und Handkarren und Rollstühle und Obstwagen und Kinderwagen ausspie, erstreckte sich der eigentliche Strand von Weymouth – so nobel, so großzügig, so gastlich und so unfaßbar weit ins Meer hinaus!

Tatsächlich fiele es schwer, sich eine Strandfläche zu denken – insofern Sand jenes Element ist, welches für die Herzen der Kinder »dem Himmel am nächsten kommt« –, die von Natur aus den friedvollen Zwecken eines Badeortes eher entgegenkäme als der Strand von Weymouth. So weit erstreckt er sich hinaus, daß von den Tagen Georges III., des historischen Wohltäters der Stadt, bis zu den Tagen, da Jerry Cobbold dort die Talente von Tissty und Tossty entdeckte, in der Augustsaison zahlreiche kräftige Pferde zu sehen waren, die von einem zum anderen der Badekarren hin-

und herstapften, die sie so weit ins Wasser zu ziehen hatten, daß man baden konnte, während die wagemutigeren Schwimmer selbst diese Vorposten weit hinter sich lassen mußten, wenn sie in Wasser gelangen wollten, in denen sie keinen Grund mehr unter den Füßen hatten. Für Knaben und Mädchen indes, die sich damit begnügten zu planschen, bot der glatte Halbkreis glitzernder kleiner Wellen eine Stätte ungestörter Glückseligkeit. Ängstliche Mütter und verantwortungsbewußte ältere Schwestern konnten sich in Frieden ihren Büchern und ihrer Näharbeit widmen, eingelullt in der sonnenwarmen Sicherheit des heißen trockenen Strandes weiter oben, während auf der Fläche des feuchten Strandes zwischen ihnen und dem eigentlichen Wasser kleine aufgeregte Trüppchen von nacktbeinigen Kindern und Kleinkindern damit beschäftigt waren, mit ihren Holzspaten Miniaturburgen und -schlösser und -gräben anzulegen. Möwen segelten im Gleitflug über die Köpfe der Schwimmenden landeinwärts, zerteilten die Luft im schrägen Winkel ihres kühnen Anflugs wie fliegende Torpedos, bevor sie mit einer Gegenbewegung ihrer kraftvollen Schwingen wieder seewärts davonstoben und ihre schrillen und zugleich beruhigenden Schreie ausstießen.

An diesem besonderen Nachmittag war der Strand – insbesondere wegen des warmen, diffusen Sonnenlichts, das von einem verschleierten Himmel voller Federwolken fiel, und wegen der Abwesenheit unruhestiftenden Windes – von einer Atmosphäre getränkt, die an Watteaus *Einschiffung nach Kythera* erinnerte. Die gleiche ideale Stimmung herrschte, als wäre die ganze Menschenmenge, sowohl im blinkenden Wasser wie außerhalb davon, um mehrere Grade dem Druck des Alltags entrückt worden, als wäre sie so, wie sie war, an den zaubrischen Strand eines halkyonischen Meeres versetzt worden, wo »Vögel der Stille auf der Zauberwelle brüteten«. Auch mangelte es der Szene nicht an ihren eigenen inhärenten ästhetischen Gegensätzen. Der Unterschied beispielsweise zwischen dem »trockenen« Strand und dem »feuchten« Strand, der sich in Magnus' Gedächtnis als Verdichtung der divergierenden Erfahrungen seines Lebens festgesetzt hatte, verstärkte den Aspekt, den alles annahm, betrachtete man es von der Esplanade aus, bis er zuletzt den Symbolismus eines Schauspiels erhielt. Auf dem trockenen Strand saßen in kleinen Gruppen die älteren Leute, die lasen, nähten, schliefen, sich unterhielten, während die Kinder, die auf dem feuchten Strand ihre Burgen bauten und ihre Kanäle gruben, viel zu konzentriert in ihrer Beschäftigung aufgingen, als daß sie mehr als hin und wieder einen Ruf wechselten. Das freie Spiel der vielen strahlenden nackten Glieder vor dem glitzernden Wasser im Vordergrund und dem blaueren Wasser in der Ferne verlieh der ganzen Szene einen herrlichen heidnischen Glanz, der sie der Zeit gänzlich zu entheben und in eine ideale Sphäre ewiger Ferien zu versetzen schien, wo die Bürde menschlicher Plackerei und das Gewicht menschlicher Verantwortung nicht länger schwer auf dem Herzen lasteten.

Dort oben auf dem »trockenen« Strand waren unablässig Gruppen und Konklaven vielgestaltiger, reifer, rabelaisscher Sterblicher in Bildung und Umwandlung begriffen, die aßen, tranken, der Liebe pflegten, philosophierten, voll treffender Geistesblitze, boshafter Sticheleien und erdnaher, sorgenferner Anzüglichkeiten jeder Art. Doch während diese Mütter und Väter, diese Onkel und Tanten aus Hunderten von Dörfern in Dorset – denn der Strand von Weymouth besitzt noch immer ein auffallendes Gepräge echter West-Country-Exklusivität – ihre Gruppen voll gargantuesken Frohsinns bildeten und umbildeten und Bemerkungen über die Welt tauschten, die vom üppigen Mutwillen eines ganzen Jahrtausends »troffen und klebten«, während also dem »trockenen« Strand von Weymouth diese erwachsenen Glossen zu jenem Leben eingeprägt wurden, das weinend und klagend vorbeiging und dessen undurchsichtige Wege mit weniger menschlichen Kommentaren welcher Art auch immer seitens der Königsstatue, des Kirchturms, des rasenbewachsenen Forts Nothe, der Umrisse Portlands und der White-Nose-Klippe bedacht wurden, prägten sich dem »feuchten« Strand von Weymouth Füße ein, die keine Abdrücke hinterließen, leichte, unsterbliche, nackte Füße, die dem angehörten, was man sehr wohl die reineren Geister einer ewigen klassischen Kindheit nennen könnte, glücklich und frei in einem göttlichen Limbus unantastbaren Spielens angesiedelt.

Zwischen der Jubiläumsuhr und dem Eselstand, wo die Badekarren das Meer verdeckten und wo in seiner Kindheit wahrhaftig von einem Karren aus gebadet zu haben, den das königliche Wappen zierte, Magnus sich erinnern konnte, versiegt der Sandstrand. Hier beginnt das Kiesufer, und die Küste fällt im Wasser sofort steil ab. An dieser Stelle hatte Marrets Vater Mr. Jones in diesem Sommer nicht nur eine feste Tribüne für sein Kasperletheater errichtet, sondern auch ein eigenes persönliches und privates Zelt, in dessen Innerem – obwohl er genaugenommen keine Lizenz besaß, der Öffentlichkeit Erfrischungen anzubieten – er bisweilen Tee und Butterbrote servierte, das heißt von Zinzin und Marret servieren ließ.

In jenem Moment, als an diesem bestimmten Nachmittag die Zeiger der Jubiläumsuhr auf all ihren Zifferblättern die vierte Stunde anzeigten, blieb Magnus, der den Strand entlangschlenderte, am Rand einer Versammlung von Kindern stehen, die sich vor der Miniaturbühne eingefunden hatte.

»*Judy! Judy! Judy! Judy!*« schrie Marrets Vater aus dem sargförmigen Bühneninneren.

»*Judy! Judy! Judy! Judy!*«

Diese mehr als unverschämte Aufforderung hatte etwas Einzigartiges an sich, das sie keinem anderen Ton der Welt vergleichbar machte. Sie war brutal, sie war fühllos, sie war schockierend, und doch war etwas an ihr, ein unbenennbares Fluidum – möglicherweise nichts anderes als das Wiederaufleben seiner Kindheit –, das Magnus ein flatterndes Gefühl um den Bauchnabel verursachte. Mr. Jones hatte eine kraftvolle Stimme, die so durchdringend und fast so unerbittlich ertönte wie die babylonischen Posaunen, die die Anbetung des von Nebukadnezar aufgerichteten goldenen Bildnisses befahlen. Sie klang wie der hemmungslose Refrain eines uralten Spottgesangs, als verhöhnten alle Komödianten und Possenreißer des Altertums bar jeden Erbarmens, Empfindens und Reuegefühls unsere neuzeitlichen Sympathien. Und als die erste befremdliche Gefühlsregung – die des Wiedererwachens des Kindes in ihm – erstarb, stellte Magnus sich allen Ernstes eine lange Prozession aller neurotischen Bekanntschaften vor, eine Prozession, zu der Captain Poxwell zählte und Perdita Wane und Peg Frampton und Sylvanus Cobbold und der reizbare kleine Benny, die sich über die grasbewachsenen Downs zum Höllenpfuhl bewegte, wo der Vater der Cobbolds gestorben war und Mr. Edward Loder noch immer eingesperrt war, soweit er wußte. Und ihm war, als sehe er den unverbesserlichen knopfäugigen kleinen Ruchlosen, diesen füllig gewordenen Panurge mit der großen roten Nase und dem Nußknackerkinn, der jetzt gerade so heftig seinen Kopf auf die Bühne schlug, aus einem Kaninchenbau neben die verzagten Pilger springen und hörte ihn in seinem blutrünstigen babylonischen Ton rufen:

»*Judy! Judy! Judy! Judy!*«

»Ja, selbst am Kasperle, selbst an Mr. Punch«, dachte Magnus, »ist etwas zutiefst Unchristliches, wenn nicht gar Antichristliches. Und wie dieser Bursche den Charakter des schmerbäuchigen

Schurken erfaßt – guter Gott! wie er grobe Dreistigkeit und gemeine Brutalität ausdünstet, so wie einst die Bordellschilder in jenen Straßen von Pompeji!«

Magnus überraschte sich bei der Überlegung, wen er in Weymouth kannte, der dem unbezwingbaren dickbäuchigen Bösewicht am meisten glich. Jetzt! An der feurigen Betonung des Mannes erkannte er es.

»Etwas vom Hanswurst«, sagte er sich, »steckt in mir, in Gaul, in Jerry, im alten Poxwell, im Jobber! Der Kasper muß die ewige Verkörperung dessen sein, was Rabelais den ›ehrlichen Dorsch‹ nennt, das wahrhaft männliche Element in jedem lebenden Mann. Ich weiß, wer ein geborener Kasper ist – obwohl er keinen Schmerbauch hat –, und das ist Sippy Ballard.«

Es ist erstaunlich, welche Genugtuung es Magnus verschaffte, die ganze restliche Vorstellung über – denn er verspürte keine Neigung, sie zu verlassen –, den Beamten mit dem Hanswurst gleichzusetzen. Wenn das Gespenst den armen Wicht mit Stöhnen und Heulen erschreckte, kam Magnus sich genau wie das Gespenst vor; er fühlte sich als das Gespenst. Und was den Augenblick betrifft, in dem der Henker die Szene betrat, da empfand er eine so enge Identifikation mit diesem unentbehrlichen Vollzugsbeamten, daß es ihn in den Fingern juckte, als das Kasperle dem verdienten Strick entwischte. Magnus war in letzter Zeit gequälter, gereizter, wetterwendischer Laune. Das ganze Frühjahr und den ganzen Sommer hindurch – seit dem Fiasko bei Cattistocks Hochzeit – hatte Curly ihre Hochzeit erst mit der einen, dann mit der anderen Ausrede immer wieder hinausgeschoben. Ihre letzte Ausrede lautete, daß sie die Frau des Korporals nicht leiden könne, und bereits im Juni hatte Magnus dem reiseerfahrenen Weltenbummler eröffnen müssen, daß es keinen Zweck habe, ein Zimmer für sie reserviert zu halten.

Er wendete sich um und sah sich um, indem er versuchte, den vertrauten Flecken so zu betrachten, als sähe er ihn zum erstenmal. Gab es auf der ganzen Welt eine englische Küstenstadt, die diesem alten georgianischen Seebad gleichkam? Es war so völlig in sich geschlossen, und jetzt, im dunstigen Augustlicht, sah es aus, als wäre es in uneingeschränkter Gänze – Kirchturm und Statue und Nothe-Fort und Hafendamm und all seine elfenbeindunstigen Häuserreihen – direkt der glitzernden Bucht entstiegen. In ebendiesem Augenblick erschien es ihm als etwas Immaterielles, Nichtstoffliches, etwas aus dem Stoff der Gedanken Gefertigtes!

Es war, als wäre in all seinen langen Nächten und Tagen ein ungreifbares Gedankenbild von ihm gewoben worden, das an einem Nachmittag wie diesem an die Stelle der greifbaren Realität trat.

Die Aufführung war nun zu Ende, und das Grüppchen der Zuschauer löste sich auf und begab sich auf die Suche nach anderer Unterhaltung. Während dieser Rückzugsbewegung fand Magnus sich Marret und ihrer Schwester Tiny gegenüber, die mit ihren kleinen verzierten Beuteln an den Stangen verzweifelt von ihrem entschwindenden Publikum ihren Anteil an Pennys zu ergattern versuchten. Der nervöse Nachhilfelehrer, der sich seiner ersten Regung wegzulaufen schämte, ging in seiner Sühne weiter, als wirklich erforderlich gewesen wäre, und fragte ohne nachzudenken, ob ihr Vater an diesem Nachmittag in seinem Zelt Tee ausschenke. Die Mädchen baten ihn, hineinzugehen, und zu ihrer freudigen Überraschung tat er es auf der Stelle. Während sie am Zelteingang standen, gesellten sich ihnen weitere Personen hinzu, die es danach verlangte, eine Tasse Tee unter bequemeren Umständen als in den üblichen Läden zu bekommen.

Zu Marrets Erstaunen und zum ehrfürchtigen Entzücken Tinys erschienen die berühmten Schwestern Tissty und Tossty, die ihre bäuerlichen Eltern aus Radipole und einen überaus tauben alten Mann von ebenso bescheidenem Stand, den Küster der Kirche von Radipole, begleiteten. Es überraschte Magnus, mit welcher Liebenswürdigkeit und entspannter Gutgelauntheit die Tänzerinnen ihre Verwandten behandelten, und es beeindruckte ihn nicht minder, wie frei von jeglicher vornehmtuerischen Ziererei ihr Umgang mit Herbie Dandin, dem Küster von Radipole, war. Sie waren völlig gleich gekleidet, in cremefarbene Röcke und cremefarbene Pullover und Hüte. Beide trugen Sandalen, und keine von beiden hatte Strümpfe an.

Magnus war Miss Gloria Clive und Miss Pansy Clive, wie die Schwestern sich nannten, des öfteren hinter der Bühne im Regent's begegnet, und mit Verblüffung sah er sie in Glory und Pansy Rugg verwandelt, die gutherzigen Töchter von Gideon und Hepzibah Rugg.

Tatsächlich war der Besuch der alten Leute in Weymouth ein ganz besonderes Ereignis, und die Mädchen gaben sich alle Mühe, ihn zu einem einmaligen Tag in ihrem Leben zu machen. Sie hatten sie bei einer der Nachmittagsvorstellungen im Regent's in eine der ersten Reihen gesetzt, und dann hatten sie sie mit untrüglichem Instinkt dafür, was ihnen und Mr. Dandin am besten gefallen würde, an den Strand gebracht, um mit ihnen beim Kasperletheaterbesitzer Tee zu trinken.

»Heute Rugg, nicht Clive, Mr. Muir«, sagte Tossty jetzt, als sie gemeinsam das Zelt betraten.

Drinnen verließ er die Familie aus Radipole und trug einen Faltstuhl in den hinteren Teil des Zelts. Magnus hatte im Anschluß an die Bankfeiertage Ferien genommen, um nicht unterrichten zu müssen, und in der Hoffnung, ein, zwei lange und vollkommene Nachmittage mit Curly zu genießen, doch seit Anfang August war ihm bislang nicht mehr zuteil geworden als ein paar Stunden ihrer Gesellschaft. Ihre heutige Abwesenheit am Strand war besonders bitter, denn es war sein Geburtstag. Magnus wurde heute siebenundvierzig, und er hatte sich vorgenommen, dieses Ereignis zu feiern, indem er sein Mädchen auf eine lange, einsame Ruderpartie mitnahm. Er hatte sich für Preston Brook, ein Flüßchen, das sich zwischen den Klippen ins Meer ergoß, als Ziel seines Ausflugs entschieden, und er hatte sich ausgemalt, wie er ihr Boot mit Curlys Hilfe an jenem einsamen Flecken an Land zog und Zweige und Treibholz einsammelte, um Feuer zu machen.

Die Szene, die er nun in Mr. Jones' Erfrischungszelt vor sich sah, war eine völlig andere als die von ihm erträumte, und so reizend die schönen Mädchen in ihrer Rolle als Glory und Pansy Rugg aus Radipole auch waren, überließ er sich doch zornigen und verbitterten Gedanken.

Curly hatte gesagt, sie habe den ganzen Tag am Wishing Well zu tun und werde danach zu müde sein, um sich mit ihm zu treffen, doch obwohl er wußte, daß die erste Woche im August für sie eine arbeitsreiche Zeit war, suchten beunruhigende Zweifel seinen Geist heim. Sein Argwohn Sippy Ballard gegenüber hatte an jenem unglückseligen zwölften Februar begonnen, als sie in der Menge an der Kirchentür gewartet hatten und als Ballard so dringlich auf Curly eingeflüstert hatte und die beiden ihn genötigt hatten, den verhaßten Wagen zu besteigen.

Als die verschiedenen Gäste sich schließlich hinsetzten und Tassen mit Tee von Marret und Tiny entgegennahmen, beeindruckten Magnus die köstlichen Seegerüche und Seegeräusche, die von draußen hereinwehten. Er war kaum in der Lage zuzuhören, wie die arme Hepzibah auf Herbies Neckereien antwortete – was keine leichte Aufgabe war, da Mr. Dandins Mundwerk so locker war, wie seine Ohren undurchdringlich verschlossen waren –, so machtvoll griffen ihm all die vertrauten Eindrücke heißer Sommertage am Strand von Weymouth ans Herz. All die bescheideneren Gerüche wie der Geruch von Teer, von Fisch, von Pfeifentabak, von altem Seetang, von Menschenschweiß, von vertrocknetem Gebäck, von Frauenkosmetik, von nasser Kinderkleidung und von neuer Männerkleidung wurden vom umfassenderen Geruch des warmen Sonnenscheins, der sich auf Sand und Kiesel ergoß, gewissermaßen aufgenommen und aufgesogen.

Ein einziger kleiner Zwischenfall störte den Fluß seiner Empfindungen. Mit einemmal wurde ihm bewußt, daß Marret – die bislang guter Laune gewesen war – still weinte. Er ergriff sie leise am Arm und fragte sie im Flüsterton, was geschehen sei, und nach einem kurzen Blick zu ihm flüsterte das Mädchen zurück:

»Die Polizei hat mich geholt. Sie haben mich gezwungen, ihn zu verlassen und zu Vater zurückzugehen.«

Das war alles, was Magnus aus ihr herausbekommen konnte, und bald darauf schenkte sie wieder Tee aus, als wäre nichts gewesen.

Das dunkle stolze Gesicht Tosstys mit ihren prachtvollen Augen und ihrem dramatischen Verstummen, das blasse, leidenschaftliche Gesicht Tisstys mit ihrer blendendweißen Haut und ihren erregten, emotionalen Gebärden schufen einen fesselnden Vordergrund, als die zwei Mädchen sich nun in voller Absicht ihrer Großstadtüberlegenheit begaben und mit Mr. Dandin lachten und nickten und Blicke tauschten und ihn aufzogen und ihrer Mutter Dinge ins Ohr flüsterten und ehrfürchtig den lakonischen Bemerkungen – denn er war ein Schafhirte aus dem Süden Dorsets und seinem Hund gegenüber gesprächiger als in menschlicher Gesellschaft – des alten Gideon lauschten.

Niemals sollte Magnus – nein! bis ans Ende seiner Tage nicht – all seine vielfältigen Gefühle und Eindrücke in diesem Zelt vergessen! Als er die zwei Tänzerinnen in ihren unschuldigen cremefarbenen Röckchen und mit ihren üppig geschminkten Gesichtern betrachtete, war ihm, als symbolisierten sie die ganze rätselhafte ausweichende Art der Frauen, unter der Curly ihn so sehr leiden ließ. Diese Erkenntnis kam ihm, als er oberflächlich mit Zinzin plauderte, einer kleinen, glatten, schlüpfrigen, schillernden Person, die auffallend an eine frischgefangene Makrele erinnerte, deren Körper jedoch keinen Fischgeruch absonderte, sondern eine stechende Mischung aus Gummiharz- und Schweißgeruch.

Abermals und immer wieder wanderte seine tiefere Bewußtseinsschicht zu Curly zurück. In letzter Zeit hatte sie sich unbekümmerter gezeigt, was seine Meinung über ihre Beziehung zu Ballard betraf, und damit nicht genug, hatte sie auch mit Ballard mehrere heftige Auseinandersetzungen geführt. All die Sommermonate über, in denen sie in dem kleinen primitiven Unterstand beim Wunschbrunnen ihre Groschenromane las, war sie unaufhaltsam immer schöner geworden, und es war, als hätte das Bewußtsein ihrer wachsenden Schönheit ihr eine gewisse Unabhängigkeit von beiden Männern verliehen. Tatsächlich war Magnus nicht der einzige – obwohl er das nicht ahnte –, der die Haltung des Mädchens bezüglich ihrer Heirat beunruhigend und rätselhaft fand. Ihre besorgte und ratlose Mutter hatte sich seit kurzem angewöhnt, sie unvermutet und zu mit Vorbedacht gewählten überraschenden Zeiten in ihrer Wishing-Well-Klause zu überraschen, denn es verhielt sich so, daß Mrs. Wix sich insgeheim zu fragen begonnen hatte, *wer der neue Mann war.*

Tisstys und Tosstys Mutter antwortete geduldig auf die schwerfälligen Scherze des Küsters von Radipole, während ihr Vater immer schweigsamer wurde. Magnus, der wiederholt verstohlen zum Gesicht des Hirten blickte, gelangte schließlich zu dem Schluß, daß er wie gewisse Tiere die Fähigkeit besaß, ohne die gewohnten Begleitumstände des Schlafens zu schlafen!

»Er schläft in diesem Augenblick«, dachte Magnus. »Seine Augen sind ganz glasig.«

»Wie kannst du sowas sagen, Herbie«, beschwerte sich die alte Dame, »im Angesicht des Herrn und vor den Ohren meiner Mädchen? Solche Wörter gehören in Bierschenken, und Gideon hört sowas gar nicht gern. Glory und Pansy waren schon immer so brav und gesittet wie jetzt. Sie haben sich schon als kleine Mädchen immer den Hals gewaschen und waren beide immer sauber und lieb und flink, und ihre Fingernägel waren blitzblank. Und wenn ihnen jemand nachgeschaut hat, haben sie es mir gesagt.«

Mr. Dandin drehte seine Vogelscheuchenvisage mit ihrem fliehenden Kinn und ihrer riesigen knorrigen Nase auf dem Zapfen seines Halses herum und starrte einen der Awesenden nach dem anderen an. Die Reaktionen, die er erhielt, waren allerdings wenig enthusiastisch. Der alte Küster war es so sehr gewohnt, diesen lustlosen, gelangweilten Blick zu sehen, daß er die Vermutung zu hegen begonnen hatte, dieser Blick sei die natürliche Ausdrucksweise des Menschengeschlechts! Zweifellos war es der Blick der ganzen Gemeinde von Radipole, wenn er »Und mit deinem Geiste, amen« bei den Responsorien in der Kirche sagte. Es war der

Blick des Hirten Rugg heute morgen im Bus die ganze Fahrt nach Weymouth hindurch gewesen. Herb mußte sein Gesicht nur irgendeinem Lebewesen zuwenden, damit die Augen dieses Wesens so glasig wurden wie die des alten Gideon. Wenn er an einem dieser Frühherbstmorgen seinen Abort aufsuchte und sein Blick durch den feuchten Nebel über die Disteln und Kletten der Hecke Mr. Coles' auf das gelbe Auge der großen Muttersau Mr. Coles' traf, dann ließ die Kreatur ihn in unmißverständlicher Schweinesprache wissen, daß er eine Nervensäge war.

Und Herb Dandin war eine Nervensäge. Er war weder ein schlechter noch ein böswilliger Mensch, doch er mußte nur einem Schwein zuzwinkern, damit es diesen gewissen Blick bekam. Und als der Küster von Radipole Hepzibah den Anwesenden erzählen hörte, daß Tissty und Tossty sich als Kinder den Hals gewaschen hatten, zwinkerte er jedem einzelnen ringsum zu, ohne seinen Körper dabei im geringsten von der Stelle zu rühren, eine Gewohnheit, die er im Verlauf der Tausende von Sonntagen seines Küsterdaseins entwickelt hatte.

»Pfarrer Hussey«, sagte er, »hat mir oft erzählt, was für gelehrige Schülerinnen Tissty und Tossty mit ihren hübschen Beinchen waren. Pfarrer Hussey hat mir erzählt, daß er sie an vielen warmen Maiabenden den Schlüsselblumentanz auf Junker Coots Rasen hat tanzen sehen. Junker Coot ist ein Freund oder Cousin oder dergleichen vom alten Mr. Ludlow von White Nose, dem, der draußen in Portland den großen heidnischen Stein gefunden hat, den sie den Stein mit den Liebenden nennen.«

Magnus, der hinten im Zelt saß und unaufmerksam mehreren Gesprächen gleichzeitig zuhörte sowie mit Zinzin oberflächliche Bemerkungen tauschte, während sie das Teeausschenken beaufsichtigte, war beeindruckt, zu sehen, wie Tissty und Tossty mit Mr. Dandin umgingen.

»Natürlich tun sie das«, dachte er, »weil sie wissen, daß sie vor dem alten Mann wieder ein ganzes Jahr lang Ruhe haben. Aber sie sind trotzdem sehr nett zu ihm. Ich hatte gar keine Ahnung, wie nett sie sein können.«

Und als dann das schicksalhaft doppelte Meeresgeräusch ertönte – Systole, Diastole, zentripetal, zentrifugal, Hereinströmen, Verebben, der lange planetarische steigende und fallende Pendelausschlag dieses in sich widersprüchlichen Universums –, schien es, als trüge eine schicksalsgetränkte, vor Begehren schluchzende Macht in seinem Inneren ihn auf einer solchen Schaumwelle davon, daß ihm war, als müsse und werde er sie besitzen, ihren aufreizend süßen Körper besitzen, selbst wenn er ihr Gewalt antun mußte!

»Nein, das war Bauer Coot, der war das, meine Herzchen«, hörte Magnus Mr. Dandin Tissty und Tossty und ihrer Mutter erläutern. »Bauer Coot war nicht mit Junker Coot verwandt, auch wenn sie beide im gleichen Dorf gelebt haben. Bauer Coot war ein frommer Mann, ein gottesfürchtiger Mann, das war er, und er hat immer die Sammelbüchse vor der Kommunion herumgereicht, aber Junker Coot war ein Freund von Mr. Ludlow von White Nose, der meint, solche Heidensteine und andere Greuel wären wichtiger, als dem Herrn zu dienen!«

»Ich kann mir ihr Bett vorstellen«, dachte Magnus nun bei sich, »obschon ich noch nie die Treppe zur Dachstube hochgegangen bin. Ich habe gehört, wie sie sich darüber unterhielten, daß das Fenster genau über der Treppe ist. Wie liebreizend muß ihr Gesicht aussehen in diesen mondhellen Nächten, wenn die Fensterflügel darüber offenstehen und die Klematis im Wind wispert!«

Der Geist eines Lateinlehrers und Lesers des Griechischen ist ein sonderbares Ding. Kaum hatte sich Magnus in seiner berechtigten Empörung ob ihrer Art, ihn hinzuhalten, vorgestellt, Curly mit Gewalt in ihrem eigenen jungfräulichen Bett zu besitzen, überschwemmte ihn eine solche Welle blinder Ergebenheit, selbstloser Liebe zu ihr, daß ihm das Blut in den Kopf stieg und er seine knochigen Hände aneinanderpreßte.

»O Curly, mein Liebling, mein Leben!« rief er in seinem Herzen, »niemals, niemals könnte ich dir etwas antun!«

In diesem Augenblick trat der Inhaber der Örtlichkeit selbst ins Zelt, und nachdem er einen grimmigen Blick in die Runde geworfen hatte, machte er Zinzin ein Zeichen, ihm nach draußen zu folgen. Marret und Tiny Jones standen gerade mit einer neuen Tasse Tee und einem Teller mit Brot und Butter neben Magnus, und der Lehrer fragte Marret leise, was ihr Vater wolle. Doch Zinzin hörte seine Frage und drehte sich nach einem längeren Austausch von Slangwörtern und Gesten mit Mr. Jones zu ihm um.

»Er will eine neue Vorstellung anfangen«, sagte sie. »Er sagt, auf der Esplanade sind jetzt noch mehr Leute. Er meint, daß wir uns zuviel um das Geschäft hier drinnen kümmern und daß die Vorstellung mehr einbringt.«

»Spielt er *alle* Rollen?« erkundigte sich Magnus.

Zinzin nickte.

»Ich helfe mit, nicht wahr, Marret? Aber Zinzin ist die Geschickteste in der Familie, nicht wahr, Marret? Sie müssen wissen, unsere Bühne ist so eng, und Marret ist zu groß, um reinzupassen, wenn er schon drin ist. Nicht wahr, Tiny? Deshalb muß die Kleine es machen.«

Ein von den vorherigen Gerüchen völlig verschiedener Geruch, der an Terpentin erinnerte, umgab diesmal Zinzins Person und driftete zu Magnus. Dies mußten die normalen Arbeitsemanationen dieser »Makrele des Meeres« sein, denn nun verschwand sie mit Mr. Jones.

Es war weder Terpentin noch Teer, noch irgendein warmer Sommergeruch, der in ebendiesem Moment die Sinne Tossty Ruggs – alias Clive – erfüllte, die eines ihrer schönen Beine über die Armlehne ihres Korbstuhls hängen ließ und seine edlen Kurven betrachtete. Was ihr in Erinnerung kam, war eine bestimmte taufeuchte Wiese hinter der Kirche von Radipole im Frühling und der unbeschreibliche Duft von Schlüsselblumen. Die Geräusche, die vom Strand hereindrifteten, die Kinderstimmen, die vorbeiwehten, die Streitigkeiten zwischen den Bootsvermietern, die rauhen Rufe Mr. Jones', all das weckte Erinnerungen in ihr, die so tief in ihr verankert waren, daß sie bis in die Zeit zurückzureichen schienen, als sie »unter einem Hut«, wie man sagt, mit der Braut des Hirten Rugg nach Weymouth zu kommen pflegte. Und während sie träge die weiße Haut des schaukelnden Beines betrachtete, gratulierte sie sich in Gedanken beinahe überschwenglich dazu, wie sie bislang ihre lange Affäre mit Jerry gehandhabt hatte, denn niemals hatte sie zugelassen, daß dieser Erzdesillusionierte das wahre Geheimnis ihres Lebens erriet. Mit diesem unerreichbar verborgenen Geheimnis tändelte sie jetzt müßig, indes ihre dunkel dräuenden Augen auf der Schönheit ihrer Schwester verweilten, auf dem weichen weißen Hals mit seinen zarten blauen Adern und auf den herrlich geformten Brüsten. Denn die Wahrheit sah so aus, daß vor langer Zeit, als beide kleine Mädchen waren und Tosstys eigene Schönheit noch nicht entwickelt war, die hellhäutige Tissty die einzige und alleinige Liebe der dunklen Tossty war.

»Oh, kleine Tiss, kleine Tiss!« sagte sie sich jetzt, »und du bist der einzige Mensch auf der Welt, der es weiß! Daß ich dich so liebe, wie ich es tue«, sagte sie sich, »gibt mir die Macht, die ich über Jerry habe. Jerry«, sagte sie sich, »und das weiß niemand so gut wie ich, nicht einmal Lucky, gehört zu denen, die das haben wollen, was sie nicht verstehen können. Und ich hätte ihn nie bekommen und nie halten können, wenn du nicht immer an erster

Stelle gewesen wärst, kleine Tiss, mein Erstes, mein Letztes, mein Alles! Wie entzückend du in diesem Pullover aussiehst, Tiss! Pullover passen dir wie angegossen! Mir haben sie nie gestanden. Hat Cattistock dich schon in deinem Pullover gesehen? Du reizende kleine Närrin! Jede andere hätte sich den Mann schon längst gesichert. Ich habe es dir gesagt, ich habe dich angefleht, ich habe dich gewarnt, kleine Tiss, ihn nicht merken zu lassen, daß du ihn liebst – und bis zu diesem Schiffbruch hast du ihn nicht geliebt. Zum Teufel und zur Hölle mit ihm! Du bist in diesen Grobian verliebt, Kleines; ich weiß es! Weil du verliebt bist, bist du heute so reizend zu Mutter und Dad. Ach, Kleines, du hast dich diesem großen ungeschlachten Widerling mit seinem verwünschten Kinn zu oft hingegeben! Du warst zuviel mit ihm zusammen, Tissty. Das weiß ich, weil man es dir nämlich ansieht, und es ist schlecht für deine Arbeit, und Jerry weiß es auch, ohne daß man es ihm auf die Nase binden muß! Ich habe heute beobachtet, wie genau er dich studiert hat. Du hast zu oft mit ihm geschlafen, Tiss, obwohl ich –«, und an dieser Stelle wurden die Gedanken des dunkelhaarigen Mädchens so sehr zu visuellen Bildern, daß es einen schwer ankäme, sie in Worte zu übersetzen. Obendrein waren diese Bilder schamlos und skandalös realistisch, denn das stolze, zurückhaltende Mädchen schreckte nicht davor zurück, sich tatsächlich, wie Frauen es ungeniert tun, die Art von Verkehr zwischen ihrer Schwester und Cattistock, die sie als zu häufig stattfindend getadelt hatte, bildlich vorzustellen.

»Die Sache ist die«, lautete ihr Fazit, »daß Tissty und Mrs. Lily sich gleichen wie ein Ei dem anderen. Es muß mit ihrem weichen Fleisch und ihrer milchweißen Haut zusammenhängen. Ich habe gestern gesehen, wie komisch Jerry Mrs. Lily angeschaut hat. Vor mir macht er sich immer über sie lustig – aber ich weiß nicht so recht! Mich hat er noch nie so angeschaut. Aber ist es nicht merkwürdig, daß keine seiner Frauen Cattistock um seines Geldes willen liebt, obwohl er so reich ist? Ob er das überhaupt weiß? Ich glaube nicht.«

Was immer der Grund für Tisstys entspannte Freundlichkeit sein mochte, als sie mit ihrer Mutter plauderte, erleichterte ihre Gutgelauntheit es Magnus, der sich vor beiden Mädchen immer ein wenig fürchtete, kühn zu ihr zu gehen und sie zu bitten, ihn mit ihren Eltern bekannt zu machen, bevor er das Zelt verließ.

Das Auge des Hirten Rugg belebte sich kaum merklich, als er seine Hand hielt.

»Viele Male, Sir«, sagte er, »ist Ihr Vater an mir und denen vorbeigekommen« – wobei letzteres die übliche Bezeichnung für seine Herde war –, »wenn er durch das Tal von White Horse ging. Das war einer von Mr. Muirs Lieblingswegen, ja, das war es; und Sie wissen ja, daß Mr. Muir ein echter Gentleman war, der mit jedem, mit dem er sprach, ganz normal sprach. Viele Male hab' ich gesehen, wie Mr. Muir auf seine Uhr geschaut hat, damit niemand mit dem Tee auf ihn warten muß. Und ich weiß noch gut, wie gern er das blühende Unkraut hatte. Viele Male hab' ich ihn nachmittags mit einem Sträußchen von dem Zeug gesehen, wenn er über Sour-Bit Drove herkam und nach Süden schaute, wenn es über dem Meer nach Regen aussah!«

Bisweilen kommt es vor, daß ein kontemplativ veranlagter Mensch, dessen Kopf voller widersprüchlicher Gedankengänge ist, in einer kurzen, unerwarteten Enthüllung einer Sicht der Welt, wie sie ist, teilhaftig wird, wenn viele verschiedene, weit auseinanderliegende punktuelle Einsichten, die sich unserer Landschaft in einem weiten und versöhnlichen Licht bemächtigt haben, sich vereinigen und verschmelzen. Eine solche Sicht der Dinge wurde Magnus zuteil, als er den Hirten Rugg von dem »blühenden Unkraut« und dem Meer, das »nach Regen aussah« sprechen hörte. All die stillen, monotonen Lebensjahre seines Vaters schienen in diesen einen Moment gefaßt zu sein, in dem er ihn am Hirten und seiner Herde vorbeieilen sah, den kleinen Strauß in der Hand und den Blick auf den Regen über dem Meer gerichtet.

Das war immer das Beste am Strand von Weymouth. Die Leute, die kamen, um es sich gutgehen zu lassen, waren aus der Gegend, genau wie ihre Bootsvermieter und Ruderer. Es war, als vermischten sich Schlüsselblumen und Kuhdung mit Seepferdchen und Kaurischnecken.

Noch draußen vor dem Zelt und oben auf der Esplanade verfolgte Magnus der dreiste, ziegen- und bocksartige Ruf:

»*Judy! Judy! Judy! Judy!*«

Er wählte die Esplanade als Weg, weil man auf ihr am schnellsten vorankam, denn er hatte den sonderbaren Wunsch, an diesem Nachmittag Sylvanus Cobbold zu sehen, obgleich er nicht genau hätte sagen können, warum er ihn sehen wollte. Während er durch die Menge ging, beschäftigte sein Geist sich mit Mr. Gaul, der in letzter Zeit stets mit Peg Frampton zusammen gesehen wurde.

»Werden die beiden sich vertragen?« fragte er sich. »Sie sieht aus wie ein schlechter, verdorbener Knabe! Bei Knaben kenne ich diesen Typus gut, aber bei einem Mädchen ist er mir noch nie untergekommen. Ich ... kann ... mir ... nicht ... vorstellen ... wie ... der alte Gaul ... mit ihr ... fertig werden will.«

Tatsächlich bemühte Mr. Gaul sich in ebendieser Sekunde nach Kräften – und keineswegs auf unedle Weise –, mit der schwierigen kleinen Person »fertig zu werden«. Alle Welt war heute am Strand, und obwohl es bei den Damen und Herren der Stadt zum guten Ton gehörte zu behaupten, daß sie den Strand mieden, wenn der Ort »voll mit Ausflüglern« war, weilte der einzige Mensch, der dieses Prinzip jemals wirklich beherzigt hatte, seit Jahren nicht mehr unter den Lebenden. Es war Magnus' Vater gewesen, der immer kleine Seitengäßchen hinter dem Burdon-Hotel benutzt hatte, wenn er von Brunswick Terrace zum Bahnhof gehen mußte. Mr. Gaul und Peg Frampton hatten es sich auf dem unteren Grat des Kieselstrands nahe der Stelle, wo die Knaben badeten, gemütlich gemacht.

Peg liebte es, Knaben beim Baden zuzusehen, und Mr. Gaul – der es für die Aufgabe eines Philosophen hielt, alles zu verstehen, und für die eines Verehrers, alles zu verzeihen – hatte sich bereitwillig ihrer Vorstellung von einem abgelegenen Fleckchen unterworfen. Peg, die mit weiter als üblich geöffnetem Mund und mehr als üblich herabhängender roter Unterlippe die Miene aufsetzte, mit der sie Badende beobachtete, dachte, wie seltsam es war, daß sie zwar nicht länger offiziell und formell »unglücklich« war, wie sie es im vergangenen Winter gewesen war, als Daisy und sie ihren Briefwechsel in der Mauer in Rodwell versteckten, aber auch jetzt nicht, o nein! nicht einmal jetzt das war, was sie insgeheim als wirklich und uneingeschränkt glücklich betrachtete. Für Mr. Gaul empfand sie Zuneigung und ganz gewiß große Dankbarkeit. Sie hatte ihm gegenüber Anwandlungen eines kämpferischen Beschützerinstinkts, insbesondere wenn andere – Händler, Bootsvermieter, Busfahrer, Vermieterinnen, vor allem solche aus Salisbury mit frechen Töchtern – ihn übervorteilten, aber ob sie die Besonderheit seines eigenwilligen Charakters erfaßte, ist zweifelhaft.

Peg war, was man eine geborene »Partisanin« nennt. Sich selbst zu vergessen, das war ihre Vorstellung von Seligkeit, sich zu vergessen im gierigen und leidenschaftlichen Löschen eines köperlichen und seelischen Durstes. Daß sie im Philosophen der Repräsentation nichts finden konnte, was dem Löschen eines solchen

Durstes auch nur entfernt nahegekommen wäre, stand wohl außer jeder Frage! Zweifellos fand dieses Mädchen mit seinen hohen mongolischen Wangenknochen und seinen tiefliegenden Augen, mit seinen langen, heißen, sich nach Erotik verzehrenden Fingern und seinem verworfenen Gehabe nichts von der Freude, die es anderen bereiten konnte, daran, einfach still dazusitzen und aufs Meer zu schauen. Um das Leben erträglich zu finden, benötigte Peg noch immer den gefährlichen, sinnbetörenden Nervenkitzel des Lasters.

Als sie jetzt die Badenden beobachtete, erbebte ihr ganzes Wesen wie eine Harfensaite in Erwiderung der erregten Gefühle, die sie in ihr weckten. Als sie mit ihrem Begleiter die aufregende Strandstelle erreichte, hatte sie mehrmals mit einem knappen, unhöflichen, unaufmerksamen »Was?« auf seine Ausführungen über die Rollen, die in der Geschichte der Mythologie das Prinzip des Männlichen und das des Weiblichen innehaben, geantwortet.

Unterdessen bemühte sich Mr. Gaul, dem es nicht widerstrebte, sich mit einem römischen Imperator zu vergleichen, nach Kräften, an die Nachsicht zu denken, die Mark Aurel seiner liederlichen Faustina bezeigt hatte. In der Tat wies der Blick Mr. Gauls eine gewisse leise Ähnlichkeit mit dem groß- und rundäugigen Starren des kaiserlichen Stoikers auf, vor allem, wenn er es fertigbrachte, seine Brille abzunehmen, ohne in der Sonne zu blinzeln. Dies konnte er gegenwärtig ganz gewiß nicht tun, denn es war noch mitten am Nachmittag, und die Kiesel, welche die heißen Strahlen reflektierten, gleißten für eine Person schwachen Augenlichts geradezu blendend. Folglich mußte er dem leidenschaftlichen Interesse seiner kleinen Faustina an diesen Gladiatoren von Weymouth soviel Duldsamkeit wie möglich entgegenbringen, während er sie mit Brillengläsern ansah, die er in St. Mary's Street erstanden hatte.

»Ich mag ihn wirklich«, dachte das arme lustgeplagte Mädchen, dessen ganze Natur sich wie eine verliebte Meeresundine um die schimmernden Körper der nackten Knaben wand und schlang, »aber oh, ich muß öfter hierherkommen! Ich muß jeden Nachmittag hierherkommen! Wie dumm von mir, nicht schon früher jeden Nachmittag hierhergekommen zu sein! Aber ich mag ihn wirklich.«

Nach ein paar Minuten setzte sie sich auf und umschlang ihre Knie.

»Warum kannst du nicht so lieben, wie du willst«, dachte sie,

»soviel, sooft und so viele du willst? Es gilt als schlecht und verderbt. Ich wüßte gern, ob es das wirklich ist. Und wenn schon, was kümmert es mich? Lieber käme ich in die Hölle und dürfte es tun, als in den Himmel zu kommen und es nicht zu dürfen!«

»Richard!«

»Ja, meine Liebe.«

»Was sagst du in deinem Buch darüber, wenn man schlecht ist, wie die Leute es von mir behaupten, und immer Knaben und so weiter anschauen will? Ist es sündhaft, Richard?«

Mr. Gaul wandte der Fragenden ein verblüfftes und schwitzendes Gesicht zu, aber er hatte eine Antwort parat.

»Mir scheint, Peggie«, sagte er im Ton gemessener Entschiedenheit, »daß das, was du gegenwärtig repräsentierst, die dritte Stufe der philosophischen Leiter zur kontemplativen Ekstase darstellt. Wenn du die neunte Stufe erreicht haben wirst, dann findest – dann verlierst – ich meine, dann gewinnst du –«

Doch das Mädchen unterbrach ihn.

»Gehen wir heute abend wirklich ins Regent's?«

Und die plötzliche Vorfreude, die ihr diese Aussicht bereitete, erinnerte sie so lebhaft an ihr früheres einsames und unglückliches Herumlungern vor Kinotüren mit Knaben wie dem jungen Witchit, daß sie zum verständnislosen Erstaunen ihres Begleiters unvermittelt in heftige Tränen ausbrach.

»Du kannst dir nicht vorstellen, was es für mich bedeutet, das kannst du dir nicht vorstellen!« schluchzte sie.

Damit hatte sie völlig recht. Was auch immer ihre Gefühle repräsentieren mochten, sie repräsentierten keine Stufe irgendeiner philosophischen Leiter. Beim besten Willen konnte Mr. Gaul sich nicht vorstellen oder denken, was sie so bewegte. Wie andere Philosophen auch gewöhnte er sich mehr und mehr daran, unlösbare Rätsel einfach hinzunehmen.

Auf der Esplanade war die Menge so dicht, daß Magnus beschloß, lieber am Wasser entlangzugehen. Im Zelt hatte man ihm versichert, daß Sylvanus in der Nähe des Eselstands gesehen worden sei. Folglich bog er, als er die Jubiläumsuhr erreichte, von der Esplanade ab, wobei er seinen Stock fest umklammerte und sich die Mütze tief in die Stirn zog.

»Wenn ich erst unten am Strand bin«, dachte er, »kann ich ihn gar nicht verpassen.«

Er hatte die Esplanade jedoch noch nicht verlassen, als eine Stimme, die er kannte, ihn ansprach und der Jobber vor ihm stand!

»Mr. Muir!«

Dies brachte der Mann mit einem heiseren Keuchen des Wiedererkennens hervor.

»Ich bin froher, als ich Ihnen sagen kann, Mr. Muir, daß ich Sie sehe, daß Sie mir über den Weg gelaufen sind. Muir, Muir, ich muß Sie –«, in seiner Aufregung ergriff er Magnus am Rockaufschlag, »eine Minute sprechen, ich muß Sie etwas fragen, um etwas bitten, aber hier kann ich nicht sprechen. Wo könnten wir –«

In ebendiesem Augenblick erhoben sich von einer Bank ganz in der Nähe infolge einer besonderen Fügung der Vorsehung zwei junge Seemänner der Marine Seiner Majestät. Der Jobber stürzte sich auf Magnus und zerrte ihn auf einen der von diesen Knaben verlassenen Plätze, die sich am Ende einer langen Bank befanden.

»*Wo steckt Miss Wane?*«

Es wäre ein Ding der Unmöglichkeit, die Intensität dieser Worte mit irgendeiner irdischen Schwingung zu vergleichen. Ihre Betonung war wie die Betonung der schrecklichen Schlackensilben, in denen Dante die Seelen seiner Söhne der Verdammnis ihre einzelnen das Blut zum Gefrieren bringenden Fragen stellen läßt, Fragen, die Fragenden und Antwortenden beinahe gleichermaßen versteinert zurücklassen. So und nicht geringer war die versteinernde Macht der Intensität des Jobbers, als er sich an Magnus festklammerte und ihm ins Gesicht starrte.

»Ich weiß – es nicht!« erwiderte der Lehrer und verspürte einen überwältigenden Ansturm erstaunten Mitleids.

Er war zutiefst schockiert, nicht nur vom Ton der Stimme, die von irgendwo unterhalb der Magengrube des Jobbers aufzusteigen schien, sondern auch von dessen Aussehen, das sich seit ihrer letzten Begegnung zu einer kaum zu glaubenden Verwüstung verändert hatte. Die mächtigen, saturnischen Züge des Mannes, deren dunkle Tönung mit ihrer majestätischen Ausstrahlung einer Bronzeskupltur Magnus immer als eher spanisch denn nordisch erschienen war, wirkten mit einemmal schlaff und welk. Auf unerklärliche Weise sahen sie *verwischt* aus. Sie sahen aus wie eine Landschaft, über deren Oberfläche eine ganze Eiszeit gegangen war. Magnus betrachtete diese tragische Karte der Zerstörung durch Eisblöcke sehr genau, während er ihm zuhörte, und bemerkte dabei, daß die Zerstörung, wenn man es so nennen wollte, sich nicht auf Nase und Nasenflügel und Lippen beschränkte. Die Wangen waren verquollen und sackten nach unten. Strohmann Skalds Gesicht hatte tatsächlich begonnen, dem einer echten Strohpuppe zu ähneln, nach der die Götter auf dem Jahrmarkt zum Spaß und zur sportlichen Ertüchtigung mit Wurfgeschossen gezielt hatten. Sie bewegte sich unter den Menschen wie ein Watschenmann der Unsterblichen. Alle launischen Veränderungen normaler Gefühlsbewegungen hatten diese Miene verlassen. Alle geringeren menschlichen Interessen – die der Jobber ohnedies nur in schwächerem Maß und schwächerer Intensität gekannt hatte – waren aus ihr entfleucht. Sie sah aus wie das Gesicht eines dahinwandernden Belisarius, blind für die Welt, der seinen Führer verloren hatte. Etwas jedoch war noch vorhanden. Etwas hatte aus diesem wandernden Bild der Verwüstung gesprochen.

»*Wo ist Miss Wane?*« hatte es gesagt, und in Magnus' Geist wiederholten diese Worte sich unablässig mitsamt seiner eigenen törichten, nutzlosen Antwort.

»*Wo ist Miss Wane?*«

Es klang wie ein letzter gebrabbelter, gesabbelter, geblubberter Seufzer des ganzen Menschengeschlechts, nachdem die Naturwissenschaften Gott getötet, das letzte Tier zu Tode gefoltert, alle Säuglinge an Maschinen gesäugt, die Privatsphäre aller Seelen belauscht und das Leben bis zum letzten Tropfen zu einer das Blut vergiftenden und den Willen erschöpfenden Sache gemacht hatten. Magnus konnte den Widerhall der Worte nicht aus seinen Gedanken verbannen. Und als er die dichtgedrängte Prozession der Ausflügler betrachtete, die einander anrempelten, vorwärtsdrängten, schimpften, schwatzten, schwitzten, mit ihren Sonnenschirmen und Päckchen und ihren Röcken und Hosen, die so störend nahe an dem tragischen Gesicht neben ihm vorbeiraschelten, dachte er, daß es vielleicht gar nicht so schlecht wäre, wenn die Menschennatur von Grund auf verändert würde und die Naturwissenschaften eine neue Rasse von Sippy-Cattistocks schüfen, die ihr »Judy! Judy!« in einem neuen Ton rufen könnte. Gewiß hatte seine feige Antwort: »Ich weiß – es nicht« Strohmann Skald gänzlicher Nichtexistenz überantwortet. Magnus wollte es scheinen, als hätte er sich bereits den Reihen der Homerischen *kamontes* angeschlossen, an die er immer denken mußte, jenen traurigen Truppen kraftloser Toter, die unterhalb des Bewußtseins, unterhalb des Fühlens, unterhalb der Normalität und unterhalb des Vorhandenen ihr Dasein fristeten.

Magnus gewahrte, daß ein Geruch von ihm ausging, der an den eines ausgesprochen betagten Landstreichers erinnerte. Nicht nur die Züge des Jobbers waren verwüstet. Seine Kleidung war völlig verändert, seit der Lehrer ihn zum letztenmal gesehen hatte. Es war nicht länger die Kleidung eines seefahrenden Mannes, der sein Auskommen hatte. Es wäre schwer zu sagen gewesen, an was die Kleidung genau erinnerte. Vielleicht ähnelte sie dem Aufzug derer, die sich am Hafen von Weymouth herumtrieben und weder akkreditierte Hafenarbeiter noch Stauer, sondern nichts weiter als Herumlungerer waren, die Hilfsarbeiten ausführten, die sich zufällig anboten. Sein Aussehen war ein wenig zu tragisch und zu verzweifelt, als daß Magnus ihn sich auch nur an der Stelle eines der abgerissensten jener ehrenwerten alten Fischer hätte vorstellen können, die einen als Fährmänner über den Nothe-Fluß übersetzten.

»Ich weiß nur«, fügte Magnus hinzu, »daß Jerry nichts von ihr gehört hat. Er denkt aber, daß sie noch in der Stadt ist. Das hat er gestern erst zu mir gesagt; Mrs. Cobbold hingegen –«

»Wie? Was war das? Was sagt *sie*?«

»Sie sagt, Miss Wane sei entweder nach Hause nach Guernsey zurückgegangen, oder sie –«

Der Jobber sah ihn für einen Augenblick an und ließ dann ein leises, tiefes Lachen vernehmen.

»Oder sie geht auf den Strich, nicht wahr? Ja, das würde Lucinda zweifellos sagen. Ist ihre Schwester noch immer dort oben bei ihnen, oder ist sie zurückgegangen? Letzten Monat hat sie mir erzählt, daß –«

»Mrs. Lily wohnt noch immer bei ihnen«, antwortete der Lehrer, »aber jedesmal, wenn ich sie sehe, sagt sie, sie wolle ›morgen‹ nach Hause zurückkehren. Sehen Sie Mr. Poxwell noch hin und wieder, Mr. Skald? Ich habe Daisy den ganzen Sommer über nicht zu Gesicht bekommen.«

Eine schwache Regung menschlichen Interesses huschte über die Züge des Jobbers.

»Ich bin ihr gestern begegnet«, sagte er. »Sie ist bei den Loders, wenn sie nicht beim Captain ist. Man hat mir gesagt, daß Mrs. Matzell in Half-Way House sehr krank sein soll.«

Der Jobber verstummte, und die Regung menschlichen Interesses, die Daisys Name geweckt hatte, erstarb in seinen Augen. Lange Zeit schwieg er, und Magnus verwünschte sich innerlich ob seines Versagens, etwas über Miss Wane zu erfinden oder zu improvisieren. Der Unglückliche neben ihm drückte ihn mittlerweile unbarmherzig gegen einen jungen Mann mit ordentlichem Strohhut, der Hardys *The Well-Beloved* las.

Als Magnus einen Blick auf das Buch warf, fiel sein Auge auf das Wort Oolith, und es schien vor seinen Augen zu tanzen zu beginnen. Irgendwo auf der Bank voller Menschen – irgendwo jenseits des Jungen mit dem Strohhut – hielt ein Baby einen rosafarbenen Spielzeugballon an einer Schnur, der immer wieder die Schultern der Spaziergänger berührte und einmal von einem gehässigen alten Mann so heftig zurückgeschlagen wurde, daß er vom Kopf seines Besitzers elastisch abprallte. Auf dieses rosafarbene Spielzeug heftete sich jetzt das Wort Oolith wie ein Etikett auf die Oberfläche eines roten Mondes, und obwohl die steinerne Halbinsel des Jobbers an dieser Stelle durch den Pier von Weymouth ihren Blicken verborgen war, hatte der Nachhilfelehrer den Eindruck, als wäre ganz Portland mit all seinen Bewohnern und deren Leidenschaften kein bißchen gegenständlicher als dieser luftige, schwebende Ballon.

»Weiß Gott!« rief der Jobber zu guter Letzt. »Daran hab' ich gar nicht gedacht! Vielleicht ist sie zu Ellen ins Head gegangen, um sich von ihr verstecken zu lassen. Dort oben gibt es unzählige aufgegebene Steinhütten, wo man sich auf ewige Zeiten verstecken könnte, wenn es nötig wäre. Früher war es das Hauptquartier der Schmuggler. Weiß Gott!« – und er schlug sich an die gerunzelte Stirn – »und Ellen kam mir auch komisch vor, als ich mit ihr über sie gesprochen hab'. Ja, damals kam sie mir komisch vor, aber dann hab' ich es ganz vergesssen, Mr. Muir. Aber es kam mir damals komisch vor! Und sie ist eine komische Person, Mr. Muir. Sie kennen sie wohl nicht, nehme ich an – die Wirtin im Head? Manche behaupten, sie wäre die Halbschwester ihres Ehemanns und ihre Töchter wären gleichzeitig ihre Nichten, Melia, Celia und Sue; die kennen Sie wahrscheinlich auch nicht, oder? In letzter Zeit sieht man sie immer am Strand bei Cobbold.«

In seinem Eifer, Magnus dazu zu bewegen, der – keineswegs völlig unplausiblen – Vermutung zuzustimmen, Perdita verberge sich vor ihm in der Nachbarschaft des Sea-Serpent's Head, wo sie ihre erste gemeinsame Nacht verbracht hatten, beugte Strohmann Skald sein großes, zerfurchtes Gesicht nahe zu dem des Nachhilfelehrers, und dabei fiel Magnus ein abscheulicher Geruch auf, der ihm nicht der von Whiskey, sondern der von Rum zu sein schien. Nun verhielt es sich jedoch so, daß Muir, der gegen Whiskey oder sogar Gin keinerlei Abneigung hatte, den Geruch von Rum verabscheute! Ein Seemann auf einem der alten Kriegsschiffe hatte ihn als Kind einmal auf seinen Knien sitzen lassen und ihm ins

Gesicht geblasen, was ein ganzer Avernus übelkeiterregend süßen Schwefels gewesen zu sein schien. Folglich minderte der Rum im Atem des Jobbers das Mitgefühl des Lehrers nicht unbeträchtlich.

Er zündete sich jetzt schnell eine Zigarette an, was den Leser des *Well-Beloved* infolge der Gesetzmäßigkeit der Nachahmung veranlaßte, sich ebenfalls eine anzuzünden. Der Jobber wiederum steckte sich seine leere Pfeife in den Mund und begann erbittert auf dem Mundstück herumzubeißen.

»Weiß Gott! Wenn das die Lösung ist, warum ist sie mir dann nicht schon früher eingefallen?« Doch während er diese Worte durch die geschlossenen Zähne zischte, seufzte er schwer, als wisse er im Herzen, wie trügerisch seine Hoffnung war. Und dann sagte Magnus auf einen Impuls hin etwas sehr Unkluges.

»Jerry hat gesagt«, bemerkte er, »er sei sich sicher, ihr irgendwo in Weymouth begegnet zu sein. Er sagte es so nachdrücklich, daß es mir vorkam, als wisse er, wo sie sich aufhält.«

Der gequälte Blick aus den Augenhöhlen des Jobbers konzentrierte und verengte sich, wurde aber nicht weicher.

»Ja, ich weiß«, knurrte er. »Er hat mir in all seinem Gerede diesen Eindruck zu geben versucht, aber ich glaube es ihm nicht, Mr. Muir, ich glaube es ihm nicht! Ich glaube nicht, daß sie in Weymouth ist.«

»Waren Sie schon bei der Polizei?«

Dies kam Magnus so unvermeidlich über die Lippen, wie es dem älteren Muir geschehen wäre, der die Polizei von Weymouth als eine Art persönliche Leibwache zum Schutz des Mathematikunterrichts betrachtet hatte. Mit Erstaunen sah er, mit welch verächtlichem Blick der Jobber ihn bedachte.

»Nun ja«, sagte er und erhob sich, denn sein eigener Geist war hartnäckig darauf aus, an diesem Nachmittag Sylvanus aufzusuchen, »eine Sache, die ich tun würde, wenn ich an Ihrer Stelle wäre, Skald, besteht darin, alle Leute, die Sie in Weymouth kennen, aufzusuchen und schwören zu lassen, daß sie Miss Wane bis zu ihrem Aufenthaltsort folgen, wenn sie ihr begegnen, und sich sofort mit Ihnen in Verbindung setzen. Wenn ich an Ihrer Stelle wäre, Skald«, wiederholte er und erwärmte sich für seinen Ratschlag, da er das unselige Gespräch sich seinem Ende nähern sah, »würde ich diese kleine Stadt mit meinen Spionen bevölkern, die alle auf der Suche nach ihr Augen und Ohren aufsperren! Es mag die ersten Tage oder Wochen nicht sofort anschlagen, aber früher oder später – wenn sie in Weymouth ist, und mein Gefühl gibt

Jerry darin recht – werden Sie sie finden, glauben Sie mir.« Er hatte jetzt die Hand ausgestreckt: »Aber lassen Sie mich noch ein Wort sagen, Skald, sofern Sie mich nicht für aufdringlich halten. Ich bin ein gutes Stück älter als Sie … es würde mich nicht wundernehmen, wenn es mindestens zehn Jahre wären! … Suchen Sie keinen Trost im Alkohol. Der Alkohol ist ein schlechter Freund. Sprechen Sie lieber Ihre Gebete, Jobber Skald, glauben Sie mir. Sprechen Sie lieber Ihre Gebete!«

Er ging, wobei sein Gesicht ob der Kühnheit seiner letzten Worte leicht errötet war. Als er sich einen Weg durch die Menge bahnte, empfand er einen Gewissensbiß der Beschämung. Wer war er, daß er diesem Mann etwas vom Beten erzählen konnte? Welcher Teufel hatte ihn geritten, daß er so tief »ins Fettnäpfchen getreten« war, wie Jerry Cobbold es ausgedrückt hätte? Er drehte sich um und warf einen Blick zurück. Der Jobber saß noch immer kerzengerade aufgerichtet auf der Bank, die Hände im Schoß gefaltet. Als Magnus zwischen den Gestalten der Passanten hindurch nach ihm spähte, begegneten sich ihre Augen unvermittelt, und sie tauschten einen jener unbeschreiblichen Blicke, die in so großem Maß das Geheimnis menschlichen Kontakts ausmachen.

»Ich wünschte, das mit dem Beten hätte ich nicht gesagt«, dachte Magnus, als er sich entfernte, »obwohl es genau das ist, was Vater gesagt hätte! In jenem Augenblick *war* ich Vater.«

Er hatte die Esplanade nun überquert und kehrte der dichtgedrängten Prozession den Rücken zu. Hier verspürte er den beinahe unbezähmbaren Drang, zu dem Mann auf der Bank zurückzugehen, aber er unterdrückte ihn.

»Wozu soll es gut sein?« sagte er sich. »Wenn ich nicht anders mit ihm spreche, als Vater zu Landstreichern gesprochen hat, bin ich ihm von keinerlei Nutzen.«

Jetzt stand er oben an einer der Steintreppen, die von der Esplanade zum trockenen Strand hinunterführten. Auf der untersten Stufe saß eine Reihe nacktbeiniger Kinder, und neben ihnen las eine unvorstellbar dicke Großmutter, die sich an eine Miniatursandburg lehnte, den *Anzeiger* von Melcombe Regis. Zwei Kleinkinder, dem Säuglingsalter gerade entwachsen, bewarfen die Seiten der Burg mit kleinen Schaufeln voll Sand, während ein anderes Kleinkind, ein sehr ernster kleiner Junge, mit einem leuchtendbunten Eimer bewaffnet, den ein Bild von Brighton zierte, sich damit abmühte, Sandküchlein ohne Wasser zu formen, wie die Israeliten Ziegel ohne Stroh geformt hatten. Magnus sah für einen Augenblick von Sylvanus ab, setzte sich auf die oberste Treppenstufe und richtete den Blick auf eine kleine feuchte Stelle im Sand nahe den melancholischen formlosen Sandküchlein, wo der kleine Trockenarbeiter Wasser aus dem eigenen Körper erzeugt hatte, und begann in einem Anfall angespannter Begierde, die untypisch für ihn war, eine so wollüstige Szene in dem noch nie betretenen Dachstübchen heraufzubeschwören, daß sie Sand und Urin und die Zeitung und die nackten Kinderbeine und die Falten des schwarzen Gewands der alten Dame und Keksbrösel und Fliegen und ein wunderschönes Riementangexemplar, das Kieselsteine an seinem Platz hielten, in Lippen verwandelte, die lächelten, wie sie noch nie gelächelt hatten, in Gliedmaßen, die nachgiebig waren wie nie zuvor, und in eine leidenschaftliche Erwiderung seiner Gefühle, wie sie sich auch nur vorzustellen er bisher nur einmal gewagt hatte, nämlich in der Erregung angesichts des Schiffbruchs.

Das schrille Kläffen eines wolligen Hündchens von lächerlich zwergiger Größe, das er jetzt – denn es war hinter der Zeitung verborgen gewesen – auf dem Schoß der alten Frau zum erstenmal wahrnahm, weckte ihn aus seiner Trance und erinnerte ihn an sein Vorhaben. Er lief die Stufen hinunter, drängte sich an den Kindern vorbei, entschuldigte sich bei der alten Frau und machte sich eilig zum feuchten Strand auf.

Der ganze belebte Strand bot zu dieser Stunde ein abwechslungsreiches Schauspiel, und durch all dies bahnte er sich hastig seinen Weg, indem er der zerbrechlichen, bröckeligen Grenzspur folgte, die das Wasser in den Sand geprägt hatte. Die Sonne strahlte von einem Himmel, der jetzt beinahe wolkenlos war und dessen tiefes Blau nur eine zarte weißliche Glasur am Meereshorizont milderte. *Da war er!* Ja; es war nicht weiter schwierig, die hünenhafte Gestalt im Tweedanzug zu erkennen, die mit langen, nackten Beinen dastand, Stiefel und Socken durch die Schnürsenkel fest aneinandergebunden, und einen kleinen Soldatenstock in der Luft wirbelte. Mit größter Andacht lauschten seinen Worten zwei weibliche Gestalten, die sich in den Augen des Nachhilfelehrers aus Brunswick Terrace als zwei der uninteressantesten jungen Frauen ausnahmen, die er je zu sehen bekommen hatte.

Magnus hatte noch nie das Sea-Serpent's Head besucht, und selbst wenn er es getan hätte, wäre ihm die Besonderheit der Familie Gadget höchstwahrscheinlich gar nicht aufgefallen, doch für Sylvanus' Seele waren die untersetzten, steif dastehenden Mädchen in ihren rosa Kleidchen und mit ihren bändergeschmückten Hüten von absorbierendem und faszinierendem Interesse. Gefäße kostbarer Düfte waren sie, Krüge voll himmlischen Salböls, Behältnisse paradiesischer Myrrhe und Kassie, deren empfängliche Seelen Rohrpfeifen waren, auf denen das Absolute ununterbrochen spielte, die ganze Nacht und den ganzen Tag spielte, auf dem Strand und an der Küste, auf den Felsen und in den Steinbrüchen, und es spielte Melodien, die Sylvanus lehrten, was der Geist Faust gelehrt hatte:

»Alles Vergängliche
ist nur ein Gleichnis.«

»Ich habe mich daran gewöhnt«, dachte Magnus, »ihn ohne seinen Schnurrbart zu sehen; sein Gesicht sieht zwar viel weichlicher aus, aber auch sensibler.«

Sylvanus' Reden waren offenbar zu nebulös für seine Ferienzuhörerschaft geworden, ob zu Lande oder im Wasser, als er dort stand wie die wankelmütige Menschennatur im Lied – »mit einem Fuß im Meer und einem Fuß an Land« –, denn Melia und Celia waren als einzige Getreue von einem Grüppchen junger Leute übriggeblieben, das sich um ihn zu scharen pflegte. Sue war nie eine so glühende Sylvanus-Anhängerin gewesen, wie ihre Schwestern es geworden waren. Sue hatte eine Schwäche für Männer der Tat, und seit der Jobber Perdita verloren hatte, war sie so kühn gewesen, mehr als einmal ihr Beileid zu bezeigen.

Nicht weit von dort, wo Sylvanus zu Melia und Celia sprach, war ein Vergnügungsboot an Land gezogen worden, dessen Heck tief im feuchten Sand steckte. Die Bootsmänner, denen es gehörte, waren draußen in der Bucht, und da Ebbe war, überließen sie es ihrem Boot, allein zurechtzukommen. Magnus, der plötzlich große Erschöpfung verspürte, setzte sich auf dieses sandgefestigte Heck, nicht ohne den Namen des Bootes zu sehen, der *Kalypso* lautete. Wie die Berührung eines Zauberstabs entführte das antike Wort den Geist des Gelehrten durch all seine Sorgen und Obsessionen hindurch zu jenen fernen Gebieten, die er liebte, und unversehens erkannte er in der hochaufgerichteten Gestalt Sylvanus' zwischen der schimmernden Bucht, die flinke Möwen, luftige Yachten und mit fröhlicher Fracht beladene Boote sprenkelten, und den dunstigen, fiedrigen Wolken des halkyonischen Himmels geradezu zwingend die ewige Wiederkehr eines unvergänglichen »Gleichnisses«.

Sylvanus selbst erkannte den Mann auf dem Heck der *Kalypso* offenkundig nicht, denn er fuhr in seinem volltönend, tief und leise gemurmelten Monolog fort, wobei er sich ausschließlich an die zwei jungen Mädchen wandte, die barfuß, die Schuhe in der Hand, den Blick ihrer gebannten Augen hinter den Brillengläsern auf ihn gerichtet hielten, während ihre unschuldigen Münder offenstanden. Magnus achtete nicht im geringsten auf das, was der Mann sagte, sondern empfand ein Gefühl von Frieden und Glück, als er so auf dem Heck der *Kalypso* saß. Alle Besorgnis, alle nagende Lebenslast seines gewohnten Gesichtsausdrucks wich von seiner Miene. Die Linien seines Mundes wurden eindrucksvoll, beinahe majestätisch, und seine Nasenflügel bebten wie die eines stolzen Pferdes.

»Wasser und Sandstrand«, dachte er, »sind das, was ich brauche. Das Unbelebte, nicht Fleisch und Blut. Ich bin in diesem Moment tatsächlich glücklicher, als wenn ich mit Curly zusammen bin!«

Sein Geist sprang von einem Bild der Homerischen Mythologie zum nächsten.

»Ich bin nicht der einzige in Weymouth, der Homer liest«, sagte er sich, während er mit den Fingern an den Kurven der *Kalypso* entlangstrich, die von der Sonne so glühend heiß waren, daß sie an einigen Stellen kleine Teertröpfchen absonderten, »aber ich bilde mir ein, daß ich der einzige bin, der Homers Philosophie zur eigenen Philosophie und Homers Religion zur eigenen Religion erhoben hat.«

Und dann widerfuhr ihm etwas Eigenartiges. Er erblickte ein großes, verwittertes Korkstück, wie Fischer es verwenden, um ihre Tiefseenetze daran zu hindern, außer Sicht zu versinken. Dieses große Korkstück lag halb vergraben im Sand. Doch kaum hatte er es erblickt, als ein Schwall von so tiefer, so überwältigender Glückseligkeit ihn übermannte, daß er außer sich geriet. Das Korkstück hob ihn empor, entführte ihn. Das Korkstück wurde zu all jenen Sommernachmittagen, an denen er und Muir d. Ä. sich von Penn House zu Fuß nach Redcliff Bay aufgemacht hatten. Das Korkstück wurde zu dem Plätschern der Wellen in allen Felstümpeln zwischen der Küstenwache und Preston Brook.

Er seufzte schwer, erhob sich von seinem Sitz und zog, als er zu Sylvanus trat, seine Mütze vor den zwei Mädchen, die in seinen Augen so unsäglich uninteressant aussahen, während sie für Sylvanus die »noch unbefleckten Bräute« einer unaussprechlichen Offenbarung waren. Die Miene des großgewachsenen Mannes glich der Karte einer Terra incognita, die zu beschreiben ihr Entdecker im Begriff steht. Doch nach und nach kam er zur Besinnung, während seine Hand in Magnus' Hand lag.

»Ihr dürft Sue nicht zu lange allein lassen, meine Schätzchen«, sagte er in ruhigem und recht wehmütigem Ton. »Ihre Mutter würde es euch nie verzeihen, wenn ihr etwas zustieße, und sie ist anders als wir! Sie ist eine Forschernatur.«

Melia und Celia warfen nicht einmal einen Blick auf den Störenfried. Sie senkten den Blick, zupften ihre Röcke zurecht und wanderten zum Meer hinaus, offenkundig in der Absicht, der Ebbe zu folgen bis zu jener Stelle in etwa dreihundert Meter Entfernung, wo der Großteil der Jungen und Mädchen im Wasser planschte.

Die beiden Männer setzten sich dort, wo Magnus gesessen hatte, und so wie die geisterübersetzende Barke auf dem fahlen Morast vor den scharlachroten Bastionen des Dis unter Dantes Gewicht bis zum Schandeck versank, so versank unter Sylvanus' Gewicht die *Kalypso* im Sand.

»Ich bedaure, daß wir einander so selten gesehen haben«, eröffnete Magnus das Gespräch, »aber es ist für mich schwierig, nach The Bill zu gelangen, und seit ich Benny Cattistock unterrichte, habe ich wenig freie Zeit gehabt.«

Sylvanus nahm diese höfliche Eröffnung so wenig zur Kenntnis, als hätte Magnus lediglich geniest.

»Wollten Sie etwas von mir wissen?« fragte er.

»Ich weiß, daß Sie sich um Ihre eigenen Angelegenheiten zu kümmern haben«, sagte Magnus, »wie wir alle. Und ich weiß, daß Ihr Hauptinteresse Ihrem eigenen mystischen System gilt. Aber manchmal habe ich den Eindruck, daß man unbedingt –«

»Geht es um Marret Jones?«

Die realistische Unverblümtheit der Annäherung des Mannes an fundamentale Themen war Magnus nicht unrecht. Höfliches Lavieren war seinem Geist nicht von Natur aus gegeben, wenngleich er sich aus Nervosität für gewöhnlich dessen bediente. Nun lächelte er und schüttelte den Kopf.

»Geht es um Ihre Freundin Curly Wix?«

Er lachte und schüttelte abermals den Kopf.

»Geht es um das Mädchen, das Strohmann Skald verloren hat?«

»Meiner Treu, Cobbold, Sie scheinen zu glauben, daß es nichts Wichtiges gibt als das, was mit Mädchen passiert. Ich wollte Sie fragen, ob Sie meinen, daß den Leuten hier klar ist, was in der

Brush-Anstalt vor sich geht, nämlich Vivisektion? Ich kann Ihnen nämlich versichern, daß es sich tatsächlich so verhält.«

Sylvanus hob die Hand zu der Stelle in seinem Gesicht, wo sich der berühmte Schnurrbart befunden hatte.

»Hören Sie, Mr. Muir«, sagte er, und dann drehte er seinen langen Hals mit der sonderbaren Schildkrötenbewegung, die Zigeuner-May so sehr verstört hatte: »Das ist mein letzter Tag in Freiheit. Sie ... stecken ... mich ...« Er sprach mit sanfter, aber bedeutungsvoller Betonung: *»Sie stecken mich ins Tollhaus.* Jerry hat getan, was er konnte ... aber er kann nur bewirken, daß ich zu Brush komme ... wo mein Vater war, bevor er starb, und wo Edward Loder hinkam. Ob er noch lebt, weiß ich nicht! Zahllose Leute aus Weymouth enden bei Brush. So gut wie keine alteingesessene Familie, die nicht ein paar Exemplare dort hat. Sie sehen also, daß ich die besten Möglichkeiten haben werde, alles über die Sache mit der Vivisektion in Erfahrung zu bringen. Schauen Sie nicht so drein, Muir. Ich habe keine Angst. Seit Marrets Vater diesen Krawall gemacht hat und sie zurückgeholt hat, ist es in meinem Haus draußen ein bißchen einsam geworden. Bei Brush werde ich nicht einsam sein. Sie werden mich auf dem Gelände herumlaufen lassen, und niemand wird sich die Mühe machen, mich davon abzuhalten, zu den anderen Insassen zu sprechen. Das ist der Vorteil von Bedlam. Sie lassen einen dort reden!«

Als Magnus diesen Worten lauschte, die so gelassen von dem glattrasierten Gesicht neben ihm geäußert wurden, ergriff ihn eine lähmende Übelkeit. Er sah das Leben unter einem neuen Gesichtspunkt, so als hätte er sich selbst sein Lebtag lang in Watte eingepackt und nun zum erstenmal Stacheln berührt! Er verspürte nicht unbedingt Mitleid mit Sylvanus. Etwas an dem Mann wies Mitleid Tausende von Meilen von sich, ließ Mitleid fehl am Platz erscheinen, so als wolle man Maiden Castle oder das Hardy-Denkmal bemitleiden, aber die Offenbarung der Grausamkeit der Welt drehte ihm den Magen um, ihre unmenschliche Grausamkeit. Wenig hatte er geahnt, was er tat, womit er spielte, als er an diesem Nachmittag Sylvanus aufsuchte. Der Ton des Mannes klang so endgültig, und Magnus war so wenig welterfahren, daß er keine Neigung verspürte, die gespenstische Ankündigung in Frage zu stellen oder Widerspruch zu äußern. Die Aura, die Sylvanus' ganze Persönlichkeit umgab, war so erfüllt von der Schwerkraft des Unausweichlichen, daß es Magnus als Unverschämtheit erschienen wäre, ihn mit mißtönendem Lärm zu stören. Doch eine schwache Frage murmelte er.

»Warum sind Sie so sicher, daß man Sie heute abend festnehmen wird?« fragte er mit leiser Stimme.

»Mein lieber Freund«, erwiderte Sylvanus. »Dreimal habe ich heute auf der Esplanade zu sprechen versucht. Es war gegen drei Uhr, glaube ich, denn ich sah die Uhr, als ich es zum letztenmal versuchte, und das war mein Ende. Der Polizeidirektor war persönlich anwesend. Er hat mir eine letzte Chance gegeben. Ich muß nur auf die Esplanade treten und ein paar Worte sagen, Mr. Muir, und ich werde abgeführt. Sie beobachten uns in diesem Augenblick. Sie wissen, daß ich es tun werde ... und ich weiß es auch! Wir verstehen einander vollkommen. Sie haben alle Vorkehrungen getroffen. Der Haftbefehl ist bereits ausgestellt. Ich bin gewissermaßen auf Ehrenwort draußen. Heute nacht werde ich im Polizeigewahrsam übernachten. Morgen wird irgendein städtischer Beamter – wahrscheinlich dieses Wiesel Ballard – meine Verurteilung unterzeichnen. Dann werden sie sofort Jerry und irgendeinen Narr von Arzt kommen lassen, und dann habe ich die Wahl zwischen der Bezirksanstalt und Brush! Jerry wird den Aufenthalt bei Brush bezahlen, und dort werde ich hinkommen. Eine Nacht im Gefängnis, mein Freund, und dann das Sanatorium, das wir Seiner Majestät verdanken!«

Die beiden Männer tauschten einen langen, schweigenden Blick.

»Können Sie nicht«, flüsterte Magnus – ihm war zumute, als starre die Esplanade vor riesigen Artilleriegeschützen, die jeden Augenblick das Feuer eröffnen konnten – »können Sie nicht genausogut Ihrem Stern folgen und Ihre Aufgabe erfüllen, ohne die Regeln der anderen zu brechen?«

»Unmöglich«, flüsterte der andere. »Ich habe meinen Entschluß schon vor langen Monaten gefaßt. Sie haben selbst gesehen, wie viele Leute mir hier unten zuhören. Nur die zwei Mädchen! Auf der Esplanade bildet sich immer ein Menschenauflauf. Tja, Muir, ich muß mich auf den Weg machen! Wenn Sie die Möglichkeit haben, etwas für Marret zu tun, tun Sie es ... und auch für May oder eines der Kinder vom Head. Ich stilisiere mich nicht zu einem heroischen, ironischen Sokrates. Ich nehme es leicht, weil ich das Schlimmste schon hinter mir habe. Ich werde heute nacht gut schlafen, Muir, und morgen noch besser! Warum nicht? Gott befindet sich nicht nur am Strand von Weymouth.«

Magnus dachte:

»Es ist unglaublich, daß sie einen Mann einfach einsperren, nur weil er auf der Esplanade Menschenmengen anzieht. Ich frage mich ... ich frage mich, ob –«

Was ihm einfiel, waren all die verleumderischen Gerüchte, die über Sylvanus in Weymouth umgingen, daß er junge Mädchen verführe und zu dem einsamen Haus an der Landzunge verschleppe. Seit Monaten hatte Mrs. Cobbold ihm die finstersten Dinge zugeflüstert, und auch in der Stadt hatte er Geschichten über ihn gehört, die schlicht unglaublich waren. Sogar Miss Le Fleau hatte den Wunsch ausgesprochen, und das erst kürzlich, daß die Behörden eingreifen möchten.

»Es bringt unsere Stadt in Verruf«, hatte die alte Dame gesagt, »und ich bin überzeugt, daß die Polizei etwas unternehmen sollte. Junge Mädchen können sich bald nicht mehr allein auf die Straße wagen. Ich kann diese Vorstellung nicht ertragen. Ich finde deshalb nachts keinen Schlaf mehr.«

Magnus, durch dessen Geist diese Gedanken eilten, ergriff den Stier bei den Hörnern.

»Übrigens, Cobbold«, brach es aus ihm heraus, »sind Sie auch sicher, daß der Ärger mit der Polizei wirklich mit Ihren Reden zu tun hat? Glauben Sie nicht, daß der Mann vom Kasperletheater wegen seiner Tochter den Stein ins Rollen gebracht hat? Ich habe sie vorhin gesehen, und sie war –«

Voll Erstaunen sah er das wutverzerrte Gesicht des großgewachsenen Mannes.

»Sie sind meine Freundinnen«, rief er heiser. »Freundinnen, sage ich Ihnen. Meine Marret, die kleine Peg ... Sie sind meine Freundinnen. Sie verstehen mich, und ich verstehe sie. Gott verbindet uns, guter Mann! Begreifen Sie nicht? Kann das niemand begreifen? Durch sie werde ich Gottes teilhaftig!«

Magnus schwieg. Er empfand alles andere als Beruhigung. Insbesondere Pegs Erwähnung stimmte ihn besorgt. War Sylvanus vielleicht wirklich jemand, der junge Mädchen verführte?

»Meinen Sie ... Peg Frampton?« brachte er hervor.

Sylvanus erfaßte die Veränderung in Magnus sofort.

»Ich habe gesagt – meine *Freundinnen*!« rief er zornentbrannt. »Wer in dieser Stadt hat das Recht, sich in meine Freundschaften einzumischen? Muir ... Muir ... Sie beginnen zu sprechen, wie Ihr Vater es getan hätte!«

Nichts hätte mehr darauf angelegt sein können, ihm die Sympathie des Lehrers zu nehmen, als diese unglücklich gewählten

Worte. Magnus wußte sehr wohl, welch altmodisches, konventionelles Ansehen sein Vater in Weymouth besaß. Was wußten diese Leute schon von der *anderen* Seite seines Vaters, dem verborgenen, elementaren Leben, das er von ihm geerbt hatte?

»Ich kann dazu nur sagen, Cobbold«, sagte er zu seiner eigenen Überraschung, während er ihn mit einem vor Empörung nachgerade elektrisierten Erröten ansah, »daß Sie sich auf gewaltige Scherereien gefaßt machen können, wenn Sie sich mit der Tochter von Cattistocks Partner ›angefreundet‹ haben! Jetzt wird mir die ganze Sache allmählich klar. Der junge Ballard hat einen Wink von Mr. Frampton bekommen, wahrscheinlich sogar von Cattistock persönlich. Sie hätten besser daran getan, Cobbold, Ihre ... ›Freundschaften‹ ... auf Mädchen der niederen Klassen zu beschränken ... Mädchen wie die zwei, die ich vorhin bei Ihnen sah.«

Der große Mann antwortete nichts. Mit einem Blick, der seinem Gesprächspartner zeigte, daß ihre Unterhaltung zu Ende war, begann er den Sand aus seinen Stiefeln zu schütteln, damit er sie anziehen konnte, und als das zu seiner Zufriedenheit vollbracht war, beugte er sich nieder und begann, ohne sich die Füße abgetrocknet zu haben, mühsam die Socken anzuziehen, was nicht leicht war. Seine gebeugte Gestalt neben dem Boot dünstete eine Emanation aus, in der sich Menschenschweiß mit von der Sonne aufgeweichter Farbe mischte.

Magnus empfand heftige Reue. Woher nahm er das Recht, sich eine bürgerliche Haltung zum Tun dieses außergewöhnlichen Wesens anzumaßen?

»Nun gut, Cobbold«, sagte er, »ich werde Sie nicht länger stören. Aber ich will Ihnen sagen, was ich tun werde. Ich gehe jetzt sofort nach High House, um mit Ihrem Bruder zu sprechen.«

Der Mann, der mit seinen Socken kämpfte, gab keine Antwort.

»Und danach werde ich Rodney Loder aufsuchen, denn was Sie brauchen, wenn diese Teufel Sie wirklich einlochen, das ist ein gerissener Anwalt.«

Kein Zeichen, kein Indiz, das verraten hätte, daß die kauernde Gestalt auch nur hörte, was er zu ihr sagte! Die Verstocktheit des Burschen ärgerte Magnus, aber er dachte sich:

»Ich wäre selbst zweifellos kuriosester Laune, wenn ich Gefahr liefe, im Höllenpfuhl zu landen. Auf jeden Fall gehe ich jetzt zu Jerry! Je eher *er* Bescheid weiß, um so besser, was auch geschehen mag.«

Er warf einen letzten Blick auf den beschäftigten Mann.

»Adieu, Cobbold!« sagte er, und diesmal wollte ihm scheinen, als habe er oberhalb des störrischen Strumpfs etwas wie eine Reaktion wahrgenommen, doch was er zu hören bekam, klang seinen klassisch gebildeten Ohren wie zwei lateinische Wörter, die man selten als Verbindung antrifft, beispielsweise Wörter wie *caput* und *anus*.

»Wie? Was meinen Sie?«

Aber Sylvanus schwieg.

Allein auf der vollbesetzten Bank zurückgeblieben, von wo aus der karmesinrote Spielzeugballon noch immer die Ellbogen der Vorbeigehenden berührte, blieb Jobber Skald reglos sitzen wie ein Bildnis der Trostlosigkeit, das aus dunklerem, rauherem Stein gefertigt war als seinem heimatlichen Oolith. Zuletzt erhob er sich langsam und mit steifen Gliedern.

»Ich gehe was trinken«, dachte er und blieb einen Augenblick unschlüssig stehen, während er überlegte, wo die nächste Schenke war.

Plötzlich präsentierte sich seinen sonnengeblendeten Augen die untersetzte, stämmige Gestalt des treuen Bum Trot.

»Skipper!« sagte Bum Trot mit unnötig lauter Stimme, als schreie er vom Bug zum Heck der *Kormoran* gegen den Wind an.

»Was ist?« seufzte der Jobber.

»Sie hat mich hergeschickt, damit ich ein Auge auf Sie hab'. Sie macht sich gewaltig Sorgen um Sie.«

»Mir fehlt nichts«, brummte der Jobber.

»O Skipper, das stimmt nicht, das stimmt nicht! Ihnen fehlt 'ne ganze Menge. Sie laufen rum wie ein lebendiger Leichnam, das wissen alle, die Sie wirklich kennen.«

Die anhängliche Besorgnis seines treuen Vasallen ließ den Jobber nicht unberührt. In seinem Herzen regte sich ein Impuls, der sich auf seinem schmerzverwüsteten Gesicht abzeichnete.

»Komm«, brummte er, »komm, alter Freund. Ich will mit dir sprechen.«

Sie verließen die Esplanade, überquerten die Straße, gingen ein, zwei Stufen zur King's Street hoch und betraten die erste Schenke, die sie erreichten und über deren Eingang ein Schild mit den Worten The Flag-Ship hing. Hier, in einer fast leeren Bar, erleichterte der Herr der *Kormoran* sein Herz über schäumenden Bierseideln – und diesmal scherte der Jobber sich nicht darum, aus wessen Brauerei das Bier stammte.

»Ich hab' sie wieder vorgefunden, wo ich sie gelassen hatte, Bum, als ich an jenem Tag zurückging. Sie war von ganzem Herzen froh, daß ich ihn nicht angetroffen hatte, und um die Wahrheit zu sagen, Bum, ich war's auch. Sie an diesem dunklen Morgen allein zu lassen, das hat mir keine Freude gemacht, und es ist mich schwer genug angekommen! Nun gut! Wie du und die Missus wissen, blieben wir den ganzen Tag und auch den nächsten Tag dort und haben uns keinen Steinwurf vom Head wegbewegt. Sie dachte, ich hätte meinen Schwur, es dem Hund Cattistock einzutränken, aufgegeben, und ich hab' kein einziges Wort drüber zu ihr verloren, weder ja noch nein. Hätte ich's nur getan, alter Freund, hätte ich's nur getan! Denn zuletzt kam die Stunde – eine Zeit und zwei Zeiten und eine halbe Zeit, weh ihnen allen! –, als sie herausfand, daß der Stein von Chesil noch immer in meiner Tasche war, ja, und auch in meinem Herzen, der Herr strafe und zermalme meine Seele! auch in meinem Herzen. Es war ein bitterer Augenblick, Bum, als sie das herausfand, der bitterste, den ich je erlebt hab', und ich habe davor und danach manch einen bitteren erlebt! Worte sind zwischen uns gefallen, schreckliche Worte, mein Junge, Worte, die . . . Worte, die . . .«

An dieser Stelle übermannten ihn seine Gefühle, und zu Mr. Trots Bestürzung neigte sein Kopf sich über das Bier, und Schluchzer, die von dort aufzusteigen schienen, wo bei der Geburt sterblicher Menschen die Nabelschnur durchtrennt wird – so tief waren sie –, erschütterten seinen ganzen massigen Körper.

Bum Trot hatte den Skipper nur ein einziges Mal zuvor weinen gesehen, und das war gewesen, als der »Hund« Cattistock seinen ersten Schritt in dem Vorhaben getan hatte, die Steinbrüche in die Hand zu bekommen. Doch das waren andere Tränen gewesen! Die, welche sich nun mit dem Schaum und der Neige dessen mischten, was tatsächlich – denn das Flag-Ship war an eine Brauerei gebunden – Bier aus einem Faß von Cattistock & Frampton war, waren die selbstvergessensten Tränen leidenschaftlicher Liebe, die Bum je zu sehen bekommen hatte.

Als der leidgeplagte Mann schließlich die Selbstbeherrschung wiedererlangte und den Rest seines Biers, verdünnt mit einem Salz, das nicht dem Meer entstammte, austrank, war es fast eine Erleichterung für den aufgewühlten Mr. Trot zu erkennen, daß der Jobber nicht länger zu Bekenntnissen aufgelegt war, auch wenn er weniger in Cove House zu berichten haben würde. Der einzige verbleibende Informationspartikel, den er für die besorgte

Mrs. Trot ergattern konnte, war der Sachverhalt – den sie sich bereits ohnedies zusammengereimt hatten –, daß der Jobber ein, zwei Tage, nachdem er Perdita verloren hatte, ihre Tante in Guernsey aufgesucht hatte und daß die verschwiegene und vorsichtige alte Dame, obwohl sie sich nach Kräften bemühte, ihm gegenüber nichts verlauten zu lassen, zweifellos regelmäßig mit ihrer Nichte in Austausch stand und sich keinerlei Sorgen um sie machte.

Während Bum Trot sich nach Kräften bemühte, seinen Meister dazu zu überreden, für den Nachhauseweg die Fähre und nicht die Brücke zu nehmen, läutete in Sark House an der Ranelagh Road die Türklingel mit wütender und wilder Aufdringlichkeit. Niemand anders als Ruth selbst, Miss Le Fleaus heimliche Wahl für Magnus, sollte die Vorsehung in weiser Voraussicht jemals Curly in die Ewigkeit abberufen, hatte sich genötigt gesehen, diese anrüchige Gegend heimzusuchen. Doch obwohl sie lärmend läutete und ernsthaft darum betete, daß die Schmerzen ihres Vaters nachlassen möchten, bevor er starb, hielt Ruth einen beträchtlichen Teil ihres Bewußtseins völlig unaufgeregt und beschäftigte sich darin mit Dingen, die nichts mit James Loders Magengeschwüren und dem ärgerlichen Warten an der Tür des Arztes zu tun hatten. Was ihren Geist beschäftigte, waren bestimmte grünlich gefärbte Fische, die sie an diesem Nachmittag unterhalb von Sandsfoot Castle gesehen hatte, als sie auf Captain Poxwell aufgepaßt hatte. Sie hatten dunkle, aufragende und sehr spitze Flossen. Sie fragte sich müßig, ob sie wohl noch in dem Tüpel waren oder mit der Ebbe hinausgeschwommen waren.

Miss Le Fleau wäre schlicht und einfach sprachlos gewesen, hätte sie ahnen können, welche stillen Abgründe und ruhigen Tiefen unmenschlicher Gelassenheit, die alles übertraf, was Magnus kannte, sich hinter der zärtlichen Fürsorge des sanften und hingebungsvollen Lebens dieses Mädchens verbargen! Ruth Loder, die den Arzt im Taxi nach Spy Croft brachte, machte sich Sorgen, daß ihr Vater in Lebensgefahr schweben könne, doch was trotz der vielen sympathetisch mitgefühlten Schmerzen ihren Geist erfüllte, das war ein geheimnisvolles, unergründliches Gefühl der Zufriedenheit, dort zu leben, wo es grünlich gefärbte Fische gab und wo grünlich gefärbte Fische mit der Ebbe ins Meer hinausschwimmen konnten ... Sogar als die alte Ammabel sie ein paar Minuten später hereinließ und ihnen mitteilte, daß es dem alten Herrn schlechter gehe, atmete dieses unmenschliche Mädchen – dessen Leben nach außen hin aus endloser, geduldiger

Hingabe bestand – mit unendlicher Befriedigung nach dem unangenehmen Aroma von Sark House den eigentümlichen Geruch nicht nur toten, sondern obendrein getrockneten und einbalsamierten Seetangs, in den sich der Duft sonnenversengten alten Holzes mischte, das splitterte und dessen Farbe abblätterte und in dessen verblichene Lackierung das sonnengeröstete Seesalz eines halben Jahrhunderts von Jahrhundertsommern eingedrungen war.

Nicht etwa, daß Ruths Reserviertheit, das heimliche Leben, das sich in ihrer Natur verbarg, etwas Verstohlenes oder Schuldbewußtes gehabt hätte, wie es bei Rodney der Fall war. Als sie nur ein, zwei Sekunden nach diesem Kitzel des Vergnügens, nach Hause zu kommen und den vertrauten Meeresgeruch einzuatmen, zusammen mit Dr. Girodel das Schlafzimmer James Loders betrat, brachte sie ihre private Geheimwelt voll grünlich gefärbter Fische, die dahintrieben und -schwammen, und voll sonnenbeschienenen Wassers, das wogte und wirbelte, ohne jede Scham in das Schlafzimmer ihres Vaters mit.

Doch es war erschreckend, den alten Mann zu sehen, als er sie beim Eintreten empfing und anfunkelte! Vor langem schon hatte seine Tochter sich daran gewöhnt, ihn bei seinen Schmerzanfällen nackt zu sehen. Auch jetzt war er splitternackt. Er streckte sich am Rand des Bettes aus, wo er keine Unterlage für Kopf oder Hinterbacken hatte und sich auf der Mitte seines Rückgrats balancieren konnte, wie eine Holzplanke beim Wippen auf dem hölzernen Querbalken balanciert wird. Durch lange und bittere Erfahrung hatte Mr. Loder herausgefunden, daß unbequeme Körperhaltungen bei Magengeschwüren erträglicher sind als bequeme. Und zudem war es dem alten Mann immer eine Erleichterung, die Gefühle derer zu verletzen, die noch Gefühle hatten, die man verletzen konnte. Seine Tochter wußte sehr wohl, daß er sich weder nackt ausgezogen noch auf die Bettkante gelegt hatte, bevor sie die Treppe hochzusteigen begonnen hatten. Er konnte die kleine Lettice, das Dienstmädchen, quälen und in Angst und Schrecken versetzen, ohne zu solchen Mitteln zu greifen, doch mit Ruth und Girodel beabsichtigte er, sich keinen Zwang anzutun. Statt die Schmerzpantomime einzustellen, als der kleine Doktor mit lächelndem Gesicht und ausgestreckter Hand auf ihn zutrat, besaß James Loder tatsächlich die Bosheit, mitten in seinem akuten Leiden eine unflätige Anspielung auf das Gewerbe eines Engelmachers zu äußern.

Ruth trat ans Fenster, während Girodel den Patienten mittels einer Mischung aus Überredung und körperlicher Kraftanwendung in sein weißes Nachthemd und ins Bett beförderte, doch als der General – denn Girodel nannte ihn unverdrossen bei dem Spitznamen, den Sippy erfunden hatte – sicher unter den Laken steckte, machte er ihnen die Situation unerträglich, indem er sich auf eine so lebendige, abstoßende, realistische und gleichzeitig emotionsgeladene Beschreibung seiner Magengeschwüre verlegte, daß Ruth vor Kummer und Verärgerung rote Flecken auf ihren weißen Wangen bekam und sogar eine schwach rötliche Stelle auf der glatten Stirn und abrupt den Raum verließ.

Sobald sie gegangen war, erfolgte im vorderen Schlafzimmer von Spy Croft einer jener Wettkämpfe, wie sie die Natur in ihrer widernatürlichen Kampfesfreude zu provozieren liebt. Es war ein Wettkampf zwischen unerträglichem Schmerz, der sich an dem rächt, was schmerzfrei ist, und herzlosem Zynismus, der zu scherzen versucht, wo Fleisch und Blut leiden. Und der Schmerz trug den Sieg davon. Der alte Mann richtete seinen Blick auf den Doktor und bemerkte:

»Hier drinnen ist ein roter Kreis davon!«

Und es war, als würde tatsächlich dem hypnotisierten Abtreibungsarzt durch den Raum zwischen ihnen aus dem Magen des Liegenden – der sich schon bald wieder von der Bettwäsche befreit und sein Nachthemd hochgezogen hatte – ein Kreis roter, eitriger Wunden, bläulich verfärbt, schwärend, wuchernd, faulige Gerüche ausdünstend und ausstoßend wie hochrote Grasbüschel in einem blutroten Sumpf, entgegengeschleudert. Der General hatte eine starke Persönlichkeit, Lucky eine ausgesprochen schwache. Und so kam es, daß der Schmerz mit Unterstützung der Bosheit dem Zynismus, der zu seiner Unterstützung außer beruflicher Selbstsicherheit nichts aufzubieten hatte, mehr als überlegen war.

»Es gibt einen bösen alten Namen für diesen ›Ring aus Rosen‹ in meinem Bauch. Sie tanzen im Kreis, wissen Sie«, sagte James Loder mit scheußlicher Deutlichkeit. »Nicht Hans Carvels Ring, junger Mann! Es ist eine ungewöhnlichere Art von Ring.«

Und dann brach der erstaunliche General zu Girodels Verblüffung plötzlich in den alten Kindervers aus:

»Rosen, Rosen, Ringelreihn,
Naseweises Bübelein,
Schlacke, Ruß und Asche.«

Das Wort »Asche« sprach er in einem Ton so zusammenbrechender, zerbröckelnder, nicht zu übertreffender Endgültigkeit, als befänden seine Magengeschwüre sich im zuckenden Zwerchfell des Universums, daß der Abtreibungsarzt, dem die eisenzerfressenden Dämpfe dieses Wurfgeschosses aus der Hölle jeden Rest an Schneid nahmen, flugs auf dem Absatz kehrtmachte und hinter seiner eiligen Flucht aus dem Zimmer die Tür zuschlug.

Die unbeschreibliche Genugtuung, sowohl den Arzt als auch seine Tochter in die Flucht geschlagen zu haben, verschaffte den Leiden des Generals sofort echte Linderung. Er zog sein Nachthemd herunter und seine Bettücher hinauf; und mit dem gleichen Gesichtsausdruck, mit dem er seinen Kater zu streicheln pflegte, zündete er sich wahrhaftig eine Zigarette an, die er vom Nachttisch neben dem Bett nahm.

»Ich glaube, ich werde ihnen allen zum Trotz noch ein Jahr leben«, dachte er.

Während sein Kopf bequem auf dem Kissen ruhte, erfuhr der General nun das innerste Geheimnis der Erkenntnis des Epikur, daß nämlich nicht zu leiden in dieser Welt bereits Paradies genug ist! Schritte und Geflüster draußen störten ihn, und schon überfiel man seine Tür mit zwei leisen Klopftönen, denen zwei lautere folgten. Der General lächelte, und indem er seine Lippen zu einer kleinen runden Öffnung formte, blies er mehrere vollkommene Rauchkringel in die Luft, die langsam zur Zimmerdecke schwebten. Als er sie betrachtete und ihnen mit geschürzten Lippen weitere Kringel nachsandte, gestattete er sich einen Seufzer der Befriedigung darüber, daß er wenigstens in seinem eigenen Haus und nicht im Krankenhaus war.

»Herein!« rief er mit kräftiger Stimme, und der Ausreißer Lucky trat wieder ein, diesmal in Begleitung der betagten Ammabel.

Die mitfühlende Bedienstete, deren faltenzerfurchtes Gesicht vor Emotionen angespannt und verzerrt war, fragte ihn mit unendlicher Besorgnis, wie es ihm jetzt gehe. Und der General, der sich so benahm, wie er es immer in Gegenwart der alten Frau tat, spielte seine Leiden herunter.

»Nicht halb so schlimm wie dir mit deinem Rheumatismus, Belle«, wehrte er ab. »Außerdem – wozu sind wir Menschen da, wenn nicht um zu lernen, ein paar Nadelstiche zu ertragen!«

Ammabel blickte drein, als sei dies genau das, was von ihrem tapferen Herrn selbstverständlich zu erwarten war, während Girodel den Mann in höchster Verblüffung anstarrte. Das war ein völlig neuer Aspekt des Charakters des Generals. Schnell und geschickt untersuchte er jetzt den Patienten, hinterließ auf dem Tischchen ein paar neue Pulver neben den alten Sedativen, schüttelte dem alten Mann herzlich die Hand und entfernte sich.

Sobald er fort war, betrachtete der General aufmerksam die schmale, zusammengepreßte Linie des Mundes der alten Frau und den verschlossenen, unzugänglichen Ausdruck ihres stoischen Blicks. Hastig hielt er ihr die Hand hin.

»Mach dir keine Sorgen, Belle, altes Mädchen! Ich halte mindestens noch ein Jahr durch.«

Statt die Hand zu schütteln, führte die alte Frau sie an ihre Lippen und küßte sie, und dann murmelte sie vor sich hin und streichelte sie.

»Sie ist die einzige aus dem ganzen Haufen, der es etwas ausmacht«, dachte er.

Und er beschloß, künftig noch umsichtiger als bisher vor ihr zu verbergen, wie sehr er wirklich litt.

Unterdessen wechselte Ruth – die noch immer von dem, was sie in jenem Schlafzimmer erlebt hatte, einen höchst üblen Geschmack im Mund hatte – ihr Kleid, ihre Strümpfe und ihre Schuhe, setzte sich einen hellen, weichen Strohhut auf, gab der staunenden Lettice ein paar Anweisungen und verließ das Haus. Sie ging schnellen Schritts zur nächsten Buslinie und nahm einen Bus bis zur Königsstatue. Hier stieg sie mit den übrigen Passagieren aus, eilte allein über die Straße, wich den Eseln und Ponys und Ziegenwägelchen aus und begab sich fast im Laufschritt zum Meeresufer, so ausgehungert war sie nach den Elementen.

Es war die Stunde des Sonnenuntergangs. Die karmesinrote, unbewölkte Sonne, die im Wasser der West Bay unterging, war von der Esplanade aus tatsächlich schon nicht mehr zu sehen. Der Strand von Weymouth hatte eine interessante Veränderung durchgemacht. Der »trockene« Strand war beinahe menschenleer, während sich auf dem »feuchten« Strand und im Wasser, das mit dem Einsetzen der großen abendlichen Flut zunehmend tiefer wurde, halbentblößte Knaben und Mädchen drängten. Die meisten dieser Planschenden waren junge Ausflügler, deren Zug nach Yeovil, Sherborne, Dorchester oder sogar Salisbury binnen kurzem abfuhr und die vorher soviel Sand und Meer wie möglich in sich aufnehmen wollten. Ihnen gesellten sich nun die jungen Leute aus Weymouth hinzu, deren Arbeit in den Läden, Werkstätten und Büros beendet war und die von den Fremden durch ihr unaufgeregteres Benehmen und das Fehlen festtäglicher Kleidung leicht zu unterscheiden waren.

Das Nachglühen des unsichtbaren Sonnenuntergangs verlieh dem Strand eine unvorstellbar zaubrische Atmosphäre. Manche der Tümpel und Gräben, welche die Kinder auf dem feuchten Strand angelegt hatten, schimmerten, als wäre eimerweise flüssiges Gold hineingeleert worden, bevor man sie verlassen hatte. Hiesige Fischer, die sich von der festtäglichen Farbigkeit düster und werktäglich abhoben, waren am Meeressaum damit beschäftigt, tiefe Löcher zu graben, um Ringelwürmer zu fangen, die ihnen als Köder dienten, Löcher, die um vieles tiefer waren als solche, die man mit einem Holzspaten graben kann, und überall auf dem feuchten Strand erhoben sich kleine Sandburgen, von den Ringelwürmern in Form ihrer eigenen Gestalt aufgeworfen, die im rotgoldenen Lichtschimmer hell glänzten. Nach und nach erstarb der goldene Schimmer jedoch, und eine eigenartige Kühle, die dem Dunkelblau des Wassers ein kaltes, unberührbares, marmornes Aussehen und dem Strand etwas Abweisendes und Unnahbares verlieh, machte sich breit, eine Kühle, die die Kühle eines Friedhofs war, den ein fröhlicher Zug von Eindringlingen betreten und verlassen hat.

Als Ruth all das beobachtete, wurde sie gewahr, daß die behaarten Beine der Wurmgräber und ihre großen stählernen Spaten ihr eine rätselhafte Traurigkeit einflößten. Es war, als verschwände die entrückte Verzauberung des Meeresufers mit dem Hereinbrechen der Dunkelheit und dem kühlen Herannahen der Flut und der bevorstehenden Abfahrt des Siebenuhrzugs. Die dämmrigen Wurmgräber wirkten wie die unbarmherzigen Totengräber eines weiteren entschwundenen Tages reinen Entzückens. Fragen von Arbeit und Entlohnung begannen ihr Haupt zu erheben. Die leichtfertige homerische Stunde war verflogen, und statt ihrer hatte die trübselige, die karge hesiodsche Vernunft Einzug gehalten. Mit Sand in den Schuhen, glitschigem Riementang in den Händen, Muschelkistchen, die nicht weniger glitzerten als die des alten Poxwell, an die Brust gedrückt, müde, weinend, scheltend, streitend, speiend, urinierend, während rührend hilflose Seesterne und Quallen aus dem kühlen Meer in ihren heißen Menschenhänden grausam zu Tode kamen, bewegten sich viele der Ausflügler bereits langsam die King's Street entlang zum Bahnhof, da sie – oder zumindest die Mütter der Kinder – lieber eine halbe Stunde auf einer staubigen Bank warteten, als der Chance verlustig zu gehen, sich angenehme Fensterplätze auszusuchen, sobald der Siebenuhrzug nach Dorchester bereitstand.

Doch es war nicht Ruths Art, sich von kurzfristiger Trübseligkeit den Abend verderben zu lassen, ebensowenig wie sie dies dem Anblick eines nackten Mannes erlaubt hätte, der »Guck mal« spielt, und schon bald folgte sie mit ihrer gewohnten Reaktion der Spur des Wassers an diesen Stränden. Es fällt schwer zu glauben, daß jeglicher Fleck Oberfläche des Planeten, selbst dort, wo die Gezeiten kommen und gehen, so völlig teilnahmslos den veränderlichen Eindrücken der Tragikomödie unserer Rasse gegenübersteht, daß er keine Spur, keine Erinnerung, kein Andenken von Worten behält, die einst dort gesprochen wurden. Noch schwerer fällt es uns, wenn wir zu den Werken aus Menschenhand gelangen, uns mit diesem Zunichtewerden im Vergessen abzufinden. Wenn die Gedanken von Männern und Frauen seit fast hundert Jahren um die Statue, den Kirchturm, die Brücke, das Fort wirbelten, schwebten, kreisten, fällt es schwer, sich vorzustellen, daß die spirituelle Intensität menschlicher Worte, die in Gefühlen der Seelenqual, der Ekstase, der Tücke, herzzerreißender Empörung, manischer Geheimniskrämerei wurzelten, nicht die geringste Auswirkung auf sie gehabt haben sollten! Daß es sich allerdings so verhält, davon sind viele unter uns – und keineswegs nur Naturwissenschaftler – fest überzeugt. Solche Köpfe sind sich auch des Sachverhalts völlig bewußt, daß sich unmöglich ein toterer, ein hoffnungsloserer und unwiederbringlicherer dem Bewußtsein enthobener Leichnam als der Kirchturm, die Brücke, das Fort oder die Statue denken ließe!

Der Wind hatte sich mittlerweile ganz gelegt, und angesichts des Höchststandes der Flut, die es darauf angelegt zu haben schien, jeden Rest des feuchten Strandes zu verschlingen und sogar den Rand des trockenen Strandes, senkte sich über den ganzen Strand jene atmosphärische Erwartungsstimmung, die dem Denken der Menschen größte Konzentration verleiht und den Eindruck vermittelt, daß die Natur selbst ein Orakel erwartet. In den meisten Fällen wartet die Natur vergebens. An diesem Tag jedoch wurde tatsächlich eine Art Orakel gesprochen, wenngleich derjenige, welcher es aussprach, ein Fremder in Weymouth war, obwohl er einer alten Familie aus Wessex entstammte.

Zu dieser Stunde des Tages bei Höchststand der Flut und einem unsichtbaren, wolkenlosen Sonnenuntergang, während sich kein Windhauch mehr regte, vom alten Higginbottom und der kleinen

Caddie den Strand entlanggeführt zu werden, war ein denkwürdiges Erlebnis für den neuen Partner des alten Arztes. Sehr langsam wanderten sie den Kieselstrand entlang, denn der listige alte Herr wußte, wie bezaubernd es hier in dieser stillen Stunde war, und er wollte mehr als alles andere in der Welt Dr. Mabon bei sich behalten. Er wollte, daß dieser im Haus The Turret einzog. Er wollte, daß er Caddies Vormund wurde.

Als Magnus nach Brunswick Terrace zurückkehrte, nachdem er Jerry zur Polizei begleitet hatte, merkte er, daß er im Geist immer wieder alle Einzelheiten des Geschehens durchging. Er hatte draußen auf einer Bank im gleißenden Licht der untergehenden Sonne auf Jerrys Wiedererscheinen gewartet. Ein kleiner Junge war dort gewesen, dessen Eltern festgenommen worden waren und dessen Schwester in eine Schenke in der Nähe gegangen war, um etwas zu trinken zu holen. Das Kind weinte herzzerreißend, aber mit einer Hand hielt es einen Kreisel umklammert, und seine Tränen versiegten, als Magnus es dazu überredete, den Kreisel auf den sonnenbeschienenen Pflastersteinen tanzen zu lassen.

Daran dachte der Nachhilfelehrer jetzt, als er sich die Hände im Badezimmer wusch, einem Raum im hinteren Teil von Miss Le Fleaus Haus. Er benutzte Windsor-Seife, deren gesunden Desinfektionsgeruch er liebte – Miss Le Fleaus persönliches Stück Lavendelseife lag unberührt und heilig auf seiner eigenen Porzellanseifenschale –, und während er so heftig Schaum produzierte, daß er es fast mit der Methode des Jobbers im Umgang mit Seife aufnehmen konnte, sah er zwischen den sauberen Musselinvorhängen zum Kirchturm von St. John's hinaus.

»Ich tue«, dachte er, »was ich das Kind vor der Polizeiwache habe tun heißen. *Ich wasche mir die Hände.* Es gibt nur zwei endgültige Gesten der menschlichen Rasse. Die, mit der Jesus das rohe Volk aus dem Tempel vertrieb, und die des Pilatus, als er sich die Hände wusch.«

Den Geräuschen und der Stille in Kimmeridge House konnte er ablesen, daß das Teegeschirr abgeräumt worden war und daß es bis zum Abendessen noch eine ganze Weile dauern würde, und nachdem er sich die Hände getrocknet hatte, wobei er noch immer zum Kirchturm hinübersah und an seinen Vater dachte, was er aus irgendeinem Grund immer tat, wenn er vor diesem Hinterfenster ein Handtuch benutzte, eilte er verstohlen die Treppe hinunter und aus dem Haus.

Unten am Meeressaum dachte er an Homers berühmte Wendung vom »purpurnen Meer«.

»Er muß dabei an diese Farbe gedacht haben«, sagte er sich zum hundertsten Male, »obwohl sie überhaupt nicht purpurn ist. Sie ist nicht einmal violett. Sie ist dunkelblau, so wie Miss Le Fleaus Saphirring. Die Farben Homers führen uns alle in die Irre. *Glaukos* beispielsweise bezeichnet das besondere Blaugrün der Blätter des Meerkohls, das weiß ich genau!«

Doch unabhängig von der »Farbe«, die die volle Flut haben mochte, die nun auf den kalten, braunen Kieseln hereinbrach und zurücksank, gefiel er sich darin, ihre tiefe, hereinflutende Fülle mit dem Innenleben von Kimmeridge House zu vermischen, mit jenem Hinterfenster, aus dem man den Kirchturm sah, und mit dem Gefühl, sich die Hände zu waschen. Sein Gesicht nahm einen Ausdruck an, der weder seine sorgenvolle »Alltagsmiene« war noch der ehrfurchtgebietende Ausdruck, den es hatte, wenn er sich den Elementen überließ. Es war ein ruhiger, friedvoller Ausdruck, wie er ihn als Säugling oftmals auf der Esplanade gezeigt haben mußte. In Gedanken berührte er eine neue Schlußfolgerung über das Leben, seine Ebbe und seine Flut, die er noch nie formuliert hatte und auch jetzt nicht ganz zu erfassen vermochte. Doch sie hatte mit dem zu tun, was er empfunden hatte, als er sich wie Pilatus die Hände gewaschen hatte.

Drei Gestalten, die am Meeressaum entlangwanderten, näherten sich ihm jetzt. Sie kamen aus östlicher Richtung, nicht aus der Richtung der Stadt. Magnus betrachtete sie mit Interesse und leiser Überraschung. Sie erwiesen sich als der alte Higginbottom, die kleine Caddie und ein Mann mittleren Alters, der ihm unbekannt war. Immer wieder blieben sie stehen, um vor ihren Füßen etwas vom Strand aufzuheben, und die kleine Caddie rannte Hals über Kopf zu den nassen Felsen, wo das Meer zurückgeflutet war, und kehrte mit einem kleinen Schatzfund in der Hand zurück oder mit einem erschreckten Ausruf, wenn eine Welle sie überraschte. Der alte Higginbottom schien erfreut, Magnus zu begegnen.

»Ich möchte Sie gerne«, sagte er, »mit Dr. Mabon, meinem neuen Partner, bekannt machen. Im Lauf der Zeit wird der Doktor meine Stelle übernehmen, Magnus. Das ist Mr. Muir, Dr. Mabon! Ich habe Ihnen gerade von ihm erzählt. Von jetzt an werde ich mich nach und nach zurückziehen, mein Junge, nach und nach zurückziehen!«

Der Lateinlehrer schüttelte dem neuen Partner seines alten

Freundes die Hand und betrachtete ihn eingehend. Obwohl die Sonne untergegangen war, schien jeder sichtbare Gegenstand sich in der dunstlosen Luft kraft einer inneren Beleuchtung zu manifestieren, als wäre er unabhängig von Dunkelheit wie von Licht. So verhielt es sich auch mit Dr. Mabons Miene und mit den kleinen Dingen, die er mit unendlicher Sorgfalt auf einer Handfläche hielt.

Es wäre Magnus nicht eben leicht gefallen zu definieren, was er fühlte, als er den Blick auf den neuen Arzt von Weymouth geheftet hielt. Zweifellos gab es in seinem Eindruck ein Element von erstaunter Sicherheit, Zutrauen und Beruhigung und zugleich einen wunderlichen Eindruck von Irrealität, als wäre dieser Mann ein Exemplar eines neuen Persönlichkeitstypus auf der Welt. Doch neben diesen Eindrücken erhoben sich im Hintergrund seines Denkens all die alten Wegmarken, der Kirchturm, die Statue, das Fort, die Brücke. Und was hatten sie mit diesem eigenartigen Konchyliologen zu tun? Aber niemand, den er in Weymouth kannte, hatte ein Gesicht, das ihm mehr zusagte, sah man ab von seiner alten Freundin Miss Le Fleau, und etwas an dem unbeschreiblichen Frieden des ganzen Geschehens, am Aussehen des Strandes und des Meeres und der friedlichen Häuserfronten, machte es ihnen und auch der kleinen Caddie zwischen ihnen in diesem Moment unmöglich, auch nur ein Wort zu sagen, das nicht feierlich und bedeutsam geklungen hätte.

Der alte Doktor war sichtlich ungewöhnlich gefühlsselig aufgelegt. Offenkundig war ihm bewußt, daß er für immer von seiner Bühne abtrat, indem er seinen Nachfolger einführte, während Magnus seinem pilatusgleichen Händewaschen zum Trotz beim Gedanken an den Mann, den er auf der Polizeiwache zurückgelassen hatte, ernst zumute war.

»Dr. Mabon ist ein weitgereister Mann«, erklärte der alte Herr. »Er hat die ganze Welt bereist.«

Der Fremde reagierte auf diese Bemerkung nicht. Er wendete die Muscheln in seiner linken Handfläche immer wieder mit den Fingern der rechten Hand um.

»Er sieht aus wie ein Harpunier«, dachte Magnus.

Und wahrhaftig war etwas an der schweigsamen, in sich ruhenden, gehemmten Konzentration des Mannes, was einen an den konzentrierten, weitsichtigen Meister auf einem Walfänger denken ließ, dessen Blick für alle Zeiten auf einen fernen Horizont gerichtet war.

»Wie haben Sie die hier genannt?« fragte die kleine Caddie, die eine lange, sonderbar geformte Muschel aus seiner Hand nahm.

»Eine *Solen*, eine Meeresscheide«, erwiderte Dr. Mabon ernst, und dann durchzogen die Lachfalten eines höchst grillenhaften Lächelns sein ganzes Gesicht. »Sie hat diese Form, damit sie sich im Sand bewegen kann. Sie bewegt sich lotrecht fort.«

Und er deutete mit seinem ganzen großgewachsenen Körper die entsprechende Bewegung an, als hätte er seine gegenwärtige Inkarnation nicht ungern gegen das Leben einer Meeresscheide eingetauscht.

»Dr. Mabon schreibt an einem Buch über Ethik«, sagte der alte Herr stolz. »Er meint, in allen anderen Bereichen herrsche Wissenschaftlichkeit, aber unsere Ethik sei barbarisch.«

»Was ist das?« fragte Caddie beharrlich und hielt eine sanft gerundete und herrlich gekerbte Muschelschale von gelblichbrauner Färbung hoch.

»Das ist eine *Ostrea*«, sagte Dr. Mabon. »Siehst du, wie gleich ihre Hälften aussehen, Caddie, und wie klein einer ihrer ›Zipfel‹ ist! Und schau dir ihre Strahlen an! Sie hat etwa dreißig davon. Ich habe sie oft gezählt ... *Ostrea varia* ... Ein sehr schönes Exemplar, das wir hier haben ... völlig symmetrisch!«

Und der Fremde, der Magnus ansah, lächelte ein so sympathisches, zärtliches und dennoch zugleich zutiefst humorvolles Lächeln, daß der Nachhilfelehrer dachte: »Ich wüßte gern, welcher Philosophie dieser Bursche huldigt. Er ist uns allen über. Er sieht weit voraus. Er ist wie der Steuermann der *Argo*. Guter Gott! Ich hoffe, er bleibt hier!«

»Oh! Und was ist das?« rief Caddie. »Das ist meine Lieblingsmuschel! Oh! Es ist so schwer, eine zu finden, die nicht beschädigt ist. *Die* will ich sammeln, Dr. Mabon!«

Und zum erstenmal, seit sie zu laufen begonnen hatte, sah Magnus die kleine Caddie wie ein normales Kind herumhüpfen. Dr. Mabon schien auf jedermann eine besondere Wirkung zu haben, die ihren eigenen humoristischen Kommentar zur Welt enthielt, doch für jede einzelne Person einer Gruppe war dieser Kommentar wiederum ein eigener Kommentar. Er wurde jedoch sehr ernst, als er diese besondere Muschel untersuchte und Caddie ansah.

»Es ist eine *Pholas*«, murmelte er, und seine Stimme war so zärtlich und schmeichelnd, als wäre er die Gottheit, die soeben dieses zerbrechliche Wesen erschaffen hatte. »*Pholas candida*, und soweit ich weiß, kommt sie fast ausschließlich an unserer englischen Küste vor. Dieser *Pholas* gebührte von Rechts wegen ein Platz in unserem Landeswappen. Sie ist viel hübscher als die Jakobsmuschel, die Pilgermuschel … finden Sie nicht auch, Mr. Muir?«

»Dr. Mabon schreibt an einem Buch über Ethik«, wiederholte der alte Mann.

»Das hier ist eine unserer verbreitetsten, aber auch schönsten Muscheln«, sagte Dr. Mabon schnell, doch nicht ohne die Beharrlichkeit seines Freundes mit einem Lächeln zur Kenntis zu nehmen.

Magnus näherte sich dem Konchyliologen beinahe eilfertig und nahm die Muschel, die er ihnen jetzt zeigte, zwischen Finger und Daumen.

»Ja, ich erinnere mich!« rief er aufgeregt, »*Mactra*, *Mactra* … so hieß sie! Es ist eine *Mactra* … habe ich recht, Dr. Mabon? Mein Vater sammelte Muscheln.«

Und aus der zerbrechlichen Wölbung der *Mactra* ergoß sich durch ihn, der bis in seine Fingerspitzen erzitterte, das sonderbare Gefühl einer verborgenen Kontinuität der Erfahrung, auf die es einzig ankam.

»Barbarisch«, bemerkte der alte Higginbottom. »Das hält er von unserer Ethik. Barbarisch. Ich kriege ihn nicht dazu zu sagen, was er von Brush hält. Aber ich weiß, was er von der Psychoanalyse hält. Als ich ihm nämlich meine Meinung darüber gesagt habe, hat er gesagt, daß er mir ganz und gar zustimmt. Stimmt's, Dr. Mabon?«

»Wir müssen ihn mit meinem Freund Gaul bekannt machen«, sagte Magnus.

»Was heißt Ethik?« fragte Caddie.

Die Miene des Fremden wurde so finster und düster, und sein ganzes Wesen wirkte wie metabolisiert, als hätte das Kind eine Mordtat angesprochen.

»Mein Buch ist rein biologischer Natur«, murmelte er.

Und dann deutete er mit augenscheinlicher Selbstüberwindung an, wie vorsintflutlich unser Betragen untereinander noch immer war, selbst im Rahmen ganz normalen zwischenmenschlichen Verkehrs.

Magnus, der daran denken mußte, wie er den Jobber auf jener Bank hatte sitzen lassen mit den Worten, er solle »lieber beten als trinken«, begann schuldbewußt zu ahnen, daß dieser Arzt und Forschungsreisende, der aussah wie der Kapitän eines Walfängers in arktischen Gewässern, auch einem Leser Homers noch etwas beibringen konnte.

»Verzeihen Sie, Dr. Mabon, wenn ich ins Fachsimpeln verfalle«, sagte er hastig, »aber wie verfahren Sie mit Ihren neurotischen Fällen, wenn Sie auf die Psychoanalyse verzichten?«

Seine besorgten Schulmeistergedanken galten Benny.

Dr. Mabon richtete seinen Harpunierblick auf den Horizont, und während Magnus auf seine Antwort wartete, erlebte er eine Art visionären Zweiten Gesichts, dem zufolge der Neuankömmling mit seiner Leidenschaft für Muschelschalen dazu ausersehen war, ein völlig neues Wertesystem in Weymouth einzuführen.

»*Wie* verfahren Sie da, Dr. Mabon?« wiederholte er seine Worte in einem Ton, der fast gereizt klang.

»Wie *verfahren* Sie da, Dr. Mabon?« plapperte das kleine Mädchen nach, indes sein Großvater mit dem Hervorbringen einiger seiner zärtlichen, doch unverständlichen Laute, die stets darauf hinwiesen, daß man sich in Caddies Gegenwart befand, daß Caddie von irgend etwas seelisch berührt war und daß Caddie auf der Stelle zufriedengestellt werden mußte, das dringende Bedürfnis aller nach etwas Ungewöhnlichem und Orakelhaftem bestätigte, welches in der Tat vom ganzen langen friedvollen Strand und der ganzen dunkelblauen Wasserwüste geteilt zu werden schien.

»*Wie verfahren Sie da, Dr. Mabon?*«

Doch diese neue Persönlichkeit am Strand von Weymouth schien in ihren Wanderungen über das Antlitz der Erde bis nach China gelangt zu sein. Dr. Mabon lächelte ein unbestimmtes Lächeln, ohne dabei diesmal jemanden anzusehen. Vielleicht lächelte er den Meeresfluten zu, in verschwörerischer Übereinkunft mit deren geheimnisvollen Gezeiten er zu stehen schien. Aber er sagte nichts weiter – und wie er es sagte, hätte es sich ebensogut an die White-Nose-Klippe oder ihren berühmten Bewohner Mr. Ludlow richten können – als: »Ich höre nur zu ... und ... entferne ... vielleicht ... ein paar Hindernisse, die sich gebildet haben!«

Nachdem er drangsaliert worden war, bis er diesen Orakelspruch tat, zog Dr. Mabon sich nun, da er gesprochen hatte, keineswegs in mürrisches Schweigen zurück. Offenbar widersprach es seinem Verhaltenskodex so sehr, Empfindlichkeit oder Stolz zu zeigen, wie es seinem Temperament widersprach, daß er sich einer humoristischen Ausdrucksweise in größeren als homöopathischen

Dosierungen bediente. Jetzt war er damit beschäftigt, sich eine Zigarette anzuzünden, die Magnus ihm angeboten hatte, als alle zusammenzuckten, weil eine tönende Stimme – eine Stimme, die Magnus sofort erkannte – aufgeregt etwas über »Wasser« rief. Die kleine Caddie, deren Nachname Water lautete, wandte ihrem Großvater eine verwirrte und furchtsame Miene zu, während dieser wiederum verärgert Magnus ansah und seine lautesten »Caddie ist hier«-Geräusche produzierte.

»Es ist Jerry«, dachte Magnus. »Vermutlich betrunken. Ich muß hingehen.«

Unterdessen untersuchte Dr. Mabon voll Taktgefühl und Diskretion die *Mactra stultorum* in seiner Handfläche.

»Ja, ja«, sagte er wie im Selbstgespräch, »nicht wirklich durchsichtig, glatt ... strahlenförmig angeordnet ... purpurrötlich ... gewölbt ... aschgrau.«

Lucinda Cobbold hatte das Bedürfnis verspürt, aus dem Haus hinauszukommen und sich zum Meer zu begeben. Genau zur gleichen Zeit, als die zwei Ärzte Magnus begegneten, standen die Poxwell-Schwestern in eleganter Regattakleidung auf der seewärts gelegenen Seite der Esplanade, und zwar vor jenem Haus, dessen gartenverliebter Besitzer ihm den Namen Fernlands verliehen hatte. Mrs. Lily, der es noch immer unmöglich war, irgendeine Entscheidung über ihr künftiges Leben zu treffen, hatte drinnen schnell einen Blick auf die Vorderräume geworfen, doch wie Curly hielt auch sie den Vorwand einer starken Antipathie gegen des Korporals dritte Gattin für eine hervorragende Ausrede, um eine definitive Entscheidung zu vertagen. In ihrem Herzen dachte sie, als Lucindas Wunsch, »irgendwas zu tun«, dazu führte, daß sie die Stufen zum Strand hinunterstiegen:

»Ich darf den Fehler nicht wiederholen, den ich mit Dogberry gemacht habe. Offenbar wirke ich auf Männer nicht wie eine Frau, die *frei* ist! Ich wirke auf sie wie jemand, der mit Schwestern und Töchtern und Vätern überbürdet ist. Ganz gewiß war es das, was Dogberry abgeschreckt hat, da bin ich mir sicher. Aber wie schade, daß der reichste Mann der Gegend so ein elendes Leben führt! Mein Gott, wenn wir miteinander ein größeres Haus bezogen und Einladungen gegeben und Leute bewirtet hätten, dann hätte er die Position einnehmen können, die einem Mann wie ihm eigentlich zusteht! Nun gut! Wenn ich die Räume hier mieten würde, dann hielte man mich für eine andere Frau ... eine freie Frau ... ich könnte ein ganz neues Leben anfangen. Aber ich glaube nicht, daß ich sie nehmen werde. Ich glaube nicht, daß ich es wirklich tun werde!«

Jerry, der so, wie er war, zur Polizeiwache gestürzt war – in seiner alten grauen Hose, die an den Knien ausgebeult war, und mit seinem verschossenen Panamahut –, wirkte an diesem Abend besonders lebensüberdrüssig. Seiner Frau bezeigte er die gewohnte übertriebene Aufmerksamkeit, und seiner Schwägerin gegenüber benahm er sich höflich und fast schon ängstlich distanziert, doch keiner der beiden Frauen entging, daß sein Geist sich mit sorgenvollen Gedanken beschäftigte. Was er auf der Polizeiwache erlebt hatte, war kein angenehmer Zeitvertreib gewesen. Er war voll krankhaften Abscheus vor dem ganzen Menschengeschlecht zurückgekommen, und seine Unterhaltung mit Sylvanus hatte ihm keine Illusionen über die Zukunft seines Bruders gelassen. Hinter seiner übertriebenen Höflichkeit seiner Frau gegenüber – denn wie stets gestaltete sein sorgsam gewahrtes Aufrechterhalten des Status quo sich um so prononcierter, je mehr seine Menschenverachtung zunahm – begriff er, daß sein früheres Interesse an Lucindas komplizierter Morbidität erloschen war. Woran er nun immerfort dachte, das war ein bestimmter Fisch mit einem abscheulichen Auge, der ihm bei Witchit in der St. Alban's Street aufgefallen war, als er sich dorthin begeben hatte, um mit dem jungen Witchit über eine Arbeit zu sprechen, für die dieser sich beworben hatte. Das Auge des toten Fischs hatte ihm einen Einfall eingegeben, einen seiner allerunheimlichsten und sardonischsten Einfälle, und er hatte den älteren Witchit mit einer beiläufigen Andeutung dieses Einfalls so aus der Fassung gebracht, daß der Fischhändler – und zwar zum einzigen Mal in seinem Leben – dazu verleitet worden war, seine eigene erbitterte Misanthropie zu verraten. Obszöner als die größte Obszönität war dieser Einfall, und als er ihm jetzt ins Gedächtnis kam, während er Mrs. Cobbold den Arm reichte, um sie zum Strand zu geleiten, fragte er sich, ob er bei einer seiner Vorstellungen im Regent's je versucht sein könnte, in einen Anfall so abstoßenden Ausmaßes auszubrechen, daß ihn dieser dorthin bringen würde, wo sein Bruder war! Als sie nun vor dem standen, was zu einem wahren Wunder »purpurnen« Wassers geworden war, kam ihm der Gedanke:

»Wenn ich in einen Menschenschrei – den fürchterlichsten, der je aus einer menschlichen Kehle ertönte – allen, allen, *allen* Abscheu packen könnte ... in ein Wort wie das Auge dieses Fischs ... dann würde ich bereitwillig einen großen Blutklumpen ausspeien und tot umfallen!« Und er dachte: »Wenn du mir auf die Schliche kämst, mein Schätzchen«, und dabei drückte er zärtlich den Arm seiner Frau, »wärst du dann schlau genug, mein Verderben zu bewerkstelligen?«

Und mit einem gewissen eilfertigen, tollkühnen Vergnügen begann er sich vorzustellen, wie seine Existenz aussähe, wenn er aus seinem Beruf vertrieben würde!

Der Strand von Weymouth bei steigender abendlicher Flut, ja! und auch Kirchturm und Statue und Fort dürften oft genug durch das, was in menschlichen Schädeln vor sich geht, zu einem bedeutungslosen Proszenium herabgemindert worden sein, doch als Mrs. Cobbold sich hinter der hohen Stirn, die sie vom Captain geerbt hatte, vorstellte – wie es nunmehr ihrem Geschick entsprach –, wie sie ganz allein, ohne Mann oder Schwester, in jenen Räumen in High House leben würde, waren ihre Gedanken so schrecklich, daß der arme Liebhaber Trivias, der jetzt in der Polizeiwache Frieden gefunden hatte, aus ihnen hätte erfahren können, was sein quecksilbriges Absolutes dazu bewegte, einen Kosmos in Bewegung zu setzen, koste es, was es wolle!

»Haben Sie das Yachtrennen heute gesehen, Sir?« sagte eine Cockney-Stimme hinter ihnen, und indem alle drei sich abrupt umdrehten, erblickten sie den Hausherrn von Fernlands, barhäuptig, in sauberem weißen Hemd und himmelblauen Hosenträgern, der seine Pfeife höflich in der Hand hielt.

Die Gemahlin des Korporals hatte sich den ganzen Tag nicht sonderlich wohl befunden, und ihr körperliches Unwohlsein hatte ihre Zunge mit dem Zischen eines Dutzends Vipern begabt. Als sie jedoch vom Tisch im Souterrain nach oben gelaufen war, schier außer sich vor Übellaunigkeit und Gereiztheit, hatte der Korporal nur leise geseufzt, die Silben »Singapur« gemurmelt und sich hinausbegeben auf die kleinste eingefriedete Fläche, die jemals als Garten bezeichnet wurde. Dort hatte der unerschütterliche alte Soldat, der seine Blumentöpfe vom Ganges bis zum Euphrat gewässert hatte, sich auf dem Kiesweg in die Hocke begeben und die Erde um jede einzelne seiner salzwasserresistenten Pflanzen gelockert. Neben ihm stand seine Gießkanne. In der Reflexion des Sonnenuntergangs wurden seine geweißten Kieselsteine zu schimmernden Meilensteinen an unvorstellbaren Seestraßen, die alle nach Singapur führten. Der Straßenstaub tröstete ihn, das Geräusch der Wellen tröstete ihn, die Vesperglocken von St. John's trösteten ihn, und durch seinen alten, mit kurzgeschnittenem Haar bedeckten schneeweißen Kopf – den stumpfsinnigsten Kopf, der dem unerbittlichsten Langweiler zwischen Kirchturm und Statue gehörte – geisterte ein geheimnisvoller Hauch unbeschreiblicher Versöhnlichkeit, ein fließender, schwebender Hauch, der sowohl ein Seufzer des Behagens angesichts all der geweißten Kieselsteine und Muschelschalen und Blumentöpfe war, die jemals ein Menschenherz erfreuten, als auch ein Seufzer der Erleichterung, daß es einladende Gräber gibt – zumindest in Singapur –, in denen alte Männer Zuflucht finden können.

»Haben Sie das Yachtrennen heute gesehen, Sir?«

»Hallo, Korporal!«

Jerrys Stimme vibrierte vor Gereiztheit.

»Nein, nein! Das kann ich nicht gerade behaupten. Ich hatte ganz vergessen, daß heute eine Regatta war! Aber gestern haben wir alles vom Wasser aus angeschaut – nicht wahr, Lucinda? Nicht wahr, Hortensia? –, vom Wasser aus, Sergeant, vom Wasser aus, vom Wasser, vom Wasser, vom Wasser!«

Ein nicht patentierter Offizier der Streitkräfte Seiner Majestät muß, selbst wenn er über einen ausgesprochen schwerfälligen Denkapparat verfügt, nicht eigens aufgefordert werden, um das Beben der Verzweiflung in einer bedeutenden Persönlichkeit zu erfassen. Später erklärte der Korporal seiner Frau, die ihn die Geschichte mehrmals wiederholen ließ und beim Zuhören ihre Gleichmut ganz und gar wiedererlangte, daß »diese ganzen Vaudevillekomödianten« besser daran täten, »sich ein Hobby zuzulegen, zum Beispiel ein Stück Garten vor dem Verdorren zu retten oder eine Yacht zu segeln oder ein paar nette Hunde zu züchten. Wenn sie nix anderes zu tun haben als rumzuschauspielern und die verwünschten Ehefrauen anzuglotzen, zieht ihnen das ihr ganzes Herzblut aus den Adern.«

»Was hat Jerry Cobbold gesagt?« fragte die besänftigte böse Sieben. »Sag es mir Wort für Wort, du Dummkopf! Als hättest du auf die Bibel geschworen.«

»Er hat gesagt: ›Wir haben die Regatta gestern angeschaut, Sergeant.‹«

»Das war nicht alles! Sag es, wie du es vorhin gesagt hast. Und mir mußt du nicht vorzumachen versuchen, daß er dich mit Sergeant tituliert hätte, denn so dumm ist Jerry Cobbold nicht.«

Ganz gewiß war eine dritte Ehefrau nicht zu dumm zu wissen, wie man einen alten Soldaten zur Weißglut bringen konnte. Der Korporal geriet nicht oft in Zorn, aber diesmal geschah es, und seine Stimme erhob sich in seinem Souterrain von Brunswick Terrace und erklang über die Straße.

»›Wir haben die Regatta vom Wasser aus angeschaut.‹ Genügt das nicht? ›Vom Wasser aus, Sergeant, vom Wasser aus, vom Wasser, vom Wasser, *vom Wasser*!‹«

14.
Tup's Fold

Es war November – einer der nassesten, stürmischsten November an der Küste von Dorset seit vielen Jahren.

Sehr früh am Morgen des Einundzwanzigsten des Monats – dem Tag, der im Kalender der Darbringung Mariens im Tempel geweiht ist – lag Sylvanus wach in seinem kleinen Verschlag, den nackte Holzbretter, die allerdings nicht bis zur Zimmerdecke reichten, von den anderen Verschlägen an diesem einen Flur im Höllenpfuhl abtrennten. Es war pechfinster, aber er hörte den Regen gegen sein vergittertes Fenster prasseln und hörte das langgezogene Heulen des Windes, der um das allein dastehende Gebäude herumfuhr. Keine Zigeuner-May, die seine typischen Gebärden hätten nervös machen können, lag zwischen ihm und der Wand, keine Marret, die sich voll zärtlicher Nachsicht mit den unheimlichen Possen ihrer großen menschlichen Marionette an ihn geschmiegt hätte, und als er sich in diesen frühen Morgenstunden halb aufrichtete und seinen langen Hals in gewohnter Weise vorstreckte, war es, als höbe er seinen Schädel vom Boden eines tiefen und dunklen Meeres und schluckte wie die Seeschlange persönlich wahre Abgründe an flüssiger Finsternis.

Sylvanus bezog ein halb sinnliches, halb mystisches Vergnügen aus dem geheimnisvollen Druck der allumfassenden Dunkelheit. Er nahm sie mit ganzer Seele in sich auf und genoß es zu spüren, daß sie ihn in sich aufnahm. Sie roch schwach nach feuchter Erde, hatte aber einen kaum merklichen weiteren Geruch weniger beruhigender Art, einen eigenartigen, ekelerregenden und komplizierten Geruch wie den von Chloroform, durch langes Verdünnen giftig geworden, vermischt mit dem Geruch von Seife und Waschzubern und mit der beißenden Ausdünstung von Bettwäsche, Holzbrettern, säuerlichem Essen, Menschenschweiß und der Desinfektionsmittel, die in Toiletten verwendet werden.

Sylvanus' Geist war besorgt, nicht übermäßig besorgt, aber merklich und ratlos besorgt. In seinen Verhandlungen mit dem Leiter des Höllenpfuhls hatte er viele psychologische Überraschungssiege davongetragen, aber bislang war es ihm noch nicht gelungen, Dr. Brush dazu zu bewegen, sein Versuchslabor, in dem die Hunde gefoltert wurden, zu schließen oder den Sadisten Murphy zu entlassen. Er war zu dem Entschluß gelangt, daß etwas Drastisches, vielleicht sogar Erschreckendes und Spektakuläres geschehen mußte.

»Menschenwesen«, dachte Sylvanus, »sind so beschaffen, daß keine Revolution mit Worten allein zu bewerkstelligen ist. ›Am Anfang war *die Tat*.‹«

So grübelte er und streckte seinen länglichen, bizarren Schädel mit dem kurzgeschorenen Haar am Ende seines Schildkrötenhalses vor, während die greifbare Finsternis sich auf ihn und um ihn senkte wie eine schwarze, flüssige Masse, die den Abdruck einer Totenmaske aufnahm. Und der Druck der Dunkelheit wurde ihm nun zu einem Bild des Absoluten, das er verehrte, doch zu dieser Stunde, als er in seinem Kämmerchen lag und unablässig nachdachte, kam ihm zu Bewußtsein, daß die Ekstase seiner gewohnten Hingabe an seine Gottheit eine Minderung erfahren hatte, eine Störung, einen Makel, eine Schwächung.

»Ich bin nicht in das Kind verliebt«, sagte er sich immer wieder. »Ich bin nicht in sie verliebt; ich bin in überhaupt niemanden verliebt.«

Doch er konnte Marret nicht aus seinen Gedanken verbannen. Immer wieder mischte sie sich in seine Besorgnis um die Hunde und ob der Erfolglosigkeit seiner Bemühungen, Brush am Fortführen seiner grausamen Experimente zu hindern.

»Ich bin *nicht* in sie verliebt. Es ist nicht Liebe. Ich bin seit langem über all das hinaus!«

Was sich ihm immer wieder aufdrängte, auch wenn er noch so bemüht war, es von sich fernzuhalten, war die ergreifende Passivität und Fügsamkeit des Mädchens.

»Sie ist so groß«, dachte er immer wieder. »Sie ist so groß und still.«

In ebendieser Nacht hatte er sie sich einmal als Meermädchen vorgestellt, und das hatte er getan, weil sie so groß und gar so still war.

»Wirklich komisch«, sagte er sich. »Sie hat mir dazu verholfen, Gottes teilhaftig zu werden, und dennoch ist eine Süße an ihr, die ich mit Gott nicht zusammenbringen kann.«

Vergebens versuchte er seine Gefühle zu analysieren; es war, als wäre von seinem Höheren Wesen, dessen Zentrum überall und dessen Peripherie nirgends war, ein unendlich kleines Fragment abgeschlagen worden, so daß ein winziger Spalt, ein Spalt allzu süßer, allzu kostbarer Zeit im Busen des Ewigen hinterblieben war!

»Nun denn«, dachte er, »ich werde sie bald sehen, falls Jerry meinen Brief aufgegeben hat und der Phönix sein Versprechen hält. Aber trotzdem wäre es nicht recht von mir, den Phönix in Schwierigkeiten zu bringen. Wie unfair das Leben ist! Womit habe ich es verdient, dem armen Phönix gegenüber so privilegiert zu sein?«

Als das Bild dieses Mitinsassen des Höllenpfuhls sich vor Sylvanus' innerem Auge präsentierte, erhob sich sein alter letztendlicher Zwist mit seinem Absoluten gegen ihn. Wenn Gott alles war, warum gab es dann unterschiedlich vom Glück begünstigte Organismen?

»Hoho! diese willkürliche Ungleichheit im Glück – im bloßen zufälligen Glück – ist es, was man am Grunde des Lebens vor sich hat. Und wie läßt sie sich mit dem Absoluten vereinbaren? Wie läßt sie sich mit Gott vereinbaren?«

Sylvanus befand sich mittlerweile seit mehr als drei Monaten im Höllenpfuhl, und die Diagnose seines »Falles« hatte sich als die interessanteste Analyse erwiesen, die Daniel Brush im Lauf seiner langen Tätigkeit als Psychiater je unternommen hatte. Zum einen zeigte Sylvanus sich als beinahe perfekter Patient. Dr. Brushs entpersönlichte Persönlichkeit interessierte ihn so heftig, daß er bereit war, ihr bis zum äußersten nachzugeben. Und da das Wesen seiner Identität sich darauf konzentrierte, jegliche Identität auszumerzen und ein reiner, unbeschlagener Spiegel zu werden, in dem die Realität sich widerspiegeln konnte, war es Sylvanus' ständiges Bestreben, dem Doktor wachsende Mengen neuer Schichten, neuer Gradationen, neuer Strata seiner teuren objektiven Wahrheit zu verschaffen. Folglich hatte Daniel Brush noch nie eine so anhaltende, unverminderte geistige Erregung verspürt wie in diesen Herbstmonaten. Je mehr er Sylvanus analysierte, um so mehr fand er zu analysieren. Und was von Brushs Standpunkt gesehen so überaus befriedigend daran war, das war, daß die Frage nach einer Heilung sich überhaupt nicht stellte. Tatsächlich konnte der Doktor den »Doktor« beiseite lassen und den Versuchen mit Sylvanus in einem Maße nachgehen, wie es mit einer Versuchsperson zu tun er sich niemals hätte träumen lassen, nein, nicht einmal mit Mrs. Cobbold!

Daß Sylvanus ihm von den Behörden als jemand anvertraut worden war, der sich, wie Paley es von Sokrates sagte, »der schändlichsten Verruchtheit mehr als verdächtig« gemacht hatte, daß man ihn dessen für schuldig erklärt hatte, sowohl Miss Frampton als auch Miss Jones ihren rechtmäßigen Eltern entführt und in das einsame, übelbeleumdete Haus am Beale gelockt zu haben, wo er sie dann verführt hatte, interessierte den Doktor nur als Glücksfall, der dafür sorgte, daß dieses bodenlose Faß, diese psychologische Fundgrube, sich seinen Befragungen nicht entziehen konnte.

Vom Gesichtspunkt des Doktors aus war die Situation vollkommen, doch sie zeitigte ein überaus unerwartetes Resultat. Sein Kontakt mit diesem verblüffenden Patienten begann ihm neue wissenschaftliche Theorien einzugeben. Sylvanus hatte Dr. Brush durch den schlichten Sachverhalt in der Hand, daß er ihm diese geheiligten theorienzertrümmernden pathologischen Umstände vorenthalten konnte, wenn er den Mund hielt. Durch Telepathie konnte der Doktor Sylvanus seine Lebensgeschichte nicht ablesen. Sylvanus mußte sie ihm schildern. Und dies tat er mit so eindringlicher, detailgetreuer, exakter Genauigkeit, daß als ihr Ergebnis Daniel Brush eine völlig neue Perspektive der wissenschaftlichen Psychologie zu erahnen begann. Verglichen mit der Erleuchtung, die diese neuen Ideen auf die tiefsten Geheimnisse des Lebens warfen, erschienen ihm seine alten psychoanalytischen Theorien wahrhaftig wie groteske Märchenerzählungen! Doktor Brush, der vom menschlichen Wunsch nach Berühmtheit ebenso frei war wie von jeglicher philanthropischen Regung, setzte keinen Ehrgeiz darein, mit seinen neuen und faszinierenden Schlüssen voreilig an die Öffentlichkeit zu treten. Er beschloß, sie in Ruhe zu entwickeln, da es nicht den Anschein hatte, daß Sylvanus in absehbarer Zeit in Freiheit gelangen würde, und hoffte, im Verlauf der Zeit – ausgehend von dem, was er durch jenen erfahren hatte – ein völlig neues System pathologischer Hypothesen zu formulieren.

Wie bereits angedeutet, mußte Daniel Brush in gewisser Weise für diese aufsehenerregenden und neuen Ideen einen Preis entrichten. Doch da das, was er opfern mußte, Gedankengänge waren, die rein materialistische Konzepte betrafen, war der Verlust weniger schmerzlich, als er es gewesen wäre, wenn sein neues *aperçu* sich nicht allem Materialistischen diametral entgegengesetzt befunden hätte.

Der große Unterschied zwischen seinem alten und seinem neuen System lag in ihren jeweils verschiedenen Hypothesen zur *Lokalität* all jener finsteren, verstörenden Impulse, Manien, Schockverletzungen, Neurosen und Komplexe, die in seinen Augen sowohl Ursache als auch Symptom menschlicher Geistesverwirrung waren. In seinem alten System residierten diese vulkanischen Neurosen in einem gänzlich unterschwelligen Gebiet, einer ewigen Unterwelt des menschlichen Ich, aus der sie ausbrechen konnten, um Unglück und Angst zu verbreiten. Dieses Gebiet war außer jeder Reichweite, und mit versperrten, uneinnehmbaren Toren schottete es sich gegen unsere normale geistige Introspektion ab. Wollte man diese Eigenarten als Aberrationen studieren und analysieren, mußte man zuerst eine wohlausgewogene Norm einführen, eine Art reibungslosen Funktionierens, von wo aus solche »Komplexe« dann als Abweichungen definiert werden konnten.

Der Hauptpunkt in Dr. Brushs alter Sicht der Dinge war jedoch der, daß man der Tiefseefische des Unbewußten nur indirekt habhaft werden konnte und nur durch eine Art poetischen Symbolismus. Es war ausgeschlossen, lediglich vermittels des eigenen Willens zu arbeiten und sich frei, spontan und rational am Boden dieses inneren Meeres wie ein dort geborener Eingeborener zu bewegen! Und wie in den frühen Religionen nur gewisse initiierte Eingeweihte, denen der rituelle Jargon geläufig war, die Mysterien dieser willkürlich erfundenen Religionen zu deuten vermochten, blieb dieses *Jenseits* allen verschlossen, die nicht über das richtige »Sesam-öffne-dich« verfügten.

In Daniel Brushs neuer Theorie hingegen war die Unterscheidung zwischen bewußt und unbewußt als willkürlich und dogmatisch aufgehoben, und an Stelle dieser unerbittlichen Trennung wurde der ganze Ozean der menschlichen Erfahrung mit all seinen wahnsinnigsten und unaussprechlichsten Verblendungen als etwas gesehen, was kurzzeitiger intelligenter Erkundung durch Geister, die es wagten, in dieses tiefe Meer einzutauchen, *grundsätzlich* offenstand.

Dr. Brush, der Sylvanus jeden Abend bis in die tiefe Nacht hinein analysierte und dabei ohne den leisesten Widerspruch im eigenen Geist Umstürze erlebte, lag meist bis drei oder vier Uhr morgens wach, wobei er nicht auf Wind und Regen dieser stürmischen Nächte lauschte, sondern in konzentriertes Nachdenken versunken war. Wären Menschen in sein Zimmer gekommen und hätten ihn dort angetroffen, wie er in seiner Manier nachdachte, hätten sie ein Gesicht erblickt, das von jeglichem menschlichen

Ausdruck mehr entleert war als alles, was sie je zu sehen bekommen hatten. Das Aussehen Dr. Brushs beim Nachdenken zwischen drei und vier Uhr morgens war in der Tat ein ziemlich beunruhigendes Phänomen – eine leere Hülse mit menschlichem Kopf, aus der alle Identität entwichen war wie Dampf aus einer Flasche.

Einer der Schlüsselgedanken, die dem Doktor kamen, nachdem er Sylvanus analysiert hatte, war der, daß wir nicht nur von der Oberfläche des Meeres in uns, sondern aus all seinen Höhen und Tiefen die Fähigkeit erhalten, miteinander in Kontakt zu treten. Sollte am Ende, dachte Brush, unsere Persönlichkeit farbige Strahlen aussenden wie gewisse elektrische Fische? Er gelangte zu dem Schluß, daß keine Verallgemeinerungen in der Lage sind, die gespenstischen, verdrehten, sprunghaften Winkelzüge zu fassen, mittels deren der Geist sich seinen eigenen unterseeischen Teufeln, seinen unterseeischen Strömungen, Riffen und Seeschlangen nähert. Die unvergleichliche Objektivität des Verstands von Dr. Brush war der Grund dieser geistigen »Kehrtwendung«.

Wäre er ein altmodischer, orthodoxer Psychoanalytiker gewesen, hätte er seine störrischen Theorien so lange gequetscht und gedehnt und gehämmert, bis sie nolens volens Platz für den theoriebrechenden Sylvanus geboten hätten. Doch Brush war ein fanatischer Anhänger der Objektivität. Die Verfolgung dessen, was er »Wahrheit« nannte, nicht irgendwelche besonderen Theorien darüber, war seine größte Leidenschaft. So kam es, daß der Doktor, als Sylvanus sich in den Höllenpfuhl verirrte wie ein Teiresias auf der Wanderschaft in die Bezirke des Dis, über keinen Schutz vor diesem hochaufragenden Eindringling verfügte. Unterkunft und Verpflegung mußte er ihm statt dessen gewähren! Unbeeindruckt vom Schwenken des plutonischen Zepters kam Sylvanus einfach immer näher, und am Ende war es der Experimentator, an dem herumexperimentiert wurde!

In der Brush-Anstalt veränderten sich die Dinge plötzlich in vielerlei Hinsicht gravierend. In Wahrheit verhielt es sich so, daß Dr. Brush nie ein sehr praktisch denkender Direktor gewesen war. Sein Ruf hatte eher von seinen geistigen Leistungen gezehrt als von seiner Leitung der Anstalt. Und als er nun auf seinem unersättlichen geistigen Schiffchen tollkühn – »Nacht für Nacht dem Pol entgegen« – über das unerforschte Meer der Perversitäten Sylvanus' weitersegelte, begann ihm die Leitung des Höllenpfuhls zu entgleiten und mehr und mehr in die Hände seiner Untergebenen zu geraten. Daniel Brush bewegte sich in jenen Tagen wie jemand in Trance. Nichts als seine kostbaren Gespräche mit seinem hinterlistigen Patienten interessierte ihn noch im geringsten. Seine Assistenzärzte suchten ihn auf, um Rat, Anordnungen, Hilfe zu erhalten, und er hatte ihnen nichts zu sagen! Er wimmelte sie ab. Er verlor die Beherrschung vor ihnen. Das Aufheben der rätselhaften »Äquatorgrenze« zwischen Bewußtsein und Unbewußtem und das Verschmelzen der beiden Welten zu einem nicht minder staunenswerten Kontinent führte zum sprunghaften Einsatz neuer Methoden in der psychiatrischen Behandlung im Höllenpfuhl, Methoden, die sich unmittelbar aus Sylvanus' Erfahrungen in Last House herleiteten, Methoden, die mit Sicherheit nie zuvor in diesem Sanatorium in Wessex angewendet worden waren.

Sylvanus selbst hatte zweifellos noch nie einen Zuhörer gehabt, der Dr. Brush entfernt nahekam. Worunter er bei seinen Mädchen, die sonst so empfänglich waren, immer gelitten hatte – die unerklärlichen und irrationalen Eifersuchtsanfälle, die heftigen hysterischen Ausbrüche, die Launen, die gewissermaßen tatsächlich die hörbare Äußerung des Yang darstellten –, das war bei diesem intellektuellen Fanatiker völlig abwesend. Gewiß war es ein wenig, als spräche man mit sich selbst im Spiegel, so perfekt war die Entpersönlichung des Doktors, aber das störte den Mann von Portland Bill nicht. War es dem Doktor gelungen, sich durch lebenslang praktiziertes wissenschaftliches Yoga in etwas Unbelebtes zu verwandeln, so kam es Sylvanus bestens zupaß, sich an etwas Unbelebtes zu wenden. Es war, als spräche er zu dem Seil in seiner Hütte am Fuß der Klippe. Immer freimütiger offenbarte er sich dem Doktor, als wäre der Bursche tatsächlich sein gutes, starkes, geduldiges, stilles Seil, sein Seil, das nichts tat als dahängen, wie wild Trivia auch tanzen mochte.

An diesem besonderen einundzwanzigsten November, einem für Sylvanus unvergeßlichen Gedenktag, denn es war der Tag, an dem er das erstemal in Last House geschlafen hatte, wachte er zum erstenmal wohl gegen vier Uhr auf. Es war nicht nur überall pechfinster, sondern der wilde, lärmende Wind, der den ganzen Monat hindurch in längeren und kürzeren Abständen geblasen hatte, warf den dünnen, spärlichen Wessexregen in spritzenden Schwallen gegen sein Fenster, in Schwallen, welche die Scheibe mit dem Eindruck weinender Gesichter benäßten, die in der undurchdringlichen Dunkelheit davonwirbelten. Gegen fünf Uhr begann der Regen nachzulassen, und der Wind wurde leiser. Sylvanus schaltete das elektrische Licht ein, das seinen Verschlag mit einer deprimierenden bläulichen Helligkeit erfüllte.

»Ach, hätte ich die Kerzen von Last House!« seufzte er voll Unbehagen.

Eilig zog er sich an.

»Sie wird um sechs dort sein«, sagte er sich, »falls Jerry meinen Brief aufgegeben hat.«

Als er angekleidet war, öffnete er die Tür seines Verschlags und lauschte angespannt im pechfinsteren Flur. Es war ein kleiner Flur, an dem drei weitere Verschläge lagen, die mit dem seinen identisch waren, doch nur einer von ihnen war zur Zeit belegt. Er hielt seine Stiefel in der Hand, und der Gedanke an das, was vor ihm lag, war so aufregend, daß er seine Socken nur halb angezogen hatte, so daß sie beim Gehen von seinen Zehen abstanden und in Falten und Knicken über den nackten Dielenboden schleiften.

Am bewohnten Verschlag angekommen, drehte er den Türknauf ganz behutsam und flüsterte in die noch tiefere Dunkelheit des Gelasses:

»Zeit zum Aufstehen, du Vogel Gottes!«

Ein Mann mittleren Alters mit kurzgeschorenem Kopf sprang sogleich in sitzende Haltung auf.

»Bin schon da, Sir!« keuchte er. »Ich habe nicht geschlafen, sondern auf Sie gewartet.«

Sein Ton war weder, was man üblicherweise »gebildet«, noch was man »gewöhnlich« nennt. Es war der Ton des angesehenen Bürgers einer Kleinstadt.

»Hast du deinen Überzieher hier?« flüsterte Sylvanus. »Es regnet noch.«

»Er ist hier«, sagte der Mann. »Gehen Sie in Ihr Zimmer zurück, Sir. Warten Sie nicht hier. Ich bin im Handumdrehen bei Ihnen.«

Bei Betreten seines Zimmers schaltete Sylvanus das Licht aus und setzte sich im Dunkeln auf seine niedrige Liegestatt. Der Patient, den er soeben geweckt hatte, war – wenngleich keineswegs »geheilt« – zur Belohnung für untadelig gutes Betragen bis auf weiteres auf einen Posten befördert worden, der mit dem Privileg eines Schlüssels für das Tor verbunden war. Sylvanus' Wissen, daß er immer auf die Hilfe dieses Mannes rechnen konnte, hatte ihn dazu ermutigt, Marret zu schreiben und ihr sogar eine bestimmte Stunde und einen bestimmten Ort für ihr Rendezvous zu nennen.

Wie langsam die Sekunden vergingen!

»Jetzt hat er die Hosenträger an. Jetzt stellt er sie nach. Jetzt legt er seinen Kragen an.«

Unablässig stellte Sylvanus sich jedes Stadium im voranschreitenden Ankleiden des Mannes vor und hakte es ab. Obwohl er so aufmerksam lauschte, wie er konnte, hörte er ihn nicht das geringste Geräusch machen. Kein Knarren, kein Rascheln störte die Stille des kleinen Flurs. Und doch gab es in anderen Bereichen des Höllenpfuhls alle möglichen merkwürdigen, verstörenden leisen Halbgeräusche, als wäre eine Anzahl wahnsinniger Ratten damit beschäftigt, Hunderte von weiblichen Mäusen zu verfolgen, um sie auszuweiden. Jetzt zog Sylvanus seinen Überzieher an, weil ihm schrecklich kalt wurde.

»Es ist ein scheußlicher Morgen für sie«, dachte er. »Vor Wind und Regen fürchtet sie sich nicht, aber auf diesen Hügeln wird sie sich einsam fühlen.«

Wieder lauschte er, und ihm war, als würden von all den Menschen, die sich unter diesem Dach schlaflos wälzten oder totenstill dalagen, beständig kleine gespenstische Flüsterlaute aufsteigen und durch seine Tür hinein- und zu seinem Fenster hinausschweben, Flüsterlaute, die Bilder von Obszönität, vom Bösen absonderten, wie Vögel ihren Kot absondern. Während er lauschte, war die Dunkelheit um ihn herum so dicht, daß sie allein durch ihre Dichte alle Barrieren des Ortes zu verschlingen und aufzuheben schien, alle Mauern, alle Türen! Die Dunkelheit machte das ganze Gebäude zu einem riesenhaften Gewölbe, einem Gewölbe voller geistesgemarterter ruheloser Gespenster, die ihre schmerzlichen Identitäten weder begreifen noch vergessen konnten, sondern für alle Zeiten in erbarmungswürdiger Verwirrung unter dem Druck des grauen, kalten, unsichtbaren Regens – schlimmer, als es der sichtbare war – der unerbittlichen Verwünschung des Himmels umherirrten und suchten und tasteten. Und ähnlich dem Los des Teiresias im Hades schien es das Los Sylvanus' zu sein, wenn schon nichts anderes, so zumindest einen rationalen Ausdruck für das blinde Gestammel dieser armen Geister zu finden.

Das ungewöhnliche Privileg, einen Generalschlüssel zu besitzen, dessen sein augenblicklicher Gefährte sich erfreute, war nur ein Beispiel unter vielen, wie sehr er die Intelligenz des Direktors abgelenkt, verwirrt und vernebelt hatte. Nachdem sie mehrere Gitter und Eisentüren passiert hatten und mehrere Treppenstufen hinuntergestiegen waren, konnte Sylvanus nicht die erwartete Seelenruhe bewahren, als er seinen Freund tatsächlich mit verstohlener Vorsicht beginnen sah, die großen Flügeltüren des Haupteingangs zu öffnen! Als er seine Gestalt im unwirklichen Licht des Eingangsraumes sah – denn es dauerte geraume Zeit, die Riegel geräuschlos zurückzuschieben –, mußte er unwillkürlich an die hartnäckige Einbildung dieses ehrenwerten Mannes denken, er sei ein Phönix.

Wie doch die alten antiken, biblischen, mittelalterlichen Bezeichnungen die Welt umschlungen hielten! Sie waren ein unerschöpflicher Fundus an Masken, stets zur Hand für jeglichen Zweck der Autohalluzination. Wie komisch es war – wenn man ernsthaft darüber nachdachte –, welche besonderen berühmten Namen die Geisteskranken sich zulegten! Gespenstischen Scheinbildern glichen diese alten Silben, dazu verurteilt, auf den Passatwinden der Zeit dahinzutreiben wie leere Schlangenhäute oder Häute von Molchen, lauter silbrige hohle Masken, bis sie – wie die zaubrischen Silben Phönix – von einer neuen Generation geistesverwirrter Anonymität ergriffen wurden, um deren tragische Blöße zu bedecken.

Etwas anderes war Sylvanus in diesem Geisterhaus als merkwürdig herzzerreißend aufgefallen, und das war die Art und Weise, wie die Sexualität, der große Lebensdrang der ganzen Welt, hier in sich zusammenfiel und verkümmerte und schwand. Sie geriet vom ersten Platz im Leben auf den neunten oder zehnten. Ihre Folgen sah man hier nur allzu deutlich, doch ihre aktuellen Manifestationen erschienen auf ein Minimum reduziert, sterilisiert, paralysiert. Jeder, der Bedlam kennt, kann bezeugen, wie trostlos zutreffend Sylvanus' Beobachtung war. Tatsächlich ist es merkwürdig, daß je die Illusion entstehen konnte, Verrückte seien oftmals glücklich und heiter und munter und fröhlich! Tatsächlich liegt auf einer Irrenanstalt die gleiche übelkeiterregende, träge, verwirrte, unirdische Art von Kummer, die Homer als vorherrschende Seelenlage jener kraftlosen Geister schildert, auf die im Reich des Hades »niemals schauet strahlend der Gott der leuchtenden Sonne«. Ja, die Traurigkeit, die Antriebsarmut, die gelähmte Hoffnungslosigkeit, welche die vorherrschende Atmosphäre eines solchen Ortes ausmachen, sind beinahe identisch mit dem Schattenreich, wo nur der Genuß von Blut einer Mutter erlaubt, ihren eigenen Sohn zu erkennen! Und man könnte meinen, daß ebenso, wie die »edlen Heerscharen der Toten« mit dem Verlust ihres Körpers den Drang des Liebesbegehrens nicht länger verspüren, in der Atmosphäre des Höllenpfuhls Anliegen, welche die Exkremente betrafen, eine größere Rolle spielten als solche des Herzens. Die schreckliche und bestürzende Gleichgültigkeit dem eigenen Aussehen gegenüber, beispielsweise hinsichtlich der Kleidung, die ein so auffälliges Merkmal jener Gruppen der Verdammten ist, verweist auf entsetzliche und bedeutsame Weise darauf, wie die unerbittliche Göttin des Verlangens ihre Opfer, hat sie sie erst durch ihre Verwüstungen in diesen Zustand gebracht, der Verachtung überläßt und davonschwebt, um andere zu vergiften und in den Wahnsinn zu treiben, andere schönere, unverdorbenere, jüngere, weniger besudelte Seelen!

»Regnet es noch, George Pounce?«

Daß er seinen Freund mit seinem Namen ansprach, verriet, wie aufgeregt Sylvanus war. Üblicherweise nannte er diesen ausgezeichneten Mann nicht bei dem Namen, auf den ihn seine Paten getauft hatten, sondern bei dem der Schlangenhaut, diesem Spielball der Winde, in die er mutwillig geschlüpft war. Dies stellte in der Tat eine sonderbare und befremdliche Seelenwanderung dar, denn Mr. George Pounce, früher wohnhaft in der High Street von Dorchester, hatte unter der Einbildung zu leiden begonnen, er sei ein Phönix.

George William Pounce, ein unauffälliger unverheirateter Händler, war zum leidenschaftlichen Ornithologen geworden. Vom Studium lebender Vögel war er weitergeschritten, bis er sich zu einem gewandten Amateurtierpräparator gemausert hatte. Dann war er einer schweren Grippe zum Opfer gefallen, die ihn für Wochen im Fieberwahn gehalten hatte, und als er körperlich genas, blieb sein Geist irreparabel beschädigt.

»Ich könnte Ihnen einen Phönix ausstopfen!« hatte er einmal zu Mr. Ludlow, dem Altertumsforscher, gesagt, und im Gewand des mythischen Gefieders des einzigen seltenen Vogels, den er nie ausgestopft hatte, war er in den Höllenpfuhl gekommen.

In solchen Fällen geisteskranker Verwandlungen greift es ans Herz, die diensteifrige Geschmeidigkeit und Flexibilität der kranken Logik des Geistes mit anzusehen. Dieser Mann zum Beispiel war nicht nur und nicht ausschließlich ein Phönix. Er blieb George Pounce. Er war jedoch ein George Pounce, der unter bestimmten besonderen Umständen seine dünnen, kurzen Arme auf und ab bewegte, während er unter anderen Umständen schreiend durch Gänge und Flure rannte, weil er meinte, in Flammen zu stehen. Die Seltenheit dieser Verbrennungshalluzinationen – denn das Armeflattern gefährdete weder ihn noch andere – machte Pounce zu einem der harmlosesten Anstaltsinsassen und war im Verein mit dem allgemeinen Nachlassen der Disziplin, das bereits angesprochen wurde, dafür verantwortlich, daß man ihm den Schlüssel anvertraute.

Jetzt, als er im windigen Eingang stand und die undurchdringliche Dunkelheit betrachtete, flatterte er mit den Armen.

»Das genügt, Vogel Gottes!« sagte Sylvanus ruhig. »Wir machen besser, daß wir fortkommen!«

Im Sprechen überschritt er die Schwelle; Mr. Pounce, dessen Arme plötzlich wieder still herabhingen – wie sie es meistens taten, wenn Fragen des Alltagslebens seine Aufmerksamkeit erforderten –, schloß die störrischen Türflügel hinter ihnen, und sie machten sich auf ihren Weg.

Es regnete nicht mehr; der Wind hatte sich gelegt. Aus seiner langen ornithologischen Erfahrung hätte George Pounce mit verbundenen Augen den Weg nach Tup's Fold finden können, dem Ort, den Sylvanus in seinem Brief angegeben hatte. Er lag nur ein paar Meilen von der Brush-Anstalt entfernt, aber viel höher als diese. Tatsächlich handelte es sich bei Tup's Fold um einen alten freigelegten Tumulus, ein Hügelgrab, das in neuerer Zeit mit unbehauenen Steinmauern eingefaßt worden war und auf dem halb ein nicht fertiggestelltes Strohdach ruhte. Es befand sich auf einem hohen Hügelkamm der Kalksteinberge, von dem aus man bei Tageslicht die ganze halbmondförmige Ausdehnung der Bucht von Weymouth sehen konnte, von Portland bis St. Alban's Head.

Der Tierpräparator schwieg beinahe eine Meile Weges, obwohl er mit festen Schritten ging. Vielleicht schämte er sich, weil er mit den Armen geflattert hatte, vielleicht konnte die Wiederaufnahme normaler Sterblichkeit nur schweigend bewerkstelligt werden. Auch Sylvanus schwieg, und dies aus einem ganz bestimmten Grund.

In der Aufregung, Mr. Pounce zu wecken und sich rechtzeitig auf den Weg zu machen, hatte er vergessen, seine Gebete zu sprechen. Und nun empfand er, je mehr es ihn aufwühlte, Marret wiederzusehen, um so deutlicher die Notwendigkeit, seine Elementargötter gnädig zu stimmen. So exzentrisch Sylvanus' Litanei war, hatte er sie doch so oft aufgesagt, daß er dazu neigte, sie in Krisensituationen zu brabbeln und zu murmeln, wie ein überdrüssiger Priester eine vertraute Messe liest.

»O Erde!« murmelte Sylvanus mit sehr leiser, aber sehr wohl vernehmlicher Stimme, während die dichte Dunkelheit Wind und Regen verschlungen zu haben schien. »O göttlicher Äther! O Sonne, die du alles siehst und alles hörst! O Meer, das du mich von Kindheit an getröstet und erhalten hast! Und du, o Unnennbares und Namenloses, das du gleichermaßen in Weisheit wie Torheit weilst, beschütze Olwen und Lily und Lottie und Nelly und Polly und May und Peg und besonders Marret.«

Und dann begann Sylvanus mit noch nachdrücklicherem Ernst – sofern solche Unterscheidungen sich bei kaum hörbaren Gebeten überhaupt treffen lassen – aufs anheimelndste und realistischste die Erde und die Sonne und den göttlichen Äther und sogar das Meer, das sie doch so gut kannte, darüber zu informieren, daß Marret die Tochter von Mr. Jones war und nicht weit von der Hafenbrücke im eigentlichen Weymouth wohnte. Der Umstand, daß es in diesem Augenblick unmöglich war, den leisesten Blick auf eine dieser großen Mächte außer der Erde zu erhaschen und selbst auf diese nur schemenhaft, störte Sylvanus nicht. Wäre er im Herzen der Pyramide von Gizeh eingemauert gewesen, hätte er trotzdem von Zeit zu Zeit dieses Gebrabbel an Höhlenmenschengebeten von sich gegeben. Er schätzte es stets, bei solchen Anlässen niederzuknien, wenn es möglich war, und stellte deshalb zufrieden fest, daß er ohne weiteres ein Stück hinter seinem schnellfüßigen Führer zurückbleiben konnte.

Nicht die leiseste Spur der Morgendämmerung machte sich bisher bemerkbar, und dennoch wäre es Sylvanus, hätte man ihn aus tiefem Schlaf geweckt, unmöglich gewesen, nicht zu spüren, daß ein neuer Tag kurz bevorstand. Die Dunkelheit selbst schien eine andere Textur zu haben als die mitternächtliche Dunkelheit. Als sie auf Lidern und Nasenflügeln und Lippen und Händen lastete, schien sie von einer schwachen magnetischen Kühle durchdrungen wie der Berührung durch den Atem eines wiedererstandenen Gottes!

Nahe bei einem Maulwurfshügel kniete er nieder, und es erfüllte ihn mit Ekstase, die Gegenwart der Morgendämmerung im Erdboden zu spüren, bevor er eine Spur von ihr am Himmel erkennen konnte. Indem er seine Hände in die regendurchweichte Erde grub, die über dem Kalkgestein lag, versuchte er, wie es seine Gepflogenheit war, sich seines Menschseins zu entledigen. Und als er so die nasse Erde des Maulwurfshügels zwischen den Händen hielt, schien die ganze weitgefaßte Erwartung der wogenden Hügelketten dieser Downs, die wie ein riesenhaftes Tier auf die Ankunft der Morgendämmerung warteten, sein Bewußtsein zu erfassen und, an etwas gemahnend, was kalt und lebendig war wie die zitternden Brustwarzen eines weiblichen Leviathans, durch seine Adern zu fließen. Und als Sylvanus seine Stirn in den regendurchtränkten Maulwurfshügel preßte, spürte er, wie die Nacht aus dem Körper der Erde schwand, ganz so, wie das Wasser einer verebbenden Meereswelle aus den Spalten einer Kieselbank schwindet, und indem er spürte, wie die Nacht schwand, spürte er, wie die Dämmerung – der feuchte, an Pilze erinnernde Atem der Rosse des Helios – sogar die Substanz des dunklen Kalksteinhügels tränkte.

Nun richtete er sich auf den Knien auf und schnüffelte im Dunkeln, wobei ihn plötzlich das Gefühl beseligte, mehr und zugleich weniger als ein Mensch zu sein. Seine Schenkel schienen die eines Kolosses zu werden, als sie so in den abschüssigen Hügel einsanken! Sein Hals, den er aufwärts und rückwärts streckte, fühlte sich an wie der einer vorsintflutlichen Schildkröte. Durch seine Hose spürte er – da der Erdboden regendurchtränkt war – das Gewicht der großen Rundbäuchigen mit dem felsumgürteten Herzen. Sie wartete auf die Morgendämmerung, die millionenbrüstige, schlafkühle, regendurchweichte Mutter der Tiere und Menschen, und Gefühle, wie er sie in diesem Moment empfand, mögen sehr wohl den morgendämmerungsbesessenen Orion erschaffen haben. Wie Orion atmete Sylvanus jetzt den entfernten Morgendämmerungsgeruch mit geweiteten Nüstern, während seine Knie im feuchten Erdreich steckten und sein Kopf den kalten Fluten des fischreichen Meeres zugewandt war. Wie Orion strebte er seinem Gott durch die Liebe zu den Töchtern Gottes entgegen. Wie Orion lebte er ein zweideutiges Doppelleben zwischen den *kamontes*, den »kraftlosen Abgeschiedenen des Schattenreichs«, und den ewigen Kindern des Äthers.

Ein Ruf Mr. Pounce', ein durchdringender Schrei in Marrets heller Mädchenstimme, und Sylvanus lief vorwärts. Da war Marret und wartete auf ihn! Und mit ihr wartete der junge Larry Zed von Lodmoor. Sie hatte sich bei Mr. Pounce' Kommen weder gefürchtet noch geängstigt, wie Zigeuner-May in ihrem abergläubischen Mißtrauen es gewiß getan hätte. Sie kannte den »Alten von Beale«, wie man ihn in Easton nannte, zu gut, um etwas anderes erwartet zu haben. In einem großen Korb hatte sie ein regelrechtes Festmahl mitgebracht, und bevor Sylvanus Zeit gehabt hatte, über das Gewicht der Nahrungsmittel nachzudenken, präsentierte Larry Zed sich seinen Augen als der Packesel, der sie hergetragen hatte.

Alle vier standen für eine Weile beieinander am Eingang zum überdachten Teil von Tup's Fold. Eine Macht, über die sie keine Gewalt hatten, zog sie zum östlichen Teil des Himmels, und instinktiv legte Marret den Deckel des Korbs beiseite. Indessen wies der junge Zed sie auf den hellen Lichtschein im Lodmoor hin, den er so gut kannte.

»May hat die Lampe angezündet!« sagte er.

George Pounce, dem der grünäugige Knabe kein Unbekannter war, debattierte nun recht hitzig mit ihm, ob ein zweiter Lichtschein, den sie weit zur Linken des Lodmoor-Lichts ausmachen konnten, ein Licht auf White Nose war oder nicht. Der junge Zed beharrte darauf, daß auf White Nose »nie kein Licht« sei, während der Tierpräparator, der sich dort gut auskannte, erklärte, man könne die Lampe im Fenster der Behausung Mr. Ludlows, des Altertumsforschers, auf Meilen hin sehen.

Die Dämmerung, auf die sie warteten, zögerte noch immer ihr Eintreten hinaus, und nach ein paar geflüsterten Worten zwischen Marret und Larry machte der Junge, der diese Kunst von Zigeuner-May gelernt hatte, sich mit der Miene dessen, der sich in regendurchtränktem Hügelland auf vertrautem Gebiet bewegt, daran, trotz der Nässe alles erreichbaren Feuerholzes ein Feuer zu entzünden, und erst da nahm Marret, nachdem sie ihren Korb hastig George Pounce' Ermessen überlassen hatte, Sylvanus beiseite.

»Jetzt können wir weg«, sagte sie. »Später kann es schwieriger sein! Man weiß nie, was geschehen kann. Nein, nein, du mußt mitkommen. Wir haben nicht viel Zeit füreinander an diesem Morgen!«

Und sie führte ihn am Bergrücken des Hügels hinab, während Mr. Pounce, der gutgelaunt mit Larry fraternisierte und im Rauch des frischentzündeten Feuers hustete und keuchte, den Inhalt des großen Proviantkorbs erkundete.

Sylvanus und Marret hingegen wanderten den Hügelkamm entlang. Es waren zwei großgewachsene Gestalten, die da nebeneinander gingen, und als der junge Zed sie durch den Rauch seines Feuers beobachtete, wallte in seinem Herzen ein tiefes und ernstes Gefühl auf.

»Sie liebt diesen Mann«, dachte er, »genauso, wie ich sie liebe. Mein Nachtmädchen bedeutet mir nix, so wie ich ihr nix bedeute. Wir sind beide Ausgestoßene. Meine alte May macht sich nichts aus dem, was mein Nachtmädchen und ich tun. Meine alte May ist wie eine große Katze. Das kommt sicher von ihrem Zigeunerblut.

Weg. Jetzt sind sie weg. Er ist da drinnen, wo ich früher mal war. Und der arme Mann hat keinen Schnurrbart mehr. Hat sich zugerichtet wie eine alte Eule! Aber ihn liebt sie und keinen anderen. Ihn, nicht Lal. Und so ist es nun mal.«

So beugte sich der junge Zed mit Augen, die vom Rauch tränten, den er verursacht hatte, über sein Feuer und richtete seine Natur auf jene Selbstverleugnung ein, die so alt ist wie unser sorgenvolles Menschengeschlecht.

»Und so ist es nun mal«, wiederholte er, während er sich noch unerhörteren prometheischen Kunstfertigkeiten widmete, die er von jener Freundin gelernt hatte, deren unberechenbare Zuneigung wie die »ihrer eigenen Katze« beschaffen schien.

Immer weiter führte Sylvanus sein Mädchen, und immer weiter führte sie ihn, und niemand – nicht einmal der psychologisch geschulte Doktor – hätte den Impuls, der sie beherrschte, der sie leitete, abzutrennen und zu zerteilen vermocht. Plötzlich blieb Sylvanus stehen, hochaufgerichtet, hob den barhäuptigen Kopf und sog die Luft ein.

»Jetzt ist es soweit«, flüsterte er mit leiser und bebender Stimme.

Und er täuschte sich nicht. Wie das erste Flackern der Lider eines zum Leben erweckten Toten ereignete sich am fernen Horizont über den Wassern im Südosten nahe St. Alban's Head ein schwaches, sich jeder Beschreibung entziehendes Heben der Dunkelheit. Er drückte seinen Arm fester um ihre Taille. Wie gut er diese Reglosigkeit, diese Stille an ihr kannte, diese wortlose, unbewegte Trance, die sie unter seiner Berührung noch größer erscheinen ließ, als sie war.

Minuten um Minuten gingen über sie hinweg, und das Band zwischen ihnen wurde zu einer zweiten Morgendämmerung, noch weißer, noch gespenstischer, noch unergründlicher, die aus einer noch tieferen Finsternis emporstieg. Dann kam der Augenblick, da die ganze weite Wasserfläche ihre bebenden Dämmerungspforten ihrem gebannten Blick öffnete. Grau und doch nicht grau, eher metallen fahl wie der matte Schimmer von zehntausend Schwertschneiden, entrollte das Meer seine Seemeilen zitternder Weite. Weißer und weißer wurde es, und seine Weiße war nicht die Weiße des Todes noch die von Licht oder Leben. Es war die Weiße des Geistes. Es war die Weiße jenes geheimnisvollen Schöpfungsaktes, der noch vor dem Wort gewesen war. Und diese Weiße hielt nicht lange an. Sie hielt lange genug an, um der sterblichen Schwäche des menschlichen Fühlens der beiden etwas von ihrem eigenen unsterblichen Wesen zu geben. Doch schon bald, allzubald, verblaßte sie und machte einem anderen Phänomen Platz. Und was nun an ihre Stelle trat, war das natürliche, säkulare Verströmen normalen Tageslichts, des gewohnten, vertrauten, gewöhnlichen Tageslichts, des Lichts eines weiteren Tages, nur eines weiteren Tages unter all den anderen Tagen, die sich über zwei Menschenleben gebreitet hatten.

Marret wandte ihm ihr Gesicht zu, als diese Veränderung eintrat, doch statt den Blick zu seinem Gesicht zu heben, verbarg sie ihr Gesicht an seiner Brust, an seinem Herzen, und so verharrte sie, indes ihre langen nackten Arme, die aus ihrem schwarzen Umhang herausragten, ihn eng umschlungen hielten. Sie war zu sehr beinahe eins mit ihm – beide bildeten in diesem Moment eine einzige Säule, dunkel in dunkel –, um den Unterschied zwischen dem eklig-süßlichen Höllenpfuhlgeruch der Anstaltskleidung und dem seiner alten sauber duftenden Tweedkleidung zu bemerken. Im Wissen um alles, im Wissen, wie knapp bemessen ihre Zeit war und wie schwierig es sein würde, jemals wieder ein Zusammenkommen wie dieses zu bewerkstelligen, empfand sie dennoch ein größeres Glücksgefühl als in all den Tagen, an die sie sich erinnern konnte.

Und Sylvanus sprach mit ihr, der alte Sylvanus, er redete und redete, und seine Worte wurden für sie den Möwen ähnlich, die durch die Luft stießen und die sie so oft gesehen hatte, ohne sich dessen bewußt zu sein, wenn sie am Strand von Weymouth aufschossen, ins Wasser tauchten, Kurven beschrieben und im Flug stillzustehen schienen. Stolz und befremdlich, stolz und sogar blasphemisch waren seine Worte, und sie waren kalt und fremd, auch das, doch nicht kälter oder fremder als die Morgendämmerung, die sie soeben gesehen hatte.

»Immer wenn du am Meeresstrand«, sagte er, »einen nassen Kiesel in der Hand hältst, dann mußt du glauben, daß du mich hältst. Immer wenn du eine Handvoll nassen Sand am Meeresstrand ergreifst, mußt du glauben, daß ich dich halte. *Ich kann dich nicht lassen, niemals*, selbst wenn ich es wollte! Du bist für mich wirklicher als jedermann sonst auf der Welt, wirklicher sogar als Jerry! Soll ich dir etwas Merkwürdiges sagen, Mädelchen? Letzte Nacht, als ich –«

Aus der Dunkelheit unterbrach sie die Stimme des jungen Zed. Der Junge rannte auf sie zu.

»Kommen Sie schnell, Mister!« rief er. »Komm schnell, Marret!

Der Irre führt sich komisch auf! Wenn ihr euch nicht beeilt, stellt er noch was an!«

Was geschehen war, war unter den Umständen begreiflich genug. Die geisterhafte Weiße am Horizont hatte sich auf Mr. Pounce kaum weniger erregend ausgewirkt als auf Sylvanus und Marret. Er hatte Larry verlassen, um aus dem engen Tumulus hinauszukriechen, und war dabei in Berührung mit dem Feuer des Jungen gekommen, das ein wenig außer Kontrolle geraten war. Dabei hatte er einen seiner Rockärmel versengt. Im Verein mit dem magnetischen Einfluß der Morgendämmerung hatte dies ausgereicht, um eine psychische Feuersbrunst oder das, was Dr. Brush als »übererregte Reaktion auf einen ungewohnten Reiz« bezeichnet hätte, auszulösen. Tatsächlich wirbelte George Pounce, als sie ihn erreichten, wie ein frenetischer Derwisch immer wieder um die eigene Achse, wobei seine kurzen Arme und seine armen spatelförmigen Finger – die Finger eines geborenen Präparators – wie die Speichen eines Rades abstanden, das seines Radmantels entblößt war. Dieses Feuer in der grauen Morgendämmerung, dieser Rauch, dieser Mann, der sich um sich selbst drehte, waren ein außergewöhnlicher Anblick!

Erstaunt näherten sie sich der wirbelnden Gestalt, die möglicherweise am Rand dieses alten Hügelgrabs wahrhaftig in einem prähistorischen Feuertanz befangen sein mochte. Überaus sonderbar war es, sie erscheinen und wieder im Rauch verschwinden zu sehen! Doch es erwies sich als kompliziertere Aufgabe, als Sylvanus es sich hätte träumen lassen, den brennenden Phönix auch aus den selbstverursachten Flammen zu retten. Tatsächlich verhielt es sich so, daß die Anwesenheit des jungen Zed, dessen eigener Verstand sich nie sehr weit *diesseits* der Gefahrenzone befand, den Zustand des Mannes verschlimmerte und verhinderte, daß seine selbstentzündeten Feuersbrünste sich so bald beruhigten, wie sie es sonst taten. Es war jammernswert und zugleich grotesk zu sehen, wie diese untersetzte menschliche Gestalt am Rand des ausgeplünderten Grabes des alten Häuptlings im Kreis sprang und dabei im bleichen Dämmerlicht sichtbar und unsichtbar wurde, indes Rauchwolke um Rauchwolke von Zeds echtem Feuer über ihr Haupt hereinbrach! Herzzerreißend waren überdies die befremdlichen Laute, die der arme Mann unablässig murmelte, Laute, die irgendeine ihm unbewußte Phantasie in seinem verrückten Hirn – dem Hirn eines Ornithologen – offenbar als Entsprechung zum angstvollen Krächzen eines großen Vogels in Todesqualen betrachtete.

Zuletzt erlahmten seine zuckenden Bewegungen, und er blieb zitternd und keuchend im wehenden Rauch stehen.

In diesem Moment trat Marret zu Sylvanus.

»Adieu«, sagte sie und versuchte nicht, seine Hand zu ergreifen.

Der große Mann und das große Mädchen blickten einander in angespanntem Schweigen an. Durch einen gnädigen oder ungnädigen Zufall schob sich eine dicke Rauchwolke zwischen sie, und dies nahm das Mädchen als Zeichen. Sie packte Larry am Arm, der sich bereits des Korbs bemächtigt hatte, und lief eilig den Hügel hinab, ohne sich ein einziges Mal umzusehen. Sylvanus führte die Hand zum Gesicht, denn in Krisen wie dieser war er es gewohnt gewesen, an seinem langen Schnurrbart zu ziehen. Doch statt dessen legte er seinen Arm Mr. Pounce auf die Schulter. Als er ihren kleiner werdenden Gestalten nachsah – Zed, der den Korb schwenkte, Marret mit ihrem kleinen Kopf, der mit seiner Knabenmütze ein wenig zur Seite geneigt war –, wurde ihm ein Gefühl in der Magengrube bewußt, als würde ein Regenschirm in seinem Inneren gewaltsam geöffnet. Aber er hielt den Blick unverwandt auf sie gerichtet, bis sie hinter einer Biegung des Hügels verschwanden. Dann fiel seine Hand von der Schulter des wiedererstandenen Phönix, und seine ganze Miene nahm im grauen Dämmerlicht einen trostlosen und welken Ausdruck an. Es war einer jener Augenblicke im Leben eines Menschen, wenn der Lebenswille versiegt wie Wasser hinter einem durchbrochenen Wehr.

»Verzeihen Sie, Sir?« keuchte Mr. Pounce heiser in der Vorstellung, Sylvanus habe sich zu seinem eben erfolgten Feuertanz geäußert.

Doch der Kommentar des großgewachsenen Mannes hatte in etwas bestanden, was der Doktor – jedenfalls vor drei Monaten noch – als Reaktion auf autoerotische Stimulation betrachtet hätte.

»Caput ... Anus«, wiederholte er mehrmals, während er auf die Stelle starrte, wo Marret gestanden hatte, bevor der Rauch dazwischengekommen war.

Bei ihrer Rückkehr in die Anstalt begab sich Mr. Pounce, der um seinen Ruf als Insasse mit Ausgang auf Ehrenwort besorgt war, eilig ins Hauptgebäude und überließ es Sylvanus, so schnell oder langsam nachzukommen, wie ihn gutdünkte.

Im Leben jedes Menschen gibt es Momente, wo eine Trostlosigkeit Besitz von ihm ergreift, die dem schrecklichen Blick ähnelt, den ein toter Planet auf einen einsamen Reisenden im Weltall richten mag. In solchen Momenten ist dem Herzen zumute, als hätte sich ihm unvermittelt durch einen scheußlichen Riß oder Spalt in der unbeschwerten Weite des Alls ein Abgrund der Verzweiflung aufgetan. Und dann will es ihm scheinen, als wäre ihm auf ein finsteres Signal hin unbarmherzig das gezeigt worden, worum er in Wahrheit schon die ganze Zeit gewußt hatte: der uralte kosmogonische Scherz, der alte ungesühnte Verrat. Wie ein unendlich verzweifeltes Gesicht, allen Trostes entblößt, zeichnet diese gespenstische Ansicht der Dinge sich vor dem sie umgebenden Nichts ab. Die Natur hat all ihre Kräfte darauf verwendet, die gähnende Leere, durch die hindurch dieser erstarrte Blick uns Verzweiflung gebietet, zu verbergen. Unser eigenes Herz hat Viadukt um regenbogenfarbenes Viadukt über diesen Spalt in der vertrauten Landschaft gespannt, doch vielleicht wird dieser Blick aus der Leere erst dann nicht mehr sein, wenn der Urscherzbold höchstselbst seinen Scherz bereut und nicht länger »Judy! Judy! Judy!« über unseren schimmernden Strand ruft –

Doch der großgewachsene Mann – dessen Einfluß auf junge Mädchen als um so vieles gefährlicher betrachtet wurde denn jener der Herren Jones oder Frampton – hatte den Eindruck, als der kalte graue Tag seine gewohnte Vorherrschaft über die verstreuten Gebäude des Höllenpfuhls errichtete, daß jede Fortsetzung der Trostlosigkeit, die er in diesem Augenblick verspürte, ihn letzten Endes zu der Art von Insassen machen mußte, die sich – wie der arme Edward Loder – nicht mehr darum scherten, ob sie herauskamen oder nicht.

Sylvanus stand auf dem Kiesweg, der zum Privatwohnsitz des Doktors führte, und betrachtete eine Mistgabel, die jemand in einem Misthaufen hatte steckenlassen. Wäre das Gerät eine Hacke gewesen, wäre er daran vorbeigegangen. Wäre es ein Rechen gewesen, hätte er es nicht beachtet. Wäre es eine Picke gewesen, wäre es ihm nicht weiter aufgefallen. Aber eine Mistgabel wie diese hatte er für so viele Zwecke bei Last House benutzt, daß ihr bloßer Anblick seinen alten Kampfgeist weckte.

»Was hat der arme alte Jobber immer vor sich hin gesagt?« dachte er. »›Eine Zeit und zwei Zeiten und eine halbe Zeit.‹ Nun ... sollte es mir bestimmt sein, an diesem Ort zu sterben ... und sollte es mir *nicht* bestimmt sein, Marret jemals wiederzusehen ... dann will ich wenigstens kämpfen! Das ist alles. Leiden ... elend sein ... wie ein durchgeschnittener Wurm ... aber das eine, was man tun *kann*, bis man mausetot ist, das ist kämpfen ... selbst wenn das Kämpfen sich auf eine Arena im eigenen Kopf beschränkt!«

Er war der Mistgabel so dankbar, daß er tatsächlich auf den Misthaufen trat, sich bückte und ihren Griff küßte. Den Griff einer Mistgabel zu küssen konnte dort, wo er sich befand, kein sonderliches Aufsehen erregen, doch es hätte Perditas Eindruck von ihm als von jemandem, der sich, sogar wenn er allein war, unablässig verstellte und Rollen spielte, aufs fatalste verstärkt. Perditas Meinung über seinen Charakter und auch die des Jobbers hätten sich bestätigt gefunden, hätten die beiden dieses Schauspiel mit angesehen.

Als er mit fröhlicherem Schritt munter weitergewandert war, nachdem er die Mistgabel im Dunghaufen erblickt hatte, da beide Gegenstände wie etwas wirkten, was der Brush-Anstalt nicht angehörte, kam seinem abergläubischen Geist der Gedanke, daß der Misthaufen sich mißachtet vorkommen könnte. Folglich ging er zurück, zog die Mistgabel mit einem Ruck heraus, so daß zugleich mit dem Herauskommen des Werkzeugs ein schwerer und warmer Geruch lange vergrabenen Kuhdungs emporstieg, führte die Zinken der Gabel zum Gesicht und küßte sie. Dann steckte er das Gerät an seinen Platz zurück und eilte abermals davon.

Als er das Haus des Arztes betrat, ohne nach der Bediensteten zu läuten, ging er schnurstracks in des Doktors Arbeitszimmer, wo er den kleinen Benny Cattistock allein antraf, der auf seinen Onkel wartete.

»Meinst du, ich kann mich setzen?« fragte er das Kind, das auf dem Boden lag und eine Zeitung las. »Dieser Junge«, dachte Sylvanus, »sollte seine Marotten nicht dauernd mit Zeitungslektüre füttern. Warum hat dieser Narr Muir ihm diese Flausen nicht abgewöhnt?«

Bennys Augen weiteten sich vor faszinierter und entsetzter Neugier.

»Ich lese gerade darüber!« rief er. »Es steht in der Zeitung ... das, wovon ich wußte, daß sie es tun! Wofür sie sich Yellow geholt hatten ... obwohl sie mir nie was davon sagen wollten! Einmal hab' ich versucht, durchs Schlüsselloch zu gucken, aber Murphy hat mich erwischt ... In der Zeitung steht, wie sie ›Hypo-Toxin‹ machen.«

»Und wie machen sie es?« fragte Sylvanus. »Ich weiß nicht einmal, was es ist.«

Benny bemühte sich, es ihm zu erklären. Wirklich erklären konnte er es nicht – möglicherweise konnten das auch die Männer nicht, die es zu erlangen versuchten –, doch die Erklärung genügte, damit Sylvanus' Stirn sich runzelte und er sich aufmerksam vorbeugte.

»Warte mal, Benny! Heißt das Wort vielleicht *Hypno-Toxin* und nicht Hypo-Toxin?«

Bennys Miene, die sich bei Sylvanus' Verbesserung des Wortes zu verdüstern begonnen hatte, strahlte, als er merkte, wie ernsthaft Sylvanus bei der Sache war.

»Ja! Ja!« rief er. »So heißt es! Ich hab's mir falsch gemerkt. Sie haben einen Hund, der immer wach bleiben muß, immer wach bleiben – und das tun sie ... hier steht alles darüber ... um etwas rauszukriegen. Wenn man tagelang nicht schlafen darf, dann fängt das Rückgrat – ich glaube, es ist das Rückgrat – zu weinen an. Und darauf sind sie aus. Es ist nur ein Tropfen. Nur ein klitzekleiner Tropfen. Und den entnehmen sie dem Hund und tun ihn in eine kleine Glasflasche ... Oh, ganz vorsichtig! ... um nichts davon zu verschütten. Jemand wie Murphy ... muß den Hund wach halten ... und wissen Sie, wie er das macht, Mr. Cobbold?«

Das Kindergesicht verzerrte sich in kindlicher Wut, und in einem Wutanfall, wie Magnus ihn mittlerweile nur zu gut kannte, trampelte Benny mit hochrotem, tränenüberströmtem Gesicht auf der Zeitung herum und begann die malträtierten Zeitungsseiten durch das Zimmer zu treten und zu zerren.

»Schon gut, Benny, schon gut, mein Junge!« sagte Sylvanus.

Mit geballten Fäusten drehte der Junge sich zu ihm um, und Sylvanus dachte insgeheim:

»Du lieber Himmel! Wie ähnlich sein Kinn dem seines Vaters ist! Mir war nie bewußt, wie ähnlich sie einander sind.«

Doch der Junge beruhigte sich wieder und sprach weiter.

»Sie lügen nämlich, sagt Mr. Muir, wenn sie behaupten, sie würden den Hunden Annes Teesieb geben. Sie behaupten, damit würden sie die Hunde immer einschläfern. Also sind sie bloß Lügner, Mr. Cobbold, nicht wahr, wenn sie die Hunde in Wirklichkeit wach halten, bis sie den Tropfen kriegen?«

Sylvanus begriff gut genug, daß das ganze Nervensystem des jungen Benny Schaden nehmen würde, wenn er nicht schleunigst ganz gewaltig beruhigt werden würde.

»Ist dieser Obernarr Muir«, dachte er, »etwa so töricht, ihn in diesen Dingen zu unterstützen? Aber der Junge hat recht; und was soll man tun? Wir können ihm nicht gut erzählen, daß sie keine Hunde quälen.«

»Ganz gewiß ist er einer!« erwiderte er dem Knaben, womit er seine Meinung über den Leiter des Höllenpfuhls unumwunden zum Ausdruck brachte. »Aber dein Onkel Dan ist einer der Allerharmlosesten von ihnen, mein Junge, das kann ich dir versichern! Wenn du erwachsen bist, wirst du sie verfolgen und zur Rechenschaft ziehen. Aber bis dahin mußt du mich als deinen Stellvertreter einsetzen. Mit deinem Onkel werde ich mich gleich befassen. Ich habe einen hervorragenden Eschenpfeil in meinem Köcher. Sei nur unbesorgt. Lauf jetzt, bevor dein Onkel Dan dich hier erwischt. Warte ab, und du wirst sehen. Wir beide sind von nun an Verschwörer.«

Als der Knabe gegangen war, steckte Sylvanus die Hand in die Tasche, in der sich ein Päckchen Butterbrote befand, das Marret ihm gegeben hatte. Diese Brote verschlang er nun eines nach dem anderen mit unvorstellbarer Schnelligkeit.

»Vom Gehirn unter der Folter der Schlaflosigkeit«, dachte er, »ins Rückenmark der Wirbelsäule. Caput ... Anus! Caput ... Anus! Was für eine Rasse wir sind!«

Er hatte die Brote aufgegessen und hatte es sich schläfrig im größten Sessel des Doktors bequem gemacht, als Daniel Brush den Raum betrat.

»Hallo!« sagte er. »Über Sie habe ich ja schöne Dinge zu hören bekommen. Sie sind mir ein feiner Patient auf Ehrenwort und genauso Ihr Freund Pounce!«

Sylvanus blieb, wo er war, und betrachtete den Mann mit kritischem Blick. Er dachte sich:

»Warte nur, mein Junge. Warte nur!«

Dr. Brush zog seinen Mantel aus und machte sich nervös im Zimmer zu schaffen. Er spürte, daß etwas in der Luft lag, aber er schrieb es dem Ausflug nach Tup's Fold zu, dessen Einzelheiten in vielerlei ausgeschmückten Versionen längst in Umlauf waren. Zu guter Letzt setzte er sich seinem Patienten gegenüber, und es begann ein ungewöhnliches Duell, das gleichzeitig auf rationaler, auf imaginativer und auf okkulter Ebene geführt wurde. Außerdem wurde es – so befremdlich dies klingen mag – auf sexueller Ebene geführt.

»Doktor«, sagte Sylvanus, der den Kampf mit einem machtvollen Ausfall seines Schwertes eröffnete, »ich werde kein Wort mehr sagen, sondern schweigen wie das Hardy-Denkmal, wenn Sie nicht –«

»Ich weiß sehr wohl, was Sie sagen wollen, Cobbold! Wenn ich nicht mein kleines Versuchslabor schließe, nicht wahr? Cobbold, haben Sie in letzter Zeit irgend etwas zu hören oder zu sehen bekommen, was Sie hätte verstören können?«

Sylvanus schüttelte den Kopf. Tatsächlich hatte er seit mehreren Wochen nichts wahrgenommen, was mit der Vivisektion zu tun gehabt hätte.

»Es geht doch um so wenig, Doktor!« rief er, setzte sich plötzlich kerzengerade auf und ballte die Fäuste auf den Knien. »Es geht doch nicht um ein Elixier, das uns die Unsterblichkeit verleihen könnte. So etwas erhalten Sie doch nicht, indem Sie Tiere quälen und piesacken und foltern. Ich kann es nicht verstehen! Ein Mensch wie Sie, der blutet, wenn man ihn sticht, der lacht, wenn man ihn kitzelt, wie können Sie diese Hunde zu einem so schändlichen Zweck, einem so jämmerlichen, so erbärmlichen Ergebnis quälen? Wäre die Unsterblichkeit der Menschen dadurch erlangt, könnten Sie uns dadurch das Wesen Gottes offenbaren, würde ich noch immer sagen, daß es unrecht ist. Doch so, wie es sich verhält, ist es ungeheuerlich! Ihre Hunde erleiden Schlimmeres, als selbst Sie sich vorstellen können wollen – und zu welchem Zweck? Zu nichts wahrhaft Erstaunlichem oder Welterschütterndem. Wenn Sie meine Meinung wissen wollen, Doktor, muß ich Ihnen sagen, daß dieses ganze Verbrechen der Vivisektion mit unermeßlichem menschlichen Leid bezahlt werden wird. Das war noch immer die Art der Götter. Ihre Vivisektion ist die schrecklichste Versündigung unseres Zeitalters – des Zeitalters des wurmstichigen Planeten, wie die Russen es nennen –, und sie wird schrecklich geahndet werden! Das Schlimmste daran, Doktor, ist, daß bei solcher Ahndung die Unschuldigen mit den Schuldigen zusammen leiden müssen.«

Daniel Brushs Miene war, während er seinem Patienten und Gefangenen zuhörte, weniger ein »Buch, darin Seltsames sich zu lesen fand«, wie der Dichter es ausdrückt, als eine Titelseite, auf der das, was sich im Buch befand, in einem unentzifferbaren Kryptogramm verborgen war.

»Sie berühren hier eine gewichtige Frage, mein Lieber«, sagte er unaufgeregt, wobei er eine seiner Manschetten – denn er war nun in Hemdsärmeln – zurückschob und eine kleine Abschürfung an seinem Handgelenk betrachtete. »Eine gewichtige Frage«, wiederholte er und richtete dabei seinen Blick nicht auf Sylvanus' erregtes Gesicht, sondern auf dessen knochige Knie, auf denen seine Fäuste lagen, während er sich vorlehnte.

Die Kaltblütigkeit des Arztes wirkte eher wie ins Feuer gegossenes Öl denn wie solches auf steigenden Wellen, und Sylvanus' Stimme wurde lauter.

»Ich weiß, was Sie denken!« rief er. »Sie denken, ich wäre ›übererregt‹ – anders gesagt, geistesgestört wie alle hier. Nein, Doktor, ich bin *nicht* geistesgestört, aber wenn ich es wäre –! Nein, sage ich Ihnen. Wenn Ihre gottlose Wissenschaft Gottes Anstand und Mitgefühl verhöhnt und sich selbst zum Prüfstein der geistigen Gesundheit erklärt, dann laßt mich mit den Geistesgestörten sein! Abscheuliche Grausamkeit bleibt abscheuliche Grausamkeit, ob sie nun von Wissenschaftlern an Hunden oder von Tiberius an seinen Feinden geübt wird! Kommen Sie, Doktor! Ich nehme den Fehdehandschuh auf! Der Geisteskranke gegen den geistig Gesunden! Gott wird seine Gläubigen in Bedlam suchen. Die verlorene Seele des Mitgefühls findet Unterschlupf, wo bis jetzt die Dämonen weilten!«

Die volltönende Stimme – die Stimme, welche Olwen und Lily und Lottie und Nelly und Zigeuner-May und Peg Frampton und Marret Jones verführt hatte, ganz unabhängig von dem, *was* er gesagt hatte – wurde nun für einen Augenblick unhörbar, als Sylvanus den Blick auf den Mann ihm gegenüber heftete. Er schien in der Illusion befangen, daß er noch immer Worte aussprach – Worte, die niemand vernehmen konnte, ohne einen Sinneswandel durchzumachen –, denn als er seinen Körper straffte und seinen Schildkrötenhals vorstreckte, bis sein ganzer El-Greco-Schädel sich wie eine Kanonenkugel seinem Zuhörer entgegenzuschleudern schien, funkelte überirdischer Triumph in seinen Augen. Dann ertönte seine Stimme wieder wie ein Wechselgesang, dessen Eröffnungsstrophe unhörbar war.

»Seine Kinder und Säuglinge haben ihn verlassen! Sie sind klug und grausam geworden wie die anderen. Und Gott, ja sogar das Absolute, hat zu sich selbst gefunden und ist zu sich selbst eingekehrt in ... in ... in ...«

Seine Stimme erstarb, doch diesmal auf andere Weise als zuvor. Sie erstarb, als wären seine Worte eine Art schäumenden Alkohols gewesen, der sich aus einem Faß ohne Boden ergoß und dessen Fluß unvermittelt versiegt war. Sein »in ... in ... in ...« klang wie die letzten Tropfen, die aus dem Spundloch tropfen, wenn der Hahn zugedreht wurde. Sofern sich von diesem Sturzbach wirrer Worte behaupten ließ, daß er überhaupt eine Wirkung auf den Doktor hatte, bestand diese offensichtlich darin, ihn zu veranlassen, sich in seinem Sessel weit zurückzulehnen und ganz müßiger Entspannung hinzugeben.

»Am liebsten würde ich Ihre Patienten zusammenrufen, Doktor«, sprach Sylvanus weiter, wobei mürrische Verdrießlichkeit und menschliche Gereiztheit plötzlich seinen Ton veränderten, »und sie dazu bringen, daß sie jedes Vivisektionsgerät zertrümmern, das Sie besitzen! All die Gurte und Riemen, die eine angesehene Firma für Sie anfertigt, all die zerbrechlichen kleinen Gläser, in die Sie das Hypno-Toxin abfüllen, das Gehirn und Rückenmark unter Marterqualen der Schlaflosigkeit erzeugen, all Ihre Maschinen, mit denen Sie in lebendige Gehirne und Herzen und Eingeweide spähen! Wie gern sähe ich Ihr Laboratorium ausgeplündert, nackt und leer, gescheuert, ausgepumpt, mit dem Staubsauger geleert, mit ausgepumptem Magen, desinfiziert, mit dem Klistier durchgespült, *mit Feuer gereinigt*! Verstehen Sie denn nicht, daß allein der Umstand, daß Sie so etwas tun *dürfen* – denn mir brauchen Sie nicht zu erzählen, Sie würden die Hunde betäuben; die werden nämlich mit diesen soliden Gurten und Riemen so festgehalten, daß sie sich nicht rühren können –, dem Eingeständnis gleichkommt, daß wir uns nicht länger bemühen, uns dem Geheimnis des Lebens auf gerechte, rechtschaffene und mitfühlende Weise zu nähern? Großer Gott! Die ganze Richtung aufzugeben, der wir seit Anbeginn der Welt zustrebten! Wie mag der Gedanke, *nicht* grausam zu sein, je in die Welt gelangt sein? Aber als er dort erst einmal war, hat er gewirkt. Er als einziges hat alles verändert – sogar die Natur! Falls Gott uns vivisieziert haben sollte, ist dies vielleicht der eine und einzige ›Tropfen‹, den er bei dem ganzen scheußlichen Experiment gewonnen hat! Und das wollen Sie jetzt wegwerfen, wie der Mann, der Ihr Labor aufräumt, Ihr kostbares Reagenzglas mit Hypno-Toxin wegwerfen könnte! Solange wir nur den Tod für ein paar erbärmliche Jahre hinausschieben können, geben wir Ihnen in unserer Feigheit freie Hand, die Hunde zum Heulen zu bringen. Erretten Sie uns vor dem Tod, und Sie dürfen so viel Todesmartern aus unseren Hunden herauspressen, wie Sie wollen!«

»Einen Augenblick, Cobbold –« Dr. Brush änderte seine Haltung nicht. Er lehnte noch immer beinahe wollüstig in seinem bequemen Sessel, doch jetzt schob er wieder die Manschette zurück und beugte den Kopf vor, um auf die Stelle an seinem Arm zu sehen, die so hartnäckig juckte. »Wenn Sie das beruhigen sollte, mein Freund, kann ich Ihnen genausogut eröffnen, daß ich mein Versuchslabor auf dem Anstaltsgelände vor über einem Monat geschlossen habe. Mr. Cattistock ist auf einer Reise – vielleicht wußten Sie auch das nicht –, und er sah sich genötigt, seine finanzielle Unterstützung zu verringern. Und was den von Ihnen so gehaßten Murphy betrifft, wird es Sie freuen zu hören, daß ich mich geweigert habe, ihn irgendeiner anderen Institution zu empfehlen. Er hat durchblicken lassen, daß er Brunnenkresse züchten will. Diesem Entschluß konnte ich nur wärmstens beipflichten.«

Sylvanus' ganzer Körper unterlief einen Prozeß des Schrumpfens und Welkens. Er kam sich vor wie ein Mann, der mit einem Schwert ausgeholt und einen Schützenvogel geköpft hat. Daß im Höllenpfuhl keine Vivisektion mehr praktiziert wurde und daß Murphy nicht mehr da war, nahm ihm eine Last von der Seele, doch momentan war ihm zumute wie bei der Entdeckung, daß der Tyrann, den als Machthaber zu überwältigen er sich durch Wachen und Fasten gestählt hatte, an Dschungelfieber gestorben war. Zudem empfand er ein vielschichtiges Gefühl der Demütigung und des Zorns auf Brush, das wiederum seine Scham steigerte. Der Bursche hatte ihn reden lassen, weil er hören wollte, was er sagen würde, und dabei gewußt, daß er ihn jederzeit mit einem Wort zum Schweigen bringen konnte. Er betrachtete den Doktor, der in seiner enstpannten und gelassenen Haltung seine Antwort auf die kleine Überraschung erwartete.

In gewissen Lebenskrisen kommt die Natur persönlich uns durch eine Kraft zu Hilfe, die ihr zu eigen ist, eine Kraft, die blinder, geschwinder, furchtbarer ist als selbst der Instinkt, und ohne zu wissen, was wir tun, stürzen wir uns unbedacht, unversehens, unvorhergesehen *in die Bresche*. Manche nennen diese Kraft Impuls, aber in Wirklichkeit ist sie eher etwas wie ein organischer Sprung unserer ganzen Lebenskraft, ein Sprung, den etwas tut, was nur springen kann – springen wie ein gewaltiges Tier –, wenn es aus dem letzten Loch pfeift.

Sylvanus spürte, wie er dasaß, daß er wahrhaftig aus dem letzten Loch pfiff. Er begann die finstere und vernichtende Tatsache zu begreifen, daß der Doktor ihn allen Ernstes für wahnsinnig hielt, so wahnsinnig, wie es der arme George Pounce war, nur daß bei ihm keine Hoffnung bestand, man könnte ihm je einen Schlüssel anvertrauen. Doch die große, schöpferische Natur, Mutter und Komplizin aller Wunder, kam ihm zu Hilfe, indem sie ihm eingab, einen jener raffinierten psychischen Einzelkämpfe mit dem Arzt auszufechten, welche die Frage des Wahnsinns immer in den Hintergrund drängten.

»Doktor«, sagte er unvermittelt, ohne das, was er soeben über die Schließung des Labors erfahren hatte, im geringsten anzusprechen.

»Ja, Cobbold?«

»Sind Sie der Ansicht, daß die Welt nur aufgrund rein mechanischer Ursachen existiert?«

Dr. Brush ließ sich noch tiefer in seinen Sessel sinken als zuvor.

»Nicht ausschließlich, Cobbold«, erwiderte er. »Aber sie haben dabei ihre Rolle gespielt, wie sie es jetzt auch tun.«

»Glauben Sie also an Gott?«

»Vielleicht.«

»An die Unsterblichkeit?«

»Ich würde sie nicht ohne weiteres von der Hand weisen.«

»An die Kraft des Gebets?«

»Als Versuchsobjekt.«

»Haben Sie selbst, Doktor, möglicherweise –«

Sylvanus, dem die Natur das richtige Wort souffliert hatte, wurde jetzt übermütig, weil er gar zu schlau sein wollte.

»– möglicherweise eine Anlage zu geistiger Verwirrung?« – »Ich bin froh, daß ich ihn das gefragt habe«, dachte er. »Das gibt ihm vielleicht zu denken.«

Zweifellos nahm die Miene des Doktors einen überaus seltsamen Ausdruck an, als Sylvanus ihm diese direkte, diese einfache Frage unterbreitete.

»Manchmal, mein lieber Cobbold«, sagte er gedehnt, »will mir scheinen, daß ich der Unglücklichste von allen in dieser Anstalt bin. Ist Ihnen eigentlich klar, daß Sie mir in diesem Augenblick keine größere Freude machen könnten, als den Schürhaken zu nehmen und mir damit den Kopf einzuschlagen?«

Sylvanus rutschte erneut auf der Stuhlkante nach vorne und saß angespannt da. Erneut hielt er die langen, sehnigen Oberschenkel auseinander, erneut ruhten seine geballten Fäuste auf ihnen, während er sich vorlehnte. Nun befand er sich in ebender Haltung, die Ruderer einnehmen, wenn sie vor Beginn des Rennens auf das Startsignal warten. Der Doktor hingegen lümmelte nun in voller Länge ausgestreckt in seinem Sessel, das Kinn in den Hals vergraben, die Arme herabhängend, die Beine nebeneinander ausgestreckt und nur mit den Fersen den Boden berührend. Als Sylvanus den Doktor ansah und über dessen verblüffende Bemerkung nachgrübelte, überkam ihn ein höchst eigenartiger Sinneseindruck. Ihn erfaßte plötzlich das merkwürdige Gefühl, als wäre der Doktor, der sich vor ihm rekelte, in Wirklichkeit eine Frau! Auch wenn er seine Gedanken noch so sehr auf das Problem des Unglücks des Doktors konzentrierte, konnte er sich eines beklemmenden, übermächtigen Eindrucks nicht erwehren, der ihn ergriff, als er den Mann ansah, der sich im Sessel ausstreckte, des Eindrucks, daß er es mit einer Persönlichkeit weiblichen Geschlechts zu tun hatte. Obwohl Sylvanus – wie Magnus völlig zutreffend festgestellt hatte – nichts vom Hanswurst, vom Kasperle an sich hatte, besaß er eine übertrieben männliche Identität. Gänzlich frei vom geringsten Funken erotischer Perversion – was unter Propheten, Philosophen und Priestern äußerst selten vorkommt –, wurde Sylvanus in dieser speziellen Sekunde, als er seine kräftigen Fäuste auf seinen mageren Schenkeln ballte, von einem unerklärlichen Impuls beunruhigender erotischer Erregung ergriffen.

»Caput – Anus!« rief er in seinem Herzen, »Was zum Teufel geschieht mit mir? Werde ich wahnsinnig? Fängt es so an? Spielst du etwa wirklich den Backfisch in deinem Sessel, du kleiner Narr? Willst du etwa wirklich mit mir poussieren? Und wenn nicht, warum ist mir dann –«

Denn in seiner Einfalt benutzte Sylvanus statt irgendwelcher moderner Wendungen seine alten Public-School-Begriffe. Nun aber begann seinem verwirrten Geist die bestürzende, aber nicht unwahrscheinliche Vermutung zu dämmern, daß er zu guter Letzt dem Geheimnis der Vorliebe des Doktors für ihn und für ihre Gespräche auf die Spur gekommen war. Und dies wäre auch – denn im unwissenschaftlichen Geist Sylvanus' schossen die verrücktesten Hypothesen sogleich ins Kraut – eine Erklärung für die Fähigkeit dieses Mannes zur Selbstverleugnung und die ans Demütigende grenzende Art gewesen, wie er die Ideen anderer aufnahm.

»Du armer Teufel!« dachte Sylvanus. »Was ich jetzt empfinde, wenn ich dich ansehe, ist wahrlich Grund genug, unglücklich zu sein. Wir brauchen das andere Geschlecht, so wie Pflanzen Wasser brauchen.«

Und während ein mysteriöser Augenkontakt zwischen ihnen – voll des Austauschs magnetischer Ströme, die seine Sinne verwirrten und seinen Geist verstörten – das befremdliche Gefühl verstärkte, das er empfand, bemerkte er gewichtig: »Ich kann nicht verstehen, Doktor, wie jemand wie Sie unglücklich sein kann, wenn er nur einen Ort wie –« er hatte sagen wollen Tup's Fold, doch diese Silben brachte er nicht über die Zunge – »einen Ort wie White Horse aufzusuchen braucht, um einen Eindruck ... einen Eindruck ...«

Er hielt inne, verwirrt und ratlos, wie er diesem Mann, der sich in Hemdsärmeln vor ihm rekelte, eine Eingebung vermitteln sollte, die etwas entstammte, was so »tief durchdrungen« war wie die spirituelle Wesenheit, die er im Sinn hatte. Er merkte, daß er zu diesem Mann auf genau die gleiche Weise sprach, wie er zu Frauen zu sprechen pflegte, und er hatte den sonderbaren Eindruck, daß sein entspannter, zurückgelehnter Gesprächspartner nicht weniger amüsiert zuhörte, als eine Frau es getan hätte, als er vorschlug, der Leiter des Höllenpfuhls solle einfach nach – White Horse gehen, um seine seelischen und geistigen Kräfte wiederzuerlangen. Er stammelte unbeholfen weiter und versuchte, seine eigenen Methoden seelischer Erholung darzulegen, doch etwas an den fragend gelüfteten Augenbrauen des Doktors und an seinem beinahe Mona-Lisa-gleichen zweideutigen flüchtigen Lächeln ließ ihn spüren, daß es Dimensionen geistiger Raffinesse in der Welt gab, auf die die schlichten spirituellen Geheimnisse seines eigenen Lebens sich ganz und gar nicht anwenden ließen. Und was dachte unterdessen Daniel Brush?

Er dachte in Form – sofern eine so komplizierte Abfolge geistiger Umdeutungen sich einer rationalen Ordnung unterwerfen ließ – einer philosophischen Träumerei nach, die überhaupt nichts mit dem Unterschied zwischen den Geschlechtern zu tun hatte. Dennoch war es eine unleugbare Tatsache, daß die ganz bestimmte Richtung seines Denkens sich unmittelbar voraufgegangenen Gesprächen mit der bestimmten Person verdankte, die sich in diesem Augenblick an ihn wandte.

»Hier sitzen wir zwei«, dachte Dr. Brush, »in diesem wohlgeordneten Raum mitten in den Kalksteinhügeln, soundso viele Meilen Luftlinie von der salzigen See und soundso viele Meilen Lotleine vom mathematischen Erdmittelpunkt entfernt. Und zwischen unseren beiden Persönlichkeiten, die sich jetzt in den Strahlen unserer optischen Neuronen berühren, besteht zwangsläufig Anziehung und Abstoßung, und er versucht einen psychischen Zauber auf mich zu wirken, und ich versuche einen psychischen Zauber auf ihn zu wirken.«

Drei Monate früher hätte Dr. Brush seinen Gedanken nie und nimmer erlaubt, in diese Richtung zu schweifen. Er hätte wahrhaftig gar keine derartigen Gedanken halbmystischer Art gehabt. Allerdings war er von seinem besessenen Verfolgen dessen, was er »Wahrheit« nannte, nicht abzubringen. Wenn die Wahrheit sich ihm nun anders präsentierte, nun! dann mußte er sie dennoch unverdrossen weiter verfolgen!

»Zwei Menschen«, dachte er, »können sich nie begegnen – außer bei jenen besonderen Anlässen, wo die Liebe sie anlockt –, ohne jeden Augenblick zu denken: ›Ich bin schlauer, undurchschaubarer, klüger, gefährlicher, komplizierter, als du es bist!‹ Aber Nom de Dieu! was für einem Haufen von selbstzufriedenem Geschwätz habe ich mich da ausgesetzt! Ich muß die Situation aufbrechen. Und es gibt immer nur einen Weg, das zu bewirken – einen unfehlbaren Weg, die eigene Überlegenheit durchzusetzen, nämlich sich ironisch, spöttisch, geringschätzig zu geben. Tut man das, hat man sie alle an der Nase herumgeführt, breitet die Flügel aus und ist auf und davon! Aber – zum Teufel mit dem Burschen! – es sind die Schliche der *minderen Intelligenz*! Doch – vielleicht – liegt Ironie darin ... wie auch immer, ich ertrage das hier nicht länger!«

Und als wahrer Proteus geistiger Salti beschwor der Doktor vermittels ebenjener Methode der Introspektion, die er von seinem Patienten gelernt hatte, eine elektrische Strömung grausamen Spotts herbei. Er setzte sich im Sessel aufrecht hin, als er zu diesem Schlich griff, erhob sich gar und zündete sich eine Zigarette an.

»Ich habe doch nur gescherzt, mein guter Cobbold«, sagte er. »Sie müssen mich nicht gleich ins Gebet nehmen! Ich habe nur den affektierten Narzißmus und die sentimentalen Albernheiten nachgeäfft, wie sie unter den Halbgebildeten üblich sind. Kennen wir Ärzte das nicht dank unserem Beruf? Man hält sich am Universum schadlos durch Orgien von Selbstmitleid, indem man ein so überaus interessanter sensibler Mensch ist. ›Der unglücklichste Mensch in der Brush-Anstalt ist Brush!‹ Klingt das nicht überzeugend nach der Heuchelei des Selbstmitleids? Pah, mein Lieber! ich bin ein ausnehmend glücklicher Mensch.«

Die törichte Miene argloser Verwirrung, unter die sich Anzeichen tiefempfundener Empörung mischten, mit der Sylvanus diese Worte aufnahm, schien den Doktor zufriedenzustellen. Er trat wahrhaftig zu ihm und ging dabei so unsicheren Schritts über seinen geblümten Teppich, wie es heißt, daß Agag gegangen sei, als er den Tod luvwärts erblickte, und schnipste mit den Fingern.

»Nicht soviel«, rief er, »gebe ich auf irgend jemands Mitleid! Ich bin ein ausgesprochen glücklicher Mensch.«

Dann, als er dort neben Sylvanus stand, lächelte er ihn an mit einem Lächeln, das an das von William Blake geschilderte abstoßende Lächeln erinnerte, das man nur einmal im Leben lächelt, und als Sylvanus ihn dieses Lächeln lächeln sah, hatte er abermals diesen sonderbaren Eindruck und – schlimmer noch – verspürte er abermals dieses unerklärliche Gefühl, das ihn mit Scham erfüllte. Diesem Gefühl folgte eine Welle übermäßigen Zorns auf sein Gegenüber, eines Zorns, den der Umstand verstärkte, daß er sich gezwungen sah, erotische Erregung ohne jeglichen dazugehörenden Genuß zu empfinden. Auch er erhob sich, und die beiden sahen einander einen Augenblick lang wortlos an.

Da geschah es, daß die große Standuhr des Doktors auf dem Kaminsims zu schlagen begann, und sie schlug im Ton einer gewissen Uhr, die sich auf Portland nahe dem Dorfanger von Easton befand. Für den aus Last House vertriebenen Mann klang dieser Ton wie das Krähen des Hahns für Petrus. Er spürte, daß der Doktor ihn zum besten gehalten hatte. Er verspürte schmerzliche Einsamkeit. Er spürte, daß Freunde, Zukunft, Hoffnung ihm geraubt waren. Um es in der farbigen volkstümlichen Wendung auszudrücken: Er spürte, wie ihm der Wind ins Gesicht blies; und dieser kraftlose Wind, der aus den trübseligen Fluren des Höllenpfuhls herrührte, ließ ihn plötzlich empfinden, als hätte sogar sein Absolutes ihn verlassen. Mit dem Bewußtsein dachte er nur an seine geistige Demütigung, als ihm der Wind seelisch ins Gesicht blies, doch sein armer geprüfter, hagerer, grotesker Körper verspürte einen ganz eigenen ratlosen Kummer, der bis zum Grund seines Seins zu reichen schien.

»Ich bin es«, sagte Sylvanus' magerer Körper mit dem Schildkrötenhals im Höllenpfuhl, der Körper, den man seines vertrauten Tweeds entblößt und in die Gefängniskluft der Anstalt gezwängt hatte, »ich bin es, der weiß, wohin die Kompaßnadel jetzt weist; und was ich zu dem Geist sage, der mich hierher verfrachtet hat, heißt: *Lama asabthani*?«

Mit dem Verstummen der letzten Schläge der Uhr überkam Sylvanus eine so schreckliche Sehnsucht nach Marret, daß er aufheulen mußte wie ein hungriger Wolf. Tatsächlich ließ er einen Schrei laut werden, der fast nichts Menschliches mehr hatte.

»Guter Gott! Was habe ich gesagt? Was habe ich getan?« rief Daniel Brush, der den Tierschrei, der sich dem Körper seines Patienten entrungen hatte, sich selbst und seinen schlauen Winkelzügen zuschrieb.

Sylvanus schien jedoch »den Geist«, wie man sagen könnte, des Ortes, an dem er sich befand, angenommen zu haben. Indem er jede Spur, jeden Rest Selbstachtung abwarf und sich vor diesem Mann bis zum äußersten erniedrigte, ja! sogar soweit, daß er Marrets Namen aussprach, lief er weinend aus dem Arbeitszimmer des Doktors. Und als er ging, als er die Tür geöffnet hielt, um hinauszutreten, überraschte er sich dabei, daß er, fast ohne es zu wollen, eine jener kindischen Reimereien zum besten gab, die ständig zu fabrizieren offenbar eine Wesenseigentümlichkeit von ihm war. Dieser ununterdrückbare Hang Sylvanus' – wahrscheinlich würde er noch auf dem Totenbett irgendwelchen Unsinn stammeln, der sich auf Anus reimte – war die ins Pathologische gewendete Illustration der klugen Andeutung Wordsworth', daß Verse die schmerzliche Intensität von Gefühlen, die anders nicht zu ertragen wären, narkotisieren und betäuben.

»Ein Esel bin ich, ein Esel, mein Gott!
Ein Esel, den man führt zum Schafott –
Der trübselig hockt im schwarzen Pott –
Und dem man Marret weggenommen hot!«

Als er die letzte Zeile dieses Knittelverses der Verzweiflung sprach, wandte er sein großes, weißes, rübenförmiges Gesicht, an dem die Tränen herabströmten, dem Doktor zu.

»Verwünscht sei Ihre Seele!« rief er wütend. »Sie sind kein Mann!«

Als er fort war, schob Dr. Brush als erstes seine Manschette zurück und betrachtete teilnahmsvoll die kleine Stelle an seinem Handgelenk, die nicht zu jucken aufhören wollte.

»Soll es mir nie gelingen? Niemals?« fragte er sich.

Und was er mit »gelingen« meinte, das war, in seiner Beziehung zu Sylvanus so abgeklärt zu werden, wie angesichts der Beendigung seiner Hundeversuche zu sein er sich gezwungen hatte. Dinge geschehen auf der Welt, deren Wirkung in keinem Verhältnis zu ihrer mutmaßlichen Bedeutung steht. Es ist, als bliese unablässig ein schwacher, übernatürlicher Wind über die Welt, der kummervollen Herzen Linderung bringt und der nur bemerkt wird, wenn er im Wirrwarr der Umstände auf einen Strohhalm, eine Feder, ein Samenhäutchen oder ein Blatt stößt, die leicht genug sind, sich von ihm bewegen zu lassen.

Als Sylvanus an diesem Abend den Flur zu seinem Verschlag entlangging, begrüßte ihn der wahnsinnige Ornithologe durch dessen halbgeöffnete Tür.

»Gute Nacht, Sir!« flüsterte George Pounce im Ton größter ehrerbietiger Anteilnahme.

»Wie nett er das gesagt hat!« dachte Sylvanus. »Gerade so, wie er es sagen würde, wenn der Weltuntergang morgen bevorstünde.«

Darin hatte Sylvanus recht, und er hätte obendrein schließen können, daß ein Absolutes, das durch nichts weiter als den Gruß eines Klapsmühleninsassen – selbst wenn diesem die Schlüssel des Höllenpfuhls anvertraut worden waren – den Stein von seinem Grab zu rollen vermochte, als Absolutes zumindest einer der Fähigkeiten nicht gänzlich entraten dürfte, die man dem sagenhaftesten aller Vögel gemeinhin zuschrieb. Ein so beschaffenes Absolutes besaß die Fähigkeit, sich aus der eigenen Asche neu zu erheben.

»Gute Nacht, George!« erwiderte Sylvanus in seinem normalen Ton.

15.
Verloren und gefunden

Am zweiten Morgen nach Marrets Besuch in Tup's Fold saß Magnus Muir, der noch immer ledig bei seiner Freundin Miss Le Fleau logierte, plaudernd mit der genannten Dame im Salon von Kimmeridge House inmitten des Mobiliars, das er von Kindheit an kannte. Während er Miss Le Fleau zuhörte, auf deren schwarzem satinbekleideten Schoß das rührende Zeugnis ihrer Liebe zu ihm lag in Form eines weißen wollenen Bettjäckchens für Curly, betrachtete er eine Rosenholzchiffonniere, auf der sich in einem kleinen Bücherständer all seine alten Bücher aufgereiht befanden, die er am College von Weymouth als Preise erhalten hatte.

»Damals war ich elend und unglücklich«, dachte er, »viel unglücklicher, als ich es allen Launen Curlys zum Trotz diesen Herbst gewesen bin! Nun gut! Vermutlich landet jeder von uns in einer unbehaglichen Lage, wenn er auf sein Temperament hört! Schließlich ist es noch immer mein größtes Glück, sie zu sehen ... und sei es nur einmal in der Woche! Wie reizend sie gestern zu mir war!«

Seine Gedanken wanderten von Miss Le Fleaus Worten zum Dachstübchen in Upwey und zu den ungewohnt wollüstigen Zärtlichkeiten, die zu genießen das Mädchen ihm am Vorabend gestattet hatte. *Was mochte das bedeuten?* Bedeutete es, daß sich ihre »Nervosität« angesichts seiner Liebesversuche legte? Bedeutete es etwa, daß das, was er noch immer so hartnäckig und geduldig herbeisehnte, kurz davor war, sich zu erfüllen?

Sein Blick verließ das ruhige, unaufgeregte Gesicht seiner Freundin, das Gesicht eines Menschen, der Tag um Tag in einem Raum voll alten Mobiliars – Penn-House-Mobiliars – saß und strickte, in einem Raum, wo zwischen einer grünen ledergebundenen Ruskin-Ausgabe und einem Tisch mit Einlegearbeiten voll Meißener Teetassen ein Venushaarfarn auf einem alten vergoldeten Blumenständer stand, und wanderte zu einem großen, länglichen Kieselstein von Chesil Beach, der ebenfalls aus Penn House stammte und auf den seine Mutter vor fast einem halben Jahrhundert die *Great Eastern* gemalt hatte, das Schiff, welches das Kabel im Atlantik verlegt hatte.

Curly war gestern abend so unvorstellbar reizend zu ihm gewesen! Es war fast, als hätte sie eingefädelt, daß ihre Mutter den Abend mit Tante Phem über ihrem Laden verbrachte!

»Ja«, antwortete er jetzt, »sein Anblick ist mir unerträglich, und ich kann es nicht ertragen, ihm zu begegnen. Er trinkt sich einfach zu Tode! Ich kann mir nicht vorstellen, daß ein Mädchen so grausam wäre, sich ganz bewußt versteckt zu halten, während ein braver Kerl wie er dabei vor die Hunde geht. Ich persönlich glaube, daß sie tot ist. Anfangs dachte ich nicht so. Jerry war sich dessen so sicher, daß sie sich noch in Weymouth aufhielt, daß ich dachte, er wüßte, wo sie sich befand. Und *ihm gegenüber* habe ich auch etwas Derartiges angedeutet. Aber er hat mir kein Wort geglaubt! Ich glaube, er hat instinktiv geahnt, was los war, mit einer Art sechstem Sinn. Und deshalb ist er so verzweifelt. Er ist sich fast sicher, daß sie tot ist, aber nicht ganz – und das ist der schrecklichste Zustand, der einem widerfahren kann. Er ... hat ... sie ... sehr gern gehabt, Miss Le Fleau!«

»Sagt er noch immer die verrückten Dinge, die er Mr. Cattistock antun will?«

»Nein, nein – ich glaube es wenigstens nicht! Ich kann es mir tatsächlich nicht vorstellen, wenn ich bedenke, wie er aussieht. Aber wenn dieses Mädchen nicht durch irgendein Wunder auftaucht, dann ist es um ihn geschehen. Er kann so nicht weitermachen. Das ist nicht menschenmöglich. Kürzlich bin ich seinem Dienstmann auf der Esplanade begegnet – Sie kennen ihn wahrscheinlich nicht, er heißt Trot –, und er hat gesagt, mit Mühe und Not könnten sie ihn dazu bringen, überhaupt etwas zu essen. Er hat gesagt, er gehe jetzt immer mit ihm in die Kneipe unten am Hafen, wo er sich mit der Kellnerin abgesprochen hat. Wahrscheinlich wissen Sie nicht, Miss Le Fleau, wieviel Trost und Unterstützung diese Kellnerinnen für unglückliche Männer bedeuten. Sehr oft halten sie sie vom Selbstmord ab. Ja, so ist es.«

»Daran zweifle ich nicht im geringsten«, sagte Miss Le Fleau mit einem resignierten Lächeln. Ihre Gedanken jedoch besagten: »Oh, was für liebenswerte Toren die Männer sind! Wir quälen sie, wir schmeicheln ihnen, wir kümmern uns um sie, wir treiben sie ins Verderben, und sie sind dabei so blind und ahnungslos, daß es kaum zu ertragen ist!«

»Miss Le Fleau, hat Martha etwas über das Befinden des alten Loder gehört, als sie Ruth Ihre Botschaft brachte?«

Die alte Dame beugte den Kopf und strickte schweigend. Undeutlich und indirekt verletzte es sie immer wieder, wenn Magnus Miss Loder so desinteressiert und nebenbei erwähnte. Vor langem schon hatte die kluge alte Frau in ihrem Herzen beschlossen, daß Ruth am geeignetsten war, Magnus glücklich zu machen, sollte er dank des Eingreifens der Vorsehung wieder frei werden, beispielsweise indem der Schwarze Tod Upwey heimsuchte oder Curly im Wunschbrunnen ertrank. Miss Le Fleaus Scharfsinn war untrüglich, aber was sie noch nicht wirklich erfaßt hatte, war, daß es sich mit der Liebesleidenschaft nicht anders verhält als mit der Schwerterbrücke zum Schloß von Carbonek. Sie kann ebenso zum Tod wie zum Leben führen! Folglich ließ sie etwas Zeit verstreichen, damit er seine Frage vertiefen konnte, während sie, ohne den Kopf zu heben, eine Bemerkung darüber machte, daß Rodney und die kleine Daisy Lily den ganzen Sommer über soviel zusammengewesen waren.

»Selbstverständlich ist daran nichts Unehrenhaftes. Wir wissen ja alle, was für ein vertrauenswürdiger junger Mann er ist und was für ein braves, liebes Kind sie ist ... aber dennoch ... wenn man bedenkt, wie empfindsam die Herzen junger Mädchen sind, dann kommt es mir doch sonderbar vor, daß ihre Mutter –«

»Ihre Mutter läßt sich zu Hause nicht blicken!« fiel ihr Magnus ins Wort. »Seit Jerry Lucinda verlassen hat und mit dieser Tossty bei Dr. Girodel wohnt, verläßt Hortensia das Haus fast überhaupt nicht mehr. *Sie* ist jetzt Mrs. Cobbolds Gesellschafterin.«

Miss Le Fleau schaute ernst drein. In der Erkenntnis, daß es ihr nicht gelungen war, die Konversation in passende Bahnen zu lenken, hob sie die Augen vom Schoß und bemerkte, Ammabel habe Martha erzählt, daß Mr. Loder im Sterben lag.

»Und nach dem zu schließen, was Martha mir gesagt hat, fürchte ich, daß es kein schönes Sterben ist«, und sie begann – wenn auch im sanftesten Ton – die grausigsten Einzelheiten über das Leiden des alten Mannes zu schildern. An einer Stelle unterbrach sie sich, wie alte Damen es zu tun pflegen, und ergriff eine Ausgabe des *Anzeigers* von Melcombe Regis, die neben ihr lag. »Haben Sie gelesen, daß Dr. Brush sein Versuchslabor wegen fehlender Mittel, was immer das heißen mag, aufgeben mußte?«

Magnus sah sie scharf an.

»Wird Cobbold dabei erwähnt?« fragte er.

»O nein! Es sind nur ein paar Zeilen«, erwiderte sie, und indem sie die Brush-Anstalt abtat, kehrte sie wieder zum Thema der Loders zurück.

Doch Magnus, der den sorgfältig gegossenen Venushaarfarn in seinem zierlichen Porzellantopf betrachtete, ließ seine Aufmerksamkeit von James Loders Todeskampf mit seinen Magengeschwüren abschweifen. Instinktiv wich er auch jedem weiteren Gedanken an die Brush-Anstalt aus. Das Mobiliar half ihm dabei. Jedem einzelnen Stück dieser würdevollen Penn-House-Möblierung war eine köstliche, jugendliche, zitternde, verbotene Träumerei in seine Struktur, seine Textur, seine Farbe, seine Musterung einprojiziert. Und er begann sich wollüstig und leidenschaftlich, gerade so, als wäre Curly die Blumen Homers gewesen, von denen er immer las – »Veilchen, Amarakos, Asphodelos, Lotos und Lilien« –, was sie wahrhaftig auch war, denn seit dem Frühjahr hatten ihre Reize sich stetig vermehrt, all die schwanendaunengleiche Weichheit, all die marmorne Weiße ihrer Gliedmaßen vorzustellen.

Was mochte es nur bedeuten, daß sie ihm Einlaß in das Dachkämmerchen gewährt hatte? Was mochte es nur bedeuten, daß sie sich von ihm auf dem Bett hatte liebkosen lassen? Magnus war Mädchen gegenüber so unkundig, daß er nicht wissen konnte, wie leichtherzig, geistesabwesend und mit nichts Gewichtigerem verbunden als mit einer vagen Gutmütigkeit und dem Wunsch, großzügig zu sein, wo es nichts kostet, sie mit kleineren Gunstbeweisen umgehen, Gunstbeweisen, die weder sie noch den Empfänger im geringsten kompromittieren können.

Curly jedoch war in der Tat ein außergewöhnlich kaltes und keusches Mädchen. Sie war von Natur aus stolz, schüchtern, zurückhaltend, insbesondere, was ihren Körper betraf. Solche Mädchen sind mehr als nur monogam. Sie haben eine artemisische Abneigung, eine verärgerte, nervöse, gereizte Abneigung dagegen, auch nur berührt zu werden, wenn sie nicht verliebt sind. In seiner altmodischen Art schrieb Magnus diese Reserviertheit seines Mädchens schlicht und einfach dessen Reinheit, Bescheidenheit, Keuschheit und Jungfräulichkeit zu. *Und er täuschte sich nicht.* Dr. Brushs neueste Theorien hätten seine schlichte Sicht der Dinge von ganzem Herzen bekräftigt. Obwohl es für Curly ärgerlich und unerfreulich war, mit Liebkosungen belästigt zu werden, wenn sie nicht selbst verliebt war, berührte es ihre wahre Natur so wenig, daß sie sich damit ohne weiteres abfinden konnte, um einen ihr wichtigen Zweck durchzusetzen. Wahrhaftig scheint es wahrscheinlich genug, daß viele hauptberufliche Prostituierte so keusch sind, wie sie es war!

Der Nachhilfelehrer erging sich folglich durchaus verständlicherweise in neuen Hoffnungen, als er die durchschimmernden Härchen des Venushaarfarns betrachtete, die so leicht und luftig über die alten vergoldeten Einbände seiner Schulpreise und über den Kieselstein mit der Abbildung der *Great Eastern* hingen. Er hatte sie nicht im Wortsinn besessen, aber sie hatte sich ihm nicht wirklich widersetzt, bis sie sich kurz vor dieser Vereinigung befunden hatten. Ganz gewiß hatte er sie auf eine Weise lieben dürfen, wie es ihm nie zuvor gestattet worden war, und er fragte sich immer wieder:

»Was mag es nur bedeuten? Was mag es nur bedeuten?«

»Bei jedem anderen jungen Mädchen«, bemerkte Miss Le Fleau soeben, und als Magnus die bejahrten Finger ansah, die weiche weiße Wolle, den schwarzen Satin, begann ein eigenartiger Friede sich in seine Sorgen einzuschleichen.

Alle Frauen, da sie an jenem urzeitlichen Schoß der Dunkelheit teilhaben, worin die Schöpfung einst ungestört ruhte, vermitteln etwas von dem »Frieden, welcher den Verstand übersteigt«. Der Schoß jeder Frau, ob sie ruht, ein Kind hätschelt, näht, grübelt oder plaudert, ist eine Wiege ewigen Nirwanas, die das kummervollste Gehirn zu besänftigen vermag. Und indem sie ihn nun mit einem schwachen Eau-de-Cologne-Geruch berührten, brachten der glatte schwarze Satin und die bejahrten Finger endlose Stunden in sein Gedächtnis zurück, in denen er als Knabe, seiner rastlosen Jagd nach halbbegriffener Sinnlichkeit überdrüssig, die Seite dieser Frau aufgesucht hatte. Daran dachte er immer an grauen, ruhigen Herbstmorgen, wenn der Geruch von Eau de Cologne nicht so leicht verflog. Wie harmonisch fügten sich weiße Wolle und der schwarze Satin in den ganzen Charakter Weymouths ein, zu seinem Kirchturm, zu seiner Uhr, zu seinen zwei Königsstatuen!

Die Glieder dieser alten Frau, die ihr glattes Kleid bedeckte, brachten Frieden, während Curlys Glieder, wie er sie am Abend zuvor entblößt gesehen hatte, jenen Impuls weckten, der den Kosmos durcheinanderwirbelte! Plötzlich fiel ihm etwas ein, was er ganz vergessen hatte, indem er sich so ausschließlich in den Freiheiten erging, die sie ihm erlaubt hatte, etwas, was ganz zuletzt geschehen war. Sie hatte gewünscht, daß er ging, bevor Mrs. Wix zurückkam, und als sie in der Tür des Häuschens standen, war sie unerwartet vorgetreten und hatte ihm die Arme um den Hals gelegt in jener Geste, die sie nie zuvor von sich aus gemacht hatte, jener Geste, über die er sich so viele Geschichten erzählt hatte, jener Geste, die er sich vorgestellt hatte, als er sich auf Chesil Beach in der Nacht des Sturms so entsetzlich nach ihr gesehnt hatte! Mit ihren Armen um seinen Hals hatte sie ihr Gesicht an das seine gedrückt und ihn leidenschaftlich geküßt. Sie tat es unbeholfen, denn sie war es nicht gewohnt, ihn zu küssen. Er erinnerte sich, wie töricht er sich vorgekommen war, als ihre teuren Lippen im Dunklen ungeschickt mit seiner Adlernase aneinandergeraten waren. Und dann, als er ging, betrug sie sich, als hätte sie ihm tatsächlich zu guter Letzt etwas von sich gegeben. Sie betrug sich, als gebe es ihrem Kuß nichts hinzuzufügen.

»Bei jedem anderen jungen Mädchen«, sagte die alte Dame, die noch immer behutsam auf Spy Croft zumanövrierte, »müßte man sich Sorgen machen, sie mit dem alten Mann allein zu lassen, obendrein, wo Mrs. Matzell krank ist und es nur ein Dinstmädchen im Haus gibt! Aber sie ist nicht wie andere Kinder. Man könnte meinen, sie wäre weit über zwanzig statt lediglich – kaum siebzehn zu sein! Es nimmt mich nicht wunder, daß es meine liebe Ruth, die in solchen Dingen so umsichtig ist, freut, wenn ihr Bruder –«

In diesem Moment wurde sie von Martha unterbrochen, die in einer Spitzenhaube voll purpurner Bänder an die Tür klopfte und im gleichen Atemzug den Türknauf drehte.

»Master Magnus«, sagte sie, »ich wollte Ihnen nur sagen, daß Mr. Gaul draußen steht und den Kopf zum Fenster verrenkt.«

Magnus nickte Miss Le Fleau eilig und formlos zu.

»Tausend Dank, Martha«, rief er im Hinunterlaufen.

Er traf seinen Freund in sehr niedergeschlagener Stimmung auf dem Trottoir an.

»Magnus, hättest du etwas dagegen, für einen Augenblick in mein Zimmer mitzukommen?« fragte er feierlich. »Ich habe eine Frage, zu der ich gern deine Meinung wüßte.«

Mr. Gaul fragte ihn so überaus selten um Rat, daß Magnus ihn eifrigen Schrittes begleitete, angetrieben von jener zweideutigen Neugier, mit der wir zur Kenntnis nehmen, was unsere Freunde bewegt.

»Es ist ein herrlicher Morgen«, sagte Magnus im Gehen, »nach dem vielen Regen.«

Mr. Gaul gab sich nicht einmal die Mühe, ihn anzusehen, geschweige denn, auf diese Platitüde zu antworten.

Dann begegnete ihnen der Korporal, der von seinem wöchentlichen Besuch beim alten Higginbottom wegen seines Hexenschusses zurückkam.

»Falls er«, dachte Magnus, »seine verwünschte zweite Frau anzusprechen gedenkt, werde ich ihm sagen, was Curly von seiner dritten hält.«

Doch worüber die Wortschildwache sich ausließ, war bar jeden Interesses für die zwei Egoisten. Er erzählte ihnen, daß Caddie Water ein Brustleiden hatte, und fügte hinzu, daß der alte Arzt von seinem neuen Partner eine hohe Meinung haben müsse, da er ihn diesen Fall behandeln ließ. Dann wandte er sich den Veränderungen bei Dr. Girodel zu.

»Er macht sich, der junge Mann, jawohl.«

»Verzeihen Sie, Korporal, aber wir haben eine Verabredung, die wir nicht hinausschieben können«, und dabei sah Magnus ihn genauso an, wie der ältere Muir den redseligen Schulpförtner anzusehen gepflegt hatte.

»Ich nehme an, daß dieser Korporal«, sagte er zu Gaul, als sie Trigonia House erreichten, »jede Andeutung eines Geruchs, ob von Staub oder Schnee, Regen oder Teer oder Möwenkot oder Schmutzwasser oder altem Fisch oder Rollstuhlputzmittel zwischen The Turret und Fernlands kennt?«

Aber Mr. Gaul unterbrach die beruhigende Frage.

»Sei so gut, im Flur nicht zu sprechen«, flüsterte er. »*Er* ist dort drin!«, und er machte mit dem Daumen eine Bewegung zu Mr. Ballards Zimmer hin.

Da wurde Magnus zum erstenmal bewußt, daß der Wagen, der schmutz- und staubbedeckt, als wäre er seit Tagen nicht gereinigt worden, am Bordstein stand, kein anderer als der »Üü-trä-trä«-Wagen war!

Kein Senken der Stimme, kein Auftreten auf Zehenspitzen konnte jedoch der Vermieterin aus Wiltshire den vormittäglichen Besuch verbergen. Sie wandte sich zu ihrer Tochter, die ihr beim Abspülen half.

»Da ist was im Busch, entzückendes Wesen«, sagte sie unter Verwendung eines Kosewortes, das sie im Haushalt einer Domherrnfamilie in Salisbury Close aufgeschnappt hatte, »da ist was im Busch, das kannst du mir glauben ... Mr. Ballard, der seit acht Uhr früh kommt und geht, und jetzt die beiden, die wie ein Paar Henkersknechte tuscheln und wispern und sich verschwörerische Winke geben! Und wir wollen auch nicht vergessen, daß du gesehen hast, wie die Zigeunerin von Lodmoor in aller Herrgottsfrühe an der Tür vorbeilief und so komisch vor sich hin murmelte und etwas Schweres trug, und auch nicht, daß das Bild von deinem Papa, Gott hab ihn selig, vom Nagel gefallen ist. Der Herr hat was vor, entzückendes Wesen, er hat was vor. Aber ›das sind Seine Werke, und deshalb halt den Mund‹, wie die Frau des Domherrn immer zur Köchin Maria sagte, wenn er auf dem Rasen einen Maulwurf totschlug.«

Sobald er seinen Freund in seinem Zimmer sicher untergebracht wußte, erläuterte Richard Gaul die Umstände, die ihn veranlaßt hatten, ihn heute morgen aufzusuchen.

»Du weißt«, sagte er feierlich, »daß Miss Frampton und ich einander diesen Herbst recht häufig gesehen haben?«

Magnus nickte nicht weniger gemessen. Der erwähnte Sachverhalt war in der Tat in jedem Logierhaus zwischen dem Hafen und dem Kirchturm hinlänglich bekannt.

»Entschieden ist bisher noch nichts«, fuhr Mr. Gaul fort, »und vielleicht wird es zu gar keiner Entscheidung kommen. Mein Buch hat natürlich nach wie vor absoluten Vorrang. Und welche ... Auswirkungen ...« – er sprach, wie ein Astrologe von der Annäherung der Planeten Mars und Jupiter sprechen könnte – »welche Auswirkungen ... mein Verkehr mit Miss Frampton ... auf ... mein ... Buch ... haben könnte, ist schwer zu sagen.«

Magnus' Neugier schwand, und seine Aufmerksamkeit begann umherzuschweifen.

»Wenn Gaul mich nur hergeholt hat, um sich über Peggies Auswirkungen auf seine Philosophie auszulassen oder die seiner Philosophie auf Peggie, dann verschwendet er meine Zeit«, und der Vers »So eroberte Bacchus Indien und die Philosophie Melinden« kam ihm in den Kopf.

Doch der Anblick von Ballards Automobil hatte seine Gedanken in einer Wirbelbewegung erregter Panik seinen eigenen Angelegenheiten auf die Fährte gesetzt. Die zwei Mädchen hatten den Frieden von Brunswick Terrace wahrlich nachhaltig gestört!

»War sie so reizend zu mir«, dachte Magnus, »weil sie beabsichtigt, statt meiner Ballard zu heiraten?«

»Sie hat mich gefragt«, fuhr Gaul fort, »nun ja, nicht wirklich *gefragt*, sondern den Gegenstand so meinem Bewußtsein präsentiert, daß ich von allein auf den Gedanken gekommen bin – eine Nacht mit ihr in Swan Villa zu verbringen ... weißt du? ... wo früher das Haffwasser war ... während Frampton sich auf irgendeiner Geschäftsreise befindet. Meinst du, daß ich das gefahrlos tun könnte, Magnus?«

»Oh, gefahrlos, völlig gefahrlos, absolut gefahrlos«, erwiderte Magnus zerstreut.

»Meinst du das ... wirklich?«

Seine Stimme klang so erstaunt und eindringlich, daß Magnus aufwachte.

»Was sagst du, Richard? Es tut mir leid. Ich glaube, ich habe nicht richtig mitbekommen, was du gesagt hast.«

Mr. Gaul stand auf, nahm die Brille ab und rieb sie an den Troddeln einer Konsole, auf der sich eine Photographie des Gartens des seligen Domherrn von Salisbury befand.

»Ich habe dich gefragt«, sagte er mit einem gezwungenen Lachen – und niemals war der Gottheit, die das Lachen liebte, hohltönender Tribut gezollt worden, – »ob ich gefahrlos die Nacht mit Miss Frampton verbringen kann, wenn Mr. Frampton nicht da ist.«

Eine irrationale Verärgerung über seinen philosophischen Freund erfaßte Magnus. Verglichen mit der entsetzlichen Möglichkeit, daß seine eigene Geliebte mit dieser herumhüpfenden Schnake von einem Sippy fortgelaufen war, was machte es da schon aus, ob Metaphysik und Verzweiflung miteinander in Swan Villa oder am Preston Brook lagen?

»Ich wünschte, du würdest sie Peg nennen, Richard«, sagte er verdrossen. »Wenn jedermann sie Peg nennt, ist es lächerlich, von ihr als von Miss Frampton zu sprechen.«

»Aber was meinst du, Magnus?« wiederholte der junge Gelehrte, während Magnus gewahrte, daß in Gauls Abwesenheit etwas in seinem Zimmer geschehen war, was bewirkt hatte, daß mindestens drei Manuksriptseiten auf dem Boden lagen, welcher Zwischenfall von ihrem Verfasser bisher nicht bemerkt worden war.

»Ob ich was meine?«

»Ob du meinst, ob ich es gefahrlos tun kann?«

»Willst du wissen, ob er unerwartet nach Hause kommt und dich verprügelt?«

Mr. Gauls Brille war durch den Staub der Troddeln erheblich verschmiert. Er nahm sie mit abrupter Gebärde wieder ab und rieb sie, noch immer stehend, so heftig an seinem Hosenboden, daß eines der Gläser aus dem Hornrahmen sprang und zu Boden fiel.

»Zum Teufel damit!« rief Mr. Gaul, und als er das verlorene

Brillenglas auf dem Boden ertastet und es auf den Tisch gelegt hatte, steckte er sich die einglasige Brille auf die Nase und schoß zornige Blicke daraus hervor.

»Wenn du nicht verstehen kannst, was ich sagen will«, rief er, »ohne daß ich es in realistischen, medizinischen Begriffen ausdrücken muß, dann kann ich nur sagen, Magnus, daß du ein –«

Magnus sah vor seinem inneren Auge die tiefliegenden Augen mit ihrem finsteren, verworfenen Ausdruck und die jämmerlich herabhängende rote Unterlippe.

»Das arme kleine Mädchen!« dachte er mit einem Anflug von Scham, »und wir zwei Klotzköpfe reden so über sie! Schließlich liegt ihr Leben in ihrer Seele, genau wie bei uns!«

Er warf seinem Freund einen nicht unbedingt verständnisvollen Blick zu.

»Du willst sagen, du könntest dir die Syphilis holen?« Diese unfeinen Worte stieß er hervor, indem er die Brauen senkte und die Augen zusammenkniff. »Und zwar deshalb, weil sie sich soviel herumgetrieben hat, in Gesellschaft von –«

Ihn unterbrach das spöttische, koboldhafte verwünschte *Üü-trä-trä*! Er zuckte die Schultern, sah zum Fenster und sprach freundlicher zu Mr. Gaul, der mit erfolglosen Bemühungen beschäftigt war, die entschlüpfte Glasscheibe in ihren leeren Rahmen zurückzubefördern. Während Magnus ihm bei seinem vergeblichen Tun zusah, wurde die arrogante Hupe draußen erneut betätigt.

Mr. Gaul sah auf.

»Ich glaube, er will jemandem ein Zeichen geben«, bemerkte er. »Ja«, fuhr er fort, »ich glaube tatsächlich, er meint *uns*.«

Magnus starrte ihn an und wendete sich verärgert zum Fenster, aus dem nichts zu sehen war.

»Wieso *uns*? Mein Gott! Vielleicht haben sie ihm gesagt, daß ich bei dir bin, und er will etwas von mir.«

Übermächtige, unvernünftige, animalische Angst überwältigte ihn. Er dachte:

»*Sie ist tot*; und Ballard ist hergekommen, um es mir zu sagen!«

Dann gewann sein gesünderer Verstand die Oberhand, und er sagte sich: »Er meint gar nicht uns.«

Mr. Gaul hatte sich an den Tisch gesetzt und machte sich mit seiner zerbrochenen Brille zu schaffen. Mit einemmal blickte er mit so mitleidheischender Miene und einem so verwirrten, hilflosen Ausdruck seiner umwölkten Züge auf, daß Magnus sich von Herzen schämte.

»Natürlich kann man gar nicht zu vorsichtig sein, mein lieber Freund«, sagte er, so freundlich er konnte, »aber wäre Peg dir gegenüber nicht offen? Und wenn sie wirklich Gefahren auf sich genommen und dafür bezahlt hätte, würde sie es dir dann nicht sagen? Ich würde sie schlicht und einfach fragen, Richard. Es ist doch erstaunlich, mit wieviel Feigheit man durchkommt, wenn man sich nur offen dazu bekennt und über sich selber lacht! Aber meinst du nicht, Richard, daß ich besser runtergehe, um zu sehen, ob Ballard vielleicht doch von einem von uns etwas will?«

Der Autor der *Philosophie der Repräsentation* warf einen traurigen Blick auf den Boden, wohin nur allzu offenkundig mehrere seiner Blätter geglitten waren.

»Ich darf nicht vergessen, mir noch mehr Muscheln zu besorgen«, dachte er. »Ja, ich glaube, du gehst besser runter«, murmelte er. »Ich muß auch runtergehen, wegen der Brille. Ich werde zu dem Laden in St. Mary's Street gehen müssen. Ja, wir gehen beide besser runter.«

Das sagte er in einem solchen Leichenbitterton, daß Magnus gelächelt hätte, wenn seine zunehmende Besorgnis über Curly das Lächeln nicht im Keim erstickt hätte.

»Runtergehen, runtergehen, runtergehen«, skandierte Gaul in düsterem Rhythmus. »Ja, wir sollten beide lieber runtergehen.«

Als sie den Gehsteig erreichten, saß Ballard in seinem Wagen. Er drückte immer wieder mechanisch auf die Hupe, doch sein Gesicht war weiß, und er biß sich unablässig auf die Unterlippe und beschrieb mit dem Kinn eine Kreisbewegung auf seinem Kragen, eine Bewegung, die Magnus schon früher an ihm aufgefallen war, doch niemals so deutlich. Eine halbe Sekunde lang sah er den gutaussehenden jungen Mann, der diese Bewegung machte, als wäre er Mr. Punch auf dem Schafott mit dem Hals in der Schlinge. In seinen Ohren gellte Jones' Stimme: »*Judy! Judy! Judy!*«

Unterdessen versuchte Gaul, der in einer Hand seine Brille hielt und in der anderen das haltlose Brillenglas und der angesichts dieses neuen Phänomens hilflos zwinkerte, seine Aufmerksamkeit auf sich zu lenken. Begierig, sich auf den Weg in die Stadt zu machen, doch von keinem abschließenden Orakelspruch seines Freundes erbaut, stieß er ihn sanft in die Rippen.

»Dann würdest du mir raten, es zu tun?« murmelte er. »Ich meine, was Swan Villa betrifft.«

Magnus bedachte ihn mit einem verwirrten Blick.

»Gewiß«, sagte er, »ganz gewiß.«

Dann sprach er den jungen Mann an, der sein Kinn auf so sonderbare Weise bewegte.

»Wollen Sie etwas von mir?« sagte er, und indem er vortrat, legte er die Hände auf den vertrauten Wagen.

Als Antwort erhielt er lediglich ein erneutes mechanisches Betätigen der frivolen Hupe. *Üü-trä-trä*! ertönte es zwischen den Häusern und dem Meer.

»Wollen Sie etwas von mir, Ballard?« wiederholte er seine Frage. »Was ist mit Ihnen passiert? Kommen Sie von Curly? Ist Curly wohlauf?«

Da kam der gutaussehende junge Mann wieder zu Sinnen und sah zu ihm hin.

»Steigen Sie ein!« murmelte er lakonisch. »Steigen Sie ein um Gottes willen. Ich sage es Ihnen unterwegs!«

Magnus wandte sich zu seinem Freund um.

»Mach dir über die kleine Sache keine Sorgen, Richard. Sei offen und ehrlich. Überspiel dein – deine Nervosität, indem du darüber scherzt. Sei offen und schamlos. Es ist das beste, ihnen gegenüber schamlos zu sein. Adieu, Richard!«

Hatte S. P. Ballard seine Hupe vordem zu oft ohne jede Notwendigkeit betätigt, so schien es seinem Mitfahrer, der sich so eng neben ihn und das Steuer gequetscht fand, daß er nun vergaß, sie nur halb so oft wie erforderlich zu benutzen, als sie am Bahnhof vorbei und über den neuen Damm mit dem Viadukt am See von Radipole fuhren. In völligem Schweigen fuhr der junge Mann, während ein verrückter Gedanke nach dem anderen durch das Hirn seines Begleiters geisterte.

»Hat er sie umgebracht, um sie mir zu nehmen?« dachte er. »Bringt er mich jetzt zu ihrem Leichnam?« Und dann dachte er: »Nein! Nein! Das paßt überhaupt nicht zu ihm! Es muß sich um etwas ganz anderes handeln. *Er hat auf sie verzichtet.* Sie haben gestritten, und er hat auf sie verzichtet. Oh, kleine Curly, o mein teurer Liebling! Ist das wirklich das Ende, das Ende all unserer Kümmernisse? Hast du dich wirklich zuletzt für mich entschieden, meine einzige wahre Liebe?« Und in seinem Herzen schloß er: »Ja, das muß es sein, ganz offenkundig muß es das sein. Das hat sie mit ihren Worten gestern abend gemeint.«

Wie deutlich er ihr Gesicht vor sich sah, wie es ausgesehen hatte, als sie vom Dachkämmerchen heruntergekommen war, wie es ausgesehen hatte, als sie miteinander in der Küche standen, bevor sie ihn fortschickte! Was hatte sie da zu ihm gesagt?

»Du warst immer so gütig zu mir, Magnus.«

Er hatte sich nichts weiter dabei gedacht. Seine Sinne waren in einem solchen Aufruhr befangen gewesen.

»So gütig zu mir« – ja! genau das hatte sie gesagt. *Gütig?* War er nur das gewesen? »O Curly, meine Einzigartige, oh, meine kleine, kleine Curly!«

Sie waren jetzt aus dem Verkehr hinausgelangt. Aber wohin ging die Fahrt? Das war nicht der Weg nach Upwey! Warum fuhr er *diesen* Weg? Der führte nach Chickerel, nicht nach Upwey! Dann öffnete Ballard den Mund. Deutlich, ohne die Wörter zu verwischen, erzählte er ihm alles. *Curly war mit Cattistock durchgebrannt.* Niemals vergaß Magnus später den Anblick der langen, weißen Landstraße, die nach Chickerel hinaufführt, den Anblick ihrer niedrigen Hecken, des offenen, baumlosen Hochlandes und den Wind, der plötzlich von West Fleet her über Chesil Beach aufkam.

In seiner innersten Seele nahm er das Schlimmste hin, während sein Gehirn, die Oberfläche seines Geistes, vergeblich und schwachsinnig weiterdachte und eine falsche Hoffnung nach der anderen herbeibeschwor. Doch so wie der Stein, den seine Mutter bemalt hatte, wie der Stein, den der Jobber den Leuten zufolge in seiner Tasche trug, war Ballards Nachricht auf der Stelle tief in seine innerste Seele eingesunken! Er hatte sie verloren. Fort, fort. Es war alles vorbei. Die Oberfläche seines Wesen, seine Vernunft, wunderte sich über seine Gelassenheit. Ihm war ein wenig übel. Doch was bedeutete das schon? Ihm war auch ein wenig schwindelig und schwach zumute, weshalb er sich zur Seite lehnen mußte, weg von Ballard, dessen Griff sich um die Oberkante der Wagentür krampfte. Doch was bedeutete das schon? Ihm fiel ein, als wäre es ein Geschehen in ferner Vergangenheit, etwas aus dem Leben eines anderen, daß er in seiner Aufgeregtheit heute morgen zu Miss Le Fleau gegangen war, ohne sein Frühstück angerührt zu haben. Was sagte der lästige Bursche gerade? Er versuchte sich auf das zu konzentrieren, was der andere sagte, versuchte seine Aufmerksamkeit auf jedes einzelne Wort zu heften, wie es jemand tut, der beweisen will, daß er nicht betrunken ist. Doch unter alledem wogte seine innerste Seele wie eine Strömung unter Wasser hin und her, hin und her über den versunkenen Stein, über die Aussage des jungen Mannes, daß sie mit Cattistock durchgebrannt war. Schließlich hielt etwas seine Aufmerksamkeit unvermutet fest.

»*Wann* war das? *Wann* hat sie das gesagt?«

Und Ballard fing noch einmal von vorne an, überdrüssig, aber geduldig.

»Es war gestern nachmittag. Ich war gestern den ganzen Nachmittag mit ihr zusammmmen, und ich konnte sehen, daß sie durcheinander war, daß etwas ihr auf der Seele lastete, womit sie nicht rausrücken wollte, und dann hat sie gesagt: ›Sippy, es tut mir leid, wenn ich jemals‹ –«

»Gestern nachmittag!« dachte Magnus an jener albernen, kleinkrämerischen, aufdringlichen Oberfläche seines Verstandes, die noch immer ein absurdes Interesse an unwesentlichen Details hatte, die noch immer darauf beharrte, unmögliche Hoffnungen gegen jede Wahrscheinlichkeit herbeizubeschwören. »Gestern nachmittag«, wiederholte er wie betäubt und dachte sich: »Sie muß direkt von ihm zu mir gekommen sein! Sie muß den Wunsch gehabt haben, uns beide im allerletzten Moment zu sehen. Hat sie auch zu ihm gesagt: ›Du warst immer so gütig zu mir, Sippy‹?«

Höchstwahrscheinlich hatte sie es gesagt! Es war offenkundig das, was sie zu ihren Männern sagte. Gütig? Ja, er war »gütig« gewesen, und Ballard war »gütig« gewesen. Aber Güte war bei Mädchen ihres Schlages offenbar nicht genug. Sie wollen mehr als das! Sie wollen das Geld eines Cattistock. Sie wollen die Welt sehen. Und genau das tat sie ja wohl im Augenblick.

»Mein Onkel hat mich im Rathaus angerufen«, sagte Sippy soeben; »er hat gesagt, sie seien heute morgen abgereist. Er sagt, er fährt mit ihr nach Italien.«

Magnus schwieg und klammerte sich mit den Fingern an die Wagentür, wie ein Mann sich an die Planken des Galgens klammern mag, an dem sein bester Freund hingerichtet wird. Er begriff es erst viel später, doch etwas geschah mit ihm auf dieser Fahrt nach Chickerel. Danach gab es tief in seinem Herzen eine Schicht festen Gesteins, in dessen Versteinerung sich ein einziges Fossil befand – kein Ammonit, aber geformt wie ein Ammonit –, das dort unberührt liegen würde, bis es mit dumpfem Schlag auf den Boden seines Sargs fallen würde, wenn sein Fleisch von den Knochen wich.

»Meinen Sie, er wird sie heiraten?« fragte er plötzlich, als sie sich Peninsular Lodge näherten.

»Wie soll *ich* das wissen?« erwiderte sein Begleiter. »Vermutlich nicht. Aber man kann nie wissen! Wenn es anhält, tut er es vielleicht.«

Die Oberfläche von Magnus' Verstand arbeitete inzwischen gleichmäßig, ruhig und normal. Das Fossil, das wie die Versteinerung durch seismischen Druck erzeugt worden war, hatte bereits seine unverrückbare, unvergängliche Form angenommen. Und seinem fraglos funktionierenden Verstand fiel nun als sonderbar auf, daß der junge Ballard ihn so ehrerbietig behandelte. Aber wie wollte man wissen, was Cattistock ihm möglicherweise aufgetragen hatte? Jedenfalls entging ihm die Ironie und Komik ihres gemeinsamen Besuchs in Peninsular Lodge keineswegs. Wer hätte unter allen Wechseln und Zufällen, die sich ereignen konnten, ausgerechnet vorauszusagen vermocht, daß je die Stunde kommen würde, da er neben Ballard in Lizzie Chants Küche saß und den Orakelworten Mrs. Wix' lauschte?

Beide alten Weiber saßen, und es war nicht zu übersehen, daß Mrs. Wix mit der hochbetagten Haushälterin auf engstem und freundschaftlichstem Fuß verkehrte. Bald stellte sich in der Tat heraus, daß das Haus in Upwey für mehrere Monate zugesperrt werden würde, vielleicht sogar für immer, während Curlys Mutter zu ihrer alten Busenfreundin zog.

»Was für eine Fügung der Natur«, dachte Magnus, »daß ein Schlag wie dieser einen so trifft, daß man zu betäubt ist, um den Schmerz zu spüren!«

Er ahnte nicht, daß das, was er für Betäubung hielt, in Wahrheit das Versteinern eines weiblichen Muschel- oder Schneckengehäuses war, eines bestimmten liebreizenden spiralförmigen Gehäuses, eines bestimmten Ammoniten mit göttlichen Formen!

»Nun denn«, sagte Ballard an die Adresse beider alter Damen, indes er an seinem Glas dunklen Sherrys nippte, »ich nehme an, daß sie jetzt auf der Fähre nach Le Havre sind! Mein Onkel hat mich nämlich von Southampton aus angerufen.«

Eine lange Pause trat ein, in der Magnus sich dabei ertappte, wie er ganz gelassen – nun, da die versteinerte Curly so friedlich dort unten ruhte – mit dem Blick nach Mrs. Wix' Häkelarbeit suchte, denn zu seiner Überraschung befand sich dieses Symbol des Verrats nicht auf ihrem Schoß. Groß war sein Erstaunen – ein Erstaunen wie das der Alice im Wunderland –, als er sah, daß Mrs. Chant, deren alte Finger wie windgeschüttelte Strohhalme in einer Scheunenritze flatterten, sich mit größtem Fleiß an besagtem Stück Handarbeit zu schaffen machte!

»Ich nehme an, mein Onkel war Ihrer Tochter gegenüber bisher recht großzügig, Mrs. Wix?« bemerkte der unverschämte junge

Mann, der allmählich, wie er es ausgedrückt hätte, leicht angeheitert war.

Die alten Weiber tauschten einen verschlagenen Blick, als wollten sie sagen: Was so einem Gentleman aber auch einfällt, wenn er mit einem allein ist!

Magnus trank sein Glas vom köstlichen Wein des abwesenden Magnaten aus und sprach Lizzie an.

»Ich glaube nicht, daß die wahre Beziehung zwischen den beiden je bekannt werden wird«, sagte er und sprach so ernst, als hätte er es mit seinem Freund in Trigonia House zu tun. »Frauen können ihren Charakter sehr schnell ändern, nicht wahr, Mrs. Wix?«

Curlys Mutter sah Mrs. Chant über ihre Brillengläser hinweg an, wobei ihre Augen denen eines sehr klugen, sehr verschlagenen alten Froschs ähnelten.

»Curly nicht, wenn Sie mich fragen«, gab sie zurück. »Sage ich diesen Herren die Wahrheit«, fuhr sie, zu Lizzie gewandt, fort, »oder sag' ich sie ihnen nicht?«

Mrs. Chant warf einen flüchtigen Blick auf die offene Tür zum Dienstbotenraum, durch den hindurch sie das Fenster sehen konnte, das auf die »graue Frau« hinausging. In ihrem betagten Geist war sie sich keineswegs sicher, was ihre lebenslange Freundin, die erste Mrs. Cattistock, von solchen Enthüllungen gehalten hätte! Aber sie nahm allen Mut zusammen.

»Es ist nun mal so, Master Simon«, und sie sah Sippy an. »Es ist nämlich so, Sir«, und sie sah zu Magnus. »Mein Herr hat sich nie mit Frauen wohl gefühlt, wenn's um mehr ging als schöne Augen machen oder ins Heu verschwinden. Mein Herr hat's einfach nicht vertragen – das weiß ich, weil er oft mit mir darüber gesprochen hat, in den vielen Nächten, wenn Master Benny krank war und wir an seinem Bett gewacht haben. Er hat's einfach nicht vertragen, wenn irgendeine Frau, ob alt, ob jung, sich in sein Privatleben einmischen wollte. Aus Furcht, daß sie sich einmischen würde, mit den besten Absichten der Welt, hat er Mrs. Lily sitzenlassen. Er läßt sie alle sofort fallen wie heiße Kohlen, sobald sie anfangen, an dem Schild rumzukratzen, wo ›Privat‹ draufsteht. Es ist ihm nicht allein ums Geld gegangen, das können Sie mir glauben, aber ein bißchen schon. Er will nun mal Herr über die eigene Seele und den eigenen Bauch bleiben! Und deshalb fürchtet er sich mehr vor Frauen, die einen mit ihrer Liebe verfolgen, als vor solchen, die für sich bleiben wollen; und Unabhängigkeit respektiert er, weil er sie selber haben will.«

Die Augen der diplomatischen Mrs. Wix – deren Gesandtschaftsattribute in Form der Häkelarbeit sich in den Händen eines verwandten Geistes befanden – leuchteten geradezu bei den Schlußworten dieser noblen Verteidigung des Prinzips, daß man sich am besten um die eigenen Angelegenheiten kümmert. Ihre Lippen zitterten vor Begierde, die Anwesenden mit bedeutsamen Einzelheiten aus dem Leben von Curlys Vater bekannt zu machen, die diesem Prinzip huldigten. Sie beschränkte sich auf die Bemerkung, wenn es jemals eine Frau gegeben habe, die »für sich selber bleiben« wolle, dann sei dies wohl unstreitig ihre Tochter.

Und so kam es, daß Mr. Simon Pym Ballard zu Magnus' sardonischer Erheiterung – es war das erstemal, daß er in dieser Hinsicht sardonisch fühlte – bekräftigte, was soeben gesagt worden war.

»Ich weiß nicht, ob es euch guten Leutchen bekannt ist«, bemerkte er in jenem Predigerton, der die Kommunalsteuerzahler im Rathaus so beeindruckte, denn der Sherry seines Onkels stieg ihm zusehends in den Kopf, »daß nicht nur Hortensia Lily, geborene Poxwell, am Altar von Mr. Cattistocks Schild ›Privat‹, wie Sie, Eliza, es so treffend ausdrückten, geopfert wurde. Erst vor kurzem hat er – schließlich sind wir hier unter Freunden! – ein reizendes Wesen, das wir alle kennen, dort geopfert, ein Wesen, das wir alle bewundert haben in Form seines Körpers, eines Körpers, den es in einem wohlbekannten Theater unserer Stadt den Blicken des Publikums –«

Doch obgleich er in den letzten paar Stunden zynischer geworden war, als er je bei einem Sterblichen für möglich gehalten hätte, konnte Magnus den Gedanken nicht ertragen, sich Curlys unnahbaren Körper dort vorzustellen, wo es noch warm von Tisstys Nacktheit war.

»Das genügt, Ballard! Das genügt vollauf. Gut! Wollen Sie mich in Chesil absetzen, bevor Sie ins Rathaus zurückkehren? Ich hätte nicht übel Lust zu sehen, wie die alte Sandbank sich an einem windstillen Herbstvormittag ausnimmt.«

Er stand schnell auf und stellte sein leeres Glas ab. Er ließ seinen Blick durch Mrs. Chants Küche schweifen.

»Hat Benny schöne Ferien?« fragte er die Haushälterin.

»Er ist mit seinem Yellow den alten Mr. Cobbold in der Anstalt besuchen gegangen. Mein Neffe hat ihn im großen Wagen hingefahren. Mein Herr hat seinen eigenen kleinen Wagen mitgenommen, als er und Miss Wix nach Trurien gefahren sind.«

Etrurien? Magnus seufzte bei der Erwähnung des geheiligten Wortes. Wieviel geheime Unterredungen am Wunschbrunnen, vielleicht schon im August, hatten diese Zaubersilben von Dog Cattistock zu Curly getragen, bis sie zuletzt bei Lizzie angelangt waren.

»Dessen erfreust du dich jetzt also! Wohlan denn, ich wünsche dir alles Gute! Ich hätte es mir nicht leisten können, dich in den Novemberstürmen zu den ›Bächen in Vallombrosa‹ zu führen, ›wo die etrurischen Schatten‹ –«

Nein! die alten Frauen hatten völlig recht. Auf sonderbare Weise paßte Curly – und jetzt, da der Ammonit so still dort unten ruhte, konnte er es zugeben – viel besser zu diesem geheimiskrämerischen, einschüchternden, reichen Mann, als sie zu ihm gepaßt hätte. Und was Ballard über den Unterschied zwischen ihr und sowohl Mrs. Lily als auch Tissty gesagt hatte, traf ebenfalls zu. Beide hätten ihre Arme Tag und Nacht dem Mann um den Hals gewunden, und wenn er zornig geworden wäre und sie geschlagen hätte, dann hätten sie die Schläge genossen. Sie hätten ihn dazu getrieben, fortzulaufen. Aber vor Curly würde er nie fortlaufen müssen. Ja! sie war tatsächlich in einem tieferen Sinn dazu geboren, die Geliebte oder sogar die Ehefrau eines großen Mannes der Tat zu sein ...

»Sie – spielen – doch – nicht – mit – dem – Gedanken –«

Sippy hatte diese Worte mit ungeheuchelter Besorgnis gestammelt, als er ihn auf Chesil Beach verlassen hatte.

»Du lieber Himmel!« hatte er erwidert. »Sehe ich so aus?«

Nein! er konnte nicht im geringsten so ausgesehen haben, auch wenn er gewiß anders aussah, als er üblicherweise in Miss Le Fleaus Salon aussah. Er zog die schwere Uhr seines Vaters hervor, die er genauso trug, wie jener sie getragen hatte, an ihrer massiven, abgenutzten Goldkette. Oftmals hatte er ein halb humoristisches Unbehagen empfunden, wenn er diesen alten Zeitmesser in das Häuschen in Upwey mitgenommen hatte. Die Uhr des älteren Muir betrachtete ihn jetzt, auf dem Grat von Chesil Beach, mit ungeminderter Zustimmung.

»Tick! Tick!« sagte sie. »Die Zeit macht allen Torheiten der Menschen ein Ende.«

Und dann informierte sie ihn mit stillem Nachdruck davon, daß es ein Uhr war. Zum zweitenmal an diesem Tag fiel ihm ein, daß er nicht gefrühstückt hatte. Diesmal wurde ihm klar, daß er, Magnus Muir, der pingelige Lateinlehrer, so unachtsam gegenüber den Bedürfnissen seines Bauches war. Doch mit einem versteinerten Leben in seinem Herzen, das jünger war als alles, was man in Portland finden konnte, schob er den Gedanken an Nahrung abermals beiseite und richtete einen kalten, aufmerksamen Blick – erst ostwärts, dann westwärts – auf die Kurven des unermeßlich großen Strandes, auf dem er stand.

Wenn ein Mensch sich vor einer natürlich entstandenen Beschaffenheit der Erdoberfläche befindet, die auf dem ganzen Umkreis des Globus ihresgleichen nicht hat, kommt es zu einem spontanen Erwachen der Ehrfurcht in seiner Seele. Seit der unvergessenen Fahrt den Hügel hoch nach Chickerel hatte der Wind sich gedreht und kam nun aus Norden, und deshalb hinderte die gigantische Bank aus Land und Wasser ihn daran, die Wellen der West Bay noch höher zu peitschen. Doch obwohl dieser Umstand ihre gewohnte Majestät schmälerte, hätte sich nicht behaupten lassen, daß die Wellen in friedlichem Schlummer dalagen! Obzwar nicht länger zu erschreckender Wut aufgepeitscht, ließen sie nicht ab von ihrer rollenden, stürzenden, schaukelnden, aufschäumenden, rastlosen Aktivität, jenem seit unvordenklichen Zeiten bestehenden Meeresrauschen, dessen Verstummen den Eindruck weckt, die Wasser seien wahrhaftig zum Weg für die Füße des Ewigen geworden. Auch der Himmel war heller geworden, und ein Heer zerklüfteter weißer Wolken von den Hochebenen Mitteldorsets bot den luftigen Gegenpart – als hätten sie einen großen kosmogonischen Spiegel überquert – zu den ausschlagenden, tanzenden weißen Pferden, die ungeachtet der veränderten Windrichtung auch jetzt dem reglosen Strand entgegenschäumten und -brausten und -galoppierten.

Daß dieser gigantische Meereskessel, in dem die Wellen sich hoch aufbäumten oder, wie jetzt, dem sich ihnen widersetzenden Wind ein monotones, rückwärtsgewandtes Rennen lieferten, einen Rand besitzen sollte, daß es einen derartigen Wall zwischen dem Wasser der Südküste und dem geben sollte, was letztlich der Atlantik war, kündete von einer monumentalen Folgerichtigkeit, die den Geist befriedigte und zugleich erstaunte. Wäre jedoch ein phantasiebegabter Reisender, der sich südwestwärts begab und der noch nie das Meer erblickt hatte, unversehens auf diesen kyklopischen Damm gelangt, ohne einen Blick auf Weymouth Bay, der das Ganze gemildert hätte, so wäre er gewiß zu der Ansicht gekommen, daß die festverwurzelte Erde und die ruhelosen Wellen hier auf eine Weise voneinander gesondert waren, die eines demiurgischen Künstlers würdig war. Der enge Streifen Haffwassers namens Fleet auf der landwärts gelegenen Seite von Chesil Beach erlaubte Magnus, während er all dies betrachtete und vielleicht so betrachtete – denn er war gleichermaßen betäubt wie sensibilisiert –, wie er es niemals wieder betrachten würde, diese weite, mit einem Wall versehene Kurve von Kieseln isoliert wahrzunehmen, bis ihre eindrucksvolle Masse jeglichem Kontakt mit den normalen Phänomenen unserer Welt entrückt schien. Diese unwirkliche Entrückung, die dem gigantischen Strand nichts weniger als eine astronomische Ferne verlieh – als stellte er ein entsprechendes Gebilde auf der Mondoberfläche dar, dessen Formen von weitem erkennbar waren –, wirkte, als kennzeichnete sie diese Bastion der Elemente, dieses vielförmige Konglomerat, das sich aus individuellen Kieselsteinen zusammensetzte, deren Vielfalt die der Sterne der Milchstraße übertraf, als das wahre Ende allen Landes und allen Wassers auf Erden, als das wahre Ufer jenes großen Okeanos Homers, von dessen Rand es hinuntergeht zum Aufenthaltsort der Luftgebilde der Toten.

Magnus, der all dies empfand, als er dort stand, hatte den Eindruck, als wäre er es und nicht seine Liebste, der in diesen Abgrund hinabgestiegen war und das leuchtende Licht der Sonne verlassen hatte, zwar nicht ins Totenreich hinabgestiegen – denn wie er so obenhin Sippy Ballard bedeutet hatte, drängte es ihn keineswegs danach, sich selbst zu zerstören –, doch in eine Welt, aus der etwas entfernt worden war – mochte sein Verlust auch in anderer Hinsicht tröstlich sein –, etwas, was niemals – o nein! nicht einmal durch ein Wunder – zurückerlangt werden konnte.

Doch was war das? Der langgezogene, unmißverständliche, nachhaltige Sirenenklang eines nahenden Passagierdampfers traf plötzlich an sein Ohr. Der Dampfer von den Kanalinseln! Sie kamen also noch zur Tagesmitte! Im Winter legten sie nur abends an. Oh, wie deutlich erinnerte er sich an jenen besonderen Abend – im kommenden Januar würde es etwa ein Jahr hersein –, als Mrs. Cobbold ihn geschickt hatte, ihre Gesellschafterin abzuholen, und er die Aufgabe dem Jobber übertragen hatte.

Er wendete sich nach Süden und lief eilig den Kamm der Kiesbank entlang, bis er das chaotische Durcheinander aus aufgetürmten, zerklüfteten, glitschigen Felsbrocken erreichte, die sich am Fuß der westlichen Klippen Portlands ins Meer erstrecken. Er kletterte über einige von ihnen, bis er sich erschöpft auf eine rauhe Kalksteinplatte sinken ließ, die mit spitzgezackten Muschelschalen zugewachsen war, und in einen Felstümpel schaute. Hier enthüllten lebende Algen, deren zarte, schwebende Fasern sich im wogenden Wasser ausbreiteten, in ihrer Bewegung verschiedenartigste reichverzierte, fremdartige Muscheln und Schnecken am Boden des Tümpels. Die meisten davon konnte er benennen, als er sie anschaute, denn Muir d. Ä. hatte solche Schätze des Meeres »gesammelt«, und es brachte ihm immer die Gestalt des alten Mannes in Erinnerung, wie er sich über dergleichen gebeugt hatte, wenn er bei seinen Strandspaziergängen auf solche Tümpel stieß.

Hier, in diesem verzauberten Wasserspalt, sah er purpurne und bernsteingelbe Seeanemonen, deren lebendige, bebende, fühlergleiche Fortsätze sachte im Wogen des steigenden Wassers schwebten. Und winzige grünliche Fischlein mit spitz zulaufenden Rükkenflossen flitzten zwischen den wogenden Blütenblättern jener Pflanzen, die nicht nur Pflanzen waren, hin und her! Doch die reglosen Muscheln am Grund betrachtete er in diesem Moment mit dem stärksten Gefühl der Erinnerung an die Vergangenheit. An Kaurischnecken herrschte kein Mangel, und kleine gummigelbe Muscheln und zierliche pyramidenförmige Schnecken, die abwechselnd perlmuttfarben und grün-schwarz gemustert waren, und eine gewundene perlmuttfarbene Schnecke sah er, auf deren Haus tatsächlich eine winzige Alge wuchs, deren zarte Wurzeln von dem Perlmuttschimmer im flackernden, zitternden, unsicheren Licht im Wasser eine unbeschreibliche grünliche Färbung annahmen.

Unvermittelt vergaß er seines Vaters Interesse an diesen Dingen, denn gegen seinen Willen schoß durch seine Sinne wie ein Pfeil, ein Pfeil aus Perlmutt, der perlmuttgleiche Schimmer des Fleischs und Bluts seiner verlorenen Geliebten, jene unbeschreibliche Durchsichtigkeit, die ihr Gesicht bisweilen annehmen konnte!

Er sprang auf, und indem er entsetzt diese Felsen floh, wie eine verlorene Seele in ihrer Verdammnis eine Oase fliehen mag, wo die Erinnerungen ihr ins Fleisch schneiden, überquerte er Chesil Beach, die Landstraße, die Eisenbahnlinie, bis er die seichten Schlammpfützen des Haffwassers namens Fleet erreichte. Hier war er nie mit Curly gewesen und, soweit er sich auf sein verwirrtes Gedächtnis verlassen konnte, nur ein einziges Mal vor langen Zeiten mit seinem Vater. Hätte Ballard jetzt sein Gesicht sehen können, hätte er Wahrheitsgehalt und Ernsthaftigkeit der leichthin geäußerten Behauptung bezweifelt, mit der er dazu bewogen worden war, Magnus zu verlassen.

Das eigenartige Haffwasser, über dessen brackige Schlammränder er nun in seiner blinden Verzweiflung stolperte, hatte einen ganz eigenen Charakter. Die salzige Natur dieser *gestrandeten* Wasser, deren Höhe einem Steigen und Fallen unterworfen war, wenngleich sie niemals Tumulte erlebten wie das Meer draußen, verleiht ihrer sandigen Ausdehnung in den Augen eines aufmerksamen Wanderers, der sie überquert oder nur streift, etwas Einzigartiges. Die Gegend hat ein befremdlich metallenes Aussehen, eine fahle Trostlosigkeit, als hätte das Brackige an ihrem Schlamm nicht nur jedes normale pflanzliche Leben in ihrem salzzerfressenen Busen abgetötet, sondern sogar ihre eigenen amphibischen Salzwassergewächse meeresbleich, meereskühl und meeresmatt werden lassen.

Schon bald fand Magnus seinen Weg durch breite Streifen verdächtig aussehenden Wassers unterbrochen, die weder zum Meer noch zu irgendeinem erkennbaren Teil der Erde zu gehören schienen. Er verfluchte den Ort, machte kehrt, noch immer der schrecklichen Pfeilspitze aus Perlmutt in seinen Eingeweiden gewahr, und kam stapfend und spritzend zu der höheren Schicht zurück, die zu dem reicht, was man Fleet Bridge nennt. Hier stieß er auf nichts Seelenerhebenderes als ein paar weißlichgraue Mauern aus Portlandstein, die allmählich zerfielen, und ein, zwei baufällige Steinhütten, die mit wind- und wettergeflecktem Stuck verfestigt und verputzt waren. Diese Bauwerke waren diesem wunderlichen Niemandsland so eingewachsen und so eins mit ihm geworden, daß sie, ganz wie die großen, umgekehrten, schwarzgeteerten Boote auf dem Strand darüber, eher die Form uralter geologischer Formationen aufzuweisen schienen als die von etwas von Menschenhand Gefertigtem.

Wenn also Magnus, der sich so elend voranschleppte, inzwischen vor Hunger tatsächlich geschwächt, um sich herum ein Vorherrschen des Natürlichen über das Künstliche sah, so war dies das Vorherrschen eines »Natürlichen«, das selbst wiederum Überrest einer zerstörten und verlassenen Welt zu sein schien. Über dieses Ödland schlich der vom Schicksal heimgesuchte Mann, während zu seinen Füßen, die in den brackigen Schlamm einsanken, kleine Seepflanzen mit purpurnen Stengeln ihre Köpfe den wandernden Wolken zuwandten, Pflanzen mit verkümmerten Blättern, die naß und kalt und klebrig waren, bedeckt mit einem selbsterzeugten Saft, mit dem sie sich vor der zerstörerischen Salzlake schützten.

Etwa fünfzig Meter vor der Brücke blieb Magnus stehen und

betrachtete seine eigenen Füße, wie sie langsam im Schlick versanken und dabei Luftblasen erzeugten, die aussahen, als bliesen die Würmer im Schlamm mit ihrem salzigen Speichel kleine Ballons auf. Er zog die Uhr hervor. Es war fast drei ... zwei Stunden, seit Ballard ihn verlassen hatte! Er wandte die Augen den grauen Bögen der Brücke über ihm zu, die nun das letzte Ziel seiner erschöpften Begierde zu sein schien. Plötzlich bewegte sich ein vereinzeltes Taxigefährt, das vom Dorf Wyke kommend den Hügel herunterfuhr, langsam über die Brücke. Mitten im Überqueren fuhr es langsamer, als wolle es anhalten, als habe der Anblick von Magnus hier unten inmitten der Schlammpfützen die Aufmerksamkeit seines Fahrgastes erregt. Und kaum hatte es die Brücke überquert, als es anhielt, und nach einem Augenblick stieg eine Frau aus, blieb auf der Straße stehen und machte unzweifelhaft ihm Zeichen.

Eine wilde, unmögliche Hoffnung durchflutete sein ganzes Wesen, und sein Herz erzitterte in allen Fasern. *Es ist Curly.* Doch nein! Dieses Mädchen war dünner, größer, wirkte zerbrechlicher. Ihr ganzes Auftreten war anders. Desungeachtet ging er mit schnellerem und viel leichterem Schritt der Gestalt entgegen, während diese, sobald sie sah, daß er auf sie aufmerksam geworden war, ein Wort mit dem Fahrer wechselte und ihm dann langsam entgegenwanderte.

Ja, zwei Stunden waren vergangen, seit die triumphierend tickende Uhr Muirs d. Ä. Magnus mitgeteilt hatte, daß es ein Uhr war. Doch nicht für ihn allein tickten Uhren und Chronometer. Die Zeit, die nicht nur am Strand von Weymouth vergessen hilft, wiederfinden hilft, heilt und unsere verstörten Fußstapfen glättet, war dafür verantwortlich, daß im gleichen Moment, in dem Magnus sein Herz bei der Vorstellung, Curly zu erblicken, so ungestüm pochen spürte, die Neuigkeit, die ihn Hals über Kopf an dieses Ende der Welt geschickt hatte, Mrs. Lily und Tissty Clive erreichte, Cattistocks betroffenste Damen, und dies gleichzeitig. Ja, es war gerade drei Uhr auf der Jubliäumsuhr – jener Standuhr, deren Janusgesicht von so vielen mit so verschiedenartigen Gefühlen betrachtet worden war, seit man sie zu Ehren der großen Königin und im Interesse des Strands von Weymouth aufgestellt hatte –, drei Uhr nachmittags an diesem dreiundzwanzigsten November, und der erste Akt von Jerrys bizarren Narreteien im Regent's war zu Ende.

Der weltberühmte Clown hatte High House seit nunmehr geraumer Zeit verlassen und war offenbar glücklicher gewesen als seit langem, seit er eines jener zweideutigen Zimmer im ersten Stock bei seinem ergebenen Freund Lucky mit seiner rätselhaften Tossty teilte und in seiner besonderen Form von Pessimismus bis zu deren letztem opalfarbenen Tropfen schwelgte. Die meisten glaubten, die Anwesenheit seiner Schwägerin in High House habe dem auf Form und Manieren peinlich bedachten Mann den Vorwand für seine Flucht geliefert. Gewiß hätte der gewandteste Mensch der Welt eine diffizile Transaktion kaum geschickter handhaben können als Jerry seinen endgültigen Rückzug aus den höfischen Gemächern seiner edlen Dame in das Bohemienleben mit der Tochter des Schafhirten aus Radipole. All das hatte er so gewandt vollbracht, daß es zu keiner Auseinandersetzung gekommen war, zu keinem Streit mit Lucinda, zu keinem öffentlichen Aufsehen. Er besuchte die zwei Damen oft zum Abendessen. Er machte sich die Dienste des fähigen Mr. Fogg so nutzbar wie eh und je. Doch der heutige Tag war das erstemal, seit er Bett und Tisch verlegt hatte, daß die Poxwell-Schwestern ins Theater gekommen waren und wahrhaftig einer Szene beigewohnt hatten, in der er mit Tossty zusammen auftrat. Als sich der Vorhang nach diesem ersten Akt senkte, dem eine Pause von fast einer Viertelstunde folgte, obwohl er so kurz war, sprach Mrs. Cobbold schnell auf ihre Schwester ein. Sie wollte sie dazu überreden, jeden Gedanken daran aufzugeben, nach Half-Way House zurückzukehren. Als sie innehielt, um Luft zu holen, wäre ein Beobachter ob ihres Gesichtsausdrucks entsetzt gewesen, der über alles hinaus, was ein normaler Beobachter zu deuten vermochte, finster war. Dr. Brush selbst hatte sich in den letzten Monaten zu fragen begonnen, ob er, indem er in das verborgene Leben dieser Frau eintauchte und ihre morbiden Neigungen unterstützte, an ihr nicht eher Vivisektion übte als Psychiatrie.

Mrs. Cobbold war in der Tat ungewöhnlich raffiniert in der Ausübung der Kunst, einen weiblichen Jago zu spielen. Dies gelang ihr mit Hilfe des Selbstbetrugs. Nicht einmal sich selbst gegenüber gestand sie ein, was sie tat. Ihr Intellekt wurde unablässig und überaus einfallsreich durch die komplizierten Verdrehungen ihrer Motive in die Irre geführt. Unablässig erzählte sie sich selbst morbid sadistische Geschichten, die etwas Wahnsinniges bekamen, als sie älter und müder wurde, doch ihre große Maschine zum Vergiften des Lebens, um es zu untergraben, zu Fall zu bringen und in Stücke zu zerbröseln, war die *Kunst der Unaufrichtigkeit.*

Sie war die unaufrichtigste und boshafteste Schwatzbase, die es je in Weymouth gegeben hatte, wo das Gerede, wie in anderen mondänen Orten, nicht immer harmlos war. Und sie ließ nicht locker. Sie verfolgte ihre Opfer. Sie quälte sie. Sie brachte sie zur Strecke. Das einzige, was ihre gegenwärtige Bosheit ihrer Schwester gegenüber auch nur annäherungsweise entschuldigte, war der Umstand, daß Hortensia die Situation nicht wirklich, nicht aus tiefstem Herzen zuwider war! Wenn kein Cattistock auf ihr herumtrampelte, dann konnte wenigstens Mrs. Cobbold auf ihr herumhüpfen.

Doch es wäre eine grobe Verfälschung des wahren Sachverhalts gewesen, zu behaupten, daß Mrs. Cobbold – wie sie in diesem Moment in den Atempausen von ihrem letzten Meisterwerk der Indiskretion über das Spiel ihres Ehemanns und Tosstys Aussehen die stolze, hohe Stirn emporrichtete und wie eine Medusa, deren Blutdurst gestillt ist, auf *le néant* blickte – ganz und gar böse war. Ein rätselhafter Lebenstrieb, der einem Riß im Marmorboden ihrer mephistophelischen Seligkeit entsprang, sandte immer wieder Impulse beeindruckenden und trotzigen Mutes aus. Hätte das ganze Menschengeschlecht sich in den Rängen eines immensen Kolosseums versammelt, um Mrs. Cobbold zu Tode gebracht zu sehen, hätte sie gewiß mit keiner Wimper und mit keinem Lid gezuckt, um keine Sekunde lang ihre Standhaftigkeit aus dem Auge zu verlieren.

Der unterirdische Kampf zwischen ihr und Jerry war von ganz besonderer Natur. Vom alten Poxwell hatte sie eine fürchterliche Lebenskraft geerbt, eine Lebenswut, die keinerlei Gefühl der Vergänglichkeit schmälerte, auch wenn sie sich in böser Weise ausdrückte. Jerry hingegen war Pessimist bis aufs Blut. Für ihn war das Leben eine einzige lange und ermüdende Farce, und er hatte Lucinda nur geheiratet, weil es seine Lebensgeister weckte, mit morbiden Menschen zu spielen.

Als sie jetzt dasaß und auf den Vorhang vor ihr und durch ihn hindurch blickte, auf die Läden der St. Thomas's Street und durch sie hindurch, auf die Statue des alten Königs, die Jubiläumsuhr, den Kirchturm von St. John's, das weit entfernte White Horse und durch sie alle hindurch, überraschte ihre schöne Schwester, die neben ihr saß, als sie einen verstohlenen Blick nach dem anderen auf Lucindas Profil warf, aller Vertrautheit zum Trotz, genau wie es Perdita überrascht hatte, welch beinahe mystische Aura einer Parteigängerin sie hatte. Die Wahrheit sah möglicherweise so aus –

wenngleich eine solche Deutung Dr. Brush noch nie eingefallen war –, daß sie ja vielleicht in all ihrer Falschheit an ihr Parteigängertum glauben konnte, *weil* sie eine Parteigängerin war! Daß all ihr morbider Sadismus und ihre hinterhältigen Verfolgungen der abscheuliche Abschaum und ekelerregende Oberflächenschaum einer vernichtenden Macht waren, die dazu bestimmt war, eines Tages zu erstehen und alle in Erstaunen zu versetzen, war keine gänzlich undenkbare Hypothese …

Die Theaterbeschließer im Regent's in diesem Herbst waren ausnahmslos Knaben, und niemand anders als der junge Witchit in seiner neuen Uniform präsentierte sich jetzt den Blicken Mrs. Cobbolds und Mrs. Lilys.

»Was ist los?« fragte Lucinda, die dem Gang am nächsten saß, als der Junge ihr ein gefaltetes Blatt Papier überreichte.

»Das weiß ich nicht, Ma'am«, sagte der junge Witchit. »Mr. Cobbold hat es mir für Sie gegeben.«

Sie nahm es in die Hände – jene rundlichen, entzückend geformten Hände mit den erstaunlich kurzen Fingern – und öffnete es hastig, während der junge Witchit verstohlene Blicke auf die betörende Correggio-Lieblichkeit ihrer reizenden Schwester warf, die für Knaben seines Typus so besonders verführerisch ist.

»Danke, Kleiner«, sagte sie. »Eine Antwort ist nicht nötig.« Dann wandte sie sich an Hortensia. »Hortensia, laß uns ins Foyer gehen und eine Zigarette rauchen. Sie sind noch lange nicht soweit. Jerry braucht immer so lange. Und diese dumme, animalische Person –«

Sie gingen gemeinsam hinaus, und am Ende des Flurs, wo man sich setzen konnte, teilte sie ihr die Neuigkeit mit.

»Dogberry ist mit dem hübschen Mädchen vom Wunschbrunnen ins Ausland gefahren – du weißt schon, das Mädchen, das eine Affäre mit Ballard hatte und das mit Magnus verlobt war. Er fährt mit ihr nach Italien.«

Und da stellte Mrs. Cobbold fest, daß sie ihre gutgelaunte, unkomplizierte und so wenig häusliche Schwester weniger gut kannte, als sie geglaubt hatte. Sie hatte sich auf eine jener Szenen gefaßt gemacht, die zwischen ihnen von Kindheit an immer wieder vorgefallen waren – geheucheltes Mitgefühl ihrerseits und übertriebener Kummer auf seiten Hortensias. So aber gestalteten sich die Dinge an diesem Tag keineswegs. Statt dessen brach Hortensia in unbändiges Gelächter aus.

»Armer alter Magnus!« rief sie. »Mit was für einer Miene er jetzt wochenlang herumlaufen wird!« Ihre Wangen röteten sich vor Belustigung. »Aber Sippy ist der größte Hahnrei von allen! Das ist ja eine regelrechte Komödie der Wirrungen – der Bursche hintergeht Magnus und wird nun selber von Dogberry hintergangen! Hut ab, alter Freund! Hut ab!«

Und ihr helles, perlendes, silbriges Gelächter erschallte reizend den Flur entlang. Die Natur einer mitfühlenden Schwester ist allerdings so beschaffen, daß Mrs. Cobbold – wir müssen es gestehen – allmählich neuen Mut zu fassen begann. Es schien sich nicht ganz von der Hand weisen zu lassen, daß dieses Gelächter einen hysterischen Ausbruch ankündigte. Doch nicht das leiseste Anzeichen von dergleichen ließ sich erkennen! Mrs. Lilys Freude über Sippys Niederlage schien jegliche persönliche Empfindung bei weitem zu überwiegen. Die hübsche Frau kicherte immer weiter. Ihre eigene Beziehung zu Cattistock schien sie überhaupt nicht zu berühren. Und wenn sie nicht an Sippy dachte, dachte sie offenbar an Magnus. Eine Sekunde lang jedoch sah Mrs. Cobbold sie an und hatte dabei plötzlich einen überaus erschreckenden Gedanken, der wie ein Flügel war, der kurz in den Verlauf ihres Bewußtseins eingetaucht war.

»Hat irgendein anderer Mann«, fragte sie sich, »Cattistocks Stelle eingenommen?«

Doch nun hatte der zweite Akt der Aufführung begonnen, und die Schwestern erhoben sich von ihrem Platz, warfen ihre Zigaretten weg und betraten erneut das verdunkelte Theater. Der triefende Flügel berührte Mrs. Cobbolds Bewußtsein noch ein weiteres Mal und entschwand.

»Wenn es einen anderen Mann gibt«, flüsterte dieser flüchtige Gedanke, »wer ist es dann?«

Der Unterschied, wie die Dame, die Cattistocks Gattin hätte sein sollen, und das Mädchen, das seine Geliebte gewesen war, die Nachricht von seinem Durchbrennen aufnahmen, war zweifellos verblüffend. Weder Jerry noch Tissty, noch Tossty traten im letzten Akt des Programms auf, und Jerry fand es eher belustigend zu sehen, daß seine Frau und seine Schwägerin beabsichtigten, den Kelch bis zur Neige zu leeren. Möglicherweise war er sogar ein wenig pikiert, denn seiner Ansicht nach war ein Abschluß des Programms ohne ihn und die Mädchen aus Radipole weniger als nichts. Auf jeden Fall hatte er in seinem vagen Wunsch, die Schwestern gnädig zu stimmen, ohne zu ahnen, wie fassungslos Tissty sein würde, den jungen Witchit abermals entsandt, um die

Damen in sein Privatbüro bitten zu lassen. Es war dies ein höchst angenehmer Raum mit mehreren großen Bücherregalen, die weit abgeklärter und gelehrter wirkten als irgendwelche in den Räumen von High House, und hier pflegte er nach der Aufführung jedesmal mit Tissty und Tossty eine Tasse Tee zu trinken.

Tissty jedoch schien das Herz gebrochen zu sein. Die hellhäutige, leidenschaftliche Tänzerin aus der Bauernfamilie hatte sich vor kurzem in den reichen Abkömmling einer Bauernfamilie verliebt. Von allen Männern, die sie je gekannt hatte, schien nur Cattistock fähig zu sein, ihre unersättlichen sexuellen Wünsche zu erfüllen. Ihre Sinnlichkeit hatte sich in letzter Zeit in echte Leidenschaft verwandelt, und die Flucht des Mannes, der kein Wort hinterlassen hatte, traf sie wie ein Schlag. Man hatte eine Ersatzdarstellerin für ihren Hauptauftritt hinausschicken müssen, obwohl sie sich umgekleidet hatte und auf die Bühne getreten war. Auf dem Sofa in Jerrys Büro, einem bequemeren Sofa, als es die in den Ankleideräumen der Mädchen waren, lag Tissty jetzt, als die anderen eintraten, weiß und totengleich und mit geschlossenen Augen. Die anderen Darsteller hatten noch immer ihre Bühnenkostüme an, während das Mädchen auf dem Sofa Straßenkleidung trug.

»Nimm's dir nicht so zu Herzen, kleine Tiss! Nimm's dir doch nicht so zu Herzen, mein armer kleiner Liebling!«

So ließ die erregte Tossty, die in ihrem herrlichen enzianblauen Trikot und ihrem Gürtel aus schwarzen Straußenfedern neben ihrer Schwester kniete, Gefühlen freien Lauf, die sogar Jerry erstaunten, obwohl er mit der engen Bindung zwischen den beiden so vertraut war. Die Mädchen hatten sich vor langer Zeit sorgsam bemüht, ihren Dorset-Dialekt abzulegen, und es verblüffte Jerry nicht wenig, ihn jetzt in seinem Büro im Regent's in Tosstys Klagen wiederzufinden.

Um Tisstys willen wurde Tee serviert, ohne das Erscheinen der Poxwell-Schwestern abzuwarten, doch als die Damen schließlich erschienen, beförderte der bedauerliche Zusammenbruch der jüngeren Schwester aus Radipole die Krisis. Daß sie ausnahmsweise nicht auf ihr eigenes Bewußtsein beschränkt bleiben möge, erflehte Mrs. Cobbold still, doch diese Krisis war dergestalt beschaffen und beruhte auf einer so entsetzlichen Enthüllung der Falschheit ihres Ehemannes, daß sie sich ernsthaft fragen mußte, ob sie wirklich in der Lage wäre zu überspielen, welche Auswirkung es auf sie hatte. Jerrys Mitgefühl mit Tosstys Aufregung, als die dunkelhäutige Tänzerin in ihrem phantasievollen Kostüm sich neben ihrer Schwester auf den Boden warf, verriet die schamlose Intimität, die zwischen ihm und Mrs. Lily bestand. Ein Blick und eine Berührung zwischen ihnen – und schon war die Katze aus dem Sack! Situationen, die keine Spur explosiver sind, können anhalten, haben angehalten, ohne daß eine der beteiligten Parteien um einen Deut klüger oder nichtsahnender gewesen wäre. Und so hätte zweifellos auch diese Situation angehalten, in wunderbar ausbalanciertem Gleichgewicht und unter der Leitung eines Meisters im Manipulieren, wenn nicht die unvorhersehbaren Launen echter Leidenschaft – der Tisstys für Cattistock und der Tosstys für Tissty – die Regeln dieser Schule kunstreicher Galanterie durchbrochen hätten.

Jerry muß gespürt haben, daß die Parzen sich gegen ihn verschworen hatten und gegen all die sorgsam errichteten Kulissen des Status quo, die da glichen einem »strahlenden Vergnügungspark mit Höhlen aus Eis«, denn er ließ sich auf seinem mittelalterlichen Bischofssitz zurücksinken, der aus ebenjenem Etrurien eingeschmuggelt worden war, dem Curly soeben im Expreßzug entgegenbrauste, faltete die Hände über den Knien und durchforstete seinen Geist nach den ihm verbliebenen Waffen. Er trug ein sonderbares Harlekinsgewand, das er selbst entworfen hatte und dessen schimmernde Silber- und Rosatöne auf Tosstys blaues Trikot abgestimmt waren, und sein bewegliches Mienenspiel, als er sich nun für den einen Auftritt seines Lebens aufraffte, vor dem ihm wahrhaftig grauste, stellte ein tragikomisches Wechselbad von größter Zuversicht und abgrundtiefer Verzweiflung dar, wie es ihm noch in keiner seiner glänzendsten Bühnenvorstellungen gelungen war! Ein Teil seiner schlauen Intelligenz suchte noch immer nach einem Ausweg, während ein anderer, tieferer, bemüht war, sich mit der endgültigen Bloßstellung vor der Welt abzufinden und einen Quell, eine Ader nichtmenschlichen Trotzes zu finden, woraus er seine Lebensillusion neu zu erschaffen vermochte, wenn all seine raffinierten »Höhlen aus Eis« ihm über dem Kopf zusammenbrechen oder besser -schmelzen sollten!

Es ist merkwürdig, welch sonderbare Kleinigkeiten einem Menschen bei einem solchen Einsturz der geistigen Türme seiner Persönlichkeit zu Hilfe kommen. Woran Jerry jetzt mit jenem Teil seiner flinken Intelligenz dachte, der sich bereits mit der Niederlage abfand, das war der Kieselstein in der Tasche des Jobbers, mit dem sich die Gerüchte in den Schenken von Weymouth in diesem ereignisreichen Jahr so ausgiebig beschäftigt hatten.

»Männer und Frauen sind alle gleich«, dachte er. »Sie wollen alle hinter dem Mond leben, obwohl nur das Schwitzen in der Sonne Ehre einbringt. Das Salz unseres Sonnenschweißes, das ist es, was uns den Magen umdreht! Wenn sie mir auf die Schliche kommt, verwandle ich mich in den Stein des Jobbers; und dann mag sie von mir aus hassen und die andere mag lieben und die Wellen mögen nach Herzenslust über mich wegrollen! Kein lebender Mensch ist mir noch auf die Schliche gekommen. Hinunter mit dir, Stein! Hinunter mit Jerrys Seele! Hinunter zum Grund der Welt! Ich werde lächeln ... und lächeln ... und lächeln – und ein Kieselstein sein!«

Der Clown im Harlekinsgewand täuschte sich nicht mit seinen schlimmsten Vorahnungen. Sobald Mrs. Cobbold sich im Büro ihres Ehemannes gesetzt hatte, begannen ihre Finger vielsagend mit den Gardenien an ihrem Busen zu spielen. Ihre Augen, die in einem einzigen Augenblick emotionaler Erkenntnis während der Aufregung um das Mädchen auf dem Sofa gesehen hatten, *wer* an Cattistocks Stelle getreten war, durchschauten sie alle, sahen durch die büchergesäumten Wände des hübschen Zimmers, durch die Läden in der St. Thomas's Street, durch die Statue des alten Königs, durch den Kirchturm von St. John's und hinaus, durch White Horse und in *le néant*!

»Wie schlau er es eingefädelt hat!« dachte sie. »Es ist also gar nichts zwischen ihm und dem brünetten Mädchen; wahrscheinlich war nie etwas zwischen ihnen. Um sich mit Tensia zu treffen, hat er sich in Sark House eingemietet! Und um seinetwillen, nur um seinetwillen, nicht wegen der Spielchen mit mir, ist sie bei uns wohnen geblieben. O Vater, o Vater, hast du uns etwa beide nach Mutters Tod an deiner geschwollenen Halsader gesäugt?«

Weiter wanderten die Zeiger der Jubiläumsuhr. Im Rhythmus ihrer Bewegung murmelte der Kirchturm von St. John's:

»Pietät und Ehrfurcht werden am Strand von Weymouth nicht vergehen, solange ich emporrage!«

Die Statue des alten Königs murmelte im Rhythmus ihrer Bewegung:

»Ehre Vater und Mutter, auf daß deine Tage am Strand von Weymouth nicht gezählt sein mögen!«

Die Hafenbrücke murmelte im Rhythmus ihrer Bewegung:

»Die Flut kommt, die Ebbe geht«, indes die Uhr selbst, deren Eingeweide bei der Anstrengung, die Worte hervorzubringen, rumpelten, gemessen tickte:

»Feuchter Strand ... trockener Strand ... feuchter Strand ... trockener Strand.«

Perdita hatte Magnus über ihrer Tasse Tee im Erfrischungsraum des Bahnhofs von Portland schnell erklärt, wie es gekommen war, daß sie all die langen Monate hindurch kein Lebenszeichen gegeben hatte. Als er sie ansah, diese Gesellschafterin Mrs. Cobbolds, die er an jenem Wintertag bei ihrer Ankunft nicht abgeholt hatte und die jetzt neben ihm saß, erkannte er sehr wohl, ohne daß sie es ihm sagen mußte, warum sie kein Lebenszeichen gegeben hatte! Selbst jetzt, dachte er, ähnelte sie wahrhaftig einem dahingeschiedenen kimmerischen Geist, zurückgekehrt aus jenen Gefilden, »wo Tote nichtig und sinnlos wohnen, die Schatten gestorbener Menschen«.

»Ja«, erzählte sie ihm mit ihrer leisen, heiseren, rauhen Stimme, »nachdem ich zurückkam, war ich sehr krank. Als ich ihn verließ, bin ich nicht sofort nach Hause gefahren. Ich wollte erst abwarten. Aber alle sagten, er hätte sich nicht verändert; sie sagten alle, er hätte noch immer – darüber wissen Sie sicher Bescheid, Mr. Muir – diesen *Stein* in seiner Tasche, und deshalb fuhr ich nach Hause. Das war, nachdem er meine Tante aufgesucht hatte. Aber ich konnte es ... nicht ertragen. Es war ... zu schrecklich ... nachdem ich ... mit ihm zusammengewesen war ... und deshalb wurde ich krank. Und ich bin jetzt erst genesen!« fügte sie mit einem schwachen Versuch, fröhlich zu lächeln, hinzu.

Sie hatte ihr Gepäck an der Anlegestelle gelassen, wie er nun erfuhr, und sich von der Fähre als erstes nach Cove House begeben. Mrs. Trot war allein, doch von ihr hatte sie erfahren, daß der »Meister«, wie die Frau ihn nannte, in letzter Zeit die Marotte entwickelt hatte, sich tage- und nächtelang bei den Gadgets in dem Wirthaus namens The Head aufzuhalten.

»Und dorthin wollen Sie jetzt vermutlich gehen?« murmelte Magnus, der ihre abgemagerte Gestalt und ihre totenbleichen Wangen ansah.

Sie nickte, schob das unberührte Korinthenbrötchen auf ihrem Teller weg und trank ihren Tee aus. Magnus betrachtete die vereinzelten Krumen, die auf seinem Teller übrig waren.

»Sie gewinnt«, dachte er, »und ich verliere. Aber ich bin derjenige, der Korinthenbrötchen essen kann.«

Sie sah so schwach und krank aus, daß er darauf beharrte, ein Taxi zu nehmen.

»Aber schicken Sie mich ruhig weg«, sagte er leise, »wenn Sie lieber allein fahren wollen.«

Doch sie hatte sich nicht ihrem Instinkt anvertraut, um nun nicht zu merken, daß sein Herz ein Fossil enthielt, eine verborgene Versteinerung, die eine Ewigkeit von neun Stunden alt war, einen uralten Stein, der wie ein Ammonit geformt war und der noch immer von dort, wo er begraben lag, schmerzende Pfeile aussenden konnte, deren Spitzen aus Perlmutt bestanden! Und sie hätte es nicht übers Herz gebracht – mochte ihr Herz noch so aufgeregt klopfen –, diesen Mann mit den traurigen Augen wegzuschicken.

Sie hatten die kleine Stadt Easton fast erreicht, als Perdita plötzlich dem Fahrer zurief, er solle anhalten. Vor ihnen mühte sich mit einem schweren Deckelkorb in der Hand die unverkennbare Gestalt Zigeuner-Mays die steile Landstraße empor. Magnus stieg aus und begrüßte sie. Wie üblich ergoß ihr mäandernder Redeschwall sich über jegliche Informationen mit Ausnahme derer, die ihre Anwesenheit erklärt hätten. Zu guter Letzt konnte er sie jedoch dazu überreden, das Taxi zu besteigen, denn sie gab zu, daß ihr Korb schwer war:

»Rowena ist drin«, erklärte sie.

Und ein leises Miau des eingesperrten Tiers bestätigte die Wahrheit wenigstens dieser Erklärung zweifelsfrei. Dann teilte sie unversehens mit, sie habe sich gedacht, sie könne »in S. C.s alter Wohnung vorbeischauen, wenn sie schon in der Gegend« war, und es schien ihr durchaus recht zu sein, daß Perdita, als wäre sie zu schwach, sich irgendwelchen Verzögerungen ihres Vorhabens entgegenzustellen, den Fahrer mit schwacher Stimme bat, sie nach Last House zu fahren. Bei sich dachte Perdita:

»Die Mächte haben uns am Leben erhalten. Ich bin auf dem Weg zu ihm. Ich kann heute zu keinem Lebewesen unfreundlich sein.«

Sie hielten vor dem abstoßend aussehenden Haupteingang von Last House an. Perdita und Magnus betrachteten bestürzt die trostlose Kette mit dem versperrten Vorhängeschloß. Sie schien ihnen zuzurufen: »Verschwindet! Verschwindet!«, und herumliegende Papierfetzen und verwelkte Blätter, die wohl der Wind von der Straße hergetragen hatte, sprachen ebenfalls eine deutliche Sprache:

»Er ist fort«, sagten sie: »Fort, fort, fort – und wird nie wiederkommen!«

Doch Zigeuner-May stieg entschlossen aus und stellte den Korb mit Rowena behutsam auf den Boden.

»Wenn Sie wollen, können Sie auf eine Minute mit hereinkommen!« sagte sie im stolzen Ton einer Prinzessin angesichts der Zugbrücke ihrer angestammten Burg.

Perdita bat den Fahrer mit ihrer schwachen, brüchigen Stimme zu warten und bedachte Magnus mit einem kläglichen kleinen Lächeln. Beide folgten der Zigeunerin; Magnus bot – allerdings vergeblich – an, den Korb zu tragen.

»Dann denkt sie, ich hätte sie ausgesetzt!« sagte die Frau, umklammerte den Korbgriff und blickte Magnus angriffslustig an.

Als sie alle drei vor der Küchentür standen und der Korb auf den Steinplatten abgesetzt war, sahen Magnus und Perdita, daß die Frau ihr leichenblasses Gesicht mit den unruhigen schwarzen Augen von ihnen abgewendet und nach Weymouth gewendet hielt. Nicht einmal der abwesende Besitzer von Last House hätte irgendeinen unsichtbaren Gegenstand abergläubischer Verehrung mechanischer ansprechen können, als Zigeuner-May es jetzt tat.

»Gehab dich wohl mit deiner Freundin, Fischer! Gehab dich wohl, Fischer!« hörten sie sie murmeln, doch die Novemberwinde in den toten Himbeersträuchern des verkümmerten Gartens trugen ihre Worte nach Westen statt nach Osten.

Doch nun förderte sie von irgendwo an ihrer Person einen großen eisernen Schlüssel zutage, und als hätte der Umstand, daß sie in wenigen Augenblicken mit ihrer Katze allein sein würde, ihr neue Beredsamkeit verliehen, wandte sie sich an beide Zuhörer.

»Die Anwälte taugen alle nichts«, erklärte sie vertraulich und sogar fast fröhlich. »Meine Karten hatten recht! Der Mann mit den drei Stäben hatte recht!«

Wäre es um die zutreffende Voraussage ihres eigenen Todes gegangen – und woher hätten die beiden wissen wollen, ob es sich vielleicht nicht so verhielt? –, hätte es sie trotzdem gefreut, daß das Wissen der Tarotkarten sich bestätigt hatte.

»Der böse junge Mann«, sagte sie, »ist mit einem Polizisten gekommen und hat uns vor die Tür gesetzt.«

»Hatten nicht Loder & Crouch Ihre Interessen vertreten?« warf Magnus dazwischen. »Das hat Caddie Water mir gesagt«, fügte er mit einem Blick zu Perdita hinzu.

Bei der Erwähnung von Caddies Namen verzog die Zigeunerin ihr Gesicht zu einer eigenartigen Grimasse, weder spöttisch noch mitleidig.

»Sie wird einen kleinen Sarg haben«, sagte sie ruhig, »und einen hübschen dazu. Meine Karten haben einen gesehen, wo er liegt.«

»Aber Ballard hatte kein Recht –«

Zigeuner-May warf ihm einen Blick zu, der so alt war wie alles kummervolle Wissen ihres Stammes. Sie ließ sich nicht zu einer Antwort herbei. Daß jemand in einer Welt, die der Zufall und der Teufel regierten, von »Recht« sprechen sollte, in einer Welt, die nur ihren »Karten« verständlich war, mußte ihr als der Gipfel der Einfalt erscheinen.

»Und Lal Zed ist zu Jones gegangen, wo er arbeitet«, stieß sie hervor, als stehe dieses Geschehen in logischem Zusammenhang mit ihrer Anspielung auf Caddies Sarg.

»Werden Sie jetzt hier wohnen?« fragte Perdita mit schwacher Stimme und sah sich nervös nach einer Sitzgelegenheit um, denn ihr war zumute, als wären ihre Beine mit einemmal weiche Wolken geworden.

Miau? erklang es gebieterisch aus dem Korb, und Zigeuner-May ergriff das bedeckte Behältnis mit ihrer einzig getreuen Freundin.

»Sie will, daß Lal Zed ihr mit ihrem Toby hilft«, sagte die Zigeunerin spöttisch mit einer Stimme, die so schrill klang wie der Wind im Schlüsselloch, in das ihren großen Schlüssel zu stecken sie sich anschickte.

»Dich soll kein Toby herumkommandieren, Rowena, stimmt's?«

Sie sahen ihr schweigend zu, als sie ins Haus trat. Als sie sich drinnen befand und die Katze abgesetzt hatte, blickte sie durch den Türspalt zu ihnen heraus und hielt dabei die Tür so, daß ein Mensch nicht hineingelangen konnte. Durch diese enge Öffnung sahen sie ihre lebhaften Augen über den hohlen Wangen zufrieden glänzen. Sie sah aus wie eine triumphierende Elfe, die aus Herrn Rolands finstrem Turm spähte.

»Ihre Lippen sind blutrot«, dachte Perdita, die sich fragte, ob sie selbst gleich ohnmächtig werden würde.

»Ich kann hier nicht länger warten«, sagte sie plötzlich laut, obwohl sie meinte, es nur zu denken. »Sonst ist er vielleicht nicht mehr da, wenn wir ankommen.«

Die Vorstellung, daß sie zu guter Letzt die Gadgets zu spät erreichen könnten, war so unerträglich, daß sie um das Haus zu gehen begann, indem durch schiere Willenskraft jeder Partikel an Lebenskraft in ihre zitternden Beine getrieben wurde. Die Welt verwandelte sich gerade in schaukelnde, wogende universelle

Schwärze, als sie merkte, daß der Fahrer ihr aus einem Flakon eine brennende Flüssigkeit einflößte. Diese Behandlung brachte sie wieder zu sich, und ihr Herz tat ein übriges ...

»Ja. Er ist im Schlafzimmer, in dem Zimmer, an das Sie sich ganz gewiß gut erinnern.«

Ellen selbst begrüßte sie mit diesen Worten, als sie unter den unentzifferbaren Zügen des alten Wirtshausschildes eintraten.

»Er ist nicht etwa bettlägerig«, fuhr sie fort. »Das ist Melia, und das ist Celia, und das ist Sue – alle drei brave Mädchen, obwohl Sue dem Vater nachschlägt, das arme geschäftige Ding.«

Die drei »braven Mädchen« versammelten sich in der Bar um Magnus – Mr. Gadget war nach Weymouth gefahren –, während Ellen die Besucherin die Treppe hochführte, -stützte, ja beinahe -trug.

»Kann es ihn ... *verstören* ... wenn ich einfach hineingehe?«

»Nicht das Schwarze unterm Nagel, mein Herzchen! Sind Sie denn nicht sein ein und alles? Sind Sie denn nicht sein Leben? Hinein mit Ihnen, nur hinein! Wir kümmern uns um Ihren Freund.«

Die romantische Frau rannte fast die Treppe hinunter, damit die Liebenden einander ungestört begegnen konnten. Dieses ganze Ereignis war für Ellen das Bedeutsamste, was in diesem Haus geschehen war, seit sie mit ihrem Erstgeborenen in den Wehen gelegen hatte. Sie ertappte Sue beim Lauschen – ganz so, wie ihr Vater gelauscht hätte – am Fuß der Treppe und expedierte das Kind empört in den Schankraum, wo sie nach Melia rief, damit diese ein Auge auf Sue hatte, während sie selbst in die Küche ging.

»*Perdita!*«

Er sprang vom Bett. Er war nur mit Unterhemd und Unterhose bekleidet. Seine andere Kleidung lag im Zimmer verstreut, und das Zimmer selbst – denn alle in diesem Haus fürchteten ihn – sah aus wie ein Ort, wo Opfer eines Schiffbruchs geschlafen haben, nachdem sie den Wellen entkamen. Keine einzige Sekunde Scheu oder Unsicherheit oder nur herzklopfender Spannung oder verblüffter, ehrfürchtiger Erleichterung oder erstarrter geistiger Ekstase hielt sie getrennt.

»Skald!«, und der Atem ihrer schwachen Stimme erklang klagend zwischen ihren Zähnen, als wäre ihr ganzer Körper ein schlaffer, an seine Rippen gepreßter Dudelsack.

»*Weiß Gott?*«, und als sie ihre Körper und ihre Gesichter aneinanderpreßten, befanden sie sich jenseits von definierbaren Küssen, wie sie sich jenseits von Erstaunen, Überraschung, Dankbarkeit, ja sogar Glücksgefühl befanden. Er schmeckte das Salz ihrer Tränen, die liefen, liefen, wie ihm scheinen wollte, als entsprängen sie der ganzen Oberfläche ihres Gesichts, und sie spürte sich selbst auf den Kämmen und in den Wellentälern seiner immensen, langsamen, erschütternden Schluchzer steigen und fallen, auf und ab getragen. Es war, als wären sie nicht nur menschliche Liebende, nicht nur Liebende, die einander wiederfanden. Es war, als wären sie Tiere, alte, schwache, langgehetzte Tiere, deren Liebe wortwörtlich die Liebe des Knochens für den Knochen, des Skeletts für das Skelett war, keine bloße spirituelle Anziehung, keine bloße sexuelle Leidenschaft.

»*Weiß Gott?*« ... Zuletzt hob er sie auf, in die Luft. Dies tat er, indes seine Schluchzer noch immer gegen ihren Körper brandeten und sein Mund noch immer vom Weinen verzerrt war. Mit unendlicher summender, knurrender, brummender Zärtlichkeit wie der einer Löwin für ihren ersten Welpen hob er sie hoch, bis ihr Haar, das sich in ihrer Umarmung gelöst hatte, in Strähnen und Büscheln herabfiel und sich schließlich, als er sie durch die Luft schwang, ganz befreite und herabhing.

»Setz ... mich ... ab ... Skald!« keuchte sie zuletzt. »Ich bin zu schwer ... du wirst dir noch einen Bruch heben!«

Tatsächlich rang er nach Luft, als er ihr gehorchte und sie auf das Bett legte. Dort, neben dem Bett, sank er auf dem Boden auf die Knie und bedeckte mit einer schweren Hand ihr ganzes Gesicht und hielt mit der anderen ihre Füße, während er seine Stirn auf ihren Nabel drückte. So verharrte er lange Zeit, wobei der Geruch seiner Hand in ihre Nase stieg – einer Hand, die anders als die des wahnsinnigen Königs weniger nach »Sterblichkeit« roch als nach dem Rauch von Treibholz und den bitteren Stengeln des Meerfenchels –, bis sie zuletzt dachte, er sei als Reaktion auf die Überwältigung durch seine Gefühle eingeschlafen.

Magnus war ein weniger tollkühner Verkoster des Meliodkalikörs der älteren Tochter des Hauses, als es Sylvanus gewesen war, doch er amüsierte sie mit den Gesichtern, die er zog, als er das berühmte Getränk probierte. Und Celia entzückte er mit seiner Bereitschaft, ihnen allen aus ihrem Balladenbuch vorzulesen. Wie im Fall des Getränks wäre auch hier alles gutgegangen, hätte nicht ein ruheloser Dämon des Mißgeschicks der kleinen Sue eingeflüstert, darum zu bitten, diejenige zu sein, die aussuchte, was er vorlesen sollte. Wäre Magnus in alten Balladen so bewandert gewesen, wie er es in Latein und Griechisch war, dann hätte er schon bei den ersten Worten nachhaltig den Kurs gewechselt, denn dann hätte er gewußt, was seiner harrte, doch er las weiter, und seine Stimme hob und senkte sich durchaus einfühlsam im Rhythmus des traurigen Liedchens, bis er zur letzten Strophe kam.

»Vorbei sind die Kinderspiele
Und alles rollt vorbei –
Das Geld und die Welt und die Zeiten,
Und Glauben und Liebe und Treu.«

Bei der letzten Zeile bebte die Stimme des Unglücklichen trotz aller Selbstbeherrschung, doch die rastlose Sue, die daran schuld war, daß er dieser Prüfung unterzogen worden war, zahlte den schwersten Preis dafür. Sue Gadget war mit einemmal zumute, als enthielten alle Wellen des Meeres nicht genug Wasser, um Mitleid und Sorgen und Schmerzen und Überdruß, auf dieser Welt lebendig zu sein, wegzuwaschen. Wie manche andere praktisch veranlagte junge Frau irgendwo zwischen Brunswick Terrace und der Old Castle Road erfuhr die kleine Sue ihr Frausein, als sie am wenigsten damit rechnete.

Magnus' Stimme zitterte, denn er dachte an Curly, doch als Sue aus dem Haus lief und ihr Gesicht zur Seeschlange auf dem Schild wandte, der sie wie dem Alten der Tage zurief: »Warum hast du mich aus meiner Mutter Leib kommen lassen?«, da dachte sie an keinen bestimmten Mann oder auch Knaben, der sich von ihr abgewandt hätte. Sie dachte an überhaupt nichts Bestimmtes. Doch indem sie an nichts dachte oder an etwas dachte, wurde sie in diesem Augenblick Sprachrohr jenes unmotivierten, grundlosen, nichtmenschlichen Kummers auf der Welt, der mit dem Wind geflogen kommt, der mit den Meereswellen steigt und fällt und der älter und tragischer zu sein scheint als alles, was uns Menschen bewegt. Während die arme kleine Sue noch draußen weilte und sich mit dem Gedanken tröstete, daß die Augen der Seeschlange noch nie so lebendig ausgesehen hatten, kam Perdita hinunter.

»Haben Sie eine recht große Jackentasche, Mr. Muir?« fragte sie.

Magnus sah sie verblüfft an und begann ganz ernsthaft verschiedene Dinge von seiner linken in seine rechte Tasche zu transferieren.

»Ziemlich groß«, erwiderte er. »Handelt es sich um ein Geschenk für Mrs. Cobbold?«

Und während Melia und Celia erstaunt zusahen, überreichte sie ihm den Stein, der sich so lange in der Tasche des Jobbers befunden hatte.

»Nein«, sagte sie, und eine plötzliche Inspiration schien ihr die Worte einzugeben, »es ist für meinen alten Freund Mr. Gaul. Es wird ihm helfen zu verhindern, daß die *Philosophie der Repräsentation* davonfliegt!«

Ende

Inhalt